Ullstein

ein Ullstein Buch
Nr. 23383
im Verlag Ullstein GmbH,
Frankfurt/M – Berlin
Titel der französischen
Originalausgabe:
Au plaisir de Dieu
Ins Deutsche übertragen
von Gerhard Heller

Ungekürzte Ausgabe

Umschlagentwurf:
Atelier du Sud/Keetman-Maier
Foto: Maison de la France –
Frankfurt am Main
Alle Rechte vorbehalten
© 1974 by Editions Gallimard
Übersetzung © 1976
Verlag Ullstein GmbH,
Frankfurt/M – Berlin
Printed in Germany 1994
Druck und Verarbeitung:
Ebner Ulm
ISBN 3 548 23383 X

September 1994
Gedruckt auf alterungs-
beständigem Papier mit
chlorfrei gebleichtem Zellstoff

Die Deutsche Bibliothek –
CIP-Einheitsaufnahme

Ormesson, Jean d':
Wie es Gott gefällt : Roman einer Familie
/ Jean d'Ormesson. [Ins Dt. übertr. von
Gerhard Heller]. – Ungekürzte Ausg. –
Frankfurt/M ; Berlin : Ullstein, 1994
  (Ullstein-Buch ; Nr. 23383)
  Einheitssacht.: Au plaisir de Dieu
  <dt.>
  ISBN 3-548-23383-X
NE: GT

Jean d'Ormesson

Wie es Gott gefällt

Roman einer Familie

Ullstein

Dem Gedächtnis meines Vaters,
Liberaler, Jansenist, Republikaner,
und dem Gedächtnis meines Onkels Wladimir,
dem Gottes Wohlgefallen nicht erlaubt hat,
dieses Buch zu lesen.

Inhalt

ERSTER TEIL

Éléazar oder die graue Vorzeit   11

Die Bresche   35

Vom Sohn des Taras Bulba zu den
»Nonnenfürzen« des Dechanten Mouchoux   49

Der Uhrmacher von Roussette und das
Doppelleben von Tante Gabrielle   72

Jean-Christophes Rache   112

ZWEITER TEIL

Von den Deutschordensrittern zur
Schwester des Vizekonsuls   149

Die Prostituierte von Capri   181

Ein harter Tag   212

Pauline, Zirkusreiterin, und
die feindlichen Brüder   236

Der Aufschub   272

DRITTER TEIL

Der Brief Karls des Fünften   295

Der Abendwind   348

Nach der Sintflut   405

Der Verbannte   444

Der Ostersonntag   477

So spricht der Herr:
Siehe, was ich gebauet habe, das breche ich ab;
Und was ich gepflanzt habe, das reute ich aus.
Und du begehrest dir große Dinge?
Jeremia, 45, 4/5

Alle diese Dinge sind vergangen
Wie der Schatten und wie der Wind!
Victor Hugo

O Zeiten, o Schlösser,
Welche Seele ist ohne Fehl?
O Zeiten, o Schlösser,
Ich habe die magische Erfahrung des Glücks
Gemacht, dem niemand entgeht.
Arthur Rimbaud

Schau mich an, wie ich mich verändere!
Paul Valéry

Welche Bücher, außer Memoiren, sind
es wert, geschrieben zu werden?
André Malraux

ERSTER TEIL

Éléazar oder die graue Vorzeit

> Das Erbe, der einzige Gott,
> dessen Namen wir kennen.
> *Oscar Wilde*

Ich bin in eine Welt hineingeboren, die nach rückwärts blickte. Die Vergangenheit hatte mehr Gewicht als die Zukunft. Mein Großvater war ein schöner, aufrechter Greis, der in der Erinnerung lebte. Seine Mutter hatte in den Tuilerien mit dem Herzog von Nemours getanzt, mit dem Prinzen von Joinville, mit dem Herzog von Aumale und meine Großmutter in Compiègne mit dem kaiserlichen Prinzen. Doch blieb meine ganze alte Sippe über unzählige Desaster, Barrikaden, belagerte Zitadellen und triumphierende Rebellen hinweg der legitimen Monarchie verhaftet Der von den Propheten verkündeten glücklichen Zukunft liehen die Meinen kein Ohr. Das Goldene Zeitalter lag hinter uns, mit all den Annehmlichkeiten des Lebens, deren gedämpfter Widerhall in unseren Familienlegenden aufklang und die die Jüngsten von uns nie gekannt hatten.

Unter uns, oder besser gesagt ein bißchen über uns, schwebte stets eine stumme und abwesende Gestalt: der König. Die älteren Familienmitglieder erzählten uns abends noch von ihm, wie von einem lauteren und gütigen Herrn, den unwürdige Untergebene ausgenutzt hatten. Fünf- oder sechsmal in einem Jahrhundert hatte der König geruht, an einen Urgroßvater General oder Ersten Präsidenten, an einen Urgroßonkel, Gouverneur des Languedoc, oder an eine freisinnige Urgroßtante ein paar unbedeutende Worte zu richten, die wir uns unablässig immer wieder vorsagten. Sie bereiteten uns so viel Freude, daß wir manchmal sogar neue erfanden. Wir waren eine alte Familie. Ich hatte mir bereits in jungen Jahren Gedanken darüber gemacht, was dieser etwas rätselhafte Ausdruck wohl bedeutete. Ich hatte meinen Großvater gefragt, ob es möglicherweise Familien gäbe, die älter wären als andere, ob es weit zurückliegende Zeitalter gäbe, die vielleicht von Engeln mit Flammenschwertern bewacht wurden, in denen meine Urgroßeltern allein umhergewandelt seien und zu denen die anderen, die plötzlich aus dem Nichts aufgetaucht seien, keinen Zutritt gehabt hätten. Nein, alle Familien waren wirklich gleich alt. Jeder hat einen Vater und eine Mutter, zwei Großväter und zwei Großmütter und acht Urgroßeltern. Einige jedoch bewahren Spuren aus der Zeit ihrer verschwundenen Vorfahren. Auf diese Weise erfuhr ich, was wir der Erinnerung verdanken.

Die Vergangenheit war ein großer, schöner Wald, in dem sich, so weit das Auge blickt, die Zweige jener Bäume kreuzten, die bis zu uns reichten. Häufig sprach während des Abendessens mein Vater von Unbekannten: von Onkeln, Tanten und Vettern. Ihre Namen gerieten in meinem Kopf durcheinander. Eine Vielzahl von Menschen schwirrte in einer Art melancholisch froher Heiterkeit umher; mir wurde ein bißchen schwindlig davon. Lange vor Balzac und Proust haben die Schatten meiner eigenen Vergangenheit mir Träume von den Abenteuern der Menschen eingegeben.

Plötzlich erschien meine Familie in der Geschichte. Sie kam mit einemmal aus dem Dunkel der Zeit. Der König, oder vielleicht nur der Bruder des Königs, hatte plötzlich den genialen Einfall, den ersten Träger unseres Namens in den Orient mitzunehmen. Ein großartiges Debüt in der Welt! Gräßliche Qualen, abgeschlagene Köpfe, Pest und Lepra. Das war Éléazar, das Oberhaupt des Hauses, Glaubensmarschall und Marschall des Gottesheeres. Die Verfechter einer wenn auch meistens ungewissen und sich im Lauf der Geschichte unaufhörlich ändernden Wahrheit hatten nichts Wichtigeres zu tun, als mir beizubringen, daß der große Éléazar, der Stolz der Sippe, ein ziemlich niedriger – oder vielleicht erhabener – Halunke war. In der Gegend von Damaskus sowie zwischen Tyrus und Sidon wurde er wohl kaum geschätzt. Doch meine Tanten schlossen ihn in ihre Gebete ein, neben ihrer Schutzpatronin und ihrem Schutzengel. Es dauerte nicht lange, und ich erriet durch die Legenden hindurch, daß die Geschichte trügerisch ist.

Die Welt begann mit Éléazar. Vor ihm war alles dunkel, weil wir noch nicht geboren waren. Ich überlegte mir, daß auch Éléazar einen Vater und eine Mutter, zwei Großväter und zwei Großmütter und acht Urgroßeltern gehabt haben mußte. Doch sie waren nicht vorhanden, weil sie keinen Namen hatten. Menschen und Dinge hatten nur Sinn für uns, wenn sie einen Namen trugen. Allein mit den Namen war schon die Vorstellung von Ordnung und Hierarchie verbunden, der wir anhingen. Unter den vielen Motiven für unser Mißtrauen den Juden gegenüber war auch dieses: sie änderten aus Gründen, die mir unklar waren, zuweilen ihren Namen. Wir meinten, eine Namensänderung bringe die Ordnung der Dinge ins Wanken. Als der Allmächtige die Welt schuf, hatte er nichts Eiligeres zu tun, als den Pflanzen, den Tieren, dem ersten Mann und der ersten Frau einen Namen zu geben. Wir warfen Gott nur eines vor: daß er Adam und Eva nicht unseren Namen gegeben hatte. Deshalb ärgerte uns ihr Anspruch auf Anciennität. Die Geschichte der Welt vor uns hatte keine große Bedeutung. Zudem war sie nicht sehr lang. Ernsthafte Bücher schätzten sie auf fünf- oder sechstausend Jahre. Das genügte durchaus für jene uninteressanten Epochen, in denen wir noch nicht vertreten waren.

Infolge geheimnisvoller Vorgänge – wir versuchten nicht, das Geheimnis zu erforschen – waren die Griechen und Römer unsere Vorfahren. Wir erkannten uns in ihnen wieder, in ihrer gesitteten Gewalttätigkeit, ihrer standesgemäßen Anmaßung, in ihrer ein wenig hochmütigen Überlegenheit, und es ergab sich eine entfernte familiäre Vertrautheit zwischen uns: Onkel Alkibiades und Onkel Regulus. Wir hielten nicht viel von den verschwommenen Theorien, denen zufolge den Germanen die Reinheit der Rasse zukommt. Die Philosophiererei verfing bei uns nicht. Wir hatten einen klaren Kopf und stellten den gesunden Menschenverstand über das Genie; das Licht und die Sonne des Mittelmeers über die Nebel des Nordens. Von den Denkern hielten wir nicht viel. Wir liebten die Maler, die Architekten, die Kriegs- und Gottesmänner. Mein Großvater sprach von Rom und Athen, obwohl er die Städte nicht kannte, als habe er sein ganzes Leben dort verbracht. Marius war ein kleiner Schurke, und für Verres schämten wir uns, doch Plutarch und Sulla, Perikles und alle Horatier, der Dichter eingeschlossen, waren von jeher alte Freunde der Familie. Das waren Leute, mit denen wir verkehrt hätten, wenn es uns damals gegeben hätte. Doch aufgrund einer liebenswerten Einfachheit und aus Respekt vor der Wahrheit wurden wir erst zur Zeit der Kreuzzüge geboren.

Wir stammten irgendwie und aus weiter Ferne von den Erbauern der Akropolis ab, von Cäsars Legionen und von einem jüdischen Revolutionär, dessen Namen wir fast genauso verehrten wie den unsrigen. Noch ein Rätsel: er war der einzige Revolutionär, von dem wir Lehren annahmen, von dem wir sogar Lehren erbaten. Alles übrige zählte nicht. Was hatten wir mit den Azteken und Inkas zu tun, die nach uns in die Wirbel dieser Welt geraten waren? Natürlich wußten wir, daß Neger, Eskimos und die Gelben existierten, aber gesehen hatten wir noch keine. Es mußte erst die Kolonialausstellung stattfinden, ehe meine Großtante Bekanntschaft mit einem echten Neger machen konnte. Sie war übrigens entzückt darüber. Unmöglich war es allerdings, sich vorzustellen, daß solche Leute wirklich wie wir beschaffen waren. Es war nicht reiner Zufall, daß der gewöhnlich so tolerante liebe Gott ihnen dieses unvorteilhafte Aussehen gegeben hatte. Auch die Amerikaner waren nichts weiter als große, schlechterzogene Kinder, von denen man nur mit einem Lächeln sprach. Die Urgroßmutter meines Großvaters hatte Memoiren hinterlassen, in denen sie häufig Chamfort, Rivarol, Madame de Staël und Chateaubriand zitierte. Über Benjamin Franklin verlor sie kein Wort, und doch war sie ihm, das wußten wir aus sicherer Quelle, in Versailles begegnet. Mein Großvater folgte ihrem Beispiel und tat zuweilen so, als wisse er nicht, daß Amerika nicht mehr englisch war. Die Engländer mochte er nicht sehr, aber noch mehr mißtraute er bereits jener verdächtigen Hast, mit der die Kolonien sich von ihren Herren und Gebietern befreien wollten. »Das ist eine sehr junge Nation...«, sagte mit verträumtem Blick eine Gutsnachbarin, die zeigen wollte, wie gut sie informiert war. »Verdrießlich ist nur«, gab mein Großvater zur Antwort, »daß sie jeden Tag jünger wird.« Und er fügte hinzu, hätte er anstelle von Christoph Kolumbus Amerika entdeckt, er hätte sich gehütet, irgend jemandem ein Wort davon zu sagen. Außer unserem Volk gab es nur ein anderes, das Aufmerksamkeit und vielleicht sogar Achtung verdiente: die Chinesen. Sie hatten das Schießpulver erfunden, den Kompaß, das Feuerwerk, die Papierdrachen, und es war durchaus erlaubt, in den Mandarinen, von jeher ihren unwandelbaren Traditionen verhaftet, so etwas wie Gelehrte, ironische, stumme und ferne Kollegen zu sehen, halb Komplicen, halb Vettern, die durch den Ahnenkult und einen strengen

Individualismus für immer vor drohenden Revolutionen bewahrt blieben, die seit Luther und Cromwell über dem Abendland lasteten.

Wir führten ein sehr einfaches Leben; wichtig waren der Pfarrer, die Treibjagd, der Kult mit der weißen Fahne der Könige von Frankreich und der Familienname. Unser Leben hatte für uns nichts Erstaunliches, zu lange schon war es uns vertraut, als daß wir auch nur an ein anderes hätten denken können. Doch brauche ich mir nur eine Jahreszeit, einen Tag, eine Stunde dieser so durchsichtigen Existenz ins Gedächtnis zu rufen, und schon stoße ich auf die ganze Dichte der Geheimnisse, die sich hinter dieser Transparenz verbargen. Es hatte lange Zeit gebraucht, daß alles so klar und einfach wurde. Es hatte vieler Leiden bedurft, es war viel Schweiß und Blut notwendig gewesen, damit ich auf dem Fahrrad über die weißen Wege radeln konnte, rings um das große steinerne Gebäude mit seinen Türmen und Wehrgängen, das die Leute das Schloß nannten. Sie hatten recht. Es war eins.

Nichts war selbstverständlicher für uns, als in einem Schloß zu leben. Mein Vater war hier geboren sowie sein Vater und der Vater seines Vaters. Hier wurden wir geboren, und hierher kamen wir zum Sterben zurück. Ein Bruder meines Urgroßvaters war jahrelang ein sagenhafter und charmanter Hochstapler gewesen; nur noch eine oder zwei Photographien von ihm waren vorhanden, die anderen sind frommer Vernichtung zum Opfer gefallen. Er hatte dutzendweise Häuser, Schiffe, Rennpferde und sogar Frauen verkauft, die ihm nicht gehörten. Er war mit der Mitgift dreier junger Mädchen, die eines auf das andere folgten, nach Südamerika gegangen, und die Mädchen stammten natürlich aus der besten Gesellschaft. Man sagte, seine gottesfürchtige Mutter sei aus Kummer darüber gestorben. Sie war wie alle die Ihren in Plessis-lez-Vaudreuil gestorben. Und er selbst war, einige Jahre danach, trotz der Polizei, der Gläubiger, der Brüder und Väter seiner Verlobten, aus Argentinien zurückgekommen, um auch hier zu sterben, im Frieden des Herrn, der uns immer wieder unsere Verbrechen, unsere Verrücktheiten und unsere Irrtümer vergab. So gestalteten sich unser Raum und unsere Zeit um uns. Eine Zeit, die im Gegensinn dahinfloß und die unaufhörlich zu ihren Quellen zurückkehrte. Ein

Raum, dessen Mitte diese Wiege der Familie war, zu der der Tod uns zurückführte.

Das Schloß meines Vaters und meines Großvaters sowie dessen Vaters und Großvaters und ihrer Urgroßväter war im Lauf der Jahrhunderte und der Generationen, wie man sich wohl vorstellen kann, angefüllt mit den verschiedenen Hinterlassenschaften der Vergangenheit. Die voluminösen Kommoden, die Zylinderbüros, die mit Intarsien verzierten oder gelackten Konsolen, die nieren-, halbmondförmigen oder ovalen Tische, die zierlichen Schreibtischchen, die Wanduhren, die Teppiche aus Aubusson oder Flandern, die Gemälde, Vorfahren in Galauniform darstellend, lässig an einen Tisch gelehnt, mit einem Brief in der Hand, auf dem deutlich die beiden geheiligten Worte zu lesen waren: *Au Roy*, alles das und noch viel mehr, alles, was die weitläufigen, staubigen Dachböden füllte, wo riesige Reisekoffer standen und wir uns nicht verstecken durften, wo hinter den Spinnweben alle Gespenster der Vorfahren hausten, das alles war von den immer neuen Wogen der aufeinanderfolgenden Generationen zusammengetragen worden. Verkaufen und Kaufen galten als recht fragwürdige, leichtfertige und vulgäre Unternehmungen. Montaigne rühmt sich an irgendeiner Stelle, nichts erworben und nichts vergeudet zu haben. Auch wir kauften nie etwas, und wir verkauften nie etwas. Alles sammelte sich an, wurde immer umfangreicher aufgrund von Heiraten und Todesfällen, Mitgiften und Erbschaften. Wir haben nichts dazu getan: es war unsere Form von Eleganz. Unser Vermögen, wie unser Name, stammte aus grauer Vorzeit.

Jede Nation, jede Familie, jeder Mensch lebt mit einer Mythologie, die sein Dasein prägt. Unsere Mythologie war das Schloß. Das Schloß spielte eine gewichtige Rolle in unserem alltäglichen Leben. Man hätte vielleicht sagen können, es war die Verkörperung des Namens. Der gleiche Nimbus umgab beides. Es war der steingewordene Name. Es umfaßte nicht nur die Mauern, die Türme, den großen Innenhof, die breite Wendeltreppe, die König Franz I. nach seiner Rückkehr aus der Gefangenschaft zu Pferde hinaufgeritten war, die Wassergräben, in denen Karpfen schwammen, die noch die schönen Tage der legitimen Monarchie gekannt hatten. Es breitete sich aus über Felder und Wälder, in denen es eingebettet lag wie in einem

Schmuckkästchen. Von Zeit zu Zeit stieg mein Großvater mit mir auf den höchsten Turm des Schlosses. Wir überblickten die ganze Landschaft. Das Wetter war schön. Er zeigte mir, was die Jahrhunderte unserer Familie beschert hatten. In der Ferne sahen wir Saint-Paulin und Roissy und Villeneuve und den Friedhof von Roussette, wo wir alle beerdigt waren. Meine Großmutter pflegte zu sagen, das sei eine gut französische Erde, und mein Großvater fügte hinzu, sie gleiche all den anderen, die von Ronsard, La Fontaine und Péguy besungen worden waren. Ich blickte um mich. Ich sah Felder und Bäume und sanfte Hügel. Das war der Winkel Frankreichs, der uns gehörte.

Neben Gott, dem König, dem Namen unserer Familie gab es ein weiteres Wesen, das, zuweilen leicht zerzaust, im Schloß spukte: Frankreich. Unsere Beziehungen zu ihm waren ziemlich zwiespältig. Frankreich war natürlich nicht so alt wie der Name, den wir trugen. Es war nicht so alt wie der König, der es von Grund auf geschaffen hatte. Es war auch nicht so alt wie Gott. Doch schon vor den großen Blutbädern zu Beginn dieses Jahrhunderts waren ein Onkel und zwei Vettern von mir in den Reisfeldern Asiens oder in den Wüsten Afrikas gefallen. Es war keine richtige Ehe, die uns mit Frankreich verband. Wir hatten die Monarchie und die Kirche geheiratet. Das Frankreich der Neuzeit war wie eine alte Mätresse, an die man sich schließlich unter Wut und Opfern bindet. Da es keinen König mehr gab, mußte man sich mit Frankreich abfinden. Wir hatten weder für Monsieur Thiers etwas übrig noch für Gambetta, den mein Großvater starrköpfig Grambetta zu nennen pflegte. Ebenso wenig wie für Robespierre oder Jean-Jacques Rousseau. Immerhin hatte Frankreich noch recht schöne Tage erlebt mit dem Marschall Mac-Mahon und der Herzogin von Uzès, deren Promenaden im Bois de Boulogne noch nach vielen Jahren ein beliebter Gesprächsstoff an Sommertagen war, wenn die ganze Familie sich im Schatten der alten Linde zusammenfand, um den Kaffee einzunehmen. Wir sagten Frankreich alles nur mögliche Schlechte nach, aber es gehörte sich, im Dienst für das Land sein Leben zu lassen. Für etwas zu sterben, das den König ersetzte, war in unseren Augen eher eine Gepflogenheit und ein Metier als ein Liebesbeweis oder eine Pflicht.

Leider war Frankreich von der Republik besetzt. Wir waren

für Polignac, Boulanger, Henry, Jules Lemaître, Léon Daudet und Charles Maurras. Wir waren für Chambord und die weiße Königsfahne. Im Namen Frankreichs, des wahren, des anderen, unterhielt mein Großvater gegen die Republik eine Art kleiner Geheimarmee, die nur entfernt an die Glanzzeiten der Monarchie und an das Heldentum der Chouans erinnerte: ein Dutzend Turner, die am Tag der Jeanne d'Arc mit ihren Clairons aufmarschierten. Eines Abends erhielt mein Großvater aus irgendeinem unseligen Anlaß den Besuch eines Ministers der Republik. Als dieser in den Salon trat, erblickte er eine Zeitung, die auf einem Tisch herumlag. Aus höchst entschuldbarer Angewohnheit griff er nach ihr, entfaltete sie und sah, daß es die *Action française* war, die täglich unter großem Aufwand von Beleidigungen und mit genauester Regelmäßigkeit seinen Lebenswandel, seine finanzielle Ehrenhaftigkeit und seine Fähigkeit beargwöhnte.

»Oh, oh!« sagte der Minister. »Sie lesen dieses Schundblatt?«
»Jeden Tag«, sagte mein Großvater.
»Als Brechmittel?« fragte der Minister.
»Nein, Monsieur, als Stärkungsmittel!«

Eines stand fest: wir ließen uns für Frankreich töten. Auch wenn wir auf der Seite der Nationalisten standen, Frankreich war nicht eigentlich unser Vaterland. In Böhmen, Polen, Baden-Württemberg, Schleswig-Holstein, Belgien, Italien, in Wien, Moskau und Odessa waren wir ebenso zu Hause und vielleicht mehr noch als in Frankreich. Mein Vater sagte, die Kirche, die Pianisten, die Juden, die Sozialisten und wir hätten kein Vaterland. Durch Kriege, Verfolgungen aus Glaubensgründen, Eheschließungen und Zufälle war unsere Familie über ganz Europa verstreut worden. Es gab einen englischen Zweig, der unseren Namen mit einem urkomischen Akzent aussprach, einen italienischen Zweig, der einfach ein neapolitanisches *o* an die geheiligten Silben gehängt hatte, einen russischen Zweig, der dem Herzog Richelieu bis nach Odessa gefolgt war und abwechselnd Großfürstinnen, die stets deutscher Abstammung waren, und eine Reihe von Schauspielerinnen, die stets aus Frankreich stammten, Mitglieder des Theaters Michel, geheiratet hatte. Vor allem aber gab es einen deutschen Zweig.

Einer meiner Ur-Urgroßonkel der zwölften oder fünfzehnten

Generation hatte eine Schwester des Admirals Coligny geheiratet, und ein Teil der Familie hatte sich der Reformation angeschlossen. Sie alle, es waren nicht wenige, wurden in der Bartholomäusnacht umgebracht, mit Ausnahme eines drei Monate alten Kindes namens Henry, das seine Amme dadurch rettete, daß sie es drei Stunden lang, auf die Gefahr hin, es dem Erstickungstod auszusetzen, in einen großen Kamin hängte; glücklicherweise hielt die entsetzliche Hitze des Augusttages die betrunkenen Soldaten davon ab, Feuer anzumachen. Louis, Henrys Enkel, ging nach der Aufhebung des Edikts von Nantes nach Deutschland. In den Kriegen Napoléons, Bismarcks, Wilhelms und Hitlers kamen viele seiner Urenkel und die Enkel seiner Urenkel um. Doch zu Beginn dieses Jahrhunderts war noch ein gutes Dutzend vorhanden, sie duellierten sich mit wilder Eleganz, studierten Philologie in Heidelberg oder Tübingen und heirateten Krupp-Töchter.

Für uns waren die Mitglieder dieses deutschen Zweigs mit einer geheimnisvollen Aureole umgeben. Man wußte nie, wo sie eigentlich wohnten, noch was für Pässe sie besaßen. Sie flatterten zwischen Schlesiens Ebenen und Böhmens Bergen hin und her, sie waren in Marienbad anzutreffen oder im Schwarzwald, in den Gutshäusern oder Schlössern Ostpreußens und an den Ufern des Rheins, doch auch in Venedig und in Palermo, wo sie sich durch ihre Frauen den phantastischen Erinnerungen an Kaiser Friedrich II. und die Hohenstaufen verbanden. Im November 1918 erlebte ein Bruder meines Großvaters, damals Oberstleutnant und zum Stab des Marschalls Foch gehörig, eine große Überraschung: aus einem langen schwarzen Mercedes stieg ein Vizeadmiral der Ostseeflotte, der unseren Namen trug, zur Verhandlung über die Waffenstillstandsbedingungen: es war Onkel Ruprecht. Sein Sohn Julius Otto verschaffte sich einen zweifelhaften Ruf während der nationalistischen Wirren im Nachkriegsdeutschland. Er kämpfte gegen die Kommunisten auf der Seite von Kapp und General von Lüttwitz, dann von Ernst von Salomon, dem Verfasser der *Geächteten,* der *Kadetten* und des *Fragebogens,* und von General Ludendorff. Julius Otto blieb während der ganzen dreißiger Jahre an Hitlers Seite, aber er endete als Held, ihm wurde mit dem Beil der Kopf abgeschlagen, und er wurde an einem Fleischerhaken aufgehängt.

Zusammen mit seinem Vetter, dem Oberst Graf von Stauffenberg, hatte er am 20. Juli 1944 in Rastenburg in dem Raum, in dem der Führer eine Lagebesprechung abhielt, eine Aktentasche, in der eine Bombe tickte, unter den Tisch gestellt.

So standen wir, über das Schloß und über den Wald hinaus, mit der Welt in Verbindung. Es war eines der Geheimnisse unserer alten Familie, daß sie unter uns, in diesem abgelegenen, ländlichen Winkel Frankreichs, wo wir mit unserem Geistlichen, unseren Turnern, unseren Zimmermädchen und unseren Hundepflegern lebten, ein halb dem Tod verfallenes Europa und eine in Ohnmacht gefallene Welt erstehen ließ. Alles, was unsere Stärke und unseren Glanz am Wiener und Versailler Hof ausgemacht hatte, in den Londoner und römischen Salons, in den Feldlagern und auf den Schlachtfeldern, in den Klöstern und Kathedralen, auf fast allen Weltmeeren, verschwand mit großen Schritten in einem immer tieferen Dunkel. Einige Überreste blieben uns dank der Erinnerung und dank der verzweigten Verwandtschaft. Die Erinnerungen waren noch deutlich und die Verwandtschaften glanzvoll. Durch sie wurden wir über unser wahres Geschick hinweggetäuscht. Da wir in der Phantasie jeden Abend mit dem Regenten und dem Kronprinzen, mit dem Kardinal Rohan und dem Fürsten Metternich dinierten und mit allem, was auf dieser Erde an Marlboroughs und Jussupows noch übrig war, konnten wir uns einreden, unser Familienname stünde im Mittelpunkt des Universums. Wir lebten ein träumerisches und wahrlich poetisches Leben. Wir lebten sehr weit entfernt von uns, im Raum und in der Zeit. Und wir waren am Abend nicht allein in dem großen, matt erleuchteten Salon, zwischen unseren wertvollen Möbeln, unter den Blicken des Marschalls, der zwei Könige gerettet, und der Urgroßmutter, die drei andere an der Nase herumgeführt hatte. Das alte Haus war voll mit den Schatten derer, die nicht mehr da waren.

Obwohl mein Vater, mein Großvater und meine Onkel aus einem anderen Zeitalter stammten, hatten sie von sich selbst keine unsinnige Vorstellung. Sie stellten es stets unter Beweis und waren jedem gegenüber von entwaffnender Höflichkeit. Ich habe nie gehört, daß sie ein Wort lauter als das andere aussprachen. Mit genau der gleichen Ehrerbietung behandelten sie Seine Exzellenz den Erzbischof – wenn er uns einmal im Jahr, zur

Firmung, die Ehre machte, im blauen Zimmer zu übernachten – wie die Töchter der Jagdhüter und der Bauern von La Paluche. Meine Angehörigen hatten keinen persönlichen Stolz. Er war gänzlich dem Familienverband vorbehalten. Vielleicht kann ein gut Teil dessen, was ich erzählen werde, erklärlich werden durch die ziemlich unbedeutende Rolle, die die einzelnen in unserem Zusammenleben spielten. Keiner von uns hatte ein Eigengewicht. Was zählte, war das Geschlecht, das eines Tages, fast zur gleichen Zeit wie die Geschichte, begonnen hatte und sich in der Welt in vielfacher Gestalt fortsetzte, in unterschiedlichen Uniformen, in vielen verschiedenen Ländern und, wie durch ein wundersames Geheimnis, in vielen früheren Epochen stets gleichzeitig. Auf unsere Art veranschaulichten wir den Triumph des Geschlechts über die Person, der Kollektivität über das Individuum, der Geschichte über die Zufälligkeit. Es mußte weitergemacht werden, das war alles. Der Faden durfte nicht abgeschnitten werden. Nur nicht absinken. Stets seinen Platz behaupten. Aber es war immer nur ein Platz unter den anderen. Das persönliche Abenteuer erhielt seinen Sinn nur im großen Fresko der Zeiten. Die Geschichte war ein langes Geduldspiel, ein Puzzle, zu dem jeder von uns einige Stücke beitrug, ein gemeinsames, genau bedachtes Spiel, bei dem es nicht sehr sinnvoll war, ganz allein glänzen zu wollen. Mein Vetter Pierre hatte Ende der zwanziger Jahre mit irischen Katholiken viel Rugby gespielt. Er sagte, es sei ein Spiel, das ihn an die Familie erinnere: ein Mannschaftsspiel, bei dem die Leistungen des einzelnen nur auf die Mannschaft zurückfallen und bei dem es sich weniger darum handelt, sich hervorzutun, als gemeinsam zu gewinnen. Und kein Vorpreschen. Die Bälle der Familie flogen auch nach hinten.

Da heute alle Welt, ob reich oder arm, einen Großteil der Zeit damit verbringt, sich mit dem Geld zu beschäftigen, muß ich hier wohl ein Wort darüber sagen. Bei uns hätte man der Meinung sein können, Geld existiere nicht. Es existierte wirklich nicht, weil wir viel hatten. Doch hätte nie jemand die Stirn gehabt, darüber zu sprechen. Und ebensowenig, natürlich, es zu verdienen. Wie Krebs, Tuberkulose und Geschlechtskrankheiten war das Geld Gegenstand einer Behandlung, die darin bestand, es weit in den Hintergrund zu schieben. Das Bild von der

Welt, das wir durch dieses Übergehen gewannen, war ein bißchen undeutlich, aber höchst reizvoll. Später, zum Zeitpunkt, da diese Erinnerungen ihren Anfang nehmen, hielt das Geld einen triumphalen Einzug bei uns mit der wundervollen Gabrielle, Gaby genannt, der Frau meines Onkels Paul. Die Millionen paradierten unter den Fenstern des Schlosses, im Schatten der alten Linden. Sie kündigten den Eintritt endgültiger Katastrophen an nach Art jener unverhofften und trügerischen Besserungen, die bei Sterbenden dem tödlichen Ausgang der Krise voraufgehen. Aber in der klassischen Epoche ignorierte man das Geld. Es war einfach da. Keiner von uns hätte zu sagen vermocht, auf welch mysteriösem Weg es sich in neue Ziegel für die Dächer, in Maskenbälle für die englischen Vettern und in die während eines halben Jahres zweimal wöchentlich stattfindenden Treibjagden verwandelte.

Diese unwahrscheinlichen Umwandlungen bewerkstelligte eine sehr wichtige Persönlichkeit, die mit jungen Jahren in diese Stellung gekommen war und hochbetagt beim Anbruch der neuen Zeiten starb. Dieser Mann hieß Desbois (Holz). Er war der Intendant. Im Unterschied zu den Pikören, die La Verdure (Grün) oder La Rosée (Tau) hießen, und zum Jagdaufseher namens La Loi (Gesetz) – naive Leute wunderten sich über solch harmonisches Zusammentreffen – hieß unser Verwalter seit ewigen Zeiten Desbois. Und es war in diesem Fall wirklich ein Name, der für ihn bestimmt war. Das Geld stammte weder aus Pferdewetten noch aus Drogenverkäufen, weder aus Mädchenhandel – der Onkel aus Argentinien bildete eine Ausnahme – noch aus der Industrie, weder aus Geschäften noch aus Börsenspekulationen. Es stammte ausschließlich aus dem Boden und aus den Häusern – vor allem aber aus den Bäumen. Es kam aus den Feldern, den Wäldern, den Steinen und floß gefügig in die Hände von Monsieur Desbois, und es quoll wieder hervor in Form von Kutschern, Dienern, Köchen und Gärtnern. Es war einfach, reich zu sein! Uns gehörte ein gutes Stück des Département Haute-Sarthe, das eines der kleinsten in Frankreich ist, und wir besaßen verstreut in dem Pariser Stadtviertel, das sich von der Rue de Monceau bis zur Avenue de Messine erstreckt, einige Häuser. Später entdeckte ich, daß der junge Proust im Haus Boulevard Haussmann 102 unser Mieter gewesen war und daß zwei Angehörige der Académie française, ein Boxweltmeister aller Klassen und drei Minister der Republik – unter ihnen ein Sozialist – zu unserem Lebensunterhalt beigetragen hatten. Von den Gaunern und Kurtisanen will ich nicht reden; selbst Monsieur Desbois ist es nicht gelungen, ihre Anzahl festzustellen.

Von Zeit zu Zeit fuhren wir natürlich nach Paris. Für die Stadt empfanden wir Mißtrauen und Geringschätzung. Es war gleichsam eine Umkehrung des Trachtens und Strebens eines Julien Sorel oder eines Eugène de Rastignac. Sie begaben sich nach Paris, um Ruhm zu erwerben. Wir ließen unseren Ruhm in Plessis-lez-Vaudreuil und konnten gewiß sein, ihn bei der Rückkehr dort wieder vorzufinden. Nein, was wir in Paris suchten, war nicht ein bereits erworbener Ruhm, der dort auf uns wartete, es waren Tänzerinnen und Reitstiefel. Beinahe nichts: wir machten dort unsere Einkäufe und befriedigten unsere kleinen Bedürfnisse. Wir benutzten die Gelegenheit, uns im Vierspänner bei den Rennen in Longchamp zu zeigen, bei der unvermeidlichen Herzogin von Uzès, beim Tee der Tante Valentine und bei den Wohltätigkeitsbazaren der Damen von Sacré-Cœur. Vielleicht können diese Seiten bescheiden dazu beitragen, ein paar Dinge hervorzuheben, die sich seit dem Mittelalter, in dem wir lebten, bis zur neuen Zeit, deren Nahen wir hartnäckig nicht zur Kenntnis nahmen, geändert haben. Was sich ganz augenscheinlich und auf jeden Fall geändert hat, ist ein winziges, aber entscheidendes Detail: die Zeiteinteilung. Die Beziehungen zur Sonne, zur Hitze und Kälte, zur Natur und ihren Jahreszeiten sind andere geworden. Wir verbrachten den Herbst und Winter in Plessis-lez-Vaudreuil, weil dies die Jagdsaison war. Nach Paris hingegen kamen wir gerade vor Einbruch der großen Hitze, zwischen Frühling und Sommer, weil das die Saison der Rennen und der großen gesellschaftlichen Veranstaltungen war, auf die unser Mieter vom Boulevard Haussmann so versessen war.

Reisen unternahmen wir nie. Wir fuhren nach Paris erst in der Kutsche, später dann mit der Eisenbahn. Das war alles. Mein Großvater wäre nie auf die Idee gekommen, nach Syrien, nach Indien oder nach Mexiko zu reisen. Mit diesen Ortsveränderungen ging Aufregung und etwas unmerklich Vulgäres einher. Seit der Zeit der Kreuzzüge und der Seeräuber verließen wir Plessis-lez-Vaudreuil so gut wie nie. Man mußte lungenkrank sein, um die Côte d'Azur aufzusuchen, und das natürlich im Winter, da die Aussicht bestand, der Kaiserin Eugénie oder der Kaiserin Elisabeth am Cap Martin zu begegnen, der Königin Victoria in Cimiez und der russischen Zarin in Nizza, die, wenn sie ein Bad nahm, sich hinter einem Schutzschild von sechzig Kosaken verbarg. Sich zwischen Mai und Oktober in Nizza sehen zu lassen, wäre eine Schande gewesen, die man kaum überlebt hätte. Für eine Reise nach Nordafrika konnte es nur drei Motive geben: einen Mord oder einen schweren Diebstahl, die Flucht vor einem Angreifer, sofern man Elsässer war, und die Homosexualität. Einzige Ausnahmen bildeten Italien und Griechenland. Präsident de Brosses, Chateaubriand und Edmond About konnten als Beispiel und Entschuldigungsgrund dienen. Wer keine Angst davor hatte, als Künstler qualifiziert zu werden, mochte sich in Marseille einschiffen oder die Alpen überqueren, wenn er alte Steine abklopfen wollte.

Hingegen kamen die anderen häufig zu uns. Wir hatten Gästezimmer. Das blaue Zimmer, in dem der Erzbischof übernachtete, das rosa Zimmer, das gelbe Zimmer, wo Heinrich IV. geschlafen hatte – es gibt kein richtiges Schloß, in dem Heinrich IV. nicht geschlafen hat –, das Nelkenzimmer, das Zimmer der Marquise – weil die Marquise de Pompadour dort einige Nächte verbracht hatte –, die beiden Turmzimmer und das namenlose Zimmer. Keines hatte fließendes Wasser. Nichts war gewöhnlicher als fließendes Wasser: es verjagte – kein Wunder – die Gespenster. Wenn ich meinen Großvater in den Weihnachtsferien besuchte, erlebte ich, daß er das Eis in dem Krug mit dem Wasser für seine morgendlichen Waschungen zerschlagen mußte. Die Freunde kamen trotzdem. Um uns schwebte ein Hauch von Tradition und Brauchtum. Man kam, oft von weit her, um sich bei uns an den allerdings etwas mühsamen Genüssen vergangener Zeiten zu erfreuen. Das erste Badezimmer wurde 1936 während der Regierungszeit von Léon Blum im Schloß eingerichtet. Der soziale Fortschritt, sagte mein Großvater, müsse zu etwas nütze sein. Er hatte Fingerspitzengefühl für Zweckmäßigkeit, den richtigen Zeitpunkt, günstige Gelegenheiten. Der Taubenschießstand wurde im Park am

6. Februar 1934 errichtet. Und kaum hatte Stavisky sich eine Kugel in den Kopf gejagt, wurden Handwerker und Küchenmädchen, die bislang pauschale geldliche Zuwendungen erhielten, aufgefordert, von nun an Abrechnungen vorzulegen. Eine umwerfende Neuerung. Eine ironische Höflichkeitsbezeigung vor den verrotteten Sitten der Zeit. Alle waren erstaunt darüber und vielleicht auch ein bißchen schockiert.

Die Freunde, die Vettern, die Zweiglinien aus Österreich und Polen kamen nicht zum Mittagessen oder um das Wochenende bei uns zu verbringen. Sie quartierten sich für acht Wochen ein. Es muß ihnen zugute gehalten werden, daß sie von weit her kamen und die Reisen lang waren. Die Polen erschienen eines guten Tages mit zweiundzwanzig Personen und mit so vielen Gepäckstücken, daß der Bahnhofsvorsteher von Roussette den Totengräber und zwei Holzfäller anheuern mußte, um die Koffer ins Schloß zu schaffen. Ein russischer Vetter ging überhaupt nicht mehr weg. Noch heute wohnt er in Plessis-lez-Vaudreuil, wo er infolge der Umwälzungen unseres Zeitalters Funktionen ausübte, an die er in der Epoche der Feste und Soupers in Zarskoje Selo oder im Winterpalast nicht im Traum gedacht hatte: zwanzig Jahre lang ist er Feuerwehrhauptmann gewesen.

Sollte ich das Bild von unserem Leben mit zwei Worten umschreiben, würde ich sagen, es war solide und leichtfertig. Solide, weil es auf Grundlagen ruhte, die in der Vergangenheit nie gewankt hatten und die auch in der Zukunft – das stand außer Frage – nie in Zweifel gezogen werden würden. Zwischen der Welt und uns, zwischen unseren Ansichten und uns, zwischen uns und uns hätte nicht einmal eins von jenen dünnen Papieren der Marke Job Platz gehabt, mit denen sich mein Großvater seine Zigaretten drehte. Wir hafteten an uns selbst. Zweifel, geistige Unruhe, schlechtes Gewissen kannten wir nicht. Wir hatten viel Unglück erfahren. Es hatte sehr früh begonnen. Die Reformation war ein Unglück gewesen. Der Mißerfolg des Thronprätendenten, des Grafen von Chambord, war ein Unglück gewesen. Daß Dreyfus unschuldig war, war ein Unglück gewesen. Die Einführung der Einkommensteuer durch Caillaux war ein kleines Unglück gewesen. Die Verurteilung der Action française durch den Papst war ein großes Unglück gewesen.

Doch das waren Prüfungen, die weder den Glauben an tausendjährige Werte noch an die Ehre des Namens erschütterten. Einer meiner Vettern – gottlob ein sehr entfernter – hatte sich scheiden lassen, einer meiner Onkel hatte eine Jüdin geheiratet. Auch das waren Unglücksfälle. Es gibt kein Leben ohne Unglücksfälle. Im Lauf der Jahre waren wir immer weniger davon überzeugt, daß sich schließlich alles ordnen würde. Lange Zeit hatten wir es geglaubt. Wir waren nicht mehr ganz sicher. Aber wir wußten aus sicherer Quelle, daß die Ereignisse unrecht hatten, wenn sie uns Kummer bereiteten, und daß wir immer recht hatten. Gott und der König waren auf unserer Seite. Diese große Koalition war der Garant der Vergangenheit. Möglicherweise hatte sie auf die Zukunft keinen so großen Einfluß. Doch das war belanglos! Wir lebten in der Vergangenheit.

Es gab jedoch einige Episoden in unserer Geschichte, von denen wir nicht genau wußten, ob sie glücklich oder unglücklich gewesen waren. Das auffallendste Beispiel war Napoléon Bonaparte. Als der Korse Kaiser geworden war, herrschte bei uns keine einheitliche Meinung. Die einen verabscheuten ihn, weil er den König nicht zurückgeholt und den sympathischen Herzog von Enghien umgebracht hatte, der entfernt mit uns verwandt war. Die anderen hielten ihm zugute, daß er die Phrasendrescher verjagt hatte: ihnen war ein Militär lieber, der füsiliert, als Advokaten, die guillotinieren. Ein anderes Beispiel von Unstimmigkeit wurde uns durch den Onkel, von dem ich gerade sprach und der Tante Sarah geheiratet hatte, zuteil. Tante Sarah war Jüdin. Das war eine höchst grausame Prüfung, ein Schlag des Schicksals, der kaum zu erklären war, eine Art Geißel Gottes. Mein Großvater und meine Großmutter hatten an der Hochzeit nicht teilgenommen. Niemand war anwesend. Nur der Erzbischof von Paris, der die Trauung vorgenommen hatte, und viertausendfünfhundert Gäste, die nach der Messe ins Schlößchen Bagatelle eingeladen waren. Doch bei näherer Betrachtung stellte sich heraus, daß Tante Sarah nicht nur sehr schön war und aus sehr guter Familie stammte, sondern auch sehr fromm war und sehr gutgesinnt. Sie war eng befreundet mit mehreren deutschen Großherzögen und Prinzen und auch mit dem Erzbischof von Paris. Sie war obendrein sehr reich. Wie sollte man sich auch einer sehr reichen, natürlich konvertierten Jüdin gegenüber verhalten, die monarchistischer war als jeder andere und die unseren Namen trug!

Es wäre mir schrecklich, den Eindruck zu erwecken, ich machte mich lustig über die Familie. Es sei mir erlaubt, an dieser Stelle und heute einigermaßen feierlich zu erklären – heute, da sich die Dinge, wie man sich denken kann und wie man sehen wird, sehr verändert haben –, daß nichts nobler, nichts heiterer, nichts liebenswürdiger war als dieses blinde Geschlecht, aus dem ich stamme. Es hatte seine Schwächen. Wer hat keine? War denn Monsieur Daladier sehr stark? Es hatte seine lächerlichen Seiten. Ich sage nichts über Monsieur Blum: er war ein Fürst wie wir. Aber auch die Republikaner gaben häufig Anlaß zum Lachen. Es hatte seine grausamen Seiten. Hat die Revolution ganz saubere Hände? Hinter uns stand eine so feste Mauer aus Erinnerungen, Überlieferungen und Vorurteilen, daß wir uns geradehalten mußten. Wir hielten uns sehr gerade. Wir waren solide. Wir verstanden zu sterben. Die Leute liebten uns.

Die Leute liebten uns. Es könnte behauptet werden, sie begriffen nicht, daß die Religion sie verdummte, daß sie nicht zur völligen Selbsterkenntnis gekommen wären. Ich will hier nicht diskutieren. Ich will hier erzählen. Ich sage: die Leute liebten uns. Ich weiß nicht, ob sie die Condé liebten, die Richelieu, die La Rochefoucauld, die Talleyrand-Périgord. Ich sage nur, sie liebten uns. Zur Zeit des Widerstands und der Befreiung haben sie es uns bewiesen. Das gesamte Land hatten wir hinter uns. Die eine Hälfte war für meinen Großvater, der auf seiten des Marschalls stand. Die andere für meinen Vetter Claude, der einer der führenden Männer in der Widerstandsbewegung war.

Die Leute liebten uns aus einem ganz einfachen Grund. Weil wir sie liebten. Ja, wir liebten sie. Ich gestatte niemandem zu lachen, da ich nichts anderes als die Wahrheit sage. Wir waren keine Sozialisten, und wir waren keine Demokraten. Wir verabscheuten den Sozialismus, und wir verabscheuten die Demokratie. Wir waren nur Christen. Vor allem Katholiken, aber alles in allem Christen. Und wir liebten unseren Nächsten. Der Begriff vom Nächsten ging noch nicht sehr weit über die Grenzen des Schlosses und unserer Ländereien hinaus. Die kleinen Algerier und die Kinder im Kongo waren uns völlig gleichgültig, ebenso die Überschwemmungen des Gelben Flusses und das

Elend in Peru. Aber wir liebten die Unseren, die Bewohner von Plessis-lez-Vaudreuil und von Roissy, von Villeneuve und von Saint-Paulin.

Ich bin nicht einmal sicher, ob das, was ich berichte, ganz stimmt. Meine Urgroßmutter hielt uns an, das Silberpapier der Schokoladentafeln zu sammeln und es den kleinen Chinesen zu schicken, und ich erinnere mich noch genau daran, wie stets von ihrer ganz besonderen Vorliebe für die Berber und Kabylen gesprochen wurde. Man könnte mir entgegenhalten, dies sei eine bestimmte Art von Rassismus gewesen. Der Wahrheit entsprechend muß ich zugeben, daß sie die Berber und Kabylen – insbesondere deren Kinder – den bereits erwachsenen Arabern vorzog. Sehr viel später, zur Zeit der großen Auseinandersetzung zwischen dem Sultan von Marokko und dem Pascha von Marrakesch, mußte ich unwillkürlich daran denken, daß meine Urgroßmutter sicherlich auf seiten des Glaoui gestanden hätte, der kein Araber war. Sie fühlte sich verbunden mit den Herren des Atlas wie mit den chinesischen Mandarinen aufgrund jener Wahlverwandtschaft, die der Marxismus heute ein wenig grob mit dem Wort Klassenbewußtsein erklärt. Wie auch immer! Wir wissen heute nur zu gut: kein Mensch ist je ganz frei. Auch wir wurden von der Geschichte beherrscht – zweifellos mehr als alle anderen. Aber wir taten, was wir konnten, um die kleinen Brüder zu lieben, die uns der Herrgott gegeben hatte.

Und der Ausbruch des Vulkans Pelée auf Martinique? Das war wie der Brand eines Wohltätigkeitsbazars in den Dimensionen der dritten Welt. Noch Jahre und Jahre nach der Katastrophe sprach man bei uns mit tränenerstickter Stimme darüber. Und in der Zeitschrift *L'Illustration* betrachteten wir die Bilder der Verwüstungen. Man kann wirklich nicht sagen, daß wir gefühllos waren. Über die weite Welt wußten wir weniger als die Leute, die andächtig vor dem Bildschirm sitzen. Und es lag uns auch weniger, zu jammern und nichts zu tun. Es war das Gegenteil unseres heutigen Verhaltens. Meine Großmutter sorgte sich nicht allzusehr, was in Afrika oder Asien vor sich ging oder in Lateinamerika, das wir damals Südamerika nannten. Aber nie sprach sie von irgendeinem Elend, ohne sogleich zu überlegen, was sie zur Linderung tun könnte. Wir hatten Köche, die sich *Chef* betiteln ließen, sie trugen hohe weiße Mützen, die von Stubenmädchen mit Spitzenhäubchen ständig gestärkt werden mußten. Wir hatten Maîtres d'hôtel und Kammerdiener, Hauslehrer und Gärtner, Handwerker und Küchenjungen, Jagdaufseher und Hundepfleger. Und nie – niemals – ist einer unserer Leute, denn so nannten wir sie und so nannten sie sich selbst, gestorben, ohne daß meine Großmutter, meine Mutter oder irgend jemand aus der Familie am Fußende des Holzbettes unter dem Kruzifix mit dem geweihten Buchsbaumzweig gestanden und beim letzten Atemzug die Hand des Sterbenden gehalten hätte. Unsere Leute gehörten uns. Aber wir gehörten auch ihnen. Es war noch nicht die Zeit der zufällig eingestellten Dienstmädchen, die man wie den Kaufmann, wie den Wagen oder das Hemd wechselte. Jemand, der in unsere Dienste trat, brauchte keine Sozialversicherung, die es noch gar nicht gab, keine Rente, die es noch gar nicht gab, und kein Krankenhaus, das es noch gar nicht gab. Jemand, der in unsere Dienste trat, wußte, daß er nie arbeits- oder mittellos sein, daß er im Krankheitsfall gepflegt werden würde, daß er gegen Gefahren und Drohungen geschützt war, daß seine Kinder, wenn er starb, nicht allein dastehen würden. Wie hätte es anders sein sollen? Denn von dem Moment an, da jemand in unsere Dienste trat, sei es, um die Betten anzuwärmen oder die Gartenwege zu harken, war er ein Teil der Familie.

Bei uns gab es kein frostiges Protokoll wie in österreichischen und englischen Häusern, wo die Hierarchie der Ämter in der Küche und im Office sich streng nach der Rangordnung im Speisesaal richtete und wo die Diener der fremden Gäste mit den Namen ihres Herrn oder ihrer Herrin bezeichnet wurden. Wir waren, mein Großvater und sein Jagdhüter, meine Großmutter und ihre Zimmermädchen, meine Onkel und ihre Hundepfleger, eine große, festgefügte Familie, deren Mitglieder sich gegenseitig schätzten. Diese Familie dehnte sich über alle Dörfer der Umgebung aus. Die Kurzwarenhändlerin von Villeneuve, die Holzfäller von Roussette, die Waldhüter, die Dachdecker und die Arbeiter auf unseren Straßen gehörten zum selben Verband wie unser Vetter aus Pommern, der Ulanengeneral, oder der alte päpstliche Kammerherr, unser Urgroßonkel aus der Romagna und Lukanien. Wir schätzten niemanden gering ein. Nicht der Tugend wegen. Sondern weil wir ein uraltes Gebäude darstellten, dessen einzelne Teile durch einen Zement aus unvordenklicher Zeit miteinander verbunden waren und wo allein Gott und der König, zu einer leider fernliegenden Epoche, da er noch der legitime König war, sich von den anderen unterschieden.

Wir lebten in einem Verband. Es war ein unausgesprochenes, etwas mysteriöses, fast geheimes, für heutige Gemüter völlig unbegreifliches System. Das System der Ehre. Ebenso streng wie der Marxismus oder die Philosophie von Hegel. Doch nie sprach jemand darüber. Erklärungen hatte man nicht gern. Wir waren der Erde, den Pferden und unseren alten Bäumen zu nahe, als daß wir Ideen sehr geschätzt hätten. Aber unser ganzes stillschweigendes Leben war beseelt von einem Glauben, über den wir nie redeten. Einem Glauben an den Zusammenhang, an die Dauer, an die Beständigkeit der Dinge und Menschen, an einen großen Plan Gottes, in dem der Name der Familie ganz offensichtlich eine der vollkommensten Verkörperungen war. Einigermaßen verblüfft begriffen wir allmählich, daß dieser große Plan Gottes in Wirklichkeit von den Menschen unaufhörlich in Frage gestellt wurde. Niederlagen, Zusammenbrüche und Treulosigkeit hatten ihn nicht allzusehr bedroht. Vor Unglücksfällen hatten wir keine Angst, wir hatten zu viele erlebt. Vor Treulosigkeit und Verrat hatten wir keine Angst, es war vorgekommen, daß wir mit viel Allüre und Stolz in sie verwickelt waren. Diese Makel wurden bald wieder verwischt. Was hingegen die gottgewollte Ordnung zuerst langsam, dann immer schneller ins Wanken gebracht hatte, waren kleine Termiten, schädliche und giftige Insekten, tückische Nagetiere: die Ideen. Cäsar in Gallien, die Barbaren in Rom, die Türken in Konstantinopel, die Franzosen in Moskau und die Russen in Paris, Pest, Hungersnöte und Überschwemmungen – alles das hatte keinen allzugroßen Schaden angerichtet. Schaden angerichtet hatten Luther, Galilei, Darwin, Karl Marx, Sigmund Freud und Albert Einstein. Unter diesen sechs waren drei Juden, zwei Protestanten, von diesen wiederum einer Atheist, und ein Beinahe-Häretiker, und auf diese schreckliche schwarze Liste kam später auch noch, weil er das menschliche Gesicht zerstört hatte, Pablo Picasso, der sich zum Kommunismus bekannte. Was wir den Juden vor allem vorwarfen, war nicht so sehr das Geld, ihre langen Locken, das Blut Christi oder die krumme Nase, von der, nebenbei gesagt, auf dem entzückenden Gesicht meiner Tante Sarah keine Spur zu entdecken war, sondern daß sie dachten. Wir dachten sehr wenig. Mit großem Vergnügen erzählte mein Großvater, wie ein Bruder von ihm einmal einen wahrscheinlich sozialistisch eingestellten Droschkenkutscher anredete, der im schwachen Schein einer Straßenlaterne *La Pensée* las: »Denker, zu Maxim's.« Eine von weit her durch die Erde und die Jahrhunderte kommende Stimme rief uns zu, wir sollten nicht denken.

Unsere fabelhafte Gesundheit, die mit dem Namen der Familie seit Jahrhunderten verbunden war, rührte davon her, daß wir keine Ideen hatten. Dem hehren Gebäude, auf dem Gott und der Kaiser thronten, der König und der Papst, die Kardinäle, die Marschälle von Frankreich, die Herzöge und Pairs und wir, war von Galilei und Darwin ein unheilvoller Schlag versetzt worden, von denen der eine die Sonne sich nicht mehr um dieses Gebäude drehen ließ und der andere behauptete, wir stammten von einem Affen ab. War es denkbar, daß meine alte Tante Mélanie, die einen spanischen Bourbonen geheiratet und deren strahlende, sprichwörtlich gewordene Schönheit nacheinander zwei Vettern tödlich getroffen hatte, von einem Affenweibchen und einem Orang-Utan abstammen sollte? Die Japaner waren weiser und schicklicher, sie ließen ihre Kaiser von der Sonne und vom Mond abstammen. Unsere Stärke war so in sich gefestigt, daß wir an die Flausen der Gelehrten nicht recht glaubten. Zu häufig waren die Gelehrten Republikaner. Im Grunde unseres Herzens waren wir stets der gleichen Meinung wie die Heilige Inquisition. Seit vielen Jahrhunderten ging die Sonne über dem Ruhm der Familie auf und wieder unter. Wir konnten doch nicht plötzlich, um einem Italiener von geringer Herkunft zu gehorchen, beginnen, uns um die Sonne zu drehen. Der Fall Darwin lag einfacher: er gehörte zum Pöbel. Wir fragten uns kühl und scharfsinnig, welchen verderblichen Interessen – fraglos hingen sie mit den Juden und mit den Freimaurern zusammen – diese Sucht, uns zu demütigen, nützen sollte.

Wir wollten die Risse im Gebäude, die im großen Gefolge des Ruhms ausgeblichenen Gewänder, die geflickten Kniehosen, die humpelnden Greise, die aufrührerischen Sklaven und die knochenlahmen Pferde nicht sehen, wir sahen sie nicht. Ich hoffe, man glaubt mir das. Wir schlugen uns nicht des Geldes wegen. Sondern für ein bestimmtes Weltbild, das nicht bestritten werden konnte. Der Genosse Karl Marx hat möglicherweise recht, wenn er sagt, daß mein Großvater und die Seinen ausschließlich eine wirtschaftliche Stellung verteidigten. Doch dann muß er den guten Doktor Sigmund Freud zu Hilfe nehmen: wir ahnten nichts davon. Gott, der König, die Vergangenheit und die Familienehre bildeten zwischen uns und dem Geld eine dichte Schutzwand.

Dieses noch recht solide Gebäude hatten die Termiten, die an ihm nagten, porös gemacht. Es war voller Löcher. Wir lebten schon nicht mehr in der berauschenden Welt der Wirklichkeit, und unsere abgestorbenen Zweige waren am Baum verdorrt. Wir arbeiteten nicht. Das Leben ging ohne uns weiter. Wir nahmen an nichts mehr teil. Wir hatten den Dienst quittiert und hingen der Melancholie der Erinnerung nach. Alles wirkte mit bei diesem Rückzug. Mein Großvater, der Chef der Familie, hatte sich nicht einmal dem einzigen Handwerk hingeben können, das ihn achthundertjährige Überlieferung gelehrt hatte: dem Waffenhandwerk. Er war zwei oder drei Jahre jünger als meine Großmutter, er wurde 1856 geboren. 1870 war er vierzehn Jahre alt: zu jung. 1914 war er achtundfünfzig Jahre alt: zu alt. Aber 1945 war er neunundachtzig Jahre alt, und er war noch lebendig genug, um im Jubel des Sieges das Ende einer Welt zu erkennen, die er als Amateur durchschritten hatte. Ich berichte vom Ende einer Welt. Es gibt nichts Traurigeres.

Wir waren leichtlebig. Ach, wie leichtlebig waren wir! Charmant, häufig gut aussehend, stets hervorragend erzogen, sehr groß, sehr solide und sehr schwach, großartige Jäger, manchmal blaß und erschöpft, immer unermüdlich, impulsiv und mit plötzlichen Gelüsten, mit grenzenlosem Mut bei allem, was uns Spaß machte. Wir waren Azteken, Inkas, Kulaken, Catharer oder Bogomilen, georgische Prinzen, Kaufleute aus Balkh oder Merw im Schatten Dschingis-Khans, Helden aus Atlantis: alles aufgegebene Volksstämme, sie wußten es nur nicht. Welche Ironie! Wir hielten uns für Fürsten, große Herren, für die rechte Hand Gottvaters, und wir waren nichts anderes als das, was wir am meisten mißachteten: wir waren polnische Juden des Jahres 1939. Mit unseren alten Schlössern und unseren guten Manieren, mit unserer Sympathie für die Handwerker, die Korb- und

Stuhlflechterinnen, die Töpfer, mit unseren verrückten Ansichten über die Ehre, mit unserer Geringschätzung Geld und Arbeit gegenüber, mit unserem Gothaer Adelskalender unter dem Arm, mit unserem Gott in Gestalt eines Götzenbilds, mit unserer Liebe zur Erde und zur Vergangenheit, in einer Welt, die mit Macht in eine Zukunft strebt, aus der die Bäume, die Pferde, die Geduld, das Ewige und der Respekt von vornherein ausgemerzt sind, waren wir zum Tod verurteilt. Zusammen mit den Juden und Kommunisten, mit den Zigeunern und den Freimaurern waren wir reif für das Beil, den Genickschuß und die Konzentrationslager. Sie aber würden ihre Revanche haben, sie hatten in jedem Fall eine Hoffnung auf die Zukunft. Wir nicht. Waren wir uns dessen bewußt? Ich stelle mir vor, es war wie der Gedanke an den Tod bei den meisten Sterblichen: wir wußten, daß wir sterben mußten, wir ahnten dunkel, daß wir bereits gestorben waren, doch wir wollten es nicht glauben, und wir konnten es nicht. Daher verbargen wir unser unseliges Geschick vor uns selbst. Wir verbargen es hinter unserer Kleidung, hinter unseren Treibjagden, hinter dem Kult mit unserer Tradition, hinter einer gewissen Lächerlichkeit und Absurdität, der der Schatten des Todes eine Art Größe verlieh.

Eine lächerliche Größe: so etwa, wie ich meine Großonkel Joseph und Louis sehe, meinen Urgroßonkel Anatole, ihre hohen Stehkragen, ihre Backenbärte, ihre Cuts und ihre Gehröcke, ihre unnachahmliche Sprechweise, ihre Anhänglichkeit an die legitime Monarchie, die Strenge ihres Urteils und ihrer Überzeugung, ihre makellose Rechtschaffenheit und ihre grenzenlose Verblendung. Sie waren nicht ungebildet. Griechisch und Latein sprachen sie besser als ich, der zehn lange Jahre darauf verwendet hatte, diese Sprachen auf den Schulen der Republik ohne großen Erfolg zu erlernen, und sie hatten alles gelesen, was bis zum Anbruch des 18. Jahrhunderts erschienen war. Von da an wurde die Auswahl beschränkt. Zunächst wurden einige gestrichen – Jean-Jacques Rousseau und Diderot – wegen Unverschämtheit und Teufelei, und dann blieben nach dem Schiffbruch 89 schließlich nur ein paar übrig, *rari nantes*...: Joseph de Maistre, Vigny, Barbey d'Aurevilly, höchstens noch Bonald, Octave Feuillet, Victor Cherbuliez, Maurice Barrès oder Léon Daudet und natürlich der Größte von allen, den die

Meinen von der ersten bis zur letzten Seite neben dem Herzog von Saint-Simon – der durch seine Frau Marie-Gabrielle de Durfort, Tochter des Marschalls von Lorges, Schwester der Herzogin von Lauzun, mit unserer Familie verwandt war – auswendig konnten, der Vicomte de Chateaubriand. An ihm gefiel ihnen alles: die Herkunft, die Überzeugungen, die Treue, der Stil. Mit seinen Verrücktheiten, seiner moralischen Strenge, seinen unzähligen Mätressen, seinem Hang zum Selbstmord und zu Ruinen, seiner unwiderstehlichen, mit witzigen Einfällen durchsetzten Melancholie, seiner Anhänglichkeit an eine verlorene Sache war Herr von Chateaubriand ihr Mann. Treue: darin ist er noch mein Mann. Nein, wir waren nicht ungebildet. Aber wir waren tot. Die Zeit war über uns hinweggegangen.

Ich glaube, das ungefähr war die Welt, in der wir lebten. In fast tausend Jahren hatte sie sich kaum verändert. Und wir wollten keineswegs, daß sie sich veränderte. Wir mochten noch so sehr in unseren Träumen leben und die Augen vor dem verschließen, was uns mißfiel, wir erkannten die Welt nicht mehr. Wir sprachen von ihr wie von einem alten Onkel, der von einer unheilvollen Krankheit gezeichnet war. Wir blickten uns an, wir wiegten die Köpfe, wir murmelten: »Wie hat sie sich verändert!« Offen bekannten wir nichts, aber in uns selbst, in unergründlichen Tiefen, hegten wir eine Philosophie des Schweigens und der Unbeweglichkeit. Von Ideen heißt es sehr richtig, daß sie sich ihren Weg durch die Menschen bahnen. In diesem verdächtigen Vorgang, in dem – natürlich sozialistische – Philosophen einen Fortschritt des Bewußtseins sahen, vermuteten wir hingegen ein unterirdisches Bohren, eine langsame Untergrabung und Unterminierung unserer bedrohten Kathedralen. Über diesen Desastern setzten wir die Schau unseres hohlen Lebens fort. Wir erwarteten nichts mehr. Wir versuchten, stets vergeblich, den Lauf der Sonne und der Zeit aufzuhalten. Gott, unser Gott, verweigerte seinen neuen Josuas dieses Wunder. Wir hatten keine Angst, weil der Mut, den wir jahrhundertelang auf allen Schlachtfeldern zur Schau getragen hatten, es uns nicht erlaubte. Aber es war ein Bruch vorhanden zwischen der Welt und uns. Denn die Welt gab sich unaufhaltsam, fast könnte man sagen genüßlich und süchtig, einem unverzeihlichen Verbrechen hin: wir waren stehengeblieben, und sie bewegte sich weiter.

Die Bresche

Eines schönen Frühlingstages, ganz am Ende des vorigen Jahrhunderts, brach die moderne Welt schließlich doch in unsere Familie ein. Um uns besser umgarnen zu können, hatte sie die Gestalt eines sehr blonden jungen Mädchens angenommen, das der Herzog von Westminster und der Neffe von Basil Zaharoff bereits im Vierspänner bemerkt hatten, auf den Bällen am englischen Hof oder bei Wohltätigkeitsbazaren, die natürlich von Damen, immer denselben, der höchsten Gesellschaft veranstaltet wurden. Ob es sich um Einfuhr oder Ausfuhr handelte, bei uns waren die Frauen immer schön. Mein Onkel Paul, der nie etwas anderes mit seinen beiden Händen getan hatte, als bei der Messe in der Schloßkapelle zu ministrieren und nach mehrstündiger Jagd durch Teiche und Dickichte beim Halali den Hirsch zu erlegen, traf auf Gabrielle wie in einem Roman von Octave Feuillet: er stellte sich in einem Wald in der Sologne einem durchgehenden Pferd in den Weg und fing in seinen Armen die halb ohnmächtige Tochter eines Kanonen- und Orangenhändlers auf. Er heiratete sie. Sie war bezaubernd, von überdurchschnittlicher Intelligenz, sehr begabt und unermeßlich reich. Es nützte alles nichts. Diese so verlockende Verbindung gefiel keinem. Die Familie ließ sofort wissen, daß sie nicht einverstanden sei. Und der Kanonenhändler war es ebenfalls nicht.

Heiraten war einer der Schlüssel zu unserem alten Universum. Jahrhundertelang hatten wir Standesgenossen geheiratet. Im Laufe der Zeit wurde es immer schwieriger, Familien zu finden, die ebenso alt waren wie die unsere. Fast alle waren allmählich erloschen. Die Revolution hatte mit gutem Appetit einige verspätete Überlebende verschlungen, die sich um eine Verbindung mit uns hätten bewerben können. Wir hatten uns darauf beschränken müssen, uns untereinander zu verheiraten. Es gab nur noch uns, die so lebten wie wir. Nur noch wir selber fanden Gnade vor unseren Augen. Der Stammbaum der Familie hatte im Verlauf von weniger als zwei Generationen eine schreckliche Verwicklung erfahren: fast alle Ehegatten waren Vettern oder Onkel und Nichte oder Tante und Neffe, und oft ergaben sich drei- oder vierfache Verwandtschaften zwischen den Blättern an den Zweigen, zur Wonne der Archivare und der Vettern aus der Provinz. Die ungeschriebenen Heiratsgesetze reduzierten den Planeten und seine Bewohner auf die Dimension der Sippe.

Das Geld zählte bei diesen Verbindungen nicht sehr. Was zählte, war das Blut. Die Anciennität floß durch die Adern. Die Familienpapiere nahmen die Stelle der Bankkonten ein. Wenn von Aktien und Obligationen gesprochen wurde, dachten wir an die Kreuzzüge und unsere Feudalverpflichtungen. Wir hatten die alten Traditionen bewahrt, und wenn ein Zweig des Stammes ein bißchen zu arm wurde, waren immer noch die Klöster da, um das Gleichgewicht wiederherzustellen. In gewissem Sinne übernahm die Kirche, im Verein mit Krieg und Mikroben, die Geburtenregelung und den Ausgleich der Budgets. Diesem finanziellen Gleichgewicht, von dem nie jemand sprach, wurde von der Revolution ein Schlag versetzt, von dem wir uns nicht erholen sollten. Ein Blick genügt, um eine der größten Katastrophen unserer gar zu langen Geschichte klar zu erkennen: die Abschaffung des Erstgeburtsrechts.

Die Frauen, die nachgeborenen Kinder, die Jüngeren waren lange Zeit zu nichts anderem nütze, als die Anzahl der Familienangehörigen zu vergrößern und zu sterben. Sie waren Instrumente, Werkzeuge, Getriebe und höchstens Ersatzteile. Der Tod eines Mädchens oder eines kleinen Bruders wog nie sehr schwer. Und eine Frau konnte im Wochenbett ruhig verscheiden, wenn sie einen Sohn hinterließ, der den Namen weitertrug. Die Mädchen waren nicht wichtig, da sie diesen Namen eines Tages verloren. Und sie verloren ihn, weil sie nicht wichtig waren. Die Schlange Evas biß sich in den Schwanz. Die Frauen und die Nachgeborenen hatten keine andere Daseinsberechtigung, als dem Ruhm der Familie zu dienen, deren Chef der Älteste war. Allein der Älteste zählte wirklich, da er das durch ihn verkörperte Geschlecht fortsetzte. Es war alles so angelegt, daß die gesamten Mittel der Gruppe auf sein Haupt übertragen wurden. Wenn es geschah, daß Brüder und Schwestern plötzlich nicht sterben, nicht ins Kloster gehen, nicht stillhalten wollten, sondern ihren Anteil am väterlichen Erbe forderten, war die Familie tot oder die Idee, die wir uns von ihr machten. Um aus den Schwierigkeiten herauszukommen, mußten wir versuchen, die Löcher zu stopfen, zu flicken.

Eine günstige Heirat war für viele ein wichtiger Bestandteil dieser Flickerei. In unseren Wunschträumen hielten wir uns ein bißchen besser. Mit Verachtung sahen wir zu, wie Amerikanerinnen, Bürgerliche und Jüdinnen die Nachfahren von Konnetabeln und Prinzen von Geblüt wieder flottmachten, die ihrer Bank, ihrem Schneider, ihrem Stiefelmacher gegenüber in Schwierigkeiten geraten waren. Der Boulevard Haussmann und die Gutshöfe in der Haute-Sarthe erlaubten uns, solchen Anfechtungen zu widerstehen. Das Erscheinen von Tante Sarah hatte allerdings ein bißchen Verwirrung – gleichzeitig aber auch Geld – in diese unwandelbare Ordnung gebracht. Doch Onkel Joseph, ihr Mann, der Bruder meines Großvaters, war nicht der Erstgeborene. Alles, was er machte, sogar seine Dummheiten, wurde als belanglos angesehen. Und zudem spielte in dieser Familie, die ganz mit der Erinnerung lebte, das Vergessen eine Rolle. Sehr alte Familien sind wie sehr alte Menschen: sie fallen in einen Kindheitszustand zurück, und Altersschwachsinn bedroht sie, aber er schützt sie wohl auch. Schließlich und endlich hatten wir Tante Sarahs Herkunft vergessen. Ihr Bruder hatte eine Châtillon-Saint-Pol geheiratet und ihre Schwester einen Bourbon-Vendôme. Wir vermischten die Generationen und redeten uns mehr oder weniger ehrlich ein, ihr Vater sei ein Châtillon-Saint-Pol und ihre Mutter eine Bourbon-Vendôme. Infolge einer subtilen Mischung von Beständigkeit und Unbeständigkeit stellte die Familie, trotz der Wirren der neuen Zeit, eine noch nie dagewesene einheitliche Front dar, als Onkel Paul, ältester Sohn meines Großvaters und zukünftiger Chef der Familie, sich in der Sologne in seine schöne Kanonierin vernarrte.

Die Remy-Michault hatten im Verlauf von hundert Jahren eine glänzende Karriere gemacht. Leider nur seit hundert Jahren. Und leider eine Karriere. Bei uns machte man nicht Karriere. Alles war immer vorgegeben. Wir fanden in der Wiege alles, was unseren Ruhm ausmachen würde. Wir fügten nie etwas hinzu. Die Karriere eines einzigen Jahrhunderts, oder kaum mehr, stellte gar nichts dar, und der Beginn war nicht sehr günstig. Der Beginn fiel in die Zeit des Kaiserreichs. Oder, schlimmer noch, in die Zeit der Revolution. Albert Remy-Michault stand auf derselben Stufe wie die Schneider, die Wendel, die Sommier. Er war einer der elegantesten Männer seiner Zeit. Zusammen mit Charles Haas war er das Vorbild für die Gestalt von Swann. Er stand an der Spitze eines mächtigen Industrieunternehmens mit zwanzigtausend Arbeitern und verfügte über ein Vermögen, das keinen Anlaß zum Scherzen gab. Er war Kommandeur der Ehrenlegion, und er verkehrte in den exklusivsten Kreisen von Paris. Mein Großvater beachtete nur eines: er war Republikaner. Seit acht Jahrhunderten oder länger hatte es in der Familie keine Republikaner gegeben, und sie war gut dabei gefahren. Was bisher gegolten hatte, sollte auch weiter gelten. Mein Großvater sah keinen Grund, wegen einer zufälligen Begegnung mit einer recht mittelmäßigen Reiterin eine so langjährige und löbliche Einstellung aufzugeben.

Es lag noch Schlimmeres vor. Alle Welt wußte, daß der erste Remy-Michault, der sich noch Remy Michault nannte, im Kaiserreich Präfekt gewesen war, ehe er unter dem Bürgerkönig Minister für Handel und Straßenbau wurde. Aber viele hatten vergessen, daß er zuvor, im Alter von fünfundzwanzig Jahren, dem Nationalkonvent angehört hatte. Mein Großvater hatte ein hervorragendes Gedächtnis, sowohl für das Schlechte wie für das Gute. Irgendwo bewahrte er, zusammen mit dem Verzeichnis der Herzöge und Pairs sowie der Marschälle von Frankreich, die schwarze Liste der Königsmörder auf. Er brauchte nicht lange, um herauszufinden, daß Michault de la Somme (Remy) am 20. Januar 1793 für den Tod des Königs gestimmt hatte. Das war ein Donnerschlag am Himmel von Plessis-lez-Vaudreuil. Die Marschallstäbe, die Perücken und die Fangschnüre wackelten in ihren Bilderrahmen. Noch vierzig Jahre später erzählte mir meine Mutter davon. Bei dem Gedanken, sein Enkel könne der Nachkomme eines Königsmörders sein, stockte meinem Großvater das Herz. Das hatte eine der ältesten, eine der königstreusten Familien Frankreichs nicht verdient.

Die Michault, dann Michault de la Somme, dann von neuem Michault, dann Remy-Michault – »Sie wissen nicht, wie sie richtig heißen«, sagte mein Großvater – hatten indes eine Spur in der Geschichte Frankreichs hinterlassen. Allerdings handelte es sich um die neuere und fast zeitgenössische Geschichte. Und die Spur war durch Blut und Geld glitschig geworden. Michault de la Somme war der Sohn eines Gastwirts und einer Bauernmagd und hatte nicht nur für den Tod des Königs gestimmt. Bald danach hatte er auch seine Kollegen guillotinieren lassen. Er erschien im Schatten von Sieyès, Barras und Tallien. Dem Ersten Konsul fiel er auf, als er in der Armeeintendanz Dienst tat, er war Adjutant von Daru; er wurde Präfekt im Département Marne, dann im Département Somme, wo er geboren war und wo er nun um die Hand der Tochter der ehemaligen Herren des Landes anhielt und sie auch erlangte. Der Baron Michault erklomm damit zum erstenmal einen der Gipfel seiner Karriere. Im Schatten Fouchés und Talleyrands bereitete er mit Zar Alexander und Metternich still und leise den Sturz Napoléons, dem er alles verdankte, und die Rückkehr der Bourbonen vor, die er hatte auslöschen wollen.

Den zweiten Gipfel erreicht der ehemalige Königsmörder unter Louis-Philippe, dem Sohn seines alten Komplicen, dem Herzog von Orléans, der als Philippe-Égalité dem Nationalkonvent angehört und auch für den Tod des Königs gestimmt hatte. Der König der Franzosen wittert in diesem monarchistischen Republikaner, der lange mit dem Kaiserreich verbunden war, gleich einen guten Diener. Er macht einen Minister aus ihm. Der Posten ist gut. Baron Michault, zuerst Handelsminister, dann Minister für Straßenbau, schafft sich ein Vermögen, indem er auf Eisenbahnen spekuliert. Er überlegt, ob er seinen Namen Michault de la Somme wieder annehmen soll, dessen Adelsprädikat ihn reizt und ihm möglicherweise nützlich sein kann. Doch Michault de la Somme erweckt noch zu viele Erinnerungen. Er faßt den Entschluß, sich Remy-Michault zu nennen. Der Bindestrich ist fast so gut wie das Adelsprädikat. Baron Remy-Michault trägt mit seinem stets berechneten Gepränge zu den schönen Tagen des Orleanismus bei. Sein Sohn Lazare Remy-Michault läßt sich in Nordafrika nieder. Zum Industrievermögen kommt das Kolonialvermögen. Noch ein paar Pirouetten, ein bißchen Wirbel, einige Massaker – und schon sind die Remy-Michault dabei, als Sieger am Gestade der Dritten Republik zu landen. Dort fühlen sie sich von vornherein ebenso wohl wie irgendwo anders. Außer den gestürzten Regimen sind ihnen alle Regime recht. Und sie haben auch nichts gegen Revolutionen, wenn sie selbst sie machen. In Baron Remy-Michault, dem Revolutionär, dem Präfekten des Kaiserreichs, dem Talleyrand im Taschenformat, dem Minister Louis-Philippes und dem Börsenspekulanten, ist unschwer ein Vorbild für Claudels Toussaint Turelure zu erkennen, den etwas unheimlichen Helden der Schauspiele *Die Geisel* und *Das harte Brot*. Wir hingegen hatten eher ein Faible für die Sygne de Coûfontaine. Lange hatten wir auf der Seite der Stärke gestanden. Jetzt waren wir Besiegte. Und zwangsläufig sympathisierten wir aus Treue eher mit den Opfern als mit der Geschicklichkeit der Sieger.

Claudel hatte es richtig gesehen: die Remy-Michault waren die Leute der Geschicklichkeit, der Gelegenheit, der Geschichte, die in Greifweite vorüberstreift und die man beim Schopfe packt. Auch die Remy-Michault hatten Familientraditionen: sie bestanden in erster Linie darin, keine zu haben, um völlig sicher zu sein, nie etwas zu verfehlen. Sie machten sich alles zunutze. Man hätte sagen können, sie mästeten sich von der vorüberwehenden Luft. Sie hatten die Revolution von ihren Köpfen abwenden können und dann zu ihrem Nutzen eine unentschlossene Monarchie umgestaltet, ein wiederauferstandenes Kaiserreich und eine in den Kinderschuhen steckende Republik. Wir waren schon längst tot. Sie hingegen waren lebendig! Stets munter, aktiv, wach und sogar waghalsig in einer gewissen Schlaffheit, hervorragend intelligent, schwankend und wechselnd – die Remy-Michault waren Präfekten und Minister, dann Botschafter und Staatsräte gewesen und gaben somit auch ein gewisses Bild von Frankreich ab. Ein anderes Bild. Aber ein Bild. Und sogar ein recht strahlendes. Wir wären lieber umgekommen, als uns in diesem Bild wiederzuerkennen.

Mein Großvater bediente sich im Hinblick auf die Michault nur eines Worts: Schurken. Sie hatten den König verraten. Sie hatten die Kirche verraten. Gleichermaßen die Gegner des Königs und die Gegner der Kirche. Aber das unbedeutende Verbrechen, die Gegner des Königs verraten zu haben, machte das ungeheure Verbrechen, den König verraten zu haben, nicht wieder gut. Ein Freund der Remy-Michault hatte versucht, bei der Familie ein gutes Wort für sie einzulegen. Er wies darauf hin, daß der erste Michault zu den wenigen Leuten gehöre, die Robespierre vernichtet hatten, und mußte sich die Erwiderung gefallen lassen: »Ich möchte Ihnen in zwei Worten die Geschichte des Thermidor umreißen: das war das Massaker, bei dem einige Halunken andere Halunken umbrachten. Weiter nichts.« Uns war alles fremd, was in dreißig oder vierzig Jahren zum Glück und Erfolg der Michault beigetragen hatte: Wendigkeit, Anpassungsfähigkeit, Verständnis des Weltgeschehens, die Kunst, sich schnell zu wandeln, Talent und vielleicht Intelligenz. Wir waren nicht intelligent. Wir hatten kein Talent. Trotz soviel Niedrigkeit, oder vielleicht gerade ihretwegen, waren die Michault für den Erfolg geschaffen. Wir liebten, nach soviel Ruhm, nur noch den Mißerfolg. Und wir tauften ihn Treue.

Erfolgreich sein war eine Sucht bei den Remy-Michault. Sie begnügten sich nicht damit, Ämter, Vermögen, eine glänzende Existenz zu haben. Der Enkel des Konventsmitglieds, der Sohn von Lazare, der Großvater von Albert Remy-Michault, war französischer Gesandter in Bayern und bekam 1870 den Auftrag, Bismarck im Schloß von Ferrières zu empfangen. Seine außergewöhnlichen Fähigkeiten hatten seine Gesprächspartner, wie stets, beeindruckt, und sogar der Eiserne Kanzler sprach sich in einem Brief an Thiers lobend über ihn aus. Doch vor allem hatte er sich mit den damaligen Rothschilds liiert. Gleich nach dem Krieg hatte er den Staatsdienst quittiert und war in die Bank eingetreten, deren Pforten ihm Baron Alphonse und Baron Gustave geöffnet hatten. Alle großen Geschäfte der damaligen Zeit waren durch seine Hände gegangen: die Zahlung der fünf Milliarden Kriegsentschädigung an die Preußen, der Betrieb des Suez-Kanals, die Vorbereitung des Panama-Kanals. Zwischen 1882 und 1886 hatte er nacheinander den Vorsitz der Bergwerke von Anzin und Maubeuge, der Hüttenwerke von Riquewiller und der Stahlwerke von Longwy inne. Er war beteiligt an der Schaffung der »Compagnie internationale des wagons-lits et des grands express européens«. Als einer der ersten befaßte er sich mit Tourismus. In Übersee führte er die Unternehmungen von Lazare Remy-Michault weiter, und zwischen Fez und Kairouan gehörten ihm ganze Palmen- und Olivenwälder, Orangenhaine und die schönsten Zitronen- und Mandarinenpflanzungen. Ein großer Teil des Handels mit Südfrüchten zwischen Nordafrika und dem Mutterland wurde zudem von Gesellschaften abgewickelt, die er direkt oder indirekt beaufsichtigte. Der Karikaturist Forain sagte, wie meist in drolliger Art und Weise, ein oder zwei Millionen Früchte pro Tag erlaubten den Remy-Michault, dem Hungertod zu entgehen. Er hätte hinzufügen können, daß dann und wann ein Krieg ihnen auch nicht zum Schaden gereichte.

Bin ich den Remy-Michault gegenüber gerecht gewesen? Nichts ist schwieriger, als die Worte zu zwingen, Ereignisse, Ideen, Leidenschaften und Gefühle auszudrücken. Jeder Ausdruck ist Verrat. Wir haben zu oft Ludwig den Heiligen als Räuber verkleidet gesehen, die heilige Johanna als Hysterikerin und Stalin als Vater des Volks, die Toleranz als Gewalt und die Gewalt als Freiheit, um noch Vertrauen zu haben in die trügerische Macht der Sprache und Schrift. Auch ich fühle mich durchaus imstande, nacheinander im Kriminellen das Opfer aufzuzeigen und im Opfer den Kriminellen. Und unsere Zeit hat uns von diesen ermüdenden Gaukeleien nichts erspart. Ein gerechtes Bild von den Menschen und ihren Taten zu geben, ist eine fast göttliche Kunst. Auf jeden Fall ist es schwieriger, als eine Weile mit einer Satire oder einem Plädoyer zu glänzen. Die Remy-Michault hatten einen Gott: den Erfolg. Das stand ein für allemal fest. Aber sie kannten auch die Riten, die zu ihm führten: Anstrengung, Ausdauer bei der Arbeit, Wettbewerbs- und Kampfeseifer – in diesen eiskalten Wassern, in denen sie von Schweizer Kinderfräulein und undurchschaubaren Jesuiten erzogen worden waren, schwammen die Urenkel des Revolutionärs mit Wonne. Die aufeinanderfolgenden Generationen hatten schließlich, nach all der Wendigkeit und Geschicklichkeit, das Gefühl für eine strenge Disziplin erworben, für die bürgerlichste Ehrbarkeit, für Redlichkeit, fast für Ehre. »Ehre!« wetterte mein Großvater. »Ehre! Wo haben sie die aufgelesen? Vielleicht in den Festungsgräben von Vincennes?« Indes, im Laufe der Jahre – bei uns wurde nach Jahrhunderten gerechnet, bei den Michault nach Jahren – verblaßte die Erinnerung an den Königsmörder und die Geldgier hinter den konservativen Tugenden des Fleisches und der Tradition. Was ihnen an Genie abging, machten sie wett durch Solidarität und Überzeugungskraft. Das Wort eines Remy-Michault war Gold wert. Kühnheit wurde durch Werte ersetzt – und zwar in jedwedem Sinne des Wortes: im Bereich der Bank sowohl wie im Bereich der Moral. Auch sie unterwarfen sich wie wir einem dunklen Gesetz der Art und bemühten sich, das von eroberungssüchtigen Generationen gewonnene Gelände zu ordnen. Wir waren am Ende dieser langjährigen Unternehmung angekommen. Sie standen am Anfang. Ich glaube, mein Großvater warf den Remy-Michault zwei fast gegensätzliche Verbrechen vor: zum einen, Emporkömmlinge zu sein, die ihren Wohlstand auf den Tod Ludwigs XVI. gegründet hatten, zum anderen, daß sie dann keine Emporkömmlinge mehr waren, daß sie es nach und nach erreicht hatten, die ursprüngliche Schuld bei allen – und bei sich selber – in Vergessenheit geraten zu lassen und sich unmerklich durch ihre Lebensart, ihre Interessen und ihre Meinungen mit einer gesellschaftlichen – und mehr als gesellschaftlichen: ethischen, metaphysischen, mythischen – Klasse zu vermischen, einer Klasse, die in unseren Augen hochheilig war und es auch in ihren Augen hätte sein müssen: nämlich der unseren.

Gemäß der Familienlegende sollen, ungefähr zur gleichen Zeit, zwei gleichartige Reden im Stil der herkömmlichen Palinodien gehalten worden sein: die eine von meinem Großvater an meinen Onkel Paul, die andere von Albert Remy-Michault an seine Tochter Gabrielle. »Mein Sohn«, sagte mein Großvater, der ab und zu nicht ungern eine etwas feierliche Redeweise verwendete, »Sie hegen die Absicht, eine sehr vorteilhafte Verbindung einzugehen. Aber Geld hat man nie umsonst bekommen, es hat in der Geschichte der Familie nie eine Rolle gespielt. Es war gut, wenn wir Geld hatten, um unsere Stellung in der Welt zu behaupten. Es war weniger gut, wenn es fehlte. Dem Sohn Éléazars gelang es nicht, das von den Ungläubigen für die Freilassung seines Vaters geforderte Lösegeld zusammenzubringen. Éléazar benötigte es nicht. Er entfloh. Er durchquerte Wüsten und Meere, kehrte heim und kämpfte weiter an der Seite seines Königs. Nie waren wir so arm wie am Ende des 14. Jahrhunderts – und nie ruhmreicher. Ein für allemal haben wir, und zwar von Anbeginn unseres Geschlechts, Geld, das jeder besitzen kann, ersetzt durch Ehre, die allein uns gehört. Diese Ehre heißt Treue. Sobald sich der kleinste Riß in das noch immer unvollendete Gebäude unseres Fortbestehens einschleicht, ist die

Zeit nahe, da es gänzlich zusammenbrechen wird. Wir haben schon eine Jüdin in unsere Familie aufgenommen – wollen Sie jetzt Verrat und Königsmord hereinlassen? Wenn der Tod Gottes und der Tod des Königs von uns als leichte Vergehen angesehen werden, die man vergessen darf, wohin soll sich dann die Reinheit des Bluts und der Erinnerung flüchten und was wird aus den Werten, auf die wir uns stützen? Nichts ist zerbrechlicher als die Ehre. Mit der kleinsten Verfehlung setzt man sie aufs Spiel. Es ist eine schlimme Illusion, an ein Gleichgewicht zwischen Gut und Böse zu glauben. Das Gute wird durch das Böse zerstört, aber das Böse wird niemals durch das Gute zerstört: es bleibt für immer in der Zeit bestehen als ein unauslöschlicher Makel. Deshalb ist es so wichtig, die Ehre vor allen drohenden Zugriffen zu bewahren. Daß der Name der Familie für Jahrhunderte und Jahrhunderte von den Nachkommen eines Königsmörders weitergeführt werden soll, ist für mich ein unerträglicher Schmerz. Tausend Jahre Ehre und Treue würden mit einem Schlag ausgelöscht. Begreifen Sie nicht (man wird bereits bemerkt haben, daß mein Großvater seine Söhne mit Sie anredete), daß die Idee, die wir uns von der Geschichte und der Welt machen, jetzt in Ihren Händen liegt? Jeder von uns ist nur das Glied in einer langen Kette. Wehe dem, der das Glied, das er darstellt, glanzlos werden läßt und damit die ganze Kette gefährdet! Wir zählen nicht. Nur die Familie zählt. Eines Tages müssen wir das Erbe an Ehre, das wir durch die Zeiten hindurch von denen empfangen haben, die vor uns waren, unangetastet weitergeben. Lassen Sie nicht zu, daß durch Leidenschaft oder Eigennutz so reich angehäufte Rechtschaffenheit mit einem Schlag gefährdet wird.«

Albert Remy-Michault sprach zur gleichen Zeit mit einem Anflug von Vulgarität folgendermaßen – oder ungefähr so – auf seine Tochter ein: »Du willst doch wohl diesen Kerl nicht heiraten, liebe Gaby? Du bist dir doch im klaren, daß das alles Angeber und Nichtstuer sind? Ich habe keinen Sohn. Ich brauche einen Schwiegersohn, der mich ablösen kann. Dieser Dussel Paul ist dazu keineswegs in der Lage. Auf die Jagd gehen, ja, das kann er. Ein bißchen tanzen. Aber arbeiten... o weh, o weh! Ich brauche keinen Ahnenforscher, keinen Treiber, keinen Jagdhornbläser. Ich brauche einen Kerl, der Maschinen und

Menschen kommandieren kann. Früher haben sie bestimmt Menschen kommandieren können. Aber das ist im Lauf der Zeit verlorengegangen, weil sie nichts getan haben und sich den anderen überlegen glaubten. Und was die Maschinen angeht... Schau, wenn es kein Absolvent des Polytechnikums oder ein höherer Finanzbeamter sein kann, wäre ich auch mit einem Werkmeister oder einem Arbeiter zufrieden, einem Mann, der aufsteigt, anstatt abzustammen. Um in ihrer Sprache zu reden: seit achthundert Jahren tun sie nichts anderes, als voneinander abzustammen, einverstanden, aber trotzdem, abstammen... Und so etwas will uns verachten!... Aber, weine doch nicht... Lag dir denn so viel daran, Herzogin zu werden? Natürlich, mit deiner Figur wärst du bestimmt die Hübscheste unter all den alten Gemälden gewesen, die in ihren Salons an der Wand hängen... Du hättest ein bißchen frisches Blut unter diese degenerierten Käuze gebracht... Aber, weine doch nicht... Denk nicht mehr daran... Hör mal, wollen wir zusammen nach Venedig fahren, nach Salzburg oder nach New York?«

Sechs Monate später heiratete Onkel Paul Tante Gabrielle, als sie von New York zurückkam. Eine neue Macht war in diesem Bruchstück der Gesellschaftsgeschichte aufgetaucht, zu dem ich hier einen bescheidenen Beitrag zu leisten versuche. Es war die Liebe. Die Liebe hat zu allen Zeiten eine Rolle in der Menschheitsgeschichte gespielt. Selbstverständlich war sie in den christlichen Ehen zu finden. Doch eher als Wirkung denn als Ursache. Sie schuf keine Familien, Regime oder Gesellschaften. Sie trug vor allem dazu bei, sie aufzulösen. In seinen *Aufzeichnungen über das Leben und die Werke von Jean Racine* spricht der Dichter voller Lob über die Heirat seines Vaters Louis Racine und benutzt die großartige Wendung: »Weder Liebe noch Eigennutz hatten Anteil an seiner Wahl.« Seit einem halben Jahrhundert hingegen hatte sich die Liebe, unentwirrbar mit verschleierten Interessen verwickelt, in die wirtschaftlichen und gesellschaftlichen Verbindungen der Industriebourgeoisie eingeschlichen. Das war die Traumseite in einer Maschinenwelt. Die weiten Ebenen wurden mit Fabriken besetzt, die Wälder abgeholzt, die Gebirge und Meere schon damals bevölkert und verschmutzt, doch die Liebe – sie wurde zu Beginn des vorigen Jahrhunderts durch die Romantik in die

Gesellschaft injiziert – setzte ihren Siegeszug als Gegengewicht gegen das technische Universum fort. Der Mensch war von den Maschinen umzingelt, bald danach von den Automobilen, den Kommunikationsmitteln, der Werbung, aber er war in der Lage, Leidenschaft zu empfinden. Welch Glück! Die Liebe war die Revanche und das Alibi der Natur in einer Welt, die sich ihrer mechanisierten Zukunft schon bewußt war und sich ihrer ein bißchen schämte. Der Mythos der Liebe, der dem Kino, dem Chanson und der Literatur reichen Stoff gab und zum neuen und wahren Opium des Volks wurde, bevor er sich aufgrund einer letzten Verwandlung in eine Waffe des religiösen und politischen Kampfes umformte, begann allmählich, in den Berechnungen der Mütter heiratsfähiger Kinder und der Industriekapitäne eine Rolle zu spielen. Er spielte sie übrigens meistens recht gescheit und gelehrig. Vernunftehen hatten Staaten geschaffen, Provinzen versetzt und große Vermögen begründet. Einer der Triumphe der eroberungslustigen Bourgeoisie war die Lenkung, die Verwertung und die Zähmung der Liebe. Wundersamerweise verloren in den Erzählungen und Legenden der Bourgeoisie selbst Tristan und Isolde nie völlig das Gefühl für das Maß und das gesellschaftliche Milieu. Die Romane beschäftigten sich vor allem mit den Grenzfällen der Leidenschaft und den überraschenden Verheerungen, mit den Mathilde de la Mole und den Anna Karenina. Aber ich habe nie erlebt, daß ein Mitglied der Familie Remy-Michault sich je in einen Neger verliebt hätte, in einen Landarbeiter, einen professionellen Arbeitslosen, eine notorische Prostituierte oder einen Vorbestraften. Man ließ sich herab bis zu einem Landarzt, einem Mannequin, einer Schauspielerin, einem Geschiedenen – darunter ging man nie. Alle von Prinzen geheirateten Schäferinnen waren verwertbar. Das Herz hatte seine Gründe, und die Vernunft kannte sie. Es begnügte sich damit, das zu vermischen, was zueinander paßte, und durchbrach tatsächlich nur die schwächsten Schranken und Vorurteile, die bereits wankten und nur darauf warteten, weggeräumt zu werden. Es paarte einen Anwalt mit der Tochter eines Gutsbesitzers, einen laizistisch eingestellten Professorensohn mit der Schwester eines katholischen Obersten, eine Jüdin mit einem Protestanten, die Tochter eines Freimaurers mit dem Neffen eines Erzbischofs und meine Familie mit den Remy-Michault. Man hätte jedesmal schwören können, daß es wußte, was es tat. Und in Wirklichkeit wußte es das auch. Die Zeit des großen Durcheinanders war noch nicht gekommen. Ich vermute, mein Großvater und Albert Remy-Michault hatten selber, und zwar sofort, mit einigem Bedauern, aber mit Fassung begriffen, daß sie, trotz ihrer entgegengesetzten Auffassungen über die Welt und die Menschen, füreinander bestimmt waren. Sie lieferten sich noch einige Rückzugsgefechte, doch jeder hielt bereits in den doppelbödigen Tiefen seines Unterbewußtseins einen Friedensvertrag, gepaart mit einem Ehevertrag, bereit. Die Familie der Konnetabeln und der Marschälle von Frankreich brauchte Geld und die Nachkommen des Königsmörders ein bißchen von jenem staubigen Ruhm, den man auf alten, in den Dachkammern der Schlösser abgestellten Möbeln findet. Neue Klassen stiegen am Horizont der Geschichte auf. Es war Zeit, sich zu vereinigen. Der Einzug der republikanischen Bourgeoisie in meine Familie bezeichnete den Beginn der modernen Zeit, in der man nicht mehr wählerisch sein durfte. Es handelte sich darum, eine Art geheiligte Union oder nationale Front zur Aufrechterhaltung der Privilegien zu schaffen. Wir legten in das Hochzeitskörbchen der Koalition das Schloß und den Namen, ein paar Gespenster, Erinnerungen an den Ruhm ferner Schlachten, poetische Phantasie und das Wappen an den Türen der Kutschen. Die Remy-Michault legten Intelligenz und Arbeit hinein, großartige Stellungen und Geld. Auf der einen Seite der ganze Nimbus der Vergangenheit, auf der anderen die Zukunft und ihre Verheißungen. Kleine Geister könnten behaupten, daß Snobismus und Eigennutz auf beiden Seiten genug Stoff vorfanden, um ihren Durst zu stillen. Ich hoffe, es ist mir gelungen zu zeigen, daß diese Chronik einer Familie ziemlich komplizierten Wegen folgte. Aber natürlich, für jemanden, der die Dinge von außen betrachtete, arrangierten sich Leidenschaft und sozialer Status recht gut. Meine Großmutter, von der gesagt wurde, sie habe meinen Großvater einmal, aber seine Meinungen hundertmal geheiratet, starb trotzdem drei Monate nach der Hochzeit aus Kummer. Man war über diesen frühzeitigen Tod nicht übermäßig erstaunt, sie hatte ihn angekündigt. Unser Hausarzt, der gute Doktor Sauvagein, tat einen wunderbaren Ausspruch. Angesichts ihrer ausgemergelten Züge, des beharrlichen Schweigens, der mit Tränen gefüllten Augen meiner Großmutter murmelte er in fragendem und vielleicht etwas vorwurfsvollem Ton meinem Großvater ins Ohr: »Wäre sie zwanzig Jahre alt, würde ich sagen, sie stirbt an Liebeskummer.« Das war gar nicht schlecht bemerkt. Mein Großvater und meine Großmutter waren gleichermaßen unschuldig, und ihre patriarchalischen Sitten und Gebräuche waren sehr rein geblieben, aber eine in unseren Augen unwürdige Liebe bewirkte, daß sie aus Kummer starb. Sechs Monate später wurde in Plessis-lez-Vaudreuil, wie es sich gehört, der künftige Chef der Familie geboren, in ihm vereinigten sich zwei Heilige und drei Bankiers, Éléazar und ein Königsmörder, Herzöge und Pairs in Menge von seiten seines Vaters und viele Unbekannte von seiten seiner Mutter. Er wurde Pierre genannt. Dieses Namens hatten wir zwei Marschälle von Frankreich, unter Karl IX. und Heinrich III., gehabt. Und einen Schloßkaplan Ludwigs XVI.

Vom Sohn des Taras Bulba zu den »Nonnenfürzen« des Dechanten Mouchoux

Die Bedrohungen unseres aus Traditionen und Mythen errichteten Gebäudes, das brüchiger war, als wir glaubten, kamen nicht nur von innen, vom Privatleben, vom Verhalten der jungen Leute. Auch die Regierung – man hätte sehen müssen, wie spitz unsere Lippen wurden, wenn wir diese drei abscheulichen Silben aussprachen – tat alles, um es niederzureißen, und zwar mit Wahlen, Dekreten, allen möglichen Einrichtungen, die im Familienkreis schonungslos kommentiert wurden. Die Republik in ihrer Verachtung für unsere Privilegien hatte insbesondere zwei oder drei Zerstörungs- und Gleichmachungsmaschinen erfunden und ihre Benutzung zur Pflicht gemacht: das allgemeine Wahlrecht, den Militärdienst und die Schulpflicht. In dieser immer feindlicher werdenden Welt, in der unsere naturgegebene Überlegenheit von allen Seiten angeschlagen wurde, bestand unsere einzige Chance darin, uns abzusondern. Schließlich waren wir selber die einzigen, die noch an uns glaubten. Deshalb lebten wir unter uns, wir jagten unter uns, wir verheirateten uns unter uns. Man hielt uns für hochmütig. Wir waren nur schüchtern. Wir hatten Angst vor den anderen. Wir hatten Angst vor der Zukunft, die das Gegenteil der Vergangenheit war. Wir verschlossen vor uns alle Türen, die in eine für uns und für unsere an die Erinnerungen geketteten Hoffnungen zu groß gewordene Welt führten. Die Schule und die Armee zwangen uns, sie wieder zu öffnen.

Am besten ertrugen wir die Armee. Wir mochten die Offiziere lieber als die Oberlehrer, die Unteroffiziere lieber als die Volksschullehrer, die Soldaten lieber als die Studenten und die Generale lieber als die Universitätsprofessoren, die Gelehrten, die Nobel-Preisträger für Physik, Literatur oder den Frieden. Durch lange Gewöhnung hatten wir uns den Militärs angenähert. Wir waren Chouans, Emigranten, Ci-devant. Aber wir fühlten uns den Gegnern in Uniform mehr verbunden als den Bundesgenossen in Zivil. Eine Kampfbruderschaft in entgegengesetzten Lagern verband uns mit den Armeen der Republik. Wir liebten an ihnen die Ordnung, die Hierarchie, die Eleganz, die Stärke. Es war weder unsere Ordnung noch unsere Hierarchie. Es war nur unsere Stärke. Es war auch nicht unsere, natürlich unvergleichbare, Eleganz. Wir machten gute Miene zum bösen Spiel, und mein Großvater lud nach Plessis-lez-Vaudreuil zum Mittagessen oder zum Jagen Generale, Obersten und Hauptleute ein, die oft keinen Namen hatten, deren offen geäußerte oder geheimgehaltene Ansichten jedoch den seinen verwandt waren.

In den hohen Räumen des Schlosses, unter den Augen der Herzöge und Pairs sowie der Marschälle, wand sich die Unterhaltung um zwei gefürchtete Themen, die jeder wie die Pest mied und von denen sich selbst die Kühnsten, die Neuhinzugekommenen, die jungen Leutnants, die Hitzköpfe, instinktiv fernhielten: die Fahne und die *Marseillaise*. Mein Großvater hielt natürlich fest am Kult der weißen Königsfahne, aber alle Offiziere, mit denen er verkehrte, dienten unter der Trikolore. Und man kann sich vorstellen, welche Wirkung die Worte der Nationalhymne auf den alten Nationalisten hatten; häufig verwechselte er sie absichtlich mit der *Carmagnole* oder dem *Ça ira* und manchmal, zum Hohn, mit dem Toreromarsch aus Bizets *Carmen*. Später, sehr viel später, als die jungen Leute der Familie, von denen noch die Rede sein wird, die Trikolore bespien und die *Marseillaise* auspfiffen, geschah es zu meiner eigenen Überraschung, daß ich mit einiger Wehmut und viel Vergnügen an meinen guten Großvater dachte, der ihnen bei diesem schätzenswerten Tun und Treiben vorangegangen war.

Die Armee spielte allmählich bei uns eine immer größere Rolle. Zu unserer Freude entdeckten wir, daß sie sich noch einen Abglanz vom Ancien Régime bewahrt hatte. Nur die Armee und die Kirche konnten uns noch etwas von unseren alten Tugenden erzählen. Sie murmelten uns weiterhin, in unsinnigen Verkleidungen, die alten Melodien der Vergangenheit ins Ohr. Als die Affäre Dreyfus das Land spaltete und wir uns, wie man sich denken kann, mit fliegenden Fahnen auf eine bestimmte Seite schlugen, geschah es nicht aus einem manischen Antisemitismus heraus, sondern zur Verteidigung der Armee. Rein zufällig war es ein Jude, der ihr schadete. Was konnten wir dafür?

Wir behaupteten nicht einmal, daß er wirklich schuldig war. Wir wußten über das Ganze zu wenig. Von uns aus gesehen, ging es gar nicht um Unschuld oder Schuld. Wir meinten nur, der einzelne hätte vor der Gesellschaft in den Hintergrund treten müssen. Doch leider kam es anders. Es gab in Frankreich nur noch zwei intakte Hierarchien: die Kirche und die Armee; und ein obskurer Hauptmann beharrte, ohne Vernunft annehmen zu wollen, darauf, die solideste unserer traditionsreichen Einrichtungen zugrunde zu richten unter dem lächerlichen Vorwand, er sei unschuldig. »Und die Toten?« fragte mein Großvater. »Jene, die stolz waren, auf den Schlachtfeldern zu sterben, waren die nicht unschuldig? Hauptmann Dreyfus täte gut daran, sich vor dem Kriegsgericht als im Dienst befindlich zu betrachten.« So begannen wir also erneut, den Franzosen Befehle zu erteilen. Durch die Affäre Dreyfus nahmen wir allmählich an der Diskussion der Dinge des öffentlichen Lebens teil, aus dem wir uns gekränkt zurückgezogen hatten. Diese Rückkehr aus der inneren Emigration war leider nicht mehr glänzend. Die Befehle wurden nicht befolgt. Wir hatten wieder einmal das falsche Lager gewählt. Es war wie ein Verhängnis: seit dem Tod des Königs wollte uns nichts mehr gelingen. Als Entschuldigung oder als Belastung muß hinzugefügt werden, daß der Major Marie Charles Ferdinand Walsin Esterházy, verwandt mit den Galantha, den Frakno oder Forchtensteins – die Namen, die sich übersetzen lassen, sind sehr elegant –, mit den Csesznek, den Zolyom, Nachkomme einer Fürstenfamilie des Heiligen Römischen Reichs, die zurückreichte bis in die Zeit der Kreuzzüge oder möglicherweise bis zu Attila und die seit Jahrhunderten das Recht auf Titel wie *Durchlaucht* und *Hochgeboren* hatte, ein entfernter Vetter von uns war. Seine Schulden störten uns nicht sehr. Er hatte übrigens vierzehn Tage in Plessis-lez-Vaudreuil verbracht und mit ziemlich harten Worten über seinen Kameraden Alfred Dreyfus geredet, dessen Blick und Stimme ihm unerträglich waren und von dem er nicht sehr viel hielt. Zehn oder zwölf Jahre später mußten wir zur Kenntnis nehmen, daß der Major Walsin Esterházy nur weiblicherseits von unseren Vettern Esterházy abstammte. Die letzte der französischen Esterházy hatte zur Zeit der Französischen Revolution einen unehelichen Sohn von Jean-César, Marquis de Ginestous, gehabt, und das war der Großvater des Majors. Sie hatte sich das Durcheinander jener Epoche zunutze gemacht und ihrem Sohn den illustren Namen Esterházy gegeben. Mein Großvater ließ sich von nichts und von niemandem völlig von Esterházys Schuld überzeugen. Bis zu seinem Lebensende behauptete er hartnäckig, die Geschichte mit dem Schriftstück sei nicht klar. Mit einiger Erleichterung entdeckte er jedoch, daß der umstrittene Name, der mit so viel Schmutz belastet war und dessen Zusammenhang mit Dreyfus' Unschuld der Armee ungeheuren Schaden zugefügt hatte, nicht legitim geführt wurde. Es war ein schwacher Trost. Aber seiner Meinung nach war es das Wesentliche.

Die Rückkehr in die Staatsgeschäfte, um in der Diplomatensprache zu reden, hatten wir mit der Affäre Dreyfus nicht geschafft. Wir schafften sie unter großem Aufsehen bei einer anderen Gelegenheit. Diese zweite Gelegenheit wurde uns wiederum von der Armee geboten. Die Armee hing mit dem Krieg zusammen. Der Krieg war unsere Domäne. Und der Krieg führte uns, nach so langwährendem Zwist, endlich wieder in die Arme Frankreichs zurück. Gewiß, wir hätten ihn lieber an der Seite Deutschlands mitgemacht, wo wir viele Verwandte hatten, und gegen England oder die Vereinigten Staaten, wo wir fast niemanden kannten. Doch wir begriffen allmählich, daß wir nicht mehr gefragt wurden. Zudem schlugen wir uns mit dem Beistand des Zaren und des heiligen Rußland: das war ein Trost. Es war höchste Zeit zu lernen, daß man sich den Gegebenheiten beugen mußte. Wir gingen an die Front mit einer gewissen Begeisterung, die wohl ein bißchen mit der Ermordung von Jaurès zusammenhing.

Weshalb wir gegen ein Land marschierten, das uns in vieler Hinsicht sehr teuer war, ist nicht sehr schwer zu erkennen. Daß wir an die Grenzen eilten, geschah aus dem ältesten Reflex unserer tausendjährigen Geschichte: die Wiedererlangung von Landstrichen. Der Hof des Königs von Preußen und des Deutschen Kaisers mit seinem Großen Generalstab aus Baronen und Grafen sowie seinen prächtigen Uniformen war uns bei weitem lieber als unser Regime von Advokaten und Tierärzten. In den alten Burgen längs des Rheins fühlten wir uns wohler als in den Schenken an den Ufern der Marne, wir fühlten uns den Deutschordensrittern näherstehend als den Boulespielern oder Anglern. Die Pickelhauben, die langen Ledermäntel, die Fellmützen der Husaren mit dem Totenkopf verblaßten vor einer anderen Vision, die uns noch stärker beeindruckte: die blaue Linie der Vogesen, die Wälder dort und die Ebenen am Fuß der Berge. Seit Jahrhunderten lebten wir, um Ländereien zu erlangen. In den Orient, nach Italien, auf die andere Rheinseite, in die Mitte Europas hatten wir uns aufgemacht aus Leidenschaft zum Boden. Elsaß und Lothringen waren uns ebenso heilig wie die Gutshöfe von Villeneuve, Roussette, Saint-Paulin und Roissy. Frankreich war ein Schatz, und wir waren dazu da, ihn zu vergrößern. Der Sturz Napoléons III. hatte uns nicht viel Kummer bereitet, aber die Verstümmelung der von unseren Königen zusammengebrachten Landstriche empfanden wir als unerträglich. Die Republik fing uns wieder ein, weil wir unter unseren Perücken und Kettenhemden, in unseren Schlössern und in Versailles, mit unseren Wäldern und Hunden, trotz unserer Wunschbilder oder gerade ihretwegen immer Bauern geblieben waren.

Ein Bruder meines Großvaters war an der Marne gefallen, ein Neffe an der Somme und ein anderer an den Dardanellen, zwei Söhne fielen bei Verdun, ein dritter wurde bei Les Éparges verwundet und fiel am Chemin des Dames: das war mein Vater. Er war damals fünfunddreißig Jahre alt und ich etwas über vierzehn. Ich habe mir sagen lassen, daß er insgeheim für Dreyfus war und daß er am Leben hing. Doch seine Meinungen und sein Leben waren nicht sehr wichtig, da er nicht der Erstgeborene war und einen Namen trug – den unseren –, der Vorrang vor allem anderen hatte. Ehren und Privilegien schaffen weniger starke Bande als Opfer und Trauer. Durch den Tod ihrer Kinder hatte die Familie wieder teil an der Geschichte Frankreichs, die ihr seit ein paar hundert Jahren fremd geworden war. Unter uns wurde mit leiser Stimme, aber mit einigem Stolz erzählt, daß dieser oder jener Held der Familie beobachtet worden war, wie er auf seinen Orden das Wort Republik und das Bildnis der Marianne abfeilte: wir wollten gern für sie sterben, aber wir weigerten uns beharrlich, sie an unsere Brust zu drücken. Gleichviel. Mein Großvater, der in weniger als vier Jahren sechs Tote zu beklagen hatte, nahm, umgeben von den Seinen, an der Siegesparade teil. Poincaré und Clemenceau drückten ihm die Hand. Noch nie hatten wir einen Radikalsozialisten, einen wenn auch konvertierten Militanten der äußersten republikanischen Linken, aus solcher Nähe gesehen. Mein Großvater blieb Monarchist, doch er begann, Frankreich zu lieben. Manche Leute behaupten, sie hätten gesehen, wie er die Trikolore grüßte und bei der *Marseillaise* sich erhob. Nicht aus Vaterlandsliebe hatte er das Opfer seiner Kinder hingenommen. Der Tod seiner Kinder versöhnte ihn mit der Nation. »Ich hoffe«, sagte er zu seinem Verwalter Desbois, »ich werde nicht noch Sozialist.«

Nein, Sozialist wurde er nicht. Er entdeckte sogar mit größtem Erstaunen ein neues Gesicht des Sozialismus: den Bolschewismus in Rußland. Im Jahr 1912 oder 13 war Onkel Konstantin Sergejewitsch zu uns nach Plessis-lez-Vaudreuil zu Besuch gekommen, er war Hofmarschall, Präsident des Semstwo der Krim, Herr über zwanzig- oder dreißigtausend Seelen, denen er, nebenbei gesagt, die Freiheit gab, und ich weiß nicht wie vielen Schafen, deren Zahl nicht einmal er selbst kannte. Er hatte zwei für damalige Zeiten unerhört luxuriöse Eisenbahnwaggons gemietet, die nacheinander an alle europäischen Züge angehängt wurden, und war nach Aufenthalten in Wien, Marienbad und Baden-Baden schließlich in Nizza gelandet, einer Stadt, die immer voller Russen und Engländer war. Dort hatte er für sechs Monate – natürlich in der Zeit von Oktober bis Mai – für sein Gefolge und sich drei ganze Etagen im größten Hotel reservieren lassen. Die erste Etage wurde von den Domestiken bewohnt, die zweite von seiner Familie und ihm selbst, die dritte blieb leer, damit er von keinem Geräusch gestört wurde. Onkel Konstantin Sergejewitsch ähnelte dem General Dourakin wie ein Wassertropfen dem anderen. Das ist nicht erstaunlich: die Comtesse de Ségur, geborene Rostoptschin, unsere Tante, hatte sich für das Porträt des gutmütigen Rauhbeins durch den Großvater von Onkel Konstantin, den Großfürsten Alexander Petrowitsch, inspirieren lassen.

Das Vermögen von Konstantin Sergejewitsch hatte fast etwas Unheimliches. Auch seine Großzügigkeit, seine Unbekümmertheit und seine irrsinnige Verschwendungssucht. Er hatte keinen Begriff von dem Ausmaß seines Reichtums und verschenkte an

Tänzerinnen, Frisöre und Stubenmädchen Smaragde und Diamanten, die heute Glanzstücke einer Sammlung oder eines Nationalmuseums wären. Es war ein Witz der Weltgeschichte, daß Onkel Konstantin bei uns als ziemlich fortgeschrittener Liberaler galt. Der russische Zweig der Familie unterhielt zu den Romanows zweideutige Beziehungen. Er war 1825 in die Verschwörung der Dekabristen gegen Zar Nikolaus verwickelt gewesen, mehrere Angehörige waren nach Sibirien deportiert worden, und verschiedene Revolutionäre, Sozialisten oder Anarchisten verdankten ihm ihre Rettung. In endlosen Diskussionen standen sich in den großen Salons von Plessis-lez-Vaudreuil mein legitimistischer Großvater und Onkel Konstantin gegenüber, der England, die liberalen Philosophen, die konstitutionelle Monarchie und das Regime Louis-Philippes bewunderte. Wir waren für den Zaren, und er trat für die Polen ein. Mirabeau, Thiers und dem Gedächtnis Talleyrands war er nicht feindlich gesinnt. Wir verabscheuten sie aus Treue zur überkommenen Monarchie, die bei ihm noch herrschte und die er unbedingt umbiegen wollte in eine Art Liberalismus und Beinahe-Demokratie. Mein Großvater und er empfanden Zuneigung füreinander, doch verstanden sie sich nur in einem einzigen Punkt, der französisch-russischen Allianz, jedoch aus gegensätzlichen Motiven heraus: der Russe bewunderte die Republik, und wir bewunderten die Autokratie.

Als der unglückselige Kerenski 1917 das Regime der Romanows ins Wanken brachte, rief mein Großvater voller Wut: »Das ist wieder einer von Konstantins Streichen!« Einige Monate später hörten wir zu unserem Entsetzen – die Erinnerung daran wird nie verblassen – von dem Massaker auf der Krim, dem alles, was unseren Namen trug, zum Opfer fiel. Großfürst Konstantin, seine Frau, seine sechs Kinder, seine sieben Enkel, seine Brüder und Schwestern, seine Vettern und etwa dreißig seiner Domestiken waren von den Bolschewiken vor Gruben, die sie selber hatten ausheben müssen, getötet worden. Man hatte mit den Jüngsten begonnen, der kleinen Anastasia und dem kleinen Alexander, die zwei Monate und anderthalb Jahre alt waren. Onkel Konstantin hatte mit ansehen müssen, wie die Seinen in Strömen von Blut niedersanken, er selber war als letzter gestorben, zusammen mit einem alten Kutscher, den wir

Taras Bulba nannten, dessen Pelerinenmantel mit dem breiten Gürtel und dessen Pelzmütze vier oder fünf Jahre zuvor in Plessis-lez-Vaudreuil soviel Heiterkeit erregt hatten. Vom russischen Zweig blieb einzig der junge Vetter übrig, der sich bei uns aufhielt und der später, vielleicht aus angeborener Neigung zu Helm und Uniform, Feuerwehrhauptmann wurde.

Die letzten Worte des Großfürsten hatten meinem Großvater gegolten, den er, trotz ihrer Meinungsverschiedenheiten, herzlich gern gehabt hatte, sie galten auch dem russischen Volk und der Freiheit: »Sagt Sosthène, daß nichts verloren ist, daß Rußland groß und stark wiederauferstehen wird und daß die Zukunft Freiheit heißt!« – »Da sieht man«, soll mein Großvater erklärt haben, »wohin der Liberalismus führt.«

Der Sohn von Taras Bulba war einer der wenigen, die dem Gemetzel entgingen; ein Jahr lang hatten wir nur unklare Nachrichten darüber erhalten. Er hatte fliehen können, hatte sich versteckt, war nach Konstantinopel gelangt, und eines Tages, als der Frühling 1919 zu Ende ging, tauchte er in Plessis-lez-Vaudreuil auf. An jenem Abend fand im Schloß ein großes Diner mit anschließendem Ball statt, es war das erste Fest und der erste Ball nach den traurigen Kriegsereignissen. Mein Großvater hatte gerade eine seiner Kusinen d'Harcourt oder Noailles zu einem Walzer aufgefordert, als die Tür vom großen Salon aufging; Monsieur Desbois stand auf der Schwelle und hinter ihm ein junger Mann mit wirrem Haar, in Lumpen, schmutzbedeckt. Die Geschichte hielt ihren Einzug, aber wir erkannten sie nicht: die Bande, durch die wir so vertraut mit ihr geworden waren, hatten sich gelockert. Die Kapelle hörte auf zu spielen, es trat tiefes Schweigen ein. Mein Großvater wandte sich mißvergnügt und mit einem fragenden Ausdruck auf dem Gesicht an seinen Verwalter. Desbois stotterte ein paar Worte und schob den Unbekannten vor. Boris grüßte und sagte in einem Atemzug, sehr rasch, mit einem deutlich slawischen Akzent, zum Erstaunen aller Anwesenden, die wie versteinert einen Kreis um ihn gebildet hatten in jenem Salon, den Onkel Konstantin einst mit seinem lärmenden Frohsinn erfüllt hatte: »Herr Herzog, der Großfürst ist tot. Er hat mich beauftragt, Ihnen zu sagen, daß nichts verloren ist und daß die Zukunft Freiheit heißt.« Das waren in Plessis-lez-Vaudreuil merkwürdige Worte. Es bedurfte einer ungeheuren Katastrophe, um das Wagnis einzugehen, sie in Gegenwart meines Großvaters auszusprechen. Der Sohn von Taras Bulba war ein junger Mann von ungewöhnlichem Mut und außerordentlicher Intelligenz. Mein Großvater ließ ihm Unterricht in Französisch geben und stellte ihm die Mittel zu einem Studium zur Verfügung. Er hatte bald glänzende Erfolge. Innerhalb von zwanzig Jahren wurde er einer der bedeutendsten Physiker seiner Zeit. Er arbeitete an der Seite von Louis de Broglie und Joliot-Curie, und 1961 wurde der Sohn von Taras Bulba, Professor am Collège de France, Commandeur de la Légion d'honneur, einstimmig in die Akademie der Wissenschaften gewählt. Wäre mein Großvater noch am Leben gewesen, hätte er ganz bestimmt ebenso große Bewunderung empfunden wie Bestürzung angesichts der neuen Zeiten, die im übrigen ihrerseits sehr deutliche Zeichen von Atemlosigkeit und Verschleiß erkennen ließen. Die Kühnheiten, die Neuheiten, über die wir uns noch wunderten, sanken bereits in die Vergangenheit. Zwei oder drei Jahre später, kurz vor seinem Sturz, lud Nikita Chruschtschow eine Delegation des Institut de France nach Moskau ein. Ihr gehörte auch Boris an. Er wurde von seinen früheren Landsleuten mit großer Begeisterung empfangen. Er trank Wodka mit ihnen auf das Wohl Iwans des Schrecklichen, Peters des Großen, des Genossen Lenin, und vergoß gemeinsam mit ihnen wonnige und heiße Tränen über das Geschick des alten Rußland. Um meinem Großvater das Nachdenken über die Geschichte zu ersparen, hatte der Allmächtige ihn in seiner Barmherzigkeit zu sich gerufen.

Der Weltkrieg hatte nicht nur die Aussöhnung meiner Familie mit Frankreich und den Sturz des Zarenreichs mit sich gebracht. Er hatte auch das Ende einer anderen Monarchie und Dynastie zur Folge, die in unserer eigenen Geschichte stets eine wesentliche Rolle gespielt hatten: die Habsburger und Österreich-Ungarn. Aus Haß gegen den Orleanismus und um nicht in den Dienst Louis-Philippes zu treten, hatte mein Urgroßvater vier Jahre lang während der Julimonarchie die weiße Uniform der österreichischen Armee getragen. Er hatte als Besatzer in Venedig gelebt, war dort in Liebe zu einer italienischen Gräfin entbrannt, deren gotischer Palazzo am Canal Grande stand, zwischen der Rialtobrücke und dem Markusplatz, ungefähr der Academia gegenüber. Seine natürlich romanhaft ausgeweiteten Abenteuer inspirierten vor einigen Jahren Luchino Visconti zu einem seiner bedeutendsten Filme: der österreichische Held in *Senso,* der Geliebte Alida Vallis, war der Vater meines Großvaters.

Österreich-Ungarn war, wie Rußland und Deutschland, noch eines jener Länder, in denen wir uns zu Hause fühlten. Für uns war, wie für Talleyrand, dessen Gedanken wir in diesem Fall – einmal ist keinmal – teilten, Österreich noch das Herrenhaus Europas. Sein Zusammenbruch erschütterte uns. Was aus den Trümmern entstand, die Tschechoslowakei, das neue Ungarn und das größere Jugoslawien, war uns völlig fremd. Die heilige Ignoranz übertrifft zuweilen Sachkenntnis und Fähigkeit. Mein Großvater, der kaum Kenntnisse hatte, sagte für die allernächste Zukunft die Katastrophen des Zusammenbruchs des Reichs der Mitte voraus, der Doppeladler-Monarchie und dieser ganzen dahinschwindenden Welt, die unzählige Schlachten gegen die Slawen und Türken geschlagen und unzählige Feste unter dem Zeichen der beiden uns lieb und wert gebliebenen Konsonanten gefeiert hatte: *k. u. k. – kaiserlich und königlich.* Mit den Habsburgern ging auch ein Stück unserer Vergangenheit und unserer Herzen zugrunde. Durch den Krieg hatten wir mit dem wiedergefundenen Frankreich ein Vaterland gewonnen. Wir verloren durch ihn drei: das feindliche und besiegte Deutschland, das in Blut schwimmende heilige Rußland, das zerstückelte Österreich-Ungarn. Stärker noch als durch die Niederlagen wurde die Welt, die wir liebten, durch die Siege eingeengt und geschwächt. Die Geschichte, die lange Zeit für uns gearbeitet hatte, war nicht mehr unsere Verbündete.

Es gab noch Schlimmeres. Wir liebten die Vergangenheit derart, daß wir gern auf Gegenwart und Zukunft verzichtet hätten, wenn uns wenigstens unsere Erinnerungen erhalten geblieben wären. Die Republik entriß sie uns durch den Schulzwang. Die allgemeine Schulpflicht ärgerte uns natürlich, weil die Gefahr bestand, daß die Barrieren niedergerissen wurden, die die Kasten, an denen wir hingen, voneinander trennten. Aber es verdroß uns auch, daß nicht nur die Kinder der anderen zur Schule gehen mußten, sondern daß die unseren verpflichtet waren, das gleiche zu tun. Im Gegensatz zur Bourgeoisie lag uns weder am Unterricht für die anderen noch für uns. Jahrhundertelang hatten wir die Welt so gesehen, wie wir sie sehen wollten, und hatten ihr unser Gesetz aufgeprägt. Auf einmal bemächtigten sich Pauker, radikalsozialistische Universitätsprofessoren und sozialistische Intellektuelle dieser Welt und beanspruchten, uns unter ihre Maßstäbe und unter ihr Joch zu zwingen, ehe sie uns ins Leben entließen. »Ich weiß nicht«, sagte mein Großvater, »was für eine Zukunft meine Kinder erwartet. Ich möchte ihnen zumindest eine Vergangenheit hinterlassen, die ich selbst gewählt habe.« Doch schon stiegen an unserem Horizont, an dem lange einfach nur Treue und Ehre gestanden hatten, neue Werte herauf, auf die wir nicht recht vorbereitet waren: Wahrheit und Freiheit.

Die Freiheit verabscheuten wir. Sie bedeutete uns nichts. Sie hatte mit Aufruhr, mit Recht auf freie Entscheidung, mit Individualismus und Anarchie zu tun. Solange wir an der Macht waren, hatten wir für die Freiheit nur Argwohn und Geringschätzung übrig. »Toleranz«, sagte mein Großvater, »dafür gibt es Häuser.« Die Sozialisten und Liberalen mußten uns schon bis zum Äußersten getrieben haben, ehe wir uns selber auf diese verhaßte Freiheit beriefen. Es wurde uns außerordentlich schwer, sie als Prinzip hinzunehmen. Wir benutzten sie nur aus Taktik. Ich habe immer sagen hören, daß die berühmte Wendung: »Ich fordere von Ihnen die Freiheit im Namen Ihrer Prinzipien, und ich verweigere sie Ihnen im Namen der meinen«, eine Erfindung meines Großvaters war. Wir schämten uns ein bißchen, daß wir, um zu den wahren Quellen einer ewig unwandelbaren und nur vorübergehend beschatteten Ordnung zu gelangen, den Umweg über die Demagogie und die Freiheit nehmen mußten. Aber wie sollten wir es anders machen? In einer Welt der Verirrung, in der alles den Bach hinunterging, bedienten wir uns der Freiheit nur, um die Autorität wiederherzustellen. Da Irregeleitete uns mit Gewalt, mit List und durch Übermacht eine unerträgliche Toleranz aufzwangen, war es nur recht und billig, sie auszunutzen, um die Wahrheit inmitten der vielen Lügen wiederherzustellen.

Die Freiheit war eine Frage der Verfahrensweise. Die Wahrheit warf ganz andere Probleme auf. Ich glaube, ich könnte es nicht besser ausdrücken als mit einem etwas provozierenden Wort: die Wahrheit waren wir. Ich fürchte, das hört sich ein wenig übertrieben an. Sagen wir, sie war zur Hälfte aufgeteilt zwischen Gott und uns. Seit dem Beginn der Niederschrift dieser Erinnerungen an eine dahingeschwundene Zeit haben mich zwei Bereiche, zwei Konstellationen, zwei Mischungen von Wirklichkeit und Mythos beunruhigt, sowohl durch ihre spürbare Präsenz wie durch ihre Doppeldeutigkeit. Es handelte sich dabei weder um die Sitten und Gebräuche noch um die Redlichkeit, weder um die Intelligenz noch um die Menschenliebe. Alles das hat sich geändert, aber wir fühlten uns wohl in den fast kohärenten Systemen, die wir nahezu mühelos beherrschten. Nein, was heute am schwierigsten zu erklären ist, da es uns schon seinerzeit ziemlich schwerfiel, uns darin zurechtzufinden, das war unser Verhältnis zum Geld und zu Gott. Vom Geld habe ich bereits gesprochen, und wir werden ihm auf unseren Wegen noch öfter begegnen. Jetzt wollen wir ein wenig über Gott sprechen.

Vor Frömmigkeit erstickten wir nicht gerade. Wir hatten zu viele Päpste, zu viele Kardinäle, zu viele Bischöfe und auch Heilige gekannt, und wir hatten zu viele von ihnen gestellt, um nicht eine gewisse Vertrautheit ihnen gegenüber zu empfinden. Diese Vertrautheit schloß Achtung, Ehrerbietung und Verehrung nicht aus. Aber sie setzte eine Gegenseitigkeit in einer Ordnung und in einem System voraus. Wir achteten den König, weil er uns achtete. Wir achteten den Heiligen Vater und das Heilige Kollegium, weil sie uns achteten. Wir verhandelten von Macht zu Macht. Zwischen der Kirche und uns, zwischen Gott und uns gab es eine ganze Reihe von Verträgen auf Gegenseitigkeit. Wir waren die ältesten Söhne der Kirche, wir waren die Gesalbten des Herrn. Sie beschützten uns. Und, als Gegenleistung, beschützten wir sie. Ich möchte nicht das Wort gebrauchen: eine Hand wäscht die andere, denn schließlich waren wir von vornherein und ohne Einschränkung allen Dekreten der göttlichen Vorsehung unterworfen. Es war jedoch klar, daß sie uns auch in den schlimmsten Katastrophen von all jenen unterschied, die die Kirche nicht von ungefähr unter der kollektiven und leicht verächtlichen Bezeichnung Gemeinschaft der Gläubigen zusammenfaßte. Wir vermischten uns nicht mit der Gemeinschaft der Gläubigen. Ich würde nicht zu behaupten wagen, Gott sei unseresgleichen, unser Partner, noch weniger, er sei unser Klient, im römischen Sinne des Worts. Nein. Ganz sicher nicht. Doch er hatte Verpflichtungen uns gegenüber.

Bei einem Aufenthalt in Rom sollte eines schönen Morgens die Mutter meines Großvaters die heilige Kommunion aus den Händen des Heiligen Vaters empfangen. Kurz vor der Messe erschien ein Monsignore und teilte ihr mit, daß der Papst unpäßlich oder verhindert sei, ich weiß es nicht mehr, daß jedoch der Dechant des Heiligen Kollegiums bereit sei, ihn zu vertreten. Meine Urgroßmutter lehnte mit folgenden kurzen Worten ab: »Für uns kommt nur der Papst in Frage, sonst nichts.«

Die Beziehungen der Monarchie zu den Jesuiten, der Gallikanismus, der Jansenismus, die Rivalität zwischen Bossuet und Fénelon, der Kampf Philipps des Schönen gegen die Tempelritter und die Ohrfeige von Anagni hatten Spuren hinterlassen. Aber auch die heilige Clothilde, die Eiche Ludwigs des Heiligen, die päpstlichen Soldaten, der Glaubensübertritt des Abbé Ratisbonne bei der Beerdigung von Onkel Albert de la Ferronays in der Kirche Sant'Andrea delle Fratte. Alles prägte sich auf uns ab, wie man bei Samt und alten, sehr feinen Stoffen sagt. Es gab nichts Verflossenes – französisches, katholisches oder römisches –, das nicht unauslöschliche Abdrücke auf uns hinterließ. Natürlich war zu beobachten, daß von diesen Abdrücken bald die einen, bald die anderen die Oberhand gewannen. Einige Zweige der Familie waren in eine unmäßige Frömmigkeit verfallen, in Mystizismus, in Frömmelei. Andere neigten eher Voltaire zu. Voltaire stand nicht wie Diderot oder Rousseau auf der schwarzen Liste der französischen Literatur. Manche von uns – mein Urgroßonkel Anatole zum Beispiel – waren vernarrt in ihn; eine Spur Antiklerikalismus war nicht völlig unvereinbar mit dem Kult des Namens. Aber die Hauptlinie war nicht so übertrieben fromm. Auch das war eine Frage der Eleganz und der Treue. Wir liebten Gott, weil er ganz offensichtlich uns mehr liebte als die anderen. Es wäre unanständig gewesen, jemandem, der seit undenklichen Zeiten so viel für uns getan hatte, unsere Dankbarkeit nicht zu bezeigen! Und vielleicht verbarg sich hinter unserer Huldigung für den

Heiligen Vater, hinter dem mit unseren Küssen bedeckten Ring des Erzbischofs, hinter den Sonntagsdiners mit dem Dechanten Mouchoux die dunkle, aber uralte Angst, Gott könne uns weniger lieben, wenn wir seine Legaten weniger liebten. Weil Éléazar den Ungläubigen entkommen war, weil der einzige männliche Nachkomme der Familie nicht bei Azincourt gefallen war, weil zwei von uns der Guillotine entgangen waren, was durchaus genügte, um das Geschlecht fortzusetzen, weil wir durch die Gnade des Herrn weiter zurückreichten als die Bourbonen, durfte der Dechant Mouchoux sich jeden Sonntagabend mit den zugleich leichten und saftigen »Nonnenfürzen«, das sind Windbeutel mit Himbeersauce, vollstopfen, die er über alles schätzte. Ganz am Ende seines Lebens hat der Dechant Mouchoux mir selbst erzählt, daß jedesmal, wenn die Familie von einem Unglück betroffen wurde, beim Auftauchen von Tante Sarah, bei der Hochzeit von Onkel Paul, beim Tod meines Onkels Pierre in Verdun, meines Vaters am Chemin des Dames, die sonntäglichen Windbeutel mit Himbeersauce einige Wochen lang durch einen ziemlich langweiligen Obstsalat ersetzt wurden. Der Dechant war davon überzeugt, und das war gut möglich, daß dieser Wechsel im Menü etwas von einer Vergeltungsmaßnahme an sich hatte. Vielleicht bestraften wir, indem wir dem Dechanten seine Lieblingsspeise entzogen, Gott dafür, daß er uns verlassen hatte. Wenn die Dinge wieder ins Lot kamen und der Mantel des Vergessens über alles gebreitet war, gewann von neuem unsere Frömmigkeit die Oberhand. Wir vergaben Gott. Wir küßten die Hand, die uns geschlagen hatte. Und der Kanonikus Mouchoux bekam wieder seine Windbeutel.

Natürlich war nie die Rede davon, Gott die Pflichten, die seinem Rang und Stand geschuldet wurden, etwa zu verweigern. Die Messe, die Nachmittagsgottesdienste, die Kreuzwege, die Prozessionen am 15. August und zu Fronleichnam, die Verehrung der Jungfrau – *Ave, ave ave Mari-i-a* ... oder *Es ist Marienmonat, der schönste Monat* ... – waren ebenso ein Teil unserer Welt wie die Treibjagden und die Familienporträts. Aber es handelte sich nicht um Frömmigkeit oder nicht nur um Frömmigkeit. Es gehörte zum Glanz des Lebens, das weiterging. Wir gaben das Beispiel, das Vorbild. Vorbildsein spielte in unserem Dasein eine paradoxe und wesentliche Rolle. Paradox, da wir nicht arbeiteten. Wesentlich, weil wir immer und überall über die anderen siegten. Die anderen hefteten starr ihre Blicke auf uns. Sie ahmten uns nach. Was wir machten, war gut. Was wir nicht machten, war schlecht. »Benehmt euch, man beobachtet euch«, war der immer wiederkehrende Refrain, der den Kindern von Generation zu Generation eingetrichtert wurde. Waren wir möglicherweise stolz? Ich bin mir nicht ganz sicher. Eher waren wir unter dem Gewicht unserer Größe zu Bescheidenheit und Demut zermalmt. Gott gehörte zu dieser Größe. Und zu dieser Demut. Nie waren wir größer, als wenn wir uns ihm zu Füßen warfen. Was die Demut betraf, fürchteten wir niemanden. Wir wälzten uns im Staub, und Gott, der uns kannte, nahm uns bei der Hand und erhob uns zu sich.

Einen Fehler durfte man nicht begehen, und natürlich sind ihm viele blindlings verfallen. Uns der Heuchelei zu beschuldigen. Heuchelei besteht darin, zu tun als ob, sich zu verstellen oder Gefühle zur Schau zu stellen, die man nicht empfindet. Oder die, die man empfindet, zu verbergen. Wir verbargen nichts. Wir verstellten uns nicht. Familienmitglieder, die nicht an Gott glaubten, genierten sich nicht, es zu sagen. Die anderen ließen sich ohne weiteres für ihn töten. Die meisten von uns glaubten mit ganzer Kraft an Gott. Abgesehen von einigen Skeptikern, die freitags Fleisch aßen, dann aber in Frömmigkeit starben, waren wir gläubige Menschen. Wir besaßen deren Hartnäckigkeit, Beflissenheit, zuweilen auch Verrücktheit, oft deren Verblendung, immer ihre Unbeugsamkeit. Wie hätten wir nicht an einen Gott glauben sollen, der uns zu dem gemacht hatte, was wir waren? Wenn unsere Gebete, unsere segensreichen Taten, unsere Inbrunst zu ihm aufstiegen, wußten wir, daß er dort oben thronte, um sie anzunehmen und über unsere Geschicke zu wachen. An Gott zu zweifeln hätte bedeutet, uns selbst zu verleugnen. Wir dachten nicht einmal daran.

Durch einen wundersamen Zufall fanden wir zur klassischen Ordnung zurück, zur Vernunft des Großen Jahrhunderts und zu Descartes, von dem wir fast nichts wußten. Auch für uns war Gott vor allem die Gewähr für jede andere Gewißheit, der Schlußstein des Gebäudes, von dem wir, mit Hilfe des Herrn, die Spitze innehatten. Gott hatte alles geschaffen, er fuhr fort, alles zu schaffen, und stützte in jedem Augenblick die unwandelbare Ordnung der Lebewesen und der Dinge. Nicht an Gott glauben hieß, sich von der Welt ausschließen, sich dem Wahnsinn ausliefern sowie unnützen und von vornherein verdammten Gewalttätigkeiten. Ein Gottloser vermochte nichts vom Aufbau des Universums zu begreifen, von der Geschichte der Menschen, natürlich auch nichts von der Moral oder der Geometrie. Der Boden versank unter seinen Füßen. Wir aber schritten unter dem Auge Gottes einher, mit seinem Segen, und wir erfüllten seinen Willen. Wir hatten kein Verdienst daran, da er unsere Größe wollte.

Diese Größe konnte teuer zu stehen kommen. Nicht aus Heuchelei, vielleicht aus Stolz, wenn man unbedingt will, waren wir möglicherweise Pharisäer. Aber es ist manchmal heldenhaft, ein Pharisäer zu sein. Trotz mancher Launen, trotz des Dechanten Mouchoux und seiner Windbeutel mit Himbeersauce war Gottes Wille für uns heilig. Wir wunderten uns darüber, wenn er uns einmal nicht genehm war. Es konnte geschehen, daß wir uns auflehnten gegen einen seiner Beschlüsse, der uns irgendeinen Schaden zufügte. Wie auch immer: wir unterwarfen uns ihm im vorhinein. Der Wahlspruch der Familie lautete: *Au plaisir de Dieu – Wie es Gott gefällt*. Er ist noch zu lesen auf Silbertellern, auf Trinkbechern, auf Büchern vor allem, auf vielen Gebäuden, insbesondere aber in französischer Sprache in Rom auf dem Türrahmen der kleinen Kapelle San Giovanni in Oleo, die ein Kardinal unseres Namens an der Stelle errichten ließ, an der, einer von Tertullian stammenden Überlieferung zufolge, der Apostel Johannes unversehrt aus der Marter mit kochendem Öl hervorging. Noch heute kann jeder, nur wenige Schritte von der hübschen Kirche San Giovanni a Porta Latina entfernt, dieses Zeugnis der Familie und ihrer Anwesenheit in Rom betrachten. Der Wahlspruch kam uns in einer Hinsicht sehr zustatten, denn jahrhundertelang hatte sich Gottes Gefallen mit Hilfe starker Bataillone zu unserem Nutzen ausgewirkt. Natürlich bestand ein Interesse daran, den Allmächtigen daran zu hindern, eine Schwenkung zu vollführen oder die Hand von uns abzuziehen. Es versteht sich, daß Gottes Gefallen so oft wie möglich darin bestehen sollte, sich in unseren Dienst zu stellen. Aber letztlich waren wir doch die Gefangenen des Systems. Es gab eine Weltordnung und in ihr den Tod der Kinder, Kummer und Leid, einen stets möglichen Ruin, die Radikalsozialisten in Frankreich und die Bolschewiken in Rußland. Wir nahmen es hin wie Soldaten, ohne zu zögern, ohne zu murren. Den Ausdruck »Soldaten Gottes« fanden wir sehr schön. Ich bin nicht sicher, ob die Worte »Säbel und Weihwedel« genügen, um die volle Größe auszudrücken. Es ging darum, sich zu schlagen und sich zu fügen. Durch Gehorsam zum Sieg zu gelangen. Sich Gott anzuvertrauen, weil er in den tausend Jahren, während derer er sich um uns kümmerte, uns Beweise geliefert hatte.

Der Familiensinn, die Liebe zu Gott, ein gewisser Fatalismus gegenüber der Macht der Dinge hatten bei uns den Glauben an die freie Willensentscheidung und an die Verantwortlichkeit sich nicht entwickeln lassen. Der Verantwortliche war Gott. Die Entscheidung lag bei ihm. Und die Freiheit: eine Narretei. Jeder wurde von seiner Vergangenheit gelenkt, von seinen Erinnerungen, von der abwesenden Präsenz der Toten, vom ganzen Gewicht der Tradition. Eine Art Marxismus, bei dem die ökonomische Notwendigkeit und die Zukunftshoffnung ersetzt worden wären durch moralische Verpflichtungen, durch das Gemurmel der dahingeschwundenen Generationen und durch die Faszination der Vergangenheit.

So teilte Gott mit uns die Bürde der Wahrheit. Leider war es sehr schwierig, mit ihm zu verkehren. Der Überschwang, der unmittelbare Kontakt mit der Bibel, das protestantische direkte Zwiegespräch – wohin diese überheblichen Kundgebungen der Maßlosigkeit des Menschen führten, wußte man: zur persönlichen Meinung, zum Individualismus, zum Wahn der Interpretation, zur kritischen Prüfung, zum Zweifel, zur Anarchie. Zweifel und Anarchie waren zwei Ungeheuer, die wir sehr fürchteten. In bezug auf die Sitten, die Kirche, in der Politik und in der Kunst waren wir für Gewißheit und Ordnung. Die Pyramide, der Obelisk, der Heilige Geist und der Heilige Vater, das Führerprinzip, die Familie und die Natur gefielen uns recht gut. Die Spirale, die Demokratie, die Homosexualität, die Dialektik, den Symbolismus, den Impressionismus, die moderne und abstrakte Kunst, später André Gide und Renan zu seiner Zeit spien wir aus unserem Munde aus. Die Wahrheit Gottes tat sich glücklicherweise in greifbaren, keineswegs zweifelhaften

Formen kund, sie war von immerwährender Zuverlässigkeit, wurde mit jedem Augenblick mächtiger, und die Zeit stärkte sie, anstatt an ihr zu nagen: es war die Erinnerung und die Tradition. Da Gott alles entschied und da er die Geschichte hatte werden lassen, wie sie geworden war, war die Geschichte also gut. Die Wahrheit hatte ein Gesicht. Sie mußte in der Vergangenheit gesucht werden.

Doch plötzlich komplizierten sich die Dinge innerhalb der Vergangenheit selbst unter der Einwirkung einer Katastrophe. Bis 1789 waren wir Hegelianer. Die Weltgeschichte verlief nach Gottes Ratschluß. Von Luther angekündigt, und vielleicht von Galilei, kam 1789 etwas Entsetzliches auf: die Auflehnung des Menschen gegen die von Gott gewollte Geschichte. Unsere Aufgabe wurde schwieriger. Bis zur Revolution waren wir für die Geschichte und für Gott, da sie, wie es Augustinus, Thomas von Aquin und Bossuet verkündet hatten, miteinander verschmolzen und eins waren. Nach der Revolution waren wir für Gott und gegen die Geschichte. Das war der Kampf zwischen Tag und Nacht, und er war voller Bangen.

Die Geschichte war uns heilig, doch wir ließen einfach nicht davon ab, sie zurechtzurücken. Wir brachten Gott, den Namen der Familie, die Kontinuität und die Ewigkeit in sie hinein, alles, was die Wahnsinnigen hatten hinauswerfen wollen. Wir stückelten sie zusammen. Und wiederum gelang es uns, uns auf sie zu stützen. Nach und nach entfernte sie sich von der Wirklichkeit, von der geistigen Entwicklung und dem Fortschritt der Wissenschaft. Einerlei. Wir lebten mit der wahren Geschichte, mit den wahren Werten, mit den echten Traditionen, die nicht mehr die der Menschen waren. Wir lebten in einem »pays réel«, in einem wirklichen Land, und das war nicht das Land der republikanischen Wahlen, Gambettas, Blums und Daladiers. Der Rhythmus der Geschichte war ebenso durcheinandergekommen wie der Rhythmus der Jahreszeiten, der guten alten Zeit, wenn es im Juli regnete. Die Gegenwart schickte sich nicht mehr an, sich ab morgen in eine noch werdende Vergangenheit zu verwandeln. Es war etwas anderes. Eine Scheußlichkeit, eine Verirrung. Die Zukunft hatte sich sehr geändert. Es galt nun, eine leider noch ferne Zukunft mit einer leider schon fernen Vergangenheit unmittelbar zu verbinden. Die Gegenwart war nichts anderes als ein langes und düsteres Einschiebsel. Wir lebten mit einer Gottesgeschichte und mit Familientraditionen, die aus uns in einer fremden Welt die entfremdeten Ritter einer dahingeschwundenen Mythologie machten.

Die Wahrheit hatte keinerlei Bezug zu dem, was die Beobachtung, die Erfahrung, die Instrumente der Wissenschaft und das Gespräch nahelegten. Descartes rückte in die Ferne. Wir waren Kartesianer infolge der Grundkonzeption von der göttlichen Bürgschaft. Wir waren bestimmt keine Kartesianer mehr infolge unserer Ablehnung der Erfahrung und sogar des Verstandes bei der Erforschung der Wahrheit. Die Wahrheit war für uns die Geschichte, die Gott, selbstverständlich mit unserer Hilfe, gemacht hätte, wenn die Menschen in ihrer Verirrung ihre Zeit nicht damit verbracht hätten, ihn zu belästigen und zu stören. Gott war natürlich allmächtig. Aus Güte ließ er sie gewähren, vielleicht auch aus einer leichten Schwäche, die wir ihm ein wenig verübelten. Doch das Erwachen würde schrecklich werden. Er erlegte den Menschen Prüfungen auf, und eines Tages würde er sie zerschmettern, und uns würde er zu seiner Rechten sitzen lassen, weil wir nicht gezweifelt hatten. Erstens nicht an Gott. Zweitens nicht an uns. Um dem Zweifel aus dem Weg zu gehen, hatten wir auf das Denken verzichtet.

Eine derartige Auffassung von der Wahrheit entfernte uns natürlich von den liberalen und wissenschaftlichen Methoden des republikanischen Unterrichtswesens. Ich erinnere mich an die ständige Wut meines Großvaters gegen die Lehrer, die so viel Unheil angerichtet hatten, gegen die Programme der Schulen und Gymnasien, gegen Mathiez, Aulard, Guignebert, Michelet und Renan, gegen Malet und Isaac, die noch Schlimmeres taten, als die Zukunft zu gefährden: sie verwüsteten die Vergangenheit. Die Republikaner, Sozialisten und Atheisten sollten sich lieber mit ihren irrsinnigen Prophezeiungen beschäftigen, mit ihrer pöbelhaften Politik, mit ihren Wahlen und ihrer ekelerregenden Literatur. Das überließen wir ihnen. An zwei Dinge jedoch durften sie nicht rühren: an die Armee und die Geschichte. Weil Armee und Geschichte die Vergangenheit widerspiegelten und weil sie unserer Meinung nach der Zukunft den Weg bereiteten. Mein Großvater empfand eine Art bitterer Genugtuung, wenn von den Übertreibungen der Universitätsprofessoren, der Gelehrten die Rede war, von denen man nur noch als von dem »Lehrkörper« sprach, ein Wort, das ihm nur mit ironischem Grinsen über die Lippen kam. Sie hatten damit angefangen, das Ancien Régime zu kritisieren, dann die Schreckensherrschaft gerühmt. Und nun setzten sie Zweifel in die historische Existenz Jesu und die göttliche Vorsehung. Er fragte sich, wie weit sie ihren Wahnsinn noch treiben würden. Vielleicht nicht mehr sehr weit. Die Dinge waren schon so weit gediehen, sie hatten einen so hohen Grad von Unvernunft und Greuel erreicht, daß eine Reaktion unvermeidlich war. In optimistischen Stunden, die mit Niedergeschlagenheit angesichts des Verfalls der Geister und Sitten abwechselten, träumte mein Großvater von einer Zeit, in der aller Augen sich öffnen würden, in der die Ordnung der Dinge um Thron und Altar wiederhergestellt werden, in der jeder seinen Platz und seinen Rang wiederfinden würde, natürlich auch wir, die Unseren, die wir die ersten wären, in der die Offiziere und die Soldaten, die Handwerker und die Bauern, die Maler und die Schriftsteller sich alle in einer geordneten Mannigfaltigkeit solidarisch fühlen würden und in der dem Namen der Familie wieder Ehrerbietung zuteil werden würde.

Der Schulzwang mit diesem verfälschenden Geschichtsunterricht, in dem der Name unserer Heiligen und unserer Marschälle nur beiläufig und geringschätzig erwähnt wurde, machte meinen Großvater buchstäblich wild vor Zorn. Selbst unsere guten Schulen, die Brüder der christlichen Lehranstalten, die Maristen, die Collèges Stanislas, Franklin, die Jesuiten aus der Rue des Postes paßten sich nach und nach allen Tagesmoden an und redeten auf einmal über Danton, Robespierre und Marat, als wäre nicht Schweigen die beste und einzige Art und Weise gewesen, das Gedächtnis dieser Unseligen zu ehren. Ich erinnere mich noch gut an die Wut meines Großvaters, als er feststellte, daß in den Lehrbüchern für die höheren Schulklassen, in der berühmten Reihe Malet und Isaac, der Familienname kein einziges Mal erschien, hingegen aber dreimal – »die Zahl der Verleugnung«, sagte mein Großvater – der verabscheute Name Michault de la Somme. Die Französische Revolution war nicht mehr ein Einschiebsel, das durch die Rückkehr des Königs zwanzig oder einundzwanzig Jahre nach dem Tod

Ludwigs XVI. eiligst abgeschlossen wurde. Sie stellte sich im Gegenteil als einer der Gipfel der Geschichte Frankreichs dar, schlimmer noch, als ein Neubeginn. Mein Großvater konstatierte mit Bestürzung, daß den Sechzehnjährigen im Augenblick des geistigen Erwachens der Ablauf der Geschichte so präsentiert wurde, daß das Studium der Revolution den Höhepunkt bildete und daß der Ausgang der Prüfungen abhing von der Kenntnis jener Epoche, unter Ausschluß der Renaissance, der Gegenreformation, des Großen Jahrhunderts, der direkten Linie der Kapetinger und der Kriege in Italien. Woran sollte man sich halten, wenn der Zerstörungswahn nicht einmal mehr das respektierte, was, wie das Wort es sagt, vollendet war, abgeschlossen, für immer unantastbar: die Vergangenheit und die Toten? Ja, alles änderte sich. Die Gegenwart, aber sie wog leicht, wir waren an Prüfungen gewöhnt, an Mut und Tapferkeit, an die Opferung von Menschen. Die Zukunft, sie wog schwerer. Und schließlich die Geschichte, und das war ein so ungeheuerliches Ärgernis, daß jede Möglichkeit zu überleben vielleicht in Frage gestellt wurde.

Um alle Türen zu schließen, die in eine sich auflösende Welt führten, schickte mein Großvater sich an, dem Jahrhundert die Stirn zu bieten wie Noah der Sintflut: in einer Arche, gegen die die Fluten vergeblich brandeten. Plessis-lez-Vaudreuil verwandelte sich in eine Schanze, in eine Festung, in einen Bunker der Tradition. Während die Remy-Michault sich über die Welt verbreiteten und sie im Auto, im Zug, im Ozeandampfer und bald auch im Flugzeug durchzogen, krochen wir in uns hinein. Schließlich galten wir sogar bei unseresgleichen als sehenswerte Originale. Wir verkehrten vor allem mit alten, treuen Domestiken, die wie wir mit dem Kopf nickten, wenn die Paläste aus Türkischem Honig und gesponnenem Zucker der guten alten Zeit heraufbeschworen wurden. Eines Tages, als Onkel Pauls Schwiegervater eine Schilderung von einer der phantastischen Jagden gab, die er veranstaltete, und sie zu traumhaft und ein bißchen zu elegant ausschmückte, mit einem Heer von Dienern, die das Wild den Jagdgästen in die Arme trieben, hörte ich, wie mein Großvater in seiner Ecke vor sich hin murmelte: »Wenn ich er wäre, würde ich nicht so prahlen.« Ich erinnere mich auch an eine Postkarte mit der Unterschrift desselben Albert Remy-

Michault, die dieser von einer Kreuzfahrt durch die Kykladen schrieb und die eines schönen Sommertags in Plessis-lez-Vaudreuil eintraf. Albert Remy-Michault zählte selbstgefällig auf, was für großartige Beziehungen er sich im Schatten seiner großen Fock und seines Oberbramsegels hatte schaffen können. »Ich habe die Étienne de Beaumont, die Montesquiou, die Greffulhe und einen ganz charmanten jungen Ford gesehen...« Das ging zu weit. Als Antwort schickte mein Großvater nach Santorin postlagernd eine Karte mit der Abbildung eines springenden Hirschs: »Ich habe Jules gesehen. Er wünscht Ihnen alles Gute.« — »Welcher Jules?« wurde in einem Brief aus Mykonos zurückgefragt. »Wenn es Jules de Noailles ist, sagen Sie ihm tausend Grüße. Aber vielleicht ist es Jules de Polignac, mit dem ich vor drei Wochen von London nach Monte Carlo gereist bin?« Mein Großvater leistete sich ein Telegramm: »Überlasse Ihnen Ihre ganzen Jules und die anderen auch. Behalte meinen, seit siebenundvierzig Jahren Jagdhüter in Plessis-lez-Vaudreuil.«

Jules war eine Gestalt, die in der Familie, seit der Restauration vom Vater auf den Sohn, eine bedeutende Rolle spielte. Albert Remy-Michault rächte sich, indem er über meinen Urgroßvater eine Geschichte in Umlauf setzte, die gänzlich erfunden war und die ich an anderer Stelle bereits erzählt habe. Zwei Tage lang lachte damals ganz Paris darüber. Mein Urgroßvater und Jules – Jules noch in ganz jungen Jahren oder möglicherweise Jules' Vater, der ebenfalls Jules hieß – sollen beide auf die Spitze des höchsten Turms von Plessis-lez-Vaudreuil gestiegen sein. Es war im Sommer. Die Sonne schien herunter auf die Landschaft, die meine Großmutter sehr geliebt hatte. Man sah Roussette, Roissy und Villeneuve, die sich lässig zwischen Wäldern und Feldern hinstreckten. Bäche und Seen leuchteten wie Spiegel.

»Jules«, soll mein Urgroßvater gesagt haben, »mach die Augen auf.«

»Jawohl, Monsieur le duc.«

»Was siehst du?«

»Ich sehe Bäume, Wasserflächen, Wiesen, Bauernhöfe.«

»Was noch, Jules?«

»Ich sehe Hügel in der Ferne, weitere Wälder, weitere

Teiche und dann, so weit das Auge reicht, Weideflächen und Bäume.«

»Ja, Jules, das alles gehört mir. Und jetzt, Jules, mach die Augen zu.«

»Jawohl, Monsieur le duc.«

»Was siehst du?«

»Nichts, Monsieur le duc.«

»Nun, Jules, das gehört dir.«

Die Geschichte kam schließlich auch meinem Großvater zu Ohren. Er zuckte die Schultern. »In dieser erdichteten Geschichte erkenne ich«, sagte er, »den pöbelhaften Stil bürgerlicher Fabuliererei. Was für ein Unsinn! Da doch alles, was uns gehört, auch Jules gehört.«

Das war ein wenig übertrieben. Aber vielleicht war doch etwas Wahres daran. Da wir die Menschheit noch nicht entdeckt hatten, bemühten wir uns, so gut es ging, uns auf die Familie zu beschränken. Und so oder so funktionierte sie. Und mehr als irgend jemand sonst gehörte Jules zu ihr.

So kämpften wir Schritt für Schritt gegen die Welt und gegen die Zeit. Wir spielten uns ein. Und bei jedem Schritt versuchten wir, noch ein paar Brocken der Tradition aufzustöbern, an die wir uns begierig klammerten. Wir dienten in der Kavallerie, der Pferde wegen, die sich treuer als die Menschen an frühere Zeiten erinnerten. Alte Geistliche, die von nichts wußten und denen Gott die Gnade erwies, ihnen die Augen für die Schrecken von heute nicht zu öffnen, kamen zu uns und lehrten die Jüngsten der Familie die Großtaten der Römer, unserer Könige, Charlotte Cordays, Monsieur de Charettes, den Gerechtigkeitssinn Ludwigs des Heiligen, die Schlichtheit Heinrichs IV., den Mut Bayards und Turennes Siege. Wir kümmerten uns nicht mehr um eine von uns verachtete Gegenwart, um eine hoffnungslose Zukunft. Wir hielten die Augen starr auf die Vergangenheit gerichtet aus Furcht zu erleben, daß auch sie plötzlich verblassen, sich auflösen, dahinschwinden und uns entgleiten könne.

Der Uhrmacher von Roussette und das Doppelleben von Tante Gabrielle

Mir ist, als erinnerte ich mich seit Jahrhunderten und Jahrhunderten an den großen steinernen Tisch, der neben dem Schloß im Schatten der alten Linden stand. Die Zeit vermochte ihm nichts anzuhaben. Er schwebte in der Ewigkeit. Gleich nach beendetem Mittagessen, auch abends nach dem Diner, versammelte sich im Sommer, wenn das Wetter schön war, ungeachtet der Katastrophen und Trauerfälle, die Familie um ihn. Wir waren in Perücken zu ihm gekommen, in Dreispitzen, in Zylindern, in Melonen, in flachen Strohhüten. Wir waren in Soldatenkäppis gekommen. Schließlich barhäuptig. Man könnte sagen, es war wie ein Film, in dem die Generationen sich unmerklich nacheinander verwandelten, im Nichts verschwanden und in Gestalt von Kindern wiederauferstanden, die ihrerseits nicht lange zögerten, im Lauf der Jahre selbst auch Eltern, Großeltern und Urgroßeltern zu werden. Champaigne hatte uns rund um den steinernen Tisch gemalt, auch Le Brun und Rigaud und Lancret und Nattier. Dann noch Watteau, zwischen zwei Pierrots, und Boucher und Fragonard. Remy Michault de la Somme hatte sich Louis David reserviert, Konventsmitglied wie er und Königsmörder wie er. Aber wir konnten uns Madame Vigée-Lebrun sichern. Wir sollten gerade von Bonnat porträtiert werden, als der Photograph Nadar mit seinem Gummiball und seinem Stativ auftauchte, um gleich wieder unter seinem kleinen schwarzen Tuch zu verschwinden und uns festzuhalten. Wir stiegen herab aus unseren herrlich starren Holz- und Goldrahmen und gelangten in Alben aus Leder und bald darauf aus Kunststoff, wo wir mit Hinz und Kunz zusammentrafen. Wie recht hatten wir, der Technik zu mißtrauen! Wir verabscheuten sie genauso, wie wir den Fortschritt verabscheuten. Wir glichen bereits den Gestalten von Berthe Morisot, Degas, Vuillard und Bonnard, aber wir hatten keine Ahnung davon. Wie alles übrige war mit der Monarchie für uns auch die

Malerei zu Ende. Delacroix und Courbet flößten uns nur Argwohn ein. Sie malten mit Ideen. Unsere Vorliebe galt Ingres oder Gainsborough. Leise wurde davon erzählt, ein Vetter der Familie schliche in Freudenhäusern umher und male dort Scheußlichkeiten. Wir waren darüber nicht übermäßig erstaunt. Wir wußten nicht viel, aber wir waren immerhin fähig zu erraten, daß zwischen dem Pöbel und dem Künstler eine Art heimliches Band bestand. Wir waren kein Pöbel. Wir waren keine Künstler. Nicht einmal die Idee wäre uns gekommen, mit Prostituierten zu verkehren, uns ein Ohr abzuschneiden oder nach Abessinien zu gehen. Der pinselnde Vetter, über den wir uns ein bißchen betrübt lustig machten, trug immerhin einen sehr ansehnlichen und alten Namen. Er hieß Henri de Toulouse-Lautrec. Alles ging dahin.

Es gab viel Gutes und Angenehmes um den steinernen Tisch. Das war für jeden von uns nicht nur der Duft und Ruch der eigenen Jugend. Das war auch die Kindheit und die Jugend der Älteren unter uns, unserer Greise, unserer Toten. Man wird schon bemerkt haben, daß der Tod nie ganz starre Schranken aufrichtete. Eine törichte Heirat oder merkwürdige Ansichten schlossen einen mit größerer Sicherheit aus der Familiengemeinschaft aus als der schmale Bach des Todes. Wir überschritten ihn fröhlich auf den Stegen der Erinnerung, der Tradition, des Ahnenkults, der Kontinuität. Muß noch einmal wiederholt werden, daß wir mit den Toten lebten? Wir liebten Gott, natürlich, aber er herrschte nicht allein über unsere Herzen: er teilte die Ehren, die wir ihm erwiesen, mit unseren Toten. Mit den Inschriften, den Wappenschilden, den liegenden Statuen waren unsere Gräber Kapellen und manchmal Kirchen. Und unsere Toten waren unsere Götter. Wir kannten ihre Namen bis ins zwölfte Glied, und sie waren uns näher als viele Lebende. Warum? Weil wir an sie dachten. Die Toten leben, solange ein einziger Lebender sie noch in sich trägt. Wir trugen unsere Toten in uns. Unsere Toten waren unsterblich, war das nicht bekannt? Sie saßen alle um den steinernen Tisch herum, und wir fürchteten immer ein wenig, sie könnten sich in ihren Kollern und Justaucorps erheben und fortgehen und mit einer allerdings recht seltenen Feierlichkeit gegen den Einzug der Remy-Michault in den Zauberkreis protestieren. Streiks gegenüber waren wir allgemein argwöhnisch und feindselig eingestellt. Doch ein Streik der Ahnen und der Tradition wäre für uns das Äußerste an Grausamkeit gewesen.

Das alles erklärt vielleicht die Art und Weise, in der ich Ereignisse und Menschen, die ich nie gekannt habe, so vertraulich darstelle. Ich habe auf diesen Seiten *wir* gesagt, und ich werde es weiterhin sagen, wenn ich von Urgroßvätern und Urgroßmüttern spreche, die nicht mehr auf dieser Welt waren, als ich in sie eintrat. Sie sind für einen gewöhnlichen Sterblichen, der außer dem Gegenwärtigen nichts sieht, nicht mehr auf dieser Welt, aber ihr Platz am steinernen Tisch war noch immer gekennzeichnet.

Als die Reihe an mir war, mich an den steinernen Tisch zu setzen, war die Welt gerade in Bewegung geraten. Die Sommer waren weniger warm, die Winter weniger kalt. Es fror nicht mehr wie einst, zur Zeit, da meine Urgroßmutter und meine Großmutter als Kind im Januar auf dem Eis des Teiches Schlittschuh liefen. Pferde wurden schon seltener. Maschinen und Motoren begannen zu knattern und über die noch staubweißen Straßen zu rollen, ehe die erstaunten Kinder ihre Nasen in die Luft reckten. Das Telephon fing an zu klingeln, natürlich nicht bei uns, aber bei den Remy-Michault. Und die Remy-Michault übertrugen uns Geschwindigkeit, Lärm, Aufgeregtheit und Fortschritt wie ansteckende und bourgeoise Krankheiten. Die Vergangenheit war nicht mehr so lebendig. Mit Erstaunen stellten wir manchmal fest, daß wir über die Zukunft diskutierten. Angeregt von der Wissenschaft, die allmählich die Oberhand über die Geschichte gewann, bemächtigte sich der Menschen eine Sucht nach Veränderung. Allmählich entglitt uns alles, und die Älteren unter uns waren entweder gleichgültig oder besorgt. Besorgt, weil alles schlecht ging. Gleichgültig, weil sie nicht mehr völlig zu diesem Universum der Unordnung und Verrücktheit gehörten, aus dem sie sich selbst entfernt hatten. Um mich herum sagte jeder unentwegt, daß die Menschen ohne Gott und ohne König, ohne Hoffnung und ohne Glauben ihren Untergang beschlossen hätten. Inmitten all dieser Gefahren führten wir indes weiterhin ein recht angenehmes Leben. Streng, aber recht angenehm. Voll jener Drohungen, mit denen man uns in den Ohren lag, aber auch voll der Gewißheiten, an die wir uns noch klammerten. So weit ich zurückblicke, meine Kindheit war ruhig, glücklich, ungetrübt, beschützt, angefüllt mit all dem, was die Meinen Tag um Tag an noch immer lebendigen Erinnerungen und noch fernen Sorgen hineinlegten.

Zu der seligen Zeit, da ich auf diese Welt kam, war etwas Neues in unsere unwandelbare Geschichte getreten: die Remy-Michault hatten uns modernisiert. Lange hatten wir die Rolle von Verbannten der inneren Emigration gespielt. Wir hatten uns von allem abgewendet, um woanders hinzublicken, zu Gott, zum König, zur Mythologie der Ursprünge. Nun standen wir durch Geld und durch Eleganz an der äußersten Spitze der Gegenwart. Letzter Schrei, sagten die Remy-Michault. Nach vielen Jahrhunderten der Größe und des Stolzes versanken wir in Schick und Eitelkeiten.

Der Schatten des Orleanismus, des Bürgerkönigs, Philippe-Égalités, der sieghaften Bourgeoisie fiel über unsere Unbeugsamkeit und unsere Tradition. Die Familie, ihre Vergangenheit, ihr Schloß wurden von Tante Gabrielle in die Hand genommen. Die Ironie der Geschichte wollte es, daß alles schließlich so endete, wie mein Großvater und meine Großmutter es gefürchtet hatten. Durch das Geld des Verbrechens, des Verrats, des Elternmords kamen nagelneue Schieferplatten auf das Dach und wurden die Hundepfleger beibehalten. Die Zeit der Badezimmer und Kühlschränke war nicht mehr sehr fern. Mein Großvater leistete noch Widerstand. Ich habe bereits berichtet, daß wir bis zur Zeit Léon Blums und der Volksfront warten mußten, um in warmes Wasser tauchen zu können. Doch wir waren schon von allen Vergnügungen und allen Gefahren der Bequemlichkeit belauert, umzingelt und gepackt.

Tante Gabrielle war, ich glaube, ich habe es schon gesagt, außergewöhnlich schön. Vor dem Weltkrieg herrschte sie neben Madame Greffulhe und Madame de Chevigné. Um 1920 herum besaß sie noch viel Ausstrahlung. Sie trug unseren Namen mit unvergleichlicher Allüre. Sie hatte bei uns eine Menge Sitten und Gebräuche eingeführt, die anderen, Fremden, Außenstehenden, wie alteingesessene Überlieferungen erschienen, die meinen Großvater jedoch in Schrecken versetzten: Luxus, eine raffinierte Küche, Reiselust und bald auch Automobile, eine wahre Sucht nach fließendem Wasser, die Vorliebe für Kunstgegenstände, den englischen Akzent, einen unwiderstehlichen Hang, von dem noch zu sprechen sein wird, zur Literatur und den Künsten. Mit gemischten Gefühlen sah mein Großvater zu, wie das Schloß dem Verfall entging, sich verschönte, sich mit Freunden füllte, die für zwei oder drei Tage aus Paris kamen, und mit Möbeln, die bei Sotheby oder Christie in London gekauft wurden und ein Heidengeld kosteten, wie Teppichböden über das Parkett genagelt wurden, das jahrhundertelang unter alten, sehr abgenutzten, aber sehr schönen Teppichen nackt geblieben war, wie sich die Wände oder die Holztäfelungen mit persischen Stoffen oder Chintz schmückten. Was Elsaß und Lothringen für die Herzen fertiggebracht hatte, gelang Tante Gabrielle mit dem Großen Salon, der Galerie der Marschälle und dem Wintergarten: wir traten in das Jahrhundert ein und mit uns unser Haus. Manchmal schossen abends die Kanonen der Michault Kaskaden von roten Zitronen und blauen und grünen Orangen in den Sommerhimmel; sie platzten anmutig unter Beifallsklatschen, ehe sie als Blitzgarben das Schloß, seine schwarzen Dächer und seine breite Fassade, den Park und den steinernen Tisch illuminierten. Es war hundert Jahre oder mehr her, daß wir an solchen Festen teilgenommen hatten. »Das ist sehr hübsch«, sagte mein Großvater. Aber ganz sicher war ich nicht, ob er wirklich begeistert war angesichts dieser Lustbarkeiten und dieses Aufwands: der König war nicht mehr da, und wir amüsierten uns.

Wie schnell die Dinge sich änderten! Die Tradition hallte noch wider von unserem Kampf gegen die Remy-Michault, als Tante Gabrielle schon, mehr als irgend jemand sonst, die Verkörperung der Familie war. Mein Großvater mochte dem Geld der Königsmörder noch so sehr mißtrauen, unter dem Charme, der Ausstrahlung und der Allüre der schönen Gabrielle schmolzen alle Herzen dahin. Und auch mein Großvater, der von allen, die bei ihm etwas galten, zu hören bekam, daß die Frau seines Sohns die Zierde seines Namens sei, mußte sich schließlich eingestehen, daß das Schicksal der Familie doch noch nicht zu Ende war. Wäre ihm plötzlich ein Geist der neuen Zeit erschienen und hätte ihm unter dem Geklapper der Spielautomaten und dem Gedröhn gestopfter Trompeten Gefahren und

Sorgen verkündet, die es fertigbringen würden, daß er noch zu seinen Lebzeiten die Hinrichtung des Königs durch die Remy-Michault vergäße, ich bin sicher, er hätte es nicht geglaubt. Die Remy-Michault blieben das verkörperte Böse. Doch Tante Gabrielle verkörperte es mit so viel Anmut, daß er es ihr jeden Tag mit ein bißchen mehr Nachsicht vergab.

Tante Gabrielle hatte noch viele andere Waffen außer ihrer Schönheit, noch viele andere Waffen außer ihren Millionen. Sie schenkte Onkel Paul vier Söhne, meinem Großvater vier Enkel. Sogar fünf Söhne hatte sie gehabt, aber der vierte, von dem wir nur leise sprachen wie von einem Makel oder einer Missetat, der kleine Charles, war wenige Tage oder vielleicht wenige Stunden nach einer ziemlich komplizierten Geburt gestorben. Mit seinen Söhnen, seinen Töchtern, seinen Schwiegersöhnen und seinen Schwiegertöchtern und seinen Enkeln, mit seiner hohen Gestalt und seinem schon weißen Haar gab mein Großvater ein Bild ab, das ihm selber nicht mißfiel: der glückliche Patriarch – oder fast glücklich, soweit es die Zeiten erlaubten – im Kreise seiner Nachkommenschaft.

Es muß gesagt werden, daß mit Gabrielle das Glück am steinernen Tisch erschienen war. Glück war in unserer Sippe keine vertraute Vorstellung. Glück war eine fragwürdige Vorstellung. Für die Soldaten und die Heiligen unserer Gemäldegalerie handelte es sich nur um eines: ihre Pflicht zu erfüllen und ihr treu zu bleiben. Meinem Großvater wäre nie der Gedanke gekommen, glücklich sein zu wollen. Meine Tante Gabrielle dachte an nichts anderes. Und das Glück war erstaunt und bezeigte ihr Entgegenkommen für ihre Ausdauer: es lächelte ihr zu.

Und mein Großvater selbst ... Er mochte noch so voreingenommen sein gegen die Unbeschwertheit des Herzens, wie er verächtlich sagte, ein Schauspiel brachte es fertig, ihn immer wieder die schwierige Kunst, glücklich zu sein, zu lehren: die Kinder beim Spielen. Nie hatten in Plessis-lez-Vaudreuil die Freiheit, das Lachen, die Sorglosigkeit so erfolgreich geherrscht. Die Kinder hatten alles: Vermögen, Schönheit, Gesundheit, Vergangenheit und Zukunft. Sie selber ahnten davon nichts. Unbewußtheit und Unschuld sind der Charme der Jugend. Sie waren für die offensichtlichen Ungerechtigkeiten, auf die sich ihr Glück gründete, nicht verantwortlich. Man stelle sie sich vor, als Prinzen gekleidet, mit Samt und mit Schmutz bedeckt, wie sie umherlaufen und um den steinernen Tisch herum spielen. Man kennt solche Szenen. Alle Kinder gleichen sich, weil sie von den Anforderungen des Lebens noch nicht verdorben und verbildet sind. Sie befinden sich in dem beneidenswerten Zustand, wo alles schon verheißen, aber noch nichts verteilt ist. Die Welt ist so beschaffen, daß alles, was uns geschieht – auch das Glück, die Kraft, der Erfolg und die Liebe –, von vornherein gefährdet ist durch Abnutzung und durch Krebs. Die Kinder wissen nichts von diesen Gegenströmungen. Sie stehen noch auf der Schwelle, sie warten, sie halten den Atem an, sie spüren die große Ungeduld, die in ihnen aufsteigt und die sie möglichst bald erproben wollen. Sie spielen. Die Kinder von Onkel Paul und Tante Gabrielle spielten hingegeben im Schatten der alten Türme von Plessis-lez-Vaudreuil. Sah man genau hin, so war noch ein anderer Knirps zu entdecken, der an ihren Spielen teilhatte. Das war ich.

Warum sind wir von den Bildern der Vergangenheit immer gefesselt? Weil wir so etwas wie Götter sind, wenn wir rückwärts schauen. Gott kennt alle Zeiten, und er kennt auch alle zukünftigen Zeiten. Wir kennen nur eine Zukunft: die Zukunft der Vergangenheit. Und das nennt man Geschichte. Für uns, die wir fünf oder sechs Jahre vor dem Ersten Weltkrieg mit Pierre, mit Philippe, mit Jacques, mit Claude – und auch mit mir – um den Gartentisch herum spielen, an dem Gabrielle sitzt und Rosen in die Aussteuer von armen Mädchen stickt, während ihr Schwiegervater die von Maurras und Daudet in eine Tageszeitung umgewandelte *Action française* überfliegt, ist die Zukunft der Kinder schon klar und durchsichtig. Und jener dort, der gerade hingefallen ist, dessen Knie ein bißchen blutet und der weinend wieder aufsteht – Gabrielle hat ihre Handarbeit auf den Tisch gelegt und eilt in ihrem engen, langen hellen Rock zu den Tränen des Kleinen, die eine Engländerin unbestimmten Alters schon trocknet, ungeheuer würdig, wie es sich gehört –, er wird eines sehr schönen Maiabends zwischen Sedan und Namur viel härter fallen, als er einem republikanischen General namens André Corap – acht Tage lang war er berühmt – eine Nachricht überbringt. Wer hätte, als er die drei so zusammen sah – das in den Armen der Mutter schnell getröstete Kind und den Leser der *Action française* mit schon fast weißem Haar –, geglaubt, daß der Enkel in den Wäldern der Ardennen vor dem Großvater die Welt verlassen würde? Und daß der andere dort, mit dem großen Strohhut auf dem Kopf, der mit dem Hund spielt, zwanzig Jahre später... Aber wir wollen nicht alle Zeiten vermengen. Lassen wir die Kinder älter werden. Wir werden ihnen allen wiederbegegnen. Vor mir liegen Photographien aus jener Zeit mit Onkel Paul und meinem Vater, beide tragen die flachen Strohhüte auf dem Kopf, mit meinem ganz veränderten Großvater – verändert jedoch im umgekehrten Sinn, noch ohne die Last der Jahre, des Kummers, der Schicksalsprüfungen –, mit einer jungen Frau unter einem riesigen Hut, die, glaube ich, meine Mutter ist, aber ich erkenne sie nicht, mit Tante Gabrielle, deren ovales Gesicht unter der Haarfülle ich betrachte und gewohnheitsmäßig vor mich hin murmele: »Wie ist sie schön, wie ist sie schön!...« Aber durch den dichten Wald der Tausende von Tagen und Nächten, die zwischen uns liegen, nehme ich fast nichts mehr wahr. Denn nicht nur die Zukunft ist uns verschlossen, undurchsichtig, unzugänglich: die verrinnenden Zeiten entgleiten uns auf immer, selbst wenn sie im Bild festgehalten sind. Wie kann man überhaupt über Schönheit außerhalb unserer Generation und unserer beschränkten Bildung urteilen? Oft fällt es uns schwer, uns selbst zu erkennen, unsere eigene Vergangenheit, das, was wir vor zwanzig Jahren waren und was wir vorgestern taten. Die Vergangenheit der anderen stellt uns in unbekannte Welten. Ich betrachte diese Photographien, und sie rühren etwas in mir auf. Aber was nur? Es ist nicht leicht herauszubekommen. Man könnte meinen, sie geben widerwillig ein Geheimnis preis, das sie indes für sich behalten wollen und das sie hinter dem vergilbten steifen Papier verbergen. Was für ein Geheimnis? Natürlich die Bande mit der Welt, aus der wir kommen, die uns geschaffen hat, die wir, um unsererseits leben zu können, dafür töten. Was noch? Die Zeit, die vergeht und die die Pose, das Lachen, den Wahn und die lächerliche Kleidung jener vergangenen Epochen ins Nichts schleudert. Auch den Tod. Der Tod haucht uns an aus diesen versunkenen Bildern. Tot mein Vater, tot meine Mutter, tot mein Großvater, tot Onkel Paul, tot Tante Gabrielle, tot vier von fünf Kindern, ohne den kleinen Charles mitzurechnen – und das fünfte bin jetzt ich –, tot die englischen Nurses und tot der gute alte Jules, der uns auf seinem Rücken reiten ließ. Mir ist, als hörte ich, wenn ich an die Meinen denke, eine düstere Stimme, die die Toten aufruft. Niemals habe ich von der Vergangenheit sprechen hören, ohne auch vom Tod sprechen zu hören. Und auch die Zukunft spricht uns nur vom Tod. Allein die Gegenwart versucht, wenn auch vergeblich, den Tod in Schach zu halten. Das Leben ist nichts anderes als ein langer Rückzug vor dem Tod.

Doch wie süß, wie angenehm war dieses mit dem Tod verwobene Leben! Ich sehe uns, wie wir Jahre um Jahre um den steinernen Tisch herum sitzen. Die Sonne brennt heiß: es ist Frühling oder Sommer, oder es sind die köstlichen Herbsttage, wo auch das Jahr sich anschickt zu sterben. Wir denken an nichts Besonderes. Woran sollten wir, Herrgott, auch denken, da wir unser so sicher sind und an nichts zweifeln! Jeder hängt vagen, recht belanglosen Träumen nach. Ach, wie leicht ist das Glück! Von Zeit zu Zeit fällt ein Wort von meines Großvaters Lippen. Er träumt noch von der weißen Königsfahne, von Dreyfus, vom Grafen von Chambord, von der alten Herzogin von Uzès. Er sagt drei Sätze über Bourget, über Barrès, über Léon Daudet, die er gutheißt, über Mauriac, den er nicht gutheißt. Uns beschäftigt das Wetter, die Sonne und der Regen, die sprießenden Blumen, die eingehenden Bäume, die Rehe im Walde. Jules hat die Spur des großen Hirsches gefunden, dessen königliches Geweih zweiunddreißig Enden hat und das neulich abends die V. – man erinnere sich, sie verteidigten meinem Großvater gegenüber Amerika – noch als Hörner bezeichneten. Sie reden auch – wie die Remy-Michault, ehe sie uns kennenlernten – von Waldhörnern anstatt von Jagdhörnern. Und Madame V., vielleicht um uns eine Freude zu machen und frühere Fehler auszubügeln, hat von Herriot und Daladier gesagt, das sei das Halali der Gesellschaft. Auch hat sie gemeint, sie müsse Entrüstung zeigen angesichts der Schäden, die diese beiden uns zugefügt hatten. Daladier existierte schon nicht mehr für uns. Herriot existierte nicht mehr. Es hat den Anschein, als wisse Herriot sogar etwas von Madame Récamier, von Natalie de Noailles, von der Herzogin von Duras, und er soll über die Bildung ein ganz treffendes Wort gesagt haben: »Bildung ist, was bleibt, wenn man alles vergessen hat.« Wir haben selbstverständlich nicht die geringste Absicht, irgend etwas zu vergessen noch unsere Erinnerung gegen eine recht fragwürdige Bildung einzutauschen. Zudem verbieten uns die Anschauungen von Herriot, ihn bei uns zu empfangen. Doch auch die V. werden wir nicht wiedersehen. Sie gehören zu den Juden, den Geschiedenen, den Radikalsozialisten, den Sozialisten, zu der Menge der Geächteten, die wir bei uns nicht aufnehmen. Auch die Redeweise gehört, wie die Ahnen und das Schloß, die guten Umgangsformen und die katholische Religion, zu unserem Erbgut. Vor allem die Jägersprache, die Ausdrücke über Tiere und die Natur. Wir, die wir fast nichts wissen, sprechen ein ausgezeichnetes Französisch, mit einem ganz reinen Akzent und ganz eigenen Wendungen, die sich oft von der Scholle herleiten; wir sprechen sie manchmal mit einem volkstümlichen rollenden R aus und leiden es nicht, daß daran gerührt wird. Wir nennen es distinguiert, weil es uns von den anderen und allem anderen unterscheidet. Es gibt einige Dinge, die wir recht gut kennen, die wir schon seit langem wissen und die zu uns gehören: die verschiedenen Eichenarten und Birnensorten, die Gartenblumen mit ihren englischen Bezeichnungen, die Krankheiten der Pferde und Hunde, die Glocke im Hof, die uns zu den Mahlzeiten ruft, die Riten der katholischen Kirche, die verschiedenen Mätressen von Chateaubriand und die richtige Verwendung des Imperfekts des Konjunktivs.

Seitdem wir durch das Blut der Remy-Michault elegant geworden waren, hatten wir uns übrigens von der Natur entfernt, die so lange unsere Zuflucht gegen das Unglück der Zeiten gewesen war, und wir hatten uns nicht nur der Zivilisation genähert, sondern auch dieser Herrn Herriot so teuren Bildung, über die wir uns ungemein lustig machten und der wir sehr mißtrauten, weil sie zu häufig laizistische, republikanische und zuweilen sozialistische Allüren annahm. Sie spielte dann in unserem Leben eine beträchtliche und zweideutige Rolle, worüber ein paar Worte gesagt werden müssen.

Schon einige Jahre vor dem Ersten Weltkrieg hatte sich ein Teil der Familie entschlossen, sich in Paris niederzulassen. Onkel Paul und Tante Gabrielle hatten ein Haus gesucht, in dem sie die vier Kinder unterbringen konnten, dazu den Hauslehrer, die beiden Nurses, die beiden Köche und ihr Hilfspersonal, den Sekretär und die Sekretärin, den Maître d'hotel, den Schweizer, der, nebenbei gesagt, ein Auvergnat war, den Chauffeur, den wir Mechaniker nannten und von dem meine Tante und mein Großvater sagten, er fahre gut, die Diener, die Zimmermädchen und drei oder vier Leute von niedrigerem Stande, die die Bediensteten bedienen sollten. Für jemanden, der in jener Epoche Geld hatte, war die Wahl ziemlich leicht, aber die Auswahl war nicht sehr groß: auch die Geographie hatte ihre Rangordnung. Die Avenue du Bois lag weit entfernt, achtzehn oder neunzehn von zwanzig Arrondissements der Stadt waren nicht elegant, Passy und Auteuil waren es noch nicht, der Marais war es nicht mehr, nachdem er zwei oder drei Jahrhunderte lang einige der schönsten Wohnsitze von Paris beherbergt hatte. Die Ternes war von Ärzten bevölkert, das Panthéon von Studenten und republikanischen Größen, die selbst als Dahingeschiedene für uns als Nachbarn nicht in Frage kamen, die Champs-Élysées von Kokotten, Montparnasse von Bohemiens und unbekannten Malern. Übrig blieb der Faubourg Saint-Germain. Mein Großvater fand ihn ein bißchen frivol, fast anrüchig, vom Geld der kaiserlichen und orleanistischen Dynastien durchdrungen. Dahin stürzte sich Tante Gabrielle.

Seit langen Jahren befindet sich in dem Stadtpalais in der Rue de Varenne, ganz in der Nähe der Rue de Bellechasse und der Rue Vaneau, das in den Jahren zwischen 1692 und 1707 von Libéral Bruant und Jules Hardouin-Mansart für den Prinzen von Condé erbaut wurde, ein Ministerium. Erst neulich bin ich dort gewesen, um einem tüchtigen, etwas zynischen hohen Beamten ein Schriftstück zu übergeben. Ich bin über den großen Innenhof gegangen, durch seine hinreißenden Proportionen ein Wunder an Harmonie, ich bin die breite Steintreppe hinaufgestiegen, zu der mich ein Bürodiener wies, der in seiner ungewollten Lässigkeit, mit Baskenmütze und Leinenschuhen schon zum Boulespielen bereit, nur ganz entfernt an die steife Pracht von Monsieur Auguste erinnerte, den Schweizer von Tante Gabrielle. Ich war von Gespenstern umgeben: den Lakaien der Galaabende, im französischen Frack mit dem Spitzenjabot und den königsblauen Kniehosen, die auf jeder fünften Stufe mit einer Fackel in der Hand reglos dastanden; den mit Smaragden bedeckten Frauen, die aus Gemälden von Helleu oder Boldini herabzusteigen schienen, mit einem Diadem auf dem Kopf, einem Fächer aus Elfenbein und Straußenfedern in den Händen; den Männern, Figuren aus den Romanen von Proust, von Radiguet, eine Art Grand Meaulnes, der die adligen Landsitze der Sologne und die nebligen Schulhöfe ausgetauscht hatte gegen ein Dekor à la Saint-Simon, das von Morny und dem Prince of Wales ein wenig modernisiert worden war. Wie die Jahre vergehen, wie die Dinge sich wandeln! Ich hatte in den Büroräumen gespielt, in denen eifrige junge Leute Produktionskurven anfertigten und aus Berichten voller Ziffern das Bild eines noch im Entstehen begriffenen Frankreich zeichneten, ein Bild, das eingehüllt war vom Rauch der Fabriken und zugleich von Umweltschutzmitteln, um Rauch und Fabriken zu bekämpfen. Ein Abteilungsleiter war in Onkel Pauls Badezimmer untergebracht. Die Küchen im Souterrain enthielten die Archive. Die Zeit hatte den Raum umgemodelt. Victor Hugo betrauerte die Natur, die allmählich verging. Ich betrachtete mit Wehmut die Metamorphosen der Kultur, die in ganz anderer Weise anfällig war als die Bäume und die Teiche. Ich erlebte für mich die Trauer Olympios über die soziale Entwicklung.

Dort, zwischen dem Invalidendom und dem Boulevard Saint-Germain, zwischen der Kapelle der wundertätigen Jungfrau und der Rue Saint-Dominique, zwischen Aristide Boucicault und dem General de Gaulle, haben Onkel Paul und Tante Gabrielle zwanzig Jahre lang zu Anfang des zwanzigsten Jahrhunderts, vor und nach dem Krieg, über das Pariser Leben geherrscht. Dort wurden die Feste gefeiert, die Marcel Proust – er war fasziniert von meiner Tante, aber sie beachtete ihn nicht – inspiriert haben, nicht nur zur Abendgesellschaft bei der Prinzessin von Guermantes in *Sodom und Gomorrha,* sondern auch zu dem großen Empfang, bei dem der Baron von Charlus die Hausherrin »aufgegeben« hatte, alias Madame Verdurin, spätere Herzogin von Duras, spätere Prinzessin von Guermantes, und in ihrem Namen, um Charlie Morel zu feiern, eine Menge Freunde eingeladen hatte, unter denen besonders und neben vielen anderen die Königin von Neapel, der Bruder des Königs von Bayern, Madame de Mortemart und die drei ältesten Pairs von Frankreich glänzten. Dort wurden zum erstenmal, zur Empörung vieler Leute, einige sehr berühmte Filme vorgeführt, über die bald noch gesprochen werden wird. Auf diese Weise manifestierte sich, Aufsehen erregend, die Mischung unseres Blutes mit dem der Remy-Michault. So machten wir, nach langen Jahren des Ruhms und des Schweigens, der Siege und Mißerfolge, endlich wieder Bekanntschaft mit dem Erfolg. Wir saßen wieder in den Proszeniumslogen des Welttheaters. Die Zeitungen berichteten von uns. Allerdings erschien unser Name auf einer anderen Seite. Nicht mehr in Berichten über das Kriegsgeschehen, über diplomatische Verhandlungen, neben Staatschefs und Volksaufrührern. Er war abgesunken in die ruhmlosen Eitelkeiten, in die strahlende Düsternis der mondänen Chronik und der gesellschaftlichen Tagesereignisse.

Aus Treue zu meinem Großvater verachtete ich ein wenig die Schaumschlägerei dieser Feste und Vergnügungen. Wäre ich dagegen oberflächlicher gewesen und hätte ich mich nicht, vor anderen Erlebnissen und Erfahrungen, von denen zu ihrer Zeit noch zu sprechen sein wird, in Plutarch und Thomas von Aquin gestürzt, die mir vom Kanonikus Mouchoux wärmstens empfohlen waren, dann hätte ich öfter die Einladungen meiner Tante angenommen und schon in der Jugendzeit oder etwas später im Leben anläßlich solcher Abendgesellschaften, die in die Geschichte eingegangen sind, die Bekanntschaft von Salvador Dali und Maurice Sachs gemacht, von Aragon und Claudel, Georges Auric und Diaghilew, von fünf oder sechs Grafen Orgel und allen Swann und allen Charlus, die in Paris zusammenzubringen waren. Von aller Welt – außer einer Persönlichkeit. Mein Großvater, das kann man sich denken, wurde zu diesen Festen nicht eingeladen, wo alte Tanten aus der Bretagne, die kurz in Paris und seit langem den Abenteuern des Lebens entwöhnt waren, Gefahr liefen, plötzlich einem Entsprungenen aus dem Bateau-Lavoir, der Rue Fontaine und dem *Bœuf sur le toit* gegenüberzustehen. Ich bin nicht einmal sicher, daß er je geahnt hat, was sich in der Rue de Varenne tat. Er las die *Action française* lieber als Mode- oder avantgardistische Zeitschriften, lieber auch als den *Figaro,* in dem der junge Proust in allen Einzelheiten über die Gesellschaften in der Rue de

Varenne berichtete. Er las noch einmal Chateaubriand. Er ging in Plessis-lez-Vaudreuil mit Jules auf die Jagd, mit Jules' Sohn, mit Jules' Enkel. Er wartete auf die Rückkehr des Königs wie die Juden auf die Rückkehr des Messias: das heißt, er glaubte nicht mehr daran, blieb aber trotzig dabei, weiter daran zu glauben. Doch hinter seinem Rücken hatte sich die Familie allmählich verändert. Das Geld hatte sie verändert.

Gottlob hatte Onkel Paul nicht völlig den Sinn für Tradition und Familie verloren: er war nicht sehr intelligent. Ich habe sogar gehört, wie einige von denen, die er zu sich einlud, ihn rundweg als Dummkopf bezeichneten. Äußerlich sah er recht gut aus, er hatte etwas von einem Hammel, dem man eine große Nase aufgesetzt hatte, um ihn aus der Menge herauszuheben. Es war ein merkwürdiger Anblick, ihn im Gespräch mit Paul Poiret, der für Tante Gabrielle die Kleider schuf, mit Cocteau oder Nijinski zu sehen. Stets sah er aus, als langweile er sich zu Tode und als unterhalte er sich mit Talenten oder Genies nur, um seiner Frau einen Gefallen zu tun. Tante Gabrielle herrschte über Raymond Radiguet und Erik Satie, wie sie über meinen Großvater herrschte. Sie hatte dem Namen der Familie die Begriffe von Investition und Rentabilität hinzugefügt, die ihr an der Wiege gesungen worden waren. Die Macht zu ergreifen war nicht leicht; was das Geldverdienen anging, so war der größte Teil getan; und Sport, Verbrechen und Geist: sie mußten aus gewissen Gründen, die unschwer aufgezählt werden könnten, ferngehalten werden. Wie konnte der Familie, die durch die Remy-Michault an Umfang gewonnen hatte, zu der Rolle verholfen werden, die ihr rechtmäßig zukam? Tante Gabrielle warf sich auf die Dichtung, die Musik, die Malerei, das Ballett, wie sie sich in früherer Zeit in die Fronde gestürzt hätte, in die Gift- oder Halsband-Affäre der Königin, in die Leidenschaften der Gironde, in die Wehmut der Romantik, unterschiedslos in den Dreyfusismus oder Antidreyfusismus, in den Boulangismus und später in die Magie oder die indische Mystik. Sie gewann dabei eine Reihe von Beinamen: Gaby, die schöne Gaby, die schöne Gabrielle, sie flogen von Mund zu Mund, bis nach Rom, nach London, nach New York. Und zu guter Letzt spielte das Haus in der Rue de Varenne in der intellektuellen und künstlerischen Geschichte von Paris in den Jahren zwischen 1906 oder 1907 und 1928 oder 1930 eine Rolle, von der in allen zeitgenössischen Erinnerungen Spuren anzutreffen sind. Élisabeth de Gramont, erst Marquise, dann Herzogin von Clermont-Tonnerre, erwähnt sie in ihrem Buch *Zur Zeit der Equipagen* sowie in *Die blühenden Kastanien,* die Comtesse Jean de Pange in *Wie ich 1900 erlebt habe,* in *Geständnisse eines jungen Mädchens* und in *Der letzte Ball vor dem Gewitter,* André Thirion in *Revolutionäre ohne Revolution* und fünf oder sechs Botschafter, Generale, ehemalige Minister in den Memoiren, die sie geschrieben haben, vom grünen Fieber besessen, um schneller und sicherer die Kuppel der Académie française am Quai de Conti erstürmen zu können.

Die Rue de Varenne wurde nach und nach den großen Salons der ersten Hälfte des Jahrhunderts ebenbürtig: den Salons von Étienne de Beaumont oder von Marie-Laure de Noailles, dem von Misia Sert, einer intimen Freundin meiner Tante. Man riß sich darum, eingeladen zu werden. Dazu war indes nur ein bißchen Geist, Kühnheit und Gewandtheit nötig, bestenfalls Talent. Es wimmelte von Talenten, denn der Familienname umgab sich mit ihnen. Zuweilen kann die Dekadenz am Fortschritt gemessen werden. Um jede Etappe der Verwandlung, jeden Schritt, den Tante Gabrielle voran machte, jede Nacht in der Rue de Varenne zu beschreiben, wäre wenigstens ein Abschnitt, ein Kapitel, ein Band nötig. Aber ich unternehme hier kein Experiment in Mikropsychologie. Ich versuche vielmehr, eine Geschichte der Atmosphäre der Zeit zu schreiben, wobei ich mich bemühe, jene listigen Flüchtigen festzuhalten, die es immer eilig haben zu entgleiten: den Lauf der Jahre, die vergehen, und den Hauch einer Epoche. Was sich in den Herzen tut, weiß Gott allein. Ich fühle mich nicht imstande, den Stolz meines Großvaters, seinen Egoismus, seine Größe, die Oberflächlichkeit Gabrielles, ihr Talent, ihre Torheit sowie Onkel Pauls Bedeutungslosigkeit oder seine durchtriebene Geschicklichkeit abzuwägen und zu beurteilen. Aber ich hoffe, die Lebensart, die vorgebrachten Meinungen, die Besucher, die Freunde, die Triebfedern der gelebten Geschichte – wenigstens teilweise, denn nichts ist schwerer zu packen als das tägliche Leben – wiedergeben und ausdrücken zu können. Natürlich bin ich eher ein Historiker als ein Romancier und hüte mich mit aller Macht davor, mich an Gottes Stelle zu setzen, der einen auf Herz und Nieren prüft. Ich bin vielmehr, wenn man so will, der Journalist meiner Familie, der Zeuge ihrer Träume und Verrücktheiten, der Chronist dieses halben Jahrhunderts, während dessen sie versucht hat, inmitten aller Umwälzungen weiterzuleben. Und indem sie Cocteaus Gebot aus dem *Brautpaar vom Eiffelturm* buchstabengetreu befolgte: »Da diese geheimnisvollen Vorgänge meinen Verstand übersteigen, wollen wir so tun, als seien wir deren Organisator«, übernahm sie die Tête. Sie ging voraus, um bei der Illusion bleiben zu können, wieder die Geschichte mit zu prägen, die ihr entglitten war.

Unschwer ließen sich hinter der allzu brillanten Geschichte der Rue de Varenne der Ehrgeiz, die Neugier, die Furcht aufzeigen, eine gewisse Faszination angesichts der Unordnung nach langer Reglosigkeit in allen Festungen der Ordnung, eine wahre Angst, von der Zeit überholt zu werden, ein Hang zur Avantgarde, möglicherweise ein Erbteil jener fernen Ritter, die bizarrerweise unter den ausgefallensten Masken des Festes und des Rausches wiederauftauchten – alle diese Motive, meine ich, wären wieder auszumachen. Auch wäre es für jemanden, der noch an die Vererbungsgesetze glaubt, nicht schwierig, bei den Ereignissen, von denen ich berichte, festzustellen, welchen Anteil daran das Blut der Familie oder das der Remy-Michault hatte. Wir waren leichtfertig geworden, weil niemand mehr da war, für den wir uns hätten aufopfern, nichts mehr, für das wir hätten sterben können. Wir hatten alles auf eine Karte gesetzt, bildlich gesprochen, alles in den Korb mit Sägemehl getan, in den der Henker Sanson den Kopf des Königs hatte fallen lassen. Wir waren Kreuzritter ohne Glauben, Gläubige im Ruhestand, treue Diener außer Diensten. Wir waren in den Zynismus, ins Hohnlachen, in die Verzweiflung, in den Tod gedrängt. Die Remy-Michault dagegen waren zu allen Zeiten vom Erfolg umringt gewesen. Sie mußten einfach in der vordersten Reihe der republikanischen Gleichheit glänzen. Sie hatten den König getötet, um ihn in kleiner Münze zu verteilen, und sie behielten davon das meiste in ihren Sansculotten-Taschen. Die Mischung aus dieser unnützen Leichtfertigkeit und dieser Erfolgsneurose konnte nur in der Rue de Varenne enden.

Ich kann mir durchaus vorstellen, daß es andere Deutungen

der Verwandlung der Familie geben könnte, wo die Russischen Ballette und die Negerkunst plötzlich und unvermittelt auf die Jagdhüter und Landpfarrer folgten. Ich glaube gern, daß der Zufall, Wechselfälle der Geburt oder Erziehung, das Verhältnis zu den Eltern oder der Einfluß der Ammen eine Rolle haben spielen können. Ich bin indes überzeugt, daß das, was die Geschichte ausmacht, in erster Linie die Geschichte ist – ich meine die Gesellschaft, die Familie, das Geschlecht, das Milieu und die Zeit. Und Milieu und Zeit mehr noch als das Geschlecht. Müßte ich, um unser Schicksal zu deuten, wählen zwischen Vererbung und Gesellschaft, dann würde ich sagen, daß mehr als das Gewicht der Vererbung es die Gesellschaft ist, ihre Entwicklung, die Verlagerung ihres Gleichgewichts, ihr unausweichlicher Druck, die über meine Familie bestimmen und den Schlüssel dazu liefern. So bin ich also alles in allem ein Marxist, was Anlaß zur Erheiterung geben könnte. Auf jeden Fall mehr Marxist als Freudianer. Ich unternehme das Wagnis, über meine Familie zu richten, sie vielleicht zu verurteilen, natürlich nicht als Gerichtsperson oder als Moralist, sondern als Biologe und Arzt, der ein Absinken der Lebenskraft feststellt, aber dies zumindest aufgrund der großen ökonomischen und sozialen Erschütterungen, die als Nachfolge der einstigen Schlachten, Kathedralen und Kreuzzüge anzusehen sind, und nicht aufgrund obskurer, wenig schicklicher Vorgänge infantiler Masturbationen, eines Schauspiels, das eines Morgens plötzlich aus der Urszene aufgetaucht ist. Jedenfalls ist es besser, vom Aufstieg der Bourgeoisie oder der Arbeiterklasse gefällt zu werden als von Ammengeschwätz. Wir waren lieber Opfer der Geschichte als der Sexualität.

Karl Marx war Deutscher, das war nicht schlimm, aber er war auch Jude und Sozialist: das waren keine idealen Voraussetzungen, um meinen Großvater zu begeistern. Doch es war etwas an Marx und an den Marxisten, das meinen Großvater zwar nicht hätte verführen, aber vielleicht, trotz allem, irgendwie hätte interessieren können, wenn er nicht ein für allemal entschlossen gewesen wäre, die sozialistische Revolution gründlich zu ignorieren. Dieses Etwas war eine Mischung aus Antipathie gegen das Geld und gegen den industriellen Kapitalismus, aus Opposition gegen die Bourgeoisie, aus eiserner Verachtung der Freiheit, aus der Unterordnung des einzelnen unter eine Gemeinschaft, die mehr ist als er, und aus einem Gefühl der Notwendigkeit und der Verehrung für die Geschichte. Gegenüber Machiavelli, der sich mit seinem Fürsten mit kleinen kärglichen Spielen vergnügte, waren Karl Marx und mein Großvater, aus unterschiedlichen Gründen, die Vertrauten der Vorsehung. Ihrer beider Sache war die Geschichte: in Bewegung bei Karl Marx, unbeweglich und erstarrt für meinen Großvater. Nur stellte mein Großvater die moralischen Kräfte noch höher als die ökonomischen. Und ich meine, er hatte nicht unrecht. Doch wählte er sie nicht richtig aus. Er holte sie nur aus der Vergangenheit.

Eine ganze Welt lag zwischen der Rue de Varenne und Plessis-lez-Vaudreuil. Mein Großvater – er war während des Ersten Weltkriegs in den Sechzigern – verließ nur noch sehr selten den Landsitz. Wenn er nach Paris kam, stieg er in seinem eigenen Haus ab, in einem großen Appartement in der Nähe des Boulevard Haussmann. Ab und zu erschien er zu einem Mittag- oder Abendessen in der Rue de Varenne. Dann tat Tante Gabrielle ihre Bildhauer und Musiker beiseite, sperrte Proust in einen Wandschrank, überließ Cocteau wieder dem *Bœuf sur le toit* und schickte Radiguet für ein paar Tage ins Grüne oder zu den Beaumont. In der Rue de Varenne fand mein Großvater nur äußerst standesgemäße Kusinen aus der Provinz vor. Augenfällige Veränderung: die Vergangenheit gewann wieder die Oberhand, drängte die Avantgarde zurück, die Pariser Eleganz, die Entdeckungen der Saison, den prickelnden und ein wenig fragwürdigen Schaum des Talents und der geistreichen Worte. Man redete über Jagd, alte Gebräuche, Genealogie, ein bißchen Geschichte, ein bißchen Moral. Man äußerte in nichtssagenden, aber schicklichsten Ausdrücken Schlechtes über die Regierung. Man beklagte die Sitten der Zeit, und zwar genau jene, die Tante Gabrielle mit besten Kräften förderte, wenn ihr Schwiegervater nicht da war. Man beschwor Erinnerungen herauf. Man verglich ihren Glanz mit den Abscheulichkeiten der Gegenwart. Proust wäre glücklich gewesen! Vielleicht erschien er noch spät in der Nacht, so wie Paul Morand ihn beschreibt, mit seinem Mittelscheitel und seinem Pelzmantel selbst im Hochsommer, mit jener herausfordernden Bescheidenheit junger genialer Juden? Nein, das nicht. Mein Großvater wußte nichts von ihm. Er wußte nichts von der Musik, der Malerei, der Revolte, den lasziven Tänzen, der Droge, von alldem, was die Menschen berauscht und die Welt bewegt. Er wußte nichts von der Literatur. Er fuhr wieder in der Überzeugung nach Plessis-lez-Vaudreuil zurück, daß das Familienleben in der Rue de Varenne so weiterging wie bisher und daß Tante Gabrielles phantastische Diners, die für ewig und immer ihren Platz in der Geschichte der Künste, der Mode, der Malaise des Jahrhunderts und der ästhetischen und homosexuellen Revolution haben, die gleichen dahinschwindenden Schatten versammelten wie der steinerne Tisch.

Im Sommer kamen Onkel Paul, Tante Gabrielle, die vier Kinder und einiges Personal für drei oder vier Monate nach Plessis-lez-Vaudreuil. Sie verließen Paris nach dem Grand Prix-Rennen. Wieder stand die Zeit still. Jeder Winter, jeder Herbst, jeder Frühling der Zeit zwischen den beiden Kriegen und der sieben oder acht Jahre, die der ersten Katastrophe vorangegangen waren, hatte seine eigene Färbung, seine großen Ereignisse, seine Entdeckungen und seine besonderen Skandale: da war das Jahr des *Sacre du Printemps* oder der *Parade* oder der Russischen Ballette oder des *Œil cacodylate* oder der *Mamelles de Tirésias* oder des Proustschen Prix Goncourt; da war das Jahr, in dem Coco Chanel einen englischen Herzog oder einen russischen Großfürsten abgewiesen hatte, das Jahr Épinards und seiner legendären Siege. Alle Sommer dagegen ähnelten einander. Sie verschmelzen in meiner Erinnerung und bilden nur noch einen einzigen langen Tag, reglos, nicht enden wollend, es ist immer der gleiche, von der Sonne zermalmt und voller summender Insekten, während vier langer Jahre nur unterbrochen von den Taxis der Marne und den Kanonen von Verdun: gerade eben fünf oder sechs Tote mehr um den steinernen Tisch, in ihren blauen, dreckigen Feldmänteln und mit ihren Käppis auf dem Kopf. In jedem Sommer, zwanzig oder dreißig Jahre lang, saß Tante Gabrielle in dem geflochtenen Gebilde, halb Sessel, halb Hütte, einer Art Strandkorb, den meine Großmutter hinterlassen hatte, und wurde allmählich älter. Im Winter in Paris erzählte sie zerstreut dem neugierig lauschenden Marcel Proust von dem geflochtenen Gebilde –

man findet eine Spur von ihm in *Auf der Suche nach der verlorenen Zeit*. Im Lauf der dahineilenden Jahre ähnelte die schöne Gaby immer mehr dem mit der Zeit verblaßten Bild meiner Großmutter. Das Erscheinen der schönen Gabrielle in der Familie hatte möglicherweise das Leben meiner Großmutter abgekürzt. Die Vorsehung, der Zufall, die Ironie der Dinge, das Unbewußte, jedenfalls die verrinnende Zeit rächte sich gehörig: sie ließ die Schuldige die Rolle des Opfers übernehmen. In Paris trieb Gabrielle die Familie in eine unbekannte Zukunft. In Plessis-lez-Vaudreuil führte sie sie in die Vergangenheit zurück. Es genügt nicht, wenn ich sage, daß sie meine Großmutter nachahmte. Sie war meine Großmutter geworden. Sie übernahm von ihr die Gebärden, die Haltung, die Redeweise. Dieselbe Person, deren Kritik in Paris über den Erfolg einer Ausstellung oder eines Theaterstücks entschied, war in Plessis-lez-Vaudreuil eine sorgende Familienmutter, eine friedliche Strickerin, eine Wohltätigkeitsfanatikerin, fast eine kleine Alte mit weißem Haar, eine ganz schlichte Erbin der Vergangenheit. An die Stelle von Erik Satie trat der Dechant Mouchoux, an die Stelle der Trompeten einer Fama, die das Ärgernis streifte, das Dorfharmonium, die Litaneien der Mutter Gottes, deren unverrückbare Wiederholungen ein klangliches Bild unseres eigenen Priestertums waren, die Gesänge, die ich durch alle Schleier der Zeit hindurch noch immer höre:

> *Ja, wir wollen es! ...*

oder

> *Erhebe dich, meine Se-ele,*
> *Erhebe dich, meine Seele, zu Gott.*
> *O-ohne Unterlaß, erhe-ebe dich,*
> *Meine Seele, zu Gott,*
> *O-ohne Unterlaß, erhe-ebe dich,*
> *Meine Seele, zu Gott.*

oder

> *O Ju-ungfrau Mari-ia, Mu-utter des Allerhöchsten,*
> *Mu-utter des Messi-ias, des Göttlichen Lamms,*
> *Jungfrau o-ohnegleichen, Hoffnung Israels,*
> *Anmutige Ju-ungfrau, heller Vorhof des Himmels,*
> *Jungfrau Maria, bitte für uns!*

> *O lau-autere Mu-utter des Erlösers Christus,*
> *U-unbefleckte Mu-utter, Mu-utter des Heilands,*
> *Angebetete Ju-ungfrau, mystisches Zeichen.*
> *Versie-iegelter Bru-unnen, Pfo-orte des Heils,*
> *Jungfrau Maria, bitte für uns!*

oder auch

> *Bei uns sei Königin,*
> *Zu der man kniend betet,*
> *Die als Herrscherin regiert*
> *Bei uns, bei uns!*
> *Sei die Madonna,*
> *Zu der man kniend betet,*
> *Die lächelt und vergibt*
> *Bei uns, bei uns!*

Mein Gott, ja, ich höre sie, diese Gesänge meiner Kindheit in Plessis-lez-Vaudreuil, und ich atme mit Wonne den Duft des Weihrauchs, der in der alten Kirche schwebt, und trotz der Tränen, die meine Augen trüben, sehe ich, inmitten ihrer Schäfchen, Tante Gabrielle singen, mit ihrem dicken schwarzen Meßbuch in der Hand, aus dessen Seiten die Bilder der Familienangehörigen herauslugen, die bereits, umgeben von Briefstellen und Bibelversen aus dem Johannes-Evangelium, im Frieden des Herrn ruhen.

Es sind vor allem die anderen, die jeden von uns zu einer Gestalt werden lassen. Wenn Tante Gabrielle die Umgebung wechselte, wandelte sich auch ihr Wesen, ihr Denken, ihre Persönlichkeit. Sie versenkte die Avantgarde im Wehweh der Kinder, in der Kirchweih des Dorfs, im Hauch der Vergangenheit. Sie fand zu unseren Ahnen, die von den ihren hingerichtet worden waren. Sie vergaß die ihren. Sie verschmolz mit dem Haus. Alle unsere Toten erstanden wieder in ihr, deren Blut einst dazu beigetragen hatte, sie aufs Schafott zu bringen. Das Gefühl für die Familie und die Tradition überkam sie mit dem Sommer. Sie verlor die Erinnerung an alles, was unseren Namen nicht trug. Sie vergaß die großen Feste der Rue de Varenne, Dada, den Surrealismus, die Negerkunst, die schillernden Premieren und die genialen Musiker. Sie verleugnete das Talent, daß man meinen konnte, sie habe keins. Und wirklich, es war nicht da. Sie wurde dumm wie wir und sprach über die Nachbarn und das Wetter. Kam der erste Frost, fielen die Blätter, begann die Schule, öffneten die Theater und Salons ihre Pforten, dann fand sie den Esprit wieder. Dann nahm sie ihre Rolle als Unsere Liebe Frau der Avantgarde wieder auf. Der Geist, der sie heimsuchte, war der Geist der anderen. Unbefangen gab sie ihr schreckliches Geheimnis preis. Das Geheimnis eines jeden. Jeder von uns ist nichts anderes, als was seine Umgebung über ihn befunden hat.

In Plessis-lez-Vaudreuil hatten unsere noch unsterblichen Toten befunden, daß Tante Gabrielle in erster Linie die Frau des Familienältesten sei. Sehr viel später versuchten andere, diese Toten zu töten, damit wir endlich etwas anderes werden konnten als ein Teilchen der Familie. Zu Beginn unseres republikanischen und laizistischen Zeitalters, hinter den Mauern und Gräben von Plessis-lez-Vaudreuil, ging es unseren Toten dank dem lieben Gott, der katholischen, apostolischen und römischen Kirche, der Armee des Sieges und unserem unerschütterlichen Gedächtnis noch recht gut. In Paris jedoch zogen bösartige, sehr geschickte Teufelchen bereits an ihren Füßen.

Glücklicherweise war das Land so weit entfernt von Paris, daß weder von den selbstmörderischen Flügen eines Lindbergh und Mermoz noch von Hitlers Panzern, noch von den Fernsehnachrichten irgend etwas vernommen wurde. Eine Welt lag dazwischen. Plessis-lez-Vaudreuil mit seinem steinernen Tisch ist in der Erinnerung für mich ein schützender Hafen, eine glückselige Felseninsel, an die die Fluten nicht des Meeres, sondern der Zeit brandeten. Das Leben in der modernen Welt hatte allmählich den Zusammenhang der Familie gelockert. Beruf, Geld, Liebe, Abenteuersinn hatten uns über den Planeten verstreut. Im Sommer fanden wir uns alle in Plessis-lez-Vaudreuil wieder zusammen. Wir kamen aus London, aus Paris, dann auch aus New York oder Tahiti zurück. Die alten Parktore schlossen sich hinter uns. Wir traten in den Sommer ein wie in eine Jahreszeit ohne Ufer, ohne Anfang und ohne Ende. Wir flüchteten uns, von der Welt abgeschnitten, in den Schoß der Familie. Wir verließen die verrinnende Zeit und begaben uns in die beständige Zeit.

Die Ordnung dieser beständigen Zeit wartete auf uns, unverrückbar, mit Jules, Jules' Sohn, Jules' Enkel, das Gewehr unter dem Arm, die Mütze in der Hand, mit den fünfzehn oder zwanzig Gärtnern, mit den Hundepflegern, mit den Treibjagden, mit der Sonntagsmesse und den Sonnenschirmen meiner Tanten. Man hatte sich an der Somme und an der Marne geschlagen oder schickte sich an, sich zu schlagen, Millionen von Menschen waren gestorben oder schickten sich an zu sterben, weitere Millionen gerieten, noch planlos, in Aufruhr gegen Elend und Hunger, das Bild der Erde veränderte sich, Dichter und Naturwissenschaftler verkündeten neue Zeiten. Wir aber saßen um den steinernen Tisch und warteten auf das Frachtgut, den Uhrmacher und die Tour de France.

Wir waren zu Pferde in Plessis-lez-Vaudreuil eingetroffen. In der Karosse, in der Berline, in der Kalesche. Im Landauer, im Phaeton. Im Kabriolett, leicht und schnell. Wir waren mit dem Zug gekommen. Wir waren mit dem Auto gekommen. Aus Paris, aus Deauville, aus Forges-les-Eaux, aus Baden-Baden, es waren herrliche Reisen. Wir machten sie im De Dion-Bouton, im Rochet-Schneider, im Delaunay-Belleville, im Delahaye, im Bugatti, im Hispano-Suiza, mein Vetter Pierre im Delage, mein Vetter Jacques im Talbot, Tante Gabrielle im Rolls-Royce. Und dann war die Zeit der langen amerikanischen Wagen gekommen, der roten Italiener und die der deutschen. Das letztemal, vor fünf oder sechs Wochen, als ich nach Plessis-lez-Vaudreuil fuhr, saß ich im Peugeot 204, und es regnete ziemlich stark. Ich hatte für die Fahrt zwei bis drei Stunden gebraucht, für die wir damals, auf leeren Straßen, mit gewaltigen Motoren, die ungeheuren Lärm machten, sieben bis acht Stunden brauchten. Wir brachen morgens auf, aßen unterwegs zu Mittag und trafen gegen Abend ein. Wir erlebten das Ende der wirklichen Reisen, obwohl sie nicht in weite Fernen führten. Am Abend vor der Abfahrt stiegen wir in den Wagen, um genaue Proben abzuhalten. Jeder setzte sich auf seinen Platz, und die leeren Koffer und Hutschachteln wurden sachkundig aufgestapelt. Nur ein Zehntel oder Zwanzigstel von dem, was wir für den Sommer mitnahmen, konnte im Auto untergebracht werden. Der Rest folgte mit dem Zug. Das war eine der heiligsten Mythen meiner Kindheit: »la petite vitesse«, der wundersame, in Dunkel gehüllte Name für den Frachtgutverkehr, über den ich lange nachgrübelte.

Ich weiß nicht genau, wie das alles vor sich ging. Alles rollte übrigens um uns herum ab, ohne daß wir zuzupacken noch infolgedessen es zu verstehen brauchten. Weil wir nicht arbeiteten, verstanden wir es nicht mehr. Der Umlauf des Geldes, die Entwicklung der Ideen, die Fortschritte der Technik, das war die Angelegenheit der anderen, das war die Angelegenheit der Remy-Michault, unsere war es nicht. Tante Gabrielle war das Bindeglied zwischen uns und den Maschinen, dem Theater, der Börse, der Politik, der Literatur, dem Surrealismus, der modernen Musik. Sie kümmerte sich auch um »la petite vitesse«. Wir kümmerten uns um nichts. Wir waren charmant! Wir waren untauglich. Wir warteten auf »la petite vitesse«.

Drei oder vier Tage nach unserer Ankunft erschien eine Wäschebeschließerin, ein Aufseher oder Monsieur Desbois persönlich, um zu melden, daß »la petite vitesse« im Bahnhof lagere. Ein Auto oder ein Pferdewagen wurde losgeschickt. Und »la petite vitesse« hielt einen triumphalen und etwas verschämten Einzug im Ehrenhof.

»La petite vitesse« ereignete sich in unserem Leben nur einmal im Jahr in beiden Richtungen. Der Uhrmacher aus Roussette kam einmal die Woche. Alle Schlösser der Welt, in Schottland, in den Karpaten, in Böhmen oder im Loire-Tal, sind stolz auf ihre dreihundertfünfundsechzig Zimmer. Auch Plessis-lez-Vaudreuil hatte dreihundertfünfundsechzig Zimmer. Oder ungefähr so viele. Wir haben sie nie gezählt. In jedem Zimmer befand sich eine Pendeluhr, acht in den Salons, zwei im Billardzimmer und sechs in den Bibliotheken. Und nur um nichts auszulassen, erwähne ich noch die Wanduhren und Regulatoren. Jeden Samstag kam Monsieur Machavoine aus Roussette, um die Pendeluhren aufzuziehen. Warum samstags? Damit alle Pendeluhren Sonntagmittag gemeinsam schlagen konnten. Am Sonntag, zwei Minuten vor zwölf, setzte sich mein Großvater – er war vom Hochamt zurück – in einen der Salons, wo der Dechant Mouchoux bald zu ihm stieß; jeden Sonntag war er zum Mittag- und Abendessen eingeladen, und er erschien in seiner alten, mit den Jahren blankgewetzten Soutane, begierig noch nicht auf die »Nonnenfürze«, die dem Abend vorbehalten waren, aber auf das Sonntagmittags-Poulet à la crème. Um zu zeigen, daß er keine starren Angewohnheiten hatte, setzte sich mein Großvater einmal in den einen, einmal in den anderen Sessel oder auch in einen anderen Salon. Aus seiner Westentasche zog er die goldene Uhr, die sein Urgroßvater seinem Großvater zum einundzwanzigsten Geburtstag geschenkt hatte. Und er wartete. Punkt zwölf begannen alle Uhren im Schloß zu schlagen. Um eine Minute nach zwölf steckte mein Großvater die Uhr seines Großvaters wieder in die Westentasche und versenkte sich erneut in die *Action française* oder in die *Memoiren* des Herzogs von Saint-Simon oder auch in den *Kongreß von Verona* von Chateaubriand. Manchmal wurde mein Großvater drei oder vier Minuten nach zwölf durch das verspätete Schlagen einer Uhr aus seiner Lektüre gerissen. Durch einen Diener ließ er Monsieur Desbois rufen, damit dieser es Monsieur Machavoine melde.

Der Schlüssel zu jeder Uhr wurde hinter die Nymphen geschoben, hinter die Muschelverzierungen, die Porphyr-Säulchen oder mit einem Band angehängt. Aber der Gedanke, einen der Schlüssel selbst zu benutzen, wäre nie jemandem von uns gekommen. Auch bei Uhren, auf die jeden Tag geblickt wurde, mußte, wenn sie infolge einer Unachtsamkeit von Monsieur Machavoine, wie ich meine, vor Erschöpfung stehengeblieben waren, der nächste Besuch von Monsieur Machavoine abgewartet werden, um sie wieder in Gang zu bringen. Wir lebten nämlich in einer Ordnung und in einer Rangordnung, die bis in die winzigsten Kleinigkeiten erhalten werden mußte und wo der Grundsatz: »Einen Ort für jedes Ding und jedes Ding an seinen Ort« auch für die Menschen galt – vielleicht vor allem für die Menschen. Die Rolle von Monsieur Machavoine in diesem Tränental, in das Gott uns gestellt hatte, bestand darin, unsere Uhren aufzuziehen. Unsere Rolle war, zu warten und ihm zuzusehen. Das war ein Vergnügen, dessen ich nicht müde wurde.

Monsieur Machavoines Erscheinen bereitete mir fast immer unsagbare Freude. Er redete wenig. Er war klein und bucklig, bewegte sich fast geräuschlos und erledigte seine Arbeit mit genauen und sicheren Handbewegungen wie ein Antiquitätenhändler oder ein Chirurg. Stets schwarz gekleidet, glitt er von Raum zu Raum, grüßte kurz, nahm die Uhr wie ein lebendes Wesen in die Hand, streichelte sie ein paarmal, staubte sie mit einem Federwedel ab, erkühnte sich von Zeit zu Zeit, eine

Retouche am Lack vorzunehmen oder locker gewordene Stückchen anzuleimen, öffnete den Patienten, warf einen Adlerblick in seine intimsten Bereiche und zog endlich mit fester Hand und feinem Takt die Federn auf; und die Musik dieser verzaubernden Riten verschaffte mir ein Glücksgefühl, das wahrscheinlich unseren heutigen Psychoanalytikern einige Aufschlüsse ins begierige und scharfsinnige Ohr flüstern würde. Seine Ruhe, seine Regelmäßigkeit, seine Schlichtheit, seine fast unhörbare Behutsamkeit versetzten mich in einen zeitlosen Zustand. Inmitten der Zuflucht, die der Sommer, das Schloß und der Garten bildeten, schufen Monsieur Machavoines Gebärden noch eine weitere, eine geheimere und tiefere Zuflucht. Es klingt seltsam widersprüchlich, aber die von ihm aufgezogenen Uhren vermochten eine seit eh und je reglose Zeit anzuhalten. Ich wußte es so einzurichten, daß ich jeden Samstag gegen zehn den Magier mit den Uhren beobachten konnte. An jenen Tagen versuchte ich, bei angelehnter Tür in meinem Zimmer zu bleiben, vor der Sonne geschützt hinter den geschlossenen Fensterläden oder Vorhängen. Ich nahm ein Buch zur Hand. Ich wartete. Ich horchte auf die Schritte des Buckligen in den Fluren des Schlosses, auf das feine klingende Geräusch, das entstand, wenn er die Glasglocken hochhob, die Zifferblätter mit der Hand berührte, die Federn aufzog, die Säulchen festschraubte und die Leiern geradebog. Mir war, als hörte ich das Streifen des Staubwedels und das Zurechtrücken der Zeiger an ihren richtigen Platz, was nicht brutal, aber auch nicht schlaff ausgeführt wurde. Ich unterschied das Klingen der Marketerie von Boulle, der vergoldeten Louis-Quinze-Bronze, der Muschelverzierung im Salon, der Chinoiserie im Blauen Zimmer, des grünen Kornalin im Billardzimmer, der antiken Vase im Zimmer neben dem meinen. Endlich ging die Tür auf. Monsieur Machavoine trat ein. Ich hielt den Atem an. Ich machte keine Bewegung mehr, um die Reinheit der Klänge und der Gesten, die Monsieur Machavoine aus der Stille und der Reglosigkeit holte, besser genießen zu können. Die kleine Schwärmerei dauerte eine kurze Weile. Ich hatte die Zeiger unvernünftig oft verstellt, ich wollte möglichst lange das Glück genießen, das Schlagen der Stunden und der halben Stunden unter den Fingern von Monsieur Machavoine zu vernehmen, der dabei war, in seinem bescheidenen Bereich die von Gott, von meinem Großvater und von ihm selbst gewollte Ordnung wiederherzustellen. Er zog die Uhr auf, setzte die Glasglocke wieder darauf, wischte noch einmal mit dem Wedel und seinem Wolltuch, das leicht war wie Seide, darüber hin. Es war zu Ende. Er ging hinaus. Manchmal war ich so wagemutig, ihm zu folgen, oder, besser noch, ihm vorauszueilen. Monsieur Machavoine fand mich dann nacheinander im Zimmer der Marquise und im Nelkenzimmer, in einem Sessel sitzend, in mein Buch vertieft und sichtlich erstaunt über sein unverhofftes Auftauchen. Auch er war, glaube ich, einigermaßen überrascht. Aber er ließ sich nichts anmerken. Er zog die Uhr auf, grüßte, ging hinaus und traf mich fünf Minuten später wieder, zum viertenmal, im Turmzimmer an. Er grüßte mich von neuem und zog seine Uhr auf. Monsieur Machavoine war ein Weiser. Und ich liebte ihn, ohne ihm je etwas zu sagen, dieser Hochgefühle wegen, die er mir verschaffte, die aus der Gewohnheit, der Stille und der Zeit aufstiegen.

Monsieur Machavoine wohnte acht Kilometer von Plessislez-Vaudreuil entfernt. Er legte sie auf dem Fahrrad zurück. Dreimal ist es geschehen, daß Monsieur Machavoine samstags nicht erschien. Das erstemal war sein kleiner Sohn in einem Zufluß der Sarthe ertrunken, wohin er oft zum Spielen ging. Der Bach führte nur sehr wenig Wasser, aber das Kind war gefallen und mit dem Kopf auf einen Stein geschlagen. Der Vater schlief am Ufer und hatte nichts gehört. Als er aufwachte, war das Kind schon tot. Das zweitemal war Madame Machavoine mit dem Metzgergesellen auf und davon gegangen. Diese beiden Male war Monsieur Machavoine am Montag anstatt am Samstag gekommen. Das drittemal ist Monsieur Machavoine überhaupt nicht gekommen. Er ist auf dem Fahrrad gestorben, eines Samstags, gegen Viertel vor zehn, auf der Straße von Roussette nach Plessis-lez-Vaudreuil.

Das Fahrrad spielte in unserem Leben eine große Rolle. Seit dem Beginn des Jahrhunderts stand der Sommer, man wird es nicht für möglich halten, unter dem Zeichen »der kleinen Königin« und ihrer Tour de France. Ich vermute, das Bild, das ich von meinem Großvater gezeichnet habe, ist nicht dazu angetan, ihn sich als Radfahrer vorzustellen: über die Lenkstange gebeugt, die Mütze verkehrt herum auf dem Kopf, den Schirm im Nacken und unter dem Beifall der Menge aus einer Flasche trinkend, die ihm ein heute würde man sagen: Fahrradfan reicht, wie sie längs des Weges stehen. Aber die Menschen sind nicht alle aus demselben Holz: ich weiß nicht warum, die Tour de France begeisterte meinen Großvater. Vielleicht verfolgte er sie im Geist, wie einst der König die Schlachten beobachtete, von Höflingen umgeben, Festungspläne ausgebreitet zu seinen Füßen, ein Fernrohr in der Hand, von der Höhe eines Hügels über der Ebene. Vielleicht war es die Lust am strategischen und taktischen Spiel, die in ihm erwachte, wenn die Fahrer sich den Alpenpässen und dem Ballon d'Alsace näherten. Vielleicht übertrug er auch auf die Giganten der Straße den Hang seiner Ahnen zu Duellen und Turnieren. Wie auch immer, in seiner inneren Welt war irgendwo ein Fahrrad verborgen, und so verging aufgrund eines dieser Paradoxa, die dem wirklichen Leben seinen unnachahmlichen Duft verleihen, ein gut Teil des Sommers in Plessis-lez-Vaudreuil am steinernen Tisch, wo wir auf den Landkarten die verschlungenen Wege der Prozessionsspinnerraupe verfolgten. Tante Gabrielle teilte diese Leidenschaft. In ihrem Fall scheint mir die Erklärung einfacher als bei meinem Großvater: nach dem mondänen Snobismus gab sie sich dem populären Snobismus hin, nach dem Raffinement der Crème der Gesellschaft wurde sie von dem strengen Geruch der Menge angezogen, Wurst und ein tüchtiger Schluck Rotwein mundeten ihr gut, nachdem sie im Frühjahr in Paris von Champagner und Kaviar übersättigt worden war. Ich sehe uns noch, wie wir, zusammen mit meinem Großvater und Tante Gabrielle, die neuesten Meldungen diskutieren und unter glühender Sonne die einzelnen Fahrer verfolgen, von Garin bis Bartali, die Stürze, die Ausfälle, die Spurts, die Etappensiege und die Rennen gegen die Uhr. Bis zum Ersten Weltkrieg mußten wir warten, bis der Erste im Klassement das Gelbe Trikot überzog: ein neuer Ausdruck in der Sprache, die uns lieb und teuer war, ein leuchtender und beweglicher Farbfleck auf der Karte Frankreichs, die durch die Départements der Republik so trübe und grau geworden war und deren platte und langweilige Bezeichnungen sowie die stets scheußlichen Wahlen sich unangenehm abhoben von der buntscheckigen

Fröhlichkeit der alten Provinzen der Monarchie. Von Zeit zu Zeit runzelten wir die Stirn über einen neuen Einfall: den Umweg über Deutschland oder Italien, den Ausflug nach Luxemburg, das Zentralmassiv wurde ausgelassen, drei Etappenstädte hinzugenommen, die Eskapade nach Spanien. Trotz dieser Umleitungen, die wir mißbilligten, hatten wir uns ganz selbstverständlich als Hüter einer Tradition, sogar im Radsport, eingesetzt, und es kommt mir so vor, als wäre es immer dieselbe Tour, die ein Jahr ums andere den gleichen Sommer auf den Rädern der Erinnerung durchfährt. Garin und Petit-Breton, Pélissier und Leducq, Antonin Magne und Speicher, die beiden Brüder Maes – erinnert man sich? –, Romain und Sylvère, die trotz der Namensgleichheit keineswegs Brüder waren, Bartali und Coppi, Lapébie und Robic, Kubler und Koblet, Jacques Anquetil und Louison Bobet, ich bin sicher, daß es immer derselbe Übermensch war, derselbe Gigant, derselbe Held, ein strahlender Erzengel des Sommers, vielleicht von der Zeit und vom Alter ein bißchen verändert, der rittlings auf der Sonne über unsere Straßen in der Bourgogne und in der Provence, in Aquitanien und im Roussillon, in der Bretagne und im Dauphiné fuhr. Unbeweglich, wie immer, phantasierten wir am steinernen Tisch von großen Menschenmengen, von der Begeisterung des Volks, von den abendlichen Zielen in den alten, vom Jubel widerhallenden Städten. Nicht so sehr die Präsidenten Deschanel, Fallières und Lebrun, sondern Petit-Breton und Antonin Magne waren die Nachfolger Ludwigs des Heiligen und Heinrichs IV., weil sie das Volk begeisterten und weil das Volk sie liebte. War vielleicht in dieser Maschinenwelt das Fahrrad für uns ein Nachkomme des Pferdes? Sahen wir vielleicht in Leducq und Coppi eine Art Zentauren, über die wir zwar lachten, deren, wenn auch belanglose, Heldentaten aber in uns, durch die Rennfahrer als Mittelspersonen, einen ganz fernen Widerhall unserer dahingeschwundenen Größe erweckten? Auch wir waren einst für unsere Damen und den König die Champions, zu denen jener Weihrauch aufstieg, an den wir uns nicht einmal mehr erinnerten, dessen berauschender Duft uns dennoch insgeheim verfolgte: Sieg, Triumph und jubelnder Beifall. Mit welcher Begeisterung, ihr Galibiers und Tourmalets, ihr Gebirgspässe der Vergangenheit und der Erinnerung, mit welcher

Ungeduld, mit welcher von den Jahren verschlungenen, von der plötzlich so tristen und so fernen Zeit hinweggewehten Fröhlichkeit rollten unsere Sommer von euch herunter zu Tal!

Ach, bitte, wir wollen uns noch nicht gleich von der Sommerhitze in Plessis-lez-Vaudreuil trennen! Noch einmal möchte ich hinter meinen halbgeschlossenen Fensterläden das Flimmern der Sonne über den Blumenbeeten, über dem Kies der Auffahrt hören. Morgens, wenn ich aufwachte, vernahm ich zuerst am Klang, wie der Himmel war, seine Farbe, seine Stimmung, die den Tag über auch die meine sein würde. Ich hörte die Sonne. Sie stand schon hoch und war warm. Da hinein mischte sich ein Geräusch, das ich beim Schreiben dieser Zeilen wieder vernehme; es bestand aus Stille, aus Wasser, das über die Blumen und den Rasen floß, aus Harken und aus Bienen. Ich schloß die Augen. Es war das Glück. Der König, die Republik, das Vaterland und die Freimaurer, der Krieg, das Geld, die Sitten – das alles verflüchtigte sich aus unserer Welt. Übrig blieb nur das Glück in der Reinheit des Augenblicks. Ich hörte Schritte, ein Pferd wurde vorbeigeführt, die Stimme meines Großvaters, der mit den Gärtnern sprach. Ich unterschied die Worte nicht, aber ihr ruhiges, bedächtiges Murmeln drang bis zu mir. Ich wußte, daß es sich um nichts anderes handelte, als das aufrechtzuerhalten, was war. Die Mauern, die Bäume, die Gewohnheiten, die Natur. Es ging nicht darum, etwas aufzubauen oder niederzureißen, zu verändern oder auszuwechseln. Es ging nur darum, zu erhalten, zu retten und zu schützen. Morgens in meinem Zimmer, in Erwartung dieses herrlichen Tages, der in den unwandelbaren Himmel hinaufstieg, hörte ich, wie mein Großvater den von Gott gestellten Dienern Anweisungen gab, immer die gleichen, damit der neue Tag den verflossenen ähnlich bliebe. Ich blickte durch die Läden zum Fenster hinaus: Sonne und Schatten folgten in regelmäßigen, sich immer gleichbleibenden Linien aufeinander. Was sich im Lauf der Tage oder Jahreszeiten wandelte – der Schatten der Türme, die Blätter an den Bäumen, die Blumen in den Schalen oder auf den Beeten –, war in Wirklichkeit nur ein anderes Bild der Ewigkeit, und vielleicht das wahrste: der Schatten verschwand, kam aber wieder; die Blätter fielen, wuchsen aber wieder; die Blumen verwelkten, entfalteten sich aber wieder. Wir liebten diesen Kreislauf, der wieder in sich zurückfand und in dem die scheinbare Unbeständigkeit keinen anderen Zweck und kein anderes Ziel hatte als die Unbeweglichkeit. Unsere Aufgabe in dieser bedrohten Welt war klar: sie bestand vor allem darin, gegen die Veränderung zu kämpfen, ob es sich um Wälder oder Politik handelte, um Familie oder Geld, um Kleidung oder Reisen. Wir hatten nur einen Feind: die Zeit. Die Republik, die Demokratie, die Bourgeoisie, die schlechten Umgangsformen, die häßlichen Häuser, das Ende der Wälder, die Herrschaft des Geldes, der Verfall des Steins und der Schieferplatten auf den Dächern, alles, was uns mißfiel, hing mit der Zeit zusammen. Wir verabscheuten sie, diese Zeit! Im Gegensatz, diesmal, zu Marx waren wir Gegner von Heraklit und seines ewigen Fließens der Wesen und Dinge im Strom der Jahre. Wir waren, ohne es zu wissen, Schüler von Parmenides. Wir lebten in seinem unzerstörbaren, immerwährenden, unwandelbaren und begrenzten Universum. Und wir hätten, wenn er uns bekannt gewesen wäre, den Namen Zenons aus Elea verehren müssen, für den selbst die Läufer im Stadion, selbst der in den Himmel geschossene Pfeil, selbst der leichtfüßige Achill bei der Verfolgung seiner Schildkröte unbeweglich blieben in einer Welt der Illusion. Die Zeit brachte alles mit sich, was uns zerstörte und wovor wir uns fürchteten: Abnutzung, Erschlaffung, Veränderung, Untergang und Vergessen. Wir hatten nicht mehr genug Kraft, um uns daran zu machen, etwas aufzubauen. Deshalb hatten wir uns zu Erhaltern und Bewahrern dessen aufgeworfen, was einst jene errichtet hatten, deren Andenken wir über die Feindseligkeit der Revolutionen und der Jahrhunderte hinweg hochhielten und die selber vielleicht – vielleicht, es war schon so lange her – etwas an der Ordnung ihrer Epoche verändert hatten.

Das Glück, das ich empfand, wenn ich der Sonne zusah, wie sie über der Welt aufging, war ein sehr ruhiges und etwas trauriges Glück. Es war sehr ruhig, weil die Geschichte, der Zufall meiner Geburt, meine Familie, mein Großvater mir ein wunderbares und schreckliches Geschenk gemacht hatten: sie hatten mir Sicherheit gegeben. Abgeriegelt von der Zeit war ich unter der Obhut des Uhrmachers, der Harken der Gärtner und der Champions der Tour de France in Plessis-lez-Vaudreuil eingeschlossen, es konnte mir nichts geschehen. Ich muß noch, dafür bitte ich um Vergebung, ganz schnell ein paar Worte über diese Sicherheit sagen. Sie hatte nichts zu tun mit der Sicherheit der Remy-Michault, die auf dem Geld beruhte, aber auch auf ihren Talenten. Unsere Sicherheit hatte mit dem Geld nichts zu tun. Es muß jedoch zugegeben werden, daß sie auch nichts zu tun hatte mit Verdiensten und Talenten, und das war ein Glück, denn ich habe schon ausgeführt, daß wir kein Talent hatten und daß uns, weil es nicht in unser System paßte, das von uns ausgeschlossene Verdienst nicht nur unnütz erschien, sondern meistens sogar als indiskret und etwas fragwürdig. Unsere Sicherheit war nur eine Idee. Entgegen den Sozialisten behaupteten wir, daß die Welt von den Ideen getragen wird. Das mußte aus unserem Munde sehr komisch klingen, weil wir sehr wenig Ideen hatten. Bestimmt hatten die Marxisten, die die Macht der Ideen leugneten, viel mehr als wir, die wir an allen Ecken und Enden davon redeten. Aber es steht fest, daß unser Universum von einer Idee beherrscht war, vielleicht von einer einzigen, und sie machte uns sehr selbstsicher. Diese Idee bezog ihre ganze Kraft aus ihrer Einfachheit. Die Dinge sind, was sie sind.

Jeder weiß, daß die offensichtlichen Tatsachen immer irgendein System verbergen. Nichts ist parteiischer als die Unparteilichkeit. Wenn man sagt, ein Pfennig ist ein Pfennig, so ist die Wahrheit, die man damit ausdrückt, eine sehr verborgene Wahrheit, und sie reicht viel weiter als der gesunde Menschenverstand, hinter dem sie sich verbirgt: man entdeckt unschwer, daß sie Geiz offenbart. Wenn wir eisern behaupteten, die Dinge seien, was sie sind, so erklärten wir zugleich, jedoch unter dem Deckmantel der offensichtlichen Tatsache, daß daran nicht gerüttelt werden durfte. Es gab eine Ordnung der Dinge, und die war von Gott gewollt. Gott wollte unser Schloß, unsere Gärtner, unsere Familie und unsere Überzeugungen. Gott wollte unseren Namen, man brauchte sich nur ihm anzuvertrauen, sich ihm hinzugeben. Gott erkannte die Seinen immer. Durch eine unglaublich glückliche Fügung waren die Seinen die Unseren. Der Wahlspruch der Familie, den ich schon erwähnt habe, drückte alles in vier Worten aus. Die Harken der Gärtner frühmorgens auf dem Kies, die Sonne auf dem Weiher, auf dem Wald, auf den Blumenbeeten, die stets gegenwärtige Vergangenheit, die ewige Familie: Wie es Gott gefällt. Die ungewisse Gegenwart: Wie es Gott gefällt. Die Zukunft, für die wir nicht verantwortlich waren: Wie es Gott gefällt. Er würde sich sicher besser darum kümmern als wir, die wir von der Zeit überholt worden waren, von der Geschichte abgeschrieben. Es gab wirklich nur eine Katastrophe, eine einzige, die gefährlich für uns werden konnte: der Tod Gottes. Da Gott uns unterstützte, unsere Welt, die Geschichte, die Sonne und unseren Namen aufrechterhielt, mußte er am Leben gehalten werden. Der Tod Gottes war das Ende der Geschichte, das Ende der Welt, das Ende von allem, unser Ende. Wenn wir in der Kirche beteten, oder wenn wir uns zu Tische setzten, oder wenn die Mahlzeiten zu Ende waren oder morgens an unserem Bett oder abends im Familienkreis stiegen unsere Gebete nicht nur zu Gott auf. Wir beteten für Gott. Damit er vor allem nicht weiche. Damit er seine Aufgabe fortführe, damit er nicht abdanke, damit er uns auf unserem Weg nicht im Stich lasse, ehe nicht die letzten Seiten des Buches unseres Lebens geschrieben sind, des Lebens unserer Kinder, des Lebens der Urenkel unserer Urenkel, bis zum Verlöschen der Generation und bis zum Ende der Jahrhunderte. Damit er sich weiterhin, an unserer Stelle und für uns, mit dem Gang der Welt befasse. Damit die Sonne aufgehe, wie bei den Azteken, damit der Erfolg uns zur Seite stehe, wie bei den Römern, damit das Gute und wir auf immer die Oberhand über das Böse und die anderen behalten. Wie es Gott gefällt. Amen.

Die Sicherheit, die mich umgab, war, wie man sieht, weit entfernt von einer sozialen Sicherheit, einer gegenseitigen, zwischen den Menschen abgeschlossenen Versicherung. Ich befand mich buchstäblich in Gottes Hand. Solange er nicht tot war und über mich wachte, konnten mir nur Ereignisse ohne ernsthafte Folgen zustoßen. Ich konnte natürlich sterben. Und? Verdienst und Talent waren in unserem System nicht von Bedeutung, doch der Tod hatte große Bedeutung, da die Toten in der Familie eine größere Rolle spielten als die Lebenden. Zudem waren wir Christen. Ich möchte sagen, der Tod jagte uns weniger Schrecken ein, als es heute der Fall ist. Wir waren nicht sehr beunruhigt darüber. Ist für einen Christen der Tod nicht das Ziel des Lebens? In diesem Geiste, glaube ich, war der alte

Éléazar mit einem Kreuz auf der Brust in den Orient aufgebrochen, hatten wir uns auf den Schlachtfeldern für den König und den Papst töten lassen und hatten wir unsere Köpfe, an Ideen leicht, aber schwer an Glauben, von den Schafotts rollen lassen. In diesem Geiste auch hatten meine reaktionären Onkel und meine monarchistischen Vettern den Tod in Afrika und Asien erlitten für die Mehrung des Ruhms einer verabscheuten Republik.

Das Glück, das über mich kam, wenn ich den Gärtnern beim Harken im Hof zusah oder Monsieur Machavoine beim Aufziehen der Uhren oder anhand der Morgenzeitung oder der *Illustration* Antonin Magne beim Sieg in der Tour de France, war ein mystisches Glück. Was die großen Dinge anging – mein Großvater seufzte und pflegte zu sagen: »Was für Zeiten!« –, hatten die Menschen Sand ins Räderwerk des Herrn gestreut; was die kleinen Dinge anging, hier wenigstens führte Gott seinen Plan durch. Zwar überließ er das Heilige Land, Jerusalem, Moskau, Konstantinopel, Baden-Baden, Deauville, Paris und vielleicht sogar das von der Moderne verblendete Rom ihrem beklagenswerten Schicksal, doch kümmerte sich der schreckliche Gott der Heere, der Kämpfe, der Ideen noch recht gut in Plessis-lez-Vaudreuil um die Gärtner und ihre Gärten, die Uhrmacher und ihre Uhren.

Dieses ruhige Glück, diese unerschütterliche Gewißheit war indes ein bißchen traurig. Wenn ich morgens aufwachte, sagte niemand zu mir, wie der Kammerdiener zum anderen Saint-Simon: »Stehen Sie auf, Herr Graf, Sie haben große Dinge zu vollbringen.« Von welchen großen Abenteuern hätten wir träumen sollen, da unsere Vorfahren und Gott sich um alles gekümmert hatten? Wir hatten nur eines zu tun: so wenig wie möglich das in Unordnung zu bringen, was von den alten Zeiten übrigblieb. Wir wagten kaum zu lesen, zu sprechen, zu atmen, zuzuhören. Wer weiß, ob wir nicht das von den wie Unkraut wuchernden schlechten Ideen ins Wanken gebrachte Gleichgewicht störten? Man durfte sich nicht bewegen, nichts anrühren, man mußte sich die Ohren verstopfen und die Augen verbinden, allenthalben über die heilige Unbeweglichkeit des Wahren, des Schönen, des Guten wachen. Ich will in wenigen Worten sagen, was unser Leben in Plessis-lez-Vaudreuil war:

eine eiserne Disziplin, um vor allem zu lernen, weder der Welt, der Zukunft noch uns etwas anzutun. In allen Geboten, die wie ein heiliges Erbe von Generation zu Generation weitergegeben wurden, war der Wunsch ausgedrückt, es möge uns nichts geschehen. Zu verstehen ist darunter: nichts Schlechtes und zugleich gar nichts.

Das alles – das heißt, nichts – ereignete sich im Sommer in Plessis-lez-Vaudreuil. Kaum war Tante Gabrielle nach Paris zurückgekehrt, sprang sie auf alle in Fahrt befindlichen Züge der Geschichte. Sie holte sie im Nu ein und erzwang sich einen Platz zwischen Doktor Freud und dem *Bœuf sur le toit*, zwischen Dali und Dada, zwischen einem schwarzen Pianisten und einem Surrealisten. Nach drei oder vier Monaten frommer Unbeweglichkeit zwischen dem steinernen Tisch und dem Harmonium des Dechanten Mouchoux empfand Tante Gabrielle unbändige Lust, die Welt in Bewegung zu bringen. Sie stürzte sich kopfüber in kleine Säge- und Wühlarbeiten, die zunächst das Ziel hatten, die Stufen des Throns, auf dem wir saßen, in die Luft zu sprengen. Sie bremste die Geschichte, wenn es warm war, sie kurbelte sie an, wenn es kalt war. In der Rue de Varenne blieb nicht viel übrig von den Chorälen aus Plessis-lez-Vaudreuil. Tante Gabrielle ersetzte sie durch Sprengstoff.

Mehrere Bomben, die sie gegen unsere Sommer schleuderte, haben in der Geschichte der Ideen einige Spuren hinterlassen. Keine hat vielleicht soviel Getöse gemacht wie drei recht berühmte Filme, deren glücklicherweise abgeschwächtes Echo schließlich bis zu uns nach Plessis-lez-Vaudreuil gelangte, aber, durch die Barmherzigkeit Gottes, ohne Hinweis auf den Ursprung. Man wird erraten haben, daß die Filme zum erstenmal in der Rue de Varenne vorgeführt wurden, und zwar waren es *Ein andalusischer Hund* und *Das Goldene Zeitalter* von Buñuel und, einige Jahre später, kurz vor einer neuen Katastrophe, die ein in dieser Hinsicht sehr fruchtbares Jahrhundert hervorbrachte, *Das Blut eines Poeten* von Jean Cocteau. Niemals hätte sich Tante Gabrielle diese Gelegenheit entgehen lassen, ihre Avantgarde in eine Dreifrontenschlacht zu werfen: eine noch neue Kunstform, eine revolutionäre Ästhetik und eine siegreiche Attacke gegen die wankenden Idole der Vergangenheit, des gesunden Menschenverstands, der Ordnung der

Dinge und der Religion – alles, was uns teuer gewesen war zur Zeit unserer Größe, unserer Zurückgezogenheit und unseres Obskurantismus. Das Harmonium des Sommers verwandelte sich in dieses Piano der Finsternis, aus dem gefesselte, aber heitere Jesuiten stiegen, die – mit dem Vorsprung eines halben Jahrhunderts – die Vorführung religiöser Moden aus Fellinis *Roma* weit hinter sich ließen. Blutende Statuen, Hände voller wimmelnder roter Ameisen, zerfetzte Augäpfel, spöttische und einen Alpdruck verursachende Prozessionen, unsere ganze Welt wurde verhöhnt, erschüttert, auf den Kopf gestellt. Die Rue de Varenne war die Negation und der Tod von Plessis-lez-Vaudreuil.

So waren wir schließlich uneins mit uns selbst geworden. Es ist sehr schwierig, eine Strenge und eine Moral, die von der Aktion und Macht abgeschnitten sind, gegen die Geschichte intakt und aufrechtzuerhalten. Solange wir über die Welt regierten, waren unsere Tugenden Rezepte für den Sieg. Oft lasteten sie auf uns, wir waren eigensinnig, und wir zogen sie in den Schmutz. Doch wir wußten, daß unsere Größe an sie gebunden war. Seit unserem Niedergang hatten sie nichts von ihrem Anspruch eingebüßt, aber sie waren nutzlos geworden. Treue, Strenge, Tradition mit ihrem großen Gebaren und ihrer Starrheit führten nicht mehr zum Erfolg, sie führten nur zum Mißerfolg. Wir sind so weit gegangen, daß wir den Mißerfolg liebten, weil wir diese Tugenden liebten, denen wir unsere Größe verdankten. Nun zwinkerte uns die Geschichte, diese stets vom Geld, von der Macht, von allen Formen des Erfolgs verlockte Prostituierte, von neuem zu, um uns leichter mit sich in die Absteigequartiere des Talents, des Staunens und der Phantasie zu schleppen. Wir mochten ihr errötend noch so oft erklären, daß wir unsere Füße noch nie dorthin gesetzt hätten und daß alles uns davon abhielte, es zu tun, sie machte sich lustig über uns, über unsere Zurückhaltung, über unseren Mangel an Neugier, sie flüsterte uns ins Ohr, man könne sich doch eine kleine Weile durchaus miteinander amüsieren. In dieser Sprache hatte sie früher nicht mit uns geredet: sie sagte uns, wir würden große Dinge vollbringen, die ewig Bestand hätten, und von Amüsieren sprach sie überhaupt nicht. Zweifellos hätten wir besser daran getan, uns vor ihren verführerischen Allüren in acht zu nehmen. Aber wir hätten Heilige sein müssen, um nein zu sagen und davonzugehen. Mit Tante Gabrielle hatten wir uns verführen lassen. Es liegt etwas Beschränktes in der Treue. Wir waren noch nicht so verdummt, daß wir völlig rein geblieben wären. Außerdem hatten wir im Lauf der Jahrhunderte, die uns in der Erinnerung als ebenso viele Liebesnächte erschienen, unsere Zeit damit verbracht, mit der Geschichte zu schlafen. Wie hätten wir uns nicht freuen sollen, sie wieder in unserem Bett zu haben? Wir kannten sie, wir liebten sie, wir hatten sie mächtig gehätschelt. Und wir beherrschen sie. Nichts ärgerte uns mehr, als wenn wir sahen, daß sie mit anderen verkehrte. Endlich erwischten wir sie wieder, mit Hilfe von belanglosen Verleugnungen und unbedeutenden Skandalen. Hofften wir noch immer, die Stärkeren zu sein? Doch jetzt, da sie sich jedem hingegeben, sich in allen Gossen der Großstadt, in allen Abwässern der Menge, in allen Auswürfen des Fortschritts gesielt hatte, hätten wir ahnen müssen, daß sie nicht mehr das war, was sie früher gewesen war. Ihre großen blauen, harmlosen Augen, ihre so reinen Gefühle, ihre Treue, ihre einstige Unterwürfigkeit... Sie glich der Zeit, den Sitten, den Jahreszeiten, von denen mein Großvater sprach: wie hatte sie sich verändert. Sie war gewinnsüchtig geworden, durchtrieben und zynisch, sie suchte Unterstützung bei denen, die mein Großvater mit verächtlicher Grimasse als Demagogen bezeichnete, sie verkaufte sich dem Meistbietenden, mit einer Vorliebe für Schurken, und man brauchte sie nur zu verblüffen, um ihr den Kopf zu verdrehen. Eine Prinzessin hatte uns verlassen, die eigentlich nur mit uns sprach, wir trafen eine Dirne wieder, die sich lachend an den Hals des ersten besten warf. Das hielten wir also von der Geschichte, die uns verraten hatte. Nun wohl! Die Remy-Michault liebten den Erfolg derart, daß sie uns unter dem Deckmantel von Eleganz, Amüsement, Freiheit des Geistes, unter dem allerdings monströsen Deckmantel von Intelligenz und Talent zwangen, erneut mit ihr zu verkehren. Wir hatten beschlossen, sie zu verachten, wir wollten sie nicht mehr kennen. Wir hatten sie in Plessis-lez-Vaudreuil vor die Tür gesetzt. Durch die Fenster der Rue de Varenne kam sie wieder zu uns herein, triefend von schwarzem Licht und Wellen abgehackter Musik.

Nein, es war nicht die große Geschichte, die wieder zu uns kam, die von Rude oder Delacroix, von Victor Hugo und Jean Jaurès, die Geschichte mit der üppigen Brust, dem schönen Madonnengesicht, dem zurückgeworfenen Kopf, dem Gewehr in der Hand, den von Staub bedeckten, vom Pulverdampf geschwärzten, zerrissenen Kleidern, die Geschichte der Freiheit und der Volkserhebung. Diese Geschichte kannten wir. Wir waren ihr feindlich gesinnt, aber wir verstanden sie. Trotz der schlechten Hirten, von denen mein Großvater oft sprach, bestanden zwischen dem Volk und uns geheime Bande. Nein. In gewissem Sinn war es schlimmer. Eine Geschichte à la mode nistete sich in der Rue de Varenne ein, wo Geld eine Rolle spielte, eine Geschichte voller Kunstschwärmer und voller fragwürdiger junger Leute, für uns eine Geschichte des Teufels und des Spotts. Sie war gegen uns, nicht weil sie einem Volk entsprang, dem wir näher waren als die Maler und Musiker, als die Intellektuellen und die Snobs, sondern weil sie den Aufstand gegen die Tradition auf ihre Fahne geschrieben hatte. Es war in der Rue de Varenne, wo Duchamp, vor dem Krieg oder während des Krieges, ein Rad eines Velos auf einen Küchenschemel montierte und sinnentleerte Worte auf einen Kamm schrieb. Es war in der Rue de Varenne, wo er der Mona Lisa von Leonardo da Vinci einen Schnurrbart anmalte, der Mona Lisa, die zusammen mit der Pietà von Michelangelo, der Siegesgöttin von Samothrake, der Venus von Milo und der Akropolis von Athen ein Symbol dessen war, was wir der Vergangenheit verdankten. Von der Rue de Varenne aus sandte er eine Bedürfnisanstalt an den Salon der Unabhängigen, der in New York abgehalten wurde. Ich weiß, daß wir auf der anderen Seite des Ozeans fast niemanden kannten und daß die Neue Welt mit ihren Banken und ihrem Freiheitsrausch uns ziemlich gleichgültig war, möglicherweise sogar verdächtig. Aber immerhin, eine Bedürfnisanstalt! Das hatten selbst die Amerikaner, die indes fast alle Demokraten und Republikaner waren, nicht verdient. Auf dem Dachboden der Rue de Varenne, den Tante Gabrielle als Atelier hatte herrichten lassen, malte ein Russe ein schwarzes Viereck auf einen weißen Untergrund und verkaufte das für ein Heidengeld. Was uns besonders geärgert hätte, wenn das Echo all dieser Großtaten bis nach Plessis-lez-

Vaudreuil gedrungen wäre, wäre die Tatsache gewesen, daß wir auf eigenem Terrain überrundet worden waren. Wir waren der demokratischen Religion der Arbeit und des Verdienstes immer feindlich gesinnt gewesen. »Gott sei Dank«, sagte einer meiner Urgroßväter, und er sagte es durchaus nicht spöttisch, »gehören wir noch zu den wenigen in Europa, für die Anstrengung, Arbeit und persönliches Verdienst nicht zählen.« Man sieht, eine Art Rausch der Mystifizierung ging weiter, als wir wollten. Wo blieben bei diesem Wahn, bei diesen Abscheulichkeiten unser traditioneller guter Geschmack, unser Ahnen- und Vergangenheitskult, unsere Verträge mit Gott, unsere Steifheit, unser Ideenmangel? In der Toilette der Rue de Varenne war der Griff an der Kette des Spülkastens wochenlang, ehe Onkel Paul selbst eingriff und wieder Ordnung schaffte, durch ein jansenistisches Kruzifix, das von meiner Großmutter stammte, ersetzt worden. Alte, auf eine Leinwand geklebte Zeitungen, Bruchstücke von Spiegeln, aus dem Müllkasten geholte Abfälle, Sohlen von abgetragenen Schuhen, Stücke von Schnürsenkeln, Drähte, Stoffetzen, Käsepapier, Straßenbahnfahrscheine, Knallfrösche, Sirenen, Elefantenrüssel, Stammeleien ohne Reim, ohne Sinn, ohne Vernunft, eine neue Welt ohne Glauben und Gesetz entstand in dem alten Palais, das jetzt unseren Namen trug. Es war das Produkt von Unbekannten, die Rimbaud und Tzara hießen, Sigmund Freud, ein echter Jude, Lautréamont, ein unechter Graf. Diese Leute hatten weder Familie noch Vergangenheit, noch Gott. Sie hatten nur eins im Sinn: alles zu zerstören. Nie hätte mein Großvater sie bei sich empfangen. Talent und Genie änderten nichts an seiner Einstellung und hätten bestimmt nicht ausgereicht, seine Meinung zu wandeln. Im Gegenteil. Diese Welt war gegen uns, weil sie ganz und gar aus Intelligenz und Zerstörung zugleich bestand. Und wir waren auf der Seite der Dummheit und der Bewahrung. Nein, Bemühung, Arbeit, persönliches Verdienst herrschten in der Rue de Varenne nicht stärker als in Plessis-lez-Vaudreuil. Doch Talent und Intelligenz funkelten dort wie tausend Feuer. Da nun Tante Gabrielle unseren Namen, der ganz langsam in der Verehrung der Vergangenheit erstickte, wiederbeleben wollte, hatte sie ihn, damit er hohe Flammen schlüge, in alle Gluten der Zukunft geworfen. Es ist unglaublich paradox: unser Überleben und unser Stand mußten durch Selbstmord und Verleugnung hindurch, um wie neue, doch ein bißchen gerupfte Phönixe wiederaufzuerstehen.

Nach vielen Jahrhunderten des Ruhms, der Verbrechen, der Größe und des Stumpfsinns wurden wir von der Geschichte gestellt. Lange hatten wir mit ihr gespielt. Jetzt war sie es, die mit uns spielte. Der Familienname war ein Ballon mit schreienden Farben geworden, und Cocteau, Dali, Picabia, Maurice Sachs und Duchamp schlugen mit großem Talent hinein, mit jenem Talent, das wir so lange abscheulich gefunden hatten.

Jean-Christophes Rache

Eines schönen Sommermorgens, im Jahr 1919 oder 1920, ich erinnere mich nicht mehr genau, jedenfalls ein oder zwei Jahre nach dem Krieg, stieg im Bahnhof von Roussette, wo ein Wagen aus Plessis-lez-Vaudreuil auf ihn wartete, eine jener Persönlichkeiten aus dem Zug, die einigen zwanzig oder fünfundzwanzig Jahrhunderten menschlicher Komödie verhaftet sind, ein Nachfahr von Sokrates, Rabelais, Fénelon, Voltaire, Goethe, des Julien Sorel von Stendhal, des *Schülers* von Paul Bourget, der *Isabelle* von André Gide: der Hauslehrer. Ein junger, dunkelhaariger Mann, nicht sehr groß, recht gut aussehend, mit dunklen Augen, die Blitze schleuderten. Er war in Pau geboren, nur wenige Jahre vor der Heirat von Onkel Paul und Tante Gabrielle. Er konnte ein bißchen Latein und Griechisch, hatte ein paar Bücher gelesen, er hatte, knurrte mein Großvater, »irgend etwas studiert«, und er zog sich schlecht an. Die schöne Gaby und die Jesuiten hatten ihn uns mit der gleichen Leichtfertigkeit empfohlen. Er war außerdem der Neffe eines der Maler von Tante Gabrielle und ein früherer Schüler der Patres aus der Rue des Postes. Er sollte bei uns nie wiedergutzumachende Schäden anrichten. Doch ich bin sicher, wäre er nicht gewesen, hätte sie ein anderer angerichtet.

Mein Großvater war, soweit ich mich erinnere, Monsieur Jean-Christophe Comte nicht allzu feindlich gesinnt. Er hatte ihn mit einem jener leicht hintergründigen Scherzworte begrüßt, die nur er fertigbrachte und derentwegen er in den Augen mancher Leute als Dummkopf galt, der er gar nicht war: »Mein lieber Comte«, sagte er und streckte ihm mit einem breiten Lächeln die Hand hin, »Sie sind ja wie für uns gemacht! Ich heiße Sie in Plessis-lez-Vaudreuil willkommen.« Bald wird man sehen, wieviel Bitteres und Komisches die Vorstellung in sich barg, daß Monsieur Comte wie für uns gemacht war.

Die beiden jüngeren Söhne von Onkel Paul, Jacques und

Claude, beanspruchten seine Dienste. Sie waren beide in dem Alter, wo es auf das Bakkalaureat zugeht, und trotz unserer Verachtung für die von der Republik verliehenen Auszeichnungen verlangte es die Grausamkeit der Zeit, daß man lernte und studierte. Lange waren wir der gleichen Meinung wie La Bruyère gewesen: »Man braucht in Frankreich viel Entschlossenheit und eine große geistige Weite, um auf Ämter und Beschäftigung zu verzichten und sich somit darein zu schicken, zu Hause zu bleiben und nichts zu tun.« Die Zeiten hatten sich geändert. Monsieur Comte sollte uns während der zwei oder drei entscheidenden Jahre in die Hand nehmen, wie man sagte, denn die blinden Bemühungen des Dechanten Mouchoux und der reaktionären Abbés erwiesen sich als ungenügend. Gleich am Tag nach seiner Ankunft machte er sich an die Arbeit; er trug einen gar zu neuen braunen Anzug, der durch eine Krawatte von zumindest anfechtbarem Geschmack noch auffälliger wurde; ich sehe sie noch heute vor mir, damals brachte sie uns beim Mittagessen zum Lachen. Zwischen einer Radtour und einem Bad in der Sarthe begann er, in das fromme Schweigen von Plessis-lez-Vaudreuil den schon leicht beunruhigenden Tumult der Revolte von Spartakus, der Ermordung Cäsars, der Schläge Voltaires und der Halsbandaffäre hineinzutragen.

Ich muß hier, trotz meiner Abneigung gegen dieses Thema, ein paar Worte über mich selbst einfließen lassen. Auf diesen Seiten spreche ich nicht von mir, ich spreche von einem recht merkwürdigen, komplexen und vielfältigen Wesen, das indes seine gleichermaßen ungewöhnliche und banale Einheit besaß, das zu seiner Zeit vorbildliche und zweideutige Beziehungen unterhielt und von dem ich, anhand der Jahre und Personen, die gemeinschaftlichen Ideen und die Entwicklung nachzuzeichnen versuche – dieses Wesen ist meine alte und teure Familie. Aus verschiedenen Gründen begab es sich, daß ich ein privilegierter Zeuge dieser Familie war. Da ich nur eine Schwester hatte, die nicht zählte – denn, wie man weiß, hatten die Mädchen in der Familie nichts zu sagen –, war ich nicht nur, wie in rührseligen Romanen, der einzige Sohn eines Zweitgeborenen und mit vierzehn Jahren Halbwaise. Dazu hatten mich mein Vater und meine Mutter in Vorstellungen erzogen, die weder genau mit denen meines Großvaters und mit Plessis-lez-Vaudreuil übereinstimmten noch mit jenen – aus jüngerer Zeit – der Tante Gabrielle und der Rue de Varenne. Wie sonderbar sind die Dinge des Lebens und kompliziert zugleich in ihrer Einfachheit.

Unergründlicher- und merkwürdigerweise war mein Vater liberal, und meine Mutter wandte sich, aufgrund von Umständen, die zu erklären ich versuchen will, mehr den Menschen als dem Gott ihrer Kindheit zu. Und das war in Plessis-lez-Vaudreuil sehr ungewöhnlich. Meine Mutter stammte aus einer sehr alten, sehr armen und völlig unbekannten bretonischen Familie. Sie war ohne Schloß aufgewachsen, ohne Ahnenbilder, ohne Tafelgeschirr und Silberzeug, in einem alten Haus im Département Ille-et-Vilaine, wo der einzige Wertgegenstand eine Art großer Holztruhe war, die für keinen Dieb irgendeinen Anreiz bot: sie enthielt nichts weiter als die Familienurkunden, die bewiesen, daß die Ursprünge des Geschlechts zurückgingen auf Raymond V., Grafen von Toulouse, Schwiegersohn Ludwigs VI., des Dicken, und daß die Familie seit ihren großen Anfängen immer mehr verarmt und immer unbedeutender geworden war. Die Heirat meines Vaters hatte meinem Großvater sehr gefallen. Meine Mutter war eine große brünette Frau mit blauen Augen, und nach dem Einzug von Tante Sarah und Tante Gabrielle in die Familie hatte das Erscheinen dieser reinblütigen Bretonin für den ganzen Clan etwas Erfrischendes. Ich habe schon berichtet, daß bis zur Zeit von Tante Gabrielle Geld, Publizität und Eleganz bei uns nichts galten. Was zählte, war der Name. Der Name meiner Mutter war vortrefflich. Ärgerlich war in einer Familie wie der ihren oder der unseren, daß meine Mutter an nichts mehr glaubte. Es ist mir erzählt worden, und sie hat es mir selbst erzählt, daß sie in ihrer Kindheit an alles geglaubt hatte: an Gespenster, an Kobolde in der Heide, an Verbindungen mit dem Jenseits, an alle möglichen fremden und christlichen Gottheiten und, natürlich, an die Rückkehr eines Königs, an den man sich gegen Ende des vorigen Jahrhunderts in der Bretagne noch erinnerte. Meine Mutter stammte durch ihre beiden Großmütter, die von abenteuerlustigen und traditionsbewußten bretonischen Seeleuten aus der weiten Welt geholt worden waren, von Iren und Spaniern ab. Die Mischung von Keltischem, Gälischem und Iberischem hatte ihr gleichermaßen Heftigkeit und

Schwärmerei verliehen. Sie hatte meinen Vater, der das genaue Gegenteil von ihr war, fast bis zum Wahnsinn geliebt. Mit dem Tod meines Vaters war ihre Welt zusammengebrochen. Zu dem Zeitpunkt, da mein Großvater sich der Republik annäherte, weil er ihr drei seiner Söhne und einen Bruder gegeben hatte, haßte meine Mutter sie noch wilder als zuvor, weil die Republik, nachdem sie den König getötet und die Priester verjagt, ihr den Mann genommen hatte, den sie liebte. So geht es mit der Geschichte der Herzen und mit der Geschichte überhaupt: es läßt sich alles erklären, aber stets auf verschiedene Weise. Mein Großvater, der Monarchist geblieben war, versöhnte sich mit Frankreich und beinahe mit der Republik. Meine Mutter, ihrem Kummer und ihrem Groll hingegeben, glaubte an niemanden und an nichts mehr. Die Feindseligkeit gegen die siegreiche Demokratie führte sie nicht zu ihrem König zurück. Auch an den König, sogar an den König glaubte sie schließlich nicht mehr. Trotz ihrer Träume und trotz ihrer Leidenschaft stellte sie, die zweifellos intelligenter war als die übrige Familie, die einzige Frage, die das Problem hätte lösen können: »Der König? Aber welcher König?« Denn die Grausamkeit der Geschichte wollte es, daß der Thronprätendent, ebenso wie die Remy-Michault, von einem Königsmörder abstammte. Vielleicht weil mein Vater am Chemin des Dames gefallen war, eines regnerischen Morgens, wie es hieß, von dem ich mir abends, allein in meinem Zimmer, beim Einschlafen vergebens ein Bild zu machen versuchte, war ihr Glaube erschüttert worden, ihre Fähigkeit zu hoffen, ihre Liebe zu allen Werten, sowohl zu denen, die ihre Kindheit begleitet hatten, wie zu anderen. Mein Großvater, ihr Vater, ihre Brüder und ihre Onkel glaubten sicherlich nicht mehr wirklich an die Rückkehr des Königs. Doch in ihren Herzen bewahrten sie einen unsagbaren Glauben, der für sie so etwas war wie das Absolute der Philosophen, wie die dunkle Nacht der Mystiker: etwas, über das man nichts sagen kann, das man nicht beschreiben kann, über das man nur schweigen, das man nur lieben kann. Meine Mutter hatte keinen Glauben mehr. Sie glaubte nicht mehr an den König, der nicht wiederkommen würde. Es ist durchaus möglich, daß sie nicht mehr an einen Gott glaubte, der es nicht vermocht hatte, die Kugel, die meinen Vater traf, um eine Handbreit abzulenken. Sie haßte die Macht, die Regierungen, den Krieg, alles, was in dieser sozialen Komödie, die die Väter, die Söhne, die Geliebten, die Ehemänner tötet, eine Rolle zu spielen vorgab. Meine Mutter, eine Bretonin alten Schlags, Monarchistin, Legitimistin und Katholikin, liebte nur noch das menschliche Elend. Wenn sie vor dem elfenbeinernen Christus niederkniete, in ihrem Zimmer, das voll von Erinnerungen an ihre Kindheit in der Bretagne und an meinen gefallenen Vater war, dann betete sie nicht Gott an, sondern die leidende Menschheit. Wir – mein Großvater, mein Urgroßvater, die Familie als Mythos –, wir liebten Gott. Für uns kam er vor den Menschen. Sie dagegen liebte die Menschen, ihr grausames und unsinniges Schicksal, das Blut, das ihnen auf die Lippen trat, die Angstschreie, die sie angesichts der Schmerzen und des Todes ausstießen.

Wenn ich meine Mutter ansah, die mit fortschreitendem Alter eine Art lebendes Standbild der Wut und des Mitleids zugleich geworden war, konnte ich mir kaum noch das Bild des Glücks vor Augen führen, das sie einst an der Seite meines Vaters abgegeben hatte. Auch da hatte die Zeit ihre Verheerungen angerichtet. Beim Tod meines Vaters war ich kein kleiner Junge mehr. Gottlob sehe ich ihn noch vor mir mit seinen ganz blonden Haaren, seinen Augen, die noch blauer waren als die meiner Mutter, seinem der damaligen Mode angepaßten Schnurrbart, seiner heiteren und schalkhaften Miene. Manchmal scheint mir, als entglitte und entschwände er mir. Dann sage ich vor mich hin: »Die blauen Augen, die blonden Haare, die gebogene Nase, die Lippen...«, aber das Leben ist nicht mehr da: es sind nur noch Worte, bestenfalls Formen, Farben, Einzelheiten, Züge, die kein Gesicht, keine Physiognomie zusammenbringen, diese geheimnisvolle Ganzheit, zu der die Seele im gleichen Maß und mehr noch als der Körper beiträgt. Und dann, bei einem Spaziergang, mitten in einem Gespräch, ist plötzlich mein Vater wieder da, steht er vor mir.

Für mich war mein Vater die Verkörperung der Familie. Indes, ich fühlte, daß er nicht mit ihr verschmolz. Und er verschmolz nicht mit ihr, weil er hinsichtlich einer Reihe verhältnismäßig wichtiger Punkte, über die Wahrheit, über die Freiheit, über die Juden, über die Dreyfus-Affäre, über den Wert der Menschen und auch über Gott, Ideen besaß, die er sich selbst gebildet hatte. Woher bezog er diese Ideen? Aus der Zeit, in der er lebte, von Freunden, die mir unbekannt geblieben sind, von einer wortkargen Urgroßmutter, die nie etwas gesagt hatte? Vom Zufall vielleicht? Ich weiß es nicht. Ich glaube nicht sehr an den Zufall, aber um ihn auszuschalten, müßte man möglichst alles wissen von ich sage nicht: der Geschichte meines Vaters, sondern von der Geschichte der Welt. Die Aufgabe erschreckt mich ein wenig. Ich will deshalb hier einfach berichten, was ich von meinem Vater weiß, ohne zu den Ursachen vorzudringen, die vielleicht nicht existieren.

Mein Vater war das Gegenteil eines Aufsässigen. Und er war auch das Gegenteil eines Fanatikers. Was in unserer Familie in gewissem Sinn groß und schön war, weshalb sie von den einen verehrt und von den anderen gehaßt wurde, war der Fanatismus. Mein Großvater war kein Ungeheuer. Er wollte, daß viele, die Masse, alle glücklich seien. Aber er hatte seine eigenen Vorstellungen über den Zugang zum Glück. Und von ihnen ließ er nicht ab. Er hatte seine Wertbegriffe, seine Treue, seinen Haß, seine Überzeugungen. Kurz gesagt, mein Großvater war, mit all seinen Qualitäten, mit seinem Begriff von Ehre, seinem Kult der Vergangenheit, die personifizierte Intoleranz. Mein Vater hingegen hatte für ungefähr alles Verständnis. Ich glaube nicht, daß mein Großvater der Gabe der Intelligenz großen Wert beimaß. Ein gut Teil seines Verhaltens beruhte auf diesem Fehler oder, wenn man so will, dieser Tugend. War mein Vater sehr intelligent? Aus vielen und verschiedenen Gründen versage ich es mir, mich über diesen Punkt zu äußern. Ich wäre übrigens auch gar nicht fähig dazu. Aber ich weiß, daß er die erstaunliche Fähigkeit besaß, die Menschen, ihre Ideen, ihre Eigenheiten, ihre Lebensweise zu verstehen, sie zu erklären und sie nachzuahmen. Er fühlte sich überall zu Hause. Er war einer der wenigen Mitglieder der Familie, die von Tante Gabrielle in das Geheimnis der tollen Abenteuer, der metaphysischen Machenschaften und der aufsehenerregenden Entdeckungen der Rue de Varenne eingeweiht worden waren. Natürlich hatte er darüber in Plessis-lez-Vaudreuil nie das leiseste Wort verlauten lassen. Bleibt die Intelligenz meines Vaters – aber hat das Wort Intelligenz überhaupt einen Sinn? – für mich ein Geheimnis, in das ich nicht einzudringen wage, so ist es, glaube ich, für mich durchaus möglich, seinen Charakter zu beurteilen. Auf den ersten Blick schien meinem Vater Charakter zu mangeln, sein Charme und seine Schalkhaftigkeit waren im Paris von 1910 sprichwörtlich. Neben meinem Großvater, der unbeugsam war, keine Nuancen kannte und festgefahrene Überzeugungen hatte, wirkte die Wißbegier meines Vaters wie Leichtfertigkeit. Er ließ sich ein bißchen treiben, er vergnügte sich. Mein Großvater lebte in einem System, in dem kein Stück fehlte. Nur paßte das System nicht mehr in die Welt. Meinem Großvater war das gleich. Mein Vater dagegen fühlte sich in einer Welt, die er liebte, ausgesprochen wohl. Nichts lag ihm ferner als eine Systemgesinnung. Und das war eine Art Revolution in Plessis-lez-Vaudreuil, wo die Vergangenheit, die Moral, der Familienzusammenhang, die Mythologie des Namens nur aus dieser Gesinnung heraus lebten und sie trotz schlimmster Ereignisse und leichtester Zwischenfälle immer wieder erneuerten.

Vielleicht hatte mein Großvater nicht völlig unrecht, wenn er in dem geringsten Spalt die Bresche sah, die bald ungeheuer breit werden würde und durch die die Barbaren eindringen könnten? Mein Vater hatte ganz allein entdeckt, daß der König nackt war, und er glaubte nicht mehr, daß das Wahre, das Schöne, das Gute ein für allemal durch unabänderliche Dekrete festgelegt worden waren. Man könnte ihn äußerstenfalls als einen Verräter an der Sache der weißen Königsfahne, der Stuarts, des Erstgeburtsrechts, der klassischen Strenge und der irdischen Unversehrtheit der Besitzungen des Heiligen Stuhls betrachten. Ihm wurde auf seinem Weg das übliche grausame Schicksal der Liberalen zuteil. Aber er wäre höchst überrascht gewesen, wenn er gehört hätte, daß man ihn beschuldigte, seine Ahnen zu verraten und ihre Lehre zu vergessen. Er paßte sie den neuen Zeiten an. Die Aufgabe war nicht leicht. In einer Hinsicht sagte er sich von den Traditionen der Familie los. In anderer Hinsicht rettete er sie. Mein Großvater hielt die Augen starr auf die reine Form der Vergangenheit gerichtet, mein Vater bemühte sich, ihren Geist zu erfassen. An die Stelle der Kontemplation, die infolge der Entwicklung der Sitten, der Technik und der Denkungsart zwangsläufig passiv geworden war, setzte er eine Art von Teilnahme aus Sympathie und Begünstigung. Ich glaube, ich muß hier sehr weit vorstoßen, und zwar genau in der Richtung der Vorwürfe, die ihm die Konservativisten gemacht haben. Ich bin mir nicht ganz sicher, ob mein Vater die Ideen, die Lebensweise, die Denkungsart, die Art zu handeln, die Sitten und Bräuche der Ahnen über alles gestellt hat. Er war der Auffassung, daß alle Zeitalter und alle Menschen uns etwas zu lehren hätten. Mit einem Wort: er brachte eine verbotene, ärgerniserregende und unglaubliche Ware in das versteinerte Dornröschen-Schloß: die Idee vom Wechsel.

Ich möchte hier gleich ein Bekenntnis ablegen: ich liebte meinen Vater. Und ich bewunderte ihn. Ich liebe seine leichte Lebensart, seine etwas altmodische Eleganz, seine ungestüme Treue, seine etwas ängstliche, doch fröhliche Haltung eines Seiltänzers zwischen der Vergangenheit und der Zukunft. Er hatte sein Vergnügen am Leben und an der Welt, aber er versuchte auch, sie zu verstehen. Er war befreundet mit Forain, Capus, Tristan Bernard, mit mehreren Broglie, deren Wahlspruch ihn begeisterte, weil dieser die beiden Kräfte vereinigte, die ihn selber bis zur Zerreißprobe beanspruchten. Die Devise, aus den Tiefen der Vergangenheit dieses illustren Hauses auftauchend, lautete: *Pour l'avenir* – Für die Zukunft. Mir ist, als vernähme ich noch, am steinernen Tisch, die Diskussion im Familienkreis; ich hörte fasziniert zu, wie über meinem Kopf die geheimnisvollen Zaubersprüche und magischen Formeln hin und her flogen. Meinem Großvater, der für den Wahlspruch der Mortemart eintrat: *Ehe die Welt Welt wurde, trug Rochechouart Wogen* oder für den der Esterházy: *Unter Adam III. Esterházy schuf Gott die Welt*, setzte mein Vater die offenkundige Bescheidenheit der Broglie entgegen, wo der Stolz sich nicht mehr darin erschöpfte, vergeblich das Dunkel der Vergangenheit zu durchdringen, sondern sich bemühte, voranzuschreiten, zu bauen und, wenn nötig, sich zu erneuern. Mein Vater war der Auffassung, daß eine Vergangenheit nur Sinn durch die Zukunft bekommt. Aber er glaubte auch, daß die Zukunft auf der Vergangenheit beruhte. Mein Großvater war ein Schüler Bossuets, bei dem er vor allem anderen die berühmte Schilderung des Stammes Juda bewunderte und »das Vorrecht, das er immer genoß, an der Spitze der Stämme zu marschieren«. Er war ein eifriger Leser von Barrès, den er fast als einzigen in dem großen Schiffbruch der Literatur seiner Zeit gelten ließ. »Was liebe ich denn an der Vergangenheit?« schreibt Barrès in seinen *Cahiers*. »Ihre Traurigkeit, ihr Schweigen und vor allem ihre Reglosigkeit. Was sich bewegt, ist mir unangenehm.« Was sich bewegt, war auch meinem Großvater unangenehm. Und die immer schneller voranschreitende moderne Welt machte ihn oft traurig und schweigsam, manchmal traten plötzliche Zornausbrüche auf, und er gab stechend ironische Äußerungen von sich. Er liebte die Geschichte, weil sie unbeweglich war und weil sie in eine endgültige Ewigkeit eingegangen war. Mein Vater dagegen liebte sie, weil sie lebendig und stets neu war und weil sie die Zukunft bestimmte. Daraus schöpfte er seine Kraft und eine Art Fröhlichkeit und nicht die mythologische und träumerische Schwermut, die seit mehr als hundert Jahren unser Haus erfüllte.

Wie viele Männer und vor allem Frauen seiner Zeit und seiner Klasse wußte mein Vater nicht sehr viel. Er hatte wenig gelesen. Seit einigen Jahren höre ich um mich herum nur Klagen über die Unwissenheit der jungen Leute. Schule, Kino, Fernsehen und Reisen haben ihnen jedoch in ihr Durcheinander, ihre Gleichgültigkeit und zuweilen Erschlaffung mehr Gesichter, Landschaften, Wahrheiten und Narrheiten, Gewißheiten und Zweifel hineingetragen, als die Treibjagden, die Etikette und der Dechant Mouchoux alle zusammen meinem Vater beigebracht hatten. Ein paar Bereiche gab es, in denen er sich hervorragend auskannte: die Daten der französischen Geschichte, die Orthographie, die heilige Redekunst, die Bordeauxweine und die Genealogie der großen Häuser. Alles übrige war eher vage. Philosophie, Mathematik, Romanliteratur, ferne Kulturen, alles, was unzugänglicher, schwieriger oder neuer war, war ihm durch sein Milieu verschlossen. Er hatte indes ganz allein die Dichtung der Romantik entdeckt, die bei uns aus einleuchtenden ethischen, ästhetischen und politischen Gründen nicht im Geruch der Heiligkeit stand, und in seiner Kühnheit verstieg er sich bis zu einer Verehrung von Lamartine und Victor Hugo. Ich werde mich immer der Verse von Hugo erinnern, die er mir, fast im geheimen, beibrachte, wenn er mit mir abends vor dem Diner auf der Straße nach Roissy spazierenging oder auf den Feldwegen, die zu den Bauernhöfen führten, zu den Teichen oder in den Wald. So wie es mir bei den Wahlsprüchen der alten Geschlechter Europas ging, vernahm ich nur einen Klang, der für mich dunkel blieb. Ich wußte nichts von Villequier, von Charles Vacquerie, von Gautier, von Claire Pradier und von den politischen und sozialen Kämpfen im 19. Jahrhundert. Er wahrscheinlich auch nicht. Aber ich sehe noch, wie er stehenblieb, mit halb spöttischem, halb ernsthaftem Gesicht, dann mit ausholenden Schritten weiterging, wieder stehenblieb, mit fast leiser Stimme murmelte, als mache er sich über sich selber lustig, und wie er mich dabei von der Seite ansah und seine Arme und seinen Spazierstock zum Himmel hob:

O Vaterland! O Eintracht zwischen den Bürgern!
oder
Es wäre ein Irrtum zu glauben, daß diese Dinge
Schließlich mit Gesängen und Lobliedern enden.
oder
Er schlief zuweilen im Schatten seiner Lanze.
Aber nicht tief.
oder
Ach, welch schreckliches Geräusch machen in der Dämmerung
Die Eichen, die man für Herkules' Scheiterhaufen fällt!
oder
Wann gehen wir dorthin, wo ihr seid, Tauben?
Wo sind die verstorbenen Kinder und der entflohene Frühling
Und all die teuren Liebesgluten, deren Gräber wir sind,
Und all die Helligkeiten, deren Nächte wir sind?

Es war, als entstünden die Verse beim Gehen, unter seinen Schritten, die er in ihrem Rhythmus setzte. Er ging weiter wie in eine andere Welt, deren Pforten er mir aufschloß, seinen Spazierstock schwingend und mit leicht zur Seite geneigtem Kopf:

Hin zum großen, gnädigen Himmel, wo alle Tröstungen sind,
Die Geliebten, die Fernen, die reinen und sanften Wesen,
Die Küsse der Geister und die Blicke der Seelen,
Wann gehen wir dorthin? Wann gehen wir dorthin?

Und mehrmals wiederholte er, als könne er sich nicht mehr losreißen von diesem Traum des Fortgehens und von seiner Sehnsucht:

Wann gehen wir dorthin? Wann gehen wir dorthin?

Erinnert man sich noch an die *Marseillaise,* deren verhaßte Klänge mein Großvater einst nicht zu kennen vorgab? Es mußten Millionen von Männern und viele der Unseren fallen, um uns mit ihr auszusöhnen. Und mein Großvater ist fast so alt geworden, um mitzuerleben, wie sie in eine ebenso reaktionäre und vielleicht noch reaktionärere Manifestation umgewandelt wurde, wie es die Gesänge unserer Chouans und von Monsieur de Charette waren. Das ist ungefähr dieselbe Bahn, die die von meinem Vater rezitierten Verse des alten Hugo durchlaufen mußten oder die Texte Renans, die meine Mutter gegen Ende ihres Lebens heimlich in ihrem ganz bretonisch eingerichteten Zimmer in Plessis-lez-Vaudreuil las. Zu meinem nicht geringen Erstaunen gehörten die Kühnheit, der frische Wind, die Freiheit, die Romantik, ja sogar die Revolution von 1789, die uns als das Ende von allem und als das Ende der Welt erschien, zur Nachhut, zu den verabschiedeten Bataillonen einer Schablonenhaftigkeit und Feierlichkeit, die den jungen Leuten nur noch ein Lächeln abnötigten. Kaum hatte ich Zeit, dankbar an die Lektionen meiner Eltern zu denken, die mir den Weg zu ungeahnten Schönheiten öffneten, als die Landschaft sich bereits verändert hatte und Hugo und Renan, zusammen mit vielen anderen, in die Abfallgruben der Geschichte geworfen wurden. Nach langem Verharren im Schatten ihrer alten Monumente und Klöster, nach einigen geradlinigen Strecken im Verfolg ihrer Träume hat die Geschichte seit ein oder zwei Jahrhunderten nichts mehr gegen Haarnadelkurven und Selbstbesinnung einzuwenden. Sie schreitet nicht rückwärts, aber sie stößt ihre Perspektiven um, sie verbrennt, was sie angebetet hatte, sie entdeckt wieder als neu, was sie vergessen hatte, sie geht spiralenförmig vorwärts, geht den gleichen Weg auf verschiedenen Ebenen und steigt, sich bald auf die eine, bald auf die andere Seite stützend, bald auf die Autorität und bald auf die Freiheit, bald auf den Verstand und bald auf das Herz, bald auf die Dunkelheit und bald auf die Klarheit, wie ein Alpinist hinauf zu einem unerreichbaren Gleichgewicht eines mythischen Endes der Geschichte, wo alles am richtigen Platz unter dem Auge der toten Götter ruht.

Mir ist wohl bewußt, daß diese Schilderungen der Geschichte meiner Familie und natürlich zugleich die der Geschichte dieser Zeit manches Banale und vielleicht Selbstverständliche enthalten können. Das ist ihre eingestandene Absicht. Jeder weiß, daß die Revolution, Bonaparte, der Radikalismus und der Sozialismus, Clemenceau und selbst Stalin links in der Kontestation, im Protest begonnen haben, um dann mit ermüdender Regelmäßigkeit im Kult der Autorität und manchmal der Unterdrückung rechts zu enden. Jeder weiß, daß die Romantik ein Erlebnis gewesen ist, ehe sie in eine fade Sentimentalität versank, die die Schüler zum Gähnen bringt. Jeder weiß, daß die Revolte sich nie die Zeit nimmt, zu einer festen Einrichtung zu werden, was sie muß, unbedingt muß, wenn sie nicht untergehen will, und daß die Kinder der Tod der Eltern sind. Das alles gehört zu dem, was wir erlebt haben, zu unserer langen Erfahrung. Aber bei so vielen fast schon abgestorbenen Kühnheiten, bei so vielen Eigenheiten, die von der Masse übernommen worden sind, würde ich gern eine Ästhetik des Selbstverständlichen vertreten. Das Banale muß freigelegt werden, denn man sieht es vor lauter Gewohnheit und im täglichen Umgang nicht mehr. Das, was der Polizeipräfekt vor dem schicksalhaften Eingreifen des Chevaliers Auguste Dupin in *Der gestohlene Brief* von Edgar Allen Poe als letztes erblickt, ist das zerknitterte und unachtsam mitten auf dem Tisch liegengelassene Blatt Papier. Die Seltsamkeiten und Extravaganzen, die in unseren Romanen beschrieben werden, spielen sich vor einem Hintergrund ab, von dem nie jemand spricht, weil er jedermann bekannt ist. Vor unseren Augen wird das Verbrechen ausgebreitet, der Inzest, die ungewöhnlichsten und erstaunlichsten Abenteuer, deren Darstellung dem braven Publikum den lauten Schrei entlockt: »Das ist ja ein richtiger Roman!« Was man verschweigt, was man der Geschichte überläßt, die im übrigen gänzlich unfähig ist, ihn im nachhinein zu rekonstruieren, das ist der stille Schatz des allgemeinen Klimas, der Temperatur des Lebens, der von der Gruppe angenommenen Kollektivregeln: dieser uralte Fundus der Lebens- und Denkungsart, diese in die allzu klaren Wasser des Zeitgeists geworfenen Anker, die aus ihren unterseeischen Tiefen, allen verborgen, weil zu augenfällig, mit ihren Kabeln und ihren Bojen insgeheim die oberflächlichen Wogen unseres täglichen Daseins dirigieren.

Das Selbstverständliche möchte ich enthüllen, das Alltägliche bändigen, das Banale zur Schau stellen, das erstrebe ich. Ich berichte von meiner Familie. Und nicht von ihren Verbrechen, denn es gab kaum welche. Und nicht von ihren Extravaganzen, denn sie hielten sich in Grenzen. Sondern ich berichte, was sie von der Welt hielt und wie ihr Leben verlief. Ich erzähle nichts von ihrer Kleidung, ihren Angewohnheiten, den Anekdoten, durch die sie überliefert wurden, von der Art und Weise, wie mein Großvater sich bei gespreizter Hand mit dem Daumen den Nacken kratzte, von den runden Strohhüten meines Vaters, seinen gestreiften Jacketts und seinen braun-weißen Schuhen, von Tante Gabrielles Hüten und ihren Kleidern, die sie bei Poiret schneidern ließ, von den Eigenarten des Dechanten Mouchoux, der ganze Nüsse mit seinen Zähnen aufknackte und der manchmal Kerzen aß, nein, ich werde tiefer schürfen nach den mysteriösen Selbstverständlichkeiten, nach den leuchtenden und dunklen Motiven grundlegender Entscheidungen, und zwar in der Farbigkeit der Tage, in den Wachträumen, in den ersten Regungen des Verstandes und des Herzens.

Wenn übrigens den künftigen Generationen etwas unverständlich und merkwürdig erscheinen sollte – und das ist das erstaunlichste –, so wird es sicherlich diese Banalität sein. In Bälde wird nichts mysteriöser sein als das, was heute selbstverständlich für uns ist. Was für uns am schwierigsten zu verstehen ist bei den Inkas, bei den Ägyptern, bei den Griechen der Antike, bei den Römern, bei den Mongolen von Dschingis-Khan oder Tamerlan sind nicht die Eroberungen, die Pyramiden und die Tempel, die Intrigen und die Gewaltstreiche, die dem, was wir tun, so ähnlich sind, es ist nicht einmal die Grausamkeit, das Pittoreske, der Sonnen- oder Naturkult, die Philosophie und die Religion, sondern die alltägliche Mentalität, die Verhaltensweise anderen gegenüber, die Art und Weise, einen Standpunkt in der Welt und im Leben einzunehmen. Wenn wir uns später in der Gesellschaft der Zukunft befinden, werden

Onkel Pauls Heirat, Tante Gabrielles Doppelleben, unser Verhältnis zur Geschichte und zum Staat, die Ideen meines Großvaters, die Versuche meines Vaters, zu größerer Liberalität zu gelangen, das Bild, das wir uns von unserer Aufgabe in dieser Welt und vom Lebensziel machten, wird alles, was mir so nahe war, daß ich mir nur schwer vorstellen konnte, daß man anders denken und leben könnte, unbegreiflich erscheinen. Die kleinste Gebärde, die unbedeutendste Überlegung, das, was uns Freude macht, was uns beschäftigt, und alles, was wir tun, geht zurück auf Gewohnheiten, auf Konventionen, auf Mythen, die so tief unter der Oberfläche der Dinge verwurzelt sind und zugleich so offen zutage liegen, daß diejenigen, die in dieser Welt leben, sich kaum etwas dabei denken.

Heute bewundere ich deshalb die Anstrengungen meines Vaters, sich von seinem Milieu freizumachen, nur um so mehr. Und ich frage mich nun, ob sein umstrittener Charakter nicht genauso stark war wie sein Charme und seine Schalkhaftigkeit. Nichts ist schwieriger, als aus seiner Zeit und aus seinem Rahmen auszubrechen. Mein Vater hatte in seiner Umgebung kein Vorbild, auf das er sich stützen konnte, und keinen Anlaß, die köstlichen Zwänge der Tradition und der Ordnung auch nur im geringsten in Frage zu stellen. Die Religion, die Moral, die Ästhetik, die öffentliche Meinung, auch das Interesse, alles war dazu angetan, daß er sich an das Bild klammerte, das die Spiegel der Vergangenheit, die in Plessis-lez-Vaudreuil mit solcher Liebe bewahrt wurden, ihm von sich selbst zurückwarfen. Dennoch machte er sich davon los. Ich glaube nicht, daß meine Mutter, die er hoch verehrte, ihn auf diesen Weg gebracht hat. Hingegen hat der Tod meines Vaters meine Mutter zu ihrer tragischen Menschenliebe zurückgeführt. In seiner glücklichen Zeit liebte mein Vater die Menschen, und er liebte sie mit Fröhlichkeit. Was ich hier erzähle, ist übrigens gar nicht so erstaunlich. Unter ihren Marschällen, ihren Freigeistern, ihren gold- und silberverbrämten Ministern hat die Familie auch ihre kleine Schar von Heiligen besessen. Ich nehme an, daß sie die Menschen liebten und daß auch sie die Schranken ihrer Kaste überschritten hatten. Mein Vater war kein Heiliger. Er vergnügte sich gern, er liebte die Feste, den guten Wein, den er besser als sonst jemand kannte, den Komfort, die Ironie. Und seine Beziehungen zu Gott, die wichtig waren, weil er unseren Namen trug, waren meiner Meinung nach nicht ganz einfach. Unsere Heiligen liebten die Menschen, weil sie zunächst Gott liebten. Sie liebten die Menschen in Gott, sie nahmen den Weg über Gott, um sie zu lieben. Mein Vater liebte zunächst die Menschen. Und das war ein Wendepunkt in unserer langen Geschichte. Ich könnte vielleicht sagen, daß er in Gott nur das ewige Bild aller gewesenen und noch kommenden Menschen sah. Aber ich vermute, daß er mit einer so prätentiösen Formulierung nicht ganz einverstanden gewesen wäre. Er gehörte immerhin soweit zu uns, daß er alles verabscheute, was irgendwie nach Schuljargon oder Philosophiererei riechen mochte. Er liebte die Geschichte, und er haßte die Philosophie. Und für ihn fing die Philosophie ziemlich bald an. Ich spreche natürlich nicht einmal von Hegel oder Marx; auf die törichte Idee, ihre Namen in Plessis-lez-Vaudreuil auszusprechen, wäre wohl nie jemand gekommen. Alle Worte mit mehr als drei Silben erschienen ihm schon einigermaßen fragwürdig, und Anatole France, glaube ich, stand für ihn bereits an der noch erträglichen Grenze der Metaphysik. Ihn lehrten weder die Dialektik noch die Philosophie der Geschichte die Liebe zu den Menschen. Es handelte sich eher um eine Mischung aus schlichter Sympathie und spaßiger Ritterlichkeit, vor einem alten christlichen Hintergrund. Von jeher hatte meine Familie die gleiche Höflichkeit – oder ein bißchen mehr – einem bretonischen Fischer oder einem sizilianischen Maurer zuteil werden lassen wie einem Notar oder einem General oder natürlich auch einem Minister der Republik oder einem reichgewordenen Ölmagnaten. Mein Vater hatte ein tieferes Gefühl für diese traditionelle Ritterlichkeit. Für die Menschen empfand er einfach Freundschaft. Und Achtung und Wertschätzung. Und er haßte das Unglück. Ich bin sicher, daß meine Mutter in Erinnerung an meinen Vater und aus Liebe zu ihm nach seinem Tod den Kult, den sie ihm gewidmet hatte, auf die leidende Menschheit übertrug. Doch an meinen Vater erinnere ich mich nur, wie er dem Leben zulächelte.

Vielleicht erkennt man hierin, was ihn von den Höllenmaschinen und den ein wenig pedantischen Spitzfindigkeiten trennen mochte, die in der Rue de Varenne zusammenkamen. Davon war er noch weiter entfernt als von den altmodischen Traditionen in Plessis-lez-Vaudreuil. Er machte sich lustig über unsere Riten wie über Frankreichs etablierte Größe, die der geniale Pascal just zur Zeit ihres höchsten Glanzes verspottete. Aber er respektierte sie. Im Gegenteil, alles hielt ihn von Bilderstürmern und Freveln fern: sein Temperament, seine Überzeugungen, sein Humor, seine Eleganz, auch sein keineswegs schwerfälliger, aber tiefer Sinn für die Moral. Denn er war gleichzeitig ein Moralist und ein Ironiker, und, auf seine freizügige, kühne, fast skeptische, niemals zynische Art, ein gläubiger Mensch wie seine Vorfahren, und es wäre für ihn, selbst in diesen von ganzem Herzen begrüßten neuen Zeiten, nicht in Frage gekommen, sie zu verleugnen oder zu vergessen.

Genügt das, was ich gesagt habe, um meine Situation im Schoß der Familie beim Eintreffen von Monsieur Jean-Christophe Comte in Plessis-lez-Vaudreuil zu erhellen? Mein Vater war, als er fiel, ziemlich mittellos, weil er viel Geld ausgegeben hatte, meine Mutter führte ein sehr zurückgezogenes Leben, nur unterbrochen von langen Besuchen in sämtlichen Krankenhäusern und Gefängnissen, die sie in der Nachbarschaft ausfindig machen konnte, mein Großvater herrschte noch immer, doch Tante Gabrielle regierte, und eine Unmenge von Großonkeln, Großtanten, Onkeln und Tanten, Vettern und Kusinen woben um das versteinerte Schloß einen schützenden Schleier gegen die Einflüsse von außen. Die Kinder von Onkel Paul und Tante Gabrielle hatten alle Vorteile für sich: von der Seite Remy-Michault, weil sie Vermögen hatten, und von unserer Seite, weil sie die Söhne des Erstgeborenen, des späteren Chefs der Familie waren. Ich stand etwas am Rande. Monsieur Jean-Christophe Comte erhielt am Ende jedes Monats die Umschläge mit seinem Honorar aus den Händen von Onkel Paul oder Tante Gabrielle. Und ich war zugelassen in dem großen Schulraum im obersten Stockwerk des Schlosses, wie andere, nicht sehr wohlhabende Vettern zu den Treibjagden im Wald zugelassen waren oder im Speisesaal zu den Sonntagsdiners unter den großen Gemälden von Rigaud. Wir waren vier, die auf Monsieur Jean-Christophe Comte warteten: meine Vettern Jacques und Claude, ich selbst und der Sohn von Monsieur Desbois, dem Schloßverwalter. Wir vier waren zwischen fünfzehn und siebzehn Jahre alt und schickten uns an, im Schutz der alten Mauern von Plessis-lez-Vaudreuil allen Gefahren dieser Welt die Stirn zu bieten: den Frauen, den Prüfungen der Republik, den Sozialisten, dem Abenteuer, dem, was in den Romanen das Schicksal hieß und das uns in Gestalt einer Geschichte erschien, die sich vor unseren Augen, aber weit entfernt von uns, auf der anderen Seite des Parks, des Friedhofs von Roussette, unserer Bauernhöfe und des Waldes begab.

Vom ersten Tag an setzte uns Jean-Christophe in Erstaunen. Was unsere Jesuiten und der Dechant Mouchoux uns vorerzählten, langweilte uns unsäglich. Jean-Christophe öffnete uns mit einem Schlag jahrhundertelang geschlossen gehaltene Fenster, die auf unbekannte Landschaften blickten. Am Montag morgen, als er im Schulraum erschien, wo wir vier ihn mit leichter Unruhe erwarteten, sagte er sofort, für ihn sei der Unterricht nur eine andere Bezeichnung für Freundschaft und wir dürften ihn duzen. In Plessis-lez-Vaudreuil duzte man sich selten. Wir sagten Sie zu Vater und Mutter, zu unserem Großvater, zum Dechanten Mouchoux und natürlich zu unseren Lehrern. Jean-Christophe fügte lächelnd hinzu, er sei nicht da, uns irgendeinen Zwang aufzuerlegen, sondern um uns zu helfen, und er hoffe, daß wir Freunde werden würden. Und dann, als er uns mit dieser unerwarteten Erklärung in Verblüffung versetzt hatte, ergriff er die Gelegenheit und las uns das Gedicht von Verlaine vor, das folgendermaßen beginnt:

Erinnerung, Erinnerung, was willst du von mir? Der Herbst ...

Und es bleibt für mich mit seinem Klang und der etwas verschwommenen jungen Frauengestalt auf ewig an diesen sommerlichen Schulraum im obersten Stockwerk von Plessis-lez-Vaudreuil gebunden und an das Bild unseres dunkelhaarigen, charmanten, nicht sehr großen, ein wenig düsteren und doch so lebendigen Hauslehrers.

Trotz seiner Krawatten wurde Jean-Christophe Comte für uns bald so etwas wie ein unersetzlicher, wohlwollender Halbgott. Wir hatten nicht viele Freunde. Wir sahen kaum jemanden außer den Vettern aus der Provinz, die zum Besuch im Schloß waren, den ländlichen Nachbarn, deren Namen für die Nachmittagseinladungen sorgfältig aus Listen ausgewählt wurden, die von Jahr zu Jahr überprüft wurden, den Jägern auf ihren Pferden in der Jagdkleidung – ein roter Rock mit blauem Besatz – und mit ihrem Jagdhorn um den Hals. Ich stand meinem Vater sehr nahe, aber mir wäre nicht der Gedanke gekommen, ihn als Freund zu betrachten. Ich liebte ihn, ich respektierte ihn. Vielleicht betrachtete ich mich, weil er gefallen war, als ich mich noch im Kindesalter befand, nicht als seinesgleichen. Ich war ihm untergeordnet. Er kannte die Menschen und den Sinn der Dinge, und ich kannte sie nicht. Er als Vater mußte sie seinen Sohn lehren. Jean-Christophe hingegen, als echter Schüler des Sokrates, gab vor, uns nichts beizubringen. Er legte nur frei, was wir in uns trugen. Wir trugen eine Welt in uns, aber wir wußten es nicht.

Das Werkzeug, mit dem die Entdeckung, von der ich sagen kann, daß sie unsere Leben umwälzte, vollzogen wurde, waren die Bücher. Vielleicht tat Monsieur Comte nur eines, das aber entscheidend war: er brachte uns das Lesen bei. In Plessis-lez-Vaudreuil gab es nicht nur Salons und Schlafzimmer, Speisesäle und eine Kapelle, sondern natürlich auch eine riesengroße Bibliothek, in der zuweilen bebrillte und bärtige Gelehrte und schon kurzsichtige junge Mädchen arbeiteten. Die Bibliothek von Plessis-lez-Vaudreuil mit ihren hellen Holzregalen und ihren Leitern aus Eiche und Leder war bei allen Fachleuten und Bibliophilen bestens bekannt. Sie umfaßte dreißig- oder fünfunddreißigtausend Bände, darunter eine große Zahl von Inkunabeln, seltene oder Erstausgaben, vergriffene und manchmal unbekannte Werke, dazu Kupferstiche und Holzschnitte von ungewöhnlicher Schönheit, Gerichtsakten und Rechnungen, die nie jemand von uns ansah, und eine der bedeutendsten privaten Sammlungen von Handschriften in Frankreich und möglicherweise in der Welt, denn staunende und eifrige Archivare hatten darunter Briefe von Sylvius Aeneas Piccolomini, der als Papst den Namen Pius II. trug, entdeckt, vom heiligen Ignatius von Loyola und dem heiligen Johannes vom Kreuz, von Du Guesclin und Jeanne d'Arc, von Leonardo da Vinci, von Ludwig dem Heiligen, von Franz I. und Karl V. Und – ein einzigartiges und kostbares Stück – die Bulle, durch die Alexander VI. Borgia die Heiligsprechung des Kaisers Alexios verkündete. Wir lasen sehr wenige Bücher aus dieser Bibliothek. In der Ecke eines der fünf riesengroßen Räume, die die Bibliothek bildeten, stand eine Holztruhe mit ziemlich mittelmäßigen Romanen, und darüber befanden sich etwa zehn Regale, auf denen die *Memoiren* von Saint-Simon und Madame de Boigne zu finden waren, historische Werke über Marie-Antoinette oder den Marschall von Richelieu, *Cyrano de Bergerac* von Edmond Rostand und fromme Bücher, Sammlungen der *Illustration* in ihren großformatigen, rotmarmorierten Halbledereinbänden aus Esels- oder Schafshaut und der dramatische Anhang, der, wenn ich mich recht erinnere, *La Petite Illustration* hieß. Wir gingen selten über diese bekannten Werke hinaus, und die große Bibliothek blieb liegen wie Brachland, das zu nichts mehr nutze war. Monsieur Comte nahm uns dorthin mit, auf phantastische Ausflüge, an die wir immer mit Staunen denken werden. Wir entdeckten Corneille und Racine in prachtvollen Einbänden, La Fontaine in der Ausgabe der Generalpächter, wir gelangten sogar zu den seltenen, von Gustave Doré illustrierten Romantikern, die auf irgendeinem abenteuerlichen Weg – vielleicht eingeschmuggelt – nach Plessis-lez-Vaudreuil gekommen waren, wir stießen auch, welche Überraschung!, auf die *Erzählungen der Schnepfe* von Guy de Maupassant, die mein Urgroßvater oder ein Urgroßonkel vermutlich für ein Handbuch für Jäger und eine Abhandlung über Schnepfenjagd gehalten hatte.

Vielleicht hatten mein Großvater und die Seinen nicht unrecht, wenn sie der Lektüre mißtrauten. Kaum hatten wir die Füße in das verzauberte Reich gesetzt, als die Welt um uns im Nichts versank. Ein wohldurchdachtes Werk würde wahrscheinlich die voneinander abweichenden Schicksale der vier Schüler von Monsieur Comte aufzeigen: die, welche die Bücher liebten, und die, welche sie nicht liebten. Ich halte mich an die Wahrheit und muß daher sagen, daß alle vier sich gemeinsam, aus demselben Antrieb, mit demselben Schwung, in die Neuentdeckungen stürzten, in die Entdeckung des Glaubens, des Neides, der Eifersucht, der Liebe zur Natur, der kriegerischen Abenteuer, des Lebens in der Provinz während der Restauration, in Versailles unter Ludwig XIV., in Paris zur Zeit von Voltaire. Es wäre natürlich übertrieben zu behaupten, wir hätten nie etwas von Villon, von Diderot, von Balzac, von Jean-Jacques Rousseau gehört. Und besser als andere kannten wir den Geruch der Wälder nach dem Regen, die großen Teiche im Mondschein, wenn die Hirsche zur Tränke kommen, die Lebensweise der Alten vor dem Zeitalter der Maschinen und der Massenkultur, alles, was die Geschichte und die Landschaft unaufhörlich wiederholen während der langen Sommer- oder Herbstabende oder auch im Winter, vor den Kaminen, in denen gewaltige Holzscheite brennen, und was wir dann und wann, während der Nächte, in denen wir keinen Schlaf fanden, oder an Tagen, an denen es regnete, auf den Seiten der Bücher wiederentdeckten, die wir manchmal lasen. Das waren Vergnügungen für uns, Gelegenheiten zum Träumen oder zum Erinnern, Anlässe zu Rührung und Ergriffenheit, die man hinnahm und wieder abtat. Aber die geheime Welt der Bücher war uns verschlossen geblieben. Die Szenen aus *Polyeucte* und *Athalie,* die Dichtungen von Lamartine, die Schilderungen von Fénelon, die Briefe von Voltaire, die Schäfergedichte von George Sand hatten uns nicht viel zu sagen gehabt. Nichts von all dem war wirklich ein Teil unseres Lebens, nichts bezog sich wirklich auf uns. Wir lernten auswendig, was auswendig gelernt werden mußte, und nur selten geschah es, daß diese unangenehme Bürde einmal durch ein Wort unterbrochen wurde, ein Gefühl, eine Überlegung, eine Beschreibung, die uns, wenn auch nur für einen Augenblick, dazu gebracht hätte, die Augen zu schließen, um endlich jene Erkenntnisse und Empfindungen zu erlangen, in denen Schmerz und Freude gleichermaßen enthalten sind.

In wenigen Monaten, in wenigen Wochen lernten wir durch Jean-Christophe Comte die Bücher lieben. Er lehrte uns, sie auszuwählen, sie zu verstehen, herauszufinden, was uns gefiel, und uns selbst klar darüber zu werden, was uns mißfiel. Als erstes unterwies er uns, wie man sich mit den Büchern, den Autoren und ihren Ideen vertrauten Umgang verschafft. Wir waren nicht verpflichtet, die großartige Gesamtheit der französischen Literatur, vom *Rolandslied* bis zu Péguy in Bausch und Bogen zu bewundern. Wir durften schweifen und nehmen, was uns zusagte. Wir ließen den *Horace* liegen und beschäftigten uns mit dem *Cid,* den uns Jean-Christophe lange vor Brasillach als einen Mantel-und-Degen-Held schilderte, jung und schön, kühn, aber ein bißchen verrückt und eher beunruhigend, halb Feudalherr, halb Straßenräuber, trunken vor Liebe und Abenteuerlust – vielleicht ein Vorfahr von euch? sagte er lächelnd, und Jacques hob die Hand und antwortete, ja, ganz gewiß, denn über die Mutter einer Urgroßmutter stammten wir von den Carrion ab, die von den Bivar abstammten. Wir stellten Telemachs Abenteuer hintan und zogen die viel aufregenderen des jungen Julien Sorel vor. Endlich verließen wir die Schlösser und begaben uns zum erstenmal in unserem Leben auf die Landstraßen, wir brachen auf zu unbekannten Ländern, wir drangen ein in die Läden, in geheime Gesellschaften, in die Hütten und in die Gefängnisse. Wir lernten durch *Zadig* und durch Balzac den Kriminalroman kennen, wir erfuhren von der Opposition der Unseren und des Parlaments aus den *Memoiren* von Saint-Simon, vom Aufstieg der Bourgeoisie bei vielen Autoren, von der Revolution bei Michelet und Hugo – »Michelet?« murmelte mein Großvater, »Michelet...!« –, und durch Zola bekamen wir schließlich eine Ahnung vom Vorhandensein einer gesellschaftlichen Klasse, von der wir fast nichts wußten und deren Namen selbst aus einer höllischen Mythologie zu stammen schien: die Arbeiterklasse und das Industrieproletariat.

Drei oder vier Jahre verbrachten wir damit, uns mit Wonne und Qual in die Bücher zu stürzen. Man wird sich vorstellen können, daß die Weltliteratur nicht in drei Monaten, auch nicht in sechs oder acht ihre Geheimnisse preisgab. Aber wir hatten sehr bald gelernt, einen Text zu lesen und ihn zu beurteilen, ich will nicht sagen, unfehlbar zu entscheiden, was gut oder schlecht war, aber doch zu wissen, ob wir ihn mochten. Es ist ein entscheidender Schritt zu erfahren, was man liebt, und das nicht nur in der Literatur. Jean-Christophe Comte konnte mit der Mannschaft von Leselehrlingen zufrieden sein, die er aus dem Nichts geholt hatte und die vom Herbst bis zum Frühling nach Paris in die Rue de Varenne umzog und dann zwei- oder dreimal in den Sommermonaten nach Plessis-lez-Vaudreuil zurückkam. Ein Gift war uns in die Adern geträufelt worden. Wir brauchten unsere Droge. Jedes Werk, jeder Schriftsteller brachte uns weiter zu anderen Werken und anderen Schriftstellern. Eine Phantasiewelt baute sich um uns auf: so etwas wie ein riesiges Puzzlespiel, das nur auf dem Papier existierte und von dem uns, je weiter wir mit dem Spiel vorankamen, zu unserem Glück oder Unglück, es klingt paradox, immer mehr Teile fehlten. Wir waren gezwungen, uns auf die nie endende Suche nach den fehlenden Stücken unseres Traums zu machen. Nach einigen Monaten, vielleicht nach einem Jahr oder ein bißchen mehr, beschränkte sich Jean-Christophe nicht mehr auf die Schriftsteller der Vergangenheit. Von Zeit zu Zeit, eines Sonntags oder Weihnachten, oder wenn wir krank waren, brachte er uns Bücher, die gerade erschienen waren, und uns schlug schon das Herz, wenn wir von fern den Einband sahen. Es wäre nicht richtig zu sagen, daß wir Lösungen suchten, die wir nicht kannten. Wir kannten die Probleme selbst nicht. Und wir meinten jedesmal, daß hinter den gelben oder grünen Umschlägen von Grasset, hinter dem weißen Deckel mit den schwarzen und roten Linien der sagenhaften N.R.F. sich Probleme verbargen, die wir uns nicht hatten stellen können, und darüber hinaus auch Lösungen. Aber worauf wir gespannt waren und was wir brauchten, waren nicht die Lösungen: wir hatten Jahrhunderte von Lösungen hinter uns. Wir interessierten uns brennend für die Probleme selbst. Eines Tages stellte uns Jean-Christophe einen Kanonier mit verbundener Stirn vor, der seine Träume nicht nur, wie die anderen Dichter, in die Zeit gestellt hatte, sondern auch in den Raum, wie ein Maler oder ein Bildhauer. Am Tag darauf war es ein junger genialer Jude, der uns seltsamerweise in eine vertrautere Welt zurückführte und dessen belanglose Geschichten von verteilten oder verweigerten Küssen, vom bourgeoisen Leben in der Provinz und von Abendgesellschaften in Paris, im Schatten unserer Vettern Chevigné und Montesquiou, dann – ahnten wir es schon? – eine unserer Bibeln wurden. Ich erinnere mich, daß Jacques damals Grippe hatte oder vielleicht Scharlach. Er hatte nach dem Buch gegriffen und mir die ersten Zeilen vorgelesen: *»Lange Zeit bin ich früh schlafen gegangen. Manchmal schlossen sich meine Augen, kaum daß ich die Kerze gelöscht hatte, so schnell, daß ich nicht mehr sagen konnte: ›Ich schlafe ein.‹ Und eine halbe Stunde später weckte mich der Gedanke, daß es Zeit sei, den Schlaf zu suchen; ich wollte den Band, den ich noch in den Händen zu halten glaubte, fortlegen und mein*

Licht ausblasen ...« Wir erfuhren erst viel später, daß Marcel Proust lange Zeit in einem der meinem Großvater gehörenden Häuser am Boulevard Haussmann gewohnt hatte.

So traten Rimbaud und Apollinaire, Lautréamont und Gide in unser Leben. Wir erkannten, daß die Welt viele Gesichter hatte, die sich gegenseitig verneinten, und daß sie nichts anderes war als ein Bündel wechselseitiger Blicke, die sich fortgesetzt maßen. Jedes Buch zerstörte das, was wir gerade gelesen hatten, und wies uns neue Wege zur Wahrheit und Schönheit, und wir stürzten uns auf sie. Diese Wechselfolge von Abgründen und törichten Hoffnungen brachte Verheerungen mit sich. Wir hatten die früheren Leistungen und Erfolge der Familie nicht verworfen. Wir lasen Maurras und Chateaubriand und zugleich Jarry und die Surrealisten, deren Erscheinen bei uns – ungefähr zu der Zeit, als einige von ihnen bereits in die Rue de Varenne zum Abendessen kamen, wir aber noch nichts davon wußten – Erschütterungen hervorrief. Alles das wirbelte in unserem Kopf herum, vermochte sich natürlich nicht zu Systemen zu ordnen, von denen wir auch nichts mehr wissen wollten, und verschaffte uns ebenso große Schmerzen wie unsägliches Glück. Manchmal waren wir im Sommer vom Lesen und von der Anstrengung in einem derartigen Rauschzustand, daß wir, um wieder Atem schöpfen und leben zu können, zwei Wochen lang kein Buch aufschlugen. Und dann stürzten wir uns erneut in unser vertrautes Laster. Um uns herum brach alles zusammen unter den erbarmungslosen Schlägen, die uns die Worte, die Sätze, die Kommata und die Punkte versetzten, die bezaubernden Substantive, die Verben und die Adjektive, die so spärlich wie möglich angewendet wurden. Der Kopf drehte sich uns. Durch die Bücher erlebten wir den Taumel der Welt.

Wenn ich heute an diese Jugendjahre zurückdenke, in denen sich zwischen uns vieren, die wir uns von jeher kannten, eine starke und neue Freundschaft bildete durch die Abendgesellschaften bei den Guermantes und den Verdurin, durch die Bälle bei den d'Orgel, durch die Reisen in Gesellschaft von Urien und Lafcadio, durch die Palmenhaine von Algerien und durch die Kostümfeste weit hinten in einer erträumten Sologne, stoße ich auf zwei oder drei Dinge, über die ich kurz sprechen möchte. Zunächst meine ich, daß der Glücksfall, vier junge Leute sich gemeinsam in die Liebe zu Büchern stürzen zu sehen, in der Tat recht unwahrscheinlich ist. Sieht man etwas näher hin, bemerkt man, daß die Beweggründe, die uns alle in die gleiche Richtung trieben, sehr unterschiedlich waren. Da war vor allem, natürlich, das Remy-Michault-Blut. Die Remy-Michault hatten von alters her – das heißt, seit hundert Jahren, wie mein Großvater betonte – und immer die Studien und die Bücher geliebt, das Klirren der Ideen, das ihnen lieber war, wie mein Großvater ebenfalls sagte, als das Klirren der Degen. Ich kann es frei bekennen, denn ich habe leider oder glücklicherweise keinen Tropfen ihres Bluts, daß die Remy-Michault sehr intelligent waren. Tante Gabrielle hatte alle möglichen Fehler, sie hatte aber auch von den Göttern gesegnete Gaben, die ihr wahrscheinlich von dem Konventsmitglied und Staatsmann überkommen waren, von den Botschaftern und den Geschäftsleuten: die Wißbegier, das Unausgefülltsein, das Bedürfnis, weiter voran und woanders hinzugehen, die Neigung, etwas anderes und vielleicht Besseres als die anderen zu tun. Alles das war auf die Kinder übergegangen, und Jean-Christophe Comte hatte diesen Boden bearbeitet.

Man hätte, glaube ich, dieselben Wesenszüge, doch in einer ganz anderen Verkleidung, bei dem Zweitältesten feststellen können; er war neunzehn oder zwanzig Jahre alt, als wir fünfzehn oder sechzehn waren, und er arbeitete nicht mit uns. Unter welchen mysteriösen Einwirkungen mochte die Verwandlung vor sich gegangen sein? Jedenfalls verlegte sich Philippe mit der gleichen unersättlichen Leidenschaft darauf, Frauen zu sammeln, wie die Remy-Michault sich bis hin zu ihm darauf verlegt hatten, diplomatische Posten, Ministerportefeuilles und Verwaltungsratssitze anzuhäufen, während die beiden Jüngsten diese Leidenschaft auf die Bücher übertrugen. Ihm hätte man Horaz, Ovid, Phädra, die romantischen Schwärmereien und die Baudelaireschen Liebschaften nicht empfehlen dürfen. Er hegte für die Literatur jene Verachtung, die sich in meiner militärischen Familie angestaut hatte und die auch der administrativen und kommerziellen Familie seiner Mutter eigen war. Er suchte das Leben, die Liebe, die Pein des Wartens, die köstlichen Überraschungen und die Frauen nicht in den Büchern. Er las das Leben nicht, wie wir es tagtäglich mit Jean-Christophe zusammen taten, frühmorgens, bald nach Sonnenaufgang und noch in der Nacht, in unseren Betten, beim Lampenschein. Er lebte es. Auch ihn bewunderte ich, heimlich. Er war ein Taugenichts von unwiderstehlichem Charme. Wollte man um jeden Preis die Vererbungsgesetze, die uns so teuer waren, auf seinen Fall anwenden, so hätte man in ihm den Urgroßneffen des Onkels aus Argentinien wiedergefunden, der die jungen Mädchen und ihre Mitgift allzusehr geliebt hatte. Philippe jedoch, in seinem sagenhaften Leichtsinn, verzettelte sich nicht. Für Geld interessierte er sich nicht, es sei denn, um es auszugeben. Er interessierte sich nur für die Frauen, für ihr Lächeln, das ihn närrisch machte, für ihre Haare, ihre Hände, ihre Zähne, für ihren Körper, worüber er stundenlang sprechen konnte. Der Hang zu den Frauen war, wie der Atheismus, durch den Kodex der Familie nicht völlig untersagt. In unseren Reihen hatte es berühmte Freigeister gegeben, und wir stammten über die Frauen von dem bedeutenden Marschall-Herzog von Richelieu ab, dem Großvater des Mannes, dem einige der Unseren nach Rußland gefolgt waren und dem ich weiß nicht mehr welche Prinzessin ihre Tür nicht geöffnet hatte. »Nein, mein Herr«, seufzte sie unter Tränen dem Herzog zu, der an ihre Tür pochte, »nein, gehen Sie fort, ich will Sie nicht mehr sehen.« – »Ach, Madame«, flehte er, »wenn Sie wüßten, womit ich klopfe!« Doch seit mehreren Generationen waren bei uns, vielleicht als Zeichen der Trauer nach dem Tod des Königs, die Sitten sehr streng geworden. Philippe hatte mit Hilfe von Soubretten, Schauspielerinnen, Freundinnen seiner Mutter, Blumenverkäuferinnen und professionellen Kurtisanen die Schicklichkeiten und die alten Zeiten über Bord geworfen. Er amüsierte sich. Bis zum Morgengrauen trieb er sich unter Zigeunerinnen und zertrümmerten Flaschen herum. Es war faszinierend und ein wenig unheimlich. Ich begriff, wenn ich ihn sah, wieviel Anstrengung und Zeit eine Leidenschaft kostet. Er tat nichts anderes. Er verbrachte seine Tage damit, sich Frauen zu verschaffen, sie zu verwöhnen, mit ihnen zu brechen und sie zu trösten. Hätte er dem Soldatenhandwerk, der Malerei, dem Ölgeschäft ein Viertel seiner auf diese Weise vergeudeten Energie gewidmet, wäre er bestimmt ein ernstzunehmender Rivale für Guderian und Rommel geworden, für Fautrier oder für Staël, für Gulbenkian oder Onassis. Doch nein. Er nahm sich als Vorbild Lauzun, Casanova und Ramon Novarro.

Claude, der Jüngste, der so alt war wie ich und dem ich am nächsten stand, hatte einen zusätzlichen Grund, sich in die von Jean-Christophe Comte aufgestellte Lesefalle zu stürzen. Er sah sehr gut aus, aber er war, schon in der Kindheit, ein bißchen anders als die anderen: sein linker Arm war nicht normal entwickelt. Die Macht der Gewohnheit bewirkte natürlich, daß wir schließlich nichts mehr bemerkten. Aber die Außenstehenden verhielten sich nicht wie wir. Ihr Benehmen ließ erkennen, daß er ihnen leid tat. Und dadurch wurde Claude immer wieder daran erinnert. Ich habe nie erfahren – so diskret können Familien sein, und die unsere mehr noch als andere –, ob er von Geburt an behindert war, durch einen Unfall, durch eine Krankheit, oder ob sich die Folgen vieler Eheschließungen zwischen Vettern und Kusinen auf ihn – den Sohn einer Remy-Michault – ausgewirkt hatten. Ich fragte mich, ob er es letztlich selbst wußte. Ich habe aber nie gewagt, mit ihm darüber zu sprechen. Auf jeden Fall litt er unter seinem Gebrechen, das ihn zwar kaum behinderte, ihn aber isolierte. Er suchte einen Ausgleich. Die Bücher waren für ihn ein Traum, ein Trost und ein Sieg über das Mißgeschick.

Auch einem anderen verschaffte Jean-Christophe Comte ein Werkzeug, um Gräben zu überbrücken. Der Sohn von Monsieur Desbois hieß Michel. Ich schwöre, wir liebten ihn wie einen Bruder. Aber schließlich und endlich war Michel Desbois der Sohn des Schloßverwalters. In einer so hierarchischen Gesellschaft wie der unseren fiel der Unterschied der Stellung schwer ins Gewicht. Wo? Wie? Bei den Ausritten, sonntagabends bei Tisch mit dem Dechanten Mouchoux, in den Salons des Schlosses, wo sich jeden Vormittag um zehn und jeden Abend um sechs Uhr eine wunderliche Zeremonie abspielte, die etwas von Rapport und Reverenz an sich hatte und zu der der Verwalter sich in Handschuhen und Hut begab, in der Kirche, wo wir in rotsamtenen Sesseln saßen und die Desbois auf strohgeflochtenen Stühlen, bei den Prozessionen, wo sie hinter uns einherschritten – doch vor allem in den Köpfen. Das alles war mythisch, aber was ist realer als das Imaginäre? Auch die heutige Gleichheit hat etwas Mythisches. Ich habe zuvor von der unwahrscheinlichen Höflichkeit, der Leutseligkeit der Meinen gesprochen, wovon heute, fürchte ich, nur sehr schwer eine Vorstellung zu vermitteln ist. Und ich bleibe bei dem, was ich gesagt habe. Man konnte nicht ungezwungener, freundlicher, herzlicher mit den Desbois umgehen, als wir es taten. Allerdings wußte jeder, welch ein Abgrund uns voneinander trennte. Vielleicht könnte man, wenn man es auf eine Formel bringen will, sagen, daß heute unter Gleichen die Flegelei herrscht. Die Höflichkeit, eine echte Freundschaft, die Zuneigung trennten bei uns die Unteren von den Oberen. Es gab Untergebene und es gab Vorgesetzte, und jeder wußte es, erkannte es an und akzeptierte es. Leutseligkeit und gute Umgangsformen waren die Ebene, auf der sich die Beziehungen zwischen Herren und Dienern abspielten, die sich noch nicht mit mehr oder weniger harmlosen Bezeichnungen wie Angestellte und Hausgehilfen schmückten. Leutseligkeit und gute Umgangsformen gehörten zum System im gleichen Maß wie die Hierarchie selbst, sie milderten sie und sie brachten sie zum Ausdruck.

Michel Desbois war, glaube ich, der Intelligenteste von uns. Und er hatte uns, den beiden Brüdern und dem Vetter, einen unschätzbaren Vorteil voraus: er mußte eine Distanz überwinden und einen Rückstand aufholen. Ich werde später berichten, wie und bis zu welchem Punkt er sie überwand und ihn aufholte. Von Beginn unserer arbeitsamen Tage in Plessis-lez-Vaudreuil an hätte ein aufmerksamer Beobachter – aber vielleicht scheint das nur in der Rückschau so, wenn man den weiteren Verlauf kennt – feststellen können, daß er den anderen gutwillig die Dichtung und den Roman überließ und sich bereits, wie die Armut auf die Welt, auf Montesquieu und Saint-Simon – den anderen, nicht den der Familie – stürzte, auf Auguste Comte und auf Durkheim, auf die im Entstehen begriffene Soziologie und auf die Wirtschaftswissenschaftler.

An einem Wintertag, als Claude und ich im Arbeitszimmer der Rue de Varenne, das ebenso schön und geräumig war wie das in Plessis-lez-Vaudreuil, gemeinsam ein Werk von Claudel lasen, ich glaube, es war *Goldkopf* oder *Die Mittagslinie*, trat Michel ein, aufgeregt und begeistert, er trug ein Buch in der Hand, das wir nie gesehen hatten und von dem wir nur den Titel kannten: *Das Kapital* von Karl Marx. Aber man lasse sich, bitte, nicht zu vorschnellen Schlüssen verleiten. Es sollte einem anderen von uns vorbehalten bleiben – schon immer? aus Zufall? durch Monsieur Comtes Schuld? aus Überzeugung? durch die Mysterien des Bluts oder den Druck der Zeit? –, sich eines Tages als Marxist zu bezeichnen.

Ich habe von Jacques erzählt, von Claude, von Michel Desbois und auch beiläufig von dem Lebemann Philippe. Ich muß nun wohl wieder von mir berichten. Mir scheint, daß ich von dieser Zeit an jene herrliche und bescheidene Rolle gespielt habe, die mir für mein ganzes Leben zugeteilt blieb, ich habe sie jetzt schon sehr lange gespielt, und vielleicht nähert sie sich nun dem Ende: die Rolle des Zeugen. Wenn ich uns alle fünf im Geiste vor mir sehe, in Plessis-lez-Vaudreuil oder in der Rue de Varenne, zwischen der mit Ziffern bedeckten Wandtafel und den Regalen, die unter den von Monsieur Comte ausgewählten Büchern fast brachen, dann begreife ich, daß es mein Schicksal war – ich beklage mich nicht darüber –, zuzusehen und zuzuhören. Ich wußte wahrscheinlich genug, um die Anstrengungen von Jacques und Claude zu begreifen und zu verfolgen und auch die von Michel, dem Ältesten unter uns, der drei oder vier Jahre später ein sehr beschlagener Student in Volkswirtschaft wurde und sich dann, zur selben Zeit wie Jacques, einer der schwierigsten Aufnahmeprüfungen in der französischen Verwaltung, der Inspection des finances, stellte, bei der Jacques durchfiel, die er aber, Michel, bestand. Ich wußte vor allem genug, um meine Gefährten im höchsten Maße zu bewundern. Claude schrieb Gedichte, die für mich ebenso schön waren wie die von Péguy oder Apollinaire; ich habe die Freude gehabt, sie vor einigen Jahren veröffentlichen zu können. Jacques arbeitete an einem Roman, dessen Aufbau und Inhalt und dessen aus einer phantastischen Paarung von Claudel und Radiguet geborene Gestalten er uns abends schwungvoll schilderte. Michel erklärte uns Sismondi und Pareto, er begann, sich mit Keynes zu beschäftigen, wie wir, Claude und ich, uns auf Giraudoux, Malraux, Montherlant und Aragon stürzten. Ich selber war nichts weiter als der Spiegel der Gruppe. Ich fand, auf einem unbedeutenden Niveau, zu einer der beständigsten Traditionen der Familie zurück: ich widmete mich dem gemeinschaftlichen Leben und dem Dienst an der Allgemeinheit. Hinzu kamen bestimmte Züge, die mir mein Vater vermacht hatte: das entzückte Erstaunen am Schauspiel der Welt und die Liebe zum All. Ich sagte mir, daß ich der Zeuge großer Dinge werden würde, die die Geschichte veränderten. Da wir jung waren, dachten wir nicht an uns, wir dachten an die Geschichte. Nicht an unsere, die die Geschichte der Vergangenheit war. Wir dachten an die im Werden begriffene, an die Geschichte der Zukunft. Malraux sagt irgendwo, daß es die Gegenwart der Geschichte war, die ihn mit zwanzig Jahren von seinen Lehrern unterschied. Und wir waren zwanzig Jahre alt und waren genial wie jedermann. Wir hatten unsere Erinnerungen verloren. Wir hatten sie eingetauscht gegen die Erinnerungen der anderen, die uns größer vorkamen, und gegen bewunderndes Staunen.

Mein Großvater brauchte nicht lange, um zu begreifen, daß die Bücher imstande waren, das zu vollenden, was die Revolution begonnen hatte: die Abschaffung des Erstgeburtsrechts, die allgemeine Wehrpflicht und den Schulzwang. Und daß sie imstande waren, den vielbesprochenen Tod Gottes zu beschleunigen, von dem unheimliche Gerüchte langsam sogar bis zu uns aufs Land drangen. In gewisser Hinsicht bedeuteten Monsieur Comte und das Arbeitszimmer in Plessis-lez-Vaudreuil das Erwachen der Familie. In anderer Hinsicht waren sie das Grabgeläute. Die Traditionen gewinnen nichts dabei, wenn sie zu sehr und zu oft ausgelegt werden. Sie büßen dabei ihre Strenge und ihre starre Enge ein, die irgendwie ihre Schönheit ausmachen. Das Universum, das wir von den Mansardenfenstern unseres Arbeitsraums hoch oben entdeckten, sprengte auf allen Seiten den Horizont der Familie. Wir verstanden die Menschen besser, das Leben, die Zeitläufte, die anderen und ihre Bedürfnisse. Aber das war es eben, wir verstanden. Was jahrhundertelang die Grandeur der Familie ausgemacht hatte, bestand darin, nicht zu verstehen, bestand darin, zu gehorchen und vor allem zu befehlen, zu handeln, lange Zeit in derselben Richtung zu marschieren, ohne viele Fragen zu stellen. Mein Großvater war der Überzeugung, daß Fragen schwach machen. Seit vielen Generationen hatten wir uns vor Fragen gescheut. Und zu allen Zeiten hatten wir mit frohem Herzen den Fragen ohne Antwort die Antworten ohne Fragen vorgezogen.

Die Bücher liefen Sturm gegen unsere alten Anschauungen

und Gewohnheiten. Sie vernichteten die einen wie die anderen, und sie vernichteten auch uns. Sie wiesen unentwegt hin auf die Belanglosigkeit oder Dummheit alles dessen, was uns teuer war: die Ordnung, die Unbeweglichkeit, das Schweigen, der blinde Glaube. Sie waren Kriegsmaschinen gegen unser unausgesprochenes System. Sie redeten, sie redeten, und sie zogen gegen uns alle Rammböcke der Kritik zusammen, alle Angriffsstürme der Wut, alle Minen und Schützengräben der Satire und der Lächerlichkeit. Sie verwüsteten unsere alten Ländereien, unsere stummen Kirchen, unsere Paläste und Museen, unsere Schlösser und Klöster. Auf die Liste der Feinde der Familie, auf der bereits Galilei und Darwin, Karl Marx und Doktor Freud figurierten, mußte auch Gutenberg gesetzt werden: er hatte das Schweigen zum Sprechen gebracht. Wenn wir mit Bedauern an die Vergangenheit dachten, so in erster Linie an das Schweigen. Wir mochten noch so sehr die Hände gegen die Ohren pressen, der Lärm der Welt, der von überall her zu uns drang, aus den Büchern, den Zeitungen, aus den Motoren, den Maschinen, die sogar den Himmel füllten, aus den Apparaten, die, ehe das Fernsehen aufkam, Rundfunk und Kinematograph hießen, alles das machte uns schwindlig. Wir waren alte, vom Lärm gepeinigte Tiere. Es war das Getöse einer Welt, die im Versinken begriffen war, und einer anderen Welt, die entstand und uns vernichten wollte. Unsere Gegner sagten, wir seien taub gegenüber der ansteigenden Flut der Wissenschaft und des Fortschritts. Und wir wollten es auch sein. Sie sagten, wir seien blind gegenüber den Veränderungen des zu alten Universums um uns herum. Und wir wollten es auch sein. Taub und blind. Taub, um nichts mehr zu hören, und blind, um nichts mehr zu lesen. Mein Großvater prophezeite – und erst kürzlich habe ich mich, anläßlich der von der Linken angefochtenen Werbung, der von der Rechten verdammten Pornographie, des ganzen Spektakels der Massenkulturen, die aufeinanderprallen, an diese launig vorgebrachte Prophezeiung erinnert –, daß die Kultur es eines Tages erheischen würde, taub zu werden, und der Verstand es erheischen würde, mit dem Lesen aufzuhören. Und deshalb setzte er Gutenberg auf die grün-schwarze Liste – die Farben, sagte er, der enttäuschten Hoffnungen – der Friedensverbrecher.

Aber eines lehrten uns die Bücher vor allem, und es gab nichts Einfacheres: daß wir nicht mehr allein waren. Unsere Grandeur und unsere Armut kamen aus derselben Quelle. Die Liebe zur Familie, bis zum Grad der Leidenschaft gesteigert, wie wir es täglich lebten und erlebten, bedeutete nur eines: daß wir unserer Meinung nach mehr wert waren als die anderen. Deshalb mochten wir Reden nicht, Ausführungen, Diskussionen, Abhandlungen, alle Formen des Ausdrucks und der Kritik. Gegen Wettbewerbe und Prüfungen hegten wir nur Mißtrauen: wir hatten sie ein für allemal bestanden, und zwar auf den Schlachtfeldern und nicht in Lesesälen, und wir waren als Erste eingestuft worden. Es war unnötig, mit Plänen vom ewigen Frieden und dummen Projekten für den Kometen darauf zurückzukommen. Die Ordnung der Welt ruhte auf uns und gestaltete sich um uns herum. Letztlich waren wir allein auf der Welt, und davon zeugten augenfällig unsere Eheschließungen, unsere Plätze am oberen Teil der Tafel, unsere Placierung im Gotha. Die anderen zählten nicht. Sie waren nur für uns da, um uns zu dienen, um unseren Absichten zu dienen. Wir waren so etwas wie Robinson Crusoes, von umwerfender Eleganz, die vor undenklichen Zeiten auf ihrer einsamen Insel Plessis-lez-Vaudreuil gestrandet waren, umgeben von einer Schar von Freitags, die ihnen völlig ergeben waren, und bedroht von den Stürmen.

Dagegen brandeten die Bücher mit ihren Wogen an. Selbst wenn sie uns nicht angriffen – und griffen uns die besten nicht an? –, richteten sie andere Blicke auf die Welt als wir, und sie trugen uns andere Echos zu. Alles, was ich über diese Familie an Gutem und Schlechtem, mit Lobsprüchen oder mit Vorbehalt gesagt habe – ich bemühe mich, durch viele Hindernisse und durch Vergessenheit hindurch, dieser Schatzkammer der Wahrheit, sie existiert wahrscheinlich nirgends, blinkt aber mit tausend Lichtern, die uns in der Nacht blenden, das zu entreißen, was ich ihr entreißen kann –, was ich über diese alte Familie, die immer die meine bleiben wird und die ich liebe und bewundere, gesagt habe, läßt sich vielleicht in sechs Worten zusammenfassen: wir hatten die Welt im Blick. Heute glaube ich, daß jeder sie im Blick hat. Doch dank irgendwelchen wirtschaftlichen und sozialen, historischen und psychologischen, letztlich vor allem mythischen Brillen war der unsrige, durch alle Nebel des modernen Lebens hindurch, noch sehr scharf. Er pulverisierte diejenigen, die uns vor Augen kamen. Die Bücher taten nichts anderes, als unsere magischen Brillen zu zertrümmern und die Stimmen der anderen und ihre Blicke wunderbarerweise wieder lebendig werden zu lassen. Die Masse der Menschen hatte lange Zeit zu unserer Geschichte gehört. Sie bevölkerten sie, sie zählten mit, wie die Frauen und die Nachgeborenen in der Familie selbst, sie gehorchten unseren Befehlen. Jetzt gehörten auch wir unsererseits zur Geschichte der Sklaven, der Armen, der Rebellen, die gegen uns kämpften, zur Geschichte der vielen. Talent, Leidenschaft, die Liebe zur Menschheit, zu ihren Schwächen, zu ihren Hoffnungen, ein anderer Sieg als der unsere stieg vor unseren Augen auf aus den Buchseiten, die wir verschlangen. Da war der Marquis de la Mole, aber da war auch Julien Sorel. Da war der Graf Mosca, aber da war auch Fabrice. Da war Almaviva, aber da war auch Figaro. Da war Fürst Andreas, aber da war auch die russische Erde. Da war der König, aber da war auch das Volk. Verblüfft entdeckten wir, daß die anderen uns anblickten, und nicht nur, um uns zu bewundern, daß sie mit uns rechteten, wie wir mit ihnen rechteten. Die Bücher offenbarten uns, daß auch wir vor den Tribunalen der Geschichte zu erscheinen hatten, und wir bildeten uns ein, daß wir trotz 93 und trotz der Dreyfus-Affäre und trotz der Oktobertage dort immer noch den Vorsitz führten. Eine ungeheuerliche Alchimie vollzog sich jeden Tag in diesen Nachkriegssommern unter den Dächern des Schlosses, wo junge Lernbegierige bis spät in die Nacht hinein studierten, beim Schein von Lampen, die nicht viel mehr Licht gaben als die Kerzen aus den alten Erzählungen. Aber es geschah nicht mehr, wie in den alten Erzählungen, um die einsamen und eisigen Sprossen des sozialen Aufstiegs zu erklimmen. Es geschah, um den anderen entgegenzugehen, um etwas mehr Freundschaft, etwas mehr Leben und Leidenschaft zu gewinnen. In gewisser Hinsicht brachen wir aus einem Getto aus. Gewiß, aus einem komfortablen Getto. Aber ihm zu entkommen war auch nicht sehr einfach. Und von der anderen Seite der Gitter her winkte uns die Welt, seitdem die Bücher uns dazu verholfen hatten, sie kennenzulernen und sie zu lieben.

Viele Jahre später habe ich unseren Hauslehrer unter weniger heiteren Umständen als in Plessis-lez-Vaudreuil wiedergetroffen: im Lager von Auschwitz, wo er im April 1944 an Typhus und Erschöpfung starb. Wenige Tage vor seinem Tod sprachen wir in unserer Holzbaracke, in die der Frühling nicht einzog, noch von seinem Eintreffen bei uns an einem strahlenden Sommertag, in seinem braunen Anzug mit der häßlichen Krawatte, die beim Schein der Kerzen in den großen Leuchtern schimmerte und über die wir bei den ersten gemeinschaftlichen Mahlzeiten am Familientisch fast platzten vor unterdrücktem Lachen. Ich fragte ihn, ob er es damals bemerkt habe. Er sagte ja, und er habe sich am ersten Abend, als er nach einem letzten von meinem Großvater hingeworfenen »Gute Nacht, mein lieber Comte!« in sein Schlafzimmer kam, geschworen, sich zu rächen und die Welt der kleinen Dummköpfe umzuwälzen, die sich über ihn lustig machten, weil sie in einem Universum lebten, das viele Jahrhunderte guten Geschmacks und unwandelbarer Gewohnheiten hinter sich hatte. Er hatte davon geträumt, sagte er, mit meiner Schwester Anne, die blaue Augen und dunkles Haar hatte wie meine Mutter, auf und davon zu gehen, uns in Zügellosigkeit und Lasterhaftigkeit zu stürzen, unsere schändliche Eleganz und unsere so höfliche Unverschämtheit zu brechen. Und dann war auch er vom Geist der Familie bezwungen worden, in dem sich so geheimnisvoll Verblendung und Charme mischten. Und anstatt wie ein Feuerschweif durch das Haus zu ziehen, wie die Helden des *Schülers* von Paul Bourget und des *Teorema* von Pasolini, hatte er sich damit zufriedengegeben, so gut wie möglich seine Aufgabe als Erwecker bei uns zu erfüllen. »Und du weißt«, sagte er zu mir mit einem leichten Lächeln, seine Stimme war schon ganz schwach, »wie ich mich gerächt habe. Ich habe den kleinen Dummköpfen gute Bücher zu lesen gegeben, ich habe reiche und wunderlich elegante Kretins zur Wißbegier geführt, zum Mitleid, zur Lebenslust, was nur andere Namen sind für die Liebe zur Menschheit.« Aber auch ich für mein Teil hatte mich mit Hilfe unseres berühmten Rezepts, das aus Arroganz und Treue bestand, gerächt an ihm, der uns hatte verändern wollen. Denn wie alle, die in unsere Familie gekommen waren, um nie wieder fortzugehen, starb er in jenem Winkel Polens, in das die Geschichte uns geworfen hatte und wo es noch kalt war, in meinen Armen. Denn gemäß unserer verstaubten, heuchlerischen und fast verletzenden Traditionen, die er mehr als jeder andere, auch ohne meine Schwester zu entführen, erschüttert hatte, hielt ich ihm die Hand.

ZWEITER TEIL

Von den Deutschordensrittern zur Schwester des Vizekonsuls

Die Welt geriet in Bewegung. Wir auch. Wir stürzten uns in den Orient-Express, in große schwarz-weiße Yachten, in die Verkehrsmittel, in Überseetelegramme, in Wochenenden in London, in Salzburg, in diese unendlich langen Automobile, die mehr als dreißig Jahre einen ungeheuren Platz in unserem Leben einnahmen und die das verkörperten, was wir so lange Zeit ebenso wie das Talent und die Intelligenz verabscheut hatten: die Geschwindigkeit, die Veränderung, die Maschinen. Wir ließen unsere Lindenbäume im Stich für Wall Street, für Kreuzfahrten im Mittelmeer, für Safaris in Kenia, für die Schneider in West End, später für die mit Begeisterung vorgenommene Entdeckung der erotischen Tempel in Indien, der mexikanischen Pyramiden, der Sandstrände am Meeresufer und der Schneefelder in der Sonne. Auch mit der Sonne versöhnten wir uns. In der Familientradition spielte sie keine Rolle. Nie hätten sich meine Großmutter, Tante Yvonne oder Onkel Anatole von sengender Sonne streicheln lassen wie meine Schwester Anne und mein Vetter Claude. Um uns vor ihr zu schützen, hatten wir lange im Schutz von Hüten, Sonnenschirmen, geschlossenen Fensterläden und ungeheuer dicken Mauern gelebt. Sie war vielleicht neben dem Adler, der Erdkugel und der Lilie ein Symbol der Macht und des Königtums. Doch hatte sie für uns, wie alle Symbole, etwas Abstraktes. Sobald sie am Himmel leuchtete, nahmen wir uns vor ihren Strahlen in acht. Wir waren von jeher für die Frische der Gärten, die Blässe der Haut, den Schatten jener Bäume, die unser Stolz, unsere Überzeugung weiterzubestehen, unser Sinn für Grandeur um uns wachsen ließen. Sogar die Remy-Michault hüteten sich in gewisser Weise vor der Sonne. Lieber noch als wir begaben sie sich in den ersprießlichen Schatten anstatt in ihre rasende Helle. Jetzt nahm sie Vergeltung und verbrannte uns die Haut. Wir hatten blaue oder grüne, graue oder braune Augen, hellblonde oder dunkelblonde Haare. Doch alle hatten wir eine sehr helle Haut. Zwischen Cannes und Sankt Moritz, zwischen Capri und Biarritz schickte sie sich an, braun zu werden. »Wahre Neger!« sagte mein Großvater, wenn wir im September zurückkehrten, mit leuchtenderen Augen und ganz weißen Zähnen in einem dunkel gewordenen Gesicht. Und aus seinem Mund war es wahrscheinlich kein Lob.

Die Kleidung hatte von jeher in unserem Leben eine wichtige Rolle gespielt. Die Remy-Michault hatten eine Manie für Schuhmacher, Schneider, Hemdenmacher, und ihre Kleidungsstücke hatten oft etwas Übertriebenes, sogar in ihrer Schönheit und Eleganz, etwas zu Fertiges, ein wenig zu Auffälliges. Bei uns dagegen unterlagen sie weniger dem Bedürfnis zu gefallen als der Moral. Mit ihnen drangen wir, fast paradoxerweise, eher in die Welt der Ethik ein als in die der Ästhetik und Eitelkeit. Nur selten waren sie neu, doch stets wiesen sie durch ihre Qualität, ihren guten Geschmack, durch ihre abgenutzte Pracht und besonders durch ihr Alter auf die Vorstellung hin, die wir uns von uns machten, von unserem Rang und von unseren Pflichten, in einer von der Gewöhnlichkeit bedrohten Welt. Zum erstenmal legten wir sie ab. Wir verzichteten nach und nach auf den Gehrock und den Cut, auf den Zylinder und die Melone. Wir gingen sogar so weit, daß wir uns unter dem fadenscheinigen Vorwand, es sei zu heiß, auszogen. Und schließlich lagen wir nackt an den Luxus-Schwimmbecken und auf den Decks der Schiffe. Nachdem wir die Kleidung gewechselt hatten, gab es keinen Grund, nicht auch das Klima zu wechseln: wir verließen die Haute-Sarthe, um in milderen Gewässern zu schwimmen. Wir begaben uns, vielleicht weil wir von der Geschichte und der Gesellschaft bedrängt waren, wieder in die Natur. In eine andere Natur. Nicht mehr in die, in der unsere feine Lebensart und unsere Tradition, unser Gefolge und unsere Hunde und der dichte Schatten unserer Wälder uns schützten. Sondern in die von aller Welt, in der wir uns eher selbst zu entgehen suchten, als uns zu sammeln. Wir begannen, uns gleichzeitig für die Wilden, für den Schnee Afrikas, für seine Skulpturen und für seine Musik zu interessieren. Tante Gabrielle hatte das alles durchgemacht. Trotz der Verweise von seiten Maurras' und sogar Renans, der durch seine Begeisterung für die Akropolis unmerklich aus dem Lager der Rebellen in das der Tradition hinübergewechselt war, wollten wir nichts mehr vom Parthenon und von der Venus von Milo wissen: wir begannen, unbekannte, von der Sonne verzehrte Gottheiten zu verehren, die Tempel von Angkor und das Tal der Könige. Nach all der Treue wandten wir uns endlich von den Unseren ab. Das einzige, was wir zugestehen konnten, war eine eigensinnige Vorliebe für vergangene Kulturen, für alte Viertel in modernen Städten, für Erinnerungen an Eroberer, für den Widerschein einer entschwundenen Geschichte. Gestriges vielleicht noch aus Gewohnheit. Aber auf jeden Fall an einem anderen Ort. Die Welt wurde unser Abenteuer.

Ganz zu Beginn unserer Frühgeschichte hatten wir die Abenteuer nicht gefürchtet. Unser Name war uns nicht, wenn ich das so ausdrücken darf, gebraten in den Mund gefallen. Unser Name hatte uns gemacht, gewiß, aber erst, seitdem wir nichts mehr machten. Zuvor waren wir es, die unseren Namen gemacht hatten. Und wir hatten unerhörte Abenteuer bestanden. Sie hatten uns reich, mächtig und berühmt gemacht. Plötzlich sagten uns die Abenteuer nichts mehr. Vom Ende des 18. Jahrhunderts an fürchteten wir sie, in der Einzahl wie in der Mehrzahl, wie die Pest. Wenn mein Großvater von Abenteuern sprach mit Bezug auf eine Frau, auf die Regierung der Republik, auf eine Bank, auf einen Geschäftsmann, ja selbst auf einen Romanhelden, bekam das Wort in seinem Mund einen unheimlichen Klang. Der Name der Familie, das Schloß, der Obstgarten, der Wald und selbst die Jagd, wo Rebhuhn und Hirsch uns keine großen Gefahren brachten, standen im äußersten Gegensatz zum verhaßten Abenteuer. Die in Bewegung geratene Welt brachte uns plötzlich wieder auf den Geschmack. Während des zweiten Viertels des Jahrhunderts wurde Plessis-lez-Vaudreuil, jeden Tag ein bißchen mehr, wie zur Zeit des siegreichen Islams oder des Kaperkriegs, zu klein für unsere immensen Gelüste. Es gab keine Kreuzzüge mehr, keine neu zu entdeckenden Länder, keine Korsaren mehr auf den Meeren, keine Berber mehr zu bestrafen und keine Türken mehr zurückzuschlagen. Aber es blieben die Reisen. Wir reisten. Und um die Reisen herum, unter der glühenden Sonne, die uns – fern von den Pferden, den Equipagen, den Zylindern, den Lakaien, den Perücken und Gehröcken, all dem phantastischen gesellschaftlichen Pomp, aus dem wir unsere Grandeur ableiteten – endlich den anderen ähnlich machte, flatterten Geld, Frauen, Geschäfte, Politik, das ganze Kleinzeug Gottes und unserer dahingeschwundenen Vergangenheit.

Man darf natürlich nicht meinen, daß alle romanhaften und überspannten Torheiten sich in den Wäldern der Demokratie auf die Lauer gelegt hatten, um bei Anbruch des 20. Jahrhunderts über uns herzufallen. Wir hatten unser Teil an Intrigen und verbotenen Liebschaften, an Schlaganfällen, Exkommunikationen und auch Verbrechen hinter uns. Gilles de Rais war ein ziemlich entfernter Großonkel, aber die Sade und die Choiseul-Praslin waren recht nahe Vettern. Meine Großmutter und meine Urgroßmutter hatten es nicht gern, wenn das Gespräch auf den Herzog von Praslin kam, der seine Frau umgebracht hatte, oder auf den Marquis de Sade, der recht absonderliche Vorstellungen nährte. Ließ es sich jedoch nicht umgehen, sprachen sie von ihnen nur als von dem »Onkel Charles« und dem »Onkel Donatien«. Womit ich sagen will, daß Sex und Blut, alles, was später Schlagzeilen auf der ersten Seite der Zeitungen machte, uns nicht völlig fremd war. Der Unterschied zwischen der Ordnung von gestern und dem Durcheinander von heute leitete sich nicht so sehr aus unseren Leidenschaften und Trieben her, die sich kaum geändert hatten, wie aus der Gesellschaft um uns. Einstmals waren wir wild gewesen und grausam, aber wir waren stark: dadurch wurde alles geregelt. Die Dinge wurden weniger bekannt, und wir hatten sie mehr in der Hand. Selbst wenn wir verdächtigt wurden, ertappt, verhaftet, verurteilt und hingerichtet, hinterließen wir Erinnerungen an Schwefel und Feuer, die nicht ohne Grandeur waren. Noch immer lesen die Kinder das Märchen vom Blaubart, Onkel Charles hat immerhin – wahrscheinlich unfreiwillig, aber nicht erfolglos – zum Sturz Louis-Philippes und zur orleanistischen Usurpation beigetragen, und die Intellektuellen, selbst von der Linken, besonders von der Linken, bringen Onkel Donatien eine Zuneigung, eine Treue, fast eine Leidenschaft entgegen, die uns natürlich völlig unverständlich, die aber trotz allem sehr rührend und schmeichelhaft ist. Jetzt, seit fünfzig oder sechzig Jahren, wurden wir von Wind und Wogen rücksichtslos hin und her geworfen, und alles kehrte sich gegen uns. Zur Zeit unserer Macht und Größe hatten wir einen beträchtlichen Vorteil: wir hatten Schlösser, in denen wir die kleinen Jungen und Mädchen, junge und hübsche Gouvernanten, Marquisen und Präsidenten beherbergten. Wir hatten Landbesitz, Pferde und Geld, viel Geld. Wir hatten Diener und Zimmermädchen, die sich um unsere Gäste und unsere sinnlichen Vergnügen kümmerten. Wir hatten sogar handfeste Kerle, um Schweigen zu gebieten, wenn es notwendig war. Und wir hatten keine Journalisten. Eine von Mund zu Mund weitergegebene Überlieferung besagt, daß meine Urgroßmutter nicht völlig unzugänglich war für den Charme des Herzogs von Aumale und daß eine Tür, die noch heute im Burggraben von Plessis-lez-Vaudreuil zu sehen ist, sich in lauen Sommernächten mehr als einmal geöffnet habe, um den Herzog einzulassen. Manche flüstern sogar hinter vorgehaltener Hand, daß der Herzog von Aumale einst zwei oder drei Wochen lang geheimnisvoll verschwunden blieb – die Dokumente jener Zeit sagen kein Wort über seinen Verbleib –, damit er sich von einem Degenstich erholen konnte, den ihm mein Urgroßvater versetzt hatte; zuvor heimlich benachrichtigt, soll er ihn beim Hineinschleichen erwischt haben. Aber um all diese Gerüchte zu verbreiten, gab es natürlich weder Photographen noch Reporter. Jahrhundertelang gab es nur zwei mögliche Informationsquellen, und sie werden noch heute von den Historikern und Archivaren zu Rate gezogen: die Prozesse, die der König oder die Kirche gegen uns anstrengten, und was wir selbst aus Unklugheit oder Eitelkeit in Gestalt von Briefen, Memoiren, Bekenntnissen oder Romanen niederschrieben.

Im Gegensatz dazu scheint heutzutage ein riesiges Netz von wohlmeinenden Informanten seine Zeit damit zu verbringen, unser gesamtes Tun und Treiben zu beobachten. Zwischen Wien und New York, zwischen London und Korfu kursieren Gerüchte, die von reichen alten Damen beim Tee, von jungen Ferienreisenden, von Presseagenturen und von Journalisten auf der Jagd nach Gesellschaftsklatsch unablässig wiedergekäut werden. Ausgerechnet in dem Augenblick, da wir keine Rolle mehr spielen, werden unsere nichtigsten Vergnügungen der weiten Welt mitgeteilt. Sie füllen ganze Seiten illustrierter Zeitschriften und sind der Gesprächsstoff für Nachtisch-Konversationen, und zwar nicht nur in den exklusivsten Londoner Clubs oder Pariser Zirkeln, im White's oder im Jockey, sondern im Kreis einer Bourgeoisie, die ängstlich darauf bedacht ist, auf dem laufenden zu sein, die sich mit Druckerschwärze vollsaugt und der unser Name irgendwie etwas sagt. Künftige Historiker, die auf die ausgefallene Idee kämen, sich für das Geschick der Familie im ersten oder zweiten Viertel dieses Jahrhunderts zu interessieren, könnten aus dem vollen schöpfen. Auch wenn wir nichts Besonderes tun, wird allerorten von uns gesprochen: in *Auf der Suche nach der verlorenen Zeit* und in den Berichten des *Figaro,* der die Nachfolge des *Gaulois* angetreten hat, im Briefwechsel, den Cocteau mit Maritain führte, im *Sabbat* von Maurice Sachs und in seiner *Treibjagd,* in den Briefen, die ältere Personen im Sommer, wenn sie durch die Ferienzeit getrennt sind, einander schreiben, da sie aus allen möglichen Gründen den Gebrauch des Telefons noch ablehnen. Auf diese Weise bekam mein Großvater auf unverhofften Umwegen öfter Nachrichten von seinem Enkel Philippe und der Sammlung recht hübscher Frauen, die er sich zugelegt hatte: innerhalb weniger Tage geschah es, daß das Echo von einem Souper in London oder New York, einem Aufenthalt in Venedig mit einer jungen Schauspielerin, einer Kreuzfahrt durch die griechischen Inseln mit der Tochter eines Ölmagnaten nach Plessis-lez-Vaudreuil drang. Aber vor allem hielt uns das Schicksal von Pierre, dem ältesten von Tante Gabrielles Kindern, während fünf oder sechs Jahren zwischen den beiden Kriegen in Atem, uns und ebenso einige hundert über die Welt – das heißt, zwischen London und Wien – verstreute Menschen, fast wie in einem Fortsetzungsroman, in dem ironisch und brillant die spannungsreiche Geschichte vom Niedergang der Familie beschrieben wird.

Ich kann mich nicht mehr erinnern, wo mein Vetter Pierre Ursula begegnet war. Wen sollte ich heute danach fragen? Das Alter macht sich für den Greis nicht nur im Körper bemerkbar, der schwächer wird und mit dem es überall ein bißchen hapert, sondern auch in den Erinnerungen, über die er nach dem Tod seiner Angehörigen als einziger verfügt und die er – leider jeden Tag ein wenig tiefer – ins Nichts gleiten läßt. Die Sichel der

Zeit, die über unseren Köpfen schwebt, beschränkt sich mit ihren Drohungen nicht nur auf die Zukunft eines jeden einzelnen, sie löscht die Vergangenheit aller grimmig aus. Wenn ein Greis stirbt, entschwindet auf immer ein Stück Vergangenheit und Geschichte. Was ich von den Geheimnissen meines Großvaters, meiner Großmutter, meiner Onkel und meiner Vettern nicht mehr selber weiß, wird nach mir niemand mehr wissen. Die Neugierigen, die Archivare, die Historiker werden die Urkunde der Eheschließung von Pierre mit Ursula von Wittlenstein zu Wittlenstein wohl noch auffinden, sie werden der Spur ihrer Hochzeitsreise nach Rom, Florenz, nach Ravenna und Venedig folgen, sie werden den Nachklang der ihnen zu Ehren veranstalteten Feste zusammentragen, die zwei Monate lang das Europa der Privilegierten in Aufregung versetzten. Aber was wir im Familienkreis über das erste Zusammentreffen von Pierre und Ursula sagten, über die ersten Blicke, die ersten Worte, die sie wechselten – wer wird sich daran noch erinnern, wenn ich selbst mich nicht mehr daran erinnern kann? Diese Zufälligkeiten, diese Gesten, diese Blicke, diese Worte, sie sind in jenen unfaßlichen Abgrund gerollt, über den ich mein Leben lang gegrübelt habe, ein Leben, das schon lange währt und nun nahe daran ist, auch hineinzurollen: das Nichts dessen, was gewesen ist, und dessen, was nie mehr sein wird und von dem niemand, nirgends, die Erinnerung mehr bewahrt.

Mit ihrem hübschen echohaften Namen, den Giraudoux fast buchstabengetreu dem für Undine entflammten Ritter gab, gehörte Ursula von Wittlenstein zu Wittlenstein zu einer jener alten Familien, ebenso altehrwürdig wie die unsere, die im Verlauf der langen Geschichte mitgewirkt hatten, den germanischen Einfluß durch Feuer und Blut nach Osten auszudehnen, gegen die Slawen. Zwei Wittlensteins hatten nacheinander den klangvollen Titel eines Hochmeisters des Deutschritterordens getragen. Ein Wittlenstein war in der Schlacht von Tannenberg 1410 gefallen. Ein anderer in der Schlacht von Tannenberg 1914. Die Wittlensteins waren Jahrhunderte hindurch vom Baltikum im Norden bis nach Sizilien im Süden zu finden, wie die Unseren zwischen Flandern und dem Po zu finden waren. Sie begleiteten Friedrich II. nach Palermo, Kaiser Rudolf nach Prag, die Königin Luise von Preußen nach Tilsit und Bismarck nach

Versailles. Sie wußten es einzurichten, einen der Ihren gerade in dem Augenblick nach Italien zu schicken, da ein junger, begeisterter Dichter dort erschien: Goethe. Sie hatten irgendwie mit der Erfindung der Buchdruckerkunst durch Gutenberg zu tun, mit der Einrichtung des Postwesens durch die Thurn und Taxis, und sie hatten in ihren Schlössern am Ufer des Rheins und in Ostpreußen einen großen Teil der legendären Sammlungen der Fugger und Pirckheimer zusammengetragen. Der jüngste Wittlenstein, der Vater von Ursula, hatte eine Krupp geheiratet. Die Dynastie der Hohenzollern und die preußische Monarchie erlebten ihre Blütezeit, als in Frankreich das Königtum zusammenbrach. Nach Palermo, Prag und Wien fanden die Wittlensteins in Berlin ein neues Sprungbrett für ihre stets neuen Ambitionen. Als wir uns in ein inneres Exil und eine schmerzliche Zurückgezogenheit flüchteten, vereinten sie zu einem einzigen Strauß mit prächtigen Farben Armee, Feste, Kultur, Patriotismus und Tradition. Doch dann war der Höhepunkt überschritten. Der Zusammenbruch des Deutschen Reichs bedeutete für die Wittlensteins den Anfang vom Ende, in dem wir uns schon seit über hundert Jahren befanden.

Die Weimarer Republik, die Demokratie, die Inflation, der Niedergang Deutschlands waren zugleich ungeheure Schläge, die dem Stolz der Wittlensteins versetzt wurden. Vielleicht erinnert man sich noch an den deutschen Vetter, der unseren Namen trug, den Sohn Ruprechts, Julius Otto? Zwei oder drei Wittlensteins kämpften mit ihm an der Seite Ludendorffs und Ernst von Salomons. Vielleicht, aber ich weiß es nicht genau, begegnete Pierre in diesen glänzenden und düsteren, von Verbitterung zerfressenen Kreisen seiner Ursula, mit der ihn, über die Krupps, indirekte und entfernte Bande verknüpften. Das Schloß der Wittlensteins, das angefüllt war mit Erinnerungen an die Deutschordensritter und den Schwertbrüderorden, lag zwischen Königsberg und Wilna, ungefähr genau an der Stelle, wo die neuen Grenzen Ostpreußens, Polens und Litauens zusammenstießen. Zwei Jahre nach Brest-Litowsk und dem Waffenstillstand von Rethondes wütete in jenen Gegenden immer noch der Krieg zwischen Sozialdemokraten und Spartakisten, zwischen Bolschewiken und Nationalisten, zwischen regulären Armeen und Partisanengruppen, zwischen Russen und Polen, zwischen Polen und Litauern. Ursula wurde wenige Jahre nach dem Jahrhundertbeginn geboren, wahrscheinlich 1902 oder 1903. Zur Zeit der großen Wirren war sie fünfzehn oder sechzehn Jahre alt. Stets erinnerte sie sich mit Staunen und mit Schrecken daran. Auf den Sieg Hindenburgs bei Tannenberg und den Zusammenbruch der russischen Front 1918, auf die Wiedergeburt Polens folgte die sowjetische Offensive im Juni 1920, der berühmte Tagesbefehl des Generals Tuchatschewski: »Die Straße des Weltbrands führt über Polens Leiche«; die Front schwankte, einige Kilometer vor der deutschen Grenze, zunächst von Westen nach Osten, dann von Osten nach Westen, dann wiederum von Westen nach Osten, dann folgte schließlich der Kampf um Wilna und die Gewaltstreiche der Freikorps. Jede Nacht kamen Flüchtlinge oder Deserteure über die Grenze, Russen, Polen, Litauer, Kommunisten und Nationalisten. Dieselben Männer erschienen nacheinander in verschiedenen Uniformen, Doppelagenten wechselten das Lager, der Tischnachbar vom Mittagessen kam abends zurück, um in den gestickten Bettüchern des Schlosses zu sterben. Ursulas Kindheit war begleitet von tätlichen Auseinandersetzungen, von Vergewaltigungen der Hausangestellten, von immer größer werdender Angst und steigendem Haß, von dem Zwillingsgespenst des Bolschewismus und der Freikorps.

Einige Jahre später ging es um den Preis für das Brot, die Zahnbürsten und die Fahrkarte nach Königsberg. Die Inflation richtete Deutschland zugrunde. Als Ursula in dem Alter war, da andere auf Bälle gehen und sich verloben, transportierte sie Köfferchen, prall gefüllt mit Geldscheinen, damit die Köchin, die einst den Kaiser bewirtet hatte, den Metzger bezahlen konnte. Ursula hatte zwei Brüder, die ein paar Jahre älter waren als sie. Sie stritten natürlich, zusammen mit der ganzen Familie, in den Gruppen der äußersten Rechten, und ich habe sagen hören, daß sie unmittelbar mit dem Mord an Rathenau zu tun hatten. Ein weiteres, ziemlich vages Gerücht war später dann in Paris in Umlauf, und alle Scheinwerfer waren auf Ursula gerichtet. Einmal wurde behauptet, sie sei als junges Mädchen von einem litauischen Junker vergewaltigt worden, zum anderen, sie sei in einen kommunistischen Offizier verliebt gewesen, und nur ein Familienkomplott – sie sei sogar eingesperrt worden – habe sie daran hindern können, mit ihm auf und davon zu gehen. In der Erstarrung von Plessis-lez-Vaudreuil, in dem Getümmel der Rue de Varenne konnten wir uns nur schwer vorstellen, wie es dort hinten im Osten brannte. Wir waren in die Routine eingespannt, und sie dort waren von den Erschütterungen zerbrochen. Ungefähr zu jener Zeit sind sich Pierre und Ursula begegnet.

Sie hatte ganz schwarzes Haar und ganz blaue Augen und das, was man bei uns eine außergewöhnliche Allüre nannte. Neben ihr wirkte Tante Gabrielle, als sei sie, wenn auch als Siegerin, aus einem Vorkriegs-Schönheitswettbewerb am Strand der Bretagne oder der Normandie hervorgegangen. Ursulas Gesichtszüge, ihr Körperbau, ihre Haltung waren für die Dauer geschaffen. Eine hohe, gewölbte, stets glatte Stirn, der Mund ein bißchen verächtlich, eine fast starke Nase und Augen, die zerstreut wirkten, plötzlich aber sehr hart werden konnten. Sie redete wenig. Sie gab Befehle. Aber vor allem war sie in jedem Augenblick unberechenbar. Tante Gabrielle hatte sich ziemlich rasch in ihre Doppelrolle als Mäzenatin der Avantgarde und Patronatsherrin hineingefunden. Was uns an Ursula, angefangen von ihrem ersten Auftreten bei uns, entzückte und uns Angst machte, war ihre Ruhe, aus der jederzeit schlimmste Stürme hervorbrechen konnten. Vielleicht hatte sie unter ihrer aufgewühlten Jugend sehr gelitten? Vielleicht stand sie, ich weiß es nicht, den Ereignissen und Menschen gleichgültig gegenüber? Jedenfalls ging sie durch das Leben, und vor allem durch das unsere, wie ein ruhender Gießbach.

Mein Vetter Pierre war nicht wie Onkel Paul, sein Vater, so etwas wie ein eleganter Stutzer. Er war ein großer Bursche, genauso blond wie seine Mutter, und er war ziemlich unverfroren. Er behandelte Monsieur Comte, zu dem er nur ziemlich distanzierte Beziehungen hatte, mit einer Mischung aus Unbefangenheit und Ironie, wodurch er den Einflüssen und Verzauberungen, denen wir unterlagen, gänzlich entging. Es gehörte nicht viel dazu zu begreifen, daß mein Großvater alle Hoffnungen der Familie auf ihn setzte. Ich selber zählte nicht sehr; Jacques und Claude kamen vorläufig, der oben genannten Verlockungen wegen, nicht in Betracht; Philippe kaufte dutzendweise Ohrringe bei Cartier, die er seinen Tischnachbarinnen bei

Maxim's oder im *Pré Catelan* in die Servietten steckte. Pierre war nicht nur der Erstgeborene, er ging auch auf Hirschjagd in Österreich und folgte dem neuen Weg der Aussöhnung mit der Nation: er hatte sich Ende 1917 freiwillig gemeldet, hatte einen Teil des Krieges bei den Spahis mitgemacht und das Kriegskreuz bekommen, er war Reserveoffizier und in das Amt am Quai d'Orsay eingetreten. So dienten wir der Republik, wie wir unseren Königen gedient hatten.

Wenige Jahre nach dem Krieg eine Deutsche zu heiraten, erforderte ziemlichen Mut und recht freizügige Ideen. Pierre überlegte nicht lange und mein Großvater auch nicht. Sich mit dem Feind, kurz nach Beendigung der Kämpfe, zu verständigen, gehörte zur Familientradition. Die Diplomaten hingegen waren entsetzt. War diese preußische oder baltische Prinzessin nicht eine Spionin? Großer Gott! Zu wessen Gunsten sollte sie wohl spionieren? Doch ... man konnte nicht wissen ... für die Deutschen, für die Bolschewiken, für die Sozialdemokraten, für die nationalistische äußerste Rechte... Pierre wurde sich in zwei Tagen schlüssig. Er reichte sein Rücktrittsgesuch ein und bat um die Hand von Ursula.

Wenn Pierre später von diesen Frühlingstagen sprach, sagte er, er bereue nichts. Ein Hauch von Abenteuer drang in die Familie. Das Schloß der Wittlensteins lag im ostpreußischen Heideland, nahe den Masuren, zwischen einem kleinen Fichtenwald und unbewegten Seen, in denen sich der schwere Himmel spiegelte. Ein unglaublicher Glücksfall wollte es, daß die Wittlensteins, dank bayrischer und polnischer Verwandtschaft, zur Hälfte Katholiken und zur Hälfte Protestanten waren. Trotzdem waren sie uns sehr fremd. Wenn wir Pierre von seinen Reisen durch die unheimlichen Ebenen des Ostens erzählen hörten, wurde uns plötzlich klar, wie sehr die Republik auf uns abgefärbt hatte. Wir dachten noch an den König, an die Vendée, an die päpstlichen Zuaven, an die Treibjagden und an die Pferde, aber wir waren französisch geworden. Durch Tante Gabrielle, durch ihre russischen oder spanischen Maler, durch den Dechanten Mouchoux, durch Jean-Christophe Comte, durch die Tour de France, durch die Taxis von der Marne und die sonntäglichen Diners waren alle Gedanken und Auffassungen jener Zeit in uns eingegangen. Der Wunsch nach Glück, die Freundschaft und der Wissensdurst hatten sich der Familie bemächtigt. Wir waren Antonin Magne und Monsieur Machavoine näher als den Krupps und den Wittlensteins. Wir sahen uns noch als Grandseigneurs, allerdings ein bißchen ruiniert, als glanzlos gewordene Feudalherren, als Gestalten von Joseph de Maistre oder Barbey d'Aurevilly. Wir waren schon Kleinbürger von Henry Becque oder Curel, von Labiche oder Paul Bourget. Zur rechten Zeit erschien Ursula von Wittlenstein zu Wittlenstein, eiskalt, beängstigend, undurchdringlich und starr, mit ihren germanischen Legenden und ihrer zerrütteten Jugend, um dem Niedergang, mit dem wir uns abgefunden hatten, ein bißchen Führung und Haltung zu verleihen.

Es war etwas Märchenhaftes an dem Paar Pierre und Ursula. Sie schienen ziemlich hoch über unserem täglichen Dasein zu schweben. Sie waren nicht mehr völlig, wie mein Großvater, der Vergangenheit zugewandt. Sie jagten auch nicht, wie Tante Gabrielle, nach einer Zukunft, als hätten sie Angst, sie zu verpassen, so wie einem ein Zug oder ein Taxi vor der Nase wegfährt. Sie bewegten sich in einer besonderen Welt, in der sie souverän herrschten. Ursulas Familie hatte lange in einer Üppigkeit und in einem Luxus gelebt, von dem wir uns nur schwer eine Vorstellung machen konnten. Es wurde erzählt, einer ihrer Urgroßonkel, Prinz Leopold, ein Freund von Brummell und vom Fürsten Metternich, hätte nur eigens für ihn, Finger für Finger aus wertvollstem Leder geschnittene Handschuhe getragen, und wenn er sich zu einem Ball oder Souper begab, hätten fünf oder sechs Lakaien an den Türen der Flucht von Gemächern gestanden, um, wenn er vorüberkam, der Reihe nach, flink und geschickt, mit Puder seiner altmodischen Haartracht die letzte Vollendung zu geben. Es kam Größenwahn vor bei den Wittlensteins. Uns tat das unendlich wohl. Edmond About erwähnt sie in *Tolla*, glaube ich, oder in *Der König der Berge,* und mit Humor und ein bißchen Bosheit berichtet er, daß die Wittlensteins häufig mit einem Gehirnschaden enden, wenn die Krankheit einen Ansatzpunkt gefunden hat. Einem von Ursulas Onkeln war auf einer Reise nach Venedig die Frau gestorben. Er wollte den Leichnam nach Deutschland überführen, um ihn im Familiengrab beizusetzen, und so stieg er in den Wagen, mit seiner Frau auf dem Rücksitz. In diesem Aufzug machte er in allen Schlössern, die am Weg lagen und die ihm bekannt waren, halt. Er kannte viele. Und wenn nach den Begrüßungsförmlichkeiten seine Gastgeber für eine Stunde oder für eine Nacht ihn fragten, wo denn die Prinzessin sei, antwortete er ganz unbefangen, sie sei im Wagen, der unten im Hof oder bei den Wirtschaftsgebäuden stände. Dann erhob sich ein einziger Schrei: »Aber was macht sie denn im Wagen? Sie soll heraufkommen, sie soll heraufkommen zu uns!« – »Sie kann nicht«, gab der Reisende zur Antwort und führte seine Zigarre oder seine Teetasse an den Mund. »Sie kann nicht. Sie ist tot.«

Mit allen ihren Mißgeschicken und ihrer unvergleichlichen Allüre waren die Wittlensteins, das ist wohl schon klargeworden, ganz anders als wir. Das Radfahren interessierte sie ganz offensichtlich nicht. Unsere Leidenschaft für die Tour de France rief bei ihnen Verblüffung hervor. Sie hingegen schlugen sich mit Säbeln, gingen auf Tigerjagd und brachten die Sozialisten um, während wir, in unserer Gesinnung, die schon verängstigten Krämern gleichkam, uns damit begnügten, vor solchen Leuten die Türen unserer Salons zu schließen. Sie waren hochmütig, schroff, unwiderstehlich in ihrer Starrheit und Eleganz, bald geistreich und bald recht stumpfsinnig. Ursula hatte in Plessis-lez-Vaudreuil etwas ganz Neues eingeführt: eine Art träumerischer Härte, eine Mauer, hinter der Gespenster geisterten. Ihr Schweigen störte uns nicht sehr. Schweigen ist immer angemessen. Sie schwieg viel.

Pierre war einer der wenigen, die es verstanden, die kahlen und eisigen Räume zu überwinden, hinter denen sie sich vor unserer alltäglichen Welt verschanzte. Und aus diesem Grunde, glaube ich, hatte er ihr gefallen. Sie liebte ihn, und er liebte sie. Am Abend der Hochzeit, als in Plessis-lez-Vaudreuil die Jagdhörner zum Entzücken der staunenden Pariser die Gewölbe der alten Kapelle durchdröhnt hatten, war Pierre mit ihr in den Wagen gestiegen, und sie waren zusammen einem vor allen, aber insonderheit vor Ursula geheimgehaltenen Ziel entgegengefahren. Pierre hatte sich etwas Außergewöhnliches ausgedacht.

Ursulas Urgroßvater war in seiner Jugend mehrere Jahre lang, gegen Ende der Juli-Monarchie, Attaché an der Preußischen Botschaft in Frankreich gewesen. Er hatte in Paris das

Leben aller jungen Diplomaten geführt, er dinierte in Restaurants auf den Boulevards und besuchte die Theater und hatte dort, seines großen Namens und seines guten Aussehens wegen, mehr als alle anderen brilliert. Als er eines Nachts nach einer bewegten Abendgesellschaft, auf der er ziemlich viel Geld verloren hatte, nach Hause fuhr, war er hinter der gerade fertiggewordenen Madeleine auf einen Wagen gestoßen, an dem ein Rad entzweigegangen war. Er hatte seine Hilfe angeboten, noch ehe er entdeckte, daß in dem Wagen eine blasse und überaus schöne Frau saß, die nicht viel älter als einundzwanzig oder zweiundzwanzig Jahre alt sein mochte. Sie trug weiße Blumen an ihrem Kleid und in ihrem Haar. Der ganze Wagen schien von ihnen erfüllt und erhellt. Es war Marie Duplessis, die Kameliendame.

Der junge Deutsche brachte Mademoiselle Duplessis zu ihrer Wohnung. Sie gewährte ihm die Gunst, am nächsten Tag mit ihr zu dinieren und am übernächsten Tag und wiederum am darauffolgenden Tag. Das war der Beginn einer Liebe, die Alexandre Dumas den Jüngeren zu seinem berühmtesten Theaterstück inspirierte und Verdi zur *Traviata*.

Prinz Ludwig von Wittlenstein hatte sich unsterblich in die junge Dame verliebt. Er überschüttete sie mit Kleidern und Pelzen, mit Schmuck und allem möglichen Tand und natürlich mit Kamelien. Maries Lebensführung und die Besorgnisse der Familie ihres Liebhabers brachten des öfteren schreckliche Auseinandersetzungen mit sich, die regelmäßig mit Hustenanfällen und trunkenen Versöhnungen endeten. Eines Abends nach einem Wortwechsel, der noch heftiger verlief als sonst und so ausgegangen war wie sonst, sagte Marie mit leiser Stimme, sie sei dieses mit ständigen Zerwürfnissen überfüllten Lebens überdrüssig, sie sehne sich danach, aus Paris fortzuziehen, weit weg, in den Traum einer einzigen Leidenschaft, eines ländlichen Idylls. Wittlenstein, hingerissen von der Idee, sie ganz für sich allein zu haben, nahm sie beim Wort, machte sich auf die Suche und brachte der Kameliendame zwei Wochen später das vermutlich schönste Geschenk, das er ihr wohl je gemacht hatte: ein entzückendes Renaissance-Schloß, im Département Lot gelegen, weder zu groß noch zu klein; er hatte es gekauft, ohne es gesehen zu haben. Und dort starb dann, einige Jahre später, an ihrer berühmten schwachen Brust die eigentliche Marie Duplessis. Sie vermachte Cabrinhac dem Prinzen von Wittlenstein, der es ihr geschenkt hatte.

Cabrinhac blieb, vom Vater auf den Sohn, trotz des Krieges 1870/71 in der Familie Wittlenstein. Zu Beginn des Jahrhunderts verbrachte Ursula dort mehrmals lange Monate; sie bewahrte daran, wie viele Menschen aus dem Norden mit ihrer Vorliebe für die Sonne, die Wärme, die Küche und die Sprache des Südens, zauberhafte Erinnerungen. Doch um 1910 oder 1911 beschloß, trotz der Bitten seiner Tochter, der Vater von Ursula, der nie mehr dorthin kam und den Krieg vorausahnte, das Schloß an einen Notar aus der Gegend zu verkaufen. Und vom Sohn dieses Notars hatte Pierre Cabrinhac heimlich zurückgekauft.

Die Sonne ging unter, als Pierre und Ursula in einem schwarz-roten Delage, wenn ich mich recht erinnere, von Plessis-lez-Vaudreuil aufbrachen. Sie wollten nach Italien und waren ein gut Teil der Nacht gefahren. Ursula schlief vertrauensvoll und nichtsahnend an der Schulter ihres Mannes. Als das Auto anhielt, war sie gar nicht richtig wach geworden, Pierre hatte sie auf seine Arme genommen und in ihr Bett getragen. Am Morgen stellte sie fest, daß sie im Schloß ihrer Kindheit war.

Die Geschichte hatte uns sehr gefallen. Sie paßte gut zu den Mythen, die uns am teuersten waren: Land und Steine, Beständigkeit, Wiederbelebung der Vergangenheit, ewige Wiederkehr der Zeit. Sie umhüllte Pierre und Ursula mit den Schleiern der Poesie.

Auch Pierre und Ursula ergriffen bald, ein Vierteljahrhundert nach ihren Eltern, die Herrschaft über das Paris, das sie sich unterworfen hatten. Es war ein ganz anderer Stil als der in der Rue de Varenne. Etwas steifer, gesetzter, in vieler Hinsicht konservativer, von Musik, vor allem Wagner, durchdrungen. Aus seiner Zeit am Quai d'Orsay hatte Pierre viele freundschaftliche Beziehungen zu Politikern, ausländischen Botschaftern und französischen Diplomaten aufrechterhalten. Es machte ihm Freude, sie zu empfangen, aber es war auch ein wenig Wehmut dabei, verhinderter Ehrgeiz, aufgegebene Träume – freiwillig, gewiß, aber schließlich und endlich doch aufgegebene

– und an manchen Abenden sogar ein wenig Eifersucht und freundschaftlicher Neid. Die Diners in der Rue de Presbourg hatten nicht den Ruf, ungewöhnlich fröhlich zu sein. Doch wenn der Sultan von Marokko oder Herr Titulesco zu privaten Besuchen in Frankreich waren, setzten sie sich gern für ein paar Stunden, zusammen mit meist schönen Frauen, unter den von meinem Großvater geschenkten Rigaud oder Watteau an Ursulas Tisch, an dem Scharen von Dienern in Kniehosen und Frack erlesene Speisen servierten aus einer der raffiniertesten Küchen von Paris, das damals noch eine konkurrenzlose Hauptstadt war. Eine der raffiniertesten und eine der traditionellsten: sie war zehn Jahre nach dem Krieg, der auch auf diesem Gebiet sehr vieles verändert hatte, bei dem zu Anfang des Jahrhunderts gewohnten Überfluß geblieben. Während bei den Eltern die Avantgarde das Wort hatte, ließen die noch sehr jungen Kinder, dank der zusammengeflossenen Vermögen der Krupps und der Remy-Michault, die ganze Pracht der Belle Époque wiedererstehen, die sie selber gar nicht richtig gekannt hatten. Das sind die Widersprüchlichkeiten, die plötzlichen Stöße und die Schwankungen im Ablauf der Zeit. Bald beschleunigt sie den Lauf, bald verlangsamt sie ihn. Wir werden noch mehrere Beispiele ziemlich schroffer Beschleunigung erleben. Jetzt wollen wir einen Augenblick die Süße eines Schritts zurück genießen. Unter den alten Papieren, die ich seit fünfzig Jahren mit mir herumschleppe, habe ich die Speisekarte eines Diners in der Rue de Presbourg gefunden, an dem ich wohl, aber genau erinnere ich mich nicht daran, unten am Tisch sitzend, teilgenommen habe. Ich gebe sie hier wieder als eine Art Illustration oder vielleicht sogar als historisches und soziologisches Dokument:

> MENU
>
> Fleischbrühe florentine
> Pastete à la Régence
> Stör mit Kräutersauce
> Steinbutt Sauce cardinal
> Rückenstück Béhague à la Renaissance
> Geflügel-Suprême à la Maintenon
> Schnepfen en Salmis à la Cambacérès
> Gänseleber in Gelee
> Gebratene Fettammern sur canapé
> Salade sicilienne
> Stangenspargel
> Eisbombe Johannisburg
> Feines Mandelgebäck
> Parmesanbiskuits

Die Speisekarte, ausgesprochen 1900 – auf der der Leser nach der Pastete Régence und dem Steinbutt cardinal die Schnepfen Cambacérès bemerkt haben wird, die mein monarchistischer Großvater nie geduldet hätte –, war natürlich handgeschrieben, mit violetter Tinte, in schöner, etwas verschnörkelter gotischer Kursivschrift, auf dickem Karton mit Goldrand, darüber, in Reliefprägung, eine Herzogskrone und der Wahlspruch der Familie in winzigen, aber sehr deutlichen Buchstaben. Die Weine waren selbstverständlich in der Speisekarte nicht aufgeführt, wie man es heute tut, um ganz sicher zu sein, daß niemandem der Aufwand an Ausgaben entgeht, und vielleicht auch, weil die Maîtres d'hôtel nicht mehr das gleiche Geschick und den Takt haben wie einst, den Gästen die geheiligten Namen der Lagen und Jahrgänge ins Ohr zu flüstern: »Château-margaux 1895... Château-latour 1899...« Zwischen zwei Bissen und zwei Schluck Haut-Brion oder Châteaulafite nahmen die radikalsozialistischen Minister und die Botschafter der Republik die Karte in die Hand und hielten sie vor ihre häufig kurzsichtigen Augen, um den alten, geheiligten Spruch besser entziffern zu können: *Au plaisir de Dieu.* –

Wie es Gott gefällt. Das war, glaube ich, um 1928. Vielleicht 1926. Oder vielleicht 29. Eher 1926, denke ich. Der Engel der vergangenen und der Engel der neuen Zeit schwebten gemeinsam um den Tisch. In der Rue de Presbourg wie in der Rue de Varenne, trotz ganz unterschiedlicher Szenerien, war der König jedenfalls ein für allemal tot. Und alles, was er verkörperte. Niemand kümmerte sich mehr darum. Die Lichter, die Wärme des Weins und der Körper, die Parfums, der Geist der Zeit erstickten sogar die Erinnerung an ihn, die in den hohen, stillen und eisigen Räumen von Plessis-lez-Vaudreuil noch immer lebendig war. Der Luxus, ein ziemlich erdrückender und dennoch ganz nackter Luxus – womit ich sagen will: entblößt von allem, was ihn umgab, ihn stützte, ihn rechtfertigte –, war das einzige Erbe einer dahingeschwundenen Vergangenheit.

Eines schönen Tages kursierte in den Zirkeln und Salons sowie auf den Rennplätzen das Gerücht, Pierre habe eine Mätresse. Für alle, die ihn kannten, war das ziemlich unwahrscheinlich. Es ist offensichtlich paradox und steht ganz einfach im Widerspruch zu den Gemeinplätzen, die fast überall Geltung haben, aber soweit ich die Lebensgeschichte der Mitglieder meiner Familie, die ich persönlich gekannt habe, zurückverfolgen konnte, waren die Erstgeborenen stets Liebesheiraten eingegangen. Eine wahre Leidenschaft vereinte meine Großmutter und meinen Großvater. Onkel Paul hatte Tante Gabrielle gegen den Wunsch seiner Eltern geheiratet. Und Pierre hatte auf manches verzichtet aus Liebe zu Ursula. Es mag sein, daß diese Liebesheiraten zugleich Vernunftheiraten waren, möglicherweise gibt es unterschwellige Prinzipien, genauso stark wie der Instinkt, die der Liebe gestattet hatten, aufzublühen und sich zu entfalten, unmöglich ist das nicht, und wir haben, glaube ich, im Zusammenhang mit Onkel Paul schon darüber gesprochen. Jedenfalls boten Pierre und Ursula dem Tout-Paris, wie man sagte – es bestand aus einer Mischung von Literaten, Geschäftsleuten, Politikern, hübschen, im Scheinwerferlicht stehenden Frauen und alter Aristokratie, der es gelungen war, das Unglück der Zeiten zu überdauern –, ein Schauspiel des Glücks und auch des Gleichgewichts und fast der Stärke, in dem die vermeintliche Mätresse schwerlich ihren Platz hatte. Indes tauchte langsam aus zufälligen Begegnungen in zweitrangigen Restaurants und in Unterhaltungen zwischen Müßiggängern das Bild einer jungen Frau oder vielleicht eines jungen Mädchens auf, blond, ziemlich klein, fast unbedeutend, sagten die einen, ziemlich hübsch und anziehend, sagten die anderen. Pierre war im Kino gesehen worden, in Formentor, in der Münchener Pinakothek, zusammen mit einem jungen weiblichen Wesen, von dem man nicht viel wußte, außer daß es blond war, ziemlich klein, unbedeutend, ganz hübsch und so weiter. Von Zeit zu Zeit verwandelte sich die junge blonde Person in eine braun- oder rothaarige. Fehler der Übermittlung oder falsche Spuren, auf die Pierre als gewiegter Jäger die Meute, die ihm auf den Fersen war, lenkte, um sie irrezuführen? Das verhinderte jedoch nicht, daß in dem Labyrinth von Mutmaßungen und Geflüster eine immer realer werdende Unbekannte sich aus dem Nebel herauslöste. Der Gegenstand so großer Neugier und Spekulationen erschien endlich leibhaftig im hellen Licht der Theaterpremieren und der Rennen in Longchamp. Die klassische Karriere von Mätressen, die aus dem Schatten auftauchen, um als unzugängliche Herzoginnen oder in den großen düsteren Villen des Südens, zwischen Palmen und Kasinos, die lange Lebensbahn zu beenden, die mit Hindernissen und Gefahren besät ist, manchmal endet sie auch mit einem plötzlichen Verschwinden, das keinen Menschen mehr beunruhigt, und manchmal mit weißen Nerzen und Diamantenkolliers.

Das erstaunlichste an dieser aufsehenerregenden Affäre war der Vorname der kleinen Blonden: sie hieß Mirette, Augapfel. Nie zuvor hatte ein Mitglied der Familie derartige Silben ausgesprochen, man hätte gemeint, so etwas wäre der Operette vorbehalten, einem Hundezwinger oder einer Pförtnerwohnung. Wo kam diese Mirette her? Umlaufenden Gerüchten zufolge war sie irgendwo im Süden Finnlands oder vielleicht im Norden der baltischen Staaten geboren. Das Glanzstück ihrer Familie war ein etwas geheimnisumwitterter Bruder, von dem sie mit solcher Begeisterung sprach, daß viele den Kopf schüttelten und ein Lächeln unterdrückten. Existierte dieser elegante, ungebärdige, mit allem Charme und allen Talenten ausgestattete Bruder wirklich, der finnischer Konsul in Sao Paulo in Brasilien, dann Vizekonsul in Hamburg sein sollte? Nachdem Mirette in der Pariser Gesellschaft festen Fuß gefaßt hatte, verschwand sie von Zeit zu Zeit eine oder zwei Wochen lang. Strahlend kehrte sie zurück: sie hatte mit ihrem Bruder acht oder zehn Tage in Sizilien oder Norwegen verbracht. Man lächelte vielsagend. Niemand ließ sich etwas vormachen. Dann traf man Mirette beim Rennen wieder, beim Prix de Diane, sie hing an Pierres Arm.

Mirette war nicht eigentlich schön. Sie schien eine Art lebender Puppe zu sein, auf die alle gängigen, aus den Modejournalen entlehnten Ausdrücke zutrafen. Sie war anziehend mit ihrem unregelmäßigen, aber doch ansprechenden Gesichtchen und ihrem kleinen, molligen, vollendet schönen Körper, der Liebkosungen geradezu herausforderte. Sie trug gern große, breitkrempige Hüte und gewagte, schmale, enge Kleider, von denen in *Femina* und der *Illustration* berichtet wurde. Sie sagte viel Törichtes, sagte es mit einer Heiterkeit, die plötzlich umschlug und überflutet wurde von Wogen der Schwermut, die Pierres Freunde besonders interessant fanden. Sie sagte die Torheiten mit einem kehligen Lachen und einem skandinavischen Akzent, wodurch die unbedeutende Unbekannte überraschend schnell zum Schwarm von Paris wurde. Man sah sie überall. Ihr Status war nicht ganz klar. Gehörte sie wirklich zu Pierre? Viele reiche und elegante junge Leute, die es aufgegeben hatten weiterzustudieren, weil sie nicht mitkamen, stellten sich diese Frage, wenn sie bei *Maxim's* oder in einem Restaurant im Bois de Boulogne diniert hatten, wo Mirette in ihrer Hemmungslosigkeit alle Gläser zertrümmert hatte. Sie nahm hie und da an Jagden teil, im Sommer machte sie mit italienischen Industriellen und amerikanischen Journalistinnen auf großen weißen Segelyachten Kreuzfahrten. Im Frühling führte sie des öfteren beim Schlößchen Bagatelle oder beim Pré Catelan Wagen vor, sie hatte einen Windhund an der Leine oder einen kleinen Leoparden, der den gleichen Pelz trug wie sie.

Schließlich erschien Mirette zu den Diners in der Rue de Presbourg. Die Abende bekamen ein anderes Gesicht. Sie trug alsbald zur Belebung bei, sie brachte eine etwas unruhige Fröhlichkeit hinein. Alle beobachteten Ursula, ihr Verhalten, ihre Reaktion. Auch sie wußte, was sie ihrem Ruf schuldig war. Unbeweglich, souverän, fast gönnerhaft empfing sie die kleine

Blonde, keineswegs wie eine Rivalin, eine zu lebhafte Fremde, eine unerwünschte Intrigantin, sondern eher, wie es einer von Mirettes jungen Freunden, der Sohn eines großen jüdischen Bilderhändlers, der sich im mondänen Paris einen Platz erobern wollte, etwas spitz formulierte, wie eine kleine verirrte Schwester.

Die doppelte Gunst, die Mirette durch Ursula und Pierre zuteil wurde, ging schließlich ziemlich weit. Es ist ein faszinierendes Schauspiel zu sehen, wie die Menschen, die Ereignisse, die Gesellschaft sich regen. Die Welt ist voller Beben, die manchmal gar nichts ankündigen. Es gehört viel Begabung und zuweilen Genie dazu, um unter der Vielzahl der Vorzeichen jene herauszufinden, die wirklich der Zukunft voraufgehen. Im Gewimmel der Menschen, ihrer mysteriösen Beziehungen zueinander, schreitet die Geschichte voran. Von der geringsten, der bescheidensten, der Geschichte der Karrieren und Herzen, bis zu der der Völker und Nationen, der großen Religionen, die die Zukunft bestimmen werden. Ich versuche nicht, Mirette als eine Art Ignatius von Loyola, Jeanne d'Arc oder Hegel im Kleinformat darzustellen, auch nicht als eine Art Madame de Staël oder Kameliendame. Nein. Sie kündigt nicht den Sozialismus an, nicht die Romantik oder eine neue Welle des Mystizismus, sie bringt nicht einmal die Geschichte der Gefühle durcheinander, sie bezeichnet weder das Ende einer Epoche noch den Anbruch neuer Zeiten. Es ist überhaupt eine merkwürdige Idee, an die Geschichte zu denken, wenn man von Mirette spricht, der zur Frau gewordenen Unbedeutendheit. Und dennoch spielt Mirette, wie Monsieur Comte, wie Monsieur Machavoine, wie Garin oder Petit-Breton, auch ihre kleine und vielleicht eine große Rolle in der Geschichte dieser Familie, der meinen, die ich nachzuzeichnen versuche, um in meiner Epoche und in meinem Leben etwas klarer zu sehen. Da sie hier erscheint, bedeutet es, daß zur gleichen Zeit etwas anderes verschwindet. Welch Wirbel ist die kleine Existenz! Ich selber muß angestrengt nachdenken, um mich zu erinnern, daß Mirette in Marokko mit Pierre, Mirette in Cannes mit Ursula, Mirette zwischen Pierre und Ursula bei den Diners in der Rue de Presbourg zeitlich zusammenfällt mit den Abendgesellschaften in der Rue de Varenne, wo Cocteau dem Onkel Paul, der allmählich alterte, und der Tante Gabrielle, die am Kreuzweg ihrer beiden Karrieren endgültig die Gönnerin der Avantgarde geworden war, Strawinsky in seinem Ruhm vorstellte, Dali oder Max Ernst, die im Aufsteigen waren, und Maurice Sachs, einen noch Unbekannten. Doch nichts ist erstaunlicher als die Tatsache, daß Mirette zur gleichen Zeit lebte wie mein Großvater, der unerschütterlich an der Seite seiner einander ablösenden Jules aushielt, durch sein hohes Alter mehr geschützt als seine Kinder, die ihren Höhepunkt schon überschritten hatten, und als seine Enkel, die schon ziemlich weit im Leben standen. Auf den Photographien jener Zeit oder der voraufgehenden Jahre, die ich noch beim Schreiben betrachte, ist mein bereits alter Großvater der einzige, der sich nicht sehr verändert hat, der einzige, den man trotz der Verheerungen der Jahre noch erkennt: er ist zu alt, als daß er sich noch sehr ändern könnte. Soll das Pierre sein, das Kind im Spielhöschen, der kleine Junge im Matrosenanzug, der Heranwachsende in der Eton-Uniform, mit dem breiten, über die Revers hängenden Kragen, als Spahi während des Krieges, als Diplomat hinter Briand, im weißen Alpaka-Anzug im Sommer an türkischen Küsten? Aber hier erscheint Mirettes blonder Kopf auf einer Photographie, während Plessis-lez-Vaudreuil sich gleichbleibt mit seinen unvergänglichen Bäumen und seinen austauschbaren Jagdstrecken. Ich schaue Mirettes blonde Haare an, noch nach so vielen Jahren beeindrucken sie mich genauso wie am ersten Tag. Wie modern ist die kleine verirrte Schwester! Das heißt, heute so seltsam gealtert, vielleicht ältlicher als meine Großmutter mit ihren Brusttüchern um 1898 und mein Urgroßonkel Anatole mit seinem Eckenkragen und seinem altmodischen Gehrock. Sie kommt von woanders her als von uns, von unseren uralten Ländereien, unseren unzählbaren Jahren, sie führt uns woanders hin als auf unsere großen Waldwege, unter der Sonne und unter dem Schnee, wohin alle unsere Schritte uns führten. Die kleine Finnin, oder vielleicht Baltin, hat daran mitgewirkt, in der Schwermut des Abends die Geschichte der Familie zu gestalten oder aufzulösen. Wie seltsam ist das, wie melancholisch und komisch zugleich. Jetzt, da die Zeit über sie hingegangen ist wie über uns, fällt es mir fast schwer, noch über die Erschütterungen zu staunen, die sie bei uns verursacht hat. Aber ich erinnere mich wieder, wenn ich sie jetzt im Geiste vor mir sehe, an ihren zur Seite geneigten Kopf, an die Haare, die ihr über die Augen fallen, wie sie in die Sonne lacht; alles das würde, sollte es sich jemand einfallen lassen, in fünfzig oder hundert Jahren unseren Namen als Vorwurf für eine ziemlich ausführliche Geschichte eines recht winzigen Teils der französischen Gesellschaft in der ersten Hälfte des 20. Jahrhunderts zu wählen, Mirette in diesem Gewoge und vielleicht in diesem Zusammenbruch einen Platz zuweisen und ein Kapitel füllen.

Ursula und Mirette waren unzertrennlich geworden. Man traf die beiden zusammen mit Pierre und manchmal auch ganz allein. Ich selber bin ihnen mehrfach, abgesehen von den Diners in der Rue de Presbourg, zu zweit oder zu dritt begegnet. Es ist sogar vorgekommen, daß wir ein paar Tage zusammen verbracht haben, manchmal in Plessis-lez-Vaudreuil, manchmal bei Freunden in der Umgebung von Paris oder bei italienischen Verwandten in Vallombrosa, in der Nähe von Florenz. Ich muß sagen, es war ein erstaunliches Schauspiel. Pierre liebenswürdig, heiter, höflich und korrekt, um so zu reden wie die Familie. Ursula steif wie der Tod am Tag des Jüngsten Gerichts. Mirette überschwenglich, geziert und kapriziös. Die anderen begannen, über das Trio mit übertriebener Zwanglosigkeit zu sprechen wie über eine mehr oder weniger skandalöse, aber in die Gebräuche eingegangene Merkwürdigkeit. Was die kleine Welt, in der wir lebten, am meisten beeindruckte, waren die freundschaftlichen Beziehungen zwischen Ursula und Mirette. Daß Pierre eine Mätresse hatte, war höchst verwunderlich, weil es sich um ihn handelte, weil es sich um Ursula handelte und weil es sich um Mirette handelte: das alles reimte sich nicht recht zusammen. Doch selbst bei uns hatte das Ereignis keine schwerwiegenden Konsequenzen und wurde nicht groß besprochen. Daß die Frau und die Mätresse die besten Freundinnen der Welt wurden, gehörte zur klassischen Tradition der Komik des Boulevardtheaters. Von unserem Gesichtspunkt aus gesehen, konnte man sich vielleicht wundern, daß die Sitten des Vaudeville in unsere Familie eindrangen. Doch das unerfreulichste war das Klima, um ein Wort zu gebrauchen, das damals in Mode war, die etwas bedrückende Atmosphäre, die meinen

Vetter, seine Frau und seine Mätresse umgab. Alle Außenstehenden verspürten sie. Auch mein Großvater, der sonst nie etwas merkte, verspürte sie schließlich. Eine Art gezwungener Tragik umschwebte sie. Sie stand im auffälligen Gegensatz zu Pierres Zwanglosigkeit, zur sprühenden Unbedeutendheit der kleinen verirrten Schwester. Sie paßte jedoch wunderbar zu Ursulas stummer Seelengröße. Sie war es, die diesem sehr bürgerlichen Dreieck die souveräne, eiskalte, fast unheimliche Allüre, die sie selber nie ablegte, aufzwang. Die Scharfsinnigsten – ich muß gestehen, daß ich nicht zu ihnen gehörte, da ich ihnen zu nahestand und zu vertraut mit ihnen war – brauchten nicht lange, um zu erkennen, daß der Mittelpunkt der Affäre weder Pierre noch Mirette, sondern Ursula war. Sie war von Pierre, den sie verehrte, hintergangen worden, sie war, um es mit Worten zu sagen, die seit dreißig Jahren auf der Bühne im Schwange waren, sogar in ihrem Heim verhöhnt worden. Wie auch immer. Sie herrschte. Mitleidige Seelen bedauerten sie. Dazu lag jedoch kein Grund vor. Eine tiefergreifende Beobachtung hätte gestattet festzustellen, wie es sich wirklich verhielt: Ursula war nicht unglücklich. Ursula war es nicht, die unglücklich war. War es vielleicht Pierre? Oder etwa Mirette, die so oberflächlich und augenscheinlich so dumm war? Die weniger Feinfühligen meinten schließlich, ein Rätsel zu wittern. Man konnte schwerlich einige Tage, einige Stunden mit Pierre, Ursula und Mirette verbringen, ohne sich sagen zu müssen, daß irgend etwas Verborgenes zwischen den dreien war. Aber wie es oft bei Menschen, selbst den geheimnisvollsten, geschieht, kam einem plötzlich das Gefühl, das Geheimnis sei einfach zu lösen: es fehlte nur der Schlüssel, um die Kombination zu öffnen und eine Erklärung für alles zu finden. Viele Freunde haben mir später erzählt, sie hätten bei der Beobachtung, wie Ursula abends Mirette in das Zimmer brachte, das sie jetzt in der Rue de Presbourg bewohnte, wie sie dann wieder in den Salon herunterkam und Pierre mit der rauhen Zärtlichkeit behandelte, die sie so gut spielte, die bei ihr und für sie aber eben kein Spiel war, öfter gemutmaßt, sie seien der Lösung des Rätsels ganz nahe gewesen. Dann wurden die Dinge wieder komplizierter und waren schwer zu verstehen. Pierre fuhr, ohne irgendwie ein Hehl daraus zu machen, für zehn Tage mit Mirette auf die Balearen oder auf die Kanarischen Inseln. Mirette kam zurück, Ursula empfing sie mit gelassener Großzügigkeit, in die sich Gönnerschaft, Herrschsucht, vielleicht eine Spur Grausamkeit und echte Zuneigung mischten. Manche äußerten den Verdacht, Ursula habe möglicherweise einem anderen gestattet, in ihr Leben einzudringen, und Mirette tue ihr einen Gefallen, wenn sie Pierre ablenke und sich um ihn kümmere. Ursula wurde unter eine Art freiwillige und taktvolle Überwachung gestellt. Die wohlmeinenden Beobachter entdeckten ganz und gar nichts. Ursula konnte nicht das geringste vorgeworfen werden. Sie war von Freunden umgeben, von denen ihr keiner näherstand als die anderen. Vertrauten Umgang hatte sie nur mit Pierre und mit Mirette.

Wie schält sich die Wahrheit aus dem Anschein heraus, der sie verschleiert und zugleich ihr Kern ist? Bricht sie eines Abends brüsk hervor? Bahnt sie sich langsam ihren Weg durch die Köpfe? Auch hierzu kann ich nichts sagen. Alles, was ich weiß, ist folgendes: eines schönen Morgens behauptete alle Welt – das heißt, die zweitausend Menschen, die in Paris über Erfolg und Reputation entschieden –, schon immer gewußt zu haben, was der Leser, wahrscheinlich weniger blind als die Familienmitglieder und engsten Freunde der Rue de Presbourg, seit langem geahnt hat. Nicht Pierre war es, der Mirette liebte, sondern Ursula.

Die Leute gewöhnen sich so schnell an die brutalsten Verleugnungen, daß die Bestürzung angesichts einer Aufdeckung nicht viel Zeit braucht, um dem ein wenig ärgerlichen Staunen zu weichen, nicht rascher begriffen zu haben, was jetzt als völlig einleuchtend erscheint. Und in ihrer Hast, der soeben gemachten Entdeckung beizupflichten, in ihrer Übereile, sich auf die Seite der Wahrheit zu stellen, die sie nicht vermutet hatten, gehen sie so weit, alles, was ihrem Glauben als Neubekehrte widersprechen könnte, zu leugnen. Jetzt klärte sich alles auf. Ursulas Gelassenheit, ihre Selbstbeherrschung, ihre Herrscherallüre ... wahrhaftig! Denn sie liebte Mirette, und sie lenkte das ganze Spiel. Wie war es möglich, daß ihre Zärtlichkeit für die kleine verirrte Schwester nicht allen die Augen geöffnet hatte? Und ihre langen Spaziergänge, ihr abendliches Sichzurückziehen? Mirette blieb unbewegt, aber Pierre und Ursula vertauschten die Stellungen: es war Ursula, die Mirette beherrschte, und Pierre war das Opfer.

Plötzlich erinnerten sich alle an die kleinsten Gesten von Ursula, an die Blicke, die sie Mirette zuwarf, an Pierres Betroffenheit angesichts ihres Triumphs. Alles übrige war ausgelöscht. Daß die ganze Affäre angefangen hatte mit den heimlichen Zusammenkünften von Mirette und Pierre, mit ihrem zeitweiligen Verschwinden, mit ihren Reisen, machte sich niemand mehr klar. Pierre spielte schließlich die Rolle des nachsichtigen oder genarrten Ehemanns, der seinen Rivalen aushält. Nur war jetzt der Rivale eine andere Frau. Nun war ganz Paris bereit zu schwören, daß Pierre aus undurchsichtigen Gründen für Mirette nur freundschaftliche Gefühle hegte und väterliche Zuneigung. Er wurde auf einmal der große Bruder der kleinen Schwester. Wer Pierre, wie ich, gut kannte, ließ sich nicht lange täuschen. Als es um Ursula ging, hatte ich nichts erraten. Ich brauchte nicht lange, um zu begreifen, daß Pierre nicht – oder nicht nur – das Opfer und das blinde Werkzeug war, wie die anderen es sich jetzt vorstellten. Ich fürchte, ich war einer der ersten, der alle Ziffern der geheimen Kombination entdeckte, von der dieser und jener nur Teile geahnt hatte und die endlich die Tür des Geheimschranks weit öffnete, in dem Pierre und Ursula die Tragödie ihres sich so offen abspielenden und brillanten Lebens eingeschlossen hatten. Ich gelangte wieder zu der Gewißheit, die durch den Skandal verdunkelt worden war: Pierre und Mirette liebten sich. Aber ich hielt am Skandal fest. Er löschte die Gewißheit nicht aus. Er legte sich darüber: Mirette gehörte nicht nur Pierre, sie gehörte auch Ursula.

Ich habe lange geschwankt, ob ich hier diese Familienabenteuer erzählen sollte, die zu ihrem Ruhm nicht beitragen und unter denen mein Großvater sehr gelitten hat. Daß ich mich dazu entschlossen habe, hat mehrere Gründe. Zum ersten, alle Beteiligten sind seit langem tot, die älteren, wie mein Großvater, und auch die jüngeren, wie Mirette selbst. Und ich, der ich nur ein Zeuge bin, stehe ebenfalls nahe am Grab. Zum anderen, ganz Paris hat mehrere Monate lang über diese jetzt wahrscheinlich in Vergessenheit geratene Affäre gesprochen, die aber damals ein Aufsehen erregte, gegen das von uns, leider Gottes, niemand etwas unternehmen konnte. Heute, da nach den wirtschaftlichen Krisen, dem Aufstieg des Nationalsozialismus, der Volksfront, dem Spanienkrieg, dem Zweiten Weltkrieg die gigantischen Ereignisse die Liebesgeschichten und gesellschaftlichen Wirbel meiner Familie bedeutungslos gemacht haben – wie sollte diese Familie erklärt und begriffen werden können, ohne die Geheimnisse, die viele schon kennen, aufzudecken, ohne die Wunden zu untersuchen, die Abszesse aufzuschneiden? Es gibt in der Geschichte der Menschen private Revolutionen, die, was den Tiefgang und die Umwälzung angeht, den allgemeinen Revolutionen in nichts nachstehen. Mirette hat in der Geschichte der Meinen und ihrer Schwächung eine ähnliche Rolle gespielt wie Robespierre, Darwin, Karl Marx, der düstere Wall Street-Donnerstag, wie Freud und Rimbaud, Tzara und Picasso: sie hat einige Säulen unseres alten morschen Tempels ein bißchen mehr zum Wanken gebracht

Mein Großvater hat weder mir noch, glaube ich, sonst irgend jemandem gegenüber je ein Wort über die Mißgeschicke der Familie in der Generation seines Enkels verlauten lassen. Ich habe mir deshalb die Frage vorgelegt, ob er alles, was geschah, begriffen hat. Ganz sicher bin ich mir nicht. Aber er spürte, daß die Ordnung Stöße erlitten hatte. Und das hat ihm die letzten Lebensjahre vergällt. Ich muß hier noch einmal sagen, daß die Familie in der Vergangenheit und in der Zukunft noch viele andere Beispiele von Kühnheit und Laster, wie man will, gegeben hat, von geistiger und fleischlicher Freiheit oder von Verderbtheit. Ausschweifung, Trunksucht, Homosexualität, Bestialität, Inzest – die gemeinsten und die feinsten Formen der Verirrung sind uns nicht fremd gewesen. Man wird schon gesehen haben, und man wird weiterhin sehen, daß wir vor nichts zurückschreckten. Bei Brantôme, bei Saint-Simon und bei Restif de La Bretonne kann man die skandalösen Abenteuer nachlesen, die von den Unseren berichtet werden. Da findet man nur Tiraden über knabenschänderische Ritter, über Väter, die ihre Töchter zu ihren Geliebten machen, über Gräfinnen, die in den Armen ihres Kutschers, ihres Beichtvaters oder ihrer Kammerfrau liegen. Neu war zur Zeit von Pierre, Ursula und Mirette, daß die Ungebundenheit der Sitten mysteriöserweise Formen von Verwüstung und Zerstörung angenommen hatte. Einstmals war die Ausschweifung munter und fröhlich. Sie war ein Bild und ein Ausdruck der Lebenskraft. Dann glitt sie allmählich auf die Seite des Todes und der Verzweiflung. Vielleicht war, weil wir aus dem Zeitalter des viktorianischen und bourgeoisen Puritanismus, über den wir schon gesprochen haben, heraustraten, von nun an in unserer Zügellosigkeit etwas Verstörtes und Zwielichtiges. Unschwer war unter dem Frohsinn und der Aufgeregtheit ein Hang zur Flucht und zum Taumel, eine Faszination des Wirbels, ein brennender Durst nach Betäubung zu erkennen. Es war, als suchten wir unaufhörlich irgend etwas zu vergessen. Den viel zitierten Tod Gottes vielleicht oder den Krieg oder den Ruin oder den unaufhaltsamen Anstieg der Demokratie oder die galoppierende Bevölkerungszunahme oder die sich abzeichnende Möglichkeit des Endes der Menschheit? Wir hatten unsere Gesundheit eingebüßt. Wir gaben uns nicht mehr der Wollust hin, sondern den Abgründen der Vernichtung. Unsere blasierten Verrücktheiten, unsere verbotenen Vergnügungen erinnerten in höchstem Maß an Selbstmord. Sie waren unauflöslich mit einer wirtschaftlichen und sozialen Situation verknüpft, mit einer politischen und moralischen Dekadenz. Wir waren die erschlafften Glieder einer erschöpften Zivilisation. Erschöpft aus sich selbst, erschöpft durch uns. Während wir uns der fragwürdigen Erforschung aller Freiheiten hingaben, tanzten andere auf den Straßen, fuhren unter der Sommersonne in Tandems spazieren, zelteten an den Stränden und in den Wäldern, entdeckten die einfache Welt, deren simple Kraft und deren verbrauchte Reize wir flohen: diese anderen waren das Volk. Die Volksfront stand schon am Horizont. Wir boten unsere letzten Kräfte auf, allen Regeln zu trotzen, durch die unsere Größe zustande gekommen war, bis sie uns dann erstickte. Wir ahnten dunkel, daß irgendwo eine andere und neue Moral aufkommen würde und daß wir sie nicht mehr beherrschen würden. Also warfen wir uns in unsere eigene Negierung. Und ganz allein mein Großvater, von den Jahren niedergedrückt, niedergedrückt von der Vergangenheit und mehr noch von der Zukunft, stand aufrecht, regungslos, wie das Standbild des Komturs, das seinen Nimbus verloren hat, wie der steingewordene Zeuge einer verflossenen Moral.

Keine Geschichte ist je zu Ende. Das Paris der Bourgeoisie,

in dem wir von nun an lebten und in das uns die Galoppaden der Geschichte gerissen hatten, die Revolution der Sitten, der Kult der Avantgarde, das Geld der Remy-Michault, hatte sich nach und nach an etwas gewöhnt, das ich, obwohl mir das Wort im Hals stecken bleiben will, das Trio Ursula, Mirette und Pierre nennen muß. Bei keiner der eleganten, zum Teil auch kühnen Veranstaltungen zu Ehren vorübergehend in Paris anwesender italienischer Fürsten oder zugunsten kleiner savoyardischer oder tuberkulöser Waisen – Bangladesch oder Biafra gab es noch nicht – kam es in Frage, daß einer ohne die beiden anderen, noch die beiden anderen ohne die dritte eingeladen wurden. Mussolini, Stalin, Roosevelt, Hitler, Blum und Franco erschienen nacheinander auf den Bühnen der Geschichte. Jedes Jahr etwas weniger Aufsehen erregend und etwas düsterer, aber noch immer in Glanz und Schönheit in der vordersten Orchesterreihe alterte das Trio. Die Lösungen des Knotens schlagen ein wie der Blitz. Nicht die Lösungen der Geschichte, die nie erfolgen, sondern die des Lebens, die sehr rasch erfolgen. In der Rue de Presbourg läutete eines Abends plötzlich das Telephon. Man saß bei einem großen Diner, an dem Paul Reynaud, Cécile Sorel, Giraudoux und die Prinzessin Colonna teilnahmen. Einige Gäste schickten sich bereits an aufzubrechen, um Paul Morand und Tante Gabrielle beim Sechstagerennen zu treffen. Ausnahmsweise war Mirette nicht zugegen. Einem für solche Ausnahmefälle eingeführten Ritus zufolge hatte Ursula mit großer Gelassenheit verkündet, sie sei für zwei Tage nach Hamburg zu ihrem Bruder, dem Vizekonsul, gefahren. Als der Maître d'hôtel – er hieß Albert, und ich sehe ihn noch heute vor mir mit seinen langen weißen Haaren und seiner wahrscheinlich von seiner Herrin inspirierten eiskalten Allüre – den Château-lafite eingoß, beugte er sich einen Augenblick lang über Ursulas Schulter. Die Unterhaltung der vierundzwanzig oder zweiunddreißig Tischgäste verursachte unter dem Rigaud und dem Watteau einen anhaltenden Lärm. Ursula ließ keine Bewegung erkennen, zeigte keine Überraschung. Sie nahm nur ihr kleines, aus feinen goldenen und silbernen Maschen bestehendes Abendtäschchen, das sie immer bei sich trug, zur Hand. Sie holte ihren Lippenstift heraus und schrieb auf die vor ihr liegende, goldgeränderte und mit dem Wappen der Familie versehene Speisekarte drei Worte. Und mit einer leichten Handbewegung warf sie die Speisekarte zwischen dem Tafelaufsatz aus Meißener Porzellan und den silbernen Leuchtern zu ihrem Mann hin, der ihr gegenüber saß. Pierre befand sich in einem Gespräch mit der Prinzessin Colonna. Er lachte. Achtlos nahm er die Karte in die Hand, holte seine Brille hervor und beugte sich, weitersprechend, einen Augenblick über die drei schicksalsschweren Worte. Dann stand er auf, er war ganz bleich. Sofort trat eine unheimliche Stille ein. Der Minister, der Schriftsteller, die Schauspielerin, die Homosexuellen und die Bankiers, die von Ehrgeiz verzehrten jungen Leute am unteren Ende des Tisches blickten auf Pierre, er schwankte. Später, in der Aufregung und Verwirrung, die dieser Szene folgten, hoben Neugierige oder Dreiste oder vielleicht einfach Taktlose die Speisekarte auf, die vom Tisch auf den Boden gefallen war. Drei Worte standen darauf, in roten, fetten Buchstaben: *Mirette ist tot.*

Wie war Mirette gestorben, die kleine verirrte Schwester, meine zweifelhafte und unechte Kusine? Allmählich sickerte durch, daß sie überhaupt nicht nach Hamburg gefahren war. Die Neunmalklugen triumphierten: »Da habt ihr's!... Natürlich!... Das war ganz klar...« Sie war bei einem Autounfall in der Nähe von Biarritz umgekommen. Ein Mann war bei ihr, auch er war tot. Die Polizei leitete eine Untersuchung ein. Sie ergab folgendes: Mirette und der Unbekannte hatten Paris an einem Freitag verlassen. Am ersten Abend hatten sie an der Loire übernachtet, am nächsten in der Nähe von Angoulême, am übernächsten in Biarritz, wo sehr schönes Wetter war. Jedesmal hatten sie ein Zimmer mit einem Doppelbett genommen. »Einwandfrei, sie liebten sich!« erklärte die Wirtin des *Schwarzen Adlers* zwischen Blois und Amboise einem Berichterstatter des *Paris-Soir*. Und der Liftboy im Hotel, in dem sie in Biarritz abgestiegen waren: »Sie haben sich die ganze Zeit geküßt.« Es dauerte nicht lange, bis man herausfand, wer der Mann war, den die kleine verirrte Schwester eines Freitags vom Flughafen Bourget abgeholt hatte. Er kam aus Hamburg, wo er Vizekonsul war. Es war Mirettes Bruder.

Dort, wo der Unfall sich ereignet hatte, verlief die Straße völlig gerade. Auf den Feldern standen ein paar Bäume, sehr wenige. Der Wagen war mit einer für die damalige Zeit sehr hohen Geschwindigkeit gegen den einzigen Baum gerast, der nahe an der Straße stand. Ein Gendarmerie-Leutnant oder ein Polizeikommissar erklärte Pierre gegenüber, seiner Meinung nach könne der Unfall, aber Beweise habe er nicht, nur ein Selbstmord gewesen sein oder vielleicht ein mit einem Selbstmord verbundenes Verbrechen. Am Steuer hatte Mirette gesessen.

Ursula verhielt sich sehr steif, sehr würdig. Doch nach ein oder zwei Jahren begann sie, mit jedwedem ins Bett zu gehen. Pierre versuchte nicht einmal mehr, vor uns zu verbergen, daß das Leben und die Menschen ihm von Tag zu Tag unerträglicher wurden. Aber es war schwierig dahinterzukommen, ob die Quelle seines Kummers Mirettes Abwesenheit oder Ursulas Gegenwart war. Beides vielleicht? Ursulas Schönheit und ihre unvergleichliche Allüre schwanden sehr schnell dahin. Zur Zeit der Volksfront und des Spanischen Bürgerkriegs war Ursula kaum mehr als dreißig Jahre alt. Sie sah aus, als wäre sie fünfundvierzig oder fünfzig. In einem halben Jahr war sie um fünfzehn Jahre gealtert. Sie verbrachte lange Wochen in Cabrinhac, zusammen mit betörten südamerikanischen Botschaftsattachés, mit Autoschlossern aus Rodez, mit Bühnenbildnerinnen und Maniküren, mit untalentierten Malern, die sie ihrer Schwiegermutter abspenstig gemacht hatte und die entzückt waren über die neue Futterstelle. Man erinnert sich gewiß, wer ihre Schwiegermutter war? Meine Tante Gabrielle.

Am Vortag des Münchener Abkommens, abends, als wir uns, wie so oft, obwohl das Leben und unsere Ansichten uns auseinandergebracht hatten, zusammenfanden, um ins Kino zu gehen oder gemeinsam zu Abend zu essen, hörten Jacques, Claude und ich die letzten von Radio-Paris ausgestrahlten Nachrichten. Wir hatten uns, glaube ich, den wundervollen Film *Mädchen in Uniform* von Léontine Sagan noch einmal angesehen, der zum erstenmal wohl fünf oder sechs Jahre zuvor in den Pariser Kinos gelaufen war, und unsere Gedanken waren noch bei dem Besuch der Königlichen Hoheit, die uns an unseren Großvater und Plessis-lez-Vaudreuil erinnerte, bei der zu strahlenden und hübschen französischen Lehrerin, die allerdings viel attraktiver war als unser Freund Jean-Christophe, bei den fröhlichen Internatsschülerinnen, die Schiller aufführten und sich als Kapuzinermönche verkleideten, und bei den entsetzten jungen Stimmen, die »*Manuela! Manuela!*« durch das öde Haus riefen, um die kleine Deutsche, die, das Vaterunser betend, die Treppe hinaufstieg, daran zu hindern, sich aus Liebe zu ihrer Lehrerin aus dem Fenster zu stürzen. Welche rätselhaften Assoziationen bewirkten die Bilder verbotener Zärtlichkeit und tiefer Schwermut in uns? Als wir die hysterische Stimme vernahmen, die wieder einmal vor versammeltem Fußvolk die Streichung des Versailler Vertrags und die Rückgabe deutschen Territoriums verlangte, hörte ich, wie Claude in seiner Ecke halblaut vor sich hin murmelte: »Wie wäre es, wenn wir ihnen Ursula zurückgäben?«

Wir sollten keine Gelegenheit bekommen, diesen genialen Vorschlag zur Ausführung zu bringen. Am 9. Mai 1940 schluckte Ursula drei Schachteln Schlaftabletten. Nein, sie war nicht durch eine blitzartige Eingebung, auch nicht durch ihr ergebene Geheimagenten gewarnt worden vor dem Angriff der Panzer und Stukas, der am nächsten Tag losbrach. Sondern ein angehender Torero, den sie ein halbes Jahr zuvor in Saragossa oder Pamplona aufgetrieben, hatte sie plötzlich wegen der Tochter des Besitzers eines kleinen Hotels in Marseille verlassen. Die beiden jungen Leute lebten ein oder zwei Jahre zusammen, ehe sie ebenfalls auseinandergingen. Sie hatten Zeit gehabt, ein kleines Mädchen in die Welt zu setzen, das allseits bekannt ist: sie hat einen südlichen Akzent, eine Stupsnase, rabenschwarze Haare und ist heute eine der beliebtesten Chansonsängerinnen und ein Star des Fernsehens. Ob sie die leiseste Ahnung davon hat, daß sie über Ursula zu uns in Beziehung steht? Ich bezweifle es.

Die Prostituierte von Capri

Rückblickend kommt es mir, in dem Maße, wie ich älter werde, öfter so vor – irre ich mich? –, als seien die Zeiten des Glücks von kurzer Dauer gewesen. Die Vorstellung vom Glück, vom unbegrenzten Fortschritt, vom siegreichen Individualismus habe ich sozusagen entstehen sehen, wobei auf der einen Seite meine vom Enthusiasmus beflügelte Tante Gabrielle und auf der anderen Seite mein zurückhaltender Großvater stand. Jean-Christophe Comte hatte uns nicht nur in die Zauberwelt der Bücher eingeführt, er hatte uns auch gelehrt, daß die Bücher nichts waren, sofern sie nicht neue Zeiten ankündigten. Sie kündigten sie an. Ihr Humor, ihre Tiefe, ihre Wogen von Abenteuern, ihr Scharfsinn, ihr Genie, ihre Schönheit flossen zu großen Hoffnungen zusammen. Man brauchte nur darauf zu warten, daß die Zeit vergeht, damit die Menschen besser werden und das Leben größer und schöner. Man wird schon bemerkt haben, daß diese Art der Geschichtsbetrachtung sehr weit entfernt von den Überzeugungen meines Großvaters war. Wenn ich meine Jugend und die meiner Vettern zu begreifen versuche, so erscheint sie mir, in einem Wort gesagt, wie eine Art Bekehrung. Wir waren von den Ideen meines Großvaters zu denen von Monsieur Comte hinübergewechselt. Wir traten aus einer regungslosen Welt hinaus. Wir traten in eine Welt ein, die auf dem Marsch in eine vielversprechende Zukunft war. Der Krieg von 1914-18 hatte dieser großen Woge von Optimismus, von der Monsieur Comte noch getragen wurde, einen Schlag versetzt. Aber mehrere Jahre lang hatte der Krieg so ausgesehen wie die Einschaltung unglückseliger Ereignisse in die Fortschrittsbewegung. Besser noch, er markierte eher das Ende als den Anfang einer Epoche. Er war die Vergeltung für eine Ungerechtigkeit, der letzte Gewaltakt. Selbst die Schützengräben, die Granaten, die Leiden, die Attacken im Morgengrauen am Waldrand waren ein Teil des Kampfes um das Glück. Dieser

Krieg war der letzte, und er war nichts anderes als eine Verheißung des Friedens. Jean-Christophe, der an den Fortschritt glaubte, an die Menschenwürde, an eine von Hugo und Michelet ererbte Form des Sozialismus, hatte sich mit meinem Großvater, aus grundverschiedenen Motiven, im Gefühl des Stolzes über den Sieg gefunden. Ich glaube von jener Zeit an begriffen zu haben, daß die Menschen, die Ereignisse und die Geschichte immer vieldeutig sind und daß die Übereinstimmung der Geister selten etwas anderes ist als ein von den Göttern gesegnetes Mißverständnis. Für meinen Großvater bedeutete der Sieg 1918 den Triumph der Armee, der Hierarchie, der Disziplin, aller Tugenden der Tradition. Für Jean-Christophe stellte er das Ende der Armeen und der Hierarchie dar, die Ersetzung der Disziplin durch die Solidarität, den Triumph der Freiheit. Er war für jemanden, der die Vergangenheit liebte, das Ebenbild der Vergangenheit. Er war für jemanden, der alles von der Zukunft erwartete, das Ebenbild der Zukunft. Um die Verschiedenheit ihrer Ansichten zu bemänteln, hatten mein Großvater und Jean-Christophe sich auf einige Schlüsselworte geeinigt, deren Bedeutung natürlich äußerst vage blieb: geheiligte Einheit, Ehre des Vaterlands, Gerechtigkeit und Recht.

Von den Schrecken des Krieges abgesehen, hat die Idee vom Glück nie heller gestrahlt als zur Zeit meiner Kindheit. Es hat um die Jahrhundertwende fünfzig Jahre oder ein paar mehr gegeben, da die Menschen sich vorgestellt haben, sie könnten glücklich werden. Ich möchte hier, mit Verlaub, noch ein paar Worte über dieses Glück sagen, das bei uns im Kielwasser von Tante Gabrielle erschienen und von dem schon die Rede war. Es ist ein angenehmes Thema, so daß man darauf zurückkommen kann.

Ich bin mit ein paar widersprüchlichen Begriffen erzogen worden, die, wie mir scheint, Gemeinplätze darstellten. Für meinen Großvater und meine Familie verschmolz das Glück mit der Vergangenheit. Und in dem Maße, wie wir in der Zeit voranschritten, rückte die Altersgrenze des Glücks unmerklich zurück. Wir verabscheuten Talleyrand, doch wir sagten uns gern die berühmte Redewendung vor, mit der er sich natürlich in unseren Augen selbst verurteilte: »Wer nicht vor 1789 gelebt hat, hat die Süße des Lebens nicht kennengelernt.« Auf 1789 folgte nacheinander 1830, dann 1848, dann 1870 und dann 1900, dann 1914, dann 1929, dann 1939. Heute scheint mir, daß wir zwischen 1945 und 1965 oder 1970 recht glücklich waren. Aus solchen Feststellungen erkenne ich, daß ich älter geworden bin.

Durch seine friedliche Offensive gegen die Ideen meines Großvaters hatte mir Jean-Christophe Comte unter vielen anderen zwei Dinge beigebracht: daß die Vergangenheit nur für eine kleine Zahl von Privilegierten mit der Süße des Lebens verschmolz und daß das Glück, das wahre Glück, das Glück für alle, nicht hinter uns lag: es lag vor uns. Lange hatte ich meinem Großvater geglaubt. Lange habe ich Monsieur Comte geglaubt. Ich frage mich heute, ob die Wahrheit in diesen schwierigen Bereichen der Meinungen und Gefühle nicht viel komplizierter ist. Ist je eine Geschichte der Meinungen und Gefühle geschrieben worden? Wir haben eine Geschichte der Schlachten, der Dynastien, der Malerei und der Musik, der Literatur und der Philosophie, der wirtschaftlichen Doktrinen und der sozialen Bewegungen, des Getreide- und Fleischpreises, der Verkehrsmittel, der Kleidung und der Sitten. Nötig wäre eine Geschichte der Meinungen und Gefühle. Ich fürchte jedoch, daß es kaum möglich sein wird, sie abzufassen. Wie soll man sich ohne Zahlen, ohne Kurven, ohne Statistiken, fast ohne Dokumente eine Vorstellung davon machen, was ein Römer der Verfallszeit meinte und empfand, ein Bauer des Mittelalters, ein Condottiere der Renaissance, ein Pariser Bourgeois zur Zeit der Aufklärung, unsere eigenen Urgroßeltern im Jahre 1848 und während des Second Empire? Was sie dachten, können wir notfalls noch rekonstruieren und begreifen. Was für sie aber Glück, Vergnügen, Leid, Zärtlichkeit, Verzicht oder Verzweiflung bedeuteten, wie sollten wir es erfassen? Wie vor allem ihre Gefühle mit den unsrigen vergleichen? Wir müßten es fertigbringen, uns an ihre Stelle zu setzen, und das können wir nicht. Wir könnten höchstens versuchen, uns aus Texten, Briefen und Reden das Bild zusammenzustellen, das sie sich von der Zukunft machten. Das wäre schon ein großes Unternehmen. Zusammen mit anderen habe ich über ein Projekt dieser Art nachgedacht. Der Titel stand bereits fest: *Geschichte der Zukunft von den frühesten Zeiten an.* Aber selbst eine solche

Arbeit, die schon sehr wertvoll sein könnte, würde uns nicht viel vermitteln von dem, was die Menschen im Lauf der Geschichte empfunden haben. Nie wird jemand erfahren, ob die Leute ohne Autos und ohne Fernsehen einigermaßen glücklich waren, ohne Nachrichten, ohne Geld, ohne Bedürfnisse und ohne Ehrgeiz, ohne große Hoffnungen, aber auch ohne Illusionen unter dem Auge eines Gottes, der ihnen vorschrieb zu schweigen, im Schoß einer unwandelbaren Ordnung, ohne jede Veränderung.

Nie hätte Jean-Christophe es zugelassen, daß ich mir derartige Fragen stellte. Für ihn fielen Glück und Fortschritt zusammen. Wenn ich sie mir heute stelle, so deshalb, weil ich drei Viertel eines Jahrhunderts gelebt und gesehen habe, daß der Fortschritt auf allen Seiten dem Argwohn ausgesetzt ist. Der Optimismus von Monsieur Comte ist jetzt ebenso verdächtig geworden wie der Pessimismus meines Großvaters. Ich selber bin Monsieur Comtes Lehren so treu geblieben, daß ich den Fortschritt nicht leugne. Was mich nun aber erstaunt und was meinen Großvater noch mehr erstaunt hätte, ist die Tatsache, daß der Fortschrittsgedanke sich langsam als reaktionär erwiesen hat. Die alte Feindin meines Großvaters, die Wissenschaft, die Jean-Christophe so bewunderte, ist wieder zur Feindin der Jüngeren in meiner Umgebung geworden. Und selbst diejenigen, die die Erfolge des Fortschritts nicht bestreiten, zweifeln jetzt heftig an den Banden, die ihn mit dem Glück verknüpfen. Heutzutage besteht für viele das Glück insonderheit darin, den Fortschritt zu fliehen und ihn zu verdammen. Ich bedauere oft, daß mein Großvater nicht mehr da ist. Zuweilen frage ich mich, ob er im Gang der Dinge nicht eine gewisse Form des Sieges – eines paradoxen, eines bitteren und, ich will das Wort ruhig sagen, eines dialektischen, aber immerhin eines Sieges – über die Ideen Jean-Christophes erblickt hätte.

Sofern es erlaubt ist, sich über dieses mysteriöse Glück der Menschen zu äußern, würde ich die Behauptung aufstellen, daß sie niemals glücklicher gewesen sind als am Ende des 19. und zu Beginn des 20. Jahrhunderts, nicht weil sie es zur Zeit der Anfänge der Industrie wirklich gewesen sind, sondern weil sie endlich, nach vielen Jahrtausenden, hofften, es zu werden. Jahrhundertelang hatten sie es nicht einmal gehofft. Die kolossale

Rolle des Sozialismus war es, der Masse der Menschen eine Hoffnung auf Glück zu verheißen. Ob die Früchte des Sozialismus, des Kommunismus und des Stalinismus die Verheißung der Träume, der Hoffnungen und der Blüten erfüllt haben, ist eine andere Frage, und die Antwort darauf ist zweifelhaft. Ich frage mich, ob die Menschen nicht in der Situation jener liebestollen Verlobten gewesen sind, die von einer Zukunft, zusammen mit der Frau, die sie lieben, träumen. Die Ehe ist nie so schön wie die Verlobungszeit. Ein Jahrhundert lang war der Sozialismus die Verlobungszeit der Menschheit mit dem Glück.

Auch wir, die wir seit Jahrhunderten zu den Privilegierten zählten, sind, glaube ich, nie glücklicher gewesen als zu Ausgang des 19. Jahrhunderts, als die Macht schon von uns gewichen war. Saint-Just sagte, das Glück sei eine neue Idee in Europa. Das stimmte selbst für uns. Unsere Herzöge, unsere Kardinäle, unsere Marschälle von Frankreich, unsere Ersten Präsidenten dachten zuvörderst nicht ans Glück. Oh, ich weiß wohl, daß ihr Leben leichter war als das ihrer Bauern und ihrer Soldaten. Aber ich lasse mich nicht davon abbringen zu glauben, daß sie, außer in Ausnahmefällen, die dafür auch angeprangert wurden, eher in Begriffen von Größe, Macht, Glauben und Gerechtigkeit in einer feststehenden Ordnung dachten als in Begriffen von Glück. Was sie wahrscheinlich kannten, war das Vergnügen. Brutal, rasch, ohne Blick auf die Zukunft, ohne Gewohnheitssinn war es in den von den Pflichten des Amts beherrschten Lebensläufen nur ein abenteuerliches Erlebnis. Nie hätte mein Großvater, der ein Mann der Vergangenheit war, daran gedacht, seine Existenz um die Idee vom Glück herum zu gestalten. Man wird mir zweifellos entgegenhalten, daß es ihm an nichts mangelte. Das gebe ich ohne weiteres zu. Doch der Komfort, die Annehmlichkeit des Lebens, überraschende Neuheiten, Freizeit und Reiselust, alles, was unserem Aufenthalt in dieser Welt seinen Charme verleiht, war ihm völlig fremd. Er war an einem bestimmten Ort geboren, in einem bestimmten Stand: es konnte nicht die Rede davon sein, daraus Genuß oder Bequemlichkeiten zu ziehen. Es war weder ein Glücksfall noch ein Zufall. Nun, man weiß genau, was es war: es war der Wille Gottes. Er erlegte nur Pflichten auf. Ja, das Glück war das Kind der Großen Revolution. Daher ist es bei uns zur gleichen Zeit eingekehrt wie die bürgerlichen Werte der Intelligenz und der Selbstzerstörung, zusammen mit Tante Gabrielle.

Was für Jacques, für Claude, für mich unter dem zweifachen Einfluß von Tante Gabrielle und Jean-Christophe Comte zählte, war von nun an die Freiheit, das gute Einvernehmen mit dem Universum, das Glück der anderen und das unsere. Dank den Lehren von Jean-Christophe war unser Glück untrennbar geworden von dem Glück aller. Nach und nach waren uns Rassenhaß, Intoleranz, Diktatur, Privilegien und Gewalt unerträglich geworden. Wir wollten eine brüderliche Welt. Wir begannen den Faschismus zu verabscheuen, der hier und dort bereits aufkam. Wir gaben uns trunken dem Geist der neuen Zeiten hin. Wir entdeckten etwas, das irgendwo zwischen dem lag, was meinem Großvater zuwider war: den Humanismus, den Sozialismus, den Kult des Individuums und den Wunsch nach Glück. Und wir machten uns den Gedanken zu eigen, daß die Geschichte keine reglose Sphäre im Äther sei: sie war ein Pfeil, der in eine Zukunft wies, die stets höher war als die Vergangenheit.

Das war es, glaube ich, was, zeitlich gesehen, beiderseits der Feuerlinie des Weltkrieges, unsere Kindheit und unsere Jugend so glücklich gemacht hat. Wir kamen aus einer privilegierten Klasse, und viel von ihren Privilegien und ihrem Charme war uns noch erhalten geblieben. Wir gingen in eine Welt hinein, in der alle glücklicher sein würden, und Jean-Christophe hatte uns dazu gebracht, daß wir uns mit ihm darüber freuten. Die Geschichte stand auf der Kippe. Wir standen zwischen der Vergangenheit und der Zukunft. Wir stellten uns auf den Punkt, wo das Gleichgewicht zwischen dem Noch und dem Schon herrschte. Im Unterschied zu den jungen Leuten von heute waren wir noch voll vom Gestern. Im Unterschied zu meinem Großvater hatten wir keine Angst vor dem Morgen. Aber ich fürchte, wir liefen noch blindlings in alle Fallen, die das gute oder das schlechte Gewissen aufstellte.

Noch einige Jahre nach Monsieur Comtes Fortgang – er war als Lehrer zuerst nach Deutschland, dann in die Vereinigten Staaten gegangen und kehrte um 1930 nach Frankreich zurück – sind wir sehr glücklich gewesen. Vielleicht einfach nur, weil wir jung waren? Während mein Vetter Jacques und Michel Desbois ihr Studium der Rechtswissenschaft und Volkswirtschaft fortsetzten, verbrachten Claude und ich zwei oder drei Jahre in Spanien, in Griechenland, in Italien, an jenen mittelmeerischen Gestaden, die uns von jeher teuer waren und die uns mein Großvater und Jean-Christophe, beide, aber aus unterschiedlichen Motiven, zu lieben und zu bewundern gelehrt hatten. Wir waren zwanzig Jahre alt, ein bißchen mehr, ein bißchen weniger, und das waren – wußten wir es damals? – die schönsten Tage unseres Lebens.

Tante Gabrielle, die stets sehr großzügig war, hatte uns eine recht beträchtliche Summe Geldes zur Verfügung gestellt, mit der wir eine Zeitlang ohne materielle Sorgen leben konnten. Noch unter dem Einfluß von Jean-Christophe Comte stehend, hatten wir ihr Angebot abgelehnt, das uns gestattet hätte, das Leben zweier Barnabooth, allerdings auf bescheidenem Fuß, zu führen. Aber wir hatten dann doch ihr Viatikum angenommen, um einfach – und ziemlich lange – in Landgasthäusern und in Familienpensionen in Athen oder Rom zu leben. Solche ungewöhnlichen Monate und Jahre oder etwas Gleichwertiges – ganz zu Beginn des Lebens – haben, glaube ich, nur wenige nach uns, die herumziehenden Hippies der letztvergangenen Zeit ausgenommen, kennengelernt. Denn die Anforderungen, die das Leben stellt, der Beruf, die Familie und die Geldfrage stehen einer so köstlichen Freiheit mit aller Macht entgegen. Eine ganze Reihe von Umständen trug dazu bei, uns viele Dinge zu erleichtern: Tante Gabrielles Vermögen natürlich, aber auch und vor allem die Tatsache, daß wir keinen Beruf hatten. Wir wußten nicht, was wir tun sollten. Das war ein wahrer Segen. Jacques und Michel bereiteten sich auf die Aufnahmeprüfung für die Inspection des finances vor. Philippe beschäftigte sich ausschließlich mit seinen Abenteuern mit Blumenverkäuferinnen und den Ehefrauen von Ministern. Pierre war der Erstgeborene: das allein war eine Karriere. Außerdem wurde seine Existenz einerseits vom Quai d'Orsay, andererseits von Ursula ausgefüllt. Claude und ich, wir beide waren frei. Wir hatten nichts in unserem Leben, keine Frauen, keine Stellung, keine Verantwortung, nichts – nicht einmal Pläne. Wir hatten viel Zeit zu verlieren, das hieß, ebenso viel zu gewinnen. Wir waren das Zwischenglied zwischen den jungen Leuten von 1830, die gefühlvoll neben Byron und George Sand in Venedig umherspazierten, und den langhaarigen Gitarrespielern von heute, die auf den Stufen der Spanischen Treppe oder am Fuß der Akropolis unaufhörlich ihre überbordende Bitterkeit zur Schau stellen.

Nichts ist ungerechter und falscher, als wenn irgendwelche Bücher oder Filme nur eine gleichförmig düstere Welt darstellen. Im dunkelsten Leben gibt es Sonnentage, Spaziergänge am Meer und die Hoffnung auf Glück. Es muß zugegeben werden, und wir gaben es zu, daß wir, Claude und ich, alle Trümpfe in unserem Spiel hatten. Wir hatten, ohne nur einen Finger zu rühren, das große Los gezogen. Die Götter hatten uns verwöhnt. Sie hatten uns Geld, Freiheit und Muße gegeben. Während der langen Zeit unseres Abenteurerlebens am Mittelmeer ließen sie es nicht zu, daß einer der Unsrigen starb oder ernstlich krank wurde. Sie hatten uns mit allen Leidenschaften verschont, die vielleicht ihren Wert haben, die aber verhindern können, daß man sich rückhaltlos dem Zauber des Lebens hingibt: Neid, Eifersucht, Geiz, Ehrgeiz. Wir wollten nur glücklich sein, nichts weiter. Wir waren es. Weil wir keine Vorstellung davon hatten, wie unsere Zukunft als Erwachsene aussehen würde, weil wir uns uns selbst überließen und dem Glück des Augenblicks, deshalb wurde unsere Hochzeitsfeier mit der Welt so herrlich.

Wir waren nach Italien wie nach einem unbekannten Kontinent aufgebrochen. Mussolini war gerade erst auf dem Balkon des Palazzo Venezia erschienen. Die Autobahnen, die modernen Hotels – das unbeschreiblich schöne *Jolly-Stendhal* in Parma oder das *Hilton* auf dem Monte Mario, an derselben Stelle, von der die Pilger des Mittelalters nach nicht enden wollenden Märschen schließlich Rom mit seinem wunderbaren Kapitol und seinen erträumten Schätzen unter sich liegen sahen –, die Benzingutscheine für die Touristen, die Flughäfen und die großen Fabriken lagen noch versteckt in der Zukunft. Das Forum war erst kürzlich vor den Augen der Touristen aus dem Erdboden aufgestiegen, Sankt Peter war auf allen Seiten noch eingezwängt von einem Gewirr alter Häuser und kleiner Gassen, die bald von den majestätischen und ein wenig langweiligen Perspektiven der Via della Conciliazione weggefegt werden sollten. Die meisten Landstraßen waren noch nicht geteert. Wir waren mit dem Fahrrad oder zu Fuß unterwegs, mit umgeschnalltem Rucksack auf den schmalen weißen Wegen, wo die wenigen uns begegnenden Wagen eine Staubfahne hinter sich herwehen ließen.

Zunächst hatten wir uns die Toskana und Umbrien als Feld gewählt. Wir stürzten uns mit Entzücken in die Städte Florenz und Siena, San Gimignano und Volterra, Urbino und Spoleto. Drei Wochen lang nisteten wir uns auf dem Balkon einer Pension in Fiesole ein, zehn Tage lang in dem kleinen Hotel von Montepulciano, wo wir das Zimmer 17 bewohnten und von wo aus wir viele Stunden lang unten in der Ebene die ganz helle Kirche des alten Sangallo, die, glaube ich, San Biagio heißt, betrachteten. Oben von unseren Fenstern aus entdeckten wir am Abend die Schönheit. Eine andere Schönheit als die unserer Kindheit. Sie war sehr verschieden von unseren vertrauten Wäldern um Plessis-lez-Vaudreuil. Eine Art Hochgefühl erfüllte uns. Manchmal glaubten wir, an unserem Glück zu ersticken. Das Licht, eine betörende Erhabenheit, die Erinnerungen an vergangene Größe und die Trunkenheit des Augenblicks machten uns ganz schwindlig. Viele Monate lang haben wir im Stand der Gnade gelebt. Wir waren jung, und die Welt war neu.

Oftmals standen wir mit der Sonne auf und wanderten über die Straßen. Vor einigen Monaten, zum letztenmal vielleicht – ach, wie schwer wird es sein, zu sterben und diese Welt zu verlassen, die uns doch bereits verlassen hat! –, bin ich noch einmal in Italien gewesen. Da und dort habe ich, neben den Autobahnen und hinter den gefällten Bäumen, den Schatten unserer Jugend entdeckt, die Erinnerung an eine Rast unter den Olivenbäumen unterhalb von Assisi oder Gubbio, die Spuren unseres Staunens in mir sowohl wie in den Steinen und auf den Feldern angesichts von Todi oder Pienza. Schließlich kannten wir zwischen Florenz und Rom alle Windungen der Straße, alle alten Pinien auf den Hügeln. Abends kehrten wir, nachdem wir dreißig Kilometer marschiert oder auf unseren alten Rädern acht Stunden lang gefahren waren, in winzigen Gasthöfen ein, verschlangen eine dicke Suppe aus Makkaroni und weißen Bohnen, dazu Mozzarella-Käse und Orvieto-Wein und sanken dann erschöpft ins Bett.

Von der Toskana und von Umbrien aus stürmten wir nach

Venedig, nach Rom, nach Apulien, nach Sizilien. Alles, was es an Schönem auf der Welt gab, gehörte uns. Und in den Büchern, die andere uns zutrugen, begegneten wir noch einmal den Bildern, die uns begeistert hatten. Wir lasen Barrès auf der Piazza San Marco – *Mit seinen orientalischen Palästen, seinen weiten, lichten Kulissen, seinen Gäßchen, seinen Plätzen, seinen erstaunlichen Fährbooten, seinen Anlegepfählen, seinen Kuppeln, seinen in den Himmel sich reckenden Masten, mit seinen Schiffen am Quai singt Venedig der Adria, die es mit sanften Wellen küßt, eine ewige Oper* – und Chateaubriand am Meer und Stendhal und Régnier und Byron und den netten Trottel Präsident De Brosses, der alles scheußlich fand, was wir bewunderten: *Die Bilder in Florenz sind sehr viel weniger schön, als ich erwartet hatte ... Cimabue, Giotto, Lippi: zum größten Teil recht häßliche Werke. Die Malerei ist hier schwach.* Oder über Siena mit der wundervollen Piazza del Campo und dem Palazzo Pubblico: *Dieser Palast ist ein altes Bauwerk, das nichts Empfehlenswertes oder wenigstens Bemerkenswertes enthält außer einigen Bildern, die noch älter und häßlicher sind als er selbst.* Oder über Spoleto: *Die Dunkelheit hinderte uns daran, die Stadt zu sehen: es lohnt auch gar nicht die Mühe. In der Nähe liegt Assisi, aber ich habe mich gehütet, dorthin zu gehen, denn ich fürchte die Stigmata wie den Teufel.* Oder schließlich über San Marco: *Sie haben sich vorgestellt, es sei eine wunderbare Stätte, aber Sie täuschen sich sehr: es ist eine Kirche in griechischem Stil, niedrig, kein Licht dringt hinein, innen wie außen von armseligem Geschmack ... Es gibt nichts Armseligeres als diese Mosaiken ... Auch der Fußboden besteht völlig aus Mosaik. Das Ganze ist so gut aneinandergefügt, daß, obwohl der Boden an verschiedenen Stellen eingesunken und an anderen stark gehoben ist, auch nicht das kleinste Stück herausgebrochen oder gesprungen ist: kurzum, es ist unstreitig der schönste Ort auf der Welt, um einen Kreisel tanzen zu lassen.* Es bedurfte nicht viel, um uns zu ergötzen. Mit Genuß nahmen wir den Mangel an Ehrerbietung allem dem gegenüber, was wir liebten, zur Kenntnis. Wie Monsieur Comtes Bücher waren uns Italiens alte Steine so vertraut geworden, daß wir uns liebevoll über sie lustig machten. Wir haßten die obligate Verehrung, die routinemäßige Bewunderung, die nur mit dem Mund geäußerte Zustimmung, die Touristen mit ihrer Mischung aus Gleichgültigkeit und Anerkennung. Claude hatte für sie die beste und einfachste Definition gefunden: die Touristen, das waren die anderen. Wir hatten Freude an den Franktireuren und Querköpfen, die zumindest den Mut hatten, ihre Meinungen zu äußern. Wir lasen Maupassant, der 1886 an seine Mutter schrieb: *Ich finde Rom furchtbar... Das Jüngste Gericht erweckt den Eindruck eines Jahrmarktsvorhangs, der von einem unbegabten Zimmermann für eine Ringkämpferbude gemalt worden ist... Sankt Peter ist bestimmt das größte Bauwerk schlechten Geschmacks, das je errichtet worden ist,* oder einen weniger bekannten Reisenden, der Louis Simond hieß und der sich, wenn möglich, mit noch größerer Freiheit über unsere florentinischen oder venezianischen Halbgötter äußerte: *Äußerst häßliche Werke im Geschmack des 9. und 10. Jahrhunderts,* über Raffael: *Die Zeichnung ist nicht genau, der Ausdruck mittelmäßig, das Kolorit kalt und ohne Harmonie,* über *Das Jüngste Gericht* von Michelangelo urteilte er mit der gleichen Strenge wie Guy de Maupassant: *Rücken und Gesichter, Arme und Beine vermischen sich: es ist ein wahrer Pudding von Wiederauferstandenen.* Wie war das heiter und erfrischend neben den Reiseführern und Handbüchern, die eines vom anderen abgeschrieben werden! Der schon genannte Louis Simond war verwundert darüber, daß Michelangelo so wenig gearbeitet hatte: *Es gibt sehr wenig Bilder von ihm, und seine Statuen sind noch seltener. Was hat er nur während seiner achtzig Lebensjahre gemacht?* Und wir amüsierten uns königlich über seine Träume von Größe und über seine künstlerischen Projekte: *Wenn ich Papst wäre, ich glaube, ich würde meinen guten Geschmack dadurch zum Ausdruck bringen, daß ich von einem Ende bis zum anderen über den verschiedenfarbenen Marmor und über die Vergoldungen von Sankt Peter eine graue Schicht legen lassen würde.* Dieses *Wenn ich Papst wäre* ... wurde ein geflügeltes Wort von Claude und mir. Wenn uns jemand ärgerte, wenn uns etwas gegen den Strich ging, entsannen wir uns Louis Simonds, und wir sagten vor uns hin: »Wenn ich Papst wäre...« Noch an seinem Todestag flüsterte Claude mir zu: »Wenn ich Papst wäre...«, und der Hauch der zauberhaften Tage wehte um uns.

Spürt man auch hier, was alles wir den Traditionen der Familie und den Lektionen von Monsieur Comte gleichermaßen verdankten? Wir fühlten uns zu Hause zwischen Pisa und Bari, zwischen Verona und Syrakus. Wir entdeckten kleine Städte, die die Reiseführer kaum erwähnten und die den Touristen der damaligen Zeit völlig unbekannt waren: Ascoli Piceno, wo wir zu unserem Staunen auf hintereinanderliegende Plätze stießen, einer schöner als der andere, Todi, Bevagna mit seinen romanischen Kirchen, Noto in seiner barocken Pracht, Cosenza, wo Alarich starb, der uns fesselte, weil er ein Barbar war, Benevento, L'Aquila, die kleinen Dörfer in den Sabiner Bergen mit ihren anmutigen Namen: Fara in Sabina, Abbazia di Farfa oder Poggio Mirteto. Im Winter suchten wir Zuflucht in den Bibliotheken. Wir fanden zu unseren geliebten Büchern zurück. Im Sommer machten wir uns auf den Weg. Nach Salamanca oder Segovia. Nach Patmos und Mistra. Was für ein Leben führten wir! Manchmal, auf den Straßen, in einem Tempel, in Delphi, in Olympia, in Bassae, auf dem Gipfel eines Hügels, unter bleierner Sonne wandte sich Claude mir zu. Oft sah man das Meer, weiße Häuser, Olivenbäume, einen iahenden Esel, eine Windmühle oder die Ruine eines Aquädukts. Er sagte zu mir: »Nicht wahr, wir haben großes Glück!« O ja, wir hatten großes Glück. Zuweilen durchfuhr uns wie ein Blitz der Gedanke, daß wir zu viel Glück hätten und daß es ungerecht wäre, weil die anderen es nicht hatten.

Und Granada, oben vom Vela-Turm aus gesehen, mit dem Blick über die Alhambra, den Generalife, die Darro-Schlucht, die Alcazaba Cadima, das Albaicin-Viertel und die in der Ebene knienden katholischen Könige am 2. Januar 1492, während die Fanfaren schmettern und ihre Fahne am höchsten Turm der Festung Boabdil langsam aufsteigt? Und Ithaka und Paxos und Zante mit seinen Arkaden? Und Trogir? Und Bodrum, das einst Halikarnass hieß? Wir dachten uns kleine Lieder aus, so etwas wie Abzählreime, mit den Namen unserer Schätze:

Skiathos Skyros Skopelos
Tinos Patmos Kalymnos
Paxos Symi Parga Mistra
Alcazaba Cadima

oder:
> *Gubbio Pylos Rhonda*
> *Levkas Orta Todi*
> *Borgo Pace Borgo Pace*
> *Ascoli Piceno*

und wir sangen sie im Gehen. Wir haben zu Fuß, schwimmend, auf dem Fahrrad, uns berauschend an den Namen seiner Meerbusen und seiner Inseln, den ganzen Mittelmeerraum durchquert.

Nicht nur die alten Steine, nicht nur die Kreuzigungen in den romanischen Kirchen und die Bibliotheken begeisterten uns. Die Sonne, das Meer, die hohen roten oder schwarzen Steilküsten, die zum Strand hin abfielen, die Zypressen auf den Hügeln, oft weiß vom Staub der Straßen, die Olivenhaine, die Schirmpinien, die längs der leeren Meeresufer wie etwas unheimliche und doch beruhigende Wachsoldaten stehen, erfüllten uns mit Glück an den stillen Abenden, wenn der Wind zur Ruhe gegangen war. Lange Zeit hatten wir in der Vergangenheit gelebt. Später sollten wir in der Zukunft leben, mit dem Blick auf die Geschichte, die sich gemäß den Voraussagen und Predigten der großen Doktoren der modernen Zeit gestaltete, der genialen Juden – Marx, Freud, Einstein –, die der Schrecken meines Großvaters waren. Jetzt, zwischen Hügeln und Meer, oben auf den großen venezianischen und arabischen Festungsanlagen, vor den Fresken und den Tempeln, überließen wir uns ganz der Gegenwart.

Das war das Glück. Wir schwammen in den Grotten. Wir wanderten durch die Menge der Götter, der Maler, der Architekten, der Philosophen. Fast drei Jahre lang haben wir nichts anderes getan, als in der Schönheit glücklich zu sein. Dann und wann dachten wir an die Unseren in Plessis-lez-Vaudreuil. Hier wie dort hinten verdankten wir der Vergangenheit noch viel. Langsam, Jahrhundert für Jahrhundert, mit Geduld und Genie hatte sie uns diese Pracht geschaffen. Die Vergangenheit der Haute-Sarthe, die unsere Kindheit umweht hatte, erschien uns plötzlich ganz winzig angesichts von Ravenna, Granada, Palermo, von Mistra und ihren legendären Abenteuern. Wir entdeckten die Barbaren, die Türken, das Ende der Kulturen, die Tränen von Boabdil, das Mausoleum der Galla Placidia, das Grabmal des Theoderich. Alles zerfiel. Aber alles erstand immer wieder, anders und woanders. Auch wir würden sterben. Wir waren schon gestorben. Doch die Geschichte, deren Salz wir zu sein geglaubt hatten, setzte ihren Gang ohne uns fort. Lange Zeit war Plessis-lez-Vaudreuil der Mittelpunkt der Welt gewesen. Die Welt wurde größer. Sie dehnte sich für uns noch nicht bis zur Verbotenen Stadt aus, bis zu den Pyramiden von Yucatan, bis zu den Tempeln von Angkor, bis nach Machu-Picchu. Aber schon brandete Asien in unsere Träume, mit den Persern in Salamis und mit den Türken in Athen, vor allem aber mit den wilden Reiterscharen, die gegen das Römische Reich anstürmten. Wir hatten uns immer, wenn nicht als Sieger, so doch als Mächtige gesehen, so wie Cäsar, Sulla, Alkibiades, Cato. Vielleicht waren wir für immer Besiegte, Honorius näher und Romulus Augustulus, die in den Schulbüchern auf den Seiten jener Kapitel voller Untergangsstimmung ein trauriges Dasein führen, mit denen auch, vom Sommer und der Dekadenz eingeholt, ein Schuljahr und eine Kultur zu Ende gehen.

Diese Überlegungen, die sich mit der Geschichte der menschlichen Gemeinschaften beschäftigten, kauerten vielleicht irgendwo in unseren inneren Kulissen, in unseren geheimen Speichern. Sie hinderten uns nicht daran, uns jubelnd und ohne die Spur irgendwelcher Nebengedanken in die Wonnen der Fresken auf den Kirchenmauern zu stürzen, der großen Marmortreppen in den verfallenen Palästen, der Sonne auf den Felsen und den weißen Häusern der Häfen. Der Zerfall und die Ruinen forderten uns vielmehr auf, den Augenblick und seinen problemlosen Charme zu nutzen, zu genießen. Mehr noch als die Steine verlockten uns die Farben und der Sand. Auch die Menschen. Und manchmal die Frauen. Unter all den Gestalten, die Claude und mich während dieser Wanderungen zu den Inseln und Tempeln begleiteten, waren besonders zwei, die wir nie mehr vergessen sollten. In Skyros hatten wir einen alten Seemann getroffen, in Rom ein junges Persönchen, das den Sommer auf Capri und den Winter auf den Caféterrassen der Via Veneto verbrachte. Der Seemann von Skyros und die Demoiselle von Capri waren lebend in unsere Taschenmythologie eingezogen. Sie öffneten uns wiederum die Pforten einer unbekannten Welt.

Eine Welt, in der alles, was bisher für uns von Wert gewesen war, nicht existierte. Die Vergangenheit, die Familie, die Tradition, der Moralkodex, die Sprache, die Hierarchie der Menschen und der Dinge waren dort auf den Kopf gestellt. Monsieur Comte hatte uns beigebracht, unser Leben zu erweitern, indem wir es den Büchern öffneten. Der Seemann von Skyros und die junge Frau, die wir lachend, vor allem aber, um sie zum Lachen zu bringen, die Prostituierte von Capri nannten, zeigten uns ein völlig anderes Bild. Wir wußten wohl, daß die Eskimos, die Azteken, die Nachkommen der Sklaven in den Vereinigten Staaten, die Menschen in Afrika oder in Neuguinea, die mein Großvater die »Wilden« nannte, ein ganz anderes Leben führten als wir. Doch sie bewohnten andere Planeten. Auf unserem Planeten gab es Reiche und Arme, aber für uns waren sie immer nach dem gleichen Modell geformt, so wie Jules in Plessis-lez-Vaudreuil eine genaue Replik meines Onkels Anatole war und Michel Desbois der etwas jüngere Bruder meiner Vettern Jacques und Claude. Das Leben und die Erlebnisse des Seemanns von Skyros und der Prostituierten von Capri führten uns in Landschaften, die wir bisher nie erblickt hatten.

Skyros ist eine ziemlich grüne Insel mit weißen Häusern und gewundenen Straßen. Hier wartete der alte, weißbärtige Seemann bei Uzo und Tavli mit seinen Abenteuergeschichten auf uns. Er hatte keinen Vater, keine Mutter, keinen Onkel, keine Tante, keine Großeltern gehabt. Wenn er zurückblickte, sah er nur sich selbst. Wir erzählten ihm von Onkel Anatole und Tante Yvonne, von der ganzen Familienordnung, von meiner Tante Gabrielle und meinem Onkel Paul und natürlich von unserem Großvater. Er war höchst erstaunt. Hätten wir ihm vom Zauberer Merlin und von der Fee Melusine erzählt, wäre er genauso verwundert gewesen. Die Beschreibung, die wir von den Treibjagden gaben, von den riesigen Küchen in Plessis-lez-Vaudreuil, von der ganzen Umgebung, die uns so vertraut und so selbstverständlich erschien, verblüffte ihn derart, daß er nur lachen und den Kopf schütteln konnte. Es hatte nie ein Band zwischen ihm und einer Familie oder der Vergangenheit gegeben. Er kannte nur die Natur. Nie war ihm etwas beigebracht worden. Er hatte sich alles aus dem Himmel, dem Wind und den Gerüchen der Nacht geholt. Er hatte sich auf dem Meer und auf seinen Inseln ganz allein durchgeschlagen. Er wußte nicht einmal, wann und wo er geboren war. Vielleicht in Griechenland, vielleicht in der Türkei. Nur daß er Griechisch sprach, wußte er. Und demzufolge haßte er natürlich die Türken. Bekam er metaphysische Anwandlungen, grübelte er angestrengt darüber nach und sagte uns dann, wahrscheinlich brächten ihm die Türken genau den gleichen Haß entgegen, ihm und den anderen Griechen, die die Türken massakriert hatten, wie die Türken die Griechen massakriert hatten. Er glaubte sich an viel Blut in seiner Kindheit zu erinnern, und manchmal, wenn er Alpträume hatte, wachte er frühmorgens davon auf. Von jeher war er über das Ägäische und Ionische Meer gefahren, von Insel zu Insel, aber weiter als bis Korfu auf der einen Seite und zur türkischen Küste auf der anderen war er nicht gekommen. Er lebte zwischen den Tempeln und dem Andenken der Götter, aber die Idee, über die Geschichte zu philosophieren, war ihm nicht gekommen. Er liebte das Meer, die Pferde, die einfachen und etwas rauhen Dinge. Mit sieben Jahren war er Schiffsjunge gewesen, mit vierzehn hatte er zwei Türken umgebracht. Als wir ihn kennenlernten, muß er etwa fünfundsiebzig oder achtundsiebzig Jahre alt gewesen sein. Für ihn stand die Freundschaft obenan. Er beschützte seine Freunde. Die anderen bestahl er, und manchmal brachte er sie um. Einige Monate lang hatte er sich als Arbeiter in einer Konservenfabrik verdungen. Er erinnerte sich nur noch mit Schrecken daran. Er verwünschte die Armee, die Industrie, die Büros, die Häuser. Lange war sein Lebensziel gewesen, ein Gewehr zu besitzen. Er besaß eins, ein sehr schönes, das er irgendwelchen Türken abgenommen hatte. Nie hatte er Zwang ertragen. Nie war er unfrei gewesen. Matrose in der Marine oder Soldat in der regulären Armee war er nie gewesen, aber sein Leben lang hatte er die Meere als Korsar befahren und die Hügel als ehrenhafter Räuber durchstreift, ein Nachfahr der Palikaren. Sein Leben lief außerhalb der Zeit ab, in einer ewigen Gegenwart voller Gewalt und Munterkeit. Kleinlichkeit, Furcht und Ehrgeiz gab es darin anscheinend nicht. Er lebte ohne Vorschriften, gemäß geheimen Gesetzen, die ihm das Meer, die alten Bäume, die Grotten und die Abendbrise eingaben. Dann und wann erinnerte er mich plötzlich an meinen Großvater. Einen Großvater, der die Ahnen durch die noch dumpfere Stimme der Erde und des Wassers ersetzt hätte. Doch deutlich war die Kluft wahrzunehmen, die uns von ihm trennte. Wir waren die Ermattung. Er war die Kraft und die Jugend. Wir hatten die Moral aufgestellt, um die Ordnung der Dinge zu verteidigen, die uns die Vergangenheit vermacht hatte. Er wußte nichts von Grundsätzen, Vorschriften, Gesetzen, er tat alles nur nach seinem Kopf und gemäß seiner Natur. Er lebte gern. Er hatte das Glück, daß Geld, Sicherheit, Verrat, Ehren ihm nicht viel sagten. Er liebte die Gefahr, und er liebte es, sich zu vergnügen. Er hatte nie etwas anderes getan, als dem Vergnügen zu überleben nachzugehen. Erfand er seine tollen Ritte auf Kreta und seine Sturmfahrten, die er uns abends am Hafen erzählte, Pistazienkerne kauend und seinen Uzo trinkend, um unseren Erzählungen von Jagdimbissen und Familiendiners in Plessis-lez-Vaudreuil etwas entgegenzusetzen? Das war durchaus möglich. Aber schön waren seine Geschichten. Sie beflügelten unsere Phantasie.

Unsere Capri-Freundin hatte nicht darunter gelitten, keine Familie zu haben. Sie hatte vielmehr darunter gelitten, eine zu haben. Sie war noch keine fünfzehn Jahre alt, als ihr Vater sie vergewaltigte. Der Vater war Maurer. Sie wohnten in einem Dorf in Kalabrien, durch das Claude und ich gekommen waren, als wir hinunter nach Sizilien zogen. Marina war schön, und ihre Familie war arm, so daß sie sich unwiderstehlich in die Großstädte des Nordens getrieben fühlte. Sie hatte bei einem kleinen Frisör angefangen, war dann zu einem größeren übergegangen, bei dem sie zuerst die abgeschnittenen Haare zusammenfegte, dann den Kunden den Kopf waschen durfte. Sie ging zu den wohlhabenden Kundinnen ins Haus, wo sie deren Ehemännern begegnete, den Söhnen, den Sekretären, den Liebhabern. Schließlich war sie mit dem einen oder anderen ausgegangen, ins Kino oder zu einem Fußballspiel. Sie wurde eingeladen, sie bekam ein Halstuch oder eine Kette aus unechten Perlen. Sie war nach Portofino mitgenommen worden, dann auf eine Kreuzfahrt nach Capri. Capri im Monat Mai war für sie die Generalprobe des Paradieses gewesen. Dort sah sie Frauen, die lange nicht so schön und so jung waren wie sie. Die Männer starrten sie an, bemühten sich um sie, suchten ihr zu gefallen, sie zu beeindrucken. Sie fand alles wundervoll, und das wundervollste war, daß die anderen sie wundervoll fanden. In Kalabrien damals waren die Sonne, das Meer und das Geld Feinde gewesen, weil sie unerbittlich waren. Jetzt waren sie ihr untertan und zum Vergnügen geworden. Wenn wir auf der Terrasse eines Cafés in der Via Veneto, dem Hotel *Excelsior* gegenüber, saßen – im *Doney, Carpano* oder vielleicht im *Rosati*, wenn sie damals schon bestanden –, erzählte sie uns ihre Erlebnisse, und wir waren beinahe atemlos beim Anhören dieser banalen Abenteuer einer so glutvollen Existenz. Unsere Romanhelden mit ihren großen Worten und ihren Attitüden wurden zusehends fader. Sie hatte auf Capri und ihr zwanzigstes Lebensjahr gewartet, um sich bewußt zu werden, daß sie schön war. Daß sie es war, hatte sie erfahren, als sie sah, wie die Männer sich um sie bemühten und auf vieles verzichteten, nur um sich neben ihr in den Sand und auf die Klippen legen zu können. Erdölmagnaten, alles, was mit dem Film zu tun hatte, die gesamte Glorie der alten römischen Namen tanzte um sie herum. Noch immer besaß sie keinen Heller, aber sie lebte im Luxus, in der lauen Musik der Restaurants, in der frischen Stille der großen, eleganten Hotels. Ein paarmal hatte sie noch den Mut aufgebracht, sich von Capri loszureißen, um nach Mailand zu ihren Haarwickeln und Schönheitscremes zurückzukehren. Und dann, an einem noch warmen und strahlenden Herbsttag, hatte sie es aufgegeben zurückzugehen. Sie hatte Angst gehabt vor der Kälte und dem Nebel in Mailand. Sie hatte beigegeben. Fortan wollte sie vom Geld jener Männer leben, die sie begehrten. Schon seit langem übernahmen sie die Kosten ihres Ferienaufenthalts, und sie gab sich ihnen hin, am Strand, in der Nacht, in einer Schiffskajüte oder während der Siesta in Hotelzimmern, zu denen das Aufschlagen der Bälle von in der Sonne Tennis spielenden und ihre Punkte auf englisch zählenden jungen Leuten heraufdrang. Doch immer noch führte sie ihr Friseusen- und Maniküre-Handwerkszeug im Köfferchen mit sich, wie ein Symbol der Unabhängigkeit; sie hatte einen Chef und einen Beruf in Mailand, und, so widersinnig es klingt, deswegen war sie von niemandem abhängig. Erst als sie reicher wurde, büßte sie ihre Freiheit ein. Sie wurde teurer. Sie wurde ausgehalten. Man reichte sie sich von Yacht zu Yacht weiter, von Kreuzfahrt zu Kreuzfahrt, wie einen Küchenchef ohnegleichen, wie ein unübertreffliches Zimmermädchen.

Ihr gefiel diese Welt des gedämpften Lichts, der Andeutungen, plötzlichen Überdrusses, überspannter Höchstgebote. Sie verabscheute sie und sie liebte sie. Sie meinte zu leben, Rache zu nehmen und die Männer zu beherrschen, die sie verachtet hatten. Sie war eine Gefangene, aber sie glaubte, frei zu sein. Sie spannte ihre Netze aus, wo sie wollte, und es konnte geschehen, daß sie sich selbst darin verfing. Ihr war nicht mehr ganz klar, wie sie lebte. Zu spät. Die Würfel waren gefallen.

Drei- oder viermal hatte sie sich fest mit Männern eingelassen, sie wußte selbst nicht recht, warum. Weil sie schwach waren, oder weil sie stark waren, weil sie gute Liebhaber waren, weil sie sie einschüchterten, oder weil sie es war, die sie schützte. Manche waren arm und manche waren reich. Einen hatte sie geheiratet. Es war nicht der Wohlhabendste. Er war gestorben. Einige setzten natürlich das Gerücht in Umlauf, sie habe ihn umgebracht. Wir konnten das nicht beurteilen. In einem exklusiven Kreis hatte sie schließlich einen gewissen Ruhm erworben. Sie fuhr nach New York, in schottische Schlösser, zur Jagd nach Österreich. Bei manchem, was sie sagte, schien es uns, Claude und mir, als überschnitte sich plötzlich ihr Leben mit dem unseren. Und trotz der großen Distanz zwischen ihrem Maurer-Vater und Plessis-lez-Vaudreuil begegneten sich tatsächlich unsere beiden Welten. Sie hatte bei den Liparischen Inseln einige Tage auf dem Schiff eines unserer italienischen Vettern verbracht, und ein englischer Vetter hatte sie heiraten wollen. Eine Woche lang hatte sie gezögert. Und dann hatte sie nein gesagt. Vielleicht war sie ein bißchen verrückt, oder sie liebte die Freiheit zu sehr, oder das Laster und vielleicht die Tugend besaßen zu große Anziehungskraft für sie.

Wie der Seemann von Skyros, aber in einer anderen Tonlage, erzählte sie uns Geschichten von Smaragden, die ins Meer geworfen wurden, von einem Selbstmord mit der Harpune, denen wir nur zur Hälfte Glauben schenkten. Vielleicht taten wir ihr unrecht. Wir stießen auf diese Geschichten in Meisterwerken der Literatur oder in Romanen vom Bahnhofskiosk. Schwer zu sagen, ob sie sie gelesen hatte, ob sie die Autoren inspiriert hatte oder ob die Geschichte der Herzen und Sitten so phantasielos war, daß sie sich des öfteren wiederholte.

Haben wir, Claude und ich... Ja, gewiß. Wir waren zwanzig Jahre alt, und sie war noch schön. Ich glaube sogar, wir liebten sie. Und sie hatte uns gern. Alle beide. Zusammen. Es gab weder Eifersucht noch Rivalität zwischen uns. Wir teilten sie nicht einmal zwischen uns. Wir lebten zusammen. Wir fuhren nach Ostia zum Baden, in die Sabiner Berge, wo wir in kleinen Gasthäusern einkehrten, Käse aßen, Wein tranken und Siesta hielten. An Tagen, da sie nicht frei war, waren wir wütend auf sie. Eines Vormittags mußte sie vor einem Gericht erscheinen, als Zeugin, in irgendeiner Autoangelegenheit oder wegen einer Rauferei. Ein Richter oder ein Gerichtsschreiber hatte sie nach ihrem Namen, Vornamen, ihrer Adresse und ihrem Beruf gefragt. Sie hatte »Straßendirne« hingeworfen, in einem verächtlichen und sieghaften Tonfall, was uns begeisterte. Wir dachten an unseren Großvater, an Tante Yvonne und an Onkel Anatole.

Soviel ich weiß, hatte sie, zumindest zu jener Zeit, keinen Gönner. Auf jeden Fall war sie ganz frei. In einem unvergeßlichen Sommer, als es sehr heiß war, hatten wir sie mit nach Griechenland genommen. Vielleicht hatten wir dunkel den Wunsch verspürt, sie für einige Wochen aus den Cafés und den Luxushotels der Via Veneto herauszuholen. Die Abende auf Skyros, wo Marina, der alte Seemann, Claude und ich unter freiem Himmel zusammensaßen und Tintenfische und gefüllte Tomaten verspeisten – die Touristen und Fischer wunderten sich nicht einmal sehr über das Quartett, das wir abgaben –, bleiben für mich, nach vielen Jahren und Schicksalsschlägen, herrliche Erinnerungen voller Licht und Freundschaft. Es war Frieden. Das Wetter war schön. Die Welt gehörte uns, und wir lernten leben.

Wir lernten, daß die Dinge vergehen und daß man immer nur im Augenblick lebt. Wir lernten, was die Gegenwart ist. Wir lernten, was das Glück ist. Uns war klar, daß dieses Vierergespann nicht ewig dauern würde, ja, nicht einmal sehr lange. Der Seemann würde sterben, Marina würde nach Rom zu ihren *avvocati* und ihren *commendatori* zurückkehren. Das war ihr Leben. Wir hatten das unsere. Wir würden nach Paris und nach Plessis-lez-Vaudreuil zurückfahren. Kaum verändert. Wir würden unseren Großvater wiederfinden und die Großväter unseres Großvaters. Die Familiengemälde, unsere alten Mythen, die genau festgesetzte Stunde der Mahlzeiten, die Beerdigungen und die Hochzeiten, wobei der Stamm und das Geschlecht immer wieder über das flüchtige Geschick der einzelnen hinausragte. An manchen Abenden, wenn wir nach einem Essen im Hafen am Meer entlang wanderten oder zu den Mühlen auf den Hügeln, kam uns der Gedanke, wir sollten unser Leben ändern. Wir gingen baden, sahen zu, wie die Schiffe an- oder ablegten, wir sprachen mit den hochgewachsenen Schwedinnen, die aus dem Norden kamen und die wir mitnahmen, um, mit einem Taschentuch in der Hand, den Syrtaki oder den Hassapiko und alle die alten Tänze unserer neuen Heimat zu tanzen. Eines Morgens, als ich aufwachte, erwartete mich eine Überraschung: Claude war verschwunden, Marina auch. Sie hatten mir zwischen Feigen und Käse einen Zettel hinterlassen, auf dem stand, daß sie zurückkommen würden. Ich fuhr mit dem Seemann von Skyros zum Fischen hinaus aufs Meer. Was für Gedanken ich hatte, weiß ich nicht mehr. Ich fürchte, ich habe versucht, es zu vergessen. Es konnte nicht anders sein, als daß vage, vielleicht mit Wut gemischte Trauer über mich kam. Der Seemann sagte nichts. Er sagte nie sehr viel, ehe die Sonne untergegangen war und er ein paar Uzo getrunken hatte. Aber wir waren zwei statt vier. Es war plötzlich viel weniger schön, und ich liebte das Leben nicht mehr ganz so sehr.

Nach vier oder fünf Tagen, die mir endlos vorkamen, waren Claude und Marina wieder da. Ich war erleichtert. Als sie mir etwas geheimnisvoll und ironisch feierlich erklärten, sie hätten entdeckt, daß sie füreinander mehr empfänden, als sie selbst geahnt hätten, war ich beinahe überrascht, daß ich nicht unglücklicher war. Was ich nicht ertragen konnte, war die Trennung, und vor allem, daß sie ein Geheimnis vor mir hatten. Wenn es so weiterging wie zuvor, daß wir alle zusammen lebten, war ich bereit, den Beziehungen zwischen Claude und Marina ein besonderes Statut zuzuerkennen. Alles lief wieder ab wie früher, ohne große Veränderung. Doch die Liebe zwischen meinem Vetter und der Prostituierten von Capri war eine ausgemachte Sache. Ich bildete mit dem Seemann von Skyros kein schlechtes Paar.

Ich habe keineswegs die Absicht, hier Einzelheiten über die Liebschaft von Claude und Marina zu berichten. Noch weniger, von den meinen zu erzählen. Muß ich es noch einmal wiederholen? Ich versuche, eine Gesamtgeschichte zu erzählen, die Geschichte meiner Familie während eines Dreivierteljahrhunderts. Claudes Liebe zu Marina – oder Leidenschaft, wenn man will, oder Laune oder Zuneigung – ist eine winzige Episode in dieser langen Abfolge. Winzig und dennoch bedeutender, als es auf den ersten Blick scheinen mag. Und deshalb taucht auf diesen Seiten neben Mirette, Jean-Christophe Comte, Antonin Magne und Monsieur Machavoine die brünette, sehr reizvolle Gestalt der Prostituierten von Capri auf. Man kann sich denken, daß die Angelegenheit nicht länger als ein halbes Jahr dauerte. Kaum waren wir wieder in Rom, machte Marina sich erneut auf. Sie fuhr nach London, nach München und, Gipfel der Ironie, nach Paris. Ohne Claude. Aber immer wieder kam sie zu uns zurück, und immer wieder war sie wunderbar. Doch das Leben ist nicht einfach. Claude schrieb eine Novelle, offensichtlich der Wirklichkeit nachempfunden, über die Liebe eines jungen Amerikaners aus Boston zu einer Prostituierten aus Venedig. Einen ganzen Herbst lang versuchte er, im Kielwasser der Industriellen und Filmregisseure, die in Plessis-lez-Vaudreuil niemals empfangen worden wären, mitzuschwimmen. Der Winter und der Frühling mit den Reisen nach Mexiko und den großen Bällen in New York obsiegten über diese große Liebe. Das komischste an diesem ganzen Abenteuer ist, daß Marina nachher Zugang bekam zu den elegantesten Salons in Europa, oder was davon übrig war. Während des Krieges heiratete sie einen Nachkommen des höchsten römischen Adels, und ihr Leben beendete sie nach einer Scheidung und einer dritten oder vierten Ehe mit dem verbürgt echten Titel einer britischen Herzogin. Zwischen den Photographien, die, während ich schreibe, auf meinem Tisch und unten auf dem Teppich herumliegen, sehe ich den Brief, den sie mir vor zwei oder drei Jahren, kurz bevor sie starb, geschickt hat. Sie spricht darin noch immer von Claude, von Skyros, von der Via Veneto, auch von mir, von uns und von unseren Wanderungen am Meeresufer und durch die Sabiner Berge. Sie unterzeichnet: *Marina, principessa R.c.ll . ., duchess of R.tl . . gh, prostituée à Capri*. Und alles das ist so fern und so komisch, nach so langer Zeit, nach so vielen Hoffnungen und Mißgeschicken, daß ich leise vor mich hin lache. Und die Tränen kommen mir in die Augen.

Ich glaube wirklich, Claude hat Marina geliebt. Jedenfalls spielte sich alles so ab, als hätte er sie geliebt. Er tröstete sich, andere Vergnügungen kamen, andere Mädchen, von denen ich nicht viel erzählen will, denn sie wogen Marina nicht auf. Und wieder Bücher und Reisen. Wir waren fast noch Kinder, als wir nach Florenz fuhren. Nun war die Zeit gekommen, da wir nach Hause zurückkehren sollten. Wir waren fast Männer geworden. Und eine gewisse Bangigkeit ergriff uns. Wir kamen in unser altes Leben zurück, das eigentliche Leben, dem wir entflohen waren, hin zum Seemann von Skyros und der Prostituierten von Capri, hin zu den steinigen Stränden und den kleinen, von der Sonne versengten Plätzen mit der Kirche und ihren etwas verblichenen Fresken, ihrem Kloster mit den spärlichen Blumen, ihrem mit Skulpturen verzierten Portal und dem Palazzo Pubblico.

In Assisi war es, an einem Abend – wir redeten immer abends miteinander, nachdem wir gewandert oder uns in unsere Bücher versenkt hatten –, daß Claude zum erstenmal zu mir sagte, er befände sich nicht mehr im Einklang mit seinem Leben. Die ganze Stärke der Familie, wie weit ich auch zurückgreife, bestand darin, daß sie niemals nicht im Einklang mit sich gewesen war. Ich gebe gern zu, daß die ererbte Unmöglichkeit, an uns selbst zu zweifeln, unsere Schwäche war. Aber es war auch unsere Stärke. Wir täuschten uns vielleicht, wir täuschten uns ganz sicher, wir folgten sinnlosen Wegen, wir stürzten uns in Sackgassen, aber wir zweifelten nie. Mein Großvater drückte es in einem Wort aus: wir hatten Prinzipien. Claude fing an zu zweifeln. Er kämpfte gegen sich selbst, im Konflikt zwischen diesen Prinzipien und ihrem Zusammenbruch. Alles hatte zu dieser Krise verspäteter Reife beigetragen: die Berufslosigkeit, die Entfernung von der Familie, die Lektionen von Monsieur Comte, das Auftauchen Marinas, die bevorstehende Rückkehr... Mit einer Art heiligem Schrecken entdeckten wir plötzlich, daß man auch außerhalb der Familie glücklich leben konnte. Wir entdeckten, daß andere Lebensläufe, die von den unseren sehr verschieden waren, ebenso schön waren wie die unseren. Nach Jahrhunderten der Vergangenheit, der Disziplin, der Strenge und der Hierarchie entdeckten wir den Augenblick, die Freiheit, das Vergnügen und die Brüderlichkeit. Wir schwebten. Wir waren die ersten unseres Namens, die sich erlaubten zu schweben.

Ich glaube heute, daß Claude anfing, mit mir über die Kirche zu sprechen und darüber, daß er Priester werden wolle, weil er zweifelte. In der Vergangenheit, im Lauf der Geschichte waren viele von uns in religiöse Orden eingetreten. Wenn wir mit unserem Großvater die heiligen Familienbücher betrachteten, das heißt, die Stammtafeln und die endlosen Verzeichnisse der Abstammungen und Verwandtschaften, mochte es uns scheinen, daß wir im Lauf der Jahrhunderte nichts anderes getan hatten. Wir waren Priester vom Vater auf den Sohn, Bischöfe vom Vater auf den Sohn, Kardinäle vom Vater auf den Sohn. Und wir stammten von mehreren Päpsten ab. Nicht weil wir zweifelten, waren wir in den Dienst der Kirche getreten. Sondern weil wir gläubig waren. Nicht immer übrigens glaubten wir an Gott. Aber an die Kirche, an ihren Pomp und an ihre Werke, an ihre Macht und vor allem an uns. Wir traten in den Dienst der Kirche, weil wir einen Glauben hatten – und oft sogar den Glauben. Claude war der erste, der Priester werden wollte, weil er zweifelte. Er zweifelte an uns, an unseren Grundsätzen, an einem plötzlich sehr leeren Leben. Wenn wir miteinander sprachen – abends –, am Meerufer oder auf der Piazza, wo wir den Landwein oder sehr starken Kaffee tranken, gestanden wir uns ein, daß wir, wir mochten machen, was wir wollten, der Vergangenheit zugehörten. Die Vergangenheit! Sie begann uns zu plagen. Sie klebte uns wie Leim am Körper und an der Seele. Wir stürzten uns in die Bücher. Die Vergangenheit. In die Museen und die alten Steine. Die Vergangenheit. In das Wasser des Meeres, in die Sonne, auf die Straßen zwischen den Hügeln. Die Vergangenheit, die Vergangenheit. Im Glück wie im Augenblick ließ uns die Vergangenheit nicht los. Wir flohen vor ihr auf die Inseln mit dem Seemann von Skyros, in die Arme von Marina, sie verfolgte uns. Wir waren die Kinder der Vergangenheit, und wir ähnelten ihr. Das Glück des Augenblicks war nicht stark genug, um gegen sie anzukämpfen, gegen den gewaltigen Schatten meines Großvaters. Um der Vergangenheit zu entkommen, warf Claude sich in die Arme des Ewigen.

Zwei oder drei Jahre nachdem wir Frankreich verlassen hatten, die Wälder von Plessis-lez-Vaudreuil und die Familiengemälde, waren wir von der Vergangenheit besiegt. Es drängte uns, die Welt einzuholen, an der wir durch die Bücher und den Sand Geschmack gefunden hatten! Mehrfach hatten wir in Rom, in Kalabrien, in Segovia Menschen getroffen, die uns zwar nicht so begeistert hatten wie der Seemann von Skyros oder die Prostituierte von Capri, in denen sich aber gleichwohl eine Zukunft verkörperte, die wir nicht kannten und die uns erstaunt und ein wenig fasziniert hatte. Sozialisten, Kommunisten, Anarchisten. Sie hatten uns von ihren Kämpfen erzählt, vom Streik in den Fabriken, von der roten Fahne, den Gewerkschaftsversammlungen, dem Eingreifen der Polizei und der Brüderlichkeit der Arbeiter. Auch das eine Welt, die uns unbekannt war. Wir erinnerten uns an Michel und wie er Karl Marx entdeckt hatte. Wir hatten ihn nicht so viel gelesen wie Proust, Barrès, Stendhal, Henry James, Chateaubriand. Wir spürten, daß sich irgend etwas regte, eine Welt, die noch im Entstehen war und von der wir ausgeschlossen waren. Mein Vater und meine Mutter hatten mir viel von Liebe erzählt. Das war etwas anderes. Wir verstanden das nicht recht. Es gab auf jener Seite, von der wir gar nichts wußten, bei den Arbeitern, den Sozialisten und der roten Fahne, eine Mischung von Gewalt und Brüderlichkeit, die uns ganz fremd war. Wir erblickten zwar hinter dem Christentum, das wir in uns aufgesogen hatten, hinter Tante Gabrielle und ihrem Hang zur Veränderung, hinter meinem Vater und seiner Zuneigung zu den Menschen, hinter meiner Mutter und ihrer Liebe zum Unglück ein klein bißchen von einer Zukunft, die ganz anders sein würde als das, was wir gekannt hatten, aber es fiel uns schwer, das alles zusammenzubringen, zu begreifen, wie Christus, die Bücher, die abstrakte Malerei, die Freiheit, die Gewalt, der Mehrwert und die Liebe zu den Armen und Gefangenen ein Bild der kommenden Zeiten ergeben könnten. Alles das arbeitete indes kunterbunt in uns. Wir wußten nicht recht, wie wir es ausdrücken sollten. Aber unser hochgestimmtes Leben zwischen den Ruinen vergangener Kulturen und den weißen Häusern der Häfen kam uns plötzlich hohl und eitel vor. Ebenso wenig wie mein Großvater zwischen seinen Erinnerungen und seinen Hundepflegern – vielleicht sogar weniger als er, weil für ihn die verflossenen Zeiten noch gegenwärtig waren – standen wir voll und ganz in der Wirklichkeit. Wir hatten Hunger und Durst auf ein Leben, das uns entglitt. Vielleicht war das Glück, wie die Vergangenheit, eine Sackgasse. Wir waren immer Verbannte und vielleicht Emigranten, wir standen außerhalb der Geschichte, die im Begriff war, sich zu bilden. Claude wandte sich Gott zu, weil er an der Welt, die wir empfangen hatten, zweifelte.

Alle diese etwas vagen Empfindungen vereinigten sich in Claude offensichtlich mit dem, was wir lachend die mystische Krise eines Zwanzigjährigen nannten. Ich vermutete, daß der Gedanke an die Prostituierte von Capri nicht ganz ohne Einfluß darauf war. Dann und wann zogen wir Bilanz, wie wir uns ausdrückten. Es war ein Erbe jener Gewissensprüfungen, zu denen Zuflucht zu nehmen unsere Abbés und der Dechant Mouchoux uns gelehrt hatten. Unsere Bilanz war schnell gezogen: wir hatten nichts, aber auch gar nichts getan. Und die Zukunft lag im dunkeln. Wir hatten alles, wie man weiß, und wir wußten es auch. Aber oft ist alles nicht viel. Es ging bergab mit uns. Wir glichen den Ruinen, die wir bewunderten. Wir begriffen allmählich, warum Chateaubriand und Barrès uns so viel zu sagen hatten. Weil sie, wie wir, auf der Seite dessen standen, was stirbt. Venedig bezauberte uns, weil die Stadt im Sterben lag. Wir witzelten über Barrès, aber wir liebten ihn. Wir sagten wie er, und dabei verspotteten wir uns selbst und unsere Pedanterie: *Putridini dixi: pater meus es; mater mea et soror mea vermibus.* »Ich habe zum Grab gesagt: du bist mein Vater; zu den Würmern: ihr seid meine Mutter und meine Schwester.« Wir waren zwanzig Jahre alt. Wir waren die Freunde des Seemanns von Skyros, der Prostituierten von Capri, von Menschen, die unaufhörlich kämpften aus Liebe zu einem Leben, das wir umsonst erhalten hatten. Sie waren lebendiger als wir. Was erhofften wir? Mit zwanzig Jahren gibt es nichts anderes als die Hoffnung, es möge sich nichts ändern, es möge alles so bleiben, wie es ist. Nur Gott konnte uns noch mit uns selbst aussöhnen.

Die letzten Monate unseres Exils haben in meiner Erinnerung eine andere Färbung als die Morgenstunden der Begeisterung, in denen wir die Schönheit entdeckten. Ein halbes Jahrhundert später nimmt jene Zeit eine von Ungeduld und Melancholie überschattete Nuance von brennendem Eifer an. Wir suchten etwas, auf das wir hoffen konnten. In Rom hatten wir Freunde der Familie oder entfernte Verwandte aufgesucht; wir hatten von ihnen den gleichen Eindruck eines Überlebens, das schon zum Tod verurteilt ist. Wir gingen ihnen möglichst aus dem Wege. Die großen unheimlichen Palazzi mit ihren antiken Marmorstatuen und ihren Scharen von Bediensteten in prächtigen Livreen, die Michelangelo ungefähr zur gleichen Zeit entworfen hatte wie die Uniform für die Schweizer Garde, bezauberten uns und bedrückten uns. Das war wiederum das Bild des vollen Glanzes der Vergangenheit, vermengt mit den Wirbeln des Vergnügens, der Leidenschaft, der Verstiegenheit, des Spiels, in die sich, wie uns immer schien, viele stürzten, um zu vergessen. Es verband sich auch mit etwas, das ziemlich neu für uns war, das uns gleichermaßen anzog und abstieß. Der Faschismus. Wir kannten mehrere junge Leute, Jungen wie Mädchen, die ihren Glauben gefunden hatten im Gehorsam Parolen und Losungen gegenüber, in einem gemeinsamen Wollen, im Erringen einer Ordnung. Ich bin nicht ganz sicher, ob wir uns von den begeisterten Erzählungen unserer italienischen Vettern Mario und Umberto nicht hätten locken lassen, wenn uns der Gedanke an Jean-Christophes Lektionen, an die Wutausbrüche des Seemanns von Skyros und die Empörung der Prostituierten von Capri nicht davon abgehalten hätten. Wir waren auf den Geschmack der Freiheit gekommen. Er obsiegte in uns über die Lehren von Maurras, über die Anziehungskraft der Uniform, über die Berufung zum Soldatsein. Wir erkannten, daß der Faschismus, ebenso wie der Sozialismus, aber in anderer Weise, eine Art Antwort anbot auf das, was uns beschäftigte und quälte. In gewissem Sinn schuf er einen Ausgleich zwischen dem Geist der Überlieferung und dem Bedürfnis nach Hoffnung. Aber die Brüderlichkeit und die Stärke nahmen im Faschismus brutale und einseitig vulgäre Aspekte an, die wir nicht mehr ertrugen. Wir ahnten natürlich nicht, was zehn Jahre später im Hitlerdeutschland daraus werden sollte. Doch schon damals wandten wir uns, weil wir die Bücher, den Humor und einen Freiheitshauch liebten, instinktiv von ihm ab. Später, als wir wieder in Paris waren, kurz vor dem Krieg, gab es jemanden, der uns den Faschismus in so gefälligen Farben ausmalte, daß wir daraufhin fast beigetreten wären, was seinerzeit bei den Schwarzhemden und den *Giovinezza, Giovinezza*-Gesängen auf der Piazza Venezia für uns nie in Frage gekommen wäre: ein junger Mann, ehemaliger Student der École Normale Supérieure mit Namen Robert Brasillach. Er erhellte die modernen Zeiten mit morgendlichem Licht. Doch was an Brasillach unwiderstehlich verführerisch war, war weniger der Faschismus als die Jugend und das Talent.

Ich sehe uns noch, Claude und mich, wie wir einige Tage vor unserer Rückfahrt nach Paris durch Rom schlenderten. In den Palatin-Gärten, zwischen Forum und Kolosseum, sagte er zu mir, nur Gott könne, inmitten so vieler Torheiten und Wirrnisse, seinem Leben einen Sinn geben. Die Dinge vollzögen sich zu schnell, änderten sich zu schnell. Gott allein biete eine Zuflucht, einen Schutzhafen, einen Rettungsanker. Durch Gott käme schließlich alles in Ordnung. Es wäre nicht ausreichend zu sagen, daß Claude sich Gott hingab. Er klammerte sich an Gott wie an eine Boje der Unvergänglichkeit im Zusammenbruch der Zeiten. Lange hatten wir an einen Gott geglaubt, der durch den Überfluß und durch die Vollkommenheit bewiesen war. Claudes Gott stieg aus dem Zerfall empor. Er war weniger auf seiten der Vernunft als auf der Seite der Vernunftlosigkeit. Ein Gott jener Fragen und aufsteigenden Ängste, die allmählich unsere Gewißheiten unterminierten. Ein Gott der Leere, der Probleme, der Unsicherheit und der Ungewißheit. Trotzdem natürlich Gott, denn von jeher sind für ein ganzes Geschlecht seiner Söhne und Töchter – vom Ölberg bis zu Pascals Tränen, von Kierkegaards Ablehnung einer Geschichte à la Hegel, die wie eine Kugel ohne Unebenheiten und Gewissensbisse im voraus geglättet und gerechtfertigt ist, bis zu Max Jacob oder Cocteau – auch die Angst und der Skandal sein Bereich. Ich habe schon ausgeführt, daß wir in gewisser Hinsicht, unbewußt, für Hegel gewesen sind, da wir für die Geschichte waren. Wir waren für Hegel, mit Ausnahme der Revolution. Auf jeden Fall waren wir für Bossuet und für die Hand eines Gottes, der ohne Schwäche über eine Welt und eine Geschichte herrschte, die sich durch sich selbst rechtfertigten, die beide stark ausgeprägte Erhebungen aufwiesen, von denen wir zwischen dem Stamm Juda und dem Heiligen Kollegium, zwischen dem Papst und dem König die Gipfel einnahmen. Nach Jean-Christophe Comte und Tante Gabrielle, nach Skyros und Capri waren diese Zeiten der Ordnung, der Fülle, der Höhe auf immer dahin. Nach so viel Ruhe, ein Gott der Unruhe. Nach so viel Selbstgefälligkeit, ein Gott der Unzulänglichkeit. Nach makellosem Glanz und Gloria, ein Dorn, ein Riß, ein hohler Gott.

Unsere Spaziergänge führten uns auch zu der Kapelle San Giovanni in Oleo, wo auf einem Türsturz – man verfehle nicht, es sich anzusehen, wenn man in Rom ist: ich habe schon gesagt, es sind nur zwei Minuten zu Fuß von der hübschen Kirche San Giovanni a Porta Latina – der Wahlspruch der Familie zu lesen ist. Wir schauten hoch: *Au plaisir de Dieu*. Wie es Gott gefällt. Nein, wir, Kardinäle, Marschälle, Fürsten dieser Welt und der anderen, Herzöge und Pairs, Stifter, saßen nicht mehr als Herren zur Seite des Herrn, zur Rechten Gottes, einen Krummstab, einen Marschallstab, einen Degen in der einen, Plessis-lez-Vaudreuil in der anderen Hand. Wir waren für immer aus der Gesellschaft Gottes hinübergewechselt in die Gesellschaft der Menschen. Gottes Gefallen ist nicht immer leicht zu begreifen. Claude beugte sich im vorhinein. Er gehörte noch so sehr zur Familie, daß er sich vor einem Gott verneigte, der die Familie im Stich ließ, das Bild, das wir uns von ihr machten, ihre Auswüchse, ihren Stolz. Lachend sagte ich zu ihm – doch unser Großvater hätte nicht gelacht –, sicherlich hülfe ihm das Blut der Remy-Michault tatkräftig dabei, den Wegen des Herrn zu folgen, denn ein Remy-Michault hatte nicht auf Gott gewartet, um unseren Namen zu verdammen. Jetzt war die Zeit gekommen, da Gottes Gefallen sich gegen uns wandte. Pah, wir waren an der Reihe gewesen. Jetzt kamen die anderen dran. Vielleicht bestand Gottes Gefallen darin zuzusehen, wie die Familie, die es zum Wahlspruch erhoben hatte, geziemend dahinschwand. Einst bemühten sich die Unseren, klaglos zu sterben. Die ganze Familie und der Name waren jetzt vom Treibsand des Vergessens und der Unbedeutendheit bedroht. Wir mußten unser möglichstes tun, um den Herrgott nicht zu enttäuschen.

Wir befanden uns am Dreh- und Angelpunkt des Zeitalters der Familie und des Zeitalters ihres Abtretens. Zwanzig oder dreißig Jahre später erlebten wir wie jedermann die mehr oder weniger blutigen Wirren der Entkolonisierung. Als wir durch Rom schlenderten, befanden wir uns schon in den letzten Abschnitten einer inneren Entkolonisierung, deren erste Marksteine innerhalb von sechs Stunden während einer Sommernacht des Jahres 1789 gesetzt worden waren. Wir gaben den Menschen die Ländereien und die Gewalten, die Gott uns verliehen hatte, zurück. Und da auf der Welt nichts ohne seinen Willen geschieht, führten wir noch seine Gebote aus. Während einiger tausend Jahre waren wir, ihnen zufolge, an der Spitze aller Stämme marschiert. Jetzt mußten wir ins Glied zurücktreten. Es wäre nicht ausreichend, wenn ich sagte, wir gehorchten ihnen. Vielleicht gab sich Claude Gott hin, eben weil wir, ihnen zufolge, ins Glied zurücktraten. Wir hatten genug davon, Fürsten und Feldherren zu sein. Wir wollten endlich einmal auch Soldaten werden. Soldaten Gottes natürlich. Aber auf jeden Fall einfache Soldaten. Wir waren so etwas wie Hiob auf dem Dunghaufen der Geschichte. Gott hatte uns die Welt gegeben. Er nahm sie uns wieder ab. Ach, wie schwer war es, die Welt zu tragen! Wir segneten seinen heiligen Namen, er nahm die Last einer Geschichte von unseren Schultern, die durch die fortwährende Zusammenballung der verstreichenden Zeit unerträglich geworden war. Auch der Niedergang gehört zur Geschichte. Er hat seine Reize, wie der Aufstieg, wie die Gewalt, wie der Erfolg. Und vielleicht seine Pflichten. Wie es Gott gefällt. Und sein Gefallen soll unser Gesetz sein.

An dem Abend, als wir uns aufmachten, um zu den Unseren zurückzukehren, regnete es in Rom: ein Gewitter war niedergegangen. Claude sprach über Gott. Er sprach eigentlich nur noch über Gott. Gott war an die Stelle der Familie, der Vergangenheit, der Bücher und Marinas getreten. Es war eine Art Ersatz. Lange Zeit hatte Gott uns erwählt. Jetzt erwählte Claude Gott. Wir waren quitt.

»Ich sehe in diesem Handel zwischen gleichrangigen Mächten«, sagte ich lachend zu Claude, »das unauslöschliche Siegel des Familienstolzes.«

»Ein Stolz«, antwortete Claude, »der in Demut mündet. Es

gibt den Stolz des Abstiegs. Und wenn wir einmal abgestiegen sind, bleiben wir unten. Es ist ein Stolz, wenn du so willst. Aber ein unheilvoller Stolz.«

»Was die Demut angeht...«, begann ich.

»Ich weiß«, unterbrach mich Claude. »Was die Demut angeht, haben wir nie jemand zu fürchten brauchen.«

»Es wird schwer sein«, sagte ich nach einer Pause, »das Seelenheil ganz allein zu erringen.«

»Ganz allein?« fragte er.

Er blickte mich an.

»Ich meine: ohne die Familie.«

»Und Gottes Hilfe?« sagte er.

Ich seufzte.

»Er ist so fern...«

»Die Menschen sind da«, sagte er. »Und ihre Liebe.«

Ein harter Tag

Wir hatten die Unseren wiedergefunden und das Geld und die Geschichte eines jeden Tages. Fast drei Jahre lang hatten wir für uns allein gelebt. Wir traten wieder in unsere Rahmen zurück, in unsere natürliche Umgebung. Die Nachkriegszeit war zu Ende. Es war die Zeit zwischen den beiden Kriegen. Wir wußten noch nicht, daß sie nicht sehr lange dauern würde. Von der Zukunft her gesehen, sollte sie bald unsere Vorkriegszeit werden. Nicht nur Pierre und Philippe, sondern auch Jacques, auch Claude, auch ich, wir waren Erwachsene geworden. Wenn ich jetzt *wir* sage, dann bezieht es sich nicht mehr allein auf die Familie in der Geschichte, auf ihren Widerhall, ihre Erinnerungen, es handelt sich dann auch um Pierre, Philippe und Michel, um Jacques und Claude, um mich. Oder um die Männer und Frauen, die an unserer Seite leben. Der Raum um uns, der immer größer und weiter wurde, war an die Stelle der Zeit getreten, die seit Jahrhunderten in immer dichter werdenden Schichten hinter jeder unserer Gesten stand. Was von nun an in Plessis-lez-Vaudreuil vor sich geht, verweist nicht nur auf die Bourbonen, auf Ludwig den Heiligen, auf die Kreuzzüge gegen die Ungläubigen, sondern auf London, New York, Berlin, Moskau und Leningrad, das nur mein Großvater noch St. Petersburg nannte. Neue Worte tauchen in den Gesprächen am Familientisch auf: es wird nicht mehr so viel von Vettern, Großonkeln und den Traditionen des Ancien Régime gesprochen. Vielmehr von der Börse, von Zinsen, von der Innen- oder Außenpolitik, von Streiks und Revolution. Niemand hat mehr Zeit, sich an den vorigen Krieg zu erinnern: der nächste kommt zu schnell. Mussolini, den wir in Rom erlebt hatten, als er sich vom Balkon an der Piazza Venezia an die Schwarzhemden wandte, wird bald danach von einem kleinen Genossen ein- und dann überholt, für den mein Großvater weder Achtung noch Sympathie empfindet. Ich habe mehrmals sein entschiedenes Urteil über Adolf Hitler gehört, ein Urteil, das wie ein Fallbeil wirkte: er fand ihn nicht sehr »comme il faut«. In all den Jahren vor dem Zweiten Weltkrieg ist für meinen Großvater der distinguierteste Mann merkwürdigerweise Léon Blum. Wie schade, daß er ein Jude, ein Sozialist, ein Gottloser ist und daß er das Buch *Über die Ehe* geschrieben hat! Zumindest ist er elegant. Natürlich gibt mein Großvater den Monarchisten den Vorzug, der *Action française,* Oberst La Rocque und seinen Feuerkreuzlern, die inmitten so vieler Schurken redliche Leute sind. Doch Léon Blum beeindruckt ihn, mit seinem breitkrempigen Hut, seinen schmalen, langen Händen, seinem aristokratischen Gesicht. Als bei der Beerdigung von Jacques Bainville, den alle Unsrigen sehr bewunderten, junge Leute der äußersten Rechten Léon Blum angriffen, bekundete mein Großvater keine übermäßige Begeisterung. Ein Gegner, gewiß. Seitdem Clemenceau, Poincaré und Tardieu nicht mehr da sind, bezeigt mein Großvater, fast widerstrebend, trotz aller Risiken, mehr Nachsicht gegenüber Léon Blum – und vielleicht Mandel – als gegenüber Daladier, Jean Zay, den Radikalsozialisten, Monsieur Chautemps und Monsieur Cot. Es ist, glaube ich, schon bekannt, daß die Scherze meines Großvaters nicht immer sehr geschmackvoll waren. Ich erinnere mich, daß er gern einen armseligen Gassenhauer jener Zeit vor sich hin trällerte:

> *Faut-il dire Fro(t)?*
> *Faut-il dire Frot(e)?*
> *Faut-il dire Co(t)?*
> *Faut-il dire Cot(e)?*
> *On va l'appeler Cocotte.*

Claude setzte unseren Großvater in nicht geringes Erstaunen, als er ihm versicherte, Pierre Cot sei ein bemerkenswerter Mann.

Um etwas von den Gedankengängen meines Großvaters und von dem, was recht und schlecht noch immer die Familie ausmachte, zu begreifen, muß zunächst daran erinnert werden, daß mein Großvater nahezu zwanzig Jahre lang, und jedes Jahr in größerem Ausmaß, die meiste Zeit damit zubrachte, Katastrophen vorauszusagen. Ich glaube, er wäre sehr verwundert gewesen und sogar, ich muß es sagen, irgendwie enttäuscht, wenn sie nicht eingetreten wären. Das Unheil setzte ihn nicht in Erstaunen. In gewisser Hinsicht, bedauerlicherweise muß ich es gestehen, gab ihm die Niederlage recht. Jeder kennt das berühmte Wort von Maurras von der *göttlichen Überraschung.* Der Zusammenbruch der Republik war für meinen Großvater bei weitem keine göttliche Überraschung. Göttlich – allenfalls, denn es gab nichts, was nicht göttlich wäre, sogar das letzte Strafgericht. Aber Überraschung – keineswegs. Es war ein Gottesurteil, das mein Großvater unausgesetzt vorausgesehen hatte, eine Entscheidung des Allerhöchsten, eine außerordentlich folgerichtige, da er selber sie in seinem Innern schon längst gefällt hatte.

Aber wir wollen nicht mit einem Satz über die Jahre hinwegspringen. Was bei unserer Rückkehr aus Italien oder fünfzehn oder achtzehn Monate später besondere Bedeutung hatte, war nicht so sehr der Faschismus, die geballte Faust, die rote Fahne, auch noch nicht Adolf Hitler und der Nationalsozialismus oder der Sozialismus überhaupt: es war die Wirtschaftskrise. Ich weiß nicht, ob der Kapitalismus seitdem seine Krisen hat meistern können. Aber zur damaligen Zeit, Ende der zwanziger Jahre, Beginn der dreißiger, schien die berühmte und berüchtigte Krise, die wir alle im Munde führten, alles mit sich zu reißen.

Mein Großvater hatte für den Kapitalismus nicht viel mehr Nachsicht als für die Demokratie. Er tat sie in denselben Sack. Ich möchte nicht den Anschein erwecken, ihn hier heimlich und vorschnell in den Farben der jüngsten Mode darzustellen. Er war keineswegs seiner Zeit voraus. Er hinkte ihr sogar sichtlich hinterher, denn er war bei den seit langem begrabenen Hierarchien des Feudalismus stehengeblieben. Die jungen Linken von heute werden ihn indes paradoxerweise vielleicht besser verstehen als die Linke der damaligen Zeit, die sich für die Demokratie und gegen den Kapitalismus erklärte. Er war beiden gegenüber feindlich eingestellt. Doch war mit den Remy-Michault der Kapitalismus in die Familie eingezogen. Und, in gewisser Hinsicht, auch die Demokratie. Mein Onkel Paul hatte sich im Département Haute-Sarthe für die Parlamentswahlen als Kandidat der Gemäßigten oder des rechten Zentrums oder der nationalen Union, ich weiß es nicht mehr, aufstellen lassen, und er war gewählt worden. Er war nicht der erste Abgeordnete in der Familie. Mein Großvater hatte einst, jedoch nur einige Monate lang, auf dem äußersten Flügel der äußersten Rechten in der Kammer gesessen. Er hatte eine gewisse Berühmtheit erlangt an dem Tag, als er einen Abgeordneten der äußersten Linken, der sein Programm vortrug, unterbrach und mit kühler Höflichkeit und mit dem Anschein, als wende er sich, wie es die Vorschrift verlangt, an den Präsidenten, fragte, ob der Redner die Einladung annehmen würde, zu ihm nach Hause zu kommen, um die Kinder zu amüsieren. Die Entwicklung der Meinungen und seiner eigenen Ansichten hatten ihn sehr bald gezwungen, diese Tätigkeit aufzugeben. Und er war nach Plessis-lez-Vaudreuil zurückgekehrt, um Bonald und Maistre zu lesen. Onkel Paul dagegen – er wurde von Tante Gabrielle auf diesem Weg unterstützt – glaubte, daß die Familie es sich schuldig sei, endlich aus ihrem inneren Exil herauszutreten. Pierres Demission hatte ihn verstimmt. Er war froh, selber eine Rolle zu spielen, die aus verschiedenen Gründen weder sein Vater noch sein Sohn hatten übernehmen können. Zu jener Zeit näherte sich mein Großvater den Achtzig. Und mein Onkel Paul den Sechzig. Sein Bestreben war, die Familie wieder in die politische Welt zurückzuführen, wie Tante Gabrielle, seine Frau, unserem Namen durch Cocteau und Nijinski zu Glanz verholfen hatte. Albert Remy-Michault, Tante Gabrielles Vater, hatte ihr, bevor er starb, unschätzbare Hilfe geleistet. Er hatte ihr nicht nur finanziell geholfen, was nicht unwesentlich war. Er hatte ihr vor allem die Pforten der Großbourgeoisie geöffnet, die Frankreich lenkte. Ich glaube, ich brauche nicht noch einmal zu sagen, daß wir uns über ein Jahrhundert lang jeder Form des öffentlichen Lebens ferngehalten hatten. Wir trugen keinerlei Verantwortung, weder – selbstverständlich – für die Trois Glorieuses, die Revolutionstage im Juli 1830, noch für die Februartage, die Junitage, den Staatsstreich vom 2. Dezember, weder für Sedan noch für die Commune oder den Versailler Gegenschlag. Schon seit langem betraf uns kein Datum, kein Monat, kein Schild mit einem Straßen- oder Platznamen mehr. Der einzige Anteil, den wir am Sieg von 1918 hatten, bestand darin, daß ein gutes halbes Dutzend der Unseren für die Verteidigung des Vaterlands getötet oder verwundet worden war. Unser Name war, nach unendlich langer Abwesenheit in den Annalen der Republik, nur in der Berichterstattung über gesellschaftliche Veranstaltungen und auf dem Kriegerdenkmal in Plessis-lez-Vaudreuil wieder erschienen. Für Onkel Paul und Tante Gabrielle war der Augenblick gekommen, wie bei Hofe nach langer Abwesenheit, unseren offiziellen Wiedereintritt in die Kreise der Macht zu vollziehen.

Onkel Paul wußte so gut wie nichts. Er war von enzyklopädischer Unwissenheit und hatte weniger gelesen als mein Großvater. Viel weniger als mein Vater. Mein Großvater, ich weiß nicht, ob ich diese Einzelheit bereits erwähnt habe, sprach sehr gut Latein und las geläufig Griechisch. Tante Gabrielle hatte eines Tages einen sehr bekannten Universitätsprofessor, ehemaligen Minister, Mitglied des Institut de France, nach Plessis-lez-Vaudreuil mitgebracht. Sie hatte ihm das Haus sicherlich unverhohlen als eine Höhle der Ignoranz geschildert, was es in gewissem Sinne auch war. Der Minister war verblüfft, als er meinen Großvater von Tacitus und Thukydides wie von sehr vertrauten Freunden sprechen hörte, mit denen er eifrig Umgang pflegte. Onkel Paul unterhielt sich mit den Freunden seiner Frau nicht auf lateinisch, nicht mit Salvador Dali und nicht mit Maurice Sachs. Er mochte zwar, wie ich glaube, viel weniger begabt sein als mein Großvater und seine eigenen Söhne, eines aber hatte er begriffen. Vielleicht hatte er unter dem Einfluß der Remy-Michault begriffen, daß die Geschichte, wenn ich so sagen darf, nicht mehr über die Geschichte gebot und daß sie in dieser Rolle von der politischen Ökonomie abgelöst worden war. Zwischen einer Ballettaufführung und einem avantgardistischen Film, Veranstaltungen, die unter dem Patronat seiner Frau standen, hatte er, wenn auch nicht Pareto und Keynes studiert, sich jedoch die Grundbegriffe der Wissenschaft angeeignet, die sie zu Ruhm gebracht hatten. Die Kenntnisse, die er sich erworben hatte, waren wacklig, aber er hatte eingesehen, daß die ökonomische und soziale Entwicklung der Schlüssel zur Zukunft waren. Auch das war ein Wendepunkt in der Geschichte der Familie, für die bisher die Gesellschaft sich nur unter der Einwirkung des Teufels änderte und für die das Geld nicht zählte.

Mir scheint, daß mit Onkel Paul, der lange Zeit als mondäner, leichtfertiger Mensch, als eine elegante Marionette und, um es genau zu sagen, als ein Dummkopf gegolten hatte, die Familie tatsächlich einen neuen Abschnitt in ihrer Aussöhnung mit der modernen Welt erreichte. Es ist sehr merkwürdig, daß diese Kehre mit einem der am wenigsten Intelligenten unter uns genommen wurde. Muß darin ein zusätzliches Beispiel der Bedeutungslosigkeit der Menschen und die ausschlaggebende Rolle der Ereignisse und der Zeitläufte gesehen werden? Oder auch ein weiterer Beweis für die Relativität des Begriffs von der Intelligenz, dessen übergroße Brüchigkeit wir schon angedeutet haben? Oder vielleicht ganz einfach und letzten Endes der Einfluß der bemerkenswertesten Person in der Familie während der ersten Hälfte des Jahrhunderts, gegen die ich zweifellos, und ich mache mir Vorwürfe deswegen, ein bißchen ungerecht gewesen bin – nämlich Tante Gabrielles? Ich bin nicht imstande, eine genaue Aussage darüber zu machen. Sicher ist auf jeden Fall, daß zehn Jahre nach dem Krieg, mehr als ein Vierteljahrhundert nach der Eheschließung von Onkel Paul und Tante Gabrielle die Flotte der Familie die für sie reservierten Hafenbecken verläßt, um siegreich – und sofern die Mannschaft noch von Unschlüssigkeit befallen ist, hütet sie sich, sie zu zeigen, sie unterdrückt sie, sie verwahrt sich dagegen – in die territorialen Gewässer der Großbourgeoisie einzudringen.

Jahrhundertelang hatten wir uns von der Bourgeoisie unterschieden und in Opposition zu ihr gestanden. Wir fühlten uns den Soldaten, den Handwerkern und vor allem den Bauern näher als den Bürgern der großen Städte. Der fast krankhafte Hang zur Natur, die Furcht vor jeder Veränderung, der Gehorsam der Kirche gegenüber, der Argwohn den Maschinen gegenüber, die Feindseligkeit gegen das Geld, die Ware und die Ideen hatten uns von ihnen abgesondert. Von nun an lebten wir wie sie, dachten wie sie, reagierten wie sie, und schließlich schwand jede Barriere zwischen ihnen und uns. Parallel dazu müßte der entgegengesetzte Weg verfolgt werden, den die Großbourgeoisie einschlug und auf dem wir uns begegneten. Jedenfalls verschmolzen wir, sie und wir, schließlich unter dem Druck der neuen, im Aufstieg befindlichen Klassen – Techniker, Ingenieure, Arbeiter und die Masse – zu einem fast homogenen Block mit gemeinsamen Wertvorstellungen, den gleichen Ängsten, den gleichen Ticks. Sie beginnen zum Beispiel, Treibjagden zu veranstalten, den Erzbischof zu empfangen und ihm die Hand zu küssen, über die Vergangenheit zu reden, ihre Familienverbindungen empfindlich und hochmütig zu planen, sich an die Erde zu binden, an ihre Wälder, an ihr Landhaus. Wir werfen uns in die Geschäfte, wir binden uns an das Geld, wir schalten uns in alle Stromkreise der modernen Maschinerie ein. Bis zum Ende des 19. Jahrhunderts hatten wir keine Ahnung von bürgerlichem Verhalten. Wir erkannten uns weder in Louis-Philippe noch in Thiers, in Paul Bourget oder Aristide Boucicaut wieder. Jetzt ist die Verschmelzung vollzogen, das Gemisch gelungen. Wir sind nun von der Art der Remy-Michault. Wir übernehmen ihre Fehler – und auch ihre Tugenden: die Hochachtung für die Arbeit und das Gefallen am Erfolg. Und sie leben schließlich in der Vorstellung, sie hätten von jeher einen Wahlspruch gehabt, und es sei derselbe wie der unsere: *Au plaisir de Dieu*. Und vielleicht beginnen sie dadurch, daß sie uns gleichen, schwächer zu werden.

Deshalb hat uns zum Teil wahrscheinlich die Krise, die berühmte Krise der Jahre 1929–1930, so stark beunruhigt. Einige Jahrzehnte früher hätte uns eine wirtschaftliche und finanzielle Krise eiskalt gelassen. Sie hätte uns eher Vergnügen bereitet, weil sie unsere Gegner schwächte. Sie kam zu spät, um uns in unserer Opposition gegen die Demokratie und die Republik zu bestärken. Wir hatten uns mit ihnen ausgesöhnt. Mehr noch: mit Onkel Paul und Tante Gabrielle, mit meinem Vetter Pierre, wie er zu Anfang war, vor der Katastrophe mit dem Vizekonsul in Hamburg, und selbst mit Jacques, der sich seit der Zeit mit Jean-Christophe sehr verändert hatte, versuchten wir, uns an die Spitze zu stellen. Nicht ganz fünf oder sechs Jahre bevor mein Großvater seinem Bedauern darüber Ausdruck gab, daß ein Aristokrat wie Monsieur Blum kein Katholik und Monarchist sei – mit etwas mehr Mut hätte er es gewagt, ihn nach Plessis-lez-Vaudreuil einzuladen, um mit ihm über die Ansichten des Papstes, die Verdammung der *Action française* und die Zukunft der christlichen Familie zu diskutieren –, gab sich Onkel Paul, sein Sohn, als Republikaner zu erkennen. Gemäßigter Republikaner, sagte er, gemäßigt republikanisch. Er bewegte sich in allen politischen und Finanz-Milieus. Zur Verblüffung seiner Söhne, vor allem von Jacques und Claude, natürlich auch von mir, wurde er zu einer der einflußreichsten Persönlichkeiten einer Gruppierung, die man Mitte-Rechts nannte. Er trug sich mit dem Gedanken, eine Tageszeitung zu erwerben, um seine Ideen zu verbreiten. Wir wußten, daß er Pferde hatte. Wir wußten nicht, daß er Ideen hatte. Jedenfalls hätte er es zwanzig oder dreißig Jahre zuvor, im Schatten der Linden von Plessis-lez-Vaudreuil, nicht gewagt, sich ihrer zu rühmen. Ein weiterer ebenfalls verblüffter Zuschauer war Jean-Christophe Comte, der nach seiner Rückkehr aus Amerika bei einem Bankett radikalen und radikal-sozialistischen Stils, wo sich Bankiers, Schriftsteller und Politiker trafen, nicht weit entfernt von meinem Onkel Paul saß. Man kann sich vorstellen, daß dieser Weg meinen Onkel Paul äußerst empfindlich machte für die Gefahren dieser Krise, die, zeitlich in der Mitte zwischen den beiden Kriegen, uns umlauerten. Es hatte etwas grausam Schmerzliches an sich, gerade in dem Augenblick in ein enges Verhältnis zum Geld, zu den Geschäften und der industriellen Demokratie zu stoßen, als das Desaster nahte. Es hatte sich wirklich nicht gelohnt, sich einem System anzuschließen kurz vor einem Zusammenbruch, auf den wir seit nahezu hundertfünfzig Jahren unaufhörlich gewartet und den wir herbeigesehnt hatten.

Wenn ich heute an Plessis-lez-Vaudreuil in den Jahren 1926 oder 27 und 1936 oder 37 denke, habe ich eine Umgebung vor Augen, die der meiner Kindheit sehr ähnlich und trotzdem von ihr sehr verschieden ist. In gewissem Sinn war alles beim alten geblieben: die Linden, der steinerne Tisch, die alten Porträts an den Wänden, die Tour de France. Was sich aber geändert hatte, ist das Zeitklima. Plessis-lez-Vaudreuil nähert sich langsam der Rue de Varenne und der Rue de Presbourg. Der König und seine Rückkehr, die Treue um jeden Preis, die willentliche Blindheit herrschten nicht mehr souverän in den Unterhaltungen vor. Wir hatten das Jahrhundert eingeholt. Oh, die Vergangenheit hat noch große Macht über die Köpfe und Herzen. Aber es ist keine monarchische und mythische Vergangenheit mehr. Es ist eine bürgerliche, nationale und kollektive Vergangenheit. Sie ist angefüllt mit Kriegserinnerungen, Erinnerungen an offizielle Zeremonien, an Fahnen, die zwischen dem Bürgermeister und dem Dechanten wehen, auch an gemeinsames Leid und an Blut. Meine Kusine Ursula sitzt zwar von Zeit zu Zeit bei Tisch zwischen meinem Großvater und meinem Vetter Philippe, doch ist Deutschland nicht mehr nur das Land unserer Vettern von jenseits des Rheins, es ist eine Gefahr und eine Bedrohung. Es ist der besiegte, doch immer wieder auferstehende Feind. Die Doktrin des Nationalismus hat gesiegt über unsere feudalen und kosmopolitischen Traditionen, mit denen Pierres Eheschließung noch verknüpft war. Durch ihren Patriotismus drängt uns sonderbarerweise die *Action française* in das Lager jenes Frankreich, dessen Regime sie verabscheut.

Fünfunddreißig oder vierzig Jahre – reichlich verspätet also – nach dem Trinkspruch, den der Kardinal Lavigerie in Algier auf die Sammlung aller Katholiken ausbrachte, zehn Jahre nach Kriegsende und trotz Pierres Entschluß, aus Liebe zu einer Preußin den Quai d'Orsay zu verlassen, sind wir endgültig Nationalisten, Patrioten, beinahe Republikaner geworden. Mein Großvater bezeichnet sich natürlich weiterhin als Monarchist. Aber man kann ihm mit einer *Marseillaise* im rechten Augenblick, mit einer im Sandsturm wehenden Trikolore, mit der Erinnerung an die Großtaten des Vaterlands die Tränen in die Augen treiben. Ein Monarchist, der der Republik Dank weiß, daß sie sich ein Kolonialreich geschaffen hat. Ob man will oder nicht, das Regime des Vaterlands ist seit hundertfünfzig Jahren eine parlamentarische Republik und eine liberale Demokratie. Neue Erinnerungsgeschichten treten in unser Familienbewußtsein – oder unser Familienunterbewußtsein. Wir sind mit der Nation versöhnt, wir beginnen zu begreifen und sogar zu verkünden, daß der König nicht wiederkommen und daß das Morgen anders sein wird als das Gestern. Mein Großvater sagt: »Zu meiner Zeit...«, wie Zehntausende von alten Leuten in Frankreich ihre Rede beginnen mit »Zu meiner Zeit...«. Aber die Vergangenheit ist nicht mehr gegenwärtig. Sie ist zwar die Vergangenheit der ganzen Nation geworden, aber sie ist in Abgründe gestürzt. Selbst mein Großvater spricht von ihr wie von einer toten Angelegenheit. Man beweint sie mehr denn je. Früher jammerten mein Großvater und der Vater meines Großvaters nie über die Vergangenheit, denn die Vergangenheit war lebendig. Aber nun haben wir sie beerdigt. Wir machen Zukunftspläne, bei denen von der Vergangenheit nicht mehr die Rede ist. Wir sprechen jetzt über sie, wie man über Tote spricht, und wir halten Lobreden auf ihre dahingeschwundenen Tugenden. Der Beginn des Jahrhunderts und die Vorkriegszeit waren anscheinend so etwas wie das Goldene Zeitalter, in dem es allerdings keinen König gibt, dafür aber auch keine Einkommensteuer und keine bolschewistische Gefahr. Und die Steuer und der Kommunismus wiegen jetzt schwerer als der König. Wir sind soweit, daß wir einer Zeit nachtrauern, in der der König indes schon nicht mehr da war. Wir wissen, daß die gesegneten Zeiten, als Caillaux und Lenin noch nicht existierten, niemals wiederkommen werden.

Mein Großvater, der aus Plessis-lez-Vaudreuil nie herausgekommen ist, erzählt genüßlich und unermüdlich, daß vor dem Krieg in Europa nur die Russen und die Türken Reisepässe verlangten: uneingedenk seiner Ansichten über die theokratische Monarchie, ist er jetzt geneigt, Wilde in ihnen zu sehen. Mit der Wehmut, die sich an entschwundene Dinge heftet, denkt er daran, daß die Staatsangehörigen aller anderen Länder nur eine Visitenkarte brauchten, um den Kontinent von Madrid bis Bukarest, von Oslo bis Athen zu durchqueren. Der Frieden, die Ruhe in der Welt vor 1914 wird zu einem der Hauptthemen unserer Gespräche. Die Leichtlebigkeit auch. Die Zahl der Gärtner, der Küchenjungen und der Diener ist beträchtlich herabgesetzt worden. Es ist etwas Neues in die Welt gekommen, in der sich allmählich der Schatten des Sozialismus ausbreitet: die Menschen werden teuer. Einstmals waren sie billig. Im Argonnerwald und auf den grundlosen Wegen am Chemin des Dames waren sie noch nicht viel wert. Doch seitdem ist ihr Preis unaufhörlich gestiegen. In den Unterhaltungen ist oft vom Lohn der Fuhrknechte und Kutscher um 1900 die Rede. Sie bekamen ein paar Sous am Tag, es waren ihrer viele, und sie waren sogar treu. Denn anderswo hätten sie keine besseren Bedingungen angetroffen. So wurde das Geld zu einer unserer vorherrschenden Sorgen. Durch Onkel Paul beschäftigte uns auch die Börse sehr. Jeden Morgen, ehe er weggeht, wirft er einen besorgten Blick auf zwei Gradmesser, die ihm andeuten, was der kommende Tag ihm bringen wird: das Barometer, an das er mit dem Finger klopft, und die Wall Street-Börsennotierungen, die er fieberhaft überfliegt. Ja, das ist auch etwas Neues: eines schönen Morgens sind wir aufgewacht und sind, ohne daß jemand von uns genau begreift, warum und wieso, an Amerika gebunden. Ein ziemlich gleichmäßiger Rhythmus kommt in unsere Existenzen, die noch sehr unterschiedlich sind – wir haben gehört, können es aber nicht recht glauben, daß sie die Dienstboten, die es nicht mehr gibt, durch Maschinen ersetzen – und dennoch schon gewisse Parallelen haben: alles, was dort drüben vorgeht, auf der anderen Seite des Atlantik, der mit einem Flügelschlag überquert werden kann, gelangt früher oder später auch zu uns, nach zehn oder zwanzig Jahren und manchmal nach einigen Wochen. In der Tat, die Maschinen dringen mehr und mehr in unser Leben ein. Mit traurigem und unverhohlen mißbilligendem Blick betrachtet mein Großvater die Automobile, die nebeneinander im Schloßhof stehen. Nichts ärgert ihn mehr als die dauernden Gespräche der Jüngsten über ihre Durchschnitts- und ihre Spitzengeschwindigkeit. Er mag die Geschwindigkeit nicht. »Zu meiner Zeit...«, sagt er dann. Und er erzählt uns zum hundertstenmal, wie mein Urgroßvater, Tante Yvonne, Onkel Anatole und er mit ihren Pferden über die Landstraße nach Paris gereist sind. Keiner von uns hört mehr richtig zu. Und heute denke ich mit Bedauern, fast mit Schmerzen an all die Fragen, die ich ihm nicht gestellt habe und die für immer ohne Antwort bleiben.

Die Geschwindigkeit schleicht sich überall ein, in die Reisen, in die Sitten, in den Lauf der Geschichte, von der jeder sagt, sie schreite immer schneller fort, in die Wissenschaft, in die Mode und sogar in die Literatur. Wir lasen Péguy, Apollinaire, Maurras, Gide, Claudel, die Surrealisten, dann Giraudoux und Valéry. Jetzt lesen wir Morand. Er hat den *Eiligen Mann* noch nicht geschrieben, aber er ist bereits überall zugleich, und er bedient sich in bewundernswerter Weise dieser neuen Instrumente, die mein Großvater nicht kennt, die aber von Valery Larbaud besungen und berühmt gemacht werden: die Verkehrsmittel. Das Leben um uns verändert sein Gesicht wie die Landschaften, die man durch das Fenster der großen europäischen Schnellzüge erblickt und die unmittelbar danach entschwunden sind, sie heißen *Harmonika-Zug* und *Orient-Ex-*

press. Über Zeit und Raum hinweg wissen wir jetzt, daß jeder neue Tag sein gerüttelt Maß an nicht wieder rückgängig zu machenden Veränderungen mit sich bringt. Man erinnert sich wohl noch daran, daß mein Großvater einst seine Anordnungen gab, damit jeder Tag nur nichts anderes tue, als den Tag zuvor genauestens zu wiederholen. Wir sind in eine Zeit eingetreten, in der sich nichts mehr wiederholt. Sooft mein Großvater einen Blick hinter sich wirft, sieht er nur Leichen. Es scheint, daß seit 1914 die Dinge wie die Menschen nichts anderes tun als sterben. Und zum Ersatz dafür auch geboren werden. Und es verschwinden nicht nur die Petroleumlampen und die Segelschifffahrt. Es erscheinen nicht nur die Elektrizität und das Telephon, die Scheidung und der Sozialismus. Das Aussehen der Landschaft und der Straßen, die Kleider, die Hüte der Frauen, die Küche, die alltäglichen Gebrauchsgegenstände, natürlich die Automobile, selbstverständlich die Flugzeuge, die Tänze, die Musik und die Malerei, die Sprache, die Ideen und die Sitten, alles veraltet in wenigen Monaten, verändert sich und taucht wieder auf. Ich weiß, daß die Diners in der Rue de Presbourg bei Pierre und Ursula in der Nachkriegszeit einen erstaunlichen Anachronismus darstellten, ein paradoxes Fortleben der Gewohnheiten zu Beginn des Jahrhunderts. Doch als das Drama in der Rue de Presbourg Einzug hält – ungefähr zur gleichen Zeit wie die Auswirkungen der Krise, deren Etappen und Wirren wir noch sehen werden –, ändert sich die Lebenshaltung von einem Tag auf den anderen. Die zehn oder zwölf Hausangestellten werden auf drei oder vier reduziert, die phantastischen Menüs schmelzen wie Schnee an der Sonne. Die nächste Etappe der kulinarischen Revolution – um einen Augenblick in diesem wichtigen und bescheidenen Bereich zu verweilen – spielt sich während des Zweiten Weltkriegs ab. Noch 1939 ist die Vorstellung, daß Hitlerdeutschland zum Eintopfessen verdammt ist, ein Schlagwort der Propaganda, das die Franzosen mit einer Mischung von Bestürzung, Schrecken, Feinschmekker-Sadismus und wahrem Mitgefühl erfüllt. Der Eintopf ist für den liberalen Überfluß so etwas wie das Ungeheuer von Loch Ness. Ein Jahr danach, und vielleicht für immer, besteht das tägliche Diner einer französischen Familie der Großbourgeoisie selten aus mehr als einem Gericht zwischen Suppe und Käse.

Die Veränderung scheidet nicht nur die Vergangenheit von der Zukunft. Auch in der Gegenwart wirkt sie als Zerstörer des Familienzusammenhangs. Es hat den Anschein, als begänne eine Ära, in der alle Menschen sich gleichen. Das ist durchaus möglich. In der Familie jedenfalls nehmen die Gegensätzlichkeiten zu, anstatt sich zu verringern. Einstmals bildete die Familie, ich glaube, es dargestellt zu haben, vor allem ein Ganzes. Von der Urgroßmutter bis zu den Urenkeln glichen wir uns. Es gab bei uns, was die anderen und was wir selbst mit Genugtuung, ja, mit Triumph, eine Familienähnlichkeit nannten. Ein Lieblingsspiel der Erwachsenen zur Zeit meiner Kindheit und meiner Jugend bestand darin, bei Vettern dritten Grades, bei Urgroßnichten einer Ururgroßmutter die berühmte Familienähnlichkeit zu entdecken. Wir entdeckten sie stets und ziemlich mühelos. Mein Urgroßvater empfing eines schönen Tages in Plessis-lez-Vaudreuil einen entfernten Vetter in Begleitung zweier junger Leute, stürzte sich auf den ansehnlicheren und sagte lautstark:

»Ach, diese Familienähnlichkeit, da irrt man sich nicht!«

»Das ist der Sohn meines Chauffeurs«, murmelte der Vetter verlegen.

Nun wandte sich mein Urgroßvater, ohne sich im geringsten stören zu lassen, an den anderen Burschen:

»Ja, mein Junge, es ist nicht zu leugnen, daß Sie zu uns gehören.«

Eins steht fest: Onkel Anatole, Tante Yvonne, mein Großvater, mein Urgroßvater hatten ganz ohne Zweifel viele gemeinsame Züge, Gestalt, Ansichten, Neigungen, Reaktionen. Natürlich gab es auch Monster, Abirrungen der Natur und der Kultur, wie meinen Onkel in Argentinien. Aber sie wurden als Monster betrachtet, und trotz Zynismus und Genüßlichkeit betrachteten sie sich selbst als Monster. Ehe sie starben, bezeigten sie Reue und kamen, wenn ihr Leben zur Neige ging, nach Plessis-lez-Vaudreuil, wie ich schon berichtet habe. Jedes Familienmitglied scheint jetzt sein eigenes Leben zu führen. Wir sind noch nicht bei dem hemmungslosen Individualismus angelangt, der unsere zweite Nachkriegszeit kennzeichnet. Doch innerhalb der Gruppe selbst beginnt der Lebensstil sich zu differenzieren. Jene Gemeinschaft, jener Organismus, jene Gesamtheit, die sich Familie nannte, gibt es nicht mehr. Es gibt einen Soundso, einen weiteren Soundso und noch einen Soundso. Sie tragen denselben Namen, das ist aber auch alles. *Wie es Gott gefällt.* Auch der Wahlspruch der Familie ändert allmählich seinen Sinn. Eine leichte Nuance von Unverfrorenheit und Fatalismus obsiegt unmerklich über die Vorstellung des auf der Unterwerfung basierenden Triumphs.

An einem Ende ist Gott. Am anderen Ende ist das Geld. Dazwischen die Frauen, die Wagen, die Reisen, das Vergnügen. Einst kam das Geld von Gott, und alles, auch das Vergnügen und die Frauen, war Teil ein und derselben Ordnung, ein und desselben Systems. So war es. Was um 1925 herum in die Brüche geht, ist die Vorstellung von diesem System. Müßte ich in einem Wort zusammenfassen, was sich zwischen 1925 und 1933 nicht nur in Plessis-lez-Vaudreuil, sondern in Frankreich und im gesamten Westen zwischen dem Ersten Weltkrieg und dem Aufstieg des Nazismus vollzieht, würde ich nicht vom Tango reden, nicht vom Jazz, nicht von den weichen Filzhüten, nicht vom Ende des Couturiers Poiret, nicht von den Anfängen, dann vom Erfolg Coco Chanels, nicht von der Vergnügungssucht, nicht von *Amour, Délice* und *Orgue,* nicht von der Ausstellung *Arts décoratifs.* Das alles existiert, bekommt seinen Sinn aber erst in einem größeren Zusammenhang. Ich würde einfach sagen, daß trotz der Maschinen, der Schnelligkeit, des Fortschritts – trotz ihrer oder ihretwegen – das System nicht mehr funktioniert. In der Literatur und in der Malerei wie in der Politik und in den Geschäften – das Wort *affaires* wurde früher für die Politik verwendet, Staatsaffären, Staatsgeschäfte; es bezieht sich heute nur noch auf das Geld – ist irgend etwas, das klemmt. Die Maschine hat sich festgefressen. Das nennt man Krise.

Während ihres bisherigen, schon äußerst ereignisreichen Laufs ist die Welt unaufhörlich von einer Krise in die andere geraten. Waren die Barbareneinfälle nicht eine Krise und der Hundertjährige Krieg und die Religionskriege und der Dreißigjährige Krieg und die Französische Revolution und die Anfänge des Maschinenzeitalters? Das Neue ist, daß es sich nicht mehr um Kämpfe, um Massaker, auch nicht um Erschütterungen handelt, sondern vor allem um Unsicherheit, Ungewißheit. Es scheint, die Welt weiß nicht mehr, woran sie ist. Die Krise besteht darin, daß jeder glaubt, er sei in einer Krise. Am Familientisch ist ein Schwanken wahrzunehmen. Jeder versucht, eine Rolle zu spielen und, koste es, was es wolle, sich aus der Schlinge zu ziehen. Onkel Paul verkörpert nach und nach eine Mischung aus Politik und Geld, was der Familientradition genau entgegengesetzt ist, auf die er sich noch beruft, Claude wendet sich Gott zu, nicht in der Familie und für sie und durch sie, sondern gewissermaßen gegen sie. Wenn man uns beim Abendessen sitzen sieht, noch um halb acht, aber bald um Viertel vor acht, im alten Speisesaal in Plessis-lez-Vaudreuil, so erblickt man, Seite an Seite, die Geschäfte und die Religion. Einstmals gehörten die Kardinäle, die Marschälle, die Kurtisanen, die Lebemänner zum gleichen Universum. In der modernen Welt werden die Beziehungen zwischen Gott und dem Geld recht schwierig. Ganz zu schweigen von der Vergnügungssucht, der Neuerungssucht, die der Tradition zuwiderläuft, von dem ganzen Druck einer Freiheit, die uns umzingelt und uns verlockt. Die Familie ist geplatzt. Die Dreyfus-Affäre, die Trennung von Kirche und Staat, der Krieg gegen Deutschland, die Aussöhnung mit der Republik hatten nicht viel mehr als Risse im Gebäude der Familie bewirkt. Die Zeit hat ihr Werk getan. Es war nicht so, daß wir uns nicht leiden konnten. Aber jeder von uns hatte seine kleine innere Welt. Aufgrund unserer übrigens blasser gewordenen Überzeugungen, der Lebensart, der Hoffnungen und Erwartungen sind wir zu Capulets und Montagus geworden, die sich gegenseitig ganz gut verstehen. Wir kommen endlich aus dem Mittelalter heraus. Der Individualismus siegt über den Familiensinn.

Albert Remy-Michault ist gestorben. Er hat Onkel Paul, seinem Schwiegersohn, die Leitung seiner Fabriken und seines industriellen Machtbereichs überlassen. Onkel Paul steuert zwischen seinem Abgeordnetensitz und seinen ungeheuren Geschäften hin und her. Wirklich, er betreibt Geschäfte, und diese Geschäfte sind ungeheuer. »Mein Sohn ist Geschäftsmann«, antwortet mein Großvater, wenn ihn jemand nach Onkel Paul fragt. Und es scheint, daß die Worte, wenn er sie ausspricht, ihm den Mund zerreißen.

Onkel Paul seinerseits setzt auf zwei seiner Söhne: Pierre

und Jacques natürlich. Pierre ist der Älteste, sein kurzes Gastspiel in der Diplomatie, dann sein doppelgleisiger Weg zwischen Ursula und Mirette haben ihn Plessis-lez-Vaudreuil und dem Familienverband etwas entfremdet. Jacques beschäftigt sich mit Versicherungen, Schiffen und Erdöl. Er hat es nicht, wie Michel, geschafft, Inspecteur des finances zu werden: er ist Amerikaner geworden. Zweimal im Jahr verbringt er fünf Wochen in New York. Er kehrt mit Plänen zurück, die er seinem Vater unterbreitet. Philippe ist nicht mehr ganz jung. Er ist fast dreißig Jahre alt. Immer noch hat er nur Frauen im Sinn. Mit den Jahren ist er zu einem berufsmäßigen Verführer geworden. Als der Zweite Weltkrieg ausbricht, pflegt er seine etwas frühzeitig weißgewordenen Schläfen. Er gefällt den Krankenschwestern, wie er einst den Freundinnen seiner Mutter gefallen hat. Aus verschiedenen Gründen, aus entgegengesetzten Gründen sind Philippe und Claude aus dem Spiel. Sie sind der Leidenschaft zu den Frauen und zu Gott verfallen. Doch schon steigt in dem kleinen Eßraum, der neben dem großen eingerichtet worden ist (denn die Kinder nahmen zu jener Zeit an den Mahlzeiten der Erwachsenen nicht teil), etwas Neues auf, eine seltsame Wiederholung des Schauspiels, das sich zwanzig Jahre zuvor – und vierzig und sechzig Jahre zuvor – am steinernen Tisch unter den Linden bot: eine neue Generation, die vierte, glaube ich, oder – schon! – die fünfte, zieht durch Plessis-lez-Vaudreuil. Vielleicht hat der Leser zu Beginn dieses Buches, am Ende des vorigen Jahrhunderts, noch die etwas verschwommene Gestalt meiner Urgroßmutter erblickt. Er kennt meinen Großvater, seinen Sohn Paul, seine Enkel Pierre und Philippe, Jacques und Claude, von mir ganz zu schweigen, selbstverständlich. Jetzt sind Jean-Claude, Anne-Marie, Bernard, Véronique und Hubert da. Véronique und Hubert sind erst kürzlich aus der Wiege genommen worden. Aber Jean-Claude und Anne-Marie sind fast schon junge Leute. Habe ich eigentlich bereits berichtet, ich weiß es nicht genau, daß Jacques sich verheiratet hatte, daß Pierre und Ursula in Cabrinhac, zur Zeit, als sie sich liebten, ein Sohn und eine Tochter geboren wurden? Es ereignen sich so viele Dinge in einer Familie, daß mir ist, als fließe mir das Leben durch die Finger mit all den Kindermädchen, Lehrerinnen, kindlichen Liebschaften, den Verlobungen und Todesfällen, den Festen und den Examen, dem Militärdienst und dem Sport, der in unserem Leben allmählich eine bedeutende Rolle spielt: er ersetzt die Natur, die wir nach und nach verlieren und die wir zum Atmen so notwendig brauchen. Ich weiß wohl, ich müßte von vielen Begegnungen erzählen, vom Leben, wie es jeden Tag abläuft, die Briefe heraussuchen, die noch in meinen Koffern oder in Kommodenschubladen schlummern, Gespräche, Dispute wiedergeben, von den Beziehungen zu den Dienstboten oder den Lieferanten sprechen und den geschäftlichen Unterredungen. Dazu habe ich, wie ich fürchte, weder den nötigen Raum noch die Zeit und – leider! – das Talent. Das einzige, was ich tun kann, ich kann die Familie vorführen, in der Rue de Varenne, in der Rue de Presbourg, in Plessis-lez-Vaudreuil, am steinernen Tisch oder im Speisesaal, unter den Porträts ihrer Marschälle, und darauf hoffen, daß von der dahinfließenden Zeit sich ein klein wenig festhalten läßt.

Ein Teil der Wandlungen in der Familie, die ich vorhin der Krise zugeschrieben habe, ist in Wirklichkeit vielleicht nur eine Auswirkung des Laufs der Zeit und der Veränderung der Perspektiven, die sie mit sich bringt. Mir erschien die Familie einst, als ich Kind war, wie ein Ganzes, in dem ich meinen Platz zwischen meiner Mutter und meinem Großvater hatte. Ich wußte natürlich, daß die Mitglieder der Familie nicht austauschbar waren. Mein Vater hatte nicht immer dieselben Ansichten wie mein Großvater, und meine Mutter war wirklich ganz anders als Tante Gabrielle. Doch auch in meiner Jugendzeit stand allem voran die Familie. Und dann, danach, kamen die Angehörigen, die sie bildeten. Jetzt ist es äußerst schwierig, zwischen Onkel Paul und seinem Sohn Claude, zum Beispiel, die geringste Bindung zu erkennen, möglicherweise einfach nur, weil ich sie besser verstehe als einst meinen Großvater und meine Mutter. Es scheint mir, als gehörten sie zwei Welten an, die jede dem Geist der Familie völlig fremd ist: Onkel Paul hat sich für das Geld und die Politik entschieden, für alle Mächte der modernen Welt, die sich vor unseren Augen aufbaut. Und wir haben bereits gesehen, daß Claude sich vielleicht nur für Gott entschieden hat, um gegen seinen Vater zu protestieren.

Claude war im Seminar, ich erinnere mich nicht mehr genau,

wo, vielleicht in Maredsous oder in La Pierre-qui-Vire, als die eine dieser beiden Welten zusammenbrach. Beim Tod seines Schwiegervaters hatte Onkel Paul, vielleicht auf den Rat seines Sohnes Jacques hin, das amerikanische Wunder zu entdecken geglaubt. Er hatte sich von den Leistungen der Wall Street beeindrucken lassen – der Name hatte in seinen Ohren den Klang eines modernen Eldorado – und den größten Teil seines Vermögens in amerikanische Werte umgewandelt, die er, glaube ich, *blue chips* nannte. Das Wort gefiel den Kindern, und ich dachte damals schon mit einem Anflug von Melancholie, daß auch ich zwanzig Jahre früher alle Zauberreiche der Phantasie auf den *blue chips* aufgebaut hätte. Onkel Paul war kein Kind mehr, aber er ließ sich von seinen Märchenträumen leiten. Er brachte die alten Fabriken von Remy-Michault in Abhängigkeit von New York, von Detroit und von Chicago. Es gab jemanden, der ihn warnte, und das war Michel Desbois. Jacques und Michel waren ebenso brüderlich freundschaftlich verbunden geblieben wie Claude und ich. Sind die drei Musketiere von Jean-Christophe Comte, die trunken waren von Proust und Stendhal, noch in Erinnerung? Im Lauf der Monate und Jahre hatten sie sich in zwei Gruppen geteilt: Jacques und Michel auf der einen Seite, mit ihren Akten und ihren Fabriken, auf der anderen Seite Claude und ich, zwischen romanischen Kreuzgängen und der beharrlichen Liebe zur Literatur, zwischen der Berufung zu Gott und der Prostituierten von Capri. Jacques bewunderte Michel, und er spottete über ihn. Er warf ihm vor, zu vorsichtig und zu sehr von den festgelegten Ansichten der Inspection des finances beeinflußt zu sein. Vielleicht trieb Jacques, weil er es nicht geschafft hatte, ebenfalls in die Inspection des finances aufgenommen zu werden, und als Vergeltung dafür, seinen Vater zu den größten Wagnissen. Nur wenige Jahre, nachdem Michel Desbois Inspecteur geworden war, war er, dank der Freundschaft, die Onkel Paul und Jacques ihm bezeigten, in die Verwaltungsräte aller Remy-Michault-Unternehmen berufen worden. Doch hatte er nicht verhindern können, daß die Gesamtheit des Machtbereichs dem Schicksal von Wall Street unterworfen wurde. Das einzige, was er tun konnte, war, ganz offen seine Opposition zum Ausdruck zu bringen. Vom Frühjahr 1930 an, und dann jeden Monat deutlicher, wurde es offenkundig: Onkel Pauls Verknüpfung mit der amerikanischen Krise hatte das Erbe Remy-Michault hinweggefegt. Die Kriegsvorbereitungen und der Krieg hatten den Rüstungsbetrieben zu einem ungeheuren Aufschwung verholfen. Sie brachen zusammen und mußten geschlossen werden. Alle anderen Unternehmen waren in Mitleidenschaft gezogen. Das war der Bankrott. Und vielleicht der Ruin. Der Index Dow Jones schlug am 3. September 1929 alle Rekorde und stieg auf 381,17 Punkte. Die Frage war, wann er die 400-Grenze überschreiten würde. Am Donnerstag, dem 24. Oktober, dem berühmten Schwarzen Donnerstag, stürzte der Mythos vom amerikanischen Wohlstand in sich zusammen. In weniger als zwölf Stunden wurden ungefähr fünfzehn Millionen Aktien auf den Markt geworfen, die Kurse fielen ins Bodenlose, wie ein Sturm ging die Panik über die riesigen Gesellschaften und über die berühmten kleinen Aktionäre hin, elf Spekulanten stürzten sich aus den Wolkenkratzern der Wall Street in die Tiefe, und die allgemeine Hysterie brachte in wenigen Tagen mehr als dreihundertfünfzig Banken in Konkurs. Am 8. Juli 1932 hatte der Dow Jones mit 41,22 sein Niveau von 1896 wiedererlangt.

An den Sommer 1930, dann an den Sommer 1931 in Plessis-lez-Vaudreuil habe ich eine ganz besondere Erinnerung. Das Gespenst des Ruins – natürlich ein relativer Ruin: die Großbourgeoisie hat stets Reserven, und die Verbindung mit den Krupps ließ die Sache weniger tragisch erscheinen – verursachte meinem Großvater keine großen Sorgen. Ich frage mich, ob er sich, in einem gewissen Sinn, nicht darüber freute. Im Grunde war das ganz folgerichtig. Ein Teil der Familie – die Reihe ging von meinem Großvater über meinen Vater und meine Mutter bis zu Claude – hatte stets seiner Geringschätzung für das Geld Ausdruck gegeben. Onkel Pauls Mißerfolg bezeichnete in gewisser Weise das Ende eines Experiments und eine Befreiung. Das ärgerlichste war der Konkurs. Konkurs, Bankrott, Konkursverwalter, Zahlungsunfähigkeit waren neue Worte für die Familie. Sie waren sehr unangenehm. Aus zwei oder drei Gründen. Sie kennzeichneten nicht nur den Eintritt der Familie in die Welt der Geschäfte, die wir nicht sehr hoch schätzten, sondern auch das Scheitern: wir waren nicht einmal fähig gewesen, in einem Bereich, den wir verachteten, etwas zu leisten. Und sie verliehen diesem Scheitern eine sehr peinliche Bedeutung. Dreißig Jahre zuvor hätte es uns nichts ausgemacht, aus politischen oder religiösen Gründen vor den Tribunalen der Republik zu erscheinen. Jetzt, da wir mit dem Staat ausgesöhnt waren und die Lebens- und Denkungsart der an der Macht befindlichen Bourgeoisie angenommen hatten, war es fast unerträglich, von der Presse und der öffentlichen Meinung der Veruntreuung oder finanzieller Unredlichkeit verdächtigt zu werden. Natürlich war nur von Ungeschicklichkeit und Unvorsichtigkeit die Rede. Wir hatten den Finger ins System gesteckt, und das System machte keinen Unterschied. Mein Großvater litt sehr darunter, zusehen zu müssen, wie die Ehre der Familie mit der Elle des Geldgeschäfts gemessen wurde. Seiner Meinung nach durfte man sich in solche Geschäfte nicht einlassen. Da die moderne Welt uns dazu verleitet hatte mitzutun, ging es jetzt darum, auf anständige Art und Weise wieder freizukommen. Selbst in Zeiten des Niedergangs war die Familie noch zu etwas nütze. Hélène, Jacques' Frau, hatte kein Vermögen. Aber Ursulas Mitgift wurde zum großen Teil dazu verwendet, die Schäden zu reparieren.

Es war von Vorteil, mit den Krupps verwandt zu sein. Es war auch ein Vorteil, mit den Wittlensteins verwandt zu sein: Ursula kam nicht einmal auf den Gedanken, Verwahrung dagegen einzulegen, daß ihr Vermögen dazu verwendet wurde, Löcher zu stopfen; sie fand es ganz natürlich. Man sieht, wie schwierig es ist, Menschen richtig einzuschätzen: die einen zogen den Hut vor ihr, die anderen dachten – und sagten –, es bliebe ihr noch genug, um ihren Neigungen für Manikuren und Automechaniker zu frönen.

Das interessanteste für mich war die Rückwirkung der Krise auf zwei Jungen, die ich gern mochte – und die jetzt Männer waren: ich meine Claude und Michel Desbois. Claude hatte sich zwar dadurch, daß er Priester werden wollte, unseren ältesten Traditionen untergeordnet, er war dennoch derjenige unter uns, der sich von den Ansichten der Familie am weitesten entfernt hatte. Wie mein Großvater hegte er indes den Wunsch, die Krise möge zumindest bewirken, daß die Bande, die wir durch die Remy-Michault mit den Geschäften und dem Geld geknüpft hatten, gelockert und vielleicht gelöst würden. Ich hatte eigentlich daran gedacht, einige Seiten über das Leben meines Vetters Claude zu schreiben. Ich wollte zeigen, daß die Geschichte seiner inneren Berufung unter zweierlei Aspekten erklärt werden könne: zum einen konnte man behaupten, und es wäre sicherlich nicht falsch, daß Gott ihn gerufen und daß er den Ruf vernommen habe. Zum anderen konnte man die Meinung vertreten, daß drei entscheidende Erfahrungen ihn auf diesen Weg gebracht hatten: der Einfluß von Jean-Christophe, die Begegnung mit Marina und die Ablehnung der modernen Geschäfts- und Geldwelt. Die Geringschätzung und der Haß dem Geld gegenüber, die Liebe zu Gott und zu den Menschen, die Liebe zu Gott durch die Menschen und zu den Menschen durch Gott – worüber er mit meiner Mutter endlose Gespräche führte, bei denen ich nicht immer zugegen war –, die Ablehnung einer bestimmten toten Vergangenheit und zugleich einer zu lebendigen Gegenwart, alles das prägte sein Leben, das lange Zeit dem meinen sehr nahe war und dessen geheime Wege ich besser als jeder andere, glaube ich, zu begreifen vermochte.

Hatte die Krise und alles, was mit ihr zusammenhing, dazu beigetragen, Claude von der modernen, vielleicht schon veralteten Welt, von der wir uns hatten verlocken lassen, zu entfernen, so stürzte sie Michel Desbois in diese Welt hinein. Über Michels Aufstieg sind viele Dummheiten und Torheiten verbreitet worden. Kurz vor dem Zweiten Weltkrieg oder vielleicht kurz danach ist sogar ein Roman erschienen, in dem er, unter durchsichtigen Pseudonymen, eine ziemlich häßliche Rolle zwischen Jacques und Onkel Paul spielte. Zugegeben, der Anschein war einigermaßen verblüffend: in kaum sechs Wochen übernahm der Sohn unseres Verwalters, noch nicht dreißig Jahre alt, praktisch die Aufsicht über die gesamten Remy-Michault-Unternehmen – oder was von ihnen übriggeblieben war. Und zehn oder fünfzehn Monate später heiratete er meine Schwester Anne.

Man kann sich unschwer vorstellen, welche Auslegungen solche Ereignisse um 1930 oder 32 hervorriefen. Die einen sprachen von Verschwörung oder Erpressung, die anderen mischten gefühlsbetonte Betrachtung mit wirtschaftlichen Überlegungen: einerseits sahen sie in dieser Ehe einen weiteren Affront für die Familie, andererseits meinten sie im Gegenteil, die Familie wolle auf diesem Umweg wenigstens ein Stück vom Kuchen und Erbteil Remy-Michault behalten. Alle diese Mutmaßungen waren gleichermaßen absurd. Michel Desbois hatte weder gegen Onkel Paul noch gegen Jacques irgendeine Intrige angezettelt. Nur hatte er weiter und klarer als alle anderen gesehen. Wäre man seinem Rat gefolgt, hätte der Schwarze Wall Street-Donnerstag für uns nicht die unheilvollen Folgen gehabt, die uns zu Boden zwangen. Michels Stärke lag einfach in der Richtigkeit seiner Voraussagen. In dem Durcheinander, das der Krise folgte, war es für die Finanzgruppen, die die Nachfolge der Familie antraten, ganz natürlich, sich auf jemanden zu stützen, dem die Dinge vertraut waren und der dennoch keinen Anteil daran hatte, daß es zu dem Desaster gekommen war. Onkel Paul und sein Sohn waren ungeheuer froh, auf Michel bauen zu können. Michel betrug sich uns gegenüber, wie wir uns den Seinen gegenüber betragen hatten. Er war ohne Fehl und Tadel. Auch wir waren den Desbois gegenüber stets ohne Fehl und Tadel gewesen. Nur waren wir damals die Stärkeren. Jetzt war er der Stärkere. Er ließ es uns mit demselben Feingefühl spüren, dessen wir uns einst in Plessis-lez-Vaudreuil befleißigten. Wir entschuldigten uns damals fast, die Herren unserer Bediensteten zu sein. Er entschuldigte sich fast, in so kurzer Zeit der Herr seiner Herren geworden zu sein. Er konnte nichts tun, um Onkel Paul zu retten, aber er verschaffte Jacques einen ziemlich wichtigen Posten in unseren alten Unternehmen. Was die Heirat mit Anne betraf, die der Roman, von dem ich sprach, wie eine modernisierte Version des zentralen Themas des Romans und Theaterstücks *Le Maître de forges* von Georges Ohnet darstellte, so hatte sie nichts von einer zusätzlichen Rache Michels an uns, noch weniger von einem Manöver der Familie, wieder zu ihrem Kapital zu kommen. Michel liebte Anne, das war alles. Und schon seit langem. Vielleicht seit eh und je. Vielleicht seit der Zeit, da er als kleiner Junge, dann als ganz junger Mann seinen Vater, Monsieur Desbois, zur abendlichen Sechs-Uhr-Zeremonie in die Salons des Schlosses begleitete, bei der der Verwalter im Gehrock, mit einem Hut auf dem Kopf und Handschuhen in der Hand erschien. Die Stellung, die Michel innehatte, erlaubte es ihm nun, uns um Annes Hand zu bitten. Man kann sagen, daß die Krise den jungen Leuten zustatten kam. Wie die Antwort meines Großvaters fünf oder zehn Jahre früher ausgefallen wäre, vermag ich nicht zweifelsfrei zu vermuten. Anne hätte nichts anderes tun können, als mit Michel auf und davon zu gehen. Das wäre eine eindrucksvolle Seite in diesen Erinnerungen an eine vergangene Zeit gewesen. Einerlei. Es fand nur eine bürgerliche Hochzeit in der alten Kapelle von Plessis-lez-Vaudreuil statt, wo, um ins Leben einzutreten oder es zu verlassen, schon so viele der Unseren geweilt hatten. Die Geschichte ist gut verlaufen: ich glaube, daß Michel und Anne vierzig Jahre lang nach Erlebnissen, von denen noch zu sprechen sein wird, sehr glücklich gewesen sind. Ich bin der Pate ihres ersten Sohns. Beruflich beschäftigt er sich mit Atomenergie an der Universität von Kalifornien. Und er hat bereits eine Tochter, die Elisabeth heißt. Sie möchte gern zum Theater. Anne hat mir vor einigen Tagen geschrieben, um Rat von mir einzuholen und mir ihre Bedenken anzuvertrauen, die an unseren Großvater erinnern: ihre Enkelin Elisabeth verkehrt seit einigen Monaten nur noch mit einem jungen muselmanischen Ethnologen, der in den Reihen der Schwarzen Panther steht.

Wenn ich diese ganze Angelegenheit überdenke, die im Vergleich zu den furchtbaren Ereignissen, die die Familie erschütterten, gering erscheint, stoße ich auf eine Einzelheit, über die ich noch ein paar Worte sagen möchte. Michel war mein bester Freund, und Anne war meine Schwester. Sie haben mir beide anvertraut, daß sie sich seit Jahren liebten. Sie sahen sich, wenigstens im Sommer in Plessis-lez-Vaudreuil, jeden Tag; er war zwanzig oder zweiundzwanzig Jahre alt und sie zwischen siebzehn und neunzehn. Ich habe nie etwas von den Gefühlen, die sie füreinander hegten, geahnt. Ist es nicht schrecklich, daß man so blind sein kann? Ich glaubte, meine Schwester schwärme für Jean-Christophe. Ich erfuhr dann, daß das nicht falsch war und daß Michel Jean-Christophe haßte. Ich glaubte, daß Michel Jean-Christophe bewundere und so etwas wie Verehrung für ihn empfände. Auch das war nicht falsch. Er liebte ihn, und er haßte ihn. Wo lagen die Motive von Michels Haß gegen Jean-Christophe Comte? Die Dinge waren entschieden verwickelter, als ich annahm. Ich war mir im klaren, daß meine kleine Schwester nicht mehr das Kind war, das wir in ihr sahen. Ich fragte mich vielleicht sogar dunkel, ob sie zwischen Michel und

Jean-Christophe... Aber sie war meine Schwester. Vor dem Zweiten Weltkrieg redeten wir unter uns nicht viel über das, was wir unser Privatleben nannten. Wir schlossen lieber die Augen. Manchmal, wenn ich von dem leider für immer entschwundenen Paradies unserer fernen Kindheit träume, steigen Erinnerungen in mir auf, und ich sehe Anne, Jean-Christophe und Michel bei Spielen, die nicht so harmlos waren, wie die ruhige und strenge Umgebung von Plessis-lez-Vaudreuil es vermuten ließ. Und tatsächlich, jetzt, da ich daran denke, kommt mir plötzlich ein Sommerabend in den Sinn, um 1922 oder 23, an dem Jean-Christophe und Anne... Aber was, das alles ist vergangen, das alles liegt so fern. Und Anne ist Großmutter, sie wird vielleicht in zwei oder drei Jahren die Urgroßmutter eines kleinen Muselmanen sein oder vielleicht in einem halben Jahr schon.

Urgroßmutter! Mein Gott, sind wir alt. Ich sehe meine kleine Schwester vor mir, an jenem Frühherbsttag 1932 bei ihrer Hochzeitsfeier. Ganz Plessis-lez-Vaudreuil ist da, ganz Roissy, ganz Saint-Paulin, ganz Villeneuve, ganz Roussette, alle, die uns liebten, und alle, die wir liebten. Der Polsterer, der Maler, der Lehrer, die frommen Schwestern vom Hospiz, der Wirt vom Bistro, von dem geflüstert wird, er sei Kommunist, die Feuerwehrleute und die Feldhüter, die alten Tanten aus der Bretagne, die mit der Eisenbahn aus dem Département Finistère gekommen sind, der Notar und die Pächter, die Turner meines Großvaters und die sonntäglich herausgeputzten Wilderer, die Trunkenbolde und die Frömmlerinnen, die Kurzwarenhändlerin von der Place de l'Horloge und die Schloßherren aus der Nachbarschaft, alle sind den Tränen nahe, und alle sind glücklich.

Nur Onkel Paul ist nicht da. Er hat sich am Ende des vorigen Sommers eine Kugel in den Kopf gejagt. Er ist der erste unseres Namens, der ohne ausdrücklichen Befehl, von sich aus, trotz unseres Familienwahlspruchs sein Amt an Gott zurückgibt.

Pauline, Zirkusreiterin,
und die feindlichen Brüder

Wir waren ruiniert. Das bedeutete nichts. Zunächst natürlich, weil das Geld nicht zählte. Und dann auch, weil der Ruin, wie häufig in bürgerlichen Familien, uns genug übrigließ, womit wir unsere Stellung halten und standesgemäß leben konnten. Michel Desbois ging großartig zu Werke, er erwies sich als einer der scharfsinnigsten Financiers seiner Zeit und rettete aus dem Desaster alles, was gerettet werden konnte. Zudem hatten nur die Remy-Michault viel verloren. Allerdings hatten auch nur sie viel verdient. Erfolg oder Katastrophe – das Schicksal der Unternehmen betraf uns kaum. Tante Gabrielle und ihr Geld waren sehr nützlich gewesen für das Schieferdach des Schlosses und die Uniformen der Jagdhüter. Doch schließlich und endlich lebte Plessis-lez-Vaudreuil auch ohne den Luxus der Remy-Michault noch immer recht anständig von den Einkünften unserer Ländereien in der Haute-Sarthe und der Häuser in Paris, die Michel Desbois' Vater weiterhin mit unwandelbaren Methoden und strenger Unnachsichtigkeit verwaltete. Die Eheschließung seines Sohnes mit Anne hatte übrigens einige kleine Protokollfragen aufgeworfen. Er war der Schwiegervater meiner Schwester geworden, und die Beziehungen zu ihm mußten diesem außergewöhnlichen Aufrücken angeglichen werden. Geheimbesprechungen hatten unter den Mitgliedern des Clans stattgefunden, und es war beschlossen worden, Monsieur Desbois einen etwas anderen Gesellschaftsvertrag anzubieten, der ihm erlaubt hätte, ein großes Zimmer dicht neben dem meines Großvaters zu beziehen, natürlich an allen unseren Mahlzeiten teilzunehmen – unter den etwas verwunderten Blicken unserer perückenbewehrten Marschälle – und weiterhin, von innen her, die Geschäfte der Familie zu leiten. Monsieur Desbois hatte sich vielmals bedankt, aber rundheraus abgelehnt. Er war mit noch gesteigerter Feierlichkeit vor meinem Großvater erschienen, in einer Kleidung, wie sie in den ersten Jahren des Jahrhunderts oder zu Beginn des Ersten Weltkriegs getragen wurde, und hatte ihm seine innersten Gedanken dargelegt. Er hatte der Heirat seines Sohnes nur ungern zugestimmt. Er war nicht für eine Vermischung der Stände, für eine Gleichmachung der Stellungen. Wie mein Großvater, mehr noch als mein Großvater war er für die Hierarchie, für die Unterscheidung der Gattungen, für die Ordnung, für eine unveränderbare Klassifizierung der Menschen und der Dinge. Er benutzte die Argumente des Kardinals Mazarin, der beim König gegen seine Nichte Marie Mancini plädierte. Es muß ein erstaunlicher Anblick gewesen sein, als mein Großvater Monsieur Desbois bei den Schultern packte und auf ihn einredete, ihm klarmachte, daß die Geschichte in Bewegung sei und die Menschen gleich seien. Doch Monsieur Desbois wollte davon nichts hören. Er stand bei uns im Dienst, und er wollte in dieser Stellung bleiben.

»Hören Sie, Desbois«, sagte mein Großvater zu ihm, »Sie sind mein ältester Freund, wir alle haben Sie sehr gern, Ihr Sohn hat meine Enkelin geheiratet, Sie gehören zur Familie.«

»Monsieur le duc«, gab Desbois zur Antwort. »Mein Vater war der Verwalter des verstorbenen Herzogs, Ihres Großvaters. Er ist der Verwalter des verstorbenen Herzogs, Ihres Vaters, gewesen, und ich bin es ebenfalls gewesen. Ich bin heute der Ihre. Und ich möchte es bleiben, außer, natürlich, Sie entziehen mir Ihr Vertrauen.«

»Aber, sagen Sie, mein lieber Desbois, sind Sie sich über die Situation im klaren? Ihr Sohn ist mein Enkel. Mit dem Unterschied einer Generation haben Sie dieselben verwandtschaftlichen Bande zu uns wie Albert Remy-Michault. Und es ist für niemanden ein Geheimnis, daß ich Ihnen sehr viel mehr Wertschätzung und Zuneigung entgegenbringe als früher ihm.«

»Monsieur le duc...«, sagte Desbois.

»Sagen Sie Sosthène zu mir«, sagte mein Großvater.

»Monsieur le duc«, fuhr Desbois fort, »das freundschaftliche Vertrauen, das mir die ganze Familie entgegenbringt, ist für mich das größte Glück, das ich mir je erträumt habe. Aber ich werde an dem Platz sterben, den Gott mir bei meiner Geburt angewiesen hat.«

»Nun gut, mein lieber Robert«, sagte mein Großvater, »dann wollen wir alles beim alten belassen. Doch Sie sollen wissen, daß ich noch keinen Fremden so gern gehabt habe wie Sie, ich liebe Sie genauso wie die Meinen.«

Und die beiden Männer fielen sich in die Arme und weinten. Im fortgeschrittenen Alter, das immer schwerer auf den kräftigen Schultern meines Großvaters lastete, rührten ihn gefühlvolle Anlässe, die Nationalhymne, die einst verhaßte Trikolore, die Vergangenheit, die Familie und dann die familiäre Handhabung der gebilligten Demokratie zu Tränen.

Wenn mein Schwager Michel einige Tage in Plessis-lez-Vaudreuil verbrachte, setzte sich Vater Desbois mit uns um den steinernen Tisch. Er saß dort zwischen den Ahnen, an die wir immer seltener dachten. Aber er, sein ganzes Verhalten zeigte deutlich, daß er noch an sie dachte, die für ihn doch nur durch seine Schwiegertochter Bedeutung hatten. Und der Blick, den mein Großvater ihm zuwarf, belohnte ihn mehr als alles andere für diese Treue.

Onkel Pauls Tod ist natürlich für meinen Großvater ein furchtbarer Schlag gewesen. Ich weiß nicht, ob zwischen ihnen je große Vertrautheit bestanden hat. Ich vermute fast, daß trotz ihrer Verschiedenheit mein Vater sein Lieblingssohn war. Vielleicht nur, weil er seit langem tot war und der Vergangenheit angehörte. Aber schließlich und endlich war Onkel Paul der Erstgeborene. Daß er vor meinem Großvater dahinging, war ein gewaltiges Unglück. Gott sei Dank hinterließ er vier Söhne. Ganz selbstverständlich trat Pierre an die Stelle seines Vaters. Alle Hoffnungen der Familie wurden auf ihn übertragen.

Zu jener Zeit war Pierre zwischen Ursula und Mirette hin- und hergerissen. Ein paar Jahre noch, und das Drama, das zwischen ihnen schwelte, brach vor aller Augen aus. Sicherlich ist die Form der Erzählung, die ich anwende, höchst ungeschickt. Ich weiß nicht recht, wie ich es hätte anstellen sollen, um die Gleichzeitigkeit des ganzen Familiengeschehens, dessen Fäden ich zu entwirren suche, deutlich zu machen. Natürlich ist es so, daß die verschiedenen Ereignisse, die Kapitel für Kapitel an uns vorübergezogen sind, sich oftmals zur gleichen Zeit abgespielt haben. Während Claude und ich nach Skyros segelten, landete Mirette in Paris, Tante Gabrielle ging von Poiret zu Chanel über, Jacques begegnete Hélène bei einem Diner in der Rue de Bellechasse oder Rue de l'Université, und Michel gab seine Stellung bei der Inspection des finances auf, um einen wichtigen Posten im Remy-Michault-Unternehmen auszufüllen. Nur mein Großvater rührte sich kaum: das Alter, seine Überzeugungen und die lange Gewöhnung an den Müßiggang machten ihn mit siebzig Jahren fast unbeweglich.

Man könnte das Leben der Familie erfassen, wenn man es vor unseren Augen zu irgendeinem Zeitpunkt anhalten würde: zum Beispiel an jenem Abend, an dem Mirette starb, oder an jenem berüchtigten Donnerstag, dem 24. Oktober 1929, an dem, inmitten größten Wohlstands, die fünfzehn Millionen Aktien, die Onkel Paul in den Tod trieben, auf den Markt geworfen wurden und an dem die New Yorker Börse plötzlich zusammenbrach. Aber alle Facetten dieser in ihrer Bahn plötzlich aufgehaltenen Welt würden alsbald auf eine Vergangenheit und eine Zukunft verweisen, jedes einzelne Teil würde anschwellen unter dem Druck aller Geschehnisse, die dazu beigetragen hatten, sie zu schaffen, und auch all jener, die davon herzuleiten waren. Wohl oder übel obsiegt in dieser Erzählung die bruchstückhafte Zeitfolge über die Vielschichtigkeit der gleichzeitigen Vorgänge. Deshalb haben wir Mirette, Onkel Paul, Jean-Christophe, Michel Desbois und Claude getrennt leben oder sterben sehen. Aber sie kannten sich alle, und ihre voneinander getrennten Leben liefen gleichzeitig nebeneinander her, und sie überkreuzten sich.

Von überall her mischten sich Gerüchte hinein. Unsere Chinesischen Mauern bekamen an vielen Stellen Risse. Lange hatten sie uns gegen Einfälle der Barbaren geschützt, gegen Epidemien, Kaufleute, verderbliche Ideen und mißgünstige Winde. Mit den Zeitungen, dem Rundfunk, dem ständigen Kommen und Gehen der Menschen und der Meinungen strömte die Welt in Plessis-lez-Vaudreuil ein. Es war noch gar nicht so lange her, daß wir fast allein mit Tante Yvonne und Onkel Anatole dahinlebten. Dieser vertraute Familienkreis wurde nun von all jenen durchbrochen, die mein Großvater je nach Laune entweder abscheuliche Spitzbuben oder absonderliche Käuze nannte. Karl Marx schlich sich bei uns ein, abends schauten wir unter die Betten, um uns zu vergewissern, daß Lenin nicht mit einem Messer zwischen den Zähnen darunter lag, Freud setzte sich an unseren Tisch, reiche Amerikanerinnen, die Vettern von uns geheiratet hatten, brachten ihn mit, dreimal in der Woche streckten sie sich in New York auf einer Couch aus und erzählten schreckliche Dinge und Kindheitserinnerungen, die eher Onkel Donatiens Jugendstreichen glichen als denen unserer Tante Ségur, geborene Sophie Rostoptschin, die, was wir aber noch nicht ahnten, in den Augen scharfsinniger Exegeten bald selber als eine verkappte Entartete gelten sollte. Diese Damen aus Übersee standen unter dem Fluch des guten Wiener Arztes, der sich, als in der Ferne die Lichter von Manhattan auftauchten, auf dem Deck des Schiffes, das ihn im Sommer 1909 von Europa nach Amerika brachte, seinem Reisegefährten zuwandte, vielleicht war es Dr. Jung oder der getreue Ferenczi, und flüsterte: »Sie wissen nicht, daß wir ihnen die Pest bringen.«

Der steinerne Tisch unter den Linden des Schlosses stand noch immer an seinem Platz. Aber neue Gesichter nahmen Platz an ihm, die mein Großvater mit einer Antipathie betrachtete, die viel stärker war als die Neugier. Die lächerlichste Figur war der kleine Mann mit dem Schnurrbart und dem Regenmantel, von dem wir bereits gesprochen haben und der innerhalb von drei Jahren erreichte, daß den Lachern das Glucksen in der Kehle steckenblieb. Die Haarsträhne des ehemaligen Gefreiten – wir hatten kein Glück mit den Gefreiten – sollte uns nicht sehr lange Anlaß zu Spott und Spaß geben. Die Kabarettsänger mokierten sich noch über ihn, als bereits das Stampfen von Zehntausenden von Marschstiefeln im Schein der Fackeln und unter Wäldern von Standarten Nürnberg erschütterte. Hitler, Göring, Goebbels und Himmler wurden geläufige Namen neben Lenin und Roosevelt, neben Stalin und Freud, neben Lindbergh und Stavisky, neben Ford und Renault, neben Mauriac und Jules Romains. Wenn ich durch meine Erinnerungen hindurch, durch die Sommerdüfte und den Lärm der Welt hindurch versuche, das Bild jener Jahre heraufzubeschwören, die von der Krise bis zum Krieg reichen, die dreißiger Jahre, *the thirties,* um mit den Amerikanern zu sprechen, ihr *Klima,* um eines der Worte zu gebrauchen, das damals neben *Blazer, Mazout, Roboter* oder *formidable* in Mode kam, Worte, die mein Großvater, entgegen Tante Gabrielle, den Kindern untersagte, sehe ich am Horizont des steinernen Tischs, hinter dem Teich und dem Wald die Unruhe, die Furcht, das berühmte Unbehagen unserer modernen Zeit, aufsteigen, von denen, jeder auf seine Art, in verschiedenen Tonlagen, ein Keynes, ein Freud, ein Picasso, ein Charlie Chaplin sprechen. Nach den Tollheiten der *roaring twenties*, deren mit Jazz- und Tangoklängen gemischtes Echo meistens dank der schönen Gaby bis nach Plessis-lez-Vaudreuil hinüberdrang, hallten die dreißiger Jahre – kommt es daher, weil wir auch hiervon das Ende kennen? – von Marschtritten und Waffengeklirr wider. Die zwanziger Jahre sind der *indian summer* der Belle Époque, so etwas wie der Altweibersommer einer entschwundenen Zeit. Fügt man den Überschwang hinzu und rechnet man all die Toten ab, ist 1925, trotz des Einschnitts des Krieges, noch 1900: ein Goldenes Zeitalter, über das Verdun, Dada, die Oktobertage und der Kongreß von Tours hinweggegangen sind – aber nichtsdestotrotz ein Goldenes Zeitalter. Die dreißiger Jahre, das bedeutet Stavisky, Gerichtsrat Prince und La Combe-aux-Fées, die Ermordung König Alexanders und Louis Barthous in Marseille, 6. Februar auf der Concorde-Brücke, Volksfront, Moskauer Prozesse und Spanischer Bürgerkrieg, Reichsparteitag in Nürnberg und die Nacht der langen Messer, deren komplizierte Zusammenhänge wir erst viel später begriffen. Das Blut vom Chemin des Dames und der Schlamm des Argonner Walds sind nur zu bald wiederaufgelebt. Sie schleichen sich hinein ins tägliche Leben, in die Dörfer und in die Familien, in die Politik, in die Straßen der Großstädte. Speicher, Antonin Magne, die beiden Brüder Maës und Lapébie setzen unermüdlich die Reihe ihrer Großtaten fort. Auf ihren Fahrrädern rollen sie unter der Sommersonne dahin, zwischen Faschismus und Kommunismus, zwischen Skandalen und dem Spanischen Bürgerkrieg, zwischen Aufruhr und Streik.

Besonders ein Wort gibt es, das für fünfzig Jahre und vielleicht mehr – vielleicht ein Jahrhundert oder zwei oder vielleicht zweitausend Jahre? – in unsere alltägliche Welt und in unsere Gespräche aufgenommen wird. Es ist das Wort Kommunismus. Alles dreht sich um ihn, wie einst sich alles um Gott und den König drehte. Er hat schon eine lange Vergangenheit. Er geht zurück auf Babeuf, auf Campanella, auf die Inkas, auf Platon. Aber er verkörpert nicht mehr nur eine abstrakte Idee, ein Risiko, eine Gefahr, einen schönen Philosophentraum oder vorübergehende Zuckungen. Er verschmilzt immer mehr mit jener unabwendbaren Zukunft, für die seine Apostel bürgen. Der steinerne Tisch scheint sich allmählich in eine Bastion der Vergangenheit zu verwandeln, in eine belagerte Festung, in ein Stück dahingeschwundene, der Zukunft entrissene Zeit. In den dreißiger Jahren taucht bei uns die Vermutung auf, daß sich Gottes Gefallen für immer von uns abgewendet hat und daß alle Werte, an die unser Name geknüpft war, sich im Widersinn zur Geschichte befinden.

Es kann nicht mehr verheimlicht werden, daß es für einige von uns unvermeidlich war, sich einer Kraftprobe zu stellen, und daß es nur eins gab: sich darauf vorzubereiten. Sofern die Frauen Philippe die Zeit dazu ließen, zeigte er sich nicht unempfänglich für die großen nächtlichen Feierlichkeiten, die in Bayern oder in Preußen stattfanden, für die ungeheuren und wunderbar disziplinierten Menschenmengen, bei denen Jugend und Ordnung so gut miteinander harmonierten. Für ihn, der damals zwischen dreißig und vierzig Jahre alt war, für seinen Neffen Jean-Claude, Pierres Sohn, der bereits zwölf oder fünfzehn war, erzeugte unser Zeitalter eine Faszination der Gewalt, der herrliche Tage beschieden sein sollten. Philippe nahm die *Action française* auf, die den katholischen und enttäuschten Händen meines Großvaters entfallen war. Sieben oder acht Jahre zuvor war die Verdammung der *Action française* durch den Erzbischof von Bordeaux, dann durch den Heiligen Stuhl für meinen Großvater eine geistige und seelische Prüfung gewesen, von deren Härte sich heutige Generationen nicht die geringste Vorstellung machen können. Man kann sie durchaus mit der Erschütterung vergleichen, die in unseren Tagen der XX. Kongreß der Kommunistischen Partei der UdSSR auf dem ganzen Planeten hervorgerufen hat. Gott gegen den König, eine ganze Welt brach zusammen. Nur war es so, daß es keinen König mehr gab, und Gott regierte immer noch. Mein Großvater hatte sich gefügt. Und er hatte sich noch ein bißchen mehr in eine bittere Einsamkeit versponnen. Philippe glaubte überhaupt nicht mehr an die Sache der Monarchie. Nachdem er viel von den Frauen gehalten hatte, glaubte er jetzt an die Männerfreundschaft, an den Sport, an eine geistige Gesundung, wofür die Stärke und ihre Erprobung der Schlüssel waren. Alles das hatte ihn zur *Action française* geführt, zu den mit Blei gefüllten Spazierstöcken der *Jeunesses patriotes* oder der *Camelots du roi*, unter denen er eine der bekanntesten Größen war – man bewegte sich an der Schwelle des Faschismus.

Bisher habe ich viel mehr von Pierre, von Jacques und von Claude gesprochen als von meinem Vetter Philippe. Zunächst einmal war Philippe der Bestaussehende von uns. Mein Großvater, meine Großonkel, mein Vater und Onkel Paul hatten, wie wir sagten, »unheimlich viel Schick«, aber eigentlich schön waren sie nicht. Man konnte bei ihnen jene Spur von Lächerlichkeit in der Haltung und in der Kleidung wahrnehmen, die ich schon erwähnt habe. Das Blut der Remy-Michault hatte diese barocke Originalität, der eine gewisse Allüre nicht abzusprechen war, gedämpft und zugleich verdorben. Weder Pierre noch Jacques oder Claude hatten noch etwas Lächerliches an sich. Sie hatten auch nichts Außergewöhnliches mehr an sich. Es wäre niemandem – ihn selber vielleicht ausgenommen – in den Sinn gekommen, über Claude und seinen mißgebildeten Arm zu spotten. Onkel Pauls Söhne waren zur gleichen Zeit in die Welt und in die Gesellschaft getreten. Doch Philippe siegte bei weitem über alle durch die Eleganz und die Feinheit seiner Gesichtszüge, durch die Ausgewogenheit seiner Gestalt, durch eine unglaubliche Ungezwungenheit, die nichts mit Geist zu tun hatte, sondern mit einer Art Harmonie, die über seiner ganzen Person lag und die, wie wir bereits wissen, ihm unzählige Erfolge bei den Frauen jeden Alters und aller Schichten einbrachte. Mit dreißig oder fünfunddreißig Jahren, kurz nach der Zeit, da Onkel Paul, sein Vater, sich aus unerschütterlicher, aber erst kürzlich erworbener republikanischer und demokratischer Überzeugung der Politik zuwandte, entdeckte Philippe die nationalistische äußerste Rechte. Man wird natürlich sagen, daß er damit genau auf der Linie der Familientradition stand. Und in einem gewissen Sinn ist das nicht falsch. Aber auch hier sind die Dinge ein bißchen komplizierter.

Wenn es bei der Verschiedenartigkeit, die die Familie jetzt prägt, bei der Vielfalt der Tendenzen, aus der sie jetzt besteht, noch erlaubt ist, von einem Familiengeist zu sprechen, würde ich sagen, daß diese gemeinsame Gesinnung seit zehn oder zwanzig Jahren sich immer mehr zur Verteidigung der Freiheit hin orientiert hat. Wir alle waren, unserer Art gemäß, mit der Verspätung von einem Jahrhundert Schüler von Chateaubriand geworden. Wir standen aus Gewohnheit noch immer auf der Seite Gottes und des Königs, wir standen natürlich auf der Seite der Tradition, aber auch der Freiheit, eines bestimmten Menschenbildes, fast der Rechte des Geistes. Wie hatte sich diese erstaunliche Wandlung vollzogen? Auf die einfachste Art und Weise, durch den starken Einfluß, durch die Ansteckung, wie mein Großvater sagte, der Ideen der Remy-Michault, durch die Auswirkung des Weltkriegs und des Siegs der Demokratie über die Mittelmächte, auch durch einen Erhaltungstrieb, mit Hilfe dessen uns dunkel begreiflich wurde, daß die Macht und die Autorität, die wir so lange Zeit verehrt hatten, in Zukunft wahrscheinlich von Menschen wie Hitler und Lenin ausgeübt werden würden, anstelle der Sully, Ludwig XIV., Colbert und Louvois, Villèle und Mac-Mahon, Polignac und Metternichs, denen wir verbunden waren und die nie mehr wiederkommen würden. Unsere Beweggründe entsprangen zweifellos nicht alle einer absoluten Uneigennützigkeit – aber ich wüßte gern, welche Beweggründe in der Geschichte einer absoluten Uneigennützigkeit entspringen. Jedenfalls drängten sie uns in das Lager der Verteidiger jener Freiheit, gegen die wir jahre- und jahrhundertelang unablässig gekämpft hatten. Man wird sich erinnern, wie mein Großvater die Freiheit beschimpft hat. Nun hält er sie hoch und verteidigt sie. Einst bestand die Freiheit darin, unsere Ideen zu verwerfen. Jetzt besteht sie für uns darin, die der anderen zu verwerfen. Es lag etwas Komisches, vielleicht etwas Tiefgründiges in dieser Entwicklung der Geister, in die wir geraten waren. Der kämpferische Flügel des Sozialismus war für die Freiheit, solange er sie benötigte, um sich gegen uns durchzusetzen. Wir waren für die Autorität, solange wir die Hoffnung hegten, sie gegen die Sozialisten zu erhalten. Die äußerste Linke, die im Rußland der Sowjets an die Macht kam, verzichtete auf die Freiheit, da sie die Diktatur im Namen von Werten erstrebte, die ebenso totalitär und ausschließlich waren wie einst die unseren. Und wir, die Besiegten, in die Verteidigung Gedrängten, hemmten mit allen Kräften den Aufstieg der neuen Anschauungen, wir warfen uns auf zu Verteidigern der individuellen Freiheit, die unser einziges Heil war. So sahen die Widersprüche der modernen Welt aus und die unseren.

Auch der gute Philippe hatte seine Widersprüche. Und er war sicherlich nicht intelligent genug – denn so unähnlich er seinem Vater war, erinnerte er doch in mancher Hinsicht, im Aussehen wie in der Gesinnung, an ihn –, sie zu lösen. Einmal war der Nationalismus, wie ich schon ausgeführt habe, eine ziemlich neue Tradition in der Familie. Man könnte einwenden, daß man die Tradition irgendwo beginnen lassen muß. Das ist richtig. Man muß sich fragen, ob die Doktrin der mit dem Faschismus gekreuzten *Action française,* der sich unser Philippe, seiner Erfolge bei den Frauen vielleicht überdrüssig, anschloß, ein gutes Vehikel für die neuen Anschauungen war. Auch sie barg einen fundamentalen Widerspruch in sich, dem er wirksam nicht ausweichen konnte; von ihm leitet sich das ganze Unglück der äußersten Rechten in Frankreich her: sie war nationalistisch und suchte im Ausland – anders gesagt: beim Feind – das Vorbild und das Ideal ihres Nationalismus. Philippe beschimpfte in einem Atem Briand und Stresemann, für die Claude und ich einige Sympathien hatten und bei denen mein Vater – wenn man Tote sprechen lassen darf – ganz sicher einige der ihm teuren liberalen und fortschrittlichen Ideen gefunden hätte. Auch Philippe wollte, wie Claude, eine gewisse Unabhängigkeit bezeigen, der Familie, meinem Großvater und Pierre gegenüber, der eine Preußin geheiratet hatte. Das traditionelle oder friedliche Deutschland verabscheute er, weil er die *Action française* las, das Organ des integralen Nationalismus. Von 1933 oder 34 an begann er das zu bewundern, was in Deutschland besonders schlimm war: die hysterischen Begeisterungsstürme, die Aufmärsche, die tollen nächtlichen Gesänge, die Aufforderung zum Mord und zur Rassereinheit. Welche Rasse? Jene, gegen die wir einer oft blinden Tradition wegen und trotz unserer Sympathie und sogar unserer Verwandtschaft eigensinnig und unablässig gekämpft hatten. Man erinnert sich vielleicht daran, daß wir von jeher nach Griechenland, nach Rom, nach dem Mittelmeer blickten. Für Philippe gab es nur noch die Barbaren, die Germanen geworden waren, die blonden und arischen Rassen, die sich von den mittelmeerischen Schändlichkeiten ferngehalten hatten, von der entarteten Kultur, vom Gemisch der Zivilisationen, worunter er ein kunterbuntes Durcheinander des im Orient entstandenen Christentums verstand, die Juden, die Freimaurer, die Radikalsozialisten, die amerikanische Demokratie und den Parlamentarismus – deren angelsächsischer und normannischer Ursprung indes unbestritten war. Es wird ersichtlich, wie Philippe danach trachtete, sich ganz allein, einigermaßen konfus, in die gerade Linie der Familie und ihrer Traditionen einzufädeln. Und wie er sich gleichzeitig von ihr trennte, von ihrer Unterwerfung unter die Kirche, von ihrem römischen Christentum, von ihrer schon lange währenden Ablehnung des Nationalismus, von ihren engen Bindungen an das Volk der Handwerker und Bauern, besonders von dem, was mit Irrtümern und Torheiten, ja sogar Ungereimtheiten den Kern meiner alten Familie ausmachte: eine bestimmte Vorstellung von Gott, der Welt, dem Menschen, untrennbar miteinander verbunden, und, es muß auf die Gefahr hin, Lachen hervorzurufen, gesagt werden, das beharrliche Festhalten an einer bestimmten Vorstellung voller Einfachheit und Kraft von der kollektiven und individuellen Moral.

Er, der nie eine Zeile von Racine oder Stendhal gelesen hatte, stürzte sich blindlings in Nietzsche-Übersetzungen, von denen er nichts begriff, in die Gesammelten Werke von Chamberlain oder Gobineau, er verachtete die Italiener, obwohl er den Faschismus bewunderte, der bewirkte, daß der Schlendrian und die Phantasterei aufhörten, und er redete boshaft über Tante Gabrielle und die Homosexuellen, mit denen sie sich gern umgab. Daher – das Leben in einer Familie ähnelt in starkem Maß den Kombinationen in der hohen Politik, wo Bündnisse aufgehoben werden und neue Gleichgewichte an die Stelle der alten treten – daher erschien uns Tante Gabrielle, was sie übrigens war, als ein Mensch voll neuer und intelligenter Ideen. Sie war aufgeschlossen für alles, und er versteifte sich auf seine grobschlächtigen und nebelhaften, von meinem Großvater völlig abgelehnten Mythen, von denen er uns ausschloß. In der Mitte der dreißiger Jahre war der steinerne Tisch eine Art Rednertribüne geworden; bis spät in die Nacht hinein führten wir dort Streitgespräche. Wie herrlich erscheinen mir heute noch im Rückblick, nach der verflossenen Zeit, trotz der Dramen, die sich in der Geschichte abgespielt haben, diese endlosen

Diskussionen unter den sommerlichen Linden, unter dem Mond und den Sternen, die mit ihrem Schein die schwarze und rosafarbene Masse unseres alten Hauses schemenhaft beleuchteten. Der Aufstieg des Faschismus, die Volksfront, der Spanische Bürgerkrieg, die Moskauer Prozesse haben in meiner Erinnerung in gleicher Weise wie die Tour de France, der Seemann von Skyros oder die Prostituierte von Capri den unvergleichlichen Duft, ach, nicht mehr unserer Jugend, die bereits fern war, sondern einer entschwundenen Vergangenheit.

Ich erinnere mich genau an zwei oder drei Fälle, wo die Verwirrung der Gedanken und Gefühle, die für unser Alter so charakteristisch war – und vielleicht einfach nur, weil wir uns von anderen Epochen, die wir nicht gekannt haben, eine stark vereinfachte Vorstellung machen –, den Gipfel der Komplikation und des Paradoxen erreichte. Zum Beispiel trieben Claude und ich eine Art Kult mit einem jungen Mann, der etwa zehn Jahre nach uns geboren war und von dem ich, wie ich glaube, bereits irgendwo auf diesen Seiten gesprochen habe: er hieß Robert Brasillach. Brasillach hatte etwas fertiggebracht, was Claude und ich gern hätten fertigbringen wollen: er war in die École Normale in der Rue d'Ulm eingetreten, deren Name allein uns in Trance versetzte. Wir hatten etwas von dem Elitebegriff beibehalten, den uns unser Großvater eingeimpft hatte – er verschwand etwa dreißig oder vierzig Jahre später vollständig, am Ende meines Lebens, zu der Zeit, da ich diese Zeilen schreibe. Diesen Elitegedanken hatten wir nur verschoben, wir bildeten uns wie immer ein, an der Spitze eines Fortschritts zu stehen, der jedoch nach wenigen Jahren veraltet sein konnte. Wir waren der Auffassung, daß es keine andere Elite gäbe als die der Wissenschaft und Kultur, und wenn wir *Les Thibault* von Roger Martin du Gard oder *Die Menschen guten Willens* von Jules Romains lasen, träumten wir von den Dächern der École Normale und ihrer berühmten Aufnahmeprüfung. Wir stürzten uns auf den *Virgil* von Brasillach, dann auf seinen hervorragenden *Corneille,* auf seinen Roman *Wie die Zeit vergeht,* in dem die Nacht in Toledo uns bezauberte. Wir hatten Brasillach nie gesehen, Philippe hatte ihn 1937 in Nürnberg getroffen. Als während der deutschen Besatzungszeit sein Buch *Unsere Vorkriegszeit* erschien, jubelte Philippe. Die Welt, die das Buch beschrieb, eine auf der klassischen Kultur und verfeinerten Vergnügungen beruhenden Welt, war unseren Gedanken und Vorstellungen viel näher als denen Philippes. Aber Brasillach zeichnete darin auch die Etappen seiner Bekehrung zum Faschismus nach. »Seht ihr...«, sagte Philippe, der sich damals schon, wie noch berichtet werden wird, sehr verändert hatte, aber dem Andenken an seine Jugend treu blieb. »Seht ihr...« Ja, ja, wir sahen... Niemals hat die Intelligenz, das Talent, das Genie jemanden davor bewahrt, sich zu irren. Man könnte sagen, daß sie im Gegenteil dazu beitragen, einen Menschen immer mehr in die Tiefe und den trüben Glanz der Verirrung einsinken zu lassen. Was an Brasillach so anziehend war, waren nicht seine Ideen, es waren seine Frische, seine Lebensglut, seine Jugend und sein Mut, der ihn später, als alle seine Träume zerrannen, daran hinderte, wie so viele andere den Versuch zu unternehmen, seine Irrtümer zu korrigieren.

Noch ein anderer Schriftsteller bewirkte manchen Wirbel am steinernen Tisch. André Gide. Claude und ich bewunderten ihn – wie wir Brasillach bewunderten. Philippe haßte ihn natürlich. Ein merkwürdiger Zufall wollte es, daß auch Tante Gabrielle ihn verabscheute. Sie gab gern einen Satz von sich, den sie, glaube ich, von ihrem Freund Picabia übernommen hatte: »Wenn Sie André Gide zehn Minuten lang laut lesen, riechen Sie schlecht aus dem Mund.« Nun, Tante Gabrielle sah über Philippes Faschismus hinweg, Philippe sah über die verruchten Dichter von Tante Gabrielle hinweg, ihre abstrakten Bilder, ihre schon damals atonale Musik und was er ihren Hang zur Dekadenz und surrealistischen Päderastie nannte – und er tat recht, darüber hinwegzusehen, denn um im Surrealismus den Triumph der Homosexualität zu sehen, wie Sartre es später tat, mußte man ihn völlig mißverstehen; es ergab sich eine erstaunliche Koalition, und sie schlossen Frieden auf unserem Rücken. Es muß gesagt werden, daß Gide mit seiner wechselnden Feder, seinen Skrupeln in bezug auf die Immoralität, seiner puritanischen Sinnlichkeit und den Zickzacklinien seiner Intelligenz mehr und besser als jeder andere imstande war, ein Durcheinander in einer traditionalistischen, von den Ereignissen überholten Familie zu schaffen. Und über die Unruhe, die er stiftete, hätte er sich sicherlich gefreut.

Philippes Wandlung war schon sehr früh, im Jahre 1934, erfolgt, als er mit einigen gleichgesinnten Kameraden und eingeladen von den jungen Wittlensteins, mit denen er sich angefreundet hatte, zum erstenmal nach Nürnberg gefahren war, wo der Reichsparteitag der Nationalsozialisten stattfand. Begeistert und beeindruckt war er wieder zurückgekommen. Es ist nicht schwer zu erraten, warum. Seit dem Ende des 18. Jahrhunderts waren wir einer Ordnung verhaftet, die uns unabänderlich von der Masse und dem Volk trennte. Was insgeheim in uns bohrte, was uns Bitterkeit verursachte und uns zu einer Einsamkeit verurteilte, die seltsam durchbrochen wurde von den Fanfaren der Turner meines Großvaters und der Aufregung bei der Tour de France, war ein Bedürfnis nach Gemeinschaft mit diesem Volk, das uns verehrt hatte und uns gefolgt war, ehe es uns den Kopf abschlug. Unbewußt träumten wir von einer Aussöhnung der Ordnung mit der Menge, der Tradition mit der Aktion, der Vergangenheit mit der Zukunft. Diese Aussöhnung hatte Philippe in der pompösen Operninszenierung von Nürnberg zu finden geglaubt. Ihn packte die Wut, wenn Journalisten oder Kabarettsänger den kleinen Mann mit der Haarsträhne ins Lächerliche zogen. Er hatte nur die Großartigkeit, die fröhlichen Gesichter, die Begeisterung der jungen Leute, ihre Gläubigkeit und Einmütigkeit gesehen. Als der Führer in lastender Stille, ganz allein, nur gefolgt von zwei Würdenträgern des neuen Regimes, den riesigen leeren Raum zwischen den dichtgedrängten Abteilungen der SS und SA in schwarzen Uniformen und in braunen Hemden durchschritt, war mit der Menge etwas geschehen, das mehr mit Erotik und Religion zu tun hatte als mit Politik und Zeremonie. Während das liberale und demokratische Frankreich seine unzähligen Präsidenten ihre Zylinderhüte mit steifen Gesten auf- und absetzen ließ, zähmte und beherrschte das hitlerische Deutschland die wilden Instinkte des Menschen und bediente sich dabei aller Zaubermittel der Nacht, des Schweigens und der Brüderschaft des Bluts. Hitler schritt langsam an jeder der Fahnen der alten deutschen Provinzen vorüber, der von Sachsen und vom Rhein, von der Donau und vom Schwarzwald, von der Saar, von Schlesien und an denen aller verlorenen Gebiete, die auf den Versteigerungen der Geschichte und im Wind der Verträge dahingegangen und noch nicht ins deutsche Vaterland zurückgekehrt waren. Er berührte sie mit einer Hand, und mit der anderen ergriff er die Falten der Blutfahne, unter der die Opfer des 1923 vor der Feldherrnhalle in München fehlgeschlagenen Putsches marschiert waren. So entstand zwischen den Helden und den Soldaten, zwischen der Erde und dem Führer ein mystisches Band, es vermischten sich Geschichte und Treueschwur, Sexualität und das Heilige. Die Frauen wurden ohnmächtig vor Glück, in Wirklichkeit vor Wollust, die Kinder verschrieben sich dem Retter und schworen, für ihn zu sterben. Jeder wußte bereits, daß das Versprechen eingehalten werden würde. Philippe blickte die jungen SS-Leute aus Bremen und Friedrichshafen an, aus Konstanz und aus Köln, die Japaner im steifen Kragen und die dicklichen Italiener, die alten monokelbewehrten Generale der traditionellen Wehrmacht, die undurchschaubar, ein bißchen verächtlich, in ihre Uniformen gezwängt, auf den Führer blickten. Er machte sich nicht klar, daß diese Zehntausende von Männern, die unbeweglich dastanden und sangen, den Spaten oder das Gewehr über der Schulter, sich auf die Seinen stürzen würden. Er dachte, daß vor seinen Augen, im Wogen der Fahnen und Standarten mit dem Hakenkreuz, beim Spiel der Schatten und Lichter des märchenhaften Schauspiels des Lichtdoms, die Geschichte und die Zukunft der Welt gestaltet wurden.

Das Weltall mochte um meinen Großvater zusammenstürzen, er rührte sich nicht. In allen Wirren und vor allen Abgründen blieb er unerschüttert. Unerschüttert und vielleicht allmählich ein wenig gleichgültig gegenüber den Aufregungen der Menschen und ihren närrischen Hoffnungen. Er hatte das Kaiserreich und seinen Sturz erlebt, Sedan, die Commune, die mißglückte Rückkehr des Königs, die dritte Gründung der Republik, den Triumph der Industrie-Bourgeoisie und ihren bereits beginnenden Niedergang, die öffentlichen Skandale, die Dreyfus-Affäre, das Wechselspiel von Klerikalismus und Antiklerikalismus, des Hasses auf Kitchener und des Schwärmens für den Prince of Wales, der französisch-englischen Gegnerschaft und der Entente cordiale, der russischen Allianz und des Antibolschewismus, die Massaker des Ersten Weltkriegs, den Aufstieg der Demokratie, des Sozialismus, der amerikanischen

Macht und dessen, was er noch immer – oder schon – die »gelbe Gefahr« nannte. Er konnte nicht mehr so recht an etwas glauben, das nicht ewig war. Aber an das Ewige glaubte er. Oder was er für ewig hielt. Er hatte schon etwas von der Regungslosigkeit des Ewigen in sich. Er zumindest versuchte, sich inmitten von allem, was sich so schnell vor seinen Augen und um ihn herum änderte, nicht zu ändern. Es gelang ihm vortrefflich. Ebenso wenig wie dem steinernen Tisch konnte ihm die Zeit etwas anhaben. Sie beugte ihn ein bißchen, sie bleichte sein Haar, aber sie vermochte nichts an seinen Überzeugungen und seinen Träumen ohne Hoffnung umzuwandeln, nichts an seiner inneren Welt zu erschüttern. Die Zeit rächte sich, indem sie die Ereignisse und die Menschen um ihn herum ins Wanken brachte. Der Tod dreier Söhne und eines Bruders in einem Krieg, der von Republikanern zum Sieg der Demokratie geführt wurde, der Selbstmord seines ältesten, in Geschäfte verstrickten Sohnes, die Liebesabenteuer – von denen er nie sprach – des ältesten seiner Enkel, ein anderer Enkel Faschist, eine Enkelin, die den Namen des Verwalters der Familie trug... Das war sehr viel für ihn. Aber anscheinend war das noch nicht genug, um den Rachedurst irgendeines unbekannten, höhnenden und neuen, auf Blut und Demütigung gierigen Gottes zu stillen, der in der griechischen Mythologie und im römischen Pantheon nicht erscheint, bei uns aber eine übermäßige Rolle spielt: der Gott der Veränderung, der unabwendbaren Entwicklung, der brutalen und schmerzhaften Wandlung. Was wollte in der Zeit, die wir durchlebten, dieser Gott noch? Er wollte tatsächlich noch etwas und in erster Linie und zu Beginn die Aufgabe unserer Gläubigkeit und unserer Traditionen, die Verleugnung unserer Vergangenheit, den Umsturz alles dessen, was jahrhundertelang unseren Daseinsgrund ausgemacht hatte. Und was er mit der ganzen Anmaßung eines im Entstehen begriffenen Glaubens und den neuen erfolgreichen Gepflogenheiten forderte, sollte er in Bälde erlangen.

Von Zeit zu Zeit, ziemlich regelmäßig, kam Claude nach Plessis-lez-Vaudreuil, um hier einige Tage zu verbringen. Ich freute mich stets, wenn er erschien. Aber von einem Mal zum anderen sah ich, wie auch er sich veränderte. Er war manchmal umdüstert, manchmal heftig. Oft packte ihn Empörung und

Wut Philippe gegenüber, den er indes sehr liebte, wodurch die Beziehungen der beiden Brüder zueinander schwierig wurden. Kaum besser verstand sich Claude mit Pierre und Jacques. Pierre warf er – und seitens eines künftigen Geistlichen war das durchaus legitim – das frivole Leben vor, das er führte, und den Umgang, den er hatte; Jacques, mit dem er lange genauso verbunden gewesen war wie mit mir, warf er vor, nur an die Fabriken, an die Bank und ans Geld zu denken. Claude hatte große Zuneigung und sogar Bewunderung für Michel gehabt, der mit Hilfe Jean-Christophes letztlich noch mehr gelesen hatte als er selbst. Jetzt war er ihm böse der Stellung wegen, die er in den Unternehmen innehatte, die einst der Familie gehört hatten. Mein Großvater sprach mit mir über diesen Stimmungsumschwung, der nicht unbemerkt bleiben konnte. Nahm Claude vielleicht seine religiöse Berufung zu ernst? Verspürte er vielleicht im Gegenteil in dem Augenblick, da er die Gelübde ablegen sollte, den Menschen gegenüber Neid, die ein Leben genießen wollten, dessen Freuden er sich versagte? Ich erinnere mich an die Spaziergänge, die ich mit meinem Großvater in Plessis-lez-Vaudreuil unternahm, auf der Straße nach Roussette oder auf den heute geteerten Feldwegen, die zu den Bauernhöfen und zum Wald führten. Die Einheit der Familie lag ihm sehr am Herzen. Wir versuchten, die Beweggründe für Claudes seltsames Verhalten von allen Seiten zu betrachten. »Aber«, sagte mein Großvater zu mir; er siezte seine Söhne, mich indes duzte er, »aber du bist doch mit Claude befreundet, du stehst ihm näher als seine eigenen Brüder. Hat er mit dir gesprochen? Hat er dir irgend etwas gesagt?« Nein, Claude sprach wenig mit mir und sagte mir gar nichts.

Eines Tages jedoch schrieb Claude mir einen Brief. Ich habe ihn lange aufbewahrt. Er ist in den Wirren des Krieges und der Besatzung verlorengegangen. Aber ich habe ihn so oft gelesen und wiedergelesen, daß ich, glaube ich, jedes einzelne Wort, das er enthielt, im Gedächtnis habe; die Sätze schienen mit Leidenschaft und innerer Erregung auf das Papier geworfen zu sein. Aus dem Brief ging hervor, daß Claude es aufgab, Priester zu werden. Das Feuer, das stets in ihm gebrannt hatte, war nicht erloschen. Doch andere Landschaften hatten sich vor seinen Augen aufgetan. Die Liebe zu den Menschen und zu Gott war geborsten. »Ich habe immer gewußt«, schrieb er, »daß man nicht gleichzeitig Gott und das Geld lieben kann. Aber ich glaubte, daß man Gott und die Menschen lieben könne. Daß man Gott lieben müsse, um die Menschen lieben zu können. Daß man Gott durch die Menschen liebte und die Menschen durch Gott. Ich glaube es nicht mehr. Ich glaube, daß man sich entscheiden muß zwischen Gott und den Menschen. Und daß man die Menschen um ihrer selbst willen lieben muß.« Und er bat mich, unseren Großvater von seiner Absicht zu unterrichten, daß er nicht in den Dienst der Kirche treten wolle.

1934, im gleichen Jahr, als Philippe nach Nürnberg fuhr, fuhr Claude nach Moskau. Ich war bei meinem Großvater geblieben. Meine gleichbleibend leidige Gesundheit, von der ich auf diesen Seiten nicht reden wollte, die mich indes von Gefährdung zu Gefährdung bis in ein Alter von mehr als siebzig Jahren geführt hat, hatte mich besonders in jenem Jahr gezwungen, zu Hause zu bleiben. Ich teilte die Einsamkeit des Greises, denn das war mein Großvater geworden. Er kam mir sehr betagt vor: zu jener Zeit war er kaum zehn Jahre älter, als ich es heute bin. Ich sehe es vor mir, wie wir beide am Abend, wenn die heiße Sommersonne etwas nachgelassen hatte, auf den ewig gleichen Wegen spazierengingen, die am Hundezwinger vorbeiführten, am Fasanenhaus, an den beiden Wärterhäuschen und an den Teichen. Oder auch, etwas später, wie wir auf dem flachen Land jagen gingen oder in den Wäldern von Bailly und Saint-Hubert, zwischen dem Teich der Vier Winde und der Gabrielle-Allee, einstmals Allee der Grünen Bäume, die mein Großvater jedoch zu Ehren meiner Tante umgetauft hatte. Oder auch zu Beginn des Winters, vor dem gewaltigen Kamin im Salon der Marschälle, wo mein Großvater stundenlang saß und in die Flammen schaute, die, von knisternden Reisigbündeln entfacht, die dicken ganz trockenen Scheite verzehrten, trocken, weil sie schon fünf oder sechs Jahre zuvor von den knarrenden Karren, die ich unter meinem Fenster vorbeifahren hörte, in die riesigen Keller unter der Küche und der Kapelle gebracht worden waren. Wir redeten nicht viel. Ich wagte nicht, ihm Fragen zu stellen, noch mir selbst Fragen zu stellen über die Gedanken meines Großvaters. Die Dinge, die Ereignisse, die Menschen haben sich nach ihm weiterhin ziemlich schnell verändert. Aber wir haben uns letztlich an die Angst vor dem Neuen gewöhnt und an die Umwälzungen der Sitten. Vielleicht würde es uns fehlen, wenn es plötzlich ausbliebe. Mein Großvater hingegen trat kaum aus den Jahrhunderten der Unbeweglichkeit heraus. Die Wirbel der Gegenwart packten ihn an der Kehle. Er erstickte buchstäblich an der Veränderung, wie andere einst an der Stille oder der Trägheit erstickten. Er litt unter dieser in ewiger Entwicklung befindlichen Welt. Er floh sie, so gut er konnte, und flüchtete sich in seine Erinnerungen. Ich hatte Briefe von Claude oder Philippe in meiner Tasche, alle handelten von den großen Träumen des modernen Menschen, vom Frühling des Lebens, vom Anbruch der neuen Zeiten, die über Europa hinwegfegten.

»Das zwanzigste Jahrhundert«, schrieb Philippe, »wird das Jahrhundert des Faschismus und der nationalen Freundschaft sein.« Er erzählte mir von seinem Staunen über die Aufmärsche, über die im Kampf verletzten Helden, über den gewaltigen, glühenden Faschismus. Und Claude redete von der Brüderlichkeit unter den Völkern, von der erzenen Herrschaft des Mehrwerts und vom sowjetischen Film. Er redete von allem, was uns unbekannt war und was er mit Grauen entdeckte: vom Hunger, von der Arbeitslosigkeit, vom Sterben der Kinder und der Greise, von der Hoffnungslosigkeit der gewaltigen Masse, die von unserer Welt erdrückt wurde. Ahnten wir überhaupt etwas von diesen Greueln? Wußten wir, was außerhalb unserer in die Vergangenheit eingesponnenen Paradiese vor sich ging? In wenigen Monaten, in wenigen Wochen sah ich, wie er, der Abwesende, sich von Tag zu Tag weiter von diesem komplizierten Gerüst von Gepflogenheiten und Anschauungen entfernte, die ich auf diesen Seiten mit möglichst großer Genauigkeit und Gerechtigkeit zu beschreiben versucht habe. Alles, was unsere Familie, unsere Klasse, unsere Religion ausgemacht hatte, verwarf er unwiderruflich. Mit der gleichen Leidenschaft, mit der er sich Gott zugewandt hatte, wandte er sich einer Geschichtsauffassung zu, in der unser Tod enthalten war. Sogar die Geschichte von heute, und vor allem die Geschichte von heute, war nicht ein Gewebe aus Ungereimtheiten, über die mein Großvater so traurig war. Sie hatte einen Sinn und ein Ziel: die Revolution. Mein Vetter schloß sich ihr an. Die Revolution war unvermeidlich, aber man mußte für sie kämpfen, auf der Seite des Proletariats und der Arbeiterklasse, die etwas verkörperten, das in gewisser Weise einem Gott gleichkam, der die Gestalt der Geschichte angenommen hatte. Ein neues Gefühl trat bei Claude zutage: er schämte sich, zu uns zu gehören und an eine Klasse gebunden zu sein, die wegen Ungerechtigkeit und Dummheit von dieser Geschichte verurteilt wurde. Liebe und Haß, Mitleid und Gewalt vereinigten sich in ihm zu einer Mischung, die mir damals noch höchst außergewöhnlich erschien. Wir hielten ihm den Schemen von Onkel Konstantin vor, seine Ermordung auf der Krim, zusammen mit seiner Frau, seinen Kindern und seinen Bediensteten. Er gab uns zur Antwort, daß die Geschichte nur in Blut voranschreiten könne, daß wir selbst es in Strömen vergossen hätten, es von anderen hätten vergießen lassen und noch vergössen und daß wir plötzlich nur deshalb sparsam bis zum Geiz mit dem Blut umgingen, weil wir fürchteten, das unsere, das nicht unschuldig sei, fließen zu sehen. Er redete über Rußland, über das Vertrauen der Kommunisten in die Zukunft ihrer Sache, über seine Verachtung der Seichtheit, der bürgerlichen Dekadenz, der Anbetung des Geldes, das nach und nach an die Stelle unserer gestürzten Götzenbilder träte. »Schau um dich«, sagte er zu mir, »anstelle Gottes und des Königs, für die die Unseren starben, sehe ich nur Geld, Geld, Geld und nochmals Geld. Oder sonst noch etwas? Sag es mir. Ich sehe nichts.« Und ein andermal schrieb er: »Ich gebe nichts auf, ich lasse nichts im Stich, ich verrate nichts. Alle die großen Dinge, an die wir glaubten, sind in nichts zusammengestürzt.« Soweit ich zurückdenken kann, war Claude derjenige von uns, der immer am stärksten das Bedürfnis verspürt hatte, an irgend etwas zu glauben. Der Tag, an dem er nicht mehr an die Kirche glaubte, machte ihn zur Waise. Er hatte sich einen anderen Vater erwählt, er hatte weit gehen müssen, um ihn zu finden: das Volk.

Für die Bücher hatte Claude stets – mehr noch als seine Brüder und ich – fast eine Leidenschaft gehegt. Er gab sie nicht völlig auf, aber viele von denen, die wir am meisten geliebt hatten, verwarf er wegen ihres Ästhetizismus oder weil sie seiner Meinung nach nichts anderes waren als Werkzeuge der herrschenden Bourgeoisie, von der er sich lossagte. Er ersetzte sie durch neue Götter, denen ich mich ebenfalls näherte und die er mich bewundern lehrte: Zola, Jaurès, Barbusse, Eisenstein, Essenin oder Majakowski, Aragon oder Nizan. In einem der Briefe, die Claude mir aus Moskau geschrieben hatte, standen am Ende Zeilen, die ich nicht kannte:

> *Und am abendlichen Himmel stand*
> *Eine große rote Inschrift, die lautete*
> *Gruß der Bolschewistischen Partei*
> *V K P*
> *b*
> *Und ihrem Vorsitzenden, dem Genossen Stalin*

Erst später erfuhr ich den Namen des Verfassers dieser Verse, der im Leben meines Vetters eine große Rolle spielen sollte. Sie waren von Aragon.

Im Lauf der Monate und Jahre, die mit dem Krieg endeten, sah ich, durch Claudes Augen, wie das Bild der Familie, in die ich den Leser eingeführt habe, anderen erscheinen konnte und wie die Welt und die Menschen sich verändern konnten. Treue, Tradition, Festhalten an der Vergangenheit waren nur der meistens unbewußte Ausdruck einer Klassenpolitik. Wir gehörten nicht einmal dem Zeitalter der Industrie-Bourgeoisie an, die im Begriff war zusammenzubrechen. Wir waren die Phantome, ohne Farbe und ohne Fleisch, einer delirierenden Feudalität, die seit zwei oder drei Jahrhunderten in das Dunkel einer verflossenen Geschichte eingegangen war. Das Große Jahrhundert, in dem wir noch glänzten, zeigte schon unseren Abstieg. Mit seinen sklavischen Höflingen in Versailles und seinen hochgestellten Krämern am Steuer des Staats, mit der auf seine Person gestellten Diktatur und der Herabsetzung der Großen kündete Ludwig XIV. in gewissem Sinn bereits die Revolution an. Jedenfalls war es offenkundig das definitive Ende jener feudalen Welt, an die uns allein noch unsere Illusionen banden. Die Bourgeoisie hatte uns geschlagen, aber trotzdem, wenn auch mürrisch und dennoch mit einer heimlichen Genugtuung, die sich vor sich selbst verbarg, hatten wir uns mit ihr verbündet, um, koste es, was es wolle, die Mittel und Wege zu finden, überleben zu können. Nicht aus Zufall hatte Onkel Paul um die Jahrhundertwende Tante Gabrielle geheiratet. Claude haßte das Blut seiner Mutter mehr noch als das Blut seines Vaters. Den Aufstieg der Remy-Michault, ihre von Erfolg gekrönte Anstrengung, zu ihren Gunsten den Lauf einer Revolution aufzuhalten, die auszulösen sie mitgeholfen hatten, ihre Bindung an die Industrie, die Verachtung des Volks, aus dem sie hervorgegangen waren – das alles beschimpfte Claude mit einer Heftigkeit, die mich entsetzte. »Ich hasse sie«, sagte er, »ich hasse sie, ich hasse sie. Ich hasse sie alle.« Plötzlich offenbarte ihm der Haß die Welt, ihren augenscheinlichen Irrsinn, ihren Sinn. Er hatte ein Bild der Welt gefunden, in der die Ereignisse sich stark und zusammenhängend gestalteten, in der alle Widersprüche, mit denen wir uns herumschlugen, sich endlich aufzulösen schienen. Er hielt beharrlich daran fest und ordnete in diesen Rahmen auch die geringsten Einzelheiten und Kleinigkeiten unserer kollektiven Existenz ein. Alles ließ sich erklären. Alles fand seinen Platz in einem noch viel strengeren System als dem, das jahrhundertelang unsere Geschicke beherrscht hatte. Gott, unsere alte Geschichte, unsere alte Moral, der König waren tot und begraben. Aber sie erstanden wieder, in seltsamer Gestalt, unkenntlich und dennoch wiederbeseelt, im System von Hegel, hinter dem langen Bart von Marx, unter der Mütze von Lenin. Philippe konnte Claude nicht verstehen, aber Claude verstand Philippe, dessen nationalistisches Ungestüm für ihn nach dem Liberalismus oder dem Traditionalismus eine letzte Verteidigungslinie gegen den Aufstieg der neuen Kräfte des internationalen Proletariats war. Im Hinblick auf seine Mutter war Claudes Position etwas zwiespältig. Natürlich verurteilte er ihre Vorliebe für Festivitäten, für Verstellungen, für Ästhetizismus und übertriebene Raffinessen. Aber er unterschätzte nicht, was in ihrem Verhalten – zumindest in Paris, denn es ist bekannt, daß es in Plessis-lez-Vaudreuil niemanden gab, der konservativer war als sie – an Revolutionärem vorhanden sein konnte. Sie zerstörte. Andere bauten auf.

Daß Claude Sozialist und Marxist wurde, war vielleicht überraschend. Was aber verblüffend – für uns – war: daß er unter dem Namen litt, den er trug. Vor vielen langen Jahren, um 1900, glaube ich, ein bißchen früher oder ein bißchen später, trat in den Music-halls eine entfernte Kusine unseres Namens auf. Solche Dinge können geschehen. Erinnert man sich an den argentinischen Onkel? Er hatte unter etwas undurchsichtigen Umständen einen Sohn bekommen. Und dieser Sohn wiederum hatte eine recht hübsche Tochter gehabt – »im Genre Canaille«, sagte mein Großvater –, die sang und tanzte und unseren Namen in die Zirkusarenen schleppte, wo sie ritt, und in die Tingeltangel, wo sie sang. Von Onkel Anatole begleitet, war mein Großvater würdevoll in eine Vorstellung gegangen, um sie sich anzusehen. Soviel ich weiß, war die Begegnung nicht schlecht verlaufen. Ich hätte viel darum gegeben, dabeigewesen zu sein. Hinterher hatten sie Absinth getrunken und von diesem und jenem gesprochen, im Beisein eines Seiltänzers und eines Seehunddompteurs, die beide Liebhaber unserer Kusine waren. Zum Schluß ihrer Unterhaltung hatte mein Großvater zu Pauline gesagt – denn sie hieß Pauline, wie eine Urgroßmutter Tonnay-Charente, wie eine Großtante Rohan-Soubise –, daß es ihr selbstverständlich freistünde, ihr Leben so zu führen, wie es ihr gefiele, daß es aber doch vielleicht ratsam wäre, einen Namenswechsel vorzunehmen und auf die Plakate und Programme etwas anderes zu drucken als unsere geheiligten Silben. »Den Namen ändern?« hatte Pauline gefragt und dabei eine von den kleinen Zigarren, die sie ständig im Munde hatte, in ihrem Glas ausgedrückt. »Den Namen ändern? Warum denn? Ich brauche mich seiner nicht zu schämen.« Paulines Antwort war lange ein geflügeltes Wort bei uns geblieben, und zwanzig oder dreißig Jahre später, als die damalige Aufregung sich gelegt hatte infolge der Zeitläufte, des Krieges, des Heraufkommens der neuen Zeiten, des Todes vieler von uns und besonders von Pauline selbst, hatten wir am steinernen Tisch darüber gelacht. Claudes Einstellung war weniger naiv. Sein Name klebte an ihm, und er litt daran wie an einem Makel. Er hat mir später selber erzählt, daß er in einem Anfall von Wut oder Beklemmung eines Tages seine gesamten Papiere, seinen Reisepaß, die Exlibris mit dem Familienwappen und die Hemden von Doucet und Hilditch, in die seine Initialen eingestickt waren, verbrannt habe. Für ihn war der Name, der unser Stolz war, das Kennzeichen seiner Verfluchung in der Welt hienieden. Andere gab es nicht mehr, denn sein Gott war tot. Doch der Name der Familie und der seine genügten, um ihn für immer zu brandmarken, ihn vom Volk zu trennen, mit dem er sich zu vereinigen trachtete, von der anonymen Masse der Arbeiter und Bauern, die die Geschichte der Zukunft darstellte gegen die Geschichte der Vergangenheit. Selbst der Wahlspruch der Familie bedeutete ihm nichts mehr, da es Gott gefallen hatte, sich einen neuen Namen zu suchen, und sein Wille von nun an mit dem Volkswillen verschmolz, den die Partei verkörperte und der sich in der Revolution ausdrückte.

Ich glaube, mein Großvater hat vieles von dem nicht geahnt, was sich am Ende der Spanne zwischen den beiden Kriegen um ihn herum abspielte. Tante Gabrielles Verwegenheit, Pierres und Ursulas Abenteuer, Philippes Faschismus und Claudes Atheismus haben ihm sicherlich das Alter vergällt. Daß aber Claude unter seinem Namen litt, hat er wohl nicht gewußt. Die Umwertung aller unserer Werte konnte er nicht ahnen, konnte er nicht verstehen, nicht einmal sich vorstellen. Und hätte er es erfahren, wäre er auf der Stelle tot umgesunken.

Claude verließ uns. Er kam nur noch selten nach Plessis-lez-Vaudreuil. Ich sah ihn noch häufig, meistens in Paris. Nicht direkt heimlich, aber auch nicht im Familienkreis. Ich traf mich allein mit ihm oder manchmal mit Jacques. Ich mochte ihn noch immer gern. In meine Zuneigung mischte sich jetzt unbewußt so etwas wie Bewunderung. Einige Monate lang arbeitete er als Arbeiter in einem Stahlwerk im Nordosten, in einer Automobilfabrik, wo ein Ingenieur, der uns kannte, zu seiner nicht geringen Verblüffung Claudes Namen auf der Liste der Belegschaft entdeckte. Er nahm an Streiks teil, veranlaßte sie auch hier und dort. Er schrieb in der kommunistischen Zeitung *L'Humanité*, was wir aber erst später erfuhren, weil er seine hitzigen Artikel mit einem Pseudonym zeichnete. Alles, was ihn an uns band, zerbrach er mitleidlos. Was von unserer Kleidung, von unseren Wagen, von unseren gesellschaftlichen Gepflogenheiten, von unserem Milieu und unserer Sinnesart übrigblieb, verwarf er mit Abscheu. Er lebte in einer anderen Welt, wo alles, was wir dachten und waren, unsere eigennützige Treue, unsere hochmütige Einfachheit, unsere scheinheilige Ehrbarkeit, gewogen und verdammt wurde. Er empfand für uns noch eine Art verzweifelte Zuneigung. Er haßte uns und er liebte uns, wie wir einst diejenigen von uns liebten, die sich verirrt hatten und in Unkenntnis des wahren Gottes oder des Königs eine unselige und dem Zusammenbruch anheimgegebene Existenz führten. Ich glaube, daß auch er uns noch immer liebte, so wie ich ihn liebe. Aber er konnte nichts anderes ersehnen als den Tod unseres Egoismus und unserer Verblendung.

Die Welt glich während dieser Zeit der Familie. Oder vielleicht glich sich unsere Familie der Welt an. Es ging weiter mit unseren Verlobungen, unseren Geburten, unseren Familientees, unseren besorgten Diskussionen über die Zukunft der Jungen, die im Collège Franklin oder Stanislas mit ihren Leistungen weit hinter dem jungen Samuel Silberstein, dem Sohn eines großen jüdischen Pelzhändlers, lagen oder dem Neffen eines katholischen Schriftstellers, der in den Augen meines Großvaters die äußerste Linke verkörperte. Alles das verband sich, für uns wie für alle Welt, mit dem 6. Februar, mit der Volksfront, mit dem Spanienkrieg. Der Faschismus und der Antifaschismus teilten sich Europa. Außer Philippe und Claude, die sich ihr Lager gewählt hatten, wußten wir nicht mehr, woran wir glauben oder in welche Richtung wir blicken sollten. Während der fünf oder sechs Jahre vor dem Zweiten Weltkrieg bestand, so scheint es mir, unsere hauptsächlichste Beschäftigung darin, auf eine Katastrophe zu warten, die wir nicht abwenden konnten und der wir wehrlos gegenüberstanden. »Ah, ich hatte es ja gesagt...«, brummte mein Großvater. Und er schüttelte den Kopf, wenn er die Zeitung mit den unheilvollen Nachrichten las.

Der Sozialismus einerseits, der Nationalismus andererseits waren uns gleichermaßen fremd und gleichermaßen unerträglich. Und der Nationalsozialismus vereinigte alle Greuel in sich. Aber hat das Wort *wir* noch den leisesten Sinn? Mehrere von uns waren Nationalisten und Ultranationalisten geworden, und Claude war Sozialist und ein bißchen mehr als Sozialist. Was uns im Gesamtverband der Familie als ungeheuerliches Unglück erschien, beglückte das eine oder andere Mitglied der Familie. Philippe demonstrierte am 6. Februar auf der Concorde-Brücke mit den *Camelots du roi* und Claude am 9. Februar von der Place de la Bastille bis zur Place de la Nation und auf den großen Boulevards mit den Kommunisten. Philippe verteidigte temperamentvoll den Einzug der deutschen Truppen ins Rheinland – »Mein Gott«, sagte er lachend zu uns, »die Deutschen fallen in Deutschland ein ...« –, und die Volksfront wurde, wenn man Claude reden hörte, zu einem besseren Jahrmarkt. Ihren Worten hätte man entnehmen können, daß das Glück sich über die Massen ergoß, aber nach völlig entgegengesetzten Methoden und Lehren. Natürlich bestritt jeder die Dogmen des anderen, sie seien nichts anderes als Illusion und in die Augen gestreutes Pulver. Claude stieg auf das Tandem der arbeitenden Klassen, die von Léon Blum und Léo Lagrange auf die Landstraßen losgelassen wurden, er hob die geballte Faust und besang die Freizeit und die Vierzigstundenwoche nach der Melodie der Internationale, während Philippe Spaten und Gewehr handhabte und im Schatten des Liktorenbündels und des Hakenkreuzes Kraft durch Freude zelebrierte. Waren in der Vergangenheit die Ereignisse und die Menschen ebenso entzweit gewesen? War die Welt ebenso schnell vorangeschritten? Hatte die Geschichte auch so verschiedenartige Gesichter gehabt, war sie auch so düster für die einen und für die anderen so voller wenn auch widersprüchlicher Hoffnungen und Verheißungen gewesen? Ich glaube, die Antworten auf diese Fragen dürften keinem Zweifel unterliegen: Alexander oder Karl der Große, Dschingis Khan oder Napoléon hatten in wenigen Jahren ein gut Teil der Welt erobert, Barbaren und Römer, Muselmanen und Christen, Katholiken und Protestanten hatten sich zeit ihres Lebens gegenseitig umgebracht, und das Blut der Menschen war unaufhörlich in Strömen geflossen für eine glückliche Zukunft, wie sie Propheten, Märtyrer und Revolutionäre verhießen. Doch wir in Plessis-lez-Vaudreuil, die wir gerade aus einer fast unbeweglichen Welt heraustraten, aber noch an dem Bild hingen, das wir uns von und mit unseren Erinnerungen machten, wir hatten den Eindruck, daß die Geschichte verrückt geworden sei, und wir bedauerten die Jüngeren, die nach uns kamen. Diesmal wurde die Süße des Lebens mit seinen Maskenbällen, mit seinen Scharen von Dienstboten, mit seiner Muße und seiner Kultur, mit seinem Silberzeug und seinen Wäschestapeln, die in großen wohlriechenden Schränken von Generation zu Generation weitergegeben wurden, auf ewig und immer von dem Wind hinweggefegt, der aus Bayern und vom Rhein kam, vom belagerten Toledo, vom zerstörten Guernica, aus den unheimlichen Ebenen Sibiriens.

Die Jungen, wie wir sie von jetzt an nannten, kamen in dieser Welt, die uns bestürzte, ganz gut zurecht. Wir beklagten ihr Schicksal, sie aber blieben ganz gelassen. Jean-Claude ahmte seinen Onkel Philippe nach und wurde Faschist. Die Entscheidung war ihm nicht sehr schwergefallen. Er bereitete sich auf das Bakkalaureat vor und spielte Tennis. Er sah bereits den Mädchen nach. Seine Schwester Anne-Marie, die Tochter von Pierre und Ursula, war kurz vor dem Krieg sechzehn oder siebzehn Jahre alt. Sie versprach ein sehr schönes Mädchen zu werden. In dieser schrecklichen Welt war Anne-Maries Schönheit ein wahrer Trost. Sie zähmte sogar Claude. Der Kämpfer mit der geballten Faust übte Nachsicht mit der Tochter einer Preußin, mit der Nichte und Schwester von Faschisten, die den Namen von Chouans trug, der von Säbel und Weihwedel verziert war. Ich erzählte ihm, daß die Kleine großen Erfolg gehabt habe beim Schulfest im Couvent des Oiseaux oder im Couvent de la Rue de Lubeck, bei einem Tanzvergnügen im Hause der Brissac oder der Harcourt, später, im Frühjahr 1939, bei ihrem ersten Jungmädchenball, von dem Photographien in der Zeitschrift *Vogue* erschienen waren. Claude lächelte. Sonntags verkaufte er die *Humanité* an den Métro-Stationen, aber er war stolz auf seine Nichte und die Erfolge, die sie in den Salons der herrschenden Klasse davontrug, aus der er selber stammte und von der er sich losgesagt hatte. Anne-Marie liebte ihre Onkel sehr. Ihre Mutter kümmerte sich ganz offensichtlich wenig um sie. Philippe, Claude oder ich nahmen sie manchmal sonntags mit nach Versailles zu einer alten Tante oder in ein Kino auf den großen Boulevards oder ins Quartier Latin. Da zu jener Zeit der Film noch jung, unbeholfen, ungewöhnlich und genial war, wurde ein Kinogang zu einem Fest. Wir sahen *Quai des brumes, Le Jour se lève, Schneewittchen und die Sieben Zwerge, Hôtel du Nord, La Grande Illusion, La Règle du jeu, The Stagecoach,* auf französisch *La Chevauchée fantastique, Bengali.* Sie ging furchtbar gern ins Kino. Sie liebte das Leben. Sie erschien uns, in ihrer aufblühenden Schönheit, ganz einfach. Auch Anne war mir einfach erschienen. Und Ursula, zwanzig Jahre zuvor. Alles ist einfach bei den Männern, alles ist einfach bei den Frauen, wenn man sie von außen betrachtet und sieht, wie sie an der Schwelle der Welt zaudern, in die sie lachend eintreten. Und alles ist einfach an ihnen, wenn man, sehr viel später, ihr Leben deutet, wenn es abgeschlossen ist, nach ihrem Tod, und wenn man nachdenkt über diese Existenzen, die nur noch Geschichte sind. Solange das Schicksal sich entwickelt und verknotet, ist es dunkel und oft rätselhaft. Ich erinnere mich daran, daß ich manches Mal, wenn ich mit Anne-Marie auf den damals noch gut gepflegten Gartenwegen in Plessis-lez-Vaudreuil oder in der sonntäglichen Menschenmenge auf den Champs-Élysées spazierenging, ihr zuhörte und sah, wie lebhaft sie war, wie sie über ein Nichts lachte und sich vergnügte, plötzlich stehenblieb und darüber nachdachte, was aus ihr wohl werden würde.

In Plessis-lez-Vaudreuil führten die Kinder jetzt ein Leben, das recht verschieden war von dem, das wir geführt hatten, als wir in ihrem Alter waren. Was uns anfänglich erstaunte, ja, sogar empörte, war ihr Unterhaltungs- und Vergnügungsbedürfnis, das vielleicht an sich nichts anderes war als eine andere Form der Veränderungssucht. Ich glaube, es mischte sich in unsere Verwunderung ein bißchen Neid und vielleicht Eifersucht. Hatten wir Tennisplätze gehabt, Schwimmbecken, Freunde zum Wochenende, Skilauf im Winter, Motorräder mit siebzehn Jahren? Je schwieriger die Verhältnisse wurden, desto dringlicher schienen die Forderungen der Kinder zu werden. Die finanzielle Situation der Familie war seit dem Beginn des Jahrhunderts, seit dem Krieg, seit der Krise immer schlimmer geworden. Zwei Kategorien von Personen mußten wir unentwegt und Tag für Tag vorhalten, daß sie zu viel verlangten: den Kindern und den Dienstboten. Es wurde bereits einigermaßen schwierig, Köchinnen und Maîtres d'hôtel für Plessis-lez-Vaudreuil zu finden, wo es kein Kino gab und wo der Samstagabend-Ball die städtischen Freuden nur dürftig ersetzte. Und die Kinder beklagten sich ebenso bitter wie die aufs Land verbannten Zimmermädchen, denen Paris fehlte, sie träumten bereits von den Bergen, von Reisen, vom Meer. Wir mit unseren mißgebildeten Augen hatten zuweilen den Eindruck, sie langweilten sich in dem alten Haus. Wir sprachen viel über familiäre Fragen, in unseren Gedanken hatten sie den Platz der großen Mythen von einst, die ins Nichts entschwunden waren, eingenommen. Die Ferien der Kinder und die Löhne der Küchenmädchen waren an die Stelle des Königs getreten. Vor allem um den Kindern, die er innig liebte, eine Freude zu machen, hatte mein Großvater in einer Ecke des Gemüsegartens einen Tennisplatz anlegen und, wie ich schon berichtet habe, gerade zur Zeit der Volksfront zwei Badezimmer im Schloß einbauen lassen. Obwohl Michel und Tante Gabrielle sich beteiligten, hatten diese Einrichtungen ihn ein Heidengeld gekostet. Und er fand, die Kinder drückten nie – und verspürten es wahrscheinlich auch nie – ein Gefühl aus, das irgendwie der Dankbarkeit glich. Ich vernahm bereits eine Redewendung, die allmählich immer mehr in Umlauf kam: »Die Kinder«, brummte man, »sind nie zufrieden. Sie meinen, sie müßten alles haben.« Ein leiser Hauch von Revolte wehte tatsächlich über diese fünfzehnjährigen Kinder hin. Kurz vor dem Zweiten Weltkrieg stieg, wie immer mit einigem Verzug gegenüber der übrigen Welt, gegenüber den literarischen Werken, den *Falschmünzern* von Gide, den *Thibault* von Martin du Gard, ein unheilvoller Drachen der Beziehungen zwischen Eltern und Kindern auf in den Himmel, der trotz gewaltiger Wolken und der Familienkonstellation noch licht war.

Wie schwierig ist es, alles zu sagen, eine Epoche zu schildern, die Farbe und das Aroma einer gesellschaftlichen Gruppe und eines Zeitalters wiederzugeben, wie ich es gern möchte! Liefere ich von diesem so begrenzten Bereich, den ich wiederaufleben lassen möchte, nicht nur oberflächliche Anekdoten, nicht nur den äußeren Anstrich, den Anschein der Dinge? Noch geschah fast nichts in Plessis-lez-Vaudreuil. Und doch defilierte schon die ganze Welt dort vorüber. Von Jacques kamen Briefe aus New York, von Ursula Briefe aus Saint-Tropez oder aus dem Lot, von Zeit zu Zeit eine Postkarte von Claude aus Rußland oder China, von Philippe eine Postkarte aus Nürnberg oder Rom. Abends vor dem Essen versammelte sich die Familie um den Rundfunkapparat. So erfuhren wir von den Regierungswechseln, dem Sieg der Volksfront, dann von Léon Blums Sturz, vom Hin und Her im Spanienkrieg, vom Anschluß Österreichs, von der Einverleibung des Sudetenlands ins Hitlerdeutschland, wie wir seinerzeit von der Besetzung des Rheinlands oder der Ermordung des Königs von Jugoslawien und Louis Barthous gehört hatten. Mein Großvater schüttelte weiterhin den Kopf und redete von Jacques Bainville, der alles vorausgesehen hatte. Lange Zeit hatten wir *Le Conservateur* und *La Gazette de France* bekommen. Beide Zeitungen existierten nicht mehr. Pierre und Jacques lasen *Le Temps* und *Le Journal des Débats,* Philippe *L'Action française,* die ganze Familie *Le Figaro,* der das gesellschaftliche Leben des Milieus, in dem wir verkehrten, genau beschrieb. Claude las *L'Humanité*. Schlimmer noch: er schrieb darin. Doch wir wußten es nicht. Oder wir wußten es vielleicht, wollten es aber nicht wissen. Es ergab sich ein ständiges Kommen und Gehen zwischen Plessis-lez-Vaudreuil und Paris: die einen kamen, die anderen gingen. Man sprach über Politik, aber auch über Bälle – die letzten Bälle, sagten wir; aber wir sollten noch dreißig Jahre lang und vielleicht mehr in jedem Frühjahr und in jedem Herbst die alte Leier wiederholen –, Theater, Literatur, mondänen und sportlichen Klatsch. Michel Desbois und Jacques erzählten uns von Amerika und dem dortigen unerhörten Reichtum. Der Börsenkrach lag schon weit zurück. Roosevelt und der New Deal hatten den Kapitalismus auf liberalen Ideen wiederaufgebaut, von denen mein Großvater meinte, sie kämen dem Sozialismus sehr nahe. Alles, was ich von der Tour de France oder von dem samstäglichen Uhrmacher erzählt habe, war immer noch Wirklichkeit. 1936: Sylvère Maës. 37: Lapébie. 38: Bartali. Und wieder Sylvère Maës 1939. Aber Monsieur Machavoine war gestorben. Sein Sohn, der Bruder des kleinen Jungen, der in einem Nebenfluß der Sarthe ertrunken war, hatte seine Aufgabe bei den Uhren übernommen. Es war ein großgewachsener junger Mann, er sah ein bißchen traurig aus, war aber kühner, als es schien, und ganz bestimmt ebenso dreist, wie sein Vater zurückhaltend war: er hatte der Tochter der Köchin, Jacqueline, ein Kind gemacht, einem recht hübschen blonden Mädchen, das nur von Paris träumte. Auch dieses Ereignis hatte uns sehr beschäftigt. Es ist in meiner Erinnerung untrennbar verbunden mit dem Münchener Abkommen, weil wir an ein und demselben Tag erfuhren, daß der Krieg um acht Tage verschoben wurde, damit er dann um so heftiger ausbrechen konnte, und daß Jacqueline schwanger war.

Was wichtig war, mischte sich stets mit dem, was unwichtig war. Die kleinen Ärgernisse des Lebens, die Widrigkeiten, die Scherereien, die nichtigen kleinen Erfolge berührten uns ebenso und häufig mehr als die schlimmsten Katastrophen oder die großen Geschehnisse, die in Büchern aufgezeichnet werden, in Gestalt von Daten oder Depeschen, Begegnungen oder Statistiken, bei denen wir nur schwerlich den langsamen Ablauf unseres täglichen Lebens wiedererkennen würden. Schon mehrfach habe ich den Spanienkrieg und die Volksfront heraufbeschworen. Doch betreibe ich hier keine Geschichtsschreibung. Was ich niederschreibe, ist nur die Geschichte meiner Familie. Aber diese Familienchronik überschneidet sich des öfteren mit den Stürmen der Epoche, sie transponiert sie, sie reflektiert sie, in gewissem Sinne sind sie in ihr enthalten, und sie ist in ihnen enthalten. Malraux' Aussage über die Präsenz der Geschichte erwies sich als wahrer denn je. Ich habe viel von Philippe und Claude gesprochen, und wir werden später sehen, daß sie, jeder auf seine Art, das Eindringen der modernen Welt in die Traditionen der Familie darstellten, in ihre Schablonen, wenn man so will. Als der Spanienkrieg ausbricht, wird offenbar, daß er im Schoß der Familie schon seit langem unerkannt geschwelt hat. Als der erste Kanonenschuß abgefeuert wird, sind sich Claude und Philippe sofort klar, zu welchem Lager sie gehören. Philippe ist für den Christ-König, für die faschistische Ordnung, für die Tradition und die Armee, für Sanjurjo und für Franco. Claude für die Brüderlichkeit, für das Volk, für die soziale Gerechtigkeit und für die Gleichheit. In diesem mittelmäßigen Zeitalter ohne Größe, von der Dekadenz befallen, dem Komfort und dem Radikalsozialismus verschrieben, den sie alle beide verabscheuen, haben sie jeder das gefunden, wofür sie sterben können. Für den Kommunismus und gegen ihn. Die lebend begrabenen Priester und die vergewaltigten Nonnen entsprechen den Bombardierungen der Dörfer und Städte durch Hitlers und Mussolinis Flugzeuge. Claude schreibt an Malraux, an Hemingway, an Mauriac, an Bernanos, der bereits an seinen *Grands Cimetières sous la lune* arbeitet. Er tritt in die kommunistische Partei ein. Philippe schreit: *Viva la muerte!* Eine gewisse Größe im Nichts, auch das ist ein Ausweg für den, der am Schnittpunkt der Familie und der neuen Zeiten steht.

Später wird mir bewußt, daß die eine oder andere Aussage Montherlants über das unnütze Dienen oder die Ritter des Nichts Philippe durchaus als Wahlspruch hätte dienen können. Auch er vereint in sich, mehr oder weniger unbewußt, Christentum und Heidentum, Gleichgültigkeit und Tüchtigkeit, den Todeskult und die Lebenslust. Eines Morgens im Jahr 1936 erfahren wir, daß Claude und Philippe, beide, fort sind. Sie sind zusammen aufgebrochen. Sie durchqueren Frankreich. In Toulouse essen sie gemeinsam und schicken von dort aus eine Karte an meinen Großvater, die von ihnen beiden unterschrieben ist. Die Karte unterrichtet uns über ihre Absichten. Über seinen Namenszug hat Claude geschrieben: *No pasarán.* Und Philippe über den seinen: *Pasaremos.* Und dann trennen sie sich. Sie gehen über die Grenze nach Spanien, und jeder begibt sich zu den Seinen. Philippe wird mit dem Oberst Moscardo im Alcazar von Toledo eingeschlossen, und selbst in der belagerten Festung gelingt es ihm noch, einige junge Frauen aufzutreiben und sie zu verführen. Claude kämpft mit den Internationalen Brigaden in der Sierra von Teruel. Er verbringt einige Tage im Palast von Alba, der von den Madrider Milizsoldaten beschlagnahmt und besetzt worden ist. Dort hatten Pierre und Ursula, um 1926 herum, ein oder zwei Wochen lang auf Einladung des Herzogs gewohnt. Claude stößt dort auf dieselben Möbel, dieselben herrlichen Gemälde, von denen ihm sein Bruder erzählt hatte, denselben riesigen Bären, der in seinen Pfoten dasselbe – allerdings leere – Tablett für die Visitenkarten hält, und die alte andalusische Köchin, die nicht hatte fliehen wollen. Nach den Heiratsanzeigen im *Gaulois* oder im *Figaro,* nach Tante Gabrielles Festen, nach – und vor – all den Photographien von Bällen in *Vogue* oder *Harper's Bazaar* erscheint der Name der Familie mit einigem Aufsehen in den Spalten der Kriegsberichterstattung. *Paris-Soir* veröffentlicht auf der ersten Seite, über drei Spalten, einen langen Artikel mit der sensationellen Überschrift: *Die feindlichen Brüder.*

Das erstaunlichste in dieser ganzen Angelegenheit ist das Verhalten meines Großvaters. Er ist das Haupt der Familie, und deshalb kann er seiner Meinung nach nicht Partei ergreifen. Wenn er nach Philippe oder Claude gefragt wird, antwortet er gelassen und ohne allzu große Gemütsbewegung, so als handele es sich um eine uns wohlbekannte Jagdpartie, ein gewagtes Touristikunternehmen oder ein schwieriges Reitturnier: »Ja, zwei meiner Enkel sind nach Spanien gegangen... Aber sie sind nicht in der gleichen Gegend.« Natürlich ist mein Großvater nicht für die Republikaner. Wenn Philippe ihm schreibt, daß die Carlisten an seiner Seite sich in den Kampf stürzen mit dem überlieferten Ruf *Für Gott und den König,* ist es da nicht begreiflich, daß sich im Herzen des alten Monarchisten, der in der Verachtung der Republik erzogen worden ist und in ihr gelebt hat, etwas rührt? Aber was er vor allem schätzt, was er bewundert, was ihm seit seiner Kindheit im Second Empire fehlt, ist der Kampf für eine Überzeugung, für einen Glauben. Zumindest hat Claude eines gemein mit den Toten, von denen er sich lossagt: er ist ein Mensch der Überzeugung. Einer anderen Überzeugung. Aber einer Überzeugung. Mein Großvater liebt zwar die Republikaner nicht, aber er ist auch nicht einverstanden mit den Exzessen der Franco-Leute. Er, der im Rahmen seiner Möglichkeiten beharrlich gekämpft hat gegen die Schule ohne Gott und gegen die liberale und parlamentarische Demokratie, findet es letztlich ganz natürlich, daß seine beiden Enkel in zwei verschiedenen Lagern stehen. Auch über ihn ist die Zeit hinweggegangen. Er sagt sich und er sagt uns, daß wir nicht mehr am Ende des vorigen Jahrhunderts, aber auch nicht am Beginn dieses Jahrhunderts stehen. Er hält die Waage zwischen Claude und Philippe so gut wie möglich im Gleichgewicht. Nie kommt ihm der Gedanke, Claude auszustoßen oder ihn zu verdammen. Er entdeckt in seinen Enkeln die modernen Abkömmlinge der Armagnacs und der Burgunder, der Katholiken und der Protestanten, seines Urgroßonkels François, der bei den Russen unter Suworow und Kutusow diente, bei den Österreichern unter Mack, bei den Preußen unter Hohenlohe, und seines Großonkels Armand, des Gardeobersten.

Philippe wurde am Arm verwundet, aber sie kamen alle beide zurück, gerade rechtzeitig, um sich mit einem anderen Krieg, dem unseren, zu befassen. Die Haare von Tante Gabrielle, ihrer Mutter, waren ganz grau geworden. Sie sollten ziemlich schnell weiß werden. Sie gab sich nicht mehr mit Einladungen ab, mit Verkleidungen, mit den Salons der Avantgarde, die nicht mehr existierten: sie war 1936 in die Zeit der Ängste eingetreten, und das für nahezu zehn Jahre. Erst 1945 sollte es aufhören. Nach Auffassung der übrigen Familienmitglieder hatten die beiden jungen Männer etwas außergewöhnliche Studien betrieben, sie waren in einer vielleicht ein bißchen rauhen Schule der praktischen Kriegsführung gewesen, mit inneren Rivalitäten und ernsthaften Risiken, aber ohne schwerwiegende Folgen, nach Art der Ruderregatten zwischen Oxford und Cambridge oder der Turniere von einst. Sie hatten sich für ihre Überzeugungen geschlagen, für den Sieg der Sache, an die sie glaubten. Nach Meinung meines Großvaters, der seit hundertfünfzig Jahren jeden Grund zur Begeisterung verloren hatte, hatten sie richtig gehandelt. Mir scheint, mein Großvater, der munter in sein neuntes Lebensjahrzehnt trat, beneidete sie vor allem ein bißchen darum, daß sie noch Anlässe gefunden hatten, sich zu schlagen – und sogar einer gegen den anderen – in diesem zerrütteten Jahrhundert. Einer der genialen Züge unserer nicht sehr talentvollen Familie bestand darin, in Katastrophenzeiten geziemend weiterleben zu können, sich mit ihnen abzufinden, ohne Niedrigkeit und Schlaffheit, sie mit Takt zu überwinden. Claude und Philippe hatten auf ihre Art etwas von den Hoffnungen und Leidenschaften wiedererweckt, die ihre Ahnen beseelten und die sie an den Rhein trieben, in die Lombardei, zum Grabe Christi. Hervorragend. Ausgezeichnet. Das alles war ein gutes Zeichen für die Gesundheit der Familie.

Claude und Philippe hatten natürlich seit ihrer gemeinsamen Mahlzeit in Toulouse kaum Gelegenheit gehabt, sich freundschaftlich zu treffen. Nun, mein Großvater lud sie beide ein, nach Plessis-lez-Vaudreuil zu kommen, damit sie sich im Kreis der ganzen Familie wiederbegegneten. Und das erstaunlichste ist, sie sind gekommen. Und nach all den Toten und all dem Haß haben sie am steinernen Tisch unter den alten Linden zusammen Tee getrunken. Keiner von beiden hatte vom Wesentlichen seiner Überzeugung etwas aufgegeben. Philippe glaubte noch immer an einen Führer, an das Blut, an den Boden, an das Vaterland und Claude an das Proletariat ohne Grenzen und dessen fortschreitende Verarmung unter dem Druck des Mehrwerts. Gleichviel. Anne-Marie war da und Jean-Claude und Bernard und Tante Gabrielle und der etwas verstörte Jules. Und Pierre und Jacques natürlich. Und ich. Und Kusine Ursula, die aus der Provinz gekommen war, um neben Pierre am Fest teilzunehmen. Ich glaube, es war an jenem Tag, daß mir zum erstenmal der Gedanke kam, etwas über die Geschichte meiner Familie zu schreiben, über meine arme, alte Familie, über meine alte und teure Familie. »Liebe Kinder«, sagte mein Großvater – und mir ist, als hörte ich ihn noch, aufrecht stehend, die Hände auf den steinernen Tisch gestützt –, »ich bin froh, daß ihr wieder da seid. Es sieht nicht sehr gut aus. Ich habe gehört, daß dieser Herr Hitler, der sich ganz allein für eine Mischung aus Bismarck und dem kaiserlichen Generalstab hält, von denen er weder die Fähigkeiten noch die Allüre hat, uns noch einmal den Schlag von Sedan und Belgien versetzen möchte. Ihr habt gut daran getan, euch vorzubereiten. Aber jetzt müßt ihr euch untereinander verständigen.« Er wußte nicht, wie wahr er sprach. Da er meistens hinterherhinkte, kam es manchmal vor, daß er den anderen voraus war. Ich kann mich ganz genau daran erinnern, daß er zur Zeit, als die Maginot-Linie Furore machte, erklärte, alles würde sich, wie immer, zwischen Belgien und den Ardennen entscheiden. Philippe war ziemlich sprachlos. Doch er schüttelte jedem die Hand, so wie er es von den gefühlvollen Szenen auf den alten Stichen im Billardzimmer und der Bibliothek her kannte. Die Widersprüche der Geschichte überfielen ihn ein bißchen schnell. Gerade hatte er an der Seite der Deutschen gekämpft, und nun sollte er gegen sie kämpfen. Wie auch immer! Seit vielen Jahrhunderten war die Umkehrung der Bündnisse eine Eigenheit des Königshauses und des unseren. Philippe war Faschist, das stand fest. Aber er war Nationalist. Besser als jeder andere würde er gegen die Deutschen kämpfen, die er bewunderte. Und Claude, noch umdüsterter als sonst, niedergedrückt von den Nachrichten aus Spanien, ein bißchen abseits in seiner Ecke sitzend, die Arme vor der Brust gekreuzt, noch leicht verächtlich, doch ausgesöhnt mit uns aufgrund der Drohungen Hitlers und der Haltung meines Großvaters, nickte zum Zeichen des Einverständnisses mit dem Kopf. Er war noch im Zeitalter des Heroismus. Auch für ihn sollte, aber später, die Zeit der inneren Erschütterungen und Widersprüche kommen. Mit Champagner wurde die Rückkehr der beiden verlorenen Krieger gefeiert, der beiden feindlichen Brüder, die, weil das Vaterland in Gefahr war – wir hatten dieses Wort lange nicht leiden können, es war der Gipfel der Ironie und eine neue List der Geschichte –, endlich wieder im selben Lager standen. Die Nacht fiel herein. Das Wetter war sehr schön und sehr mild. Wir schwiegen eine Weile und blickten auf das alte Haus, das von der Dunkelheit aufgesogen wurde.

Der Aufschub

Sind die angstvollen Herbsttage noch in Erinnerung, als Monsieur Daladier und Mister Chamberlain taten, was sie konnten, das heißt, nicht sehr viel? Sie stiegen aus dem Flugzeug, nachdem sie viele tausend Menschen und Quadratkilometer gegen einen wackligen Frieden eingetauscht hatten, und wurden zu ihrem eigenen Erstaunen mit Beifall empfangen. Die Nation trat singend in die Zeit des Aufschubs ein. Sie hielt sich die Augen zu, sie stopfte sich die Ohren zu und seufzte lahm und erleichtert auf. Daladiers weicher Filzhut und Chamberlains Regenschirm wurden berühmt und gingen in den Sprachgebrauch ein, aber sie waren kein großes Gegengewicht gegen die Panzer und Flugzeuge, die innerhalb der kurzen Frist von vier fanatischen Jahren, mit Hilfe der Vettern Krupp, aus einem von den Verträgen verbürgten Nichts emporgestiegen waren. Etwas Unvorhergesehenes trat in die Welt: die Stärke. Wir waren vielleicht gerecht, aber stark waren wir nicht. Und Gerechtigkeit ohne Stärke... Während die Volksfront den verblüfften Franzosen Glück und Muße verhieß, schenkte Hitler den Deutschen als Antrittsgabe der Machtergreifung Stuka-Angriffe und Panzerdurchbrüche.

Die Septembermonate gefielen damals den Kindern sehr. Sobald die Ferien zu Ende waren, kamen die Männer aus den Kasernen und hinderten die Kinder daran, wieder in die Schule zu gehen. Es herrschte überall eine Atmosphäre der Aufregung und prickelnder Gefahr, die auf die Phantasie der jungen Leute reizvoll wirkte. Uns allen war schwindlig im Kopf. Die gewaltigen Schlagzeilen im *Paris-Soir* und sie samstäglichen Gewaltstreiche zu Beginn der unantastbaren Wochenenden der britischen Demokratie waren unsere Drogen, unsere Aufputschmittel. Jeder hatte das Gefühl, in Wirbel hineingerissen zu sein, die bereits Geschichte geworden waren und dem Leben überdimensionale Proportionen verliehen. Es kam einem vor, als tobe ein großes, ungewisses und ein bißchen gewagtes Spiel über die Welt hin.

Eine Gefahr vor allem beschäftigte und beunruhigte uns sehr, ebenso wie Millionen von Franzosen. Vermutlich die einzige, die nicht eintreten würde. Das Giftgas. Ist das noch erinnerlich? Wir haben seit jener langverflossenen Zeit so große Fortschritte gemacht, daß Giftgase heute niemandem mehr Angst einjagen. Doch damals nahmen sie einen beträchtlichen Platz in unseren Zukunftsphantasien ein. Die Zukunft ist immer anders als die düstersten Voraussagen: sie ist manchmal schlimmer. Es ist vielleicht, ohne den Eindruck von Parteilichkeit zu erwecken, gestattet zu sagen, daß die aufeinanderfolgenden Regierungen, die in Frankreich geherrscht, überhaupt nichts vorgesehen hatten. Eine einzige Sache hatten sie vorgesehen. Und sie sollte sich als unnötig erweisen: die Gasmasken. Wir hatten jeder eine; in einer kleinen, länglichen grauen Dose hing sie an unserer Schulter und machte uns für drei Monate zu Kräutersammlern der Apokalypse und des Gespötts. Wo sind diese Millionen von Gasmasken geblieben, die zu einer Epoche gehören wie der Tango oder der Sonnenschirm zu anderen? Verschwunden, vergangen, nicht nur wie ausgelöschte Vergangenheit, sondern auch wie niemals stattgefundene Zukunft. Da wir das Glück hatten, über eine nicht weit von Paris liegende Zuflucht zu verfügen, waren die meisten von uns – mit Ausnahme von Ursula, die sich für einige Monate noch, vor der Offensive, der Treulosigkeit des Toreros und den tödlichen Schlafmitteln, in ihrem Landhaus im Lot vergrub – nach Plessis-lez-Vaudreuil ausgewichen, wie wir damals sagten. Es bestand keine große Aussicht, daß die Giftgase bis in die Haute-Sarthe vordringen würden, um sie zu verwüsten. Die in den wilden Jahren verstreute, in den wirren Jahren auseinandergerissene Familie war nie so vereint gewesen. Zwischen dem Vorkrieg und dem Krieg stellen der Herbst 38, der Sommer 39 eine jener Pausen, jener kurzen Unterbrechungen am Rand großer Katastrophen dar, wo das Schicksal oft zögert, ehe es sich plötzlich entscheidet und in die Abgründe stürzt.

Die Kinder arbeiteten im selben Schulzimmer, wo wir, Jacques und Claude, Michel und ich, vor zwanzig Jahren Jean-Christophe zugehört und seine Lektionen unsere Welt erschüttert hatten. Es gab keinen Jean-Christophe mehr. Wir hatten nicht mehr die Mittel, einen Hauslehrer zu halten, und außerdem hätten die Kinder auch keinen gewollt. Mit ihrem Quicherat und ihrem Bailly, die wie Brüder unseren zerfledderten Diktionären glichen, kamen sie ganz allein zurecht, eher schlecht als recht, mit denselben Übersetzungen aus dem Griechischen und denselben Übersetzungen ins Lateinische, mit denselben Mathematikaufgaben und mit denselben schwärmerischen Briefen von Corneille an Racine und von Voltaire an Rousseau, mit denen auch wir uns herumgeschlagen hatten. Wenn wir das Leben in Plessis-lez-Vaudreuil und seinen Ablauf betrachteten, konnten wir uns noch immer einbilden, daß die Dinge sich kaum geändert hatten. Wir waren älter geworden, das war alles. Nach und nach hatten wir die Plätze unserer Eltern oder Großeltern eingenommen, wir waren unsere Eltern geworden, und die Kinder waren an unsere Stelle getreten und übernahmen nun ihrerseits die Rollen, die wir einst unter den Masken der Kindheit und Jugend spielten. Wir waren alle in der Geschichte dieser Welt eine Stufe hinauf- oder vielleicht hinuntergestiegen, und was wir gewesen waren, waren heute andere. Denn was sich zuerst bewegt, selbst wenn sich nichts bewegt, ist die unbewegliche Zeit, die nichts versetzt, die jedoch von innen nagt, die unsere Eltern in uns hineingleiten läßt, ihr Alter, ihre Erschöpfung, und die anderen unsere Jugend einflößt, unsere Kraft, unsere Wißbegier und alles, was wir waren.

Aber die Zeit begnügt sich nicht mit diesen linearen Übertragungen, mit ihrer sich in stetem Wechsel befindlichen Biologie. Sie bringt die Strukturen und Konstellationen durcheinander, sie verändert die Beziehungen, sie wandelt die Perspektiven und Kräfteverhältnisse um. Die Welt ändert sich ständig, da sie älter wird. Sie ändert sich vor allem, weil das Gleichgewicht des Lebens ständig zerbricht. Es zerbricht, aber es wird aufrechterhalten, mehr oder weniger künstlich, durch Gesetze und Gewohnheiten, durch Traditionen und Willenskraft. Und dann plötzlich stürzt das ganze Gebäude, weil es am Ende seiner Nerven und seiner Kräfte ist, in eine Revolution oder in einen Krieg, in eine soziale Katastrophe, wobei, wenn überhaupt, nur Erinnerungen oder Mythen übrigbleiben. Das Kaleidoskop gestaltet sich um, mit anderen Kombinationen. Und ein neues

Zeitalter beginnt, das, nach viel Ruhm und Blut, ebenfalls in sich zusammenstürzt. Atlantis, Kreta, Karthago und das antike Rom, Samarkand und das Inka-Reich, das Ancien Régime und die Belle Époque sind so unter schrecklichen Umständen – für den Historiker, den göttlichen Beobachter, im nachhinein nicht schwer vorauszusehen – und unter Zuckungen zu Ende gegangen. In Plessis-lez-Vaudreuil war alles noch sehr ruhig. Aber der Abgrund unter unseren Füßen hatte sich schon aufgetan.

Was so falsch und manchmal verrückt ist in Filmen, in Theaterstücken, in allen Büchern, in Romanen, in historischen Werken und selbst in Memoiren wie dieser Sammlung von Erinnerungen, die der Leser in der Hand hält, ist die Verkürzung der Perspektiven, ihre Parteilichkeit, ihre Eingeschränktheit. Man könnte meinen, es handele sich immer nur um den verstohlen auf irgendeine willkürliche Situation, auf dies oder jenes für einige Monate im Gesichtsfeld stehende bestimmte Problem geworfenen Blick. Welchen Sinn hat ein Roman, der eine Liebesgeschichte erzählt, ohne die Figuren in die Ereignisse der Epoche zu stellen, die, jeder weiß es, einen so großen Platz in unseren täglichen Gedanken einnehmen? Oder ohne alle Einzelheiten über ihre wirtschaftliche Situation zu geben, die offenkundig – wir wußten es vor Marx, nach ihm wissen wir es noch besser – ihre Reaktionen, ihr Verhalten und ihr Wesen bestimmt? Umgekehrt, wie kann ein Handbuch der politischen oder militärischen Geschichte den geringsten Vorgang erklären, ohne zuerst den biologischen, gefühlsmäßigen oder – jetzt nun Freud nach Marx – natürlichen sexuellen Hintergrund zu erhellen? In einem Leben ist in jedem Augenblick alles zu gleicher Zeit wesentlich: die Geographie, die Geschichte, das Klima, die Familie, das Geld, vielleicht die Küche, die Religion und die Erinnerungen an Bäder in der Kindheit mit dem jungen bretonischen Dienstmädchen oder dem deutschen Fräulein. Balzacs Genie besteht darin, alle Karten des Spiels auf den Tisch zu legen. Und daß *Die Karwoche* oder *Die Menschen guten Willens, Ich zähmte die Wölfin* oder *Der Leopard,* um willkürlich ein paar Titel zu nennen, Bücher sind, an die man sich erinnert, beruht darauf, daß sie eine ganze Welt mit allem Drum und Dran wiedererwecken. Natürlich ist diese Welt sich nicht immer gleich. Die eine Epoche gibt dem Geld den Vorrang, eine andere dem Sex. Wieder eine andere der Kunst oder der Stärke. Jeder sieht sofort, unter welchem dieser Zeichen zum Beispiel die Renaissance steht, das Ende des 19. Jahrhunderts oder unsere eigene Zeit. Von unserem heutigen Leben zu sprechen, ohne etwas von der überhandnehmenden Rolle der sinnlichen Liebe und des Sex in unseren Überlegungen zu sagen, über die Belle Époque zu sprechen, ohne ein Wort über das Geld zu verlieren, ergäbe das ein gültiges, der Wirklichkeit entsprechendes Bild? Was während der langen – oder kurzen – Pause von 1938/1939 bis Mai 1940 und, in anderer Weise, unter Wut und Hoffnung bis 1945 den Vorrang hatte und in der Existenz eines jeden mit dem Rotstift unterstrichen wurde, war natürlich die politische und militärische Situation. Die Dinge waren so weit gekommen, daß sich niemand eine dramatische oder romanhafte Handlung vorstellen konnte, die sich zu jener Zeit im Westen abspielte und bei der der Krieg, das Hitlerregime, der Kampf zwischen der Demokratie und dem Nationalsozialismus nicht in Erscheinung treten würden. Überall, in einer polnischen Familie, in einem Dorf in Südfrankreich, in einer Fabrik in Wales, in Plessis-lez-Vaudreuil, ist die Hauptperson Adolf Hitler. Kaum zehn Jahre lang, die aber ein ganzes Jahrhundert prägen, ist er für drei oder vier Generationen die bekannteste Figur, der Begleiter unseres reifen Alters, der verruchte Gott einer Vielzahl nächtlicher Feuer, trunkener junger Leute und Fahnen. Wie der Diktator von Charlie Chaplin hält er die runde Weltkugel in seinen Händen und, ehe er sie fallen läßt und den Ball dem Genossen Stalin weitergibt, stellt er entsetzliche und faszinierende Spiele mit ihr an, die vielleicht einen Schlußpunkt hinter Jahrtausende der Geschichte von Schlachten, Trompetensignalen am frühen Morgen und klassischen Eroberungen setzt. Das Frankreich von 1939 war nichts anderes als ein vom Feind belagerter – ach, leider kaum – fester Platz. Wir erwarteten den Angriff. Hofften wir etwa, er würde nie erfolgen? Geduld. Er sollte kommen. In Plessis-lez-Vaudreuil herrschte, wie überall, anfänglich die Belagerungsmentalität. Wir waren von einem österreichischen Gefreiten, der sich in der Malerei versucht hatte – und er war bei uns berühmter – hört zu, ihr Kinder! –, als es je eure Marilyn Monroe oder Brigitte Bardot waren, eure Dayan, eure Nasser oder eure Fidel

Castro –, in zwei aufeinanderfolgenden Mischungen von Raum und Zeit eingeschlossen, die ineinander steckten wie jene abwechselnd roten und blauen russischen Puppen: einmal Plessis-lez-Vaudreuil mit diesem Gewirr von Traditionen und Erinnerungen, die ich darzustellen versucht habe, und dann das radikalsozialistische Frankreich am äußersten Ende der dritten Vorkriegszeit, die mein Großvater erlebte. So gestalten sich die Geschichte und das Schicksal der Menschen.

Es gab in jener Zeit – *in illo tempore* ... – auch noch herrliche Stunden in Plessis-lez-Vaudreuil. Es war der Herbst einer Welt. Man sprach häufig mit leiser Stimme, so als wäre jemand gestorben. Man wartete. Der Gemeindetrommler war auf dem Dorfplatz zu hören. Zwischen den Bekanntmachungen des Bürgermeisters über den nächsten Schweinemarkt und das Fällen von drei Ulmen in der Nähe von Gâtine-Saint-Martin verkündete er die Einberufung bestimmter Reservistenjahrgänge. Man wischte sich eine Träne aus dem Augenwinkel: das war Frankreich. Selbst mein Großvater hatte Wert darauf gelegt, eine besondere Geste zu machen: er hatte dem sozialistischen Lehrer die Hand geschüttelt. War das etwa ungewöhnlich, da sein eigener Enkel sich offen als Kommunist bekannte? Witzig ist, daß der Sohn des Lehrers dreißig Jahre danach, das heißt, gestern, einer der Führer der französischen Rechten geworden ist. Das konnte mein Großvater natürlich nicht ahnen. Vor dem großen Chassé-croisé der sozialen Umwälzung war das alles eine Art unheimlicher Kirmes, Friedensküsse der zum Tode Verurteilten. Die Stimmung stand auf allgemeiner Versöhnung. Dann und wann kam Claude und verbrachte ein paar Tage bei uns. Der Dechant Mouchoux war nicht mehr da: er war vor langer Zeit gestorben. Doch sein junger Nachfolger streckte der Republik ebenfalls die Hand entgegen. Die Republik nahm sie: man sah den Präfekten, der zu einer Jagd eingeladen war, morgens bei der Messe. Schon seit längerer Zeit war, mit Rücksicht auf meinen Großvater, das *Salvam fac Rem publicam,* das auf das *Salvam fac Regem* gefolgt war, schamhaft aus dem gewöhnlichen Meßgebet ausgemerzt worden. Jetzt stand die Republik von neuem in Ehren, und mein Großvater betete für sie. Wir haben gesehen, wie vom Sommer 1914 an der Nationalismus über den Traditionalismus obsiegte, wir sehen, wie er bei Philippe wieder über den Faschismus obsiegt. Gemäß der alten Tradition würde auch er sich für das Heil eines verhaßten Regimes schlagen, gegen die Waffengefährten, deren Schlagworte er übernommen hatte. Im Kontrapunkt dazu sang Maurice Chevalier ein spöttisches Lied, das die französische Armee als eine Ansammlung von Familienvätern, Anglern und enragierten Individualisten darstellte, die nichts miteinander gemein hatten. Maurice Chevaliers treffliche Franzosen gegen die Deutschritter und die SS mit dem Totenkopf: das Drama, das blutige Vaudeville, die unheimliche Posse hatte kaum begonnen, da war die ganze Sache schon vorüber. Die nationale Einheit war zumindest in Plessis-lez-Vaudreuil verwirklicht worden wie in dem Schnarren des Sängers von *Ma Pomme*. Der Mann mit dem flachen Strohhut hatte etwas Geniales. Es war wirklich so: mein Großvater war Monarchist, mein Vetter Philippe Faschist, mein Vetter Claude Kommunist. Und dieses Völkchen, das nicht ganz aufgehört hatte, gegen das Regime zu sticheln, schickte sich an, in einer seltsamen Mischung von Bestürzung und Unbekümmertheit, seine Wäsche an der Siegfried-Linie aufzuhängen. Es muß großes Unheil drohen, damit die Franzosen einig werden. Fast hätte man Hitler preisen müssen, daß er wenigstens den Anschein nationaler Einigkeit hergestellt hatte. Noch ein bißchen mehr Blut und noch ein bißchen mehr Unglück: die heilige Einheit dieses Volks, in dem von den Dichtern und den Ministern der Antimilitarismus auf die Höhe einer nationalen Institution gehoben worden war, bildete sich zuerst um einen Marschall, dann um einen General – die untereinander uneins waren. Wohlan! Alle Zeitungen auf der Straße, alle Plakate an den Mauern, alle Radiowellen in der Luft redeten es uns ein: für diese Nation von Humoristen schien sich in dieser häßlichsten aller Welten alles zum Besten zu wenden. Und das tollste ist: so war es. Paul Reynaud mit seinem Ausspruch *Wir werden siegen, weil wir die Stärkeren sind* nahm man hin. Wir waren die Stärkeren. Zu jener Zeit gab es nichts Stärkeres als die industrielle Demokratie. Es waren nur vier Jahre nötig, um sie aus ihren Träumen zu erwecken. Aber diese vier Jahre, diese fünfzig Monate, diese fünfzehnhundert Tage und diese fünfzehnhundert Nächte – die Welt, unsere englischen Vettern, die Ukrainer, die polnischen

Juden, Hitler selbst und wir, wir sollten spüren, wie sie vergingen.

Die internationale Politik beschäftigte uns nicht ausschließlich. Sie bildete den Rahmen, in dem sich die unbedeutenden Ereignisse unseres Familienromans abspielten. Anne-Marie flirtete. Hatte sie Liebhaber? Ich glaube nicht. Noch nicht. Aber sie telephonierte viel, was meinen Großvater ärgerte, der sich noch nicht an die blitzschnelle Entwicklung der modernen Kommunikationsmittel gewöhnt hatte; wenn sie in Paris war, kam sie meistens spät nach Hause; sie fing an, sich übermäßig zu schminken, und verbrachte, das muß gesagt werden, viel Zeit damit, Jazz-Schallplatten anzuhören, wodurch sie außer ihrem Urgroßvater auch noch ihre Onkel Claude und Philippe aufbrachte. Die Spannungen innerhalb der Familie wurden nicht mehr auf dem Gebiet der Diplomatie und Strategie ausgetragen, auf dem zwanzig oder dreißig Millionen Franzosen, die Tattergreise und Säuglinge nicht gerechnet, nach dem Vorbild von Journalisten wie Henri Bidou und Geneviève Tabouis Fachleute geworden waren, sondern verlagerten sich jetzt gefällig auf das Gelände der Sitten.

Philippe hatte die Frauen sehr geliebt, Pierre und Ursula hatten gemeinsam, dann getrennt, das Leben gelebt, über das der Leser unterrichtet ist, der argentinische Onkel oder die Kusine Pauline beschäftigten noch immer, abends, um den steinernen Tisch herum, die Familienchronik. Aber trotz aller Stürme und Mißhelligkeiten war die Ehe für den Clan eine Einrichtung geblieben, die zum Geheiligten gehörte. Das Wunderbare an der Ehe war, daß sie am Kreuzungspunkt der Leidenschaft und der Berechnung lag, der Liebe und der Macht, des Körpers und der Seele, des Geldes und Gottes. Sie war höchst nützlich und zugleich hochheilig. Welch glückliches Zusammentreffen! Es konnte nicht die Rede davon sein, daran zu rühren. Die Ehe war weder frei von Spannungen noch von Krisen. Aber sie wurden bei uns möglichst geheimgehalten. Lange Zeit hatten wir die Geheimhaltung dem Skandal vorgezogen. Wir verschleierten unsere Seitensprünge oder unsere Widersprüche, anstatt uns ihrer zu rühmen. Wahrscheinlich aus diesem Grund warfen uns manche unserer Feinde vor, wir seien Heuchler. Natürlich hielten wir am Vorabend des Zweiten

Weltkriegs nicht mehr an den unwandelbaren Ideen fest, die am Ende des vorigen Jahrhunderts uneingeschränkt herrschten. Wir erinnerten uns kaum noch an die Sängerinnen, die Tänzerinnen, die berühmten Kurtisanen, an die Kameliendame oder an Émilienne d'Alençon. Die Kurtisanen waren tot, und wir hatten Jüdinnen, Bürgerliche und Ausländerinnen geheiratet. Aber aus vielen Gründen, seien sie sozialer, religiöser, traditioneller natürlich oder auch vielleicht wirtschaftlicher Natur, hatte die Scheidung bei uns noch nicht Einlaß gefunden. Wir ließen uns nicht scheiden. Verboten. Selbst Pierre und Ursula hatten sich nicht scheiden lassen. Nein, wir ließen uns nicht scheiden. Bis zum Jahrhundertbeginn, bis zum Krieg 1914 und vielleicht ein bißchen darüber hinaus, fast bis zum Ende des ersten Drittels des Jahrhunderts und bis zur neuen politischen Orientierung von Onkel Paul empfing mein Großvater im Prinzip weder Juden noch militante Republikaner, weder Freimaurer noch Geschiedene. Jedenfalls hatte meine Großmutter nie solche Leute empfangen. Nach dem Tod meiner Großmutter vervielfältigten sich die Ausnahmen natürlich ziemlich schnell. Einmal mußten wir mit den Familienangehörigen zusammenkommen, die einen Fauxpas begangen hatten. Und dann wurde schließlich das Leben unmöglich ohne die Republikaner und die Juden. Wir bekehrten uns selber, wenn auch nicht wirklich zu Israel, so zumindest zur Republik. Was jedoch die Scheidung anging, blieben wir unbeugsam. Gott, die Gesellschaft, die Familie, die Sitten und die Tradition trafen in der Ehe zusammen. In diesem Punkt nachgeben hieß, in allem nachgeben. Wir hielten wild entschlossen daran fest. Doch da die Republik, die Juden, der Sozialismus und der Wunsch nach Veränderung sich nacheinander an die Integrität der Familie herangemacht und gähnende Breschen geschlagen hatten, lag wirklich kein Grund vor, warum die Scheidung sich nicht auch heranwagen sollte. Die Scheidung unternahm ihren Durchbruch im Kielwasser der Umwälzungen, die uns seit dem Tod des Königs und dem Aufstieg jener Plagen bedrückten, als die wir den Individualismus und die Menschenrechte ansahen. Und die Scheidung fand in Anne-Marie eine höchst aktive Verbündete.

So etwas wie ein romantischer Hauch lag über jenen Vorkriegstagen, die aus Erwartung, Ohnmacht und düsterer Erregung bestanden. Die Würfel waren gefallen. Man hörte sie den Rhein entlang rollen, im polnischen Korridor, auf den schlesischen Straßen, im Getöse der Panzerwagen und der dumpfen oder scharfen Töne und Klänge der Trommeln und Pfeifen, in die das Hakenkreuz eingeprägt war. Unser Schicksal entglitt uns. Es lag in den Händen eines naiven Malers, eines beschäftigungslosen Gefreiten. Wir erlebten wieder einmal das Ende unserer Welt. Natürlich gewöhnten wir uns daran: es war genau hundertfünfzig Jahre her, daß alles um uns zusammenbrach.

Vielleicht erinnert man sich noch dunkel an die ländlichen Nachbarn, die Amerika so verteidigten und deren etwas mangelhaftes Französisch meinen Großvater irritierte. Da mehrere ihrer Kinder und Enkel heute noch am Leben sind, will ich ihren Namen nicht nennen. Die V. waren treffliche Leute, leicht lächerlich, konservativer noch als wir – sofern in diesen Ausdrücken nicht ein gewisser Widerspruch liegt –, die durch Kurzwarenhandel auf höchst ehrbare Weise wohlhabend geworden waren. Sie waren Snobs. Wir hatten viele Fehler, viel Lächerliches, einige Makel und unangenehme Seiten. Doch ganz sicher waren wir keine Snobs. Warum auch? Weil hinter unserer Einfachheit, unserer Liebenswürdigkeit, unserem wirtschaftlichen Zusammenbruch und unserem ideologischen und sozialen Geisteswandel noch die unklare Vorstellung von unserer Überlegenheit steckte. Geld beeindruckte uns nicht, auch irgendeine gesellschaftliche Stellung nicht, weder Titel noch Eleganz: damit waren wir, dank Gott oder der Geschichte, reich gesegnet gewesen. Auch der intellektuelle Snobismus faßte bei uns nicht Fuß: ob wir Reaktionäre wie mein Großvater waren oder Sozialisten wie mein Vetter, wir hielten weiterhin mit großer Ungezwungenheit ganz fest an unseren Überzeugungen und unseren Träumen. Wir lebten nicht für die Schau, für den äußeren Schein, wir hatten kaum Hintergedanken, wir liebten die Dinge und die Leute um ihrer selbst willen, wir fühlten uns wohl in unserer Haut. Selbst Claude, der darunter gelitten, daß er unseren Namen trug, hatte nicht lange zwischen zwei politischen und sozialen Stühlen, im Niemandsland der Ideologie gesessen. Er hatte nicht lange gebraucht, um sich bei der *Humanité* oder bei seinen Genossen von den Internationalen Brigaden heimisch zu fühlen, und er hatte Freundschaft geschlossen mit André Malraux. Nichts vermochte sich zwischen uns und unsere Neigungen zu drängen. Was wir haben wollten, hatten wir, und was wir nicht hatten, verachteten wir. Für das Geld, das man verdiente, empfanden wir ein bißchen Verachtung. Und eben dieses Geld hatten wir verloren. Das andere, das uns blieb, das brauchte nicht verdient zu werden, das war niemals verdient worden: das floß uns von alters her aus unseren Ländereien und unseren Wäldern zu. Wir litten nicht unter der schrecklichen Leidenschaft, das zu begehren, was uns fehlte. Wir standen, wenn man so will, eher auf der Seite des Stolzes als der Eitelkeit, auf der Seite der Selbstgefälligkeit und eines gutwilligen Hochmuts. Vielleicht boten wir der im Werden begriffenen Geschichte Ruten an, um uns zu strafen. Ich behaupte nicht, daß das Bild, welches wir von uns selbst gaben, in jedem Punkt vortrefflich war. Aber Snobs waren wir nicht. Und die V. waren es.

Die V. stammten aus einem sehr einfachen Milieu. Der Großvater war Weinhändler in Quimper oder in Vannes. Der Vater hatte die Tochter eines Kaufmanns aus Quimper geheiratet und nach und nach die Läden, die Lager, die Kontore und die Fabriken erworben, die in weniger als dreißig oder vierzig Jahren das Vermögen der Familie ausmachten. Solange wir sie nicht heirateten, waren wir nie auf die Idee gekommen, den V. ihre bescheidene Herkunft vorzuwerfen. Ich glaube, ich habe schon gesagt, daß wir in unserer Torheit, oder vielleicht in unserer Weisheit, keinen Unterschied machten zwischen einem bretonischen Seemann und einem Botschafter der Republik, zwischen einem Ministerpräsidenten und einem Weinhändler. Es gab uns und die Unseren, die Familie, die Vettern, den Dechanten, Jules und Jules' Söhne, und außerdem gab es die anderen, die Rothschilds oder die Rockefeller, die Einsteins, den Lehrer von Roussette, die Gendarmen von Villeneuve, die Minister und die Abgeordneten, die Vorbestraften und die V., die nicht mehr und nicht weniger waren als ein Präsident am Kassationshof, ein Rechnungsrat oder ein Straßenkehrer. Der Krämer, der Sattler, der kleine Kreis der Handwerker von Plessis-lez-Vaudreuil lag ungefähr auf halbem Weg zwischen diesen beiden – ungleichen – Teilen der Gesellschaft und der Welt.

Eine Art Wahn, unsere Zurückhaltung, unsere Liebenswürdigkeit, die zweifellos unwiderstehliche Mischung unseres Hochmuts und unserer Höflichkeit trieben die V. dazu, Verbindung mit uns zu suchen. Die Ironie der Geschichte wollte, daß die V. sich im steilen Aufstieg befanden und wir geradewegs im Abstieg. Wir wurden jedes Jahr ärmer, unsere Rolle verminderte sich, schließlich zählten wir nicht mehr, und wir waren untereinander entzweit. Die V. hingegen waren ein Bild des Glücks und des Erfolgs. Sie waren, wenn man so will, was, hundert Jahre zuvor, die Remy-Michault in ihrem ganzen Glanz gewesen waren – aber ohne die düstere und beunruhigende Seite, ohne die Abtrünnigkeiten, ohne die hochtrabenden Sorgen. Komisch war, daß sie fasziniert waren von all dem, was für sie unsere Tradition und Strenge ausmachte, gerade zu dem Zeitpunkt, als wir selbst alle diese Vermächtnisse der Vergangenheit verwarfen. Robert V., der älteste Sohn, erschien bei Reitturnieren, tat sich auf vornehmen Bällen hervor, verkehrte bei den Noailles und den Montesquiou-Fezensac genau zu der Zeit, als Pierre diese glanzvolle Welt verließ, in der er geherrscht hatte, als Onkel Paul Selbstmord beging, als Claude sich zum Marxismus bekannte. Die V. liefen den Illusionen nach, die wir aufgaben. Das war ihrer Meinung nach nur ein Grund mehr, unsere Ungezwungenheit zu bewundern, unsere Allüre, unsere Gleichgültigkeit gegenüber den Wechselfällen der Geschichte, alles, was uns tatsächlich in dieser siedenden Welt von einer versunkenen Vergangenheit verblieb.

Robert V. war ein großer, gutaussehender junger Mann von ungefähr dreißig Jahren, mit schwarzem, pomadisiertem Haar, recht sympathisch und sehr sportlich. Er saß gut zu Pferde, schoß seine Rebhühner nach allen Regeln der Kunst, steuerte seinen Talbot mit Rekordgeschwindigkeiten und vermied die berühmt-berüchtigten Sprachfehler seiner Eltern. Aber sein wirklich großer Trumpf war, daß er im Schatten von Adolf Hitler und dessen Wahnsinnsstürmen in unser Leben trat. Ich kann 1938 und 1939 nicht besser beschreiben, als wenn ich diese Jahre wie eine Zeit außerhalb der Zeit darstelle. Alle anderen Jahre erlaubten es, Pläne zu machen, sie führten zu irgend etwas, sie reihten sich in eine Bahn ein. Die Jahre 1938 und 1939 waren eine sich öffnende und sich wieder schließende

Klammer und im vorhinein eine Sackgasse. Man igelte sich ein. Man ließ die Tage, die Wochen, die Monate verstreichen und hoffte auf ein Wunder, auf Hitlers, Görings, Goebbels' und Himmlers Tod, ihre Bekehrung zum Liberalismus, den gleichzeitigen Zusammenbruch des Nationalsozialismus in Deutschland und des Bolschewismus in Rußland. Was stellten wir uns vor, wie sollte das alles enden? Durch ein Wunder wahrscheinlich: meine Mutter und mein Großvater verließen sich noch ein bißchen auf die Prophezeiungen von Nostradamus und auf die Jungfrau von Fatima. Oder aber durch die Katastrophe, die jeder, scheint mir, irgendwie dunkel erwartete. Jedenfalls strichen wir die zwanzig oder dreißig Monate, die dem Krieg voraufgingen, im gleichen Moment, als wir sie erlebten, aus der Geschichte, aus unserem Leben, aus dem realen Ablauf der Zeit. Sie zählten nicht. Es war ein Alptraum, ein Aufschub, eine Scheinperiode, ein Irrtum, eine Ausnahme, das dumpfe Warten des zum Tode Verurteilten auf den Tagesanbruch. Selbst Philippe, dessen Ansichten bekannt sind, dachte an nichts anderes, als herauszukommen aus diesem langen Engpaß zwischen den Felsen und den Steilabfällen der Geschichte: für einen französischen Nationalisten waren die Perspektiven düster. Doch während dieser Zeit der Pause, des Aufschubs, des Spießrutenlaufs zwischen Beilen und Pfeilen unternahm Anne-Marie Ritte im Wald von Plessis-lez-Vaudreuil, wohin wir vor den Nazi-Giftgasen geflohen waren, zusammen mit ihrem Bruder Jean-Claude, mit ihrem Vetter Bernard und mit Robert V.

Man wird sich wohl denken können, daß Anne-Marie von ihrer frühesten Kindheit an bis zu diesen letzten Monaten, als sie anfing, sich zu schminken, ein höchst unfreies Leben geführt hatte. Zu jener Zeit fand die Leidenschaft noch reine Himmel, an denen sie mit Begeisterung ausbrechen konnte. Trotz ihrer eigenen lockeren Lebensweise hatten Pierre und Ursula sie sehr behütet, mit der doppelten Strenge der preußischen und unserer Erziehung. Als Ursula begann, öfter wegzufahren, war Anne-Marie vor allem der Fürsorge ihrer Onkel anvertraut worden, und ich frage mich, ob Jacques, Philippe, Claude und ich nicht ein bißchen Eifersucht in die strikte Durchführung der Familienvorschriften mischten. Das bezauberndste Schauspiel lieferte Claude, der ganze Schätze von Schlauheit und List aufwendete, um seine Überzeugungen mit den überlieferten konventionellen Erziehungsgrundsätzen zu vereinen. Nur dank der Sudeten, der Kriegsgefahr, der verlängerten Ferien in unserem Zufluchtsort in der Haute-Sarthe, der Pause und des Aufschubs war es möglich, daß Anne-Marie monatelang Robert jeden Tag sehen konnte. Mein Großvater und wir alle hegten keinen Argwohn, wir waren nicht beunruhigt, weil Robert verheiratet war. Unglücklich verheiratet, aber doch verheiratet. Er hatte als ganz junger Mann die Tochter eines Abgeordneten der äußersten Rechten geheiratet, von der er sich nach anderthalb Jahren wieder trennte. Dieser Abgeordnete hatte sich öfter mit Onkel Paul gestritten, er warf ihm vor, er habe sich zu sehr mit den Republikanern eingelassen. Alles das, Hitler, die Unmöglichkeit, Pläne zu machen, Roberts Ehe, die richtige Gesinnung seines Schwiegervaters, das gesunde und ruhige Leben in Plessis-lez-Vaudreuil, ohne Nachtlokale und sogar ohne Kino, erlaubte es den jungen Leuten, gemeinsam durch die Familienwälder zu galoppieren; ihnen folgten in der Ferne Jean-Claude oder Bernard, gleichgültig und belustigt. Es war nichts dagegen einzuwenden, daß sie frische Luft schöpften. Nichts ist gesünder als Spazierritte unter Eichen und Tannen. Der Sommer 39 war noch nicht zu Ende, als drei Katastrophen gleichzeitig über Plessis-lez-Vaudreuil hereinbrachen: die Kriegserklärung; die Tochter von Marthe, der Köchin, mit einem Säugling auf dem Arm, von ihrem Geliebten im Stich gelassen; Anne-Marie verkündet jedem, der es hören will, daß sie Robert V. heiraten wird.

Robert V. heiraten! Die Hochstapeleien des argentinischen Onkels, der ungewöhnliche Lebenswandel von Pauline, das Trio Pierre, Ursula und Mirette, Philippes Faschismus, Claudes Zugehörigkeit zur kommunistischen Partei und Onkel Pauls Selbstmord hatten weniger Bestürzung hervorgerufen als diese umwerfende Neuigkeit. Der Name, das Milieu, die Unbedeutendheit waren nicht mehr so wichtig. Aber er war verheiratet. »Er ist verheiratet, mein liebes Kind... Begreifst du das?... Er ist verheiratet: ver - hei - ra - tet...« Dieses Verheiratetsein wurde ihr bis zum Überdruß immer wieder vorgehalten, als wäre sie taub oder schwachsinnig, als müsse man die richtigen Worte finden, die ihrem umflorten Geist zugänglich wären, als wäre sie plötzlich von einem Irrsinnsanfall getroffen. Aber sie ließ sich nicht aus der Ruhe bringen: »Dann läßt er sich eben scheiden.« Wiederum schlug der Blitz ein. Sich scheiden lassen? Wahrhaftig, sie war verrückt. Wo hatte sie diese ungeheuerliche Vorstellung her? Von ihrer Mutter? Von ihrem Onkel Claude? Aus ihren Gesprächen mit mir vielleicht? Mein Großvater, der mutig der Republik und der Demokratie die Stirn geboten hatte, dem Skandal und den Kümmernissen, dem Ruin und dem Zerfall, dem Tod Gottes und der Volksfront, verging fast vor Empörung. Sich scheiden lassen! Es blieb ihm wirklich nichts erspart! Ah, man hatte sich erkühnt, ihm weiszumachen, daß die Dreyfus-Affäre gleichbedeutend mit dem Forschen nach Wahrheit und daß der Sozialismus das leidenschaftliche Streben nach Gerechtigkeit sei. Und was waren die Früchte der neuen Zeiten und der modernen Welt? Seine Urenkelin wollte einen geschiedenen Mann heiraten. Die Schlußfolgerung und die Kausalzusammenhänge waren nicht sehr einleuchtend. Aber für meinen Großvater waren sie völlig klar. Der arme Robert, der arglos einen wilden Antisemitismus an den Tag legte und den Sozialismus verwünschte, stand linkisch und lässig inmitten dieses Aufruhrs, der ein halbes Jahrhundert des Fortschritts wieder in Frage stellte. Und Claude wußte nicht, wem er recht geben sollte: war es nicht wirklich schade, die großen Prinzipien der Befreiung und des Fortschritts dem Triumph eines Idioten von der bürgerlichen äußersten Rechten zugute kommen zu lassen?

Die durch die Krise hervorgerufenen Diskussionen brachten Familiengeheimnisse ans Tageslicht, von denen man geglaubt hatte, sie seien auf ewig dem Schweigen der Vergangenheit anheimgegeben. Mit Verwunderung erfuhren wir, daß Tante Marguerite nicht geschieden worden war. Nein, sie war nicht geschieden. Aber natürlich hätte sie in ihrer Verzweiflung allen Grund gehabt, zu diesem betrüblichen Extrem zu greifen. Natürlich? Warum: natürlich? Tante Marguerite war die Frau von Onkel Odon. Und Onkel Odon gehörte zu denen unseres Namens, die 1916 oder 1917 den Heldentod gestorben waren. Nun denn, Onkel Odon... Tante Marguerite... also, Onkel Odon... Onkel Odon war homosexuell, jawohl. Und sein Vater, seine Brüder, seine Onkel hatten ihm unmißverständlich zu verstehen gegeben, daß für einen unehrenhaften Mann der Krieg eine fast einzigartige Gelegenheit sei, nicht mehr zurückzukommen und zu verschwinden. Er war nicht zurückgekommen, und sein Name war glorreich auf das Kriegerdenkmal von Roussette gesetzt worden, vor dem mein Großvater sich jedes Jahr verbeugte, unter den Trikoloren, allerdings nicht am 14. Juli, sondern am 2. November, Allerseelen, geläutert und geheiligt durch den vorherigen Tag, den 1. November, Allerheiligen. Onkel Odon war tot, die Ehre der Familie war den deutschen Maschinengewehren oder Schrapnells anbefohlen worden, aber Tante Marguerite hatte sich nicht scheiden lassen. Sie war Witwe geworden, das war sehr viel besser. Immerhin verlangten wir von Anne-Marie nicht, Robert in den Selbstmord zu treiben, ihn in die Sahara zu schicken, ihm einzureden, Adolf Hitler oder Stalin umzubringen, was den Vorteil gehabt hätte, daß mehrere Probleme gleichzeitig gelöst worden wären. Wir verlangten einzig und allein von ihr, ihn nicht zu heiraten. Sie zögerte. Sie sträubte sich. Ein mit mehreren Dingen beschäftigter Geist kann sich nicht ganz einer einzigen Sorge widmen: das Mißgeschick der Tochter von Marthe und Anne-Maries Qualen milderten für uns den Schock der Kriegserklärung beträchtlich. Robert begab sich in einer ziemlich ungeklärten Lage zu seinem Panzerregiment. Vielleicht heimlich verlobt? Auf jeden Fall hatte Anne-Marie ihn nicht geheiratet. Gott sei Dank – und jeder seufzte innerlich auf, ohne von seinen heimlichen Befürchtungen etwas verlauten zu lassen –, Gott sei Dank erwartete sie kein Kind wie die Tochter der Köchin. Doch der Schatten der Scheidung war zugleich mit dem Schatten des Krieges über die Familie gefallen. Ich weiß nicht, welches von den beiden Schreckgespenstern uns mehr Angst eingejagt hatte.

Auch für ein anderes Familienmitglied war der Sommer 39 alles andere als heiter gewesen – ich will sagen, für wen der Sommer 39 noch düsterer als für die meisten Franzosen gewesen ist. Es war Claude. Ende August 1939, als Anne-Marie heftig mit Robert flirtete, war eine bestürzende Nachricht zu uns gedrungen: Stalin und Hitler hatten einen Nichtangriffspakt geschlossen. Bereits vor zwei oder drei Monaten hatte Pierre uns, einigermaßen beunruhigt, eine Information weitergegeben, aus der wir, wie viele andere natürlich, nicht klug wurden: die

Ablösung von Litwinow durch Molotow auf dem Posten des sowjetischen Volkskommissars für Auswärtige Angelegenheiten. Pierre, der dem bestechenden Joachim von Ribbentrop zur Zeit, als der spätere Außenminister sich noch mit Vertretungen für Champagner befaßte, mehrmals begegnet war, kannte weder Litwinow noch Molotow. Aber er hatte unter den Diplomaten und Politikern noch gute Freunde und Bekannte und war deshalb etwas besser – und das war nicht sehr schwierig – als die übrige Familie über das, was in der Welt vor sich ging, unterrichtet. Von dem Augenblick an, als er von dem Wechsel Litwinow – Molotow hörte, hatte er die Gefahr gewittert. Bei der Bekanntgabe der Unterzeichnung des Pakts durch Molotow und Ribbentrop kündigte er uns an, daß der rote Vorhang sich gehoben habe und der Krieg unabwendbar sei. War es nicht so, daß er sich immer etwas mehr über das Schicksal der Familie senkte? Ach, Gottes Gefallen ging seltsame Wege! Sie führten es jeden Tag weiter fort von der Erinnerung an Éléazar, führten es hin zu Molotow, Hitler, Stalin. Anne-Marie freilich kümmerte sich wenig um Stalin und Molotow. Sie kümmerte sich auch um Éléazar nicht. Sie schlenderte mit Robert an den Teichen im Wald von Plessis-lez-Vaudreuil entlang. Für sie war es die Bucht von Neapel, der Lago Maggiore, der Canal Grande, von der Rialto-Brücke aus gesehen, der Zusammenfluß des Blauen und des Weißen Nils bei Khartum, denn dort erlebte sie, inmitten des Irrsinns der Geschichte, trotz einer Vergangenheit, die ihr einerlei war, ihre erste Liebe. Die Liebe liebt die Vergangenheit nicht. Die Liebe wirft um und stößt um, sie sieht nur nach vorn, sie ist der Feind der Tradition. Hat man wahrgenommen, daß in der Geschichte der Familie die Liebe alles in allem nur eine bescheidene Rolle spielte? Wir spürten dumpf, daß auch sie imstande war, zusammen mit dem Sozialismus und den neuen Sitten, das Werk von Jahrhunderten niederzureißen. Die Liebe ist demokratisch. Sie steht auf der Seite der Revolution. Sie ist die Revolution. Indem Anne-Marie mit Robert über die Jagdpfade des Waldes ging, der noch von den Fanfaren der Treibjagden und den zahllosen Erinnerungen der Vergangenheit widerhallte, trug sie, wie der Hauptmann Dreyfus, wie Jaurès, wie Joseph Caillaux, dazu bei, die morschen Mauern unseres alten Hauses niederzureißen und diese Festung der Vergangenheit der Zukunft zu öffnen. Und zur gleichen Zeit kämpfte Jacqueline, Marthes Tochter, verzweifelt darum, dem Enkel von Monsieur Machavoine einen Vater zu bewahren, und Hitler sorgte endlich – endlich! – dafür, daß der Name Danzig nach dem der Sudeten in die Geschichte einging.

Claude stand Qualen aus. Der deutsch-sowjetische Pakt, der den Krieg ankündigte, war in Plessis-lez-Vaudreuil mit Begeisterung aufgenommen worden. Die Welt war klar und schön. Vielleicht würden wir geschlagen, zerdrückt, zerstampft werden von der widernatürlichen Allianz, doch unsere Feinde standen jetzt zumindest im gleichen Lager, befanden sich im Sack der Verdammnis und der Schande. Philippe überkam Erleichterung, Claude Verzweiflung. Stärker vielleicht als für Frankreich schlugen unsere Herzen zuerst für Finnland, das – Gott sei Dank – von den Freunden unserer Feinde angegriffen wurde. Wir schufen uns einen Helden, den ersten nach langer Zeit, den Nachfolger Jeanne d'Arcs, des großen Condé, des Marschalls von Sachsen, den kleinen – oder großen – Bruder des Dogen Morosini oder Johann Sobieskis: Marschall Mannerheim. Finnland war dem roten Bären der Steppen nicht gewachsen. Gleichviel! Es bot der Geschichte die Stirn. Es verlief alles gut für uns. Es verlief alles schlecht für Claude. Stalin der Verbündete von Hitler! Claudes neue Welt brach vor der unseren zusammen.

Claudes Verwirrung und Verzweiflung brachten mich ihm wieder nahe. Ich begriff, was es mit der Leidenschaft auf sich hatte, wenn ich mich in den ruhigen Fluren von Plessis-lez-Vaudreuil umschaute: Jacquelines Ängste, Claudes Bedrängnis, Anne-Maries Träume. Die Mittelmäßigkeit von Robert und dem jungen Machavoine und das ganze Getöse der Geschichte bewirkten das gleiche: die Menschen kämpften mit den Erschütterungen des Gemüts. Ich sah, wie sich Claude buchstäblich in die Fäuste biß und unstet umherwanderte. Die proletarische Revolution paktierte mit dem Faschismus. Hatte er mit so vielen Dingen gebrochen, um jetzt mit einem Lächeln auf den Lippen den Räubern von Prag und den Henkern von Guernica die Hand zu schütteln?

Bald danach fing Claude sich wieder. Er setzte mir auseinander, daß der Moskauer Pakt eine Folge von München und der Schwäche der Demokratien sei. Eine Maßnahme der Klugheit und des Abwartens. Ein Schritt, der weiter nichts bedeute. Eine Pause in der Pause, ein Aufschub im Aufschub. Doch das Unheil war geschehen. Machiavelli und Talleyrand erhoben hinter Marx und Lenin schon den Kopf. Auch im Sozialismus heiligte, wie immer, der Zweck die Mittel. Er sollte sie unter Stalins langem Schatten weiterhin in den Schmutz der Prozesse ziehen, in Sibiriens Schnee, in das Blut von Prag und Budapest.

So ungefähr kam der größte Krieg aller Zeiten in die noch – und schon – kaum geheizten Flure von Plessis-lez-Vaudreuil. Ich schreibe dreißig Jahre, oder etwas mehr, nach seinem Ausbruch. Wie weit liegt dieser Krieg zurück! Obwohl er von gestern oder vorgestern ist. Ebenso weit wie die Fronde, wie der Siebenjährige Krieg, wie Austerlitz oder Jena. Viele Mitwirkende sind noch unter uns, und schon weicht das Stück zurück und versinkt in der Zeit. Es ist von der Geschichte aufgenommen worden. Noch nicht völlig erstarrt, noch nicht unbeweglich, noch nicht zu Stein geworden nach Art des Untergangs von Rom oder des Hundertjährigen Kriegs. Es regt sich noch immer etwas, Erinnerung, Wut, Reue oder Haß. Aber die Jüngeren betrachten es schon so, wie Onkel Paul zu Beginn des Jahrhunderts die Commune oder das Unheil von Sedan betrachtete, wie Anne-Marie den Ersten Weltkrieg betrachtete, wenn sie an Roberts Seite durch den Wald ging. Mit den Augen der Erinnerung nimmt die Zeit sonderbare Formen an. Sie dehnt sich aus oder schrumpft zusammen, sie wuchert oder sie schiebt sich ineinander. Viele fünfzigjährige Menschen sind heute oft verwundert über das undeutliche Echo, das bei jungen Leuten durch Namen wie Churchill, Hitler oder Stalingrad hervorgerufen wird. Man erinnere sich daran, was die Frontkämpfer des Ersten Weltkriegs im Jahre 1939 oder 40 für die damals Zwanzigjährigen darstellten. Ihr Krieg war zwanzig Jahre alt. Und der unsere ist dreißig Jahre alt. Ich erinnere mich, daß mir um 1950 die tollen zwanziger Jahre schon sehr fern zu liegen schienen. Und um 1925 war der Jahrhundertbeginn für mich eine andere Welt. Doch 1950 kommt mir heute noch sehr nahe vor, zum Greifen nahe. Und doch liegt zwischen 1925 und 50 ebenso viel Zeit wie zwischen 1950 und heute. Und die gleiche Zeit auch zwischen 1900 und 1925. Jeder weiß, daß die Jahre, die

Monate, die Wochen und die Tage nicht im selben Rhythmus vorübergehen, bevor sie in die Klüfte der Vergangenheit stürzen. Die Zeit ist wie das Meer: die Entfernungen lassen sich schwer schätzen. Kaum wendet man den Kopf – schon schwindet alles dahin. Ein ganzes Leben reicht indes nicht aus, um unsere Vergangenheit endlich, leidenschaftslos, ihren Platz in der eisigen Ewigkeit der Geschichte einnehmen zu lassen. Die Geschichte ist mit unserem Leben verflochten. Wir sterben immer zu schnell, als daß sie sich von ihm freimachen könnte. Unser Leben ist für die, die nach uns geboren werden, fast schon Geschichte. Es braucht nur noch ein bißchen abzukühlen, dann wird es auf ewig ihrem unbeweglichen Bild gleichen.

Ich wandere wieder durch Plessis-lez-Vaudreuil, mit etwas beklommenem Herzen. Die Jungen machen sich nützlich, sie versuchen, es der Hitlerjugend und ihrem großen Fleiß dort hinten, auf der anderen Seite des Rheins, gleichzutun: unter dem glorreichen Regiment von Jules III und Jules' Neffen arbeiten sie im Wald, sie schneiden Zweige ab und machen Reisigbündel für die Greise im Altersheim. Jeden Tag, morgens, mittags und abends, finden wir uns im Salon ein, um die Nachrichten zu hören. Unser Leben lang werden wir jetzt Nachrichten hören. Bald werden wir sie sehen. Nach Daladier und Reynaud kommen Pétain und seine Reden, de Gaulle und seine Aufrufe, die Stimmen aus dem Dunkel, deren Gesichter wir nicht kennen. *Ehre und Vaterland, hier spricht das Freie Frankreich...*: man schloß die Türen und Fenster, man löschte die Lichter, man saß fast im Dunkeln, und mein monarchistischer Großvater suchte auf der Landkarte, nur vom Licht der Radioskala beleuchtet, wo Stalingrad liegen mochte. Dann die Befreiung von Paris, die Schüsse in Notre-Dame, der Rücktritt des Generals, die Krönung Elisabeths, Dien Bien Phu, Churchills Begräbnis, am 13. Mai wieder de Gaulle, der Putsch der Generale, wieder de Gaulle, seine berühmten Pressekonferenzen, seine Fernsehinterviews, bei denen er auf den Stuhl sprang und die Arme ausbreitete, seine Wahlen und seine Volksbefragungen, das Delirium des Monats Mai – *Ich ziehe mich nicht zurück... Das Volk wird sich wieder fangen –,* das *Nein* der Franzosen dem vermeintlichen Diktator gegenüber, sein Abgang und sein Tod. 1939 traten wir nicht in eine Geschichte ein, die unaufhörlich weitergeflossen war, sondern in eine unmittelbare Verbindung mit ihr, mit ihren Bildern und ihrem Widerhall. Wir tauchten in die Geschichte ein, und sie ließ uns nicht mehr los.

Ich wandere wieder durch Plessis-lez-Vaudreuil, mit etwas beklommenem Herzen. Ich betrachte die Wände, die bemalten Decken, die alten Porträts im Salon, die Bücher in der Bibliothek. Sie haben in der Vergangenheit manche Tragödie überstanden! Die Wut der Flammen, der Menschen, der Kriege, der Revolutionen. Ob das alles standhalten würde? Unsere so solide, in der Ewigkeit verankerte Welt kam mir plötzlich so zerbrechlich vor! Ich ging in den Salon zurück. Mein Großvater hatte wahrscheinlich wieder die Nachrichten von Radio-Paris gehört. Ich sah ihn im Louis-Quinze-Sessel, der mit flohfarbener Seide bespannt und ein bißchen abgenutzt war, sitzen, eingeschlafen über den Zeitungen *Le Temps, Journal des Débats, Le Figaro, L'Action française*. Ein Säuseln kam aus dem großen hölzernen Kasten mit seiner matt leuchtenden Skala und den drei runden Knöpfen: Jean Sablon vielleicht oder Rina Ketty. Bestenfalls Charles Trenet. Ich hörte ein Weilchen zu. In einigen Jahren sollte Edith Piaf mit ihren Akkordeonspielern und ihren Eintagsgeliebten, mit General de Gaulle und Brigitte Bardot in unser Panoptikum der Phantasie treten. Ich ging hinauf, um Anne-Marie zu rufen, sie zu bitten, sie möge dem jungen Dechanten ausrichten, daß wir ihn zum Diner erwarteten. Ich fand sie oben auf dem Dachboden, in den Armen von Robert V. Sie seien dabei, sagten sie und erröteten bis an die Haarwurzeln, alte Kleider in einem Koffer zu suchen, um Véronique zu verkleiden. Alte Kleider ... verkleiden ... Ach so ... Gut ... Ich empfahl ihnen hinunterzugehen, möglichst getrennt. Ich ging durch die Küche und wieder in den Salon: ich hatte an diesem Tag sicherlich zwei Kilometer im Schloß zurückgelegt. Ich nahm meinen Mauriac wieder zur Hand, meinen Malraux, *Die Viertel der Reichen* von Aragon, den letzten Morand. Eine Welt ging zu Ende. Morgen ist Krieg.

DRITTER TEIL

Der Brief Karls des Fünften

Am 18. Juni, zur Teestunde, betrat ein deutscher Oberst den großen Salon von Plessis-lez-Vaudreuil. Mein Großvater erwartete ihn, stehend, ganz blaß, beide Hände auf die Rückenlehne des Sessels gestützt, auf dem gewöhnlich meine Mutter oder Tante Gabrielle saßen und strickten oder lasen. Der Oberst blieb auf der Schwelle der Tür stehen, die der alte Jules ihm geöffnet hatte. Er schlug die Hacken zusammen. Er grüßte. Mein Großvater neigte den Kopf.

Das war das zweitemal, daß die Preußen, wie mein Großvater sagte, das Schloß besetzten. 1815, nach Waterloo, hatten wir die Russen aufgenommen. Im Januar 1871 hatte mein Großvater, damals vierzehn Jahre alt, die Ulanen kommen sehen. Ich nahm an, daß er mit seinen Gesten, mit seiner Steifheit, mit seinem abgemessenen Gruß die Haltung seines Großvaters im Jahre 1871 nachahmte. Mir ging der Gedanke durch den Kopf, daß jener Großvater vielleicht selber schon sein Verhalten an dem seines eigenen Vaters nach dem Sturz des Kaisers ausgerichtet hatte. Merkwürdig war, daß uns die stürzenden Regime jedesmal fremd und manchmal feindlich waren. Wie auch immer. In den Unglückszeiten des Vaterlands blieb sich wenigstens etwas – und etwas Wesentliches – immer gleich: die Familie.

Der Oberst sprach Französisch mit einem annehmbaren Akzent. Später erfuhren wir, daß er eine Doktorarbeit über den soldatischen Geist im Werk von Alfred de Vigny verfaßt hatte. Ich selber stand ein paar Schritte hinter meinem Großvater: wahrscheinlich, weil ich meinerseits lernen wollte, wie ich mich später einem künftigen Eindringling gegenüber zu benehmen hatte. Die Armee hatte weder Claude, seines Armes wegen, noch mich, meiner Gesundheit wegen, gewollt. Trotzdem war es uns gelungen, uns in ihre Reihen zu schleichen und uns ein bißchen zwischen Sambre und Schelde, dann zwischen Amiens und Beauvais zu tummeln. Ich hatte keine Nachricht von Claude. Jacques und Robert V. waren schon gefallen, aber wir wußten es noch nicht. Ich selber war in den Zusammenbruch der 10. Armee des Generals Altmayer geraten, die vom 10. oder 12. Juni an dem Befehl Weygands direkt unterstellt war, und befand mich am Morgen des 18. Juni nur etwa zehn Kilometer von Plessis-lez-Vaudreuil entfernt. Ich hatte mir vorgenommen, dort ein paar Stunden zu schlafen und dann, koste es, was es wolle, weiter in Richtung Loire vorzudringen. Gegen elf Uhr vormittags hatte ich mich auf mein Bett geworfen. Kurz nach vier Uhr war Anne-Marie in mein Zimmer gekommen. Ich hatte schon ihre Schritte im Flur gehört, wie zu der Zeit, als das einzige Telephon des Schlosses im Zimmer meines Großvaters stand, wohin sie jedesmal eiligst lief, um allen anderen zuvorzukommen, weil sie schon wußte, daß der Anruf für sie war, daß er von Robert kam. Diesmal war es nicht Robert: aus welchen himmlischen Regionen, aus welchen unterirdischen Grüften, den Mund voller Erde – mein Gott! – und das Gesicht mit Blut bedeckt, hätte er uns anrufen sollen? Anne-Marie klopfte nicht an, sie riß die Tür auf und rief: »Die Deutschen!«

Die Deutschen! Sie waren also da. Sie waren aus Pommern und Niedersachsen gekommen, vom Schwarzwald und von den bayerischen Seen, vom Brocken und aus der Walpurgisnacht, aus den alten Universitätsstädten mit den kleinen ruhigen Marktplätzen und mit Namen, die an Märchen erinnerten. Sie hatten den Rhein überschritten und die Maas, die Ardennen, die Marne, die Seine und marschierten auf die Loire zu und auf zwei Meere, von denen die Barbaren schon geträumt hatten. Sie drangen in unser Haus und seine geheiligten Erinnerungen ein. Als ich aufstand, mir mit den Händen durch die Haare fuhr, drei Knöpfe an meiner zerknitterten Uniform zumachte, hatte ich gerade noch Zeit, mir zu sagen, daß sich vor meinen Augen Geschichte gestaltete. Ich stürzte in den Salon, wo mein Großvater sich aufhielt. Er nahm mich bei den Schultern und drückte mich an sich. Ein paar Sekunden später betrat Oberst von Witzleben den Raum, in dem Heinrich IV., wie erzählt wurde, einer Ahnin von mir, die sehr schön war und Catherine hieß, den Hof gemacht hatte und in den vor hundertfünfzig Jahren mit Lanzen und Äxten bewaffnete Männer gestürzt waren, um zwei der Unseren festzunehmen. Die Collaboration und die Résistance – die Zusammenarbeit mit den Deutschen und der Widerstand gegen sie – kamen im gleichen geschmeidigen und steifen Schritt nach Plessis-lez-Vaudreuil.

In dem langsamen Ablauf der Geschichte mit ihren Windungen, ihrem Zögern, ihren Sümpfen, ihren toten Zeiten erscheinen plötzlich, oft unter Blut und Leid, Blöcke der Gewalt und relativer Einfachheit: die Eroberung von Konstantinopel 1453, die Entdeckung Amerikas 1492, die Schlacht von Marignan 1515, die Große Revolution, die Schlachten von Trafalgar 1805 und Waterloo 1815. Vom Juni 1940 bis zur Befreiung von Paris bildet das deutsche Frankreich in der Geschichte so etwas wie einen grauen und braunen Fleck. Die Ereignisse folgen in stürmischem Rhythmus aufeinander: man könnte das wie in einem Film vor sich sehen, wo die Menschen plötzlich anfangen zu rennen und wo alles, was sich bewegt, verrückt wird. Das Gedächtnis indes hält das müheloser und viel leichter fest als die Friedensjahre, wo alle Tage sich gleichen. Der Waffenstillstand, Mers-el-Kebir und Dakar, der Einmarsch in Rußland, Pearl Harbour, Amerikas Eintritt in den Krieg und die aufeinanderfolgenden Landungen sind Marksteine, an denen unsere Erinnerungen sich verankern. Während der langen düsteren Jahre ist das Leben der Familie von Geschichte durchsetzt. Jacques und Robert V. sind 1940 gefallen, Philippe geht 42 wieder nach Spanien, Claude wird 43 und ich werde 44 festgenommen, Michel wird 45 zum Tode verurteilt: ebenso viele weiße wie schwarze Steine in dem unheilvollen Gefallen des Gottes der Familie und der Waffen.

Von 1940 bis 1944 ist Plessis-lez-Vaudreuil, mit Ausnahme einiger Zwischenzeiten, während derer wir unter uns sind, ständig von wechselnden deutschen Truppen belegt. Wir erlebten Flieger, Infanteristen, Fallschirmjäger, motorisierte Kavalleristen, SS-Leute mit dem Totenkopf, Ukrainer und Georgier aus der Wlassow-Armee und einige Tage lang sogar Matrosen, die auf dem Marsch nach irgendeinem unserer Häfen in der Bretagne waren. Doch im Gedächtnis haften Orte und Menschen mit einem einzigen Gesicht, in dem alle Züge und die verschiedenen Aspekte verschmelzen: Victor Hugo mit seinem Bart, Paul Verlaine vor seinem Absinth und der alternde Pétain. Das

Bild, das von Plessis-lez-Vaudreuil in der Kriegszeit in mir haftengeblieben ist, sind Panzerwagen, Lastwagen, riesige Motorräder im Schloßhof, auf den Kieswegen und auf dem Rasen um den steinernen Tisch. Wenn bei einem Aufbruch oder bei einer Übung alle Motoren liefen, erfüllte ein furchtbares Dröhnen Himmel und Erde, und alle Fenster im Schloß klirrten.

Mein Großvater hatte sein Turmzimmer und zwei kleine Nebenräume für sich behalten dürfen, sie waren vollgestopft mit einigen unserer wertvollsten Erinnerungen, und er hatte zwei Öfen von beachtenswerter Häßlichkeit einbauen lassen. Dort besuchten ihn nacheinander die Mitglieder der Familie, ausgestattet mit den erforderlichen Ausweisen und den neumodischen Autos mit Holzvergasern. Dieses winzige Reich verließ er nur, um morgens eine Stunde und abends eine Stunde in dem das Schloß umgebenden Park spazierenzugehen. In vorbildlicher Disziplin führte er das Leben eines freiwillig Eingesperrten, eines Luxus-Sträflings. Mehrere Male hatten sich mit Eisernen Kreuzen und Eichenblättern übersäte Regimentsstäbe in Plessis-lez-Vaudreuil eingerichtet. Verschiedene Generale und mehrere Obersten hatten meinen Großvater schriftlich gebeten, einmal sogar auf einer Karte mit dem Familienwappen aus einer Schublade der Kommode des Großen Salons, an einer Mahlzeit mit ihnen teilzunehmen. Jedesmal gab mein Großvater mit spitzer und ironischer Höflichkeit zur Antwort, die Umstände hinderten den Hausherrn daran, seinen Speisesaal zu betreten, und er habe es sich untersagt, im Schloß die Grenzen des beschränkten Umkreises, in dem er noch bei sich zu Hause sei, zu überschreiten. Es konnte nicht ausbleiben, daß sich eine Anzahl von burlesken, nichtigen und tragischen Zwischenfällen ereigneten. Wenn ein deutscher Offizier oder Soldat meinen Großvater grüßte, erwiderte er jedesmal wortlos den Gruß, indem er den Hut zog und starr in die Ferne blickte. Auf einer Besichtigungsfahrt hielt sich General von Waldenfels achtundvierzig Stunden in Plessis-lez-Vaudreuil auf. Mein Großvater begegnete ihm zwischen dem Schloß und dem steinernen Tisch. Der General blickte den sehr gutaussehenden Greis an, der durch die Schicksalsschläge und durch das Alter noch eindrucksvoller und würdiger wirkte. Mein Großvater warf einen Blick auf den reglos verharrenden General. Der General rührte sich nicht. Er befehligte die gesamten deutschen Truppen im besetzten Frankreich. Mein Großvater ging seines Wegs, sich auf seinen Spazierstock stützend. Am Abend nach dem Essen erschien ein Feldwebel und richtete meinem Großvater aus, der General erwarte ihn.

»Einladung?« fragte mein Großvater.

Der Feldwebel neigte den Kopf.

»Dann sagen Sie bitte dem General, daß ich abends nie ausgehe.«

Zehn Minuten später erschien der Feldwebel erneut.

»Befehl?« fragte mein Großvater.

Der Feldwebel neigte den Kopf. Mein Großvater folgte ihm.

Der General saß, umgeben von einigen Offizieren, hinter einem großen Schreibtisch, der an die Stelle des Billards geschoben worden war. Mein Großvater sah sich mit offenkundig mißbilligender Miene um: er schätzte die neue Einrichtung des Raums nicht sehr und den fremden Geschmack, der darin zum Ausdruck kam. Ein Offizier unternahm es, in einem mittelmäßigen Französisch zu erklären, daß der General verwundert gewesen wäre, nicht gegrüßt worden zu sein.

»Ich auch«, sagte mein Großvater.

Nun hatte der General sich aufs hohe Roß gesetzt. Er hatte schnell und ein paarmal mit erhobener Stimme gesagt, es käme den Besiegten zu, die Sieger zu grüßen, und hatte durch den Übersetzer meinen Großvater fragen lassen, welchen Rang er in der französischen Armee bekleide.

»Einen bescheidenen«, sagte mein Großvater, der nicht einmal einfacher Soldat war und der von der Republik nie die geringste Würde noch das geringste Ordensband bekommen hatte. »Aber ich bin hier zu Hause.«

Die Antwort zeitigte keine gute Wirkung. Der General begann wieder zu wettern. Mein Großvater, zweifacher Grande von Spanien, Ritter vom Goldenen Vlies, des Annunziaten-Ordens, des Schwarzen Adler-Ordens, des Ordens vom Heiligen Georg und vom Heiligen Andreas, Großkomtur oder Prior mehrerer souveräner militärischer und Ritter-Orden, die in der Geschichte der neuen Zeiten ein bißchen in Vergessenheit geraten waren, hatte das dunkle Gefühl, daß die Gelegenheit außerordentlich günstig sei, endlich das auszudrücken, was er seit hundertfünfzig Jahren auf dem Herzen hatte und was er in glücklichen Friedenszeiten unmöglich, ohne sich lächerlich zu machen, von sich geben konnte. Er machte es sich in dem Sessel bequem, den ihm ein Soldat hingeschoben hatte, und sagte mit großer Gelassenheit und Festigkeit, es sei immer möglich, die Spielregeln zu übersehen, daß aber in dem Augenblick, da man sich auf sie berufe, es ihm sein persönlicher Stand erlaube, von allen anderen, wer sie auch seien, mit Ausnahme vielleicht von Kardinälen, Prinzen von Geblüt, Staatschefs und Marschällen, als erster gegrüßt zu werden. Er sähe niemanden unter dem Himmel, dem er Ehrerbietung schulde. Dann fügte er, um einzulenken, hinzu, daß er, sollte der General zufällig Marschall sein, bereit sei, sich bei ihm zu entschuldigen. Aber im gegenteiligen Fall erwarte er das gleiche vom General. Durch eine List der Geschichte wurden wir aufgrund unserer Fehler, unseres Stolzes, was andere unseren Dünkel nannten, in die Résistance getrieben, und mein Großvater bekam dadurch so etwas wie einen nationalen und populären Heiligenschein.

Wir befanden uns im Winter 1940/41. Es war sehr kalt. Die Weltgeschichte war schon durch viele Prüfungen und Zuckungen gegangen. Verblüffung bemächtigte sich der Gruppe um den General, die Männer wirkten wie Geschworene bei einem Gericht. Die Deutschen hatten alles erwartet, eine nationalistische Treueerklärung oder eine ängstliche Selbsterniedrigung. Diese Schmährede à la Saint-Simon versetzte sie in Staunen. Mein Großvater trat in der etwas lachhaften Gestalt eines Comte d'Orgel auf, eines Prince de Guermantes, eines Duc de Maulévrier im *Grünen Frack* von Robert de Flers und Arman de Caillavet. Das aber geschah angesichts des Besatzers, der sich als Gerichtshof konstituiert hatte. Der Angeklagte gab nicht mehr Anlaß zum Lachen, er wandelte sich in einen Helden. Ich glaube, es wäre ihm nicht unrecht gewesen, wenn ihn die Deutschen füsiliert hätten, weil er sich lustig gemacht hatte über sie, aufgrund von so wesentlichen Prinzipien wie dem Klang unseres Namens und dem Rang der Familie. Das erstaunlichste ist, dem alten Edelmann war es gelungen, die Deutschen zu beeindrucken. Er konnte zwar keine Entschuldigungen entgegennehmen, wurde aber von einem Oberst und einem

Hauptmann bis zu seinem Zimmer zurückbegleitet, die ihn an der Tür in Habacht-Stellung grüßten.

Einen Augenblick blieb er reglos an der Schwelle stehen, sah den Oberst, ohne den Hauptmann zu beachten, starr an, streckte die Hand nicht aus und verbeugte sich nicht, sondern sagte nur: »Danke, lieber Freund« in jenem unnachahmlichen Ton, den wir als einziges meisterhaft beherrschen, und verschwand in seinem Zimmer.

Ungefähr ein Jahr später oder vielleicht sogar etwas mehr, im Winter 1941/42, stellte eine sehr merkwürdige Geschichte unsere nationalen Gefühle erneut auf die Probe. Zu jener Zeit waren Flieger im Schloß einquartiert. Mein Großvater lebte noch immer zurückgezogen in seinen Turmzimmerchen, die er seine Kasematte oder sein Haus-Bagno nannte. Eines Abends, auf einem der Spaziergänge, die der alte Herr in Begleitung von Anne-Marie unternahm, bemerkten er und seine Urenkelin einen etwa vierzigjährigen Deutschen von hoher Gestalt, das Ritterkreuz am Hals, der in seinem Gang und seinem Benehmen etwas zugleich Beeindruckendes und Sympathisches hatte. Am nächsten und an den folgenden Tagen begegneten sie dem deutschen Offizier noch mehrere Male in den Fluren oder auf den Parkwegen. Der Offizier grüßte wortlos. Gemäß den bereits eingefahrenen Riten griff mein Großvater, die Augen in die Weite gerichtet, an seinen Hut, während Anne-Marie in bewundernswerter Haltung mit zurückgeworfenem Kopf sich an ihn schmiegte.

Ich war noch in Plessis-lez-Vaudreuil zum Zeitpunkt des Todes des armen Robert V. Die Nachricht war erst ziemlich spät zu uns gelangt, Ende August oder Anfang September 1940. Wir hatten sehr bald erfahren, daß Jacques in den Ardennen gefallen war, als er zu General Corap stoßen wollte. Robert aber hatte zwei oder drei Monate lang als vermißt gegolten. Schließlich war eine jener schauerlich vorgedruckten Korrespondenzkarten in lachsrosa Farbe, deren mit Auslassungspunkten durchsetzter Text nur Unheil verkündete, in Plessis-lez-Vaudreuil eingetroffen.

> Nach Ausfüllung dieser nur für Familiennachrichten be-
> stimmten Postkarte die unzutreffenden Angaben streichen. –
> Nichts außerhalb der Linien schreiben.
> ACHTUNG: Jede Karte, deren Wortlaut nicht ausschließ-
> lich familiären Inhalts ist, wird nicht befördert und wahr-
> scheinlich vernichtet.
>
> .... den .... 194 ......
> .... gesund .... erholungsbedürftig.
> .... leicht, schwer krank, verwundet.
> .... gefallen .... gefangengenommen
> .... gestorben ....ohne Nachricht
> von .... Familie............................. geht es gut.
> .... benötigt Lebensmittel ....Geld
> Nachrichten, Gepäck .... ist zurückgekommen nach
> .... arbeitet in .... geht in die
> Schule von .... ist aufgenommen worden
> .... geht nach .... am ....
>
> Herzliche Grüße, Küsse.   Unterschrift

Auf der gestrichelten Linie vor dem Wort *gefallen* stand mit grausiger Nüchternheit der Name von Robert V.

Kaum hatten wir die Nachricht von seinem Ende erfahren, da verwandelte sich das schwarze Schaf in der Familie in einen Paladin, in eine Kirchenfenster-Gestalt, in ein Vorbild für die Kinder. Er wurde auch rühmend im Heeresbericht erwähnt, weil er ganz allein sechs Stunden lang mit einem defekten Panzerwagen und zwei Maschinengewehren den Zugang zu einer Brücke über die Maas gegen eine Hundertschaft der Waffen-SS verteidigt hatte. Ich war mir nicht lange im ungewissen über den Sinn dieses Todes: als habe er unsere geheimen Gedanken befolgen wollen, hatte er den Tod gesucht. Wir sprachen nie darüber. Aber wir wußten im Innern, daß der Familiengeist vielleicht nicht völlig unschuldig am Tod dieses Mannes war, den wir zum Helden machten. Über Anne-Maries Herzeleid will ich hier nicht sprechen. Die Kräfte der Menschen haben Grenzen. Sie hatte zu sehr gegen die trotz aller Erschütterungen noch starre Struktur unserer alten Familie ankämpfen müssen.

Roberts Tod war eine Tragödie für Anne-Marie, ein tiefer Schmerz, ein Einsturz. Zugleich aber auch, glaube ich, inmitten der Grausamkeit des Lebens und seiner schrecklichen Wirbel so etwas wie eine Erleichterung. Sie mochte sich auflehnen gegen die Gesetze der Familie, es war noch zu früh, sie gänzlich über Bord zu werfen. Gewiß, jetzt, da er nicht mehr war, erhoben sich allerseits Lobreden zum Gedächtnis des teuren Robert, der so gut zu Pferde saß. Gleichwohl bin ich nicht davon überzeugt, daß er im täglichen Leben genug Gewicht gehabt hätte, um, fern von den Ufern der Maas und seinen Maschinengewehren, Anne-Maries Leben auszufüllen. Es hat stets etwas ungemein Erstaunliches an sich, wenn man sieht, wie sich das Schicksal der Menschen gestaltet, die mit einem leben: wir entdeckten mit einiger Überraschung, was für eine Ungeduld und was für ein Eifer in Anne-Marie steckten. Nein, Robert war nicht dazu geschaffen, allen diesen Erwartungen zu entsprechen. Schmerzlich war es, daß Anne-Marie, wie mir scheint, selber nach und nach begriff, daß die Geschichte in ihrem mitleidslosen Ablauf ihr gegenüber recht hatte. Sie machte sich zu guter Letzt Vorwürfe, ihre entschwundene Liebe nicht genug zu beweinen. Und ihre Tränen waren nur um so bitterer, als sie nicht unversiegbar waren.

In dieser Zeit akzeptierten wir den toten Robert, den wir zu seinen Lebzeiten abgelehnt hatten. Jacques' Tod war für uns alle, für seine Brüder und seine Mutter, für seinen Großvater und, ich wage es zu sagen, für mich, ein tiefer Schmerz. Das Angedenken an Robert V. wurde von uns verbunden mit dem Angedenken an Jacques, der uns sehr teuer war. Das Grab brachte alles wieder in Ordnung. Wir hatten uns stets mit den Toten viel besser verstanden als mit den Lebenden.

Man merkt wahrscheinlich, worauf ich hinaus will, ein oder anderthalb Jahre nach Roberts Tod. Der deutsche Flieger war der erste Mann, den Anne-Marie wieder anblickte, nachdem ihre erste Liebe so tragisch ausgegangen war. Natürlich blickte sie ihn nicht an, aber sie hatte ihn gleich bemerkt. Er war ein bißchen mehr als anziehend, von vorbildlicher Zurückhaltung, von seltener Vornehmheit. Und wie hätte er in dem alten Schloß, das im Unglück der Zeit düster wirkte, dieses auffallend schöne junge Mädchen an der Seite des Greises nicht bemerken sollen! Eines Morgens erhielt mein Großvater einen in tadellosem Französisch abgefaßten Brief. Er kam natürlich von unserem Flieger. Unterschrieben war er mit Karl-Friedrich von Wittlenstein. Der Deutsche von Plessis-lez-Vaudreuil war ein Vetter von Ursula.

Der Brief war nicht nur seiner Unterschrift wegen bemerkenswert. Ihm lag ein offensichtlich sehr altes Schriftstück bei. In dem Brief wurde ausgeführt, daß es sich um Anweisungen handele, die das Handzeichen Karls des Fünften trügen. Ein Wittlenstein der damaligen Zeit wurde darin aufgefordert, in Trier mit einem Gesandten des Königs von Frankreich, der unseren Namen trug, zusammenzutreffen. Weiterhin schrieb der Deutsche, als Erinnerung an seinen Aufenthalt in Frankreich wolle er meinem Großvater für das Archiv von Plessis-lez-Vaudreuil dieses seltene Dokument zum Geschenk machen; er erinnerte sich, es unter Familienpapieren gesehen zu haben, und er habe es aus Preußen kommen lassen.

Wie man weiß, hatte mein Großvater ein leidenschaftliches Interesse für alle Andenken an die Familie. Er bedachte sich eine Woche lang. Er beriet sich mit Anne-Marie und mit allen Angehörigen, die er in diesen schwierigen Tagen zu erreichen vermochte. Schließlich antwortete er, und ich sehe noch den Entwurf dieses Briefes vor mir, der, natürlich auf französisch, »au Commandant de Wittlenstein à Plessis-lez-Vaudreuil« adressiert war. In diesem Brief brachte er seinen aufrichtigen Dank zum Ausdruck für einen Gedanken und eine Geste, die er sehr zu schätzen wisse. Doch untersagten es ihm die Umstände und die Geschichte, die Gabe entgegenzunehmen. »Wir alle sind«, schrieb er, »Geschehnissen und Gesetzen unterworfen, die schwerer wiegen als unser privates Leben und zuweilen unsere Wünsche. Nie werde ich vergessen, welche Bande über die Grenzen und Jahrhunderte hinweg zwischen uns geknüpft worden sind. Ihren Freundschaftsbeweis hätte ich mit Freude angenommen, wenn ich dazu berechtigt wäre. Aber die Geschichte steht dem entgegen. Vielleicht später, wenn wieder Frieden herrscht zwischen unseren beiden Ländern, werden Sie eines Tages nach Plessis-lez-Vaudreuil zurückkommen, und Sie werden mit der gebührenden Hochachtung und der ganzen Herzlichkeit empfangen werden, die dann nicht mehr zurückgehalten zu werden brauchen und endlich Ausdruck finden können. Und Sie werden mir oder meinen Enkelsöhnen, wenn ich nicht mehr auf dieser Welt bin, den schönen Brief Karls des Fünften überreichen, in dem unsere beiden Namen aufgeführt sind.«

Nein, der Brief Karls des Fünften kam nicht wieder zurück. Oberst von Wittlenstein, der unter dem Befehl von Paulus in Rußland stand, ist vor Stalingrad gefallen. Wir erhielten die Nachricht über die Schweiz, durch Verwandte von Ursula, im Frühjahr 1943. Ich glaube, es war einer der seltenen Anlässe, wo ich meinen Großvater habe weinen sehen. Ich hatte ihn um den Tod seiner Söhne und Enkelsöhne weinen sehen. Ich sah ihn um den Tod dieses Ausländers weinen, um den Tod dieses Feindes, der, vielleicht ohne es zu wissen, im Schweigen der Geschichte sein Freund geworden war. Ich weiß nicht, ob der Oberst Brüder oder Neffen hinterlassen hat. Ich weiß nicht einmal, ob er verheiratet war. Ich habe nie etwas unternommen, um es zu erfahren. Der Brief Karls des Fünften wird nicht ins Archiv der Familie eingereiht werden. Ich frage mich zudem, ob er überhaupt noch existiert.

Die deutschen Flieger blieben ziemlich lange bei uns. Dreimal wurde Wittlenstein abberufen, aber es gelang ihm zweimal zurückzukommen. Er schien an Plessis-lez-Vaudreuil zu hängen. Jeden Morgen fanden Anne-Marie und mein Großvater, wenn sie ausgingen, eine einzelne Blume in der Vase auf der Konsole unten an der Treppe, wo wir seit undenklichen Zeiten die abgehende Post hinlegten, die unter der Aufsicht von Jules oder Estelle, Jules' Frau, auf geheimnisvollen Wegen ins Postamt gelangte. Es gab kein Benzin mehr, und es gab kein Heizmaterial mehr, und die Mahlzeiten meines Großvaters waren ein bißchen mehr – oder besser gesagt: ein bißchen weniger – als frugal. Doch Anne-Marie ritt abends oder frühmorgens weiterhin in den Wald, auf dem einzigen Pferd, das wir behalten hatten und dem täglich, unter großer Mühe, sein Hafer beschafft werden konnte. Das Pferd hieß sinnigerweise Vengeur, der Rächer. Robert war nicht mehr da, Bernard war irgendwo in Pension, und Jean-Claude hatte andere Beschäftigungen übernommen, über die noch einige Worte gesagt werden sollen. Aber ein schweigsamer Reiter galoppierte auf einem wundervollen Schimmel durch den Wald: Major von Wittlstein. Es kann nicht gesagt werden, daß Anne-Marie in Begleitung eines deutschen Offiziers durch den Wald von Plessis-lez-Vaudreuil ritt. Nein. Sie bewegte sich ganz allein und gestattete niemandem, sie zu begleiten noch das Wort an sie zu richten. Aber der Reiter auf dem Schimmel folgte ihr wie ein stummer und ferner Schatten. Anne-Marie kam aus dem Stall, durchquerte den Park und ritt in den Wald, wo sie jeden Baum kannte, jeden Winkel, jedes Gebüsch und jede Schneise. Nach wenigen Augenblicken sah sie, hinten auf einem Weg, die vertraute Gestalt, die sich gegen den Himmel abhob. Sie ritt weiter. Der Reiter begegnete ihr, grüßte wortlos, verschwand im Galopp, um bald danach wiederaufzutauchen und ihr in kurzem Abstand eine ganze Allee entlang zu folgen. Der seltsame Liebesroman dauerte nicht lange. Aber ein Liebesroman war es. Viele Jahre später, vielleicht in Rom oder im Hafen von Cannes, sagte mir Anne-Marie, die noch schön und vom Leben verwöhnt und geschüttelt worden war – sie hatte in der Welt, wie wir noch sehen werden, einige Berühmtheit erlangt –, sie sei vielleicht nie mehr geliebt worden als von diesem schweigsamen Reiter in den Wäldern des Krieges.

Eines Morgens, als Anne-Marie mit meinem Großvater zu ihrem täglichen Spaziergang durch den noch verbliebenen Rest des Obstgartens aufbrach, entdeckte sie anstelle der üblichen Rose oder des Jasminzweigs einen wundervollen Strauß aus zwanzig oder dreißig verschiedenen Blumen. Zwischen den Blüten steckte eine Visitenkarte: *Major von Wittlenstein, mit ergebensten Empfehlungen.* Und darunter in kleinen Buchstaben, mit einer Spur von schlechtem Geschmack bei so viel Takt, denn der Verehrer gehörte immerhin zur Besatzungstruppe, drei Schriftzeichen, wie ein Hilferuf: *p.p.c.* – pour prendre congé, um sich zu verabschieden.

Am Abend ritt Anne-Marie wie gewöhnlich auf Vengeur in Richtung der Arbres-Verts. Der gespensterhafte Reiter wartete am Teich auf sie. Der zur Neige gehende Tag ist oft sehr schön in dieser Gegend der Haute-Sarthe, wo unser Haus stand, inmitten des alten Waldes, des Heidelands, der Gehölze und der ein wenig tristen Teiche. Es war ein strahlender und milder Abend. Anne-Marie ließ ihr Pferd in Trab fallen. Der Deutsche näherte sich ihr, was er sich sonst während ihrer seltsamen Ausritte nie erlaubt hatte. Doch genau wie an den anderen Tagen wurde kein Wort gewechselt. Nach einer Viertelstunde oder ein bißchen mehr fielen die Pferde von selbst in Schritt. Und das junge Mädchen und der Deutsche durchquerten langsam, noch immer schweigend, die Felder, die Lichtungen, die Wegkreuzungen, wo, einige Jahre zuvor, die lebhafte Schar der Piköre und Jäger im roten Rock sich unbekümmert inmitten der Hundemeute getummelt hatte, der Hunde, die seit dem Anbruch der Unglückszeit umgebracht oder weggegeben worden waren. Dann und wann wandte sich Wittlenstein Anne-Marie zu. Und sie spürte die flehentlichen Blicke, die sie trafen. Ich kann mir leicht vorstellen, welche Gefühle der Deutsche hatte. Auch ich hatte oft meine junge Nichte angesehen, ihr klares Profil bewundert, ihre einfachen und schönen Züge, die lebensvollen Umrisse ihres Gesichts ohne Falsch. Und Stolz überkam mich: dieser geschmeidige Körper, dieses Gesicht, diese Lebensungeduld, auch das war etwas von uns, etwas von dem Gefallen Gottes, das wir auf dieser Erde verkörperten. Ich stelle mir die Verzweiflung dieses feindlichen Offiziers vor, den die Geschichte von dem trennte, was er bewunderte. Was für uns Stolz und Dankbarkeit war, war für ihn nur Verzicht. Im langsamen Schritt ihrer Pferde durchquerten sie den schweigenden Wald. Die Eichen, die Vögel, der wolkenlose Himmel, die milde Luft wußten nichts vom Krieg, der die Menschen voneinander trennte. Ich glaube, er war von einem großen traurigen Gefühl des Glücks erfüllt. Es dunkelte. Anne-Marie wußte nicht mehr genau, wie die Dinge dann weitergegangen waren. Sie kamen zu einem Kreuz, das im 16. Jahrhundert an der Stelle errichtet worden war, wo ein Kampf zwischen Katholiken und Protestanten stattgefunden hatte und einige der Unseren grausam umgebracht worden waren; der Ort wurde in der Gegend Croix des Quatre-Chemins genannt. Sie waren von ihren Pferden gestiegen und hatten sich vor dem Kreuz, noch immer ohne ein Wort zu sagen, geküßt.

»Das war ein Mann«, sagte Anne-Marie, »den ich hätte lieben können.« Wovon hängen die Dinge, unsere armseligen Leben, unsere schwachen Herzen, die Geschichte ab? Ich glaube, an dem Abend, als die Nachricht vom Tode Wittlensteins zu uns gelangte und ich meinen Großvater weinen sah, hatte Anne-Marie bereits ein Faible für jenen großen jungen Menschen mit dem dunklen lockigen Haar, der eine Widerstandsgruppe in der Nähe von La Flèche befehligte.

Nicht Anne-Marie allein hegte Leidenschaften. Von 1940 an waren zwei Männer in unser Leben getreten, und sie blieben darin lange Jahre hindurch, bis weit über die Befreiung und den Sieg hinaus. Zwei Männer, zwei Soldaten: Marschall Pétain und General de Gaulle. Der Marschall hatte, wenn ich so sagen darf, das Feuer eröffnet, indem er die Waffen niederlegte. Die Deutschen waren noch nicht nach Plessis-lez-Vaudreuil gekommen, als mein Großvater, zusammen mit dem Dechanten, im großen Salon des Schlosses den Aufruf vernommen hatte, den ich selber, einige fünfzig Kilometer weiter nördlich, gehört hatte, aus den offenen Fenstern einer Gastwirtschaft eines Dorfes, durch das wir zogen.

Franzosen!
Dem Rufe des Herrn Präsidenten der Republik folgend, habe ich von heute an die Regierung Frankreichs übernommen ... Ich bin mir des Vertrauens des gesamten Volkes sicher, und deshalb biete ich meine Person Frankreich dar, um sein Unglück zu mildern.

Ich war schon bei meinem Großvater, und Oberst von Witzleben war schon unser Gast, als Marschall Pétain uns zum zweitenmal beehrte: *Der Geist des Wohllebens hat die Oberhand gewonnen über den Geist des Opfers. Man hat mehr verlangt, als man gegeben hat. Man hat der Anstrengung ausweichen wollen; deshalb sind wir heute im Unglück.*

Und wiederum einige Tage später: *Ich hasse die Lügen, die uns so viel Schlechtes gebracht haben. Die Erde lügt nicht. Sie bleibt unsere Zuflucht. Sie ist das Vaterland selbst. Ein Feld, das Ödland wird, ist ein Stück Frankreich, das stirbt. Brachland, das wieder bestellt wird, ist ein Stück Frankreich, das wiederaufersteht ... Die Niederlage ist aus unserer Erschlaffung herzuleiten. Der Geist des Wohllebens vernichtet, was der Geist des Opfers aufgebaut hat. Als erstes fordere ich euch zu einer geistigen und seelischen Gesundung auf.*

Die nicht ganz so Jungen erinnern sich noch an die zittrige Stimme, die sich über die Angst und die Wirren erhob. Mein

Großvater war erschüttert, er hörte sie stehend, inmitten der Seinen an, die sich im Salon versammelt hatten. Alles, was sie aussprach, griff ihm ans Herz. Die Familie, die Erde, die landwirtschaftlichen Vergleiche, die ländlichen Bezüge, die Moral, die Anprangerung der Irrtümer und der Leichtlebigkeit, die Beschwörung des Geists des Opfers gegenüber dem Geist des Wohllebens, das alles drückte aus, was mein Großvater im Innern selber empfand. Die Stimmen von Barrès und Péguy, die er oft gegen die Schändlichkeiten von Gide und die Verwicklungen von Proust stellte, hallten im Hintergrund nach, hinter der Stimme des Marschalls. Vom ersten Augenblick der Niederlage an, mit der er gerechnet hatte, stellte sich mein Großvater, ohne zu zaudern, hinter den Sieger von Verdun.

Hat man schon erkannt, daß mein Großvater von Beginn bis Ende der deutschen Besatzung immer und mit ganzem Herzen für Vichy und gegen die Deutschen war? Seiner Meinung nach bestand Marschall Pétain, der zu einem Januskopf des politischen Lebens verwandelt war, aus zwei Persönlichkeiten: einer schlechten und einer guten. Die schlechte stellte sich dar im Treffen von Montoire, im Präsidenten Laval, in dem in einer äußersten Widersinnigkeit noch die subtilen und tödlichen Spielereien der verblichenen Republik weiterlebten, im Händedruck mit Hitler, in den Maßnahmen gegen die Juden, die plötzlich Gnade fanden bei meinem Großvater, der sogar mehrere in den im Wald versteckt liegenden Jagdhüterhäuschen verbarg und der eine Weile in Erwägung zog, aus Solidarität vielleicht und in Erinnerung an Tante Sarah, selber den gelben Stern zu tragen. Die gute verkörperte das Heilige, bewahrte die höchsten Werte: Treue und Volkstum, und brachte ihnen nicht nur seine Person zum Opfer, sondern auch sein historisches Bild; die Verachtung und den Haß der Franzosen ließ er auf die schlechte sich häufen.

Das feine Gesicht Pétains, durchdrungen von militärischem Ruhm und bäuerlichem Adel, prägte sich allen ein, durch Zeitungen, Plakate, Briefmarken und Schulhefte, da erhob sich plötzlich ein Donnergrollen: eine andere Stimme, die Stimme der Verweigerung und des Trotzes, drang über die Meere. Die Legende begann. Im langen Ablauf der Geschichte hat sich wohl nie eine so augenfällige Symmetrie mit einem genialeren

Einfall den Weg in die Schulbücher und das Gedächtnis der Kinder gebahnt. Hier die Heimaterde, der Boden, der gesunde Bauernverstand, der Blick und die Augen, der Realismus, die Vergangenheit, das Heutige, der Gehorsam und das Ja: der Marschall in Vichy. Dort das Meer, das Exil, das Abenteuer, die Stimme und das Ohr, die sprühende Phantasie, die Zukunft, der Einsatz, die Auflehnung und das Nein: der General in London. Eine außergewöhnliche Seite wurde in der Geschichte Frankreichs aufgeschlagen. Die beiden elementaren Prinzipien, in denen das verdunkelte Gedächtnis der Menschen in einigen Jahrtausenden den mythischen Kampf wie in einem legendären Epos sehen wird, dessen Hauptfiguren nach Meinung der Freigeister gar nicht existiert haben, bekämpften sich bis aufs Messer, zerfetzten sich, exkommunizierten sich, verurteilten sich gegenseitig zum Tode und zogen Tausende und aber Tausende von fanatischen Parteigängern nach sich, die ihr Leben und ihre Ehre dem einen oder dem anderen der beiden Kriegsherren anheimgegeben hatten. Alles war dazu angetan, dem Konflikt einen dramatischen Charakter zu verleihen, nicht nur in der Politik, sondern auch in der Soziologie und in der Metaphysik: die Bande, die die beiden Männer verknüpften, ihre Freundschaft im Schoß der Soldatenkaste, ihre gleichartige Herkunft, ihre gemeinsame Vorliebe für die Sprache und die Wörter, die gleiche, aber entgegengesetzte Liebe für den Ruhm und für das Vaterland. Nie ist die Lage Frankreichs schrecklicher gewesen als in diesen Jahren des Unheils. Nie jedoch bot sie allen Träumen und jeglicher Grandeur so viel Stoff. Während langer Jahre fanden diejenigen, die ihren Beruf darin sehen, den Träumen der Menschen Nahrung zu geben und ihre Taten zu besingen, im Kampf des Generals gegen den Marschall unerschöpfliche Quellen der Inspiration, der Wut und des Glaubens. Einige mußten deswegen sterben. Von Claudel bis zu André Gide, der von den Wahnvorstellungen des Generals fasziniert war und ihn um Aufschluß über die Entstehung seines Entschlusses zum Ungehorsam bat, von Aragon bis zu Drieu la Rochelle, von Brasillach bis zu Mauriac, von Maurras bis zu Malraux – wie hätte dieser Kampf der Giganten die ganze Epoche und ihre Parolen nicht beherrschen sollen? Von den Botschaften des Marschalls, die ganz Frankreich auswendig konnte und die Claude und mein Großvater Abschnitt für Abschnitt gewissenhaft, aber mit sehr verschiedenen Gefühlen ausdeuteten, von Du Moulin de la Barthète bis zu Emmanuel Berl und zu Pétain selbst, den Anregern und eigentlichen Autoren, bis zu den Aufrufen des heroischen und abtrünnigen Generals, die im Sturmschritt in die Schulbücher eingingen, nehmen die beiden Hauptfiguren selbst, und das mit vollem Recht, nicht nur in der Politik, sondern auch in der Literatur Frankreichs ihren Platz ein. Demosthenes und Cäsar, Cicero und Machiavelli, Napoléon und Asoka widmeten sich zugleich der Literatur und der Geschichte, dem Krieg und den Wörtern. Es wird erzählt, Pétain habe, ehe er für immer schwieg und nachdem er vor dem Tribunal, das über ihn richtete, seine einzige Erklärung abgegeben hatte, zu seinem Wächter, der, glaube ich, Joseph Simon hieß, gesagt: »Ich habe eine sehr schöne Rede gehalten.« Auch der General hat sein Leben lang – sogar seine letzte Handlung ist bewunderungswürdig in ihrer echten oder unechten Schlichtheit und authentischen Größe: *Ich möchte kein Staatsbegräbnis. Weder den Präsidenten noch Minister, noch Behörden... Die Männer und Frauen Frankreichs und anderer Länder der Welt können, wenn sie es wünschen...* – hervorragende Bücher geschrieben und sehr schöne Reden gehalten. In diesem merkwürdigen Land, in dem wir zu unserem Glück geboren wurden, erhielten Pétain und de Gaulle einen Platz neben Breton und Rimbaud, neben Sade und Bossuet, neben Corneille und Jules Renard, neben Hugo und Villon, unter den Komödien- und Tragödienschreibern, unter den Dichtern und den Historikern, unter den Propheten und den Empörern, in der großen Galerie all jener, die die Wörter liebten und ihre Macht. Viele Jahre lang haben ihre Worte uns entflammt.

Der Name des Mannes von London sagte meinem Großvater und auch mir fast nichts. Wir hatten ihn, glaube ich, nur zweimal gehört, anläßlich eines Panzergegenangriffs Ende Mai bei Abbeville oder Montcornet oder anläßlich der Umbildung der letzten Regierung der Dritten Republik unter der Führung von Paul Reynaud, in der ein Brigadegeneral mit vorläufigem Rang das Amt eines Unterstaatssekretärs innehatte, in einem Bereich, in dem er beschlagen war und den er besser kannte als jemand sonst, und zwar unter den Aspekten nicht der Heeresverwaltung und des militärischen Reglements, sondern der Ideen, der Menschenführung und des Geschichtssinns: dem Krieg.

In einer der größten Katastrophen der Geschichte, die endgültig zu sein schien, zeigte der Brigadegeneral im vorläufigen Rang, auf sich allein gestellt, auf fremdem Boden und als Rebell, ziemlich bald, daß er die Begabung hatte, über Blut und Dramen, über Verluste und Haß hinweg, den Krieg zu deuten und die Geschichte zu begreifen: *Doch ist das letzte Wort gesprochen? Muß die Hoffnung schwinden? Ist die Niederlage endgültig? Nein! ... Die gleichen Mittel, mit denen wir besiegt worden sind, können eines Tages den Sieg herbeiführen ... Dieser Krieg ist ein Weltkrieg. Heute von mechanischer Kraft zermalmt, können wir in der Zukunft siegen, durch eine überlegene mechanische Kraft. Darin liegt das Schicksal der Welt. Ich, General de Gaulle ...*

Diesen ersten Aufruf von General de Gaulle, den er am Tag nach der ersten Botschaft von Marschall Pétain erließ, haben mein Großvater und ich in Plessis-lez-Vaudreuil nicht gehört. Doch Bruchstücke wurden von zumindest zweien von uns aufgefangen: Claude in einem Café in Clermont-Ferrand, mitten im Zentralmassiv, und Philippe in Bordeaux, gespannt auf alles, was in einer zusammenbrechenden Welt passierte, hörten zum erstenmal die dumpfe, ungeschickte, ferne, beredte und einfache, unbekannte und doch sogleich unter allen anderen erkennbare, abgehackte, tiefe, mit überraschenden Betonungen durchsetzte Stimme, deren Klang die Welt ein Vierteljahrhundert lang in Atem halten sollte.

Sofort, am ersten Tag, am 18. Juni 1940, traf ein Wort, ein einziges, Claude mitten ins Herz: Widerstand. Alles, was Pétain sagte und dem mein Großvater beipflichtete, weil er von jeher das gleiche dachte, war für Claude ein Greuel. Seit Jahren hatte Claude die Ehre neben die Verweigerung gestellt. Er liebte Pétain nicht, der die Armee verkörperte, die Tradition, vielleicht die Reaktion, in jedem Fall eine gewisse Feindseligkeit der sich entwickelnden Demokratie gegenüber, und der Frankreich als Botschafter im Franco-Spanien vertreten hatte. Er stellte sich sofort hinter de Gaulle. Er billigte Pétain nicht einmal gesunden Menschenverstand zu. Er glaubte, daß der Realismus im gleichen Lager stand wie die Pflicht. Und eben de Gaulle... Drei oder vier Tage später hörte Claude dieselbe Stimme, sie kam wiederum aus London:

Nun, viele Franzosen nehmen weder die Kapitulation noch die Knechtschaft hin aus Gründen, die Ehre, gesunder Menschenverstand, höheres Interesse des Vaterlandes heißen.

Ich sage Ehre, denn Frankreich hat sich verpflichtet, die Waffen nur im Einverständnis mit seinen Verbündeten niederzulegen...

Ich sage gesunder Menschenverstand, denn es ist unsinnig, den Kampf als verloren zu betrachten. Ja, wir haben eine große Niederlage erlitten... Die gleichen Kriegsbedingungen, unter denen wir durch fünftausend Flugzeuge und sechstausend Panzer geschlagen wurden, können uns morgen den Sieg durch zwanzigtausend Panzer und zwanzigtausend Flugzeuge bringen.

Ich sage höheres Interesse des Vaterlandes, denn dieser Krieg ist kein französisch-deutscher Krieg, der durch eine Schlacht entschieden werden kann. Dieser Krieg ist ein Weltkrieg...

Die Ehre, der gesunde Menschenverstand, das höhere Interesse des Vaterlandes gebieten allen freien Franzosen, den Kampf fortzuführen, da, wo sie sind und wo sie können...

Ich, General de Gaulle, unterziehe mich hier in England dieser nationalen Aufgabe...

Ich fordere alle Franzosen, die frei geblieben sind, auf, mir zuzuhören und mir zu folgen.

Claude hatte sich bereits entschieden: er wollte de Gaulle folgen. Der Aufruf vom 22. Juni, der vom 24. Juni, am Tag nach der Unterzeichnung des Waffenstillstands – *Es muß ein Ideal geben. Es muß eine Hoffnung geben. Irgendwo muß die Flamme des französischen Widerstands leuchten* –, schließlich der vom 26., in dem der General, nachdem er vom deutschen Stiefel und vom italienischen Schuh gesprochen hatte, Marschall Pétain offen angriff – *Herr Marschall, in diesen Stunden des Zorns und der Schande für das Vaterland muß Ihnen eine Stimme antworten...* – und den Sieg heraufbeschwor, als wäre er unausbleiblich und stünde vielleicht schon kurz bevor, veranlaßten ihn, seinen Entschluß zur Ausführung zu bringen. An

Bord eines von einem Kameraden gesteuerten Sportflugzeugs – er ging in seiner freundschaftlichen Gesinnung so weit, daß er über den Türmen von Plessis-lez-Vaudreuil mit den Flügeln wackelte – gelangte er nach London, wo er sich als einer der ersten General de Gaulle zur Verfügung stellte, der von Seymore Place aufs Land und von St. Stephen House nach Carlton Gardens übersiedelte, wo ihm seine Diensträume eingerichtet wurden. Zu jener Zeit waren nicht viele Leute beim General, der Claude nach wenigen Tagen für zehn Minuten empfing.

»Mir ist berichtet worden, daß Sie Kommunist sind«, sagte de Gaulle am Schluß des Gesprächs.

»Ich bin es«, antwortete Claude, »oder ich war es.«

»Nun gut«, sagte der General und breitete die Arme aus, »Sie werden jetzt eben Gaullist werden. Nur Menschen mit Tradition lieben das Abenteuer. Nur Revolutionäre lieben das Vaterland. Sie gehören zu beiden, Sie können uns den Weg am besten zeigen. Und ich ziehe meinen Hut vor Ihnen.«

Er stand auf. »Also«, sagte er, »ich freue mich, Sie in den Kreis meiner Gefährten aufnehmen zu können.« Claude, der eine ziemlich sonderbare, halb britische, halb französische Uniform trug, stand stramm und grüßte. Er machte die Tür auf und ging hinaus. Von den paar Worten des Generals hatte er ein neues Wort im Gedächtnis behalten, das eine große Zukunft haben sollte: das merkwürdige Wort Gaullist. Soviel ich weiß, tauchte es zum erstenmal in unserer Sprache auf. Claude ging durch den kleinen Vorraum, der den Adjutanten des Generals als Büro diente, und gerade als er hinausgehen wollte, hörte er, wie ein Offizier, der eine Zeitung las oder ein Gespräch beendete, ziemlich laut sagte: »Nieder mit den Scheißkerlen!« Claude mußte lächeln. Doch das Lächeln erstarb auf seinen Lippen: in dem Spiegel vor ihm sah er den General, der die von Claude geschlossene Tür wieder aufgemacht hatte und den Kopf hindurchsteckte, er sagte etwas oder rief jemanden zu sich. Das »Nieder mit den Scheißkerlen!« hallte noch durch das eisige Schweigen, dann hörte Claude, ehe er hinausging, die ruhige Stimme des Generals: »Ein Riesenprogramm, meine Herren, ein Riesenprogramm!«

Ehe Claude heimlich wieder in das besetzte Frankreich zurückkehrte, sah er den General de Gaulle noch ein paarmal.

Einige Tage nach ihrem ersten Zusammentreffen besichtigte der Führer des Freien Frankreich eine dürftige Abteilung, in der Claude zwischen Soldaten und Matrosen stand, die seiner Meinung nach zum größten Teil, wie die Musketiere von Carbon de Casteljaloux aus der Gascogne, von der Insel Sein gekommen sein mußten. Am Schluß der Inspektion ließ der General Claude zu sich rufen. Diesmal schien er zuversichtlich und zugleich entmutigt zu sein. Zuversichtlich, weil er nicht daran zweifelte, seinen Einsatz zu gewinnen. Trotz der Bomben und Brände, trotz einer drohenden Landung mußte England durchhalten. Die Vereinigten Staaten mußten eines Tages in den Krieg eintreten. Die Fabriken der freien Welt mußten Flugzeuge und Panzer in größten Mengen herstellen, die Deutschland zehnfach, hundertfach grausamer das zufügen sollten, was Deutschland Frankreich zugefügt hatte. Was den General jedoch bis zur Niedergeschlagenheit und Verbitterung verwunderte, war die äußerst geringe Zahl von Franzosen, die sich ihm anschloß. Er fragte sich, ob Frankreich nicht pétainistisch sei. Und es war nicht falsch, sich diese Frage zu stellen. Denn Frankreich war es tatsächlich. Er fragte Claude aus: wie sein erster Aufruf von denen, die ihn gehört hatten, aufgenommen worden sei. Sollte Claude ihm sagen, daß die meisten mit den Schultern gezuckt hätten, manchmal sogar wütend? Daß die Worte *Ich, General de Gaulle...* kein Gegengewicht waren gegen die Vaterfigur und den nachhallenden Ruhm des Siegers von Verdun? Claude zögerte. Doch der General kannte bereits die Antwort. Abgesehen von einigen Ausnahmen meinte er, nur von Abenteurern und Hitzköpfen umgeben zu sein – er selber sagte: »von Ausschuß«. Die Zahl der Truppen des Freien Frankreich betrug damals nicht viel mehr als vierhundert Mann. »Sie sind da«, sagte er zu Claude und zu fünf oder sechs Offizieren oder Zivilisten, die ihm schweigend folgten. »Sie sind da, ausgezeichnet. Aber wo ist Der und Der und Der?« Er nannte die Namen von Politikern, Generalen und angesehenen Diplomaten. Claude war der Meinung, daß der verdüsterte Riese sich nie von dem schroffen Pfad abbringen lassen würde, den er unwiderruflich in den Dschungel der Geschichte mit ihren ungeheuren Hindernissen geschlagen hatte, daß es ihn jedoch grämte, sich nicht auf die Menschen stützen zu können, die er als seine natürlichen Verbündeten in diesem nationalen Unternehmen ansah. Er blickte um sich.

»Woher kommen diese Männer?« fragte er einen jungen hochgewachsenen Offizier, einen Kavallerieleutnant, der anscheinend sein Adjutant war; seine Kameraden redeten ihn mit Geoffroy an.

»Von der Insel Sein, mon général.«

»Und die dort?«

»Von der Insel Sein, mon général.«

»Und die dort ebenfalls?«

»Jawohl, mon général.«

»Wieviel Einwohner hat die Insel Sein?«

»Mein Gott... mon général... ich weiß nicht genau... Sechshundert? Vielleicht achthundert? Jedenfalls sind hier etwas mehr als hundert, sie kamen in Fischerbooten und Kähnen.«

»Nun«, sagte der General, »bei etwa hundert von vierhundert ist die Insel Sein ein Viertel von Frankreich.«

Das alles erzählte mir Claude, der aus einer anderen Welt, aus einer Welt des Heldentums und der Tollkühnheit, zu kommen schien, in einem Jagdhüterhaus tief im Wald von Plessis-lez-Vaudreuil, im Winter 1940–1941. Mit seinem Bart und seinen gefärbten Haaren, in der Uniform eines Briefträgers oder Eisenbahners, einmal sogar, 1941, in der Soutane eines Geistlichen war er nicht wiederzuerkennen. In weniger als drei Jahren unternahm er sechs- oder achtmal, im Zug durch Spanien, im Schnellboot, im Flugzeug oder als Fallschirmspringer, die gefährliche Reise von England nach Frankreich. Im September 1940 hatte er mit dem General und dem Admiral Cunningham an der unglücklichen Unternehmung gegen das von Boisson verteidigte Dakar teilgenommen. Er hatte mit angesehen, wie die Leichen der ersten von Franzosen getöteten Franzosen an Deck seines Schiffes gebracht wurden. Er schlug sich dann noch im Juni und Juli 1941 in Syrien. Als er Ende des Sommers 1941 sozusagen endgültig nach Frankreich zurückkehrte, wurde er einer der Organisatoren des Widerstands der Bevölkerung. Einige Male, wenn die deutsche Besatzung im Schloß gerade wechselte, trieb er die Kühnheit so weit, für einige Stunden ins Schloß zu kommen. Er erschien nachts, wie ein Dieb, wie einer von den ehrbaren Wegelagerern, deren geheimnisvolle, gnädige und grausame Rolle er gern spielte. Mein Großvater war zutiefst bewegt, er nahm ihn mit Freude auf und breitete die Arme aus. Claude stürzte auf ihn zu, als wäre er noch zehn Jahre alt, und dann begannen sie zu diskutieren.

Der Krieg hatte beträchtliche Veränderungen in Plessis-lez-Vaudreuil mit sich gebracht. Die wechselnden Einquartierungen, der Mangel an Hilfskräften und Mitteln zur Instandhaltung, Plünderungen, heimliches Wegschaffen von Möbeln und kurze Brände hatten die Salons geleert, das Billardzimmer, den Speisesaal, die meisten Schlafräume. Die Ställe waren leer, nur Vengeur stand einsam in einer der Boxen, auch aus den Hundezwingern klang kein Gebell mehr. Die Gewehre, die Sättel, die messingen Jagdhörner, die Automobile, viele Bücher und die Bilder waren verschwunden. Auf den Beeten vor dem Schloß wuchsen keine Blumen mehr, sondern Kartoffeln. Der Mittelpunkt des gemeinschaftlichen Lebens, das chaotisch und unsicher geworden war durch Beförderungsschwierigkeiten und die Ereignisse überhaupt, war nicht mehr der steinerne Tisch unter den verwundert dreinblickenden Linden: es war der Rundfunkempfänger, der einige Jahre zuvor schon den Detektor abgelöst hatte und der sich zwölf oder fünfzehn Jahre später zuerst in den größeren Radioapparat verwandelte, dann in den Transistor und schließlich in den Fernseher. Abwechselnd wurden Radio-Paris und Radio London abgehört, wo der Marschall und der General sprachen, die Wehrmachtsberichte und die der BBC, die häufig Rätsel blieben, da sie wegen der Störungen kaum zu vernehmen waren. Manche Stimmen verschwanden wieder, etwa die des Verräters Ferdonnet, der bald in Vergessenheit geriet. Andere tauchten auf, sie wurden uns vertraut und berühmt: die von Philippe Henriot oder Jean-Hérold Paquis, die eines unbekannten Sprechers des kämpfenden Frankreich, sein unverwechselbarer Tonfall löste die Stimme de Gaulles ab und vermittelte jeden Abend, nachdem die ersten vier Töne der *Fünften Symphonie* erklungen waren, den abendlichen Zuhörern ein wenig Hoffnung und heimliche Begeisterung.

Mit fortschreitender Zeit empfand mein Großvater mehr und mehr Sympathie für General de Gaulle, der sich allerdings, seiner Meinung nach, ein bißchen zu sehr auf Carnot und Gambetta berief, aber auch auf Ludwig XIV., auf Jeanne d'Arc, auf Tourville, auf Richelieu und Suffren. Er sprach vor allem von der Ehre und der Seele Frankreichs – *Die Seele Frankreichs! Sie ist mit denen, die den Kampf mit allen zur Verfügung stehenden Mitteln weiterführen, mit denen, die nicht aufgeben, mit denen, die eines Tages beim Sieg dabeisein werden* –, und schließlich verkörperte er in den Augen meines Großvaters das Schwert des militanten Frankreich. Doch zugleich hielt mein Großvater hartnäckig an der Überzeugung fest, daß Marschall Pétain den Schild eines niedergeworfenen und leidenden Frankreich darstellte. Besonders um diesen Punkt drehten sich die Gespräche mit Claude. Schon bald, von Anfang 41 an, mehr noch 42, war für keinen von uns mehr die Rede davon, de Gaulle zu verdammen oder ihn abzulehnen. Vor allem ging es darum zu klären, ob eine gleichzeitige Bewunderung von Pétain und de Gaulle noch möglich und vertretbar sei; Claude war der festen Meinung: nein, und mein Großvater meinte: ja. Was mein Großvater weder anerkennen noch begreifen konnte, war der Anspruch des Generals, den Marschall schlechtzumachen. Für ihn blieb der Ursprung der Machtbefugnis de Gaulles, dessen Mut und Energie, dessen Pflichtgefühl und Idealismus, dessen Sehergabe und Führereigenschaft er bewunderte, befleckt mit Rebellion und Illegalität. Es kam von da an zu merkwürdigen Widersprüchen. Mein Großvater, der sein Leben lang die Demokratie und die Republik angeprangert hatte, beharrt darauf, daß in den Abstimmungen vom 9. und 10. Juli 1940 im Casino in Vichy nichts anderes zu sehen sei als der entschiedene Beweis für die Legalität des Marschalls. Und Claude, der 1936 das Zustandekommen der sogenannten Volksfront-Kammer freudig begrüßt hatte, beschimpft die Parlamentarier dieser selben Kammer und des Senats, die mit der winzigen Ausnahme von achtzig Gegenstimmen von sechshundertneunundvierzig Marschall Pétain die Regierungsvollmacht übertragen haben. Was mein Großvater ersehnt, ist allem voran die Versöhnung des Schwertes mit dem Schild. Er erwartet von Weygand, von Pétain selbst, von dem er noch immer ungeduldig hofft, er werde nach Nordafrika gehen, von Darlan, später von Giraud oder Herriot die Geste, die die gespaltenen Franzosen wiedervereinigt. Claude will davon nichts hören. Für ihn ist Pétain, vielleicht unbewußt, das ideale Instrument in den Händen der Deutschen. Ein deutscher Prokonsul, ein Protektor, ein Gauleiter wären nicht imstande gewesen, die Franzosen so weit in die Unterwerfung und die Zusammenarbeit zu treiben wie ein altersschwacher Marschall. Ich sehe Claude noch, als er einige Nächte in Plessis-lez-Vaudreuil verbrachte – es waren gerade keine Deutschen im Haus –, mit Bleistift und Papier vor dem Rundfunkempfänger sitzen und eifrig die Namen der Männer aufschreiben, deren Schändlichkeit seiner Meinung nach das Maß überschritt. »Laval: erschießen, Darlan: erschießen, Pucheu: erschießen, Philippe Henriot: erschießen, Brasillach – er zögerte einen Augenblick –: erschießen, Henri Béraud: erschießen, Doriot: erschießen, Déat: erschießen... Und Pétain: erschießen.«

Mein Großvater fuhr auf. Pétain erschießen! Ganz recht, sagte Claude. Pétain hatte am meisten schuld, er war die Maske des Ideals, der Tartüff des Verrats, der Masochist der Niederlage, der mit seiner freundlichen Miene und seiner frevelhaften Autorität alle Verbrechen und alle Niedrigkeiten deckte. »Dann ist mir Laval noch lieber«, erklärte Claude, »er richtet weniger Schaden an.« Mein Großvater verteidigte den Marschall, er versuchte, ihn gegen Pierre Laval herauszustreichen, er malte ein schauerliches Bild von Frankreich ohne Pétain. Claude ließ die Auffassung, das Regime des Marschalls sei doch einem direkten Zugriff des hitlerischen Besatzers vorzuziehen, nicht gelten, als Beispiel zog er Belgien und Holland heran und wünschte schließlich den Franzosen größeres und blutigeres Unglück, wodurch sie schneller auf die Seite de Gaulles und des Widerstands geraten würden, gegen einen Eindringling, der sich als Partner tarnte, als ein etwas grober Freund, manchmal fast als Verbündeter, und das aufgrund der heuchlerischen Zweideutigkeit und der Winkelzüge Vichys.

Es war nicht schwer zu erkennen, was meinen Großvater auf die Seite Pétains zog: das Alter natürlich, aber auch der Zusammenbruch der Demokratie, die Rückkehr einer Monarchie, die niemand mehr erwartete. Einen Mann gab es, der ein bißchen im Schatten, zumindest im Hintergrund stand und in gewissem Sinn im paradoxen Zentrum der neuen, durch den gleichzeitigen Zusammenbruch der Republik und des Vaterlands geschaffenen Situation: Charles Maurras. Die beiden feindlichen Führer, Marschall Pétain und General de Gaulle, hatten, jeder für sich, eine besondere Beziehung zur Denkweise von Maurras. Claude hatte Philippe erzählt, daß die Engländer, als General de Gaulle im Juni 1940 nach London kam, es selbstverständlich unternommen hatten, sich über diesen französischen Offizier zu informieren, der vom Himmel auf ihre Insel gefallen war, umgeben von Unbekannten, im Stich gelassen von denjenigen seiner Landsleute, deren Namen ihnen etwas sagten: sie hatten in ihren Archiven nur einen dithyrambischen – aber schon ziemlich alten – Artikel von Maurras in der *Action française* gefunden.

Die Umkehrung der Werte und der Verhältnisse verlieh der Katastrophe einen sonderbaren, widersinnigen Aspekt: der Nationalismus nahm die Collaboration in Kauf, weil sie den Preis darstellte, der für den Zusammenbruch der Republik zu zahlen war. Und die Liberalen, die Pazifisten, die Sozialisten, alle, die von Vichy unter der etwas übertriebenen Kollektivbezeichnung »jüdisch-kommunistisch« zusammengefaßt wurden, schickten sich an, sich an der Seite eines traditionalistischen und schrecklich eigensinnigen Generals für das Vaterland zu schlagen, weil der Kampf gegen den Faschismus mit militärischer Stärke und mit Hingabe an die nationale Sache geführt werden mußte. Philippe hatte natürlich in Vichy und in der Doktrin des Marschalls viele Gedanken wiedergefunden, die ihm teuer waren. Und der Sieg der Deutschen hatte ihn nicht erstaunt: seit sechs oder sieben Jahren hatte er – denn die Eroberung Europas durch den Faschismus war um den Preis von ungefähr zwei Säuberungsaktionen, zwei Krisen und zwei Angriffen jährlich im Sturmschritt erfolgt – nur Siege des Hakenkreuzes erlebt. Er sagte sich, wie die *Action française* und wie ein gut Teil der Militanten der äußersten Rechten, daß aus dem Übermaß an Unglück vielleicht ein Gutes hervorgehen würde. Der État Français, der Kult der Hierarchie, die Abschaffung des Parlaments, die Legion, die Jugendlager, die Nationale Hilfe, die Ablösung der Gewerkschaften durch die Korporationen entsprachen Hoffnungen, die er fast aufgegeben hatte und die sich plötzlich in der Nationalen Revolution zu verwirklichen schienen. Doch war er, der Faschist gewesen war und Mussolini und Hitler bewunderte, in erster Linie Nationalist. Ich habe bereits ausgeführt, daß der Nationalismus keineswegs, und schon von jeher nicht, mit der Tradition der Familie in Einklang stand. Philippe jedenfalls war Nationalist. Der Faschismus war für ihn nur ein Instrument der nationalen Größe. In dem Augenblick, da viele Demokraten und Republikaner, sogar Sozialisten oder Kommunisten sich, zumindest zeitweilig, dem Nationalsozialismus annäherten, entfernte Philippe sich von ihm. Warum? Weil Deutschland der Feind war. Philippe hatte sich, wie man so sagt, tapfer geschlagen. Während Claude und ich vom Sturm von einem Ende Frankreichs an das andere geworfen wurden, gehörte Philippe wie Robert V. zu den wenigen, die durchhielten, einen geordneten Rückzug antraten und manchmal auch dem Gegner einen Schlag versetzen konnten. Die Politik der Zusammenarbeit, Montoire, der Händedruck mit dem Eindringling, waren ihm unerträglich. Er nahm alles das mit Bedenken hin, er sagte sich, daß Pétain und Weygand wohl wußten, was sie wollten, und er setzte sich ein für das neue Regime mit ständig wachsenden Zweifeln hinsichtlich der Integrität des Staates und der Verwirklichung der nationalen Wiedergeburt. Die Besetzung der freien Zone und die Versenkung der Flotte in Toulon unter dem Befehl des Admirals de Laborde, der ein entfernter Vetter war, treiben ihn nach Spanien, dann nach Nordafrika, wo er mitten in die furchtbaren Intrigen um Admiral Darlan gerät, der sich, durch Auphan des »geheimen Einverständnisses des Marschalls« versichert, selbst zum Hochkommissar proklamiert, zum Treuhänder der französischen Souveränität in Afrika »im Namen des verhinderten Marschalls Pétain«. Dann, nach dem Tod Darlans und in Abwesenheit des von den Deutschen festgenommenen Weygand, wirkte alles darauf hin, Philippe an Giraud heranzurücken. Doch plötzlich, blitzartig, aus politischen wie gefühlsmäßigen Gründen, unterstellte er sich de Gaulle. Dem ehemaligen Faschisten, dem Anhänger Pétains, dem Bewunderer Weygands steht auf einmal eine Tatsache klar vor Augen: die französische Nation, das ist de Gaulle. Er weicht von dieser Entscheidung nicht mehr ab. So finden sich Philippe und Claude, im Abstand von dreißig Monaten und aus völlig entgegengesetzten Richtungen kommend, in den ersten Tagen des Jahres 1943 beide hinter dem General wieder, der für sie aus verschiedenen Perspektiven das Vaterland und die Freiheit verkörpert.

Ich werde vielleicht eines Tages erzählen, was ich, dank Philippe, über den von Bonnier de la Chapelle an Darlan begangenen Mord weiß. Philippe kannte Bonnier de la Chapelle seit mehreren Jahren, und er war ziemlich nahe in die Vorgänge um das Ende des Flottenadmirals, des letzten Nachfahren der Admirale von Frankreich, verwickelt. Aber muß es noch einmal gesagt werden? Ich befasse mich in diesem Buch mit der Geschichte des Krieges und des kurzlebigen État Français nicht mehr als mit der Geschichte der Republik und der neuen Sitten. Mein einziges Anliegen ist, den Bericht über das Werden und Sein einer Familie und vielleicht – leider, leider! – ihres Endes zu geben. Daß sie nach Jahren der Zurückgezogenheit auf sich selbst eng in die großen Umwälzungen des Zweiten Weltkriegs verwickelt worden ist, steht außer Zweifel. Doch ich will mich allein auf die entscheidenden Punkte beschränken, an denen die Geschichte und die Familie zusammentreffen.

Ein weiterer dieser Schnittpunkte während der düsteren Jahre wurde uns durch Michel Desbois beschert. Seit unseren Studienjahren im Schatten von Jean-Christophe Comte und seit seiner Heirat mit meiner Schwester Anne war Michel zwei augenscheinlich etwas voneinander abweichenden Wegen gefolgt: obwohl er in den alten Familienunternehmen und in ihrer Leitung eine ständig wachsende Stellung einnahm, hatte er sich mehr und mehr den Sozialisten angenähert. Schon immer hatte er, wie ich mich erinnere, sich für wirtschaftliche und soziale Fragen interessiert, und schon zu Jean-Christophes Zeiten hatte ihn das Studium des französischen Sozialismus sehr gefesselt. Ohne direkt politisch tätig zu sein, hatte er sich im Lauf der Zeit immer stärker angezogen gefühlt von einem von Proudhon oder Jules Guesde inspirierten Sozialismus, der Sorel und Péguy näher kam als Marx oder Lenin und von einem relativ fortschrittlichen Christentum durchdrungen war. Michel Desbois' Situation am Ende der dreißiger Jahre war beinahe einzigartig: er war stark liiert mit bestimmten katholischen und gewerkschaftlichen Bewegungen, stand dem stalinistischen

Kommunismus ausgesprochen feindlich gegenüber und spielte gleichzeitig eine bedeutende Rolle in der Finanz- und Geschäftswelt. Gegen Ende seines Lebens bediente sich Onkel Paul seiner oft, um sich nach links abzusichern, so wie er sich seines Vaters und des Gedenkens an seinen Großvater bediente, um sich nach rechts abzusichern. Mehrmals war das Gerücht aufgekommen, Michel wolle aktiv ins politische Leben treten. Abgeordnetensitze waren ihm angeboten worden, mit der Versicherung, sehr bald ein Ministerportefeuille in der schon im Abstieg begriffenen und ernstlich bedrohten Dritten Republik zu erhalten. Er hatte solche Angebote stets abgelehnt, er widmete sich lieber seinen Geschäften, die ihn völlig ausfüllten und in denen er glänzende Erfolge erzielte. Doch nach der Entlassung Lavals hatte Marschall Pétain ihn zu sich gerufen, und so hatte er, sei es als Kabinettsdirektor verschiedener Minister, sei es als unmittelbarer Ratgeber des Staatschefs, in der Vichy-Regierung eine zurückhaltende, aber wichtige Rolle gespielt.

Ich will hier nicht in alle Einzelheiten der Diskussion eintreten, derentwegen schon viel Tinte geflossen ist und sich viele Geister erhitzt haben. Abende- und nächtelang haben wir, Claude, Philippe und ich und manchmal auch mein Großvater, den Fall Michel Desbois von allen Seiten beleuchtet und besprochen. Michel hatte nie einen Juden oder einen Widerstandskämpfer denunziert, er hatte sogar mehrmals eine Anzahl von Maquisards, die als Terroristen bezeichnet wurden, aus den Händen der Gestapo gerettet, aber, um es kurz und vielleicht etwas zu grob zu sagen, er glaubte wie Laval, den er nicht mochte, an den Sieg Deutschlands. Michel Desbois war bei weitem, vielleicht zusammen mit Claude, der Intelligenteste von uns. Er war bestimmt, so wie Brasillach, von dem ich bereits gesprochen habe und mit dem er nichts gemein hatte, derjenige von uns, der sich am meisten geirrt hat. Am wenigsten intelligent von uns allen war, ich sage es ohne falsche Bescheidenheit, zweifellos Philippe. Ein undeutlicher Instinkt, sein plötzlich aufflammender Nationalismus, ein gewisser Sinn für Tradition und vor allem die irrationale Bekehrung zu de Gaulle retteten ihn vor der Katastrophe. Michel Desbois mit seinen außergewöhnlichen Fähigkeiten wurde rettungslos in sie hineingetrieben. Ich erinnere mich, wie erstaunt er war, als er sah, daß der Konflikt zwischen Hitler und Stalin uns, Philippe und mich, nicht dazu bewog, uns auf die Seite der Deutschen zu stellen. »Claude kann ich noch verstehen«, sagte er. »Wahrscheinlich hat ihn der deutsch-russische Krieg in seinen verrückten Überzeugungen noch bestärkt. Aber ihr! Aber ihr!« Weit mehr als die Ideen, deren Verbindungen und Gebäude zu häufig ein labiles Gleichgewicht schaffen und die sich im Handumdrehen verändern, entscheiden die Gegebenheiten und die Temperamente – etwas Oberflächliches und Tiefgründiges zugleich – über das Schicksal der Menschen. Michels Schicksal war besiegelt. Es trieb ihn nacheinander in die wirtschaftliche Collaboration, in eine blinde Fügsamkeit den Direktiven des Marschalls gegenüber und vielleicht – vielleicht – in eine Schuld, die nicht, wie zu Unrecht behauptet worden ist, darin bestand, daß er Kommunisten an die Besatzungsbehörden auslieferte, sondern darin, daß er bei diesen zugunsten des einen oder anderen Verdächtigen, der einen oder anderen Geisel intervenierte, was automatisch dazu führte, daß die deutsche Repression auf andere gerichtet wurde, das heißt, meistens auf Kommunisten.

Man wird sich denken können, wie Claude auf Michels Haltung reagierte. Hier muß eine überraschende Episode aus der Familienchronik berichtet werden. Sie handelt von Claude, Anne-Marie und Michel Desbois. Anne-Marie war während des Krieges aus dem Jungmädchenalter herausgewachsen, in dem sie zur Zeit ihrer Spaziergänge oder Ritte im Wald mit Robert V. oder dem Major von Wittlenstein noch befangen war. Sie trug Schuhe mit Holzsohlen, fuhr auf dem Rad, hatte eine Umhängetasche aus Kunstleder über der Schulter, und sie hatte gehalten, was von ihr erwartet worden war: sie hatte Robert V. vergessen, und sie war eine junge Dame von auffallender Schönheit geworden – und wirklich eine junge Frau. Ich glaube – ich fürchte es für meinen Großvater, der nichts davon ahnte –, Anne-Marie hatte Liebhaber. Wenn der Krieg in jener Zeit, von der wir sprechen, nicht die gesamte Landschaft besetzt hätte, würde ich dieser in der Geschichte der Familie beispiellosen Begebenheit mehr als eine Seite widmen müssen. Die jungen Mädchen hatten, bei uns, keine Liebhaber. Die Frauen hatten vielleicht welche. Aber die jungen Mädchen hatten keine. Man kann sich unschwer Zivilisationen vorstellen, wo die Frau treu ist und wo das junge Mädchen frei ist. Bei uns war es eher umgekehrt: das junge Mädchen war nicht frei, aber die junge Frau war es. Häufig verheirateten sich die jungen Mädchen nur, um frei zu werden. Nutzten die Frauen, bei uns, ihre Freiheit aus? Ich muß gestehen, daß ich darüber nicht viel weiß. Ich habe schon gesagt, daß meine Urgroßmutter dem Herzog von Aumale zugetan gewesen sein soll. Die anderen Frauen der Familie pflogen vielleicht der Liebe, doch wir hatten keine Ahnung davon. Wenn sie ihre Ehemänner betrogen, so geschah es jedenfalls in tiefster Verborgenheit. Für die jungen Mädchen gab es keine Verborgenheit: die jungen Mädchen waren Jungfrauen bis zum Altar und bis zur Hochzeitsnacht. Kam aber der Altar nicht, auch der Ehemann und die Hochzeitsnacht nicht, nun, dann blieben sie Jungfrauen bis ins hohe Alter und bis zum Tod. Sind die Dinge einst anders gewesen? Waren im 16. Jahrhundert zum Beispiel oder im 18. die Sitten freier für die Mädchen der Familie? Auch darüber weiß ich nichts. Aber ich würde meine Hand dafür ins Feuer legen, daß unsere Mädchen seit der Revolution und seit der Restauration keine Liebhaber hatten. Sie lasen staunend und begeistert die unwahrscheinlichen Romane, in denen eine Mathilde de la Mole oder eine Charlotte de Jussat (weiß man noch, wer Charlotte de Jussat ist?) auf ihre Liebhaber warteten. Sie konnten nicht auf sie warten, weil sie keine hatten. Anne-Marie hatte welche. Sie hatte sie nicht auf Bällen kennengelernt, nicht bei Reitturnieren und nicht bei Wochenendeinladungen auf dem Lande. Sie waren in Fliegeralarmnächten und beim abendlichen Abhören von Radio London aufgetaucht. Anne-Maries Rendezvous waren auf alle möglichen Arten und Weisen klandestin: klandestin in politischer Hinsicht und klandestin in der Liebe. Onkel Paul hatte seine Jugend noch in den Romanen von Octave Feuillet verbracht. Anne-Marie sprang schon kopfüber in die Romane von Roger Vailland. In Dienstmädchenzimmern schlief sie mit Jungen, deren Namen sie nicht einmal kannte, denn sie benutzten Decknamen, und sie hatte sich verführen lassen, sie war beeindruckt von Generalstabskarten und vagen Zitaten von Clausewitz und Hegel. Sieht man, wie sich das Klima einer Epoche allmählich verändert? Äußerlich zunächst, das Vorhandensein der Deutschen in den Straßen unserer Städte und im großen

Hof von Plessis-lez-Vaudreuil. Ein wenig tiefer liegend, dieser Strom von Hoffnung und Haß, von Überzeugungen und Ideen, die sich langsam ihren Weg bahnten auf den Märkten auf dem Lande, in den Cafés der großen Städte, durch die Geschehnisse selbst, vermittels der Zeitungen und durch Gerüchte. Und noch tiefer, versteckt, verborgen im Innersten der Herzen, die Sensibilität einer Zeit, ihre heimliche Metaphysik, die allmählich umschlägt, ohne daß von den unterirdischen Umwälzungen etwas herausdringt; sie treten plötzlich, zur allgemeinen Überraschung, ans Tageslicht und offenbaren sich in veränderten Sitten und im täglichen Leben.

Anne-Marie hatte sich, zusammen mit Claude, dem Kampf gegen die Deutschen verschrieben. Aber sie kam weiterhin, ganz selbstverständlich, mit Michel Desbois zusammen. Michel wurde als ziemlich bedeutende Persönlichkeit des neuen Regimes durch ziemlich strenge Sicherheitsvorkehrungen geschützt. Claude kam auf den Gedanken, sich Michels mit Hilfe von Anne-Marie und ihrem derzeitigen Liebhaber zu bemächtigen. Der Leser, der sich möglicherweise für die verborgenen Aspekte der Geschichte des Widerstands und des Kampfs gegen Vichy interessiert, findet in mehreren einschlägigen Werken oder in Erinnerungsbüchern jener Zeit unschwer Einzelheiten, auf die ich, ich sage es offen, nicht eingehen möchte, weil ich meine, sie haben bei dem beschränkten Umfang dieser Chronik hier keinen Platz. Ich will nur sagen, daß die Unternehmung nicht gelang. Sie hatte etwas von einer Posse, von einem Ulk unter Verwandten, doch auch von einer Strafaktion und einem Kriminalfilm. Sie hatte dazu komödienhafte Züge à la Labiche und etwas von einem Abenteuerroman. Einige Monate danach ließen sich Claude, Anne-Marie und ein anderer Liebhaber, der auf den ersten gefolgt war (nein, es war nicht einmal wirklich der erste), von ihrer komischen Entführung und ihrem gescheiterten Experiment dazu verleiten, einen wirksameren Handstreich zu planen, der mehr Erfolg haben sollte: kurz vor der Befreiung wirkten alle drei bei der Hinrichtung Philippe Henriots mit, der mit seiner schrecklichen Rednergabe und seinen Sendungen über Radio-Paris großen Schaden anrichtete.

Vielleicht wäre es besser gewesen, die von Claude und Anne-Marie gegen Michel Desbois gerichtete Unternehmung hätte

Erfolg gehabt. Sie hätte zumindest verhindert, daß er während des Frühjahrs 1944 noch viele Irrtümer beging. Von Ende 1942 und vor allem von Anfang 1943 an, nach der Landung der Alliierten in Nordafrika, dem siegreichen Widerstand der Russen in Stalingrad, den Erfolgen Montgomerys in der Cyrenaika und in Tripolis, hatte Michel Desbois begriffen, daß der Mann in London gegen alle Wahrscheinlichkeit recht gehabt hatte und daß etwas Erstaunliches vor sich ging: die größte Kriegsmaschine aller Zeiten sollte den Krieg verlieren. Mit einemmal sah er klar. Aber es war schon zu spät.

Einige Wochen, vielleicht nur einige Tage lang dachte Michel daran, sein Schicksal mit dem von Pucheu zu verbinden und nach Nordafrika zu gehen. Die Hinrichtung Pucheus unter den bekannten Umständen stieß ihn auf den Weg zurück, den er bislang gegangen war. Aber er wußte nun, daß er ins Nichts führte. Schlimmer: in die Katastrophe. Da er alles, was er gesagt, alles, was er getan hatte, alles, was er gewesen war, nicht verleugnen wollte – oder nicht konnte –, verrannte er sich aus freien Stücken immer mehr in das verhängnisvolle Bild, das er seinen Gegnern von sich bot. Er bekam jetzt ununterbrochen Briefe beleidigenden oder drohenden Inhalts mit der Post zugeschickt, auch jene kleinen Särge, die eine Warnung sein sollten. Er wollte nicht den Anschein erwecken, er habe Angst. Obwohl Anne ihn beschwor, davon abzulassen, band er sich immer mehr an die Deutschen, über deren Niederlage er sich im klaren war. Er verdoppelte seine verzweifelten, verrückten Erklärungen und Bekenntnisse noch. Doch trotz seiner Irrtümer und Fehler war Michel Desbois ein anständiger Mensch. Ich weiß, welche abträgliche Bedeutung dem Ausdruck »anständige Leute« schon seit langem beigemessen wird. Und genau der verschiedenen Bedeutungen wegen, die das Wort hat, paßte es auf ihn. Michel war ein »grand bourgeois« geworden, einer bestimmten Ordnung verhaftet, durch den Antibolschewismus verblendet, und er versank willentlich in sämtlichen Todeskrämpfen der Collaboration. Ich sage es noch einmal, er hatte den Deutschen weder Juden noch Widerstandskämpfer, noch Kommunisten ausgeliefert, hatte allerdings, das stimmt, junge Leute ermuntert, in die Jugendlager des Marschalls zu gehen oder sich für die Freiwilligenlegion zu verpflichten, die an der

Ostfront auf deutscher Seite kämpfte. Er hatte an Hitlers Sieg geglaubt, obwohl dessen Anschauungen ihm völlig fremd waren, und er hatte gemeint, es läge im Interesse Frankreichs, sich – »loyal«, wie er sagte, oder auch »ehrenhaft« – ins Lager der Sieger zu begeben. Um 1943, sogar noch 1944, selbst noch nach der Pucheu-Affäre wäre es für ihn nicht unmöglich gewesen, sich denen anzuschließen, die, was jetzt völlig klar war, letztlich den Sieg davontragen würden. Aber über seinen persönlichen Vorteil und Nutzen hinaus war etwas in ihm, das sich gegen diese Umkehr sträubte. Es war nicht so sehr das Festhalten an seinen Überzeugungen, denn seine Überzeugungen standen eher auf intellektuellen als auf gefühlsmäßigen Grundlagen. Und nichts wandelt sich schneller als der Sinn und die Ideen – sehr viel schneller jedenfalls als die Regungen des Herzens. Nein. Es handelte sich in Wirklichkeit um ein Bedürfnis, sich selber zu strafen für seine Blindheit, indem er bis ans Ende seines zertrümmerten Denkgebäudes ging. Wie sollte er es ertragen, daß die bestraft würden, die er irregeleitet, die er in die Schande und in den Tod getrieben hatte, in einen Tod in Schande? Er hätte sich noch retten können – indem er die im Stich ließ, die ihm gehorcht hatten, die Vertrauen in ihn gesetzt hatten und die ihm gefolgt waren. Allein bei dem Gedanken daran empörte sich alles in ihm. Meine Schwester war sehr bald ins andere Lager hinübergewechselt. Aber ihre Liebe zu Michel und ihre Treue brachten sie ins Lager von Laval, Déat und Doriot, in das von Brasillach und Drieu la Rochelle zurück. Woche um Woche und fast Tag um Tag habe ich das Drama der an Michel gefesselten Anne erlebt. Und als der Augenblick kam, da Michel erkannte, daß die Ansichten meiner Schwester über die seinen obsiegten, was konnte sie da anderes tun, als ihn zu bestärken – um ein letztes bißchen Ehre zu retten –, sich in seinem Wahnwitz zu versteifen? Ich glaube, ich habe bereits gesagt, wie groß das Vertrauen und die Liebe waren, die Anne und Michel verbanden. Als der Marschall und Pierre Laval obenauf waren, entfernte sich Anne etwas von Michel. Aber sobald sichtbar wurde, daß die Sache, für die er sich eingesetzt hatte, endgültig verloren war, stellte sie sich wieder an seine Seite und ermutigte ihn, bei den Ideen zu bleiben, die sie nie geteilt hatte und deren Erfolglosigkeit er nun selber, doch zu spät, einsah. Claude zeigte nicht das geringste Mitleid für Michels Schicksal. »Er muß bezahlen«, sagte er. Und er stieß mich in die Seite und lachte mich aus wegen meiner Ängste. Dann hörte er auf zu lachen und fragte mich mit gespieltem Ernst, ob ich mich tatsächlich auf die Seite des Verrats begäbe. Nein, ich gab Michel nicht recht gegen Claude. Aber Erbarmen packte mich angesichts dieses unnützen Muts, angesichts so viel fruchtlos vertaner und vergeudeter Intelligenz.

Die Fortsetzung... Ich denke, einige Leser werden sich noch daran erinnern. Der Prozeß gegen Michel Desbois wurde mit allem Nachdruck betrieben. Michel und Anne war es bei der Befreiung gelungen, in die Schweiz und dann nach Spanien zu entkommen. Nach einigen Monaten hielten sie es dort nicht mehr aus und kamen aus freien Stücken nach Frankreich zurück. Michel wurde sofort festgenommen. Ich konnte Claude trotz allem dazu bewegen, nicht gegen den Ehemann meiner Schwester auszusagen. Für meinen Großvater, für Pierre, für mich, der ich gerade aus Polen und Deutschland zurück war, vor allem aber für Anne war das Schauspiel, Michel zwischen seinen Wächtern, von der Menge beschimpft, vor dem Staatsgerichtshof, der von dem Riesen Mongibeaux mit seinem Fehkragen und seinem weißen Spitzbart präsidiert wurde, stehen zu sehen, eine gräßliche Qual. Alles spielte sich in einem zugleich tragischen und unwirklichen Licht ab. Ich dachte an Plessis-lez-Vaudreuil, an unsere verbotenen Spiele auf den mit riesiggroßen staubbedeckten Koffern vollgestellten Speichern, an unsere erste Unterrichtsstunde mit Jean-Christophe Comte und an Michels Blick: ich sehe ihn noch, wie er voller Staunen und Aufmerksamkeit, mit zurückgelehntem Kopf gespannt den Worten lauschte, deren Sinn uns, weil wir noch zu jung waren, nicht aufging:

Erinnerung, Erinnerung, was willst du von mir? Der Herbst...

Michel erblickte mich plötzlich inmitten der verschlossenen Gesichter der Zuhörer, hinter den Gendarmen und den Advokaten. Er lächelte mir zu, es wirkte wie eine Grimasse. Und die Verse, die ich noch im Ohr hatte, die Jean-Christophe mit seiner warmen Stimme vortrug, in dem Tonfall, wie er im Südwesten gesprochen wird, voller Licht und Felsgestein, bekamen endlich für mich ihren vollen schmerzlichen Sinn.

Monsieur Desbois, Michels Vater, war glücklicherweise während des Krieges gestorben, nur wenige Wochen nach meiner Mutter, die durch ihre fast atheistische Mystik zwei oder drei Jahre lang am Rand des Wahnsinns gelebt hatte. Er war nicht da, er konnte nicht hören, wie ein Mann, dessen Gesicht ganz von einem Bart bedeckt war, auf dessen gebogener Nase eine Brille saß, der bis zu den Ohren in seinen Schulterumhang aus Hermelin, auf dem das rote Band des Komturs der Ehrenlegion prangte, eingehüllt war, den Kopf seines Sohnes forderte: Staatsanwalt Mornet. Der Staatsanwalt trug mit lauter Stimme vor, daß Michel Desbois sich während des Krieges übel verhalten und mit den Feinden Frankreichs paktiert habe. Michel hatte zwei Rechtsanwälte, die taten, was sie konnten. Die Anklage stützte sich auf mehrere Erklärungen, auf einige Briefe an Deutsche, vor allem auf zwei oder drei Schallplatten, die im Gerichtssaal die helle, fürchterlich helle, etwas müde, wie verbraucht wirkende Stimme Michel Desbois' wiedergaben. Diese Stimme sagte erschreckende Dinge. Ich sah, wie die beiden Rechtsanwälte schweigend einen Blick wechselten. Als die Platten abgespielt waren, trat tiefe Stille ein. Michel Desbois' Prozeß war zu Ende. Staatsanwalt Mornet brauchte nur die Folgerungen aus dem zu ziehen, was wir alle gehört hatten. Zwei oder drei Einwände, die Plädoyers der Anwälte, einige Rufe, das Herausgehen der Geschworenen, ihr Wiedereintreten – all das geht in meinem Gedächtnis ein bißchen durcheinander. Ich sehe Michel wieder vor mir, seine Anwälte, seine Wächter, den Staatsanwalt, den Gerichtsvorsitzenden, Anne, dem Zusammenbruch nahe: Michel Desbois wurde zum Tode verurteilt.

Es hat etwas Seltsames auf sich mit einer Familie! Eine Person tritt aus dem Schatten, in dem wir sie gelassen hatten, heraus, es ist der älteste der Vettern, es ist Pierre. Erinnert man sich noch an die Verbindungen, die Pierre zur politischen Welt hatte, aus der ihn seine Heirat mit Ursula gerissen hatte? Er verspürte noch immer eine gewisse Sehnsucht danach, er hatte das Gefühl, eine diplomatische Laufbahn verpaßt zu haben und in der Schwebe zu leben. Nach Ursulas Tod schien er Philippe und Claude auf ihren abenteuerlichen Wegen nicht gefolgt zu sein. Viele von denen, die ihm begegneten, ziemlich förmlich und schon ein wenig altmodisch gekleidet, niemals in Eile, wie ein Kunstfreund aussehend oder wie ein vornehmer Müßiggänger, in den Straßen von Vichy oder Lyon, später in einem wie durch ein düsteres Wunder von jedem Autoverkehr entblößten Paris, hielten ihn für einen jener vom Debakel betroffenen Aristokraten, einen jener »grands bourgeois«, die von den Ereignissen überrollt worden waren, von der Geschichte verworfen und an den Ufern der Zeit zurückgelassen wie versteinerte Zeugen einer legendären und verhöhnten Epoche. Und vielleicht entsprach er teilweise dieser etwas oberflächlichen Beschreibung, hinter der die Erinnerung an den Ehemann Ursulas und den Liebhaber Mirettes nach und nach in den Schatten trat. Doch hatte Pierre zu eben dieser Zeit in aller Ruhe und Gelassenheit, mit dem äußeren Anschein einer gespielten Gleichgültigkeit, in einer ganz bestimmten Form des Widerstands dem Besatzer gegenüber die politische Aktivität und das Interesse an öffentlichen Angelegenheiten wiedergefunden, die er einst der entschwundenen Liebe zu Ursula geopfert hatte. Fast zwei Jahre lang hatte er, ohne je auf eine vielleicht etwas bewegte, doch letztlich trotz ernstester Risiken kaum erschütterte Existenz zu verzichten, am Zustandekommen der Untergrundpresse mitgewirkt und vor allem an einer wichtigen Zeitung mitgearbeitet, der *Défense de la France*. Claude war 1943 von den Deutschen festgenommen worden und acht Monate später geflohen. Ich selber wurde im Januar 1944 deportiert, und Jean-Christophe starb im April in Auschwitz in meinen Armen. Philippe landete unter dem Befehl von General Juin Ende 1943 in Italien. Und Pierre überstand den Sturm ungezwungen und elegant, entging den Verfolgungen und vielleicht Verdächtigungen und befand sich bei der Befreiung in einer jener angesehenen und einflußreichen Stellungen, die, zwischen dem Beginn der Pressefreiheit und dem Aufkommen des Fernsehens, auf der Teilhaberschaft an der einen oder anderen der fünf oder sechs wichtigsten Zeitungen beruhten, die wiederum den wesentlichen Kern der wichtigen vierten Macht bildeten, maßgebender vielleicht als die drei ersten.

Man kann sich, glaube ich, schwerlich vorstellen, daß Pierre von den Barrikaden am Boulevard Saint-Michel oder der Polizeipräfektur herunter geschossen hat. Ich kann es mir nicht vorstellen. Aber er machte, wenn nicht etwas Besseres, so doch etwas anderes. Nach seiner Flucht aus Deutschland war Claude einer der Führer des Pariser Widerstands, er hielt die Verbindung zwischen der Polizei und seinen kommunistischen Freunden und spielte eine recht beachtliche Rolle während des ganzen Sommers 1944, bevor er in die Brigade Elsaß-Lothringen eintrat, die unter dem Befehl von Oberst Berger stand, der unter seinem anderen Namen bekannter ist: André Malraux. Philippe, von Leclerc zu sich gerufen, auch er ein bißchen verwandt mit uns wie der Admiral de Laborde, wie eine ganze Reihe von Collaborateuren und wie mehrere Widerstandskämpfer, kam als einer der ersten in das jubelnde Paris zurück, von der Normandie her, über die Sèvres-Brücke oder durch die Porte d'Italie, ich weiß es nicht genau, oder vielleicht eher über die Avenue d'Orléans, auf seinem mit Blumen überschütteten Panzer, unter den begeisterten Rufen der Menge und den Umarmungen und Küssen der Mädchen. Pierre gab, zwischen zwei Bridge-Partien in einem äußerst eleganten Cercle, in dem – es ist das wenigste, was man sagen kann – der Gaullismus nicht gerade im Geruch der Heiligkeit stand, weiterhin regelmäßig der Zeitung zündende Artikel, unter verschiedenen Pseudonymen: er zeichnete Villeneuve oder Saint-Paulin. Und er flanierte mit zerstreuter Miene, in lässigem Gang durch Paris, das nie schöner gewesen ist als in jenen glühendheißen Tagen des Sommers 44.

Ich stand damals leider ebensowenig neben meinem Vetter Pierre wie neben Claude in seinen Untergrundbehausungen, in seinen mit Sprengstoff und Maschinenpistolen vollgestopften Vorstadthäusern, in seinen Bürgerwohnungen, in denen er zwei oder drei bereits des Verrats überführte Kameraden mit eigener Hand niedergestreckt hatte, ebensowenig auch neben Philippe und seinen siegreichen Panzern, die nun, nach vier Jahren, die von de Gaulle im Londoner Rundfunk gemachten Versprechungen einlösten. Aber Pierre hat mir die Befreiung von Paris so oft geschildert, daß ich manchmal wirklich glaube, ich sei selber dabeigewesen. Er sah, wie in den Straßen der Hauptstadt, in denen noch die Hinweisschilder mit den andeutungsweise gotischen Schriftzeichen der Besatzungsarmee herumstanden, das Fieber der großen Erschütterungen allmählich anstieg. Zwei oder drei Monate waren erst – in rasendem Tempo – vergangen, seit Marschall Pétain zum letztenmal in Paris gewesen war; er war anläßlich der Beisetzung Philippe Henriots gekommen, der von einem Kommando exekutiert wurde, dem, wie erinnerlich, mein Vetter Claude und Anne-Marie angehörten. Der greise Soldat hatte noch gewaltige und begeisterte Menschenmengen auf die Beine gebracht. Meinungsumfragen gab es noch nicht: trotz wachsender Sympathie für de Gaulle und die Widerstandsbewegung hätten sie zweifellos noch immer eine überwältigende Mehrheit für den Chef des État Français erbracht. Die Westwinde hatten – nach dem Ostwind – das alles verändert und mit dem Gedröhn zahlloser Motoren und ihrem Freiheitshauch die letzten Dünste der Collaboration vertrieben. Die Pflastersteine sprangen aus dem Boden, die Trikoloren erschienen in den Fenstern, junge Leute durchzogen in Scharen singend die Stadt. An einem sehr schönen und sehr heißen Augusttag kam Pierre – und er dachte vergnügt bei sich, daß die Welt erst in Flammen stehen müsse, damit er im Monat August in Paris blieb – aus der Rue de Varenne und überquerte, natürlich zu Fuß, den Concorde-Platz, um sich in seinen Cercle zu begeben, der in jenem Sommer, in dem kaum jemand Paris verließ, geöffnet geblieben war. Denn das tägliche Leben in seiner erstaunlichen Mischung, die die Schulbücher und wissenschaftlichen Werke nur unvollkommen wiedergeben, ging mit unmerklichen Veränderungen weiter im Tumult der Geschichte, so wie es weitergegangen war, denke ich mir, mit anderen Veränderungen, im Jahr 1793 oder 1830, 48 oder 71. Gleich hinter der Brücke, als er auf den Platz kam, erblickte Pierre einen Wagen, der mit großer Geschwindigkeit zwei- oder dreimal die Runde machte. Auf dem Trittbrett stand ein Mann – damals hatten die Wagen häufig noch Trittbretter – und wedelte mit den Armen, so als wolle er die Passanten auffordern, Platz zu machen. Zu seinem größten Erstaunen erkannte Pierre in dem Mann seinen Bruder Claude. Er kam gar nicht dazu zu überlegen, was Claude armeschwenkend auf einem Wagen machte, der um den Obelisken herumfuhr, als bereits die ersten Schüsse fielen: es handelte sich um den Angriff der Polizei auf das Marineministerium. Sofort brach eine Panik aus. Die Leute rannten nach allen Seiten, wie auf den Bildern, die uns Jean-Christophe damals von der kommunistischen Revolution auf dem Newskij-Prospekt zeigte und die uns so beeindruckt hatten. Pierre lief in die Tuilerien-Gärten. Man vernahm das Rattern der Maschinengewehre und das Rollen einiger deutscher Panzer, die sich in Bewegung setzten. Eine Weile war Pierre unschlüssig, was er tun sollte: am Abend mußte er an einer äußerst wichtigen Zusammenkunft der Leiter der Untergrundpresse teilnehmen. Die Deutschen blockierten die Gitter und Tore der Tuilerien. Er lief zur Seine hinüber. Auch auf dieser Seite standen bereits SS-Leute. Ein Leutnant kam auf ihn zu und verlangte seinen Ausweis zu sehen.

»Er ist gefälscht, nicht wahr?« sagte der Leutnant, ein großer blonder, gutaussehender und sympathischer Bursche in scherzhaft gelangweiltem Ton.

Er war natürlich gefälscht: trotz seiner scheinbaren Gleichgültigkeit und Unbeteiligtheit führte Pierre mehrere streng voneinander getrennte, geheimgehaltene Existenzen. Auf dem Weg in seinen Cercle trug er bereits die für den Abend benötigten falschen Papiere bei sich. Der Leutnant sah sie an, zuckte mit den Schultern und gab sie Pierre zurück. Statt eines Danks und um das Spiel des anderen mitzumachen, ohne sich allzusehr zu entblößen, murmelte Pierre ein paar Goethe-Verse vor sich hin:

Unsterbliche heben verlorene Kinder
Mit feurigen Armen zum Himmel empor...

»Sprechen Sie Deutsch?« fragte der Leutnant.

»Ich sprach es einmal«, antwortete Pierre, »vielleicht werde ich es eines Tages wieder sprechen.«

Als er über die heute abgerissene Solférino-Brücke ging – so vergehen die Städte, die Sitten und Gebräuche, die Zeit: ich erinnere mich noch, daß ältere Leute, die einst das Palais de Saint-Cloud noch kannten oder im Maison Dorée diniert hatten, aus der Odette an Swann schrieb, für mich aus einer anderen Welt zu kommen schienen –, wäre er fast über zwei Leichen gestolpert, die mit ausgebreiteten Armen auf der Fahrbahn lagen. Ihm schoß der Gedanke durch den Sinn, daß hier, am Ausgang der Tuilerien, auch sein Leben an einem heißen Sommertag um die Mitte des Jahrhunderts hätte zu Ende gehen können. Es wäre schade gewesen! Er hatte noch manches zu tun. Am Abend nahm er an einer Zusammenkunft teil, auf der das Schicksal der Nachkriegspresse festgelegt wurde. Versammelt waren Georges Bidault mit der metallischen Stimme und den etwas undeutlichen Formulierungen, Alexandre Parodi, Pierre Lazareff, in Hosenträgern, die Brille auf die Stirn geschoben, die verkörperte Intelligenz, Pierre Brisson, einen grünen Bleistift in der Hand, Robert Salmon, Albert Camus, Hubert Beuve-Méry und noch einige andere, deren Namen er kaum kannte, die morgen aber in aller Munde sein sollten. *France-Soir,* der neue *Figaro, Le Monde,* diese Zeitung trat an die Stelle von *Le Temps, Libération, Combat* und *Le Parisien libéré* erlebten ihre Geburtsstunde. Infolge einer witzigen Umkehrung war Pierre in eine Neuverteilung der Vermögen verwickelt, in eine Übertragung der zumindest intellektuellen Produktionsmittel, fast in eine Revolution – seine Feinde sagten: in eine Plünderung. Nach vielen verschlungenen Wegen, ausgehend von der Dreyfus-Affäre und der Herzogin von Uzès, vermittels der Ablehnung der modernen Welt, über die Remy-Michault, die uns mit ihr ausgesöhnt hatten, über die Masurischen Seen, die uns Ursula geschenkt hatten, über den Vizekonsul von Hamburg, der uns Mirette geliehen hatte, über die abstrakten Maler und die Negermusiker der Rue de Varenne, über Wall Street und den Spanischen Bürgerkrieg, über den Börsenkrach von 1929 und über die Kommunistische Partei, über die Unterrichtsstunden von Monsieur Comte, über den Seemann von Skyros und die Prostituierte von Capri hatten Pierre, Claude und Philippe die Familie an die Gestade von heute gebracht.

Alles, was Pierre an Einfluß und Macht erworben hatte, warf er in die Waagschale zugunsten von Michel Desbois. Das Todesurteil war vom Staatsgerichtshof ausgesprochen, es gab nur eine Berufung: General de Gaulle. In wenigen Tagen, in wenigen Stunden brachte Pierre Himmel und Erde in Bewegung, telephonierte oder telegraphierte an André Malraux, an General Leclerc, an General Juin, an Georges Bidault, an alles, was in der Konstellation der damaligen Zeit zählte. Ihm war gesagt worden, daß der General alarmiert werden müsse, die Angehörigen müßten mit ihm Verbindung aufnehmen, um eine Audienz bitten und ihn aufsuchen. Pierre war einen Augenblick unschlüssig, wie am besten vorzugehen sei. Er entschied sich für den einfachsten Weg. Er ließ Claude und Philippe benachrichtigen, es gelang ihm, sie nach Paris kommen zu lassen und sie zu überzeugen, was bei Philippe einfach, bei Claude mühevoll war, und er ließ durch vier oder fünf Mittelspersonen General de Gaulle bitten, die Familienabordnung empfangen zu wollen. Ich selber war kurz vor dem Prozeß in ziemlich jammervollem Zustand aus Deutschland zurückgekommen, nach einem Aufenthalt in einem Nürnberger Krankenhaus, von dem ich hier nicht sprechen will. »Ausgezeichnet«, sagte Pierre zu mir. »Ein nationalistischer Militär, ein kommunistischer Widerstandskämpfer, ein politischer Journalist – was fehlte, war ein Deportierter mit kränklichem Aussehen, in gestreifter KZ-Kleidung. Und obendrein der Schwager. Das bist du. Jetzt kann es losgehen!«

An einem Donnerstag, abends um sechs Uhr, wurden wir alle vier bei General de Gaulle vorgelassen. Die Büros des Generals befanden sich damals noch in der Rue Saint-Dominique, im alten Kriegsministerium. Man gelangte, wenige Schritte vom Square Sainte-Clotilde, durch ein Tor hinein, das ungefähr gegenüber dem Geschäft der Demoiselles Samson lag, bei denen Tante Gabrielle häufig Stiche hatte einrahmen lassen. Philippe sah in seiner tadellosen Uniform sehr gut aus. Claude trug ebenfalls eine Uniform, eine etwas phantasievolle Mischung aus Elementen des Widerstands und der Armee. Pierre und ich waren in Zivil. Ein Mitglied des Kabinetts des Generals, der in einer brillanten Karriere zwanzig Jahre danach als Nachfolger von Chateaubriand in die Französische Botschaft beim Heiligen Stuhl einzog und der, glaube ich, Brouillet hieß, empfing uns und redete eine Weile mit uns, ehe er uns zum Arbeitszimmer des Regierungschefs führte. Auf dem Weg dorthin begegneten wir einem jungen Mann. Er mochte zwischen dreißig und fünfunddreißig Jahre alt sein. »Entschuldigen Sie«, sagte unser Führer zu uns und ließ uns einen Augenblick stehen, »ich habe Monsieur Pompidou etwas zu sagen.« Bei der Nennung dieses Namens, der mir auffiel, ging die Tür zu de Gaulles Zimmer auf. Der General schüttelte uns die Hand.

»Helfen Sie meiner Erinnerung nach, wo haben wir uns schon gesehen?« fragte er Philippe und Claude.

»In Algier«, antwortete Philippe.

»In London, mon général«, antwortete Claude. »Im Juli 40«.

Der General hob die Arme. Diese Gebärde konnte bedeuten, daß er sich erinnerte oder daß er sich nicht erinnerte, daß all dies schon fern lag oder daß es die gute Zeit war. Er schwieg eine lange Weile. Wir wagten nicht zu sprechen. Trotz der bescheidenen Einrichtung schwebte ein Hauch von Größe im Raum. So etwas wie eine natürliche Würde, die nichts irgendeiner Inszenierung verdankte. Die Überzeugung selbstverständlich, daß der Mann, der vor uns saß, in einem bürgerlichen Zweireiher, die Macht verkörperte. Doch vor allem das unbestimmbare, aber sehr starke Gefühl, daß er nach vielen bestandenen Prüfungen und Wechselfällen mit der Geschichte eins geworden war, die er besser als irgend jemand sonst in unserer Zeit vorausgesehen und bezwungen hatte.

Das Schweigen dauerte an.

»Nun?« sagte der General.

Pierre begann zu sprechen. In wenigen Minuten legte er ein gut Teil dessen dar, was dieses Buch enthält und was der Leser schon weiß: die Kindheit in Plessis-lez-Vaudreuil, die Stellung von Monsieur Desbois, den Unterricht von Jean-Christophe und die Person von Michel Desbois, den wir als unseren Bruder betrachteten.

»Ja«, unterbrach ihn der General und blätterte in einem wenig umfangreichen Aktenstück. »Ja, das sind hübsche Erzählungen aus der Zeit der Petroleumlampen und der Segelschifffahrt. Aber Ihr Freund hat Verrat geübt, glaube ich?«

Ich nahm meinen Mut in beide Hände.

»Er hat sich geirrt, mon général. Er hat sich guten Glaubens geirrt. Er hat nichts begriffen von dem, was vor sich ging. Hinter Pétain stehend, hat er gemeint, daß es zum Wohle aller nötig war, sich mit den Deutschen zu verständigen, für die er, das kann ich versichern, weder Achtung noch Freundschaft empfand.«

»Die Deutschen waren der Feind. Ich nenne das Verrat üben.«

Zu meiner großen Erleichterung hörte ich, daß Claude zu sprechen anfing. Ich hatte große Angst, er würde nichts sagen.

»Er hat niemanden ausgeliefert, mon général. Und er hat Widerständler gerettet.«

»Mit viel Ungeschick, wenn ich dem glauben darf, was mir

berichtet worden ist. Und vielleicht mit mehr als Ungeschick. Man erzählt heute, Vichy habe nicht viele Trümpfe besessen. Glauben Sie, daß de Gaulle viele besaß, als er allein in London war, in den schlimmsten wie in den glorreichsten Jahren? Zusammen mit Ihnen«, sagte er und sah Claude an, als wären Claude und der General die beiden einzigen Stützen des freien Frankreich gewesen. »Und mit sehr wenigen anderen. In Verhandlungen mit vermeintlichen Freunden bedarf es der größten Strenge, der größten Unbeugsamkeit. Wenn Monsieur Desbois, um Widerständler seiner politischen Richtung zu retten, kein anderes Mittel gefunden hat, als Kommunisten verurteilen zu lassen, die auf ihre Weise ebenfalls Widerstand leisteten, glauben Sie dann wirklich, daß er Frankreich damit geholfen hat? Wenn man unbedingt Opfer und Helden auswählen muß, muß man zuerst sich selber auswählen. Später ist dann immer noch Zeit zu sehen, ob es möglich ist, einige andere davon zu überzeugen. In der Politik, wie überall, gibt es nur einen Gesichtspunkt, von dem aus die Ereignisse und die Menschen richtig zu beurteilen sind: der am wenigsten verstellte, der höchste. Ich fürchte, daran hat sich Ihr Freund nicht gehalten.«

Das ist, soweit ich mich erinnere, ungefähr das Wesentliche unseres Gesprächs mit General de Gaulle. Philippe erwähnte zum Schluß, daß Michel, sollte er nicht sterben müssen, Frankreich noch große Dienste leisten könne. Mit einem Anflug bitterer Ironie fragte der General, ob es gänzlich ausgeschlossen sei, daß plötzlich irgendwo eine Photographie von Michel in deutscher Uniform auftauche oder der Beweis erbracht werde, daß er Verbindung zur Gestapo gehabt habe. Wir verbürgten uns alle vier, seine Irrtümer und die Vorfälle ausgenommen, für Michel Desbois' anständige Gesinnung. Claude war aufgrund seiner damaligen Anwesenheit in London Compagnon de la Libération. Philippe hatte wegen seiner Verdienste in Italien und dann in Frankreich das Kriegskreuz mit mehreren Palmen bekommen und die Rosette eines Offiziers der Ehrenlegion. Der General stand auf und sagte noch einige entspanntere und sehr liebenswürdige Worte. Er bedeutete uns, er würde die Affäre Desbois so oder so mit Michels Anwälten regeln. Er drückte uns die Hand. Einige Tage später erfuhren wir, daß er begnadigt und die Strafe umgewandelt worden war. 1949 fand eine Revision des Prozesses statt, aufgrund der Vorlage neuer Tatbestände und der Sache der Widerstandsbewegung erwiesener Dienste. Michel wurde zu zehn Jahren Gefängnis verurteilt. 1952 kam er frei. 1953 ging er mit meiner Schwester Anne nach Amerika. Dort wurde er herzlich aufgenommen und begann ein neues Leben, das von der Geschichte nicht gestört wurde.

Wir setzten das unsere in Plessis-lez-Vaudreuil fort. Unser altes Haus war vom Krieg verwüstet, vom Durchzug der rivalisierenden Armeen, von der Explosion einiger Bomben, die es beinahe gänzlich zerstört hätten. So fanden wir es wieder. Alles war verändert: die kaum wahrnehmbare Atmosphäre mehr noch als die Einrichtung und Umgebung. Mein Großvater war bis zum Schluß Pétain treu geblieben. Viele Monate lang hatte er, was, wie ich ohne weiteres zugebe, als inkonsequent erscheinen mag, mit großer Anteilnahme den Vormarsch der Alliierten verfolgt und gleichzeitig das Schicksal des Marschalls bedauert. Von 1943 an, vor allem zu Beginn 1944, hatten sich unter Claudes Befehl regelrechte Kommandos von Widerständlern in den Wäldern, die das Schloß umgaben, festgesetzt. In Plessis-lez-Vaudreuil, in Roussette, in Villeneuve klammerte sich mein Großvater hingegen, an der Spitze einer Gruppe von Honoratioren, Teilnehmern am Ersten Weltkrieg, Nonnen, Kaufleuten und auch Bauern, verzweifelt an den wankenden Mythos von Pétain. Während der acht Monate, die Claude in Deutschland deportiert war, ließ er jedoch dem Maquis alle notwendigen Lebensmittel zukommen und einigemal Waffen. Zum Zeitpunkt der Befreiung sah es so aus, als würde das Verhalten meines Großvaters, seine Treue zu Pétain, ihm eine Anklage einbringen. Claude und Pierre machten der Angelegenheit in wenigen Tagen ein Ende: der Geist der Familie war nicht untergegangen. Der Wechsel vollzog sich nicht überall so reibungslos: aus der Haute-Vienne und dem Lot gelangten Nachrichten zu uns von Verwandten und Freunden, die unentschiedene Meinungen während der Besatzung sehr teuer, in einigen Fällen mit dem Leben bezahlten. Bei uns ließen die Folgen nicht lange auf sich warten. Mein Großvater und Claude hatten sich im Grunde während der düsteren Jahre recht gut verstanden. Im Augenblick des Sieges waren sie einem Bruch sehr nahe.

Mein Großvater war völlig damit einverstanden, daß die Sieger über die Besiegten geboten: hatten wir jahrhundertelang jemals etwas anderes getan, als Besiegte zu massakrieren oder von Siegern massakriert zu werden? Nein, was ihn empörte und ihn sogar in Wut versetzte, war die Anmaßung, mit der die Sieger eine universelle Gerichtsbarkeit in Anspruch nahmen. Es waren darin Anklänge an Rousseau und einen Hegel der extremen Linken, die er undeutlich zu vernehmen glaubte. Daher suchte er überall nach Waffen, um seine Sache zu verteidigen. Und er fand sie auch ohne große Mühe. Hiroshima und Katyn kamen ihm wie gerufen: diese Beiträge zum Sieg schienen ihm wenig geeignet, die moralische Ordnung zur Geltung zu bringen. Die Atombombe und das ganze bolschewistische Erbe bis hin zu Stalin und Wyschinski brachten seiner Meinung nach jegliche internationale Rechtsprechung in Verruf. Hielt man ihm Coventry vor, wies er auf Dresden und Hamburg hin. Die Vorstellung, Anhänger Hitlers durch Anhänger Stalins aburteilen zu wollen, erschien ihm grotesk, und zu Claudes Ärger genierte er sich nicht, es zu sagen, während die Begeisterung über den Sieg und die wiedergewonnene Freiheit bejubelt wurden. Nach Claudes Ansicht war es unmöglich, den Faschismus und den Stalinismus zu vergleichen. Der Faschismus war eine Unternehmung zur Beherrschung der Welt durch die Macht, die sich auf kein Prinzip gründete. Dem Kommunismus lag eine Idee von Gerechtigkeit zugrunde, die sich zuweilen verrannte. Auf der einen Seite das absolute Böse. Auf der anderen ein Terror, der nie das in der Ferne schwebende Bild von einem zukünftigen Glück der Menschheit, über Folter und widerrechtliche Prozesse, über die Tatsache des deutsch-russischen Pakts hinweg, völlig verwischte.

Die Prozesse von Paris und Nürnberg waren der Anlaß zu ernsten Auseinandersetzungen im Kreis der Familie. Habe ich allen denen, die diese erhebenden Tage des Wiederauflebens in all ihren Schattierungen und feinen Unterscheidungen nicht miterlebt haben, hinlänglich klargemacht, daß es für meinen Großvater überhaupt nicht in Betracht kam, Goebbels, Himmler, die Gestapo-Methoden oder die Konzentrationslager zu verteidigen? Zwei seiner Enkel waren deportiert worden. Alle hatten gegen die Deutschen gekämpft. Jacques ist 1940 gefallen. In der Familie gab es niemanden, der irgendeine Entschuldigung für Ravensbrück, Oradour und das Warschauer Getto gehabt hätte. Was meinen Großvater jedoch verwunderte, war das heimliche Wiederaufkommen des Begriffs der Kollektivschuld, sogar in der demokratischen und republikanischen Ideologie, die sie rigoros verurteilt hatte. Auf die Gefahr hin, die Erinnerung an meinen Großvater in den Augen mancher Leute zu trüben, muß ich hier, meine ich, mit aller Klarheit etwas feststellen, um die Empfindungen eines in traditionalistischer Denkart befangenen und ganz offensichtlich reaktionären Greises am Kreuzpunkt zweier Welten, die aufeinander folgten, zu erhellen: er hielt weder das deutsche Volk noch selbst die deutsche Wehrmacht in ihrer Gesamtheit für verantwortlich für die Verbrechen, die in ihrem Namen von einer Vielzahl der Ihren begangen worden waren. Und er war der Meinung, man beginge, indem man einen Teil Deutschlands der Willkür der kommunistischen Gewaltherrschaft anheimgäbe, erneut und gegen das Völkerrecht den gleichen Wahnsinn und die gleichen Fehler, die Hitler zur Last gelegt würden.

Mein Großvater ist tot, und er hielt mit seinen Worten nicht hinter dem Berge. Meine Vettern und ich, ich sage es ohne falsche Bescheidenheit, haben jeder auf seine Art unseren kleinen Beitrag zur gemeinsamen Sache der nationalen Befreiung geleistet. Ich sehe nicht ein, warum ich hier nicht offen aussprechen sollte, was mein Großvater dachte. Er meinte, daß die Konzentrationslager, die Folterung von Gefangenen, die Verfolgung der Juden, die seine Freunde nicht waren, die Niedermetzelung der Kommunisten, die seine Feinde waren, Greuel und Verbrechen seien und als solche gerichtlich verfolgt werden müßten. Aber er meinte auch, daß die Widerstandsbewegung, der seine Enkel und Urenkel angehörten, aus Freischärlern zusammengesetzt sei und daß die Gesetze des Krieges, die er für gültig hielt, die Besatzungsarmee berechtigten, sie zu bekämpfen und sie zu erschießen – sie zu erschießen, aber selbstverständlich nicht, sie zu foltern: das war der Kern der Sache. Er meinte, daß in einem nur als Alptraum denkbaren, von den siegreichen Deutschen inszenierten Nürnberger Prozeß es diesen nicht schwergefallen wäre, die Atombombe und die stalinistischen Repressionen als Verbrechen gegen die Menschlichkeit hinzustellen. Er vertrat die Auffassung – möglicherweise nur, weil die Geschichte ihm entging –, daß die Gerechtigkeit, wenn sie schwach ist, es nicht zuläßt, verhöhnt zu werden, daß sie aber meistens aufhört, gerecht zu sein, wenn sie stark wird. So sah er sie, nach Art der griechischen Tragödien und wie Simone Weil, deren Namen er nicht einmal kannte, als eine aus dem Lager der Sieger Vertriebene. Und diese Korrektur an Pascals These trieb diesen Christen an der Schwelle seines Todes in einen gewissen Zynismus und in die Skepsis.

Ich höre noch meinen Großvater, einige Jahre, einige Monate, einige Wochen vor seinem Hinscheiden, wie er sich als Unglücksprophet betätigte. Er sagte, höchst wahrscheinlich würde sich das ganze von den Siegern aufgestellte moralische System gegen sie selber kehren. Er erzählte jedem, der es hören wollte, daß die Bombe, die den Sieg herbeigeführt habe, sehr bald zum Kreuz der Menschen und ihr Schrecken werden würde. Es bedürfe nur einer Gelegenheit, und sie würde vielleicht sehr bald kommen, um die Sieger ihrerseits dazu zu bringen, die Wirksamkeit der Folter und der Konzentrationslager zu entdecken. Es wäre keineswegs erstaunlich, wenn die Kommunisten oder Juden aus der Rolle der Opfer in die der Henker schlüpften, die einige von ihnen übrigens bereits kannten, und sie eines Tages ihrerseits, unter dem Beifall der Ihren, die Methode der Niederbrennung von Dörfern und der Erschießung von Geiseln übernähmen. Alle diese Greuel entstanden seiner Meinung nach aus einer Art unvermeidlicher Übertragung des Bösen. Aber auch, und vor allem, aus einer immer weniger zu entwirrenden Konfusion von Gerechtigkeit und Macht. »Wir kommen nicht nur«, sagte er, »ins Zeitalter der Gewalt, die jeder ablehnt und jeder praktiziert. Wir verbleiben, mehr denn je, in dem der Heuchelei. Nach dem Kommunismus, nach dem Hitlerismus und dem Kampf gegen den Hitlerismus, nach der Atombombe, nach Yalta und der Aufteilung der Welt wird es kein Verbrechen mehr geben, das sich nicht als Gerechtigkeit bezeichnet – die Gerechtigkeit der Menschen, wohlverstanden, die an die Stelle der Gerechtigkeit Gottes getreten ist. Unter neuer Gestalt hat die so oft angeprangerte Inquisition noch und immer wieder eine schöne Zukunft vor sich. Und das für Dinge, die uns weniger Schönheit und weniger Heilige einbringen, weniger Ruhm und weniger Hoffnung.« Es mag als eine der minderen Auswirkungen der Krise, durch die die Menschheit ging, gelten, daß mein Großvater, ein Mann der Tradition und des Glaubens, nach und nach an fast nichts mehr glaubte. Zu viele Grundsätze, zu viel Heiliges, zu viele Festungen der Ehre und der Ehrfurcht waren erschüttert worden. Mein Großvater vermeinte weiterhin zu sehen, wie das, was von der Welt, die er gekannt hatte, noch stehengeblieben war, um ihn herum zusammenbrach.

Claude hingegen liebe ich seines Eifers wegen, seines ganz neuen Glaubens wegen und wegen der, wie ich meine, aus den Unterrichtsstunden von Jean-Christophe Comte gezogenen Zuversicht, die er in die Zukunft setzte. In den Jahren 1944 und 45 glaubte er felsenfest, daß der Mensch sich bessern würde. Zu dem Zeitpunkt, da mein Großvater der Skepsis erlag, übernahm Claude den Staffelstab, doch anstatt rückwärts zu blicken, blickte er nach vorn: er glaubte an eine neue Presse, an eine allgemeine Anständigkeit, an einen sozialistischen Humanismus, an eine mit Moral durchsetzte Wissenschaft, an den Fortschritt, an jede mögliche Zukunft der Technik und der Schönheit. Habe ich nicht schon an irgendeiner Stelle reichlich kühn davon gesprochen, daß in meinem Großvater paradoxerweise etwas von einem Marxisten steckte? Wie die Marxisten hatte mein Großvater lange Zeit in erster Linie an die Geschichte, an die Realität, an die Stärke geglaubt. Zumindest solange wir stark waren, kümmerte er sich nicht um eine abstrakte Gerechtigkeit, er begriff sie nur im Rahmen einer Ordnung, eines vorgegebenen Systems, einer Hierarchie, die allmählich durch Gewohnheit und Zeit gereift war. Doch da er Christ war, milderte er die Macht durch das Mitleid. Claude, der doch Kommunist war oder der es gewesen war – und der Christ gewesen war –, lehnte die Macht ab und verwarf die Nächstenliebe: was er wollte, war die Gerechtigkeit. Eine allumfassende, uneingeschränkte Gerechtigkeit, der sich alle beugen sollten. Und daran glaubte mein Großvater nicht.

Die großen Prozesse nach der Befreiung, der von Michel natürlich, aber auch die von Pétain und von Laval und der von Nürnberg, versinnbildlichten vortrefflich die neuen Zwistigkeiten im Kreis der Familie. Mein Großvater war dafür, eine bestimmte Anzahl von Verantwortlichen und offenkundigen Verbrechern ohne Urteilsspruch zu erschießen, da sie besiegt worden waren. Und alle anderen zu befreien, die militärischen Führer, die Theoretiker, die Journalisten, Maurras, Brasillach und, natürlich, den Marschall.

Die Herrschaft de Gaulles über unsere Geschichte, seinen Gang durch die Wüste mit eingerechnet, erstreckt sich über ungefähr dreißig Jahre: vom 18. Juni 1940 bis zum Ende der sechziger Jahre. Die Herrschaft Pétains, nach dem militärischen Ruhm des Ersten Weltkriegs, ist viel kürzer: vom 17. Juni 1940 bis zur Befreiung. Bei beiden überragt in jedem Fall die mystische Präsenz in den Gemütern bei weitem die Dauer der realen Präsenz an der Macht und selbst auf dieser Erde. Fünfzig Jahre nach ihrem Tod werden die Namen von de Gaulle und Pétain zweifelsohne keinen Einfluß mehr auf den Gang der Ereignisse haben, aber sie werden weiterhin Leidenschaften in den Herzen der Menschen aufflammen lassen, die ihnen gefolgt sind, die sie bewundert, geliebt und vor allem vielleicht gehaßt haben. Der Prozeß von Pétain und seine wegen Verrats erfolgte Verurteilung zum Tode erschütterten meinen Großvater. Unbestreitbar mehr noch als die Dreyfus-Affäre beschäftigte und entzweite uns Pétain. Die Positionen hatten sich umgekehrt: die demokratische und fortschrittliche Linke war von der Verteidigung in die Anklage hinübergewechselt, mein Großvater vom Sitz des Staatsanwalts an die Schranke des Rechtsanwalts. Ich will hier nichts über die Schuld des Angeklagten noch über seine Unschuld sagen. Ich wiederhole, vielleicht zum fünftenmal in diesem Buch: die zeitgenössische Geschichte interessiert mich hier nur in bezug auf meine Familie. Ich spreche mithin kein Urteil aus: ich bin dazu weder befugt noch willens. Ich berichte nur, worüber wir unter uns, bei unseren Zusammenkünften in Paris oder in Plessis-lez-Vaudreuil, sprachen. Neben Dreyfus und Hitler einerseits, der Religion und dem Sex andererseits gibt es kein Familienproblem, über das wir mehr diskutiert haben als über das Schicksal des Marschalls. Fünfzehn Jahre, zwanzig Jahre und fünfundzwanzig Jahre später – leider ohne meinen Großvater! – beschäftigte uns dann wiederum das Schicksal des Generals. Und uns, die Weiterlebenden, erschütterte die Verurteilung des Generals durch das französische Volk ebenso und vielleicht noch mehr, als die Verurteilung des Marschalls durch den Staatsgerichtshof meinen Großvater erschüttert hatte. Sicherlich hatten wir in der Familie Legenden und Mythen nötig. Bei Pétain: Mythos des gedemütigten Vaters, der unglücklichen Größe und des Verzichts. Für de Gaulle: die realere Legende der siegreichen Einsamkeit, der überstandenen Heimsuchungen, des wiedereroberten Ruhms am Rande des Abgrunds und des Ingeniums der Geschichte. Jeder braucht Mythen. Jeder braucht Legenden. Lenin, Stalin, Trotzki, Hitler, Mussolini, Salazar und Franco, Roosevelt, Churchill, Tito, Nasser, Gadhafi, Peron, Mao Tse-tung vor allem, Pétain und de Gaulle: dieses 20. Jahrhundert des Fortschritts, der Wissenschaft, des Rationalismus wird einst, mehr als jedes andere, als ein Jahrhundert der Mythen und Legenden gelten.

Ich lese die Seiten über meine Familie in der stürmischen Zeit noch einmal durch. Und es kommen mir Bedenken. Besteht vielleicht die Gefahr, daß ein nicht unterrichteter Leser in meinem Großvater so etwas wie einen gemilderten Collaborateur sehen könnte? Ich würde ein Schuldgefühl haben, wenn hier der geringste Zweifel aufkommen könnte. Mein Großvater empfand für Pétain eine Mischung von Treue, Ehrfurcht und unermeßlichem Mitleid. Er hatte mehr Achtung vor ihm als vor dem Staatsanwalt Mornet, als vor Maurice Thorez, der als Sieger zurückkehrte, als vor Stalin und Wyschinski, die in Europa eine moralische Ordnung aufrichteten, um jene von Hitler abzulösen. Er hatte vielleicht unrecht, ich weiß es nicht. Ich selber stand damals, wenn man es unbedingt erfahren will, den Ideen Claudes näher als denen meines Großvaters. Mein Großvater hatte eben Sympathien für Pétain. Nur stand er außerdem und zugleich, mit dem gleichen Atem und dem gleichen Herzen wie die Pariser, die dem Marschall zujubelten, auf der Seite der Alliierten gegen die Hitlerischen. Kann man sich wohl vorstellen, daß Bir Hakeim und Straßburg, daß Leclerc und Koenig den alten Militär *honoris causa* (denn er hatte nie Waffen getragen), der mein Großvater noch immer war, gleichgültig ließen? Er hatte Achtung vor Rommel. Und mehr noch vor Montgomery. Er verabscheute und verachtete Leute wie Goebbels und Himmler. Und mehr als irgend jemanden sonst bewunderte er Churchill, seinen grimmigen Humor, seinen Mut, seine Halsstarrigkeit: kein Wunder, denn Winston Churchill war fast einer von den Marlborough, die uns so teuer waren. Man versuche, sich in all dem zurechtzufinden! Die Geschichte ist nicht so einfach.

Am Tag, an dem die Befreiung durch einen Vorbeimarsch gefeiert wurde, stand mein Großvater, damals in den Neunzigern, auf einem Balkon des *Figaro* am Rond-Point der Champs-Élysées. Diesen Platz hatte Pierre ihm beschafft, und von dort aus konnte er seinen Enkel Philippe in einem Panzer und seinen Enkel Claude an der Spitze seiner Partisanen vorbeimarschieren sehen. Unter den jungen Leuten, die vom Étoile her kamen, befanden sich auch zwei seiner Urenkel, die in den Maquis gegangen waren. General de Gaulle marschierte an der Spitze der unermeßlichen Flut, die die Avenue hinunterströmte, auf der dann, ein Vierteljahrhundert später, andere Scharen in der entgegengesetzten Richtung hinaufzogen, als wenn die politische Laufbahn des größten, endlich aus dem Exil zurückgekehrten Franzosen sich zwischen zwei Menschenmengen abspielte, über denen sein Name schwebte, genauso wie sein Schicksal sich zwischen zwei Aufrufen abspielte: die geniale Botschaft vom 18. Juni 1940 und die kurze Erklärung vom 28. April 1969: *Ich lege mein Amt als Präsident der Republik nieder. Diese Entscheidung tritt ab heute mittag in Kraft.* General de Gaulle war an jenem Tage größer als die anderen, die neben ihm marschierten. Der Balkon am Rathaus, das Tedeum in Notre-Dame mit den Kugeln, die durch das Kirchenschiff pfiffen, der Widerstand gegen die Alliierten, die Straßburg aufgeben wollten, der unerschütterliche Wille, das Land unter einer legitimen Autorität zu sammeln, die ihm weder als Erbe zukam noch von Gott, noch aus einer ungewissen Wahl, sondern aus der bezwungenen Geschichte und der nationalen Begeisterung, schließlich die Bevölkerung von Paris, die zwischen Étoile und Concorde geschlossen hinter ihm stand: nach vier Jahren Kampf, Mut und Leidenschaft begann die Legende. Man erblickte hinter den Soldaten von Leclerc die Feuerwehrleute, Briefträger, Eisenbahner, Krankenschwestern, Männer mit Armbinden, die Spruchbänder trugen, Angestellte der Gas- und Elektrizitätswerke, Straßenkehrer, alle, die in der Widerstandsbewegung gewesen waren. Pierre fragte den Greis, als er den Balkon verließ und sich bei Pierre Brisson, dem Direktor des *Figaro,* bedankte, was er von dem Schauspiel hielte. »Nicht schlecht«, sagte mein Großvater, der in der Ferne, etwas verschwommen, noch Marschälle von Frankreich zu Pferde sah, wie sie durch den Arc de Triomphe zogen, »nicht schlecht, aber ein bißchen Unordnung.«

Der Abendwind

Marianne war wieder zurück. Sie verjagte die Francisque (die gallische Streitaxt, das Symbol der Vichy-Regierung) und bekam wieder ihren Platz auf den immer leichter werdenden Geldstücken, die man nicht einmal mehr den Chorknaben bei der sonntäglichen Messe in der alten Kirche von Plessis-lez-Vaudreuil zuzustecken wagte. Unter der Oberleitung von Monsieur Coudé du Foresto und noch einiger anderer vernichteten wir die Fleisch- und Brotmarken, die Hunderte von Wochen lang eine so ungeheure Rolle in unserem täglichen Leben gespielt hatten, in das, wie man sich denken kann, der schwarze Markt nie Einlaß gefunden hatte. Schuhe tauchten wieder auf, Leder, Wolle, Fahrradschläuche und Benzin. Die Kohlrüben und Topinamburs versanken wieder im Nichts, aus dem sie für vier nicht enden wollende Jahre aufgetaucht waren. Zwischen dem Ja-Ja und dem Ja-Nein fristete der II CV Citroën seine letzten Tage. Eine Weile noch, und Brigitte Bardot sollte in unser Leben treten. Und die Herrschaft von Saint-Tropez, dem tragbaren Transistor und dem Fernsehen brach an. Neue Namen kamen im Radio und in den Zeitschriften auf, und die Kinder begannen, wie immer, doch etwas schneller als immer, Männer zu werden.

Mein Großvater alterte. Einige Male schon, man hätte meinen können, er habe auf das Ende der Schicksalsschläge gewartet, um allmählich die Kräfte zu verlieren, hatten wir seiner Gesundheit wegen Aufregungen gehabt. Die Lunge, die Nieren waren angegriffen. Jedesmal hatte er sich wieder erholt. In der Republik, die wir wiedergefunden hatten, als wäre sie uns immer lieb und teuer gewesen, in der Freiheit, die wir wiedergewonnen hatten, als hätten wir sie stets verehrt, feierten wir alle zusammen in Plessis-lez-Vaudreuil seinen neunzigsten Geburtstag. Er war noch kräftig und fast fröhlich, leicht überschattet von der Melancholie, die von seinem hohen Alter und seinen

Ansichten über die Welt herrührte. Onkel Paul war nicht mehr da, auch meine Mutter nicht, nicht Jacques, nicht Ursula, nicht der Vater Desbois, Monsieur Comte, der alte Jules, der zur Zeit seines Vaters Jules und seines Großvaters Jules so lange der kleine Jules gewesen war. Auch Michel Desbois nicht, er war im Gefängnis in Fresnes, dann in Clairvaux. Aber Pierre und Philippe und Claude und ich, Tante Gabrielle, eine alte weißhaarige Dame, auch meine Schwester Anne und noch ein neuer Jules, ein Nachfahr aus uralten Zeiten, wir versammelten uns um meinen Großvater. Und junge Männer und junge Frauen, die, das muß ich sagen, uns immer mehr in großes Erstaunen versetzten: meine Neffen und Nichten, die wir in ihren neuen Rollen fast nicht wiedererkannten. Jean-Claude und Anne-Marie, die Kinder von Pierre und Ursula, Bernard und Véronique, die Kinder von Jacques und Hélène, waren alle, von Jean-Claude, dem Ältesten an, gerechnet, der Claude in den Maquis gefolgt war, bis zu Véronique, die sich aufs Bakkalaureat vorbereitete, und Bernard, der das seine bestanden und acht Monate als Verbindungsmann zwischen einigen Gruppen der Französischen Streitkräfte des Inneren gedient hatte, zwischen sechzehn und fünfundzwanzig Jahre alt. Nur Hubert, Hélènes jüngster Sohn, konnte mit seinen fünfzehn Jahren und seinen runden Wangen noch als Kind gelten. Wir liebten ihn, weil er der Jüngste, der Sanfteste und der Heiterste war. Auch ein neues Gesicht war dabei, von dem ich noch nicht habe sprechen können. Eine kommunistische Jüdin, die Psychoanalyse studierte, recht hübsch und sehr rothaarig. Sie hieß Nathalie. Sie war die Frau von Claude – oder vielleicht seine Gefährtin, wie man damals mit einem höchst modernen, jetzt schon veralteten Wort sagte –, und vermöge einer jener Ungereimtheiten, die das Leben so reizvoll machen, verstanden sich mein Großvater und sie ausgezeichnet.

Alles veränderte sich, das lag auf der Hand, alles veränderte sich weiterhin. »Wir werden in Zukunft ein Leben führen müssen, das ganz anders ist, als wir es einst gewohnt waren«, sagten Pierre und Tante Gabrielle ein ums andere Mal. Die Lebenshaltungskosten stiegen unaufhörlich, und das Geld war immer weniger wert. Wohin sollte das alles letztlich führen? Unmittelbar nach dem Krieg und nach dem Sieg, sagen wir, zwischen

1946 und 1952, bevor die neuen Probleme auftauchten, die für uns aus dem Zusammenbruch des Empire (dem Kolonialreich, ist das noch erinnerlich?) erwuchsen und aus dem Schatten, den der nicht mehr an der Spitze des Staats stehende General warf, prägte eine Tatsache für mich die Jahrhundertmitte – ähnlich, wie sie bereits die frühen dreißiger Jahre geprägt hatte; es handelte sich, ich muß es zu meinem Leidwesen sagen, um Geldprobleme. Weder die Frau von Jacques noch natürlich die von Claude, das kann man sich denken, hatten in die Schatzkammer der Familie große Summen eingebracht. Die Wittlensteins waren völlig ruiniert, praktisch im Elend, denn ihre ungeheuren Besitzungen waren in die Hände der Kommunisten gefallen und ihre Fabriken zerstört worden. Pierre und seine Kinder hatten keine großen Einnahmequellen. Später, ziemlich bald, in kaum zehn oder zwölf Jahren, hatten die mit den Krupps verwandten Wittlensteins ihre Macht wiedergewonnen. Aber in einem neuen System, das uns sehr fremd war. Und ich selber, ich hatte nichts und konnte nichts, als ... aber ich habe, glaube ich, versprochen, nicht von mir zu reden. Nur einen Menschen gab es in der Familie, der ein bißchen Geld zu verdienen imstande war. Errät man, wer es war? Man wird es nicht glauben: es war Anne-Marie.

Ich muß es hier gestehen, doch ich versichere: ohne jede Scham, daß wir in der Familie, meistens unter Gelächter, das letzte Hilfsmittel alter ruinierter Häuser in Bewegung gesetzt haben, die *ultima ratio regum,* die keineswegs in Kanonenschüssen bestand: eine Vernunftheirat, die, unseren Grundsätzen gemäß, sich alsbald in eine Liebesheirat wandeln würde, mit einer, wenn möglich, einzigen Erbin eines Vermögens, das auf Wolle, Erdöl oder Stahl beruhte. Für Jean-Claude, für Anne-Marie und sogar für Véronique, die gerade erst siebzehn oder achtzehn Jahre alt waren, hatten wir Kandidaten und Kandidatinnen ausfindig gemacht, die gut in unsere Berechnungen gepaßt, die unsere Geschäfte geölt und ganz neue Schieferplatten auf die durchlöcherten Dächer des Schlosses gebracht hätten. Dieser Dreh, der viele Jahrhunderte lang so gut funktioniert hatte, wollte jetzt leider nicht mehr recht gelingen. Sehr schade! Jean-Claude bog sich vor Lachen, Véronique lächelte kaum, ihr Gesicht drückte ehrliche Empörung aus, und Anne-

Marie stürzte sich unaufhörlich in unwahrscheinliche Liebesabenteuer, die jeder ehelichen Verbindung völlig konträr waren. Selbst mein Großvater glaubte nicht mehr recht an dieses herkömmliche System, in dem er, und alle um ihn herum und solange man zurückdenken konnte, erzogen worden war. Nur Tante Gabrielle war erstaunt, daß die Dinge in einem solchen Maß von den Spielregeln abgewichen waren, die sie gekannt und gegen die sie zudem während eines großen Teils ihres Lebens mit Elan angekämpft hatte. Die Patronatsdame von Plessis-lez Vaudreuil hatte endgültig über den Trubel der Rue de Varenne und die in Vergessenheit geratenen Kühnheiten gesiegt. In Vergessenheit geraten? Bei uns vielleicht. Und vielleicht auch bei ihr. Doch die Maler, denen sie einst geholfen hatte, waren jetzt in den Museen, die Dichter in den Schulbüchern vertreten, und die Werke der mit ihr befreundeten Musiker wurden in fast klassischen Konzerten gespielt, deren Einnahmen religiösen Einrichtungen oder Wohltätigkeitsunternehmungen zuflossen. Sie war eine kleine alte, schrecklich wohlanständige Dame geworden, mit schneeweißem Haar und mit einem schwarzen Seidenband um den Hals, und die jungen Leute lachten, wenn ein eleganter oder kultivierter Greis ihnen erzählte, daß diese würdige Witwe sich in ihrer Art revolutionär betätigt hatte. Ihr Name indes tauchte jetzt in verschiedenen Memoirenbänden auf, in Katalogen von Bilderhändlern, in Musik- oder Filmgeschichten. Jetzt, da sie für immer in den Kreis der Familie und der strengsten Tradition zurückkehrte, stellten wir ein bißchen beschämt fest, daß sie unter allen unseres Namens die einzige war, die eine Spur von künstlerischer Begabung, vielleicht sogar einen Hauch von Genie hinterlassen und wahrscheinlich durch eine kleine, kühne und liebenswerte Tür in die Kulissen der Geschichte eindringen würde.

Ach, Jugend... Jugend... Gegenwärtig dachte niemand mehr an Tante Gabrielle, außer vielleicht, und das ist ein charmanter Widerspruch, die Liebhaber alter Dinge und die Archivare der Vergangenheit. Zu glänzen begann der Name von Anne-Marie. In bescheidenem Maße. Man las ihn, kleingedruckt, im *France-Soir* oder im *Combat* oder auf Plakaten beiderseits der Champs-Élysées. Er segelte auf den noch unsicheren Wellen des allgemeinen Bewußtseins. Schwärmerische junge Leute führten ihn bereits im Munde. Sicherlich hat man schon erraten, daß Anne-Marie nicht davon abzuhalten war, zum Film zu gehen, wie eine jener Redewendungen lautete, die damals im Schwange waren.

Nicht nur ihr Urgroßvater, auch ihre Großmutter und ihr Vater, die beide auf ihre Art die öffentliche Meinung herausgefordert hatten, betrachteten mit ziemlich scheelem Auge den Beginn dieser Karriere. Sie hatte, ein bißchen vom Zufall geleitet, mit luftigen Versprechungen angefangen, nach einem kleinen Auftritt in einem Kurzfilm über Reitturniere. Es war dann weitergegangen mit winzigen Statistenrollen in Filmen von Jacques Becker oder Marcel Carné, mit einer kaum ernsthafteren Rolle in einem Film von René Clair. Und dann waren plötzlich fast schmeichelhafte Angebote aus Italien und Amerika in Gestalt von endlos langen Telegrammen, die ein Vermögen gekostet haben müssen, in Plessis-lez-Vaudreuil eingegangen. Rossellini war eines Abends im *Florence* oder im *Jimmy's* auf sie aufmerksam geworden. Die Familie hatte ihr sofort den gleichen Schlag wie Pauline versetzt: sie hatte eine Namensänderung vornehmen müssen und erschien auf der Leinwand unter einem bald berühmt gewordenen Pseudonym, das ich aus posthumem Gehorsam, den Wünschen meines Großvaters und meiner Tante Gabrielle folgend, nicht lüften werde. Doch viele Leser werden, glaube ich, es schon erraten haben. Zehn oder zwölf Jahre lang, bis an die Schwelle der Neuen Welle, wuchs ihre Bekanntheit, dann ihre Berühmtheit und schließlich ihr Ruhm unaufhörlich. Manche von denen, die heute nicht einmal mehr unseren Namen kennen, erinnern sich sicherlich recht gut an die fünf flammenden Silben von Anne-Maries Pseudonym, das von der Familie, oder was von ihr übriggeblieben war, gering geschätzt, jedoch mit einer Spur befriedigter Eitelkeit und heimlichen Stolzes akzeptiert wurde.

Wie vor dem Krieg Claude, aber aus ganz anderen Gründen, setzte Anne-Marie sich ab. Wir sahen sie nicht mehr so oft. Mit ihrem Impresario und ihren Regisseuren, mit ihrem Friseur und ihrer Maniküre, ohne die sie nicht mehr zu denken war, umgeben von einer sich bald bildenden Legende, zog sie schließlich von Grandhotel zu Grandhotel, in einer Aura von äußerstem Luxus, etwas erschreckender, manchmal fast an Skandal grenzender Frivolität, und immer gingen das Gerede des Publikums und die Verehrung der jungen Leute ihr vorauf und folgten ihr. In unerwarteter Weise war durch Anne-Maries Schönheit, vielleicht ihr Talent und ihren für uns gänzlich neuen Ehrgeiz etwas Erstaunliches passiert: ein gewaltiger, jugendlicher Wind, der uns ein bißchen Angst einjagte und uns in Verwunderung versetzte, brach über unsere alte Familie herein. Dachte Anne-Marie manchmal noch an die Spazierritte mit Robert V. im Wald von Plessis-lez-Vaudreuil, an den schweigsamen Schatten des vor Stalingrad gefallenen Majors von Wittlenstein, an die jungen Marxisten der Pariser Nächte, an den großen gelockten Burschen aus dem Maquis von La Flèche? Ich weiß es nicht. Manchmal sprach sie mit mir über diese schon vergilbten Bilder, doch mehr, um meine Neugier und meine Sehnsucht nach einer versunkenen Welt zu befriedigen, als aus einem Erinnerungsbedürfnis heraus, das sie nicht empfand. Zu viele Männer waren zu schnell durch ihr Leben gegangen, das durch ihre Schönheit, den Erfolg, den Beifall und die ihr in die Garderobe geschickten Blumenkörbe zerfasert wurde. Sie war zu einer der Göttinnen unserer modernen Welt geworden, einer Welt, die so weit ab lag von allem, was wir waren, die unserem Glauben und unseren früheren Vorstellungen von Größe und Schicklichkeit ganz entgegengesetzt war. Die Männer, die sie verrückt machte, zählten nicht mehr wirklich für sie. Zu Liebhabern hatte sie nur noch eine namenlose Menge, einen etwas bitteren Ruhm und das Geld.

An einem Sommerabend jedoch erschien Anne-Marie plötzlich in Plessis-lez-Vaudreuil. Sie war noch nicht auf dem Gipfel ihres Ruhms. Sie kam aus Amerika. Sie hatte den Atlantik überquert, weil Hubert krank war. Huberts Krankheit hatte, inmitten allgemeiner Munterkeit, mit einer Blinddarmentzündung begonnen. Das war nichts Ernstes. Wir hatten ihn nach Le Mans gebracht, und dort war er operiert worden. Fast ein kleines Fest der Liebe im stumpfen Gleichmaß der Ferientage: wir kümmerten uns ein bißchen weniger um die Tour de France, die ihren Zirkus wiederaufgenommen hatte und bei der wiederum Bartali oder Robic triumphierten, weiter nichts. Wir saßen lachend um Huberts Bett herum. Tante Gabrielle war natürlich in ihrer Rolle als Großmutter, die sie sehr ernst nahm, ein bißchen aufgeregt. Aber wir wußten recht gut, daß das etwas altmodische Gespenst der Blinddarmentzündung nicht mehr zu fürchten war. Wir sagten immer wieder, daß eine Blinddarmentzündung heutzutage weniger schlimm sei als ein Weisheitszahn, und Tante Gabrielle beruhigte sich.

Ein paar Tage waren nach Huberts Rückkehr aus Le Mans vergangen. Als ich eines Morgens in sein Zimmer trat, fiel mir auf, wie blaß er war. Er hatte eine schlechte Nacht hinter sich, ihm tat der Bauch sehr weh, und das Fieber war beunruhigend gestiegen. Wie scheußlich! Wir redeten von Verwachsungen, von postoperativen Schmerzen, von der Wunde, die schlecht heilte, und wir fragten uns sogar, ob der Eingriff gelungen sei, was uns nicht weiterbrachte. Tante Gabrielle war aufs neue besorgt. In aller Eile wurde der Arzt aus Roussette herbeigerufen – ein ferner Nachfolger des guten Doktor Sauvagein –, der an jenem Tag zwei Entbindungen und einen Masern-Fall hatte. Er wußte nicht recht, was es war. Er meinte, es würde vorübergehen. Hubert fühlte sich ein bißchen besser. Er hatte schon weniger Schmerzen. Doch am Abend mußte er sich übergeben.

Die Nacht war nicht gut. Hubert hatte Schüttelfrost bekommen, und seine Gesichtszüge, so schien mir, veränderten sich zusehends. Wieder wurde der Arzt geholt. Er sprach ein Wort aus, das uns allen großen Schrecken einjagte: Darmverschluß. Gegen Abend riefen wir einen Professor aus Rennes zu Hilfe, einen alten Freund meines Großvaters, und einen Arzt aus Angers, von dem unsere Nachbarn viel Gutes erzählt hatten. Am nächsten Morgen trafen beide ein. Huberts Zustand hatte sich noch verschlimmert: Schüttelfrost, Übelkeit, starke Bauchschmerzen, Fieber, jagender und ziemlich schwacher Puls. Und vor allem eine Mattigkeit, fast ein Kollaps, aus dem ihn nur der Schmerz herausriß. Die beiden Männer der Heilkunst, wie mein Großvater sie nannte, trafen im Salon zusammen. Es sah ein bißchen so aus, als spielten wir ein nicht sehr dramatisches Theaterstück, in dem jeder seine Rolle hatte: sie, die höfliche Wissenschaft; wir, eine gedämpfte Sorge; und Hubert dort oben in seinem Zimmer mit den Schallplatten und Fotos von Schauspielerinnen, ein Leiden, ganz wie es sich gehört. Die Anwesenheit der beiden Ärzte trug sehr zu unserer Beruhigung bei. Mit ihrem besorgten Gesicht und ihrem wichtigen Gehabe würden sie alles in Ordnung bringen. Sie wuschen sich die Hände, sie gingen zu Hubert hinauf, zunächst getrennt und dann gemeinsam, sie kamen wieder herunter und berieten sich in einer Ecke des Billardzimmers. Sie kamen auf uns zu, murmelten Worte und Sätze, die wir nicht begriffen, und was wir behielten, waren nur Bruchstücke von erschreckenden Ausdrükken: Bauchfellentzündung... Blutvergiftung... Penicillin... Großer Gott!... Es müsse vielleicht noch einmal operiert werden. Oh, Gott! Sofort? Nun... nein, nicht sofort. Man müsse noch abwarten, man müsse sehen. Die Koryphäen zögerten... Eine Infektion war entstanden: sie mußte zunächst bekämpft werden. Der Junge war sehr schwach. Eine sofortige Operation barg zu große Gefahren in sich. Andere Worte schwebten im Raum, aber wir sprachen sie nicht aus, wie wenn das Schweigen das Übel und den Schmerz vom Körper unseres kleinen Jungen noch abwenden konnte. Auf einmal schlichen, man wußte nicht, woher sie kamen, vielleicht aus den Tiefen der Familie, auf die wir so stolz waren, oder von ungefähr vielleicht, die Tuberkulose und der Krebs mit uns durch die plötzlich so feindlichen Flure von Plessis-lez-Vaudreuil.

Der Blitz schlug bei uns ein. Hubert!... Habe ich eigentlich schon von Hubert erzählt? Er war ein prächtiger kleiner Junge mit ganz runden Wangen und einem stets etwas erstaunten Gesichtsausdruck. Besser gesagt, ein großer Junge, aber da er krank war, sahen wir ihn plötzlich so, wie er früher war, wie ein wehrloses Kind. War es möglich, daß in unseren Tagen noch Kinder starben, konnten sie bei so viel Fortschritt überhaupt noch krank werden und sterben? Was denn! Wie denn! Gleichwohl ging ich auf die Post, um alle die zu benachrichtigen, die nicht da waren. Ich rief Claude an, der in Paris war: er kam sofort. Ich schickte ein Telegramm an Anne-Marie, die in Los Angeles war. Ich kabelte ihr: *Hubert krank. Komm wenn du kannst. Möglichst schnell. Herzlich.* Und ich unterzeichnete: *Onkel Jean.* Am nächsten Tag war sie da. Hubert ging es sehr schlecht.

Ich weiß nicht, ob der Leser in seiner Verwandtschaft oder Bekanntschaft schon ein Kind gesehen hat, das im Sterben lag. Ich wünsche es ihm nicht. Der Tod eines Menschen, den man liebt, ist stets etwas Trauriges. Aber er entspricht den Regeln dieser Welt, und jeder weiß, daß sie grausam ist. Der Tod eines Kindes ist etwas Ungerechtes: er ist das ins Sinnlose gesteigerte Entsetzen. Er ist gegen die Ordnung, er ist monströs, empörend, unmöglich. Gott hat nicht das Recht, die von ihm aufgestellten Gesetze zu ändern und die Jüngeren unter den Augen der Älteren sterben zu lassen. Es hatte den Anschein, als habe Hubert, um ein letztes Mal zu zeigen, daß er zu uns gehörte, mit seinem Fortgang so lange gewartet, bis die Seinen alle um ihn versammelt waren. Wir beugten uns über sein Bett und taten so, als lächelten wir. Er zitterte heftig, und er klagte nicht einmal mehr: Fieber, Schmerz und Übelkeit waren derart stark geworden, daß er sich bereits in jener Welt der Gnade befand, in der Leiden und Angst von selbst vergehen und sich auslöschen. Er sah uns mit großer Sanftmut an, mit einer Art stummen Vertrauens und Fragens. Wir lasen einen Vorwurf in diesem Blick: warum ließen wir zu, daß er so leiden mußte? Warum ließen wir ihn fortgehen? Nein, in Wirklichkeit glaube ich, daß es kein Vorwurf war, den er mit seinem Blick ausdrückte. Es war schlimmer als ein Vorwurf: Resignation. Er kämpfte nicht mehr. Er hatte zu große Schmerzen gehabt. Er wollte, dies alles solle aufhören und man solle ihn fortgehen lassen. Doch vielleicht hoffte er zugleich noch dunkel, daß wir ihn zurückhalten würden? Dann und wann glaubte er, es sei möglich, zu bleiben und doch nicht mehr leiden zu müssen. Dann lächelte er. Um uns verständlich zu machen, daß er zuversichtlich sei, und um uns zu beruhigen. Aber der Schmerz kam wieder, die Qual, die großen Wogen des Leidens. Dann schloß er die Augen.

Von Zeit zu Zeit fragte Hubert etwas, mit seiner dünnen, herzzerreißenden Stimme: ob seine Kusine Anne-Marie, die er sehr bewunderte, gekommen sei oder ob das Fieber heruntergegangen sei. Wir antworteten mit leiser Stimme, so ruhig wie möglich. Wir setzten unser schönstes Lächeln auf. Hélène ging hinaus und weinte lautlos in Claudes oder in meinen Armen. Ein paarmal mußte ich meine Tränen unterdrücken. Ich sah, daß die Lippen meines Großvaters zuckten, als er den Kleinen anblickte. Er stützte sich auf uns, weil er mit einemmal angesichts des leidenden Kindes alterte. Die Mahlzeiten verliefen in bedrückender Stimmung und die Abende in angstvollem Warten. Mein Großvater sagte mehrmals, er habe es nicht verdient, nach einem neunzigjährigen Leben, dessen er sich nicht zu schämen brauche, mit ansehen zu müssen, daß sein Sohn starb und der Sohn seines Sohnes und der Sohn seines Enkels. Selbst sein Name, sagte er mit seltsamen Worten, die uns zu anderer Zeit zum Lachen gebracht hätten, gefiele ihm nicht mehr. Was sollten wir antworten? Abends, ehe wir nacheinander in unsere Zimmer gingen, um den Anschein zu erwecken, daß wir schliefen, beteten wir gemeinsam. Ich sah, daß Claude und Nathalie mit uns niederknieten und für den Jungen zu einem stummen und grausamen Gott beteten, an den sie nicht glaubten.

Eines Morgens endlich, nach zwei oder drei Tagen, fühlte sich Hubert ein wenig besser. Wir atmeten auf. Wir konnten wieder etwas essen, wenigstens wieder ein paar Stunden schlafen. Wir mußten den Kleinen retten. Aber wie? Wir wußten es nicht. Aber wir würden ihn retten. Es ging ihm doch schon besser. Wir hatten uns also wieder einmal für nichts und wieder nichts aufgeregt. Welch harte Prüfung! Alles erschien uns unbedeutend und einfach. Es gab nur eins auf der Welt, was wichtig war: das Leben eines Kindes. Wir riefen in Le Mans an, in Angers, in Rennes. Jawohl, jawohl, es ging besser. Die Ärzte sollten morgen wiederkommen. Man sagte, wenn der Allgemeinzustand es endlich erlaubte, könne man eine Operation vornehmen: einen Bauchhöhlenschnitt. Der junge Dechant und der Doktor von Roussette waren zum Mittagessen zu uns gekommen. Wir tranken den Kaffee, als Hélène in größter Eile hereinkam: sie sagte mit erloschener Stimme, es gehe dem Jungen nicht gut.

Wir stürzten die Treppe hinauf, mit leerem Kopf und schwerem Herzen, nur diese Worte gingen uns durch den Sinn, und wir sagten sie vor uns hin: dem Jungen geht es nicht gut. Wir schöpften Atem, ehe wir ins Zimmer traten, um möglichst unbefangen auszusehen. Ein Blick genügte: Hubert lag im Sterben. Der Schweiß rann ihm über das Gesicht, seine runden Wangen waren verschwunden, man sah nur noch die Nase, die der meines Großvaters ähnlich war. Wir waren alle im Raum. Ich weiß nicht, wie es kommt, daß bestimmte Nachrichten so schnell die Runde machen: die alte Estelle stand an der Tür und der kleine Jules neben ihr. Wir stellten uns um das Bett, um den Doktor und den Priester. Der Arzt konnte nichts mehr tun. Er war ein wenig zur Seite getreten und hatte den Platz dem Dechanten überlassen. Der Priester hatte die Hände des Kleinen ergriffen und fragte ihn: »Hörst du mich, Hubert? Hörst du mich?« und beugte sich zu ihm hinab, so weit, daß er ihn fast berührte. Hubert schlug die Augen auf. Ja, er hörte. Dann begann der Dechant, mit uns zusammen, die Sterbegebete herzusagen.

Als das Gemurmel im Zimmer aufgehört hatte, trat der Dechant zur Seite. Hélène und mein Großvater gingen zusammen auf das Bett zu, in dem der Jüngste unseres Namens lag und bald nicht mehr leiden würde. Sie knieten beide nieder, jeder nahm eine Hand des sterbenden Kindes. Wir weinten alle, aber lautlos. Es schien mir, das Warten auf den Tod dauerte eine Ewigkeit. Jetzt wollten wir, daß er stürbe und daß dieser Todeskampf aufhörte. Er starb fast still. Daß er tot war, begriff ich, als ich sah, wie mein Großvater den Kopf neigte und ihm die Hand küßte.

Wir hatten noch schöne Tage in Plessis-lez-Vaudreuil. Aber nie mehr wie zuvor. Viele der Unseren, Männer und Frauen, waren in dem alten Haus gestorben. Doch der Tod des Jüngsten von uns war wie ein Vorzeichen, wie ein Grabgeläut für die ganze Familie. Wir hatten ihn auf dem Friedhof von Roussette begraben, nach einer Messe in der Kapelle, in der wir Anne und Michel verheiratet hatten. Michel Desbois war ein Verräter, und er war im Gefängnis. Und Hubert war tot. Es hatte sich für Hélène natürlich, aber auch für Anne, für meinen Großvater, für uns alle etwas verändert in der Familie und im Haus. Wir konnten nicht mehr richtig lachen und uns glücklich fühlen. Nach so vielen Jahrhunderten, nach so vielen überwundenen Schicksalsschlägen, nach so viel Kummer und so viel Freuden rückte Plessis-lez-Vaudreuil allmählich in die Ferne.

Doch was für ein Widerspruch! Nie war Plessis-lez-Vaudreuil näher, bequemer, angenehmer gewesen. Erinnert man sich noch der langen Reisen, zu Beginn des Jahrhunderts, als wir für sechs Monate in eine abgelegene Provinz zogen? Kurz vor dem Zweiten Weltkrieg kamen wir schon für ein paar Tage, für immer kürzer werdende Ferien. Nicht zu Ostern und zu Weihnachten, sondern auch zu Pfingsten oder zu Allerheiligen.

Nun fuhren wir zum Wochenende hin oder um auch nur den Sonntag dort zu verbringen, im Citroën oder im Peugeot. Wir brachten Freunde mit zum Mittag- oder zum Abendessen. Sie blieben ein paar Stunden und fuhren wieder fort. Wir lagen vor den Toren von Paris. Es war kein Schloß mehr, es war ein Wochenendhaus, ein sehr komfortables Landhaus oder, um es mit dem Wort der Immobilienmakler und der Steuererklärungen, die wir gleicherweise verachteten, zu sagen, ein Zweitwohnsitz. Es gab jetzt vier Badezimmer, fast überall fließendes Wasser, eine Ölheizung, die ein Heidengeld gekostet hatte: »Das ist modern«, sagte mein Großvater und zog eine verächtliche Grimasse. Aber die Dachschiefer waren schadhaft. Und das Gebälk wurde morsch. Monsieur Tissier, der Dachdecker, und Monsieur Naud, der Zimmermann, hatten uns gewarnt: wenn wir drohende Gefahren und Katastrophen vermeiden wollten, müßten sofort einige Arbeiten vorgenommen werden. Mein Gott! Sollte das wirklich wahr sein? Ja, es war wahr. Wir sahen die Mauern an: sie waren am Einstürzen. Wir sahen die Türmchen an, deren merkwürdige Form, wie man sagte, aus Burgund, aus Bayern, aus Byzanz, aus Persien stammte: sie bogen sich bei starkem Wind. Die großen Herbstregen, die Stürme, die wir so liebten, waren unsere Feinde geworden. Wir entdeckten plötzlich, daß unsere Steine und unsere Balken zusammenbrachen wie unsere Ideen. Das ehrwürdige Alter und die Vergangenheit, die wir verehrten, schickten sich an, uns untreu zu werden.

Wir brauchten Geldmittel, um unsere Balken zu reparieren, unsere Wasserspeier, unsere Dachschiefer, die Decken unserer Zimmer und um unsere Eichen zu erhalten. Wir stellten mit Entsetzen fest, daß wir kaum noch welche hatten – ich meine natürlich Geldmittel. Zimmerdecken, Dachschiefer, Wasserspeier, Balken hatten wir im Überfluß. Auch Eichen, Gott sei Dank. Und eben die verkauften wir. Abends setzten wir uns mit unserem Großvater zusammen. Wir schlugen große Bücher auf, in denen unsere Bäume verzeichnet waren. Wir zählten die Überhälter, die mittleren, die neueren, die jüngeren und die alten. Die ältesten waren die schönsten. Auch das war eine Art und Weise, in der Erinnerung zu leben. Wir stießen auf Verzeichnisse, die Monsieur Desbois aufgestellt hatte. Seit dem

Tod von Jacques war es jetzt meine Aufgabe, mich um den Wald zu kümmern. Ich konnte es nicht so gut wie Monsieur Desbois. Die Papiere, die Steuern, die Kontrollen, die Einteilungen wurden jeden Tag ein bißchen schwieriger: nicht zu sagen, wie wir diese Formulare haßten, von denen wir nichts verstanden. Die moderne Welt kam uns vor wie ein Wald aus Papierstößen, die zahlreicher waren als unsere alten Eichen, wie ein Dschungel von Berechnungen, Rechnungen und Verwaltungskram. Wir hatten immer weniger Leute zum Mähen der Wiesen und zur Erhaltung unserer Wege: immer mehr Kosten und immer weniger Einkünfte. Jede Einzelheit gab unserem Großvater Anlaß, die entschwundenen Zeiten heraufzubeschwören, ein Halali mit der Herzogin von Uzès am Teich der Quatre-Vents, eine komische Szene mit den V. – seit Roberts Tod sagten wir: »die armen V.« – am Versammlungsplatz bei den Arbres-Verts, ein Gespräch mit Jules um 1880 oder vielleicht 81. Hinter den gefällten Eichen, hinter dem Geld, das immer knapper wurde, erstand eine bunte und von Leben wimmelnde Welt: große Hundemeuten, die sich um den Hirsch balgten oder um das, was von seinen Resten und Knochen unter den Tisch fiel, Reiterinnen, die von törichten Leidenschaften besessen waren, Rotröcke voller Übermut, Unbekümmertheit und Kraft, treue Diener, die ihren genauen Platz in der Rangordnung hatten und die die Hand meines Großvaters berührten, wenn sie die Mütze abnahmen. Das alles war tot.

Wir verkauften Bäume, ganze Wälder. Die Eichen rollten, sie stopften das Loch, doch es reichte nicht aus. Bevor Axt und Säge in Aktion traten, machte sich mein Großvater auf, um sie ein letztes Mal anzusehen. Er pflanzte sich vor ihnen auf. Und er betrachtete sie. Die Holzfäller warteten. Dann drehte er sich um und ging fort, ohne ein Wort, ein bißchen gebeugt, die Hände auf dem Rücken. Nun spuckten die Holzfäller in die Fäuste und sagten: »Los!«

Die Nachrichten aus Paris waren auch nicht sehr erfreulich: die Mieten der Wohnungen am Boulevard Haussmann brachten nicht mehr viel ein. Mein Großvater wunderte sich: was ging eigentlich vor? Seit hundertfünfzig Jahren lebten wir von unseren Bäumen sowie von unseren Häusern in Paris. Was mochte um Himmels willen in dieser merkwürdigen Welt vorgehen? Wir verstiegen uns in Ausführungen über soziale Theorien und Volkswirtschaft und hätten es doch viel einfacher in vier Worten sagen können: die Welt veränderte sich.

Da wir nicht sehr schlau waren, machten wir, Schlag auf Schlag, gewaltige Fehler. Vater Desbois fehlte uns. Und Michel noch mehr. Wir büßten viel Geld ein. Es entstand das Gerücht, und es drang mit gräßlicher Grausamkeit an unsere Ohren, daß wir sehr viele andere Fehler gemacht und daß wir, wären wir schneller, schlauer und weniger zurückgeblieben gewesen, Hubert hätten retten können. Vor dreißig Jahren wäre er gestorben, natürlich. Aber in unserer Zeit hätte er leben bleiben können, mußte er leben bleiben. Wir hatten uns verhalten, wie konnte es anders sein, wie man sich vor dreißig Jahren verhalten hätte. Und er war gestorben. Die moderne Zeit mit ihren wachsenden Erleichterungen und ihren großen Hoffnungen übermannte uns. Wir hatten den Eindruck, daß wir ihr nicht mehr gewachsen waren, daß sie uns entglitt, daß wir nicht mehr imstande waren, diese Geschwindigkeit und diese Schwierigkeiten zu meistern. Wir hatten zu viel Unglück gehabt. Plötzlich wankte alles. Was blieb uns übrig? Wir verkauften. Das war das einfachste. Häuser, Gemälde, einen mit kostbaren Steinen besetzten Marschallstab, Bäume, wieder Bäume, immer mehr Bäume. Grauenhaft! Mit einer Mischung aus Ironie, Traurigkeit und bitterer Genugtuung, es vor den anderen begriffen zu haben, murmelte Claude: »Rien ne va plus.« – Nichts geht mehr.

Wir befaßten uns kaum noch mit der Vergangenheit, mit der Ausbreitung des Glaubens, mit dem Testament Ludwigs des Heiligen. Wir befaßten uns mit Festmieten, mit Bauernhöfen, die nichts mehr einbrachten, mit Geld, das in seinem Wert schwankte, mit Gemäuern, die einfielen, und mit Dachschiefern, die zerbrachen. Wir wußten natürlich, daß wir noch immer und seit alters zu der ganz kleinen Zahl der Bevorrechtigten dieser Welt gehörten. Nur das System, in dem wir gelebt hatten, stürzte zusammen. Wir beklagten uns nicht: trotz allem konnten wir uns, Gott sei Dank, noch halten. Und immerhin waren wir so einsichtig, um zu erkennen, daß wir das, was uns geschah, nicht anders verdient hatten. Wir waren unsere eigenen Opfer oder vielleicht die Opfer einer Vergangenheit, an die selbst die Freiesten von uns noch gefesselt waren. Es ist schwer, die Vergangenheit zu wechseln, die soziale Klasse, die wirtschaftliche und intellektuelle Konstellation! Zu arbeiten, Geld zu verdienen, uns der modernen Welt anzupassen, das war uns als Einzelpersonen, dank den Remy-Michault, gelungen. Aber für die Familie als Gesamtheit, diesen durch die Steine von Plessis-lez-Vaudreuil verkörperten Mythos, war es schwer, fast unmöglich, sich den neuen Strukturen zu beugen, nicht nur ihren Forderungen, sondern auch, es klingt paradox, ihren Bequemlichkeiten und Annehmlichkeiten. Claude und Pierre – und vielleicht ich – begriffen, glaube ich, recht gut, was vor sich ging. Aber wir konnten nicht viel machen. Wir nahmen hin, das war alles, wir gingen sogar so weit, dem zuzustimmen, was uns zermalmte. Mein Großvater stimmte nicht zu. Er war nicht mehr in dem Alter, um zustimmen zu können. Aber er nahm hin. Wir alle nahmen hin. Was konnten wir anderes tun, als die Geschichte hinnehmen? Eine tückische, eine etwas niedrige, etwas feige Geschichte. Wir waren vorbereitet, Heldentode zu sterben, mit dem Kruzifix aufs Schafott zu steigen, unseren Glauben zu bekennen. Wir waren nicht gewappnet gegen die Geldentwertung, gegen den Anstieg der Lebenshaltungskosten, gegen die wirtschaftliche und soziale Entwicklung, gegen die Justiz vielleicht und die Zukunft und die Intelligenz, gegen den ganzen Treibsand, in dem unter dem triumphierenden Blick von Karl Marx, Lord Keynes, Doktor Freud, Einstein und Picasso – ach, wie recht hatten wir, dem Genie zu mißtrauen! – unser Haus versank.

Der Sozialismus. Wir verkauften. Die Psychoanalyse. Wir verkauften. Die abstrakte Kunst. Wir verkauften. Die Phänomenologie oder der Existentialismus. Wir verkauften. Vermögen aus Erdöl und Immobilien. Wir verkauften, wir verkauften. Was hatten wir zu tun mit dieser Epoche, die uns auf allen Seiten überflügelte? Daß der Marxismus und die Revolution sich für uns unheilvoll auswirkten, mochte noch angehen. Doch sogar die Regeln der Bourgeoisie und des Geldes waren uns fremd. Die Zukunft lehnte uns ab. Gut. Aber seit vielen Jahren gestaltete sich eine Vergangenheit, in der wir uns nicht mehr wiederfanden. Wir wurden auf allen Seiten verraten, von der Zukunft, die sozialistisch sein würde, von der Vergangenheit, die bürgerlich war. Wir verkauften. Wir konnten doch nicht die Jahrhunderte überspringen und uns auf Heinrich IV. stützen wollen und auf Sully, auf Ludwig den Heiligen, auf Suger, auf die Milliarde der Emigranten, auf den Thomismus, auf die Gegenreformation, auf den Feudalismus. Keine Kreuzzüge mehr? Wir verkauften. Wir wußten sehr gut, daß die wirtschaftliche und soziale Geschichte unser Kummer und Verdruß war. Wir bildeten uns nicht einmal mehr ein, daß Gott, seine Wahrheit, seine Gerechtigkeit auf unserer Seite waren. Und mehr als durch den Ruin und durch die Ohnmacht fühlten wir uns durch die Vernachlässigung und Abkehr Gottes niedergeschlagen.

Eines schönen Tages, sehr bald, saßen wir in Plessis-lez-Vaudreuil isoliert, wie auf einer Insel. Der Boulevard Haussmann, die Bauernhöfe in der Haute-Sarthe, ein Großteil des Waldes waren veräußert worden. Übrig blieben das Schloß und unsere ältesten Bäume. Als wir uns des Schiffbruchs bewußt wurden und um uns schauten, erschraken wir vor der grausamen Wirklichkeit. Die Zeit, auf die wir alles gegründet hatten, hatte sich blitzartig umgekehrt und alles umgestürzt. Wir setzten uns alle zusammen – das heißt, die noch übrig waren ... – um den steinernen Tisch. Die Linden standen noch immer da, sie waren weniger geworden, etwas weniger belaubt. Der Tod hatte auch unter ihnen gehaust. Wir redeten wie einst: über die Regierung, über die Nachbarn, über die Messe am Sonntag, über die Fortschritte der Kinder in der Schule. Aber es war etwas Unbestimmbares da, das nicht mehr so war wie früher: nicht nur, daß im Winter kein Schnee mehr fiel und im Sommer die Sonne nicht mehr schien, sondern daß die Vergangenheit und die Zukunft gleichzeitig um uns zusammenbrachen und daß wir in der Luft hingen. Ein Satz klang immer wieder auf wie eine geheime Botschaft, wie die mit Hilfe einer durchsichtigen Chiffre verschlüsselte Übertragung dessen, was wir nicht auszudrücken wagten. Mein Großvater blickte zum Himmel und zu den Wolken hinauf, sprach von der Temperatur, berichtete, wieviel Grad er auf dem Thermometer im Gemüsegarten abgelesen hatte, und sagte: »Das Wetter ist nicht mehr, was es war.« Nein, nicht nur das Wetter, auch die Zeit war nicht mehr, was sie gewesen. Sie floß noch dahin. Aber gegen uns. Doch damit war nicht alles gesagt. Sie hatte ausgespielt. Und wir auch.

Ich meinte, das alles sei ziemlich schnell gegangen. Und dann entsann ich mich, daß wir zwanzig und dreißig Jahre zuvor und vierzig und fünfzig schon dasselbe gesagt hatten. Jetzt hatten wir, da wir alterten, den Eindruck, das Ende der Zeiten sei nahe. Aber Jean-Claude und Anne-Marie und Véronique und Bernard sahen uns an und lachten. Auch wir hatten gelacht, als wir Onkel Joseph und Onkel Charles und meinen Großonkel Anatole so hatten reden hören. Ich zuckte die Achseln. Alles ging weiter, so war es, diese gewaltige Masse von Interessen, Gefühlen, Leidenschaften und Erinnerungen, Hoffnungen und Ängsten, Tollheiten und Weisheit, aus der unsere Welt bestand. Die Welt ging weiter. Aber anders. Etwas war seinem Ende nahe: Plessis-lez-Vaudreuil.

Manchmal setzte ich mich abends vor dem Diner an mein Fenster. Und ich betrachtete die alten Bäume, in der Ferne den Teich, den steinernen Tisch, diese ganze vertraute und stille Landschaft, die sich seit Jahrhunderten vor unseren Augen ausbreitete. Es war die Stunde, da tiefe Stille herrschte, da die Vögel schwiegen. Man sah sie vorüberfliegen, lautlos, ziemlich hoch am Himmel, an dem die Wolken sich zerteilten. Wir waren fest verbunden mit diesen sanften Linien, mit diesen etwas verschwommenen Farben, mit diesem unvergleichlichen Geruch, der bis zu mir heraufstieg. Ich schloß die Augen. Weder Pierre noch Claude, noch ich, keiner von uns war noch wie unser Großvater in dieser Erde verwurzelt, aus der wir stammten. Nur Philippe vielleicht... Aber wir alle erkannten uns in ihr wieder, und wir waren mit den schweren und teuren Ketten der Tradition und der Erinnerung an sie gefesselt. Diese Bäume, dieser kleine Hügel, dieser einfache und unersetzliche Himmel, das waren wir. Der steinerne Tisch, das waren wir. Die Linden, das waren wir. Sollten wir das alles verlassen müssen, das uns so nahe stand, Fleisch von unserem Fleisch, unsere Toten, unsere nicht erfüllten Hoffnungen? Ach, wir saßen schön in der Klemme! Ich wußte es: alles änderte sich. Ein großes unhörbares Stimmengewirr drang bis zu mir. Jenseits des Teiches und des Waldes schlugen sich Millionen von Menschen mit ihren Problemen und ihren Interessen herum, die nichts mehr mit den unseren gemein hatten und die wir so lange Zeit ignoriert hatten. Mit ihrem Elend und ihrem Unglück, das wir nicht teilten. Diese unversehrte und gestaltete Natur, diese stille, harmonische und gepflegte Schönheit war ein unglaubliches Vorrecht, das wir allein genossen. Über den Bäumen, am Himmel, auf dem Wasser des Teichs, über dem steinernen Tisch formte sich ein Wort, ein einziges, sechs einfache, unheilschwangere Buchstaben: *Vorbei* ... *Vorbei* ...

Wir haben uns noch zwei Jahre hingeschleppt, wie sich Hubert sechs Tage hingeschleppt hatte. Wir klammerten uns fest. Es war eine lange Folter, unterbrochen von Steuerzahlungen und unsinnigen Berechnungen. Wir wurden geizig, verdrießlich, ein bißchen merkwürdig. Dutzendweise wurden die Millionen von sozialen Lasten verschlungen, die uns sehr beanspruchten, von den Löhnen der Gärtner, vom Gebälk der Kapelle, von den Schieferplatten auf dem Dach. Der Abstand zwischen Einkünften und Ausgaben wurde immer größer. Unter dem Mantel der Tradition dachten wir nur noch an Geld. Dann und wann brachte uns mein Großvater noch zum Lachen. Während des Zweiten Kaiserreichs und zu Beginn der Dritten Republik hatte sein Vater zur Instandhaltung des Dachs drei Dachdecker das Jahr über beschäftigt. Er überlegte, ob es nicht eine Ersparnis wäre, auf diese alte Methode zurückzugreifen. Wir begannen wieder zu addieren und vor allem zu subtrahieren. Allein für das Dach des Schlosses benötigten wir jedes Jahr ein halbes Dutzend Millionen. Die Bäume des Waldes, die blind abgeholzt worden waren, brachten nur vier oder fünf ein. »Ja«, sagte mein Großvater, »wir werden uns einschränken müssen.« Diesen Ausspruch hörten wir jetzt ungefähr zweimal in der Woche. Und er schlug vor, wir sollten uns mit zwei Dachdeckern anstatt mit dreien behelfen, mit drei Gärtnern anstatt mit sieben. Wer je die Gelegenheit hatte, durch die Haute-Sarthe zu fahren und durch die Gärten von Plessis-lez-Vaudreuil, das heißt, was von ihnen übriggeblieben ist, zu gehen, durch den berühmten Küchengarten, durch das Buchsbaumlabyrinth, in das wir nie den Fuß gesetzt haben, wird unschwer einsehen, daß drei Gärtner tatsächlich nicht viel waren. Aber drei waren immer noch zu viel. Und es war etwas Komisches an dieser Notlage, in der zwei oder drei Gärtner, wir zögerten noch, übrigblieben, schon damals spanische Dienstmädchen, eine Negerin als Köchin und der unwandelbare Jules, dem Bild unserer Erinnerung entsprechend, ein neuer Phönix, der aus der Asche stieg. Wir waren noch stolz, obwohl wir ruiniert waren. Aber wir waren ruiniert, obwohl wir stolz waren. Claude hatte recht: nichts ging mehr.

Die Schönheit kostete viel. Das war uns klar. Uns war auch klar, das kann ich versichern, wie sehr wir zum Lachen Anlaß gaben, wie lächerlich wir waren. Nicht die gleiche Lächerlichkeit wie die lächerliche Grandeur zu Beginn des Jahrhunderts. Die klägliche Lächerlichkeit der vom Leben Besiegten. Ich muß hier wohl etwas deutlicher werden, um darzulegen, was vor sich ging. Hunger litten wir nicht, nein. Wir hatten noch immer Wagen, recht elegante Anzüge, nach Maß gefertigte seidene Hemden, die sehr teuer waren, höchst luxuriöse Allüren. Wir lebten noch auf großem Fuße, was uns Neider eintragen konnte. Aber es geschah nur aus Gewohnheit, aus Schwäche, aus Unfähigkeit, sich etwas anderes vorzustellen – wir murmelten gern, in einer Anwandlung von Grandeur und zugleich Heuchelei, in einer letzten Aufwallung guten Gewissens: aus Pflicht. Was soll ich noch sagen? Ich kann mich schwerlich anders ausdrücken: unser Gefüge brach zusammen.

Unser moralisches Gefüge natürlich, die Werte, wie man sagte, mit denen wir jahrhundertelang wie Blinde gelebt hatten. Aber man kommt noch ganz gut zurecht mit moralischen Werten, die zusammenbrechen. Der Intelligenteste, der Großherzigste unter uns – es ist schon klar, daß ich Claude meine – hatte sich bereits umgestellt. Was jetzt krachte, war unser wirtschaftliches und soziales Gefüge. Und selbst Claude, da er unwillentlich und fast ohne es zu wissen doch stets zu uns gehört hatte, war von dem Desaster betroffen. Er war betroffen, weil er mit allen Fasern an Plessis-lez-Vaudreuil hing, weil die Ideen nicht sehr schwer wiegen und die Lebensart alles ist, weil plötzlich die Erinnerung aus der Asche emporstieg. Manchmal meinte ich, daß Claude mehr litt als wir. Weil die Widersprüche, in denen er sich bewegte, noch schmerzlicher waren als die unsrigen.

Wir wehrten uns! Plessis-lez-Vaudreuil wurde in eine Gesellschaft umgewandelt, aus steuerlichen Gründen und um im voraus den zusätzlichen Schwierigkeiten, die in der Zukunft auf uns lauerten, zu begegnen. Gesellschaft, allein das Wort und der Gedanke, mit den finanziellen Kombinationen im Hintergrund und der Vergabe von Anteilen, mißfiel meinem Großvater in höchstem Maß. Aber was konnte man anderes tun? Es war schon nicht einfach, von meinem Großvater, meinem Vater, von Onkel Paul zu berichten: ich habe vereinfachen müssen. Außer seinen Brüdern und seinen Söhnen, die wir haben auftauchen und verschwinden sehen, hatte mein Großvater noch zwei verheiratete Schwestern, und er hatte drei Töchter, die nicht bei uns lebten, die aber selbstverständlich ihren Anteil am Erbe beanspruchten, drei Schwestern meines Vaters und Onkel Pauls. Wir betrieben Geburtenkontrolle damals noch in bescheidenem Maß: jede dieser Töchter hatte Kinder gehabt. In Onkel Pauls Generation, die Männer, die im Krieg gefallen waren, mitgerechnet, waren es sieben. In der meinen waren wir dreizehn: Anne und ich, meine vier Vettern und sieben Kinder von meinen drei Tanten. In der Generation von Anne-Marie und meinen Neffen kamen trotz der Toten und der Unverheirateten gut zwanzig zusammen. Zur großen Freude meines Großvaters heiratete Claude Nathalie, weil sie ein Kind erwartete. Noch eins. Einundzwanzig oder zweiundzwanzig. Wie sollte Plessis-lez-Vaudreuil unter diesem Kindervolk aufgeteilt werden? Als wir eines Tages zum hundertstenmal über diese Frage diskutierten, sprach Bernard einen furchtbaren Satz aus, der tief aus dem Unterbewußtsein der Familie kam: »Wie gut, daß Hubert gestorben ist.« Ich möchte hier bezeugen, daß Bernard Hubert sehr zugetan gewesen war. Aber er brachte auf seine zynische und moderne Weise, in der jedoch noch Reflexe aus alter Zeit mitschwangen, eine tiefe Wahrheit zum Ausdruck: jetzt erst bekamen wir die Folgen der Revolution und der Abschaffung des Erstgeburtsrechts zu spüren. Auch die Geschichte wird nicht so heiß gegessen. Wir hatten es immer gewußt – und es war immer ihr eingestandenes Ziel gewesen, sie verhehlten es gar nicht, und ich behaupte auch nicht, daß sie unrecht hatten –, daß diese Folgen unser Ende als soziale Körperschaft bedeuteten. Wir hatten lange standgehalten. Jetzt sollten wir sterben.

Auch ich versuche, noch eine Weile in Plessis-lez-Vaudreuil weiterzuleben. Ich verstecke den Kopf hinter meinen Worten, so wie wir, nach Art des Vogels Strauß, den Kopf in den Kies unserer Parkwege steckten. Wir kamen, wir fuhren wieder ab, wir besuchten die Messe, wir taten fast so, als gingen wir weiterhin auf die Jagd und ritten aus, wir wollten von den uns drohenden Gefahren nichts wissen. Aber das Herz war nicht mehr dabei. Es war etwas Unheimliches in dieser sich hinziehenden Komödie. Selbst die Fasanen und Hasen wollten dem anscheinend entgehen und machten sich rar. Von Zeit zu Zeit breiteten wir vor der Fassade des Schlosses noch Jagdstrecken aus, aber sie waren recht mager. Auch das war ein Vorwand, um Erinnerungen heraufzubeschwören, die prächtigen Bilder vom Beginn des Jahrhunderts mit ihren nach Hunderten zählenden Stück Wild und ihren altmodischen Gestalten, die ins Dunkel sanken. Ja, auch die Jagd war nicht mehr das, was sie gewesen war. Die Jüngeren, Véronique und Bernard, dachten an nichts weiter als daran wegzugehen. Hubert hatte uns verlassen. Bernard und Véronique wollten uns ebenfalls verlassen. An Sommerabenden vernahmen wir, wie sie neidvoll hingegeben den synkopischen Rhythmen lauschten, die ihnen von Saint-Tropez, den Stränden, die in Mode waren, von den Orten, wo junge Leute ihres Alters sich vergnügten, durch ihre Musik- und Phonokoffer zugetragen wurden. Ich machte noch ziemlich häufig mit meinem Großvater den Gang um den Teich. Sein neunzigster Geburtstag lag hinter ihm, und noch immer marschierte er festen Schritts. Wir nahmen genau denselben Weg wie zu der Zeit – mein Gott, lag das weit zurück! –, als er mich über Claudes geistliche Berufung ausfragte, über Onkel Pauls Geschäfte, über die Beziehungen von Pierre zu Ursula und das Gerede, das entstanden war, sowie über Anne-Maries Leistungen in der Schule. Und wir sagten jetzt die gleichen Dinge, die nun andere Personen und andere Geschehnisse betrafen. Wir gehörten in der westlichen Welt zu den letzten, die ihr Leben in derselben unveränderten, unversehrten Landschaft verbrachten, mit denselben Bäumen, die denselben Schatten auf dieselben Wege warfen, über die wir zu denselben Stunden schritten. Kein Wunder, daß auch unsere Gedanken unwandelbar und unverrückbar geblieben waren. Noch bewegte sich nichts in unserer Umgebung. Einige Bäume waren gefällt worden, das war alles. Doch die Geister änderten sich und die Seelen und der Gang der Zeit, die unseren Sturz jeden Tag ein bißchen mehr beschleunigte. Mein Großvater wußte es. Manchmal war er unzufrieden, daß er so alt geworden war. Er sprach jetzt mit mir über die Kinder, die nach ihm, nach mir unseren Namen weitertragen sollten. Anne-Marie bereitete ihm Sorge. Die anderen liebte er, aber er verstand sie nicht. »Wir kämpfen für etwas«, sagte er zu mir, »das ihnen nichts bedeutet.« Wie immer waren die Toten unser Trost. »Ach, Hubert...«, murmelte mein Großvater. Und es schien, als hätte es Hubert, wenn er am Leben geblieben wäre, gelingen können, alles zu retten, die Begum zu heiraten, das Schloß instand zu setzen, alle vom Wind und vom Alter entwurzelten Bäume wieder einzupflanzen, alles anzuhalten, was aufstieg, während wir abstiegen – den Sozialismus, die abstrakte Kunst, die atonale Musik, die mein Großvater so scheußlich fand, die Erdölgeschäfte und die Entwicklung auf dem Immobilienmarkt, die Pornographie, die zaghaft einen Kopf durch die Löcher der Geschichte steckte –, schließlich und endlich unserem Namen und dem Haus, das ihn verkörperte, den ganzen dahingeschwundenen Glanz wiederzugeben. Ach, Hubert... Hubert... Es wiederholte sich, nur grausamer, was damals der Tod von Robert V. auslöste. Nie hatten wir ihn zu seinen Lebzeiten mit so viel Liebe und Zärtlichkeit umgeben. War das nicht ganz natürlich? Wir liebten nur die Ewigkeit. Und Hubert war schon, ehe er an der Reihe war, in die Ewigkeit eingegangen.

Von Hubert ging mein Großvater über zum Tod von Onkel Anatole, zum Tod von Tante Yvonne, zum Tod von meiner Urgroßmutter, die am Carrefour des Arbres-Verts vom Pferd gestürzt war, und von der Urgroßmutter meiner Urgroßmutter, die auf der Guillotine geendet war. Wahrhaftig, wir verbrachten unsere Zeit damit zu sterben. Jeder in der Familie war schließlich gestorben. Aber niemand vergaß je etwas. Dieses außerordentliche, kollektive und mystische Gedächtnis machte den Namen aus, die Familie, das Schloß. Und mein Großvater wollte diese über die Zeit gespannte Kette – von jeher war die Zeit unsere Feindin, der wir trotzten – nicht brechen sehen.

Sie brach.

Seit fünfzig oder sechzig Jahren, ein paarmal durch Vermittlung von Albert Remy-Michault, waren in Plessis-lez-Vaudreuil immer wieder Kaufangebote eingegangen. Nacheinander hatten uns ein russischer Großfürst, Basil Zaharoff, der Herzog von Westminster, zur Zeit, als er mit der Idee liebäugelte, Mademoiselle Chanel zu heiraten, Charlie Chaplin und ein griechischer Reeder ständig, zumindest nominal, wachsende Summen im Tausch gegen unser Haus geboten. Wir hatten entweder gar nicht geantwortet oder hatten, zwar nicht mit Beleidigungen, so doch in ungewöhnlich scharfen und schroffen Wendungen geantwortet, fast in verletzenden für Leute, die uns doch in ihrer linkischen Art und Weise – man könnte allerdings schwerlich behaupten, der Herzog von Westminster und der Großfürst Wladimir hätten keine Lebensart besessen – eher eine Ehre erwiesen. »Und unser Name?« knurrte mein Großvater. »Möglicherweise sind sie so vermessen, gleich unseren Namen mit aufkaufen zu wollen.« Jetzt kamen die Angebote nicht mehr von einem Großfürsten, nicht von einem großen Schauspieler oder einem großen Reeder. Sie kamen von einer Immobiliengesellschaft mit amerikanischem Kapital und einer etwas barbarisch abgekürzten Firmenbezeichnung, etwa wie C.O.P.A.D.I.C. oder F.O.R.A.T.R.A.C., und man hätte meinen Großvater sehen müssen, wie er diese Worte kaute, wütend und verächtlich. Zehn oder fünfzehn Jahre danach ging die Gesellschaft Verbindungen ein zu Unternehmen, die in etwa ebenso bedeutend waren wie die Société des Bains de Mer und der Club Méditerranée. Sie wollte das Schloß mit allem, was an Boden und Bäumen noch übrig war, um ein Hotel daraus zu machen, im Stil einer Luxusherberge, eines ländlichen Relais, wo die Gäste reiten können, Tennis oder Golf spielen oder baden in einem Schwimmbecken, das superelegante, aus einem weißen Mercedes gestiegene Herren hinter dem steinernen Tisch ausheben lassen wollten. Unseren Großvater hatten wir schnell in sein Zimmer geführt, damit er keinen Schlaganfall erlitte. Pierre, ein bißchen blaß, diskutierte mit Beratern und Experten, die alle acht Tage wechselten und sukzessive Filialen und Holdinggesellschaften mit austauschbaren und pompösen Namen vertraten – sie waren alle ineinander verzahnt, um die Kunden zu beeindrucken und um den Fiskus zu verwirren. Sie jonglierten mit Massen-Freizeit und -Erholung, mit Autobahnen und Flughäfen, und das alles kam aus ihrem Mund wie Diamantenschnüre von den Lippen der Prinzessinnen in persischen Märchen. Auch mit Millionen: da wurde Pierre nachdenklich, und Véronique und Bernard hüpften vor Aufregung. Nicht doch, das war nicht möglich. Wir waren schon nicht mehr allein, wenn wir den Kaffee am steinernen Tisch einnahmen. Wir waren von Schatten umgeben, aber das waren nicht mehr die Geister der aus der Vergangenheit wiederauferstandenen Hingeschiedenen der Familie, es waren die Phantome von Fremden, die aus der Zukunft auf uns zukamen. Noch gehörte das Schloß uns, aber eine anonyme Schar von mützenbewehrten Golfern und etwas vulgären Tennisspielern bedrängte uns schamlos. Wir zögerten, wir sträubten uns. Die anderen spürten es. Die Millionenbeträge häuften sich. Die sich überschlagenden Gebote bestimmten unseren Entschluß, aber natürlich in entgegengesetztem Sinn: »Wie können Leute ehrlich sein«, sagte mein Großvater wütend, »die hundert Sous anbieten und dann am nächsten Tag, weil wir nicht angenommen haben, das Doppelte!« Er unterbrach sich einen Augenblick, es schien, als denke er nach, er sah gräßliche Bilder an seinen Augen vorbeiziehen, es war wie die Versuchung des heiligen Antonius, die eine umgekehrte Wirkung hatte: Leute in Badehose oder in Hosenträgern, beim Sonnenbaden, dazu Akkordeonklänge... Dann brach es aus ihm heraus: »Sie wären imstande, vor der Kapelle Boule zu spielen und dabei diese aus Amerika importierten grauenvollen Sachen zu trinken.« Unmöglich. Wir sagten nein. Zur Verblüffung der anderen, die uns sogar angeboten hatten, daß wir noch eine Weile wohnen bleiben und uns um die Freizeitgestaltung und den Betrieb kümmern könnten.

Sieg! Wir blieben im Haus. Eine Wolke barst auseinander, ein Blitz schlug ein, ein Stück Wald fing Feuer: wir büßten noch einige Hunderttausend Francs ein oder vielleicht eine Million. Wir nahmen Hypotheken auf, wir nahmen Darlehen auf. Wir wußten nun genau, daß die Katastrophe unabwendbar war. Ungefähr konnten wir den Zeitpunkt berechnen – er war nicht mehr sehr fern –, an dem wir weder Jules zu bezahlen vermochten noch die Steuern, noch die Elektrizität, noch das Telephon; mein Großvater machte sich Vorwürfe, daß er es zu Beginn des Jahrhunderts mit fast sträflichem Eigensinn hatte einrichten lassen. Anne-Marie schickte Geld, das sie mit einem Film verdient hatte, in dem sie – was mein Großvater aber nicht wußte – im Badetrikot und im Nachthemd auftrat. Tante Gabrielle und Pierre kratzten alles zusammen, was sie in den Schubladen der Remy-Michault noch auffinden konnten, am Ende der Belle Époque hatte ihr ungeheures Vermögen meinen Großvater angewidert: das waren Wassertropfen für den Sturzbach, der uns davontrug und mit uns das Schloß. Philippe, der spektakuläre Gesten liebte und stets ein bißchen überspannt war, erschien eines schönen Morgens am Frühstückstisch – glücklicherweise frühstückte mein Großvater stets in seinem Zimmer, doch die anderen fanden sich, weil Mangel an Dienstboten war, im Speisesaal ein – mit einer zusammengefalteten Zeitung, die er zwischen die Brotscheiben warf: die Saint-Euverte in der Normandie hatten ihr Henri-Quatre-Schloß mit Dynamit in die Luft gesprengt, das um 1880 von einer unwahrscheinlich reichen Großmutter, einer geborenen Rufus Israel, ein bißchen zu sehr aufgefrischt worden war, es war wirklich ziemlich häßlich. »Weg damit«, sagte Pierre, ohne von seiner Tasse aufzublicken. Aber der Gedanke arbeitete in Philippes Kopf weiter, Philippe war leicht zu entflammen. Eine solche ein Ende setzende Katastrophe hätte ihm nicht mißfallen, etwas, das Protest erhob gegen eine Epoche und gegen ein Regime, das sogar der General seinem Schicksal überlassen hatte. Der General in Colombey, die Sozialisten an der Macht und Plessis-lez-Vaudreuil in Flammen: der Zusammenprall dieser unheilvollen Ereignisse hatte für Philippe etwas Verlockendes. War eine solche Götterdämmerung in unserem kleinen Maßstab nicht besser, als sich auf Zehenspitzen davonzuschleichen und den Schlüssel unter Jules' Fußmatte zu legen zur Verfügung der neuen Besitzer, die, das war sicher, buntscheckige Hemden trugen und neumodische Ideen im Kopf hatten? Claude zog die Augenbrauen hoch, zuckte die Schultern: wirklich, Philippe war der gleiche geblieben.

Diese Mischung aus Ungewißheit und Angst machte sich in der allgemeinen Stimmung bemerkbar. Die Tour de France, das Wetter, die Erbsen und die Milch, der Sinn derer, die uns noch als Hüter und Gärtner verblieben, die Höflichkeit der Jüngeren, die Sitten der Familie selbst, mit einem Wort: alle Dinge waren nicht mehr das, was sie waren. Die Birnen waren nicht mehr so gut. Mein Großvater war sein Leben lang, was Birnen anbetraf, ein Liebhaber und ein Kenner. Er war imstande, die verschiedenen Sorten zu unterscheiden, nach dem Äußeren, nach dem Geschmack und, mit geschlossenen Augen, fast auch nach dem Geruch und nach der Berührung: die Conférence von der Louise-Bonne, die Doyenné du Comice von der Passe-Crassane, die Duchesse d'Angoulême oder die Comtesse de Paris von der Sucrée de Montluçon, die Bon Chrétien William von der Beurré Hardy. Sie alle taugten nicht mehr viel. Wir wunderten uns. Die Birnen hatten stets zum Stolz von Plessis-lez-Vaudreuil gehört. Pierre stellte Nachforschungen an. Er fand heraus, daß die Birnen aus dem Obstgarten von unseren Gärtnern, die wir nicht mehr ausreichend bezahlen konnten, nach Angers oder Le Mans verkauft wurden. Und die Birnen, die auf unseren Tisch gelangten, kamen aus Paris.

In den wissenschaftlichen Theorien, in den Kunstarten, in den Verwaltungen, in den Gesellschaften, in den Familien tritt plötzlich ein Moment ein, wo alles, was bislang in Ordnung und Harmonie ablief, zu stottern und zu stolpern beginnt. Man denkt sich Abhilfen aus, Ersatz, Verbesserungsmaßnahmen, Neugestaltungen jeder Art – und manchmal mit Erfolg. Es gibt in der Geschichte Herbste, die zuweilen so schön sind wie der Frühling. Und sieghafte Untergänge. Justinian, Belisar, Hegel bezeichnen das Ende von etwas, das nie größer gewesen ist als zur Zeit der Abenddämmerung, die von ihrem Geist erleuchtet wird. Wie auch immer: das Römische Reich verfällt, die Philosophie ist tot. Die Idee von der Schicksalsbestimmung, welche die Menschen in tausenderlei Formen plagt, rührt, so meine ich, von der sonderbaren Verbindung der Kräfte der Zerstörung her, von der Unmöglichkeit, das aufzuhalten, was in den Abgrund rollt. Man stopft eine Spalte zu: und zehn neue Risse entstehen. Man wirft das Steuer herum: der Sturm nimmt zu. Die Altersschwäche, die Dekadenz, der Sturz – man könnte sagen, sie nähren sich aus sich selbst, aus ihrem eigenen Taumel, bis zur Faszination. Es ist nichts zu machen gegen den Verschleiß, es ist nichts zu machen gegen die Zeit. Wir hatten auf sie gebaut, um unsere Macht zu errichten: sie kehrte sich gegen uns, sie warf uns in die Vergangenheit zurück, die wir so geliebt hatten. Sie baute andernorts neue Theorien auf, bestechende Visionen, wundervolle Hoffnungen. Doch wir, wir gingen kaputt, wir kamen herunter. Wie es Gott gefällt. Nie wieder sollten wir das köstliche, aber verlorene Aroma – köstlich und verloren, köstlich, weil verloren – der Birnen von Plessis-lez-Vaudreuil schmecken.

Ja, wir verlebten noch schöne Tage in Plessis-lez-Vaudreuil. Véronique und Jean-Claude heirateten beide, am selben Tag, in unserer alten, schon bekannten Kapelle voller Erinnerungen und Freunde. Jagdhörner waren da, sie schmetterten bei der Erhebung der Hostie, und alle Anwesenden zuckten zusammen. Strahlende Sonne lag über dem Hof und dem Park. Die Kinder waren schön. Sie waren keine Kinder mehr. Durch sie hindurch, in ihnen, sah ich andere Kinder: die sie gewesen waren, die ihre Eltern gewesen waren. Die wir gewesen waren. Es waren nicht nur ihre Spiele, ihre Erwartung, ihre Jugend, ihr wiedererwecktes Staunen, was im Geist die kleine, mit vielen Menschen vollgestopfte Kirche erfüllte: es waren die unsrigen. Welche Liebe zum Leben! Welche Freude! Neben vielen Fehlern hatten wir, glaube ich, die Begabung, Feste zu feiern. Unsere Bälle, unsere Jagden, unsere Geburtstage, unsere Namenstage, unsere Hochzeiten, unsere Begräbnisse, sogar unsere Tee-Einladungen waren unübertrefflich. Die eroberungslustige Bourgeoisie hatte die Feste von uns übernommen: nie war es ihr gelungen, unseren Frohsinn nachzuahmen, an dem die Feuerwehrleute teilhatten, die Holzfäller, der Photograph, der Lehrer – alle die Leute aus unseren Dörfern, die uns geliebt hatten und die wir liebten. Ist die Hochzeit von Anne noch erinnerlich? Die Hochzeit von Véronique mit Charles-Louis, von Jean-Claude mit Pascale glichen ihr, wie sich zwei Wassertropfen gleichen. Das war eine weitere Begabung der Familie: durch Wiederholung hoben wir die Zeit auf.

Ich sehe den Hof von Plessis-lez-Vaudreuil vor mir, unter der Sommersonne, und die beiden Paare, die mit Jules und dem Dechanten Champagner tranken. Tu die Augen auf, schau genau hin! Ich schaute genau hin, denn wir wußten alle schon, daß diese lebensprühende Schönheit uns entrissen werden würde. Am Abend, nach dem Souper im Freien, unter den Linden, am steinernen Tisch, hatte mein Großvater mit unglaublicher Kühnheit der Moderne ein Opfer gebracht: heimlich, um uns zu überraschen, hatte er eine Vorführung vorbereiten lassen, die er, wohl als letzter in Frankreich, noch eine Kinematographen-Vorstellung nannte. Er, der nicht die geringste Ahnung von dieser neuen Kunst hatte, hatte mit unfehlbarer Sicherheit, ich vermute des Titels wegen, einen Film ausgewählt, der fast ein Symbol für uns war: *Vom Winde verweht*. Wir waren vom Unglück heimgesuchte Südstaatler. Die Pferde, die Kaleschen, die schwarze Dienerschaft, die Krinolinen, das Glück und der Ruin schwebten um uns herum. Als das letzte Bild mit den Phantomen von Melanie, Ashley, Rhett Butler, Scarlett O'Hara und ihren dahingegangenen Liebeserlebnissen erlosch, waren wir alle – das Schloß, der Teich, der steinerne Tisch bei den Linden, unsere Träume, unsere Tollheiten, unsere Illusionen und wir –, waren auch wir Phantome in der Nacht, die ihrem Ende entgegenging. Man ahnte schon in der Ferne, hinter dem Ende der Nacht, die Morgendämmerung eines anderen Tags, der sich anschickte zu erwachen. Ein anderer Tag. Eine andere Morgendämmerung. Eine andere Zeit als die unsere.

Am nächsten Tag verschwanden die Kinder für zwei Monate. Jean-Claude mit seiner jungen Frau, Véronique mit ihrem Mann. Anne-Marie machte sich wieder auf, nach Rom, nach New York, nach Hollywood, nach Rio de Janeiro. Bernard fuhr nach Cannes – in Wahrheit nach Saint-Tropez. Aber er sagte Cannes, um meinem Großvater einen Gefallen zu tun, der ein Faible für Lord Brougham hatte. Wir, die Alten, blieben allein zurück. Wir waren plötzlich hundert Jahre alt. Die Doppelhochzeit, die Sonne über dem Hof, die Messe in der Kapelle, die Fröhlichkeit, die Freundschaft, die wiedergefundene Unbekümmertheit waren nur ein weiterer Aufschub gewesen. Der Film *Vom Winde verweht* trug seinen schönen Titel zu Recht. Unser Leben war zu Ende. Ein Abendwind wehte es davon.

Das war unser letzter Sommer in Plessis-lez-Vaudreuil. Durch seinen Tod hatte Hubert uns einen letzten höchsten Dienst erwiesen: er verschaffte uns ein ehrenwertes Alibi, um das Haus zu verlassen, das uns mit seinem Gewicht erdrückte. Hélène konnte Plessis-lez-Vaudreuil, wo ihr Sohn gestorben war, nicht mehr ertragen. Sie kam nur noch sehr selten. Tante Gabrielle war krank und verbrachte die meiste Zeit in Paris. Merkwürdig: meine Mutter, Ursula, Tante Gabrielle, Anne, Hélène, Anne-Marie, Véronique waren in die Ferne gerückt durch Tod, Krankheit, Berühmtheit, Heirat, Geschichte, Kummer; die einzige Frau bei meinem Großvater und seinen vier Enkelsöhnen war eine junge rothaarige Jüdin, die zwei Greise bewunderte – meinen Großvater und Stalin. Wir führten ein enggewordenes Leben. Wir gingen kaum noch bis zum steinernen Tisch, bis zu den Linden, bis zu dem Teich. Wir tranken unseren Kaffee auf den Stufen vor dem Salon, auf den Steinen der alten Zugbrücke. Es sah so aus, als hätten wir in Plessis-lez-Vaudreuil ein zeitlich begrenztes Lager aufgeschlagen. Wir setzten nicht einmal mehr die Dachschiefer und das Gebälk instand. Im Geist entfernten wir uns bereits vom Haus unserer Väter.

Als das Angebot einer großen Spinnerei aus dem Norden bei uns eintraf – man wollte während der Sommermonate Kinder zur Erholung schicken und während der anderen Zeit des Jahres Studiengruppen unterbringen und Vorträge abhalten –, waren wir nicht mehr fähig, auch nur den geringsten Widerstand zu leisten: wir waren am Ende unserer Nerven und Kräfte. Ein Wort wie Ferienkolonie, das noch zur Vorkriegszeit gehörte, aber vor allem Worte wie Colloquium, Kader-Zusammenkünfte, Umschulung, die sich langsam einbürgerten, vermochten es durchaus, meinen Großvater in Rage zu bringen. »Wirres, unverdauliches Zeug!« murmelte er wütend und entfernte mit der Spitze seines Stocks, der mit einem kleinen Schaber, einer winzigen Hacke, versehen war, aus alter Gewohnheit das Unkraut auf der Platanen- oder Königs-Allee. Aber letztlich waren die Technokraten immer noch besser als die Krämer. Professoren der Sozialwissenschaften und Volkswirtschaft waren nicht gerade das Ideal meines Großvaters. Aber schlimmer als die Freizeitgestalter konnten sie nicht sein. Mein Großvater, der nie viele Leute gekannt hatte und jetzt niemanden mehr kannte, bat Pierre, der sich mit ganz Paris duzte, Auskünfte über die in Frage stehende Gesellschaft und über ihre Direktoren einzuholen. Pierre erschien mit Aktenordnern voller Zahlen, Bilanzen, Einzelheiten über den Cash-flow und die Investierungen. »Das wollte ich gar nicht von dir wissen«, sagte mein Großvater. »Religion? Moral? Ich wage kaum zu hoffen, daß es noch Monarchisten in der Großindustrie gibt. Aber, sind sie katholisch?« Pierre biß sich auf die Lippen. Er wußte, daß der Generaldirektor den Mädchen nachstellte und zwei Mätressen aushielt und daß einer der Vizedirektoren zumindest offenkundig homosexuell war. Doch feigerweise sagte er nichts darüber: der Lebenswandel der leitenden Herren hätte die ganze Angelegenheit zum Scheitern gebracht. Er versicherte unserem Großvater, daß das Unternehmen in seiner Gesamtheit katholisch sei, was stimmte, und daß die Direktoren, gemäß einem Ausdruck, den ich mein Leben lang gehört hatte, von dem ich aber nicht annahm, er habe den Krieg überdauern können, eher wohlgesinnt seien. Um seinen Worten mehr Gewicht zu verleihen, fügte er hinzu, daß der Generaldirektor – der ein Sittenregister hatte und den eine ziemlich unangenehme Angelegenheit mit Minderjährigen darum gebracht hatte, sich bei den Wahlen für den Senat als Kandidat aufstellen zu lassen – recht ordentliche Ansichten habe. So begriff ich, daß Pierre zum Verkauf entschlossen war. Das komischste an der Sache ist, daß das Unternehmen tatsächlich eine Hochburg der Christlichen Demokratie im Norden war und daß es, zwanzig Jahre danach, als neue Generationen heraufgekommen waren, die kaltblütiger waren und vor nichts zurückschreckten, zu einem Zentrum der wildesten katholischen Progressisten wurde, die aktiv beteiligt waren an den Ereignissen im Mai 68, die zur Empörung der Arbeitgeber äußerst kühne Publikationen unterstützten und mehrfach drauf und dran waren, durch Maßnahmen, die an Selbstverwaltung grenzten und den Vorstellungen der Kommunistischen Partei nahekamen, nach links abzugleiten. Es hört sich wie ein hübscher Vergeltungsakt der Geschichte an, daß in Plessis-lez-Vaudreuil zehn oder fünfzehn Jahre lang nach und nach von Jesuiten, oppositionellen Intellektuellen und Journalisten der katholischen Linken eine ganze Anzahl von ziemlich untraditionellen Lehrmeinungen erarbeitet worden sind, von denen man sich fragen darf, ob sie nicht bis über das Grab hinaus die Ruhe meines guten Großvaters störten.

Sie – wir sagten *sie* oder *die Käufer,* nicht aus Groll oder Geringschätzung, sondern weil mein Großvater, der nicht recht wußte, was ein Verwaltungsrat ist, nie begreifen konnte, wer die Macht hatte und wer bestimmte – boten uns eine Summe, die weit unter den Angeboten der Hoteliers lag. Aber geschickterweise übernahmen sie die Verpflichtung, den Wald nach unseren Plänen und Gepflogenheiten zu nutzen, nicht an die Kapelle zu rühren, unsere Gräber aus dem 14. und 15. Jahrhundert zu respektieren und die Linden und den steinernen Tisch unversehrt zu lassen. Mein Großvater zögerte eine Nacht lang. Er nahm an. Die Entscheidung fiel ziemlich schnell, so mühelos, daß wir alle erstaunt waren und vielleicht er selber auch. In diesem sehr schnellen Beschluß, der einer achthundertjährigen Geschichte ein Ende machte, lag eine matte Erleichterung. Aber wir hatten vorher schon zu viel gesprochen, zu viel diskutiert, zu viel gelitten. Und wir sollten auch nachher noch leiden.

Pierre, Philippe, Claude, Nathalie und ich waren beim morgendlichen Frühstück, als unser Großvater erschien, bereits angekleidet und rasiert. Wir standen auf, um ihn zu begrüßen. Er hatte nicht gut geschlafen. Er hielt sich noch sehr gerade, wirkte aber erschöpft und verbraucht – wenn wir ihn so sahen, sagten wir immer: »Kein Wunder, er ist immerhin zweiundneunzig oder dreiundneunzig Jahre alt...« Er setzte sich zu uns. Er sagte: »Ich habe schlecht geschlafen.« Und dann, gleich danach, mit leiser Stimme, und es klang fast schamhaft: »Ja, ich glaube, wir müssen verkaufen.« Tiefe Stille trat ein. Wir konnten ihn die peinvollste Entscheidung im langen Ablauf der Familie nicht allein fällen lassen. »Ich glaube es auch«, sagte Pierre. Und Claude und ich, wir äußerten uns im gleichen Sinn. Philippe blieb still, er breitete die Arme aus, es war eine Geste, die Ohnmacht ausdrücken sollte: ich habe den Eindruck, ihm wäre es recht gewesen, an Ort und Stelle, zusammen mit den Seinen zu sterben, wie ein Kapitän, der mit seinem Schiff untergeht, während am Mast die Nationalflagge weht und Choräle gesungen werden. Trotz der Grausamkeit des Augenblicks lag in der endlich getroffenen Entscheidung fast etwas Gelindes. Auf die Bangigkeit der Ungewißheit folgte die Dringlichkeit aller zu treffenden Maßnahmen. Pierre hatte schon Bleistift und Papier ergriffen und notierte Termine, die Namen von Personen, die konsultiert werden mußten, Einzelheiten, die zu beachten waren. Claude erstellte die Liste – sie war sehr kurz geworden während der vergangenen fünfzehn Jahre, kürzer noch während der letzten fünf Jahre – der Gärtner, der Hüter, der Fuhrleute, für die, gemäß ihres Dienstalters, Vergütungen und

Entschädigungen festgesetzt werden mußten. Er ergänzte sie durch die Greise, die Rentner, die frommen Schwestern des Hospizes, durch die noch übriggebliebenen fünf oder sechs Turner, die er einstmals als Faschisten bezeichnet hatte, und durch die Plessis-lez-Vaudreuil-Vereinigung, deren Wahlspruch der unsrige war: *Wie es Gott gefällt*. Wir konnten nicht weggehen, ohne uns um sie zu kümmern. Unser Großvater saß am Tisch, unbeweglich, schweigend, in seine Grübeleien oder in seine Erinnerungen versunken. Plötzlich übermannte ihn eine Welle von Rührung und Ergriffenheit. Er faßte nach Pierres Hand, der zu seiner Rechten saß, nach Claudes zu seiner Linken und sagte, sie fest drückend, mit fast tonloser Stimme: »Nur eins ist wichtig: die Familie. Seid einig.«

Der Auszug nahm uns sehr in Anspruch. Wir dachten nicht mehr nach, und es schmerzte uns nicht mehr, wenn wir zerbrochene Vasen wegwarfen, die wir in unseren Schränken entdeckten, und die unvollständigen Jahrgänge der *Illustration* aus versunkenen Zeiten. In den Nummern der Zeitschrift fanden wir neben dem Kronprinzen und dem Prince of Wales, neben der Affäre Dreyfus und den ersten Flugversuchen Urgroßmütter in derart unwahrscheinlichen Roben, daß Véronique in Lachen ausbrach. Ich las in diesen Schätzen, anstatt sie zu vernichten, und Pierre mußte mich zur Ordnung rufen: ich sollte ihm lieber helfen, das Porträt eines von Champaigne gemalten Herzogs und Pairs abzunehmen oder die unzähligen Spielkarten zu sortieren, deren sich mein Großvater bei seinen abendlichen Patiencen bediente – er nannte sie »Réussites«, Erfolge, obwohl von vieren drei nicht aufgingen: die Uhr oder die Schöne Noémi, die Seeoffiziere oder die Braune und die Blonde, die Drei Musketiere oder der Zopf, der Minnehof oder die Allianzen, die Marie-Antoinette, die Lästige, die Königshochzeit oder der Hammelsprung. Ein Jahr unseres Lebens, ein ganzes Jahr, in dem wir nicht mehr atmeten und nicht miteinander zu sprechen wagten, ist mit der Verheerung unserer Vergangenheit ausgefüllt gewesen. Wir teilten die Pendeluhren und die Louis-Quinze-Kommoden auf, wir verschenkten unsere Jagdhörner, die zu nichts mehr nutze waren. Hunderte im Kult der Vergangenheit aufgewachsene Existenzen, viele aufeinanderfolgende Generationen hatten, wie von Gletschern abgelagerte

Moränen, Spuren von ihrem Verweilen in dieser Welt der Wunder und der Kümmernisse, die nur noch aus Erinnerungen bestand, hinter sich gelassen: wir gaben uns größte Mühe bei dem Versuch, sie zu tilgen. Wir waren nicht nur traurig: so etwas wie Scham befiel uns. Hatten wir das Recht, unseres persönlichen Wohlergehens wegen, unserer Bequemlichkeit wegen die Vergangenheit, die uns Gott, die Familie, die Geschichte – war das nicht ein und dasselbe? – viele Jahrhunderte lang anvertraut hatte, ins Nichts zurückzustoßen? Ich fühlte mich auf einmal Philippe und seiner Hoffnungslosigkeit nahe. Wie oft zögerte und überlegte ich, eine alte Photographie in der Hand haltend oder eine einem Glassturz entnommene, mattgewordene Krone! Dann klopften mir Pierre oder Claude, die ebensoviel Schmerz empfanden wie ich, aber tapferer waren, auf die Schulter, sagten, mein Großvater erwarte mich unter den Linden, um einen Spaziergang mit mir um den Teich zu machen, nahmen mir den unnützen, aber geheiligten Gegenstand aus der Hand und warfen ihn statt meiner in die Mülleimer in der Küche. Wir lasen viele Bücher, in denen Brüder und Vettern sich gegenseitig zerfleischten. Bei uns war es, vielleicht um der Weisung meines Großvaters gehorsam zu sein, ein bißchen anders: die Welt, die Zeit, die Geschichte wüteten gegen uns. Aber wir, wir liebten uns.

Von Zeit zu Zeit erschienen in Plessis-lez-Vaudreuil kundige und höfliche Männer, die durch die Salons gingen, sich über die halbmondförmigen Konsolen, über die Louis-Quinze-Lehnsessel, über die Porträts der mit dem Orden vom Heiligen Geist dekorierten Marschälle oder der Kardinäle in ihrem Purpur beugten: das waren die Experten. Ihre Äußerungen, ihre Blicke drückten Bewunderung aus angesichts der Pracht des Orts und eine Spur von Geringschätzigkeit angesichts der Mittelmäßigkeit der Objekte, die hier versammelt waren. In der Tat war nach einigen zweihundert Jahren der Erbschaften und Aufteilungen nicht viel Wertvolles übrig in unserem alten Haus: die Kommoden waren Fälschungen und die Kardinäle Kopien. Die Originale befanden sich in London, in New York, in Villen in Cannes oder Florida, in Museen in Detroit oder Chicago, in Stahlfächern vielleicht auf den Bahamas oder in der Schweiz, bestenfalls an den rissigen Wänden eines baufälligen Landsitzes hinten in der Vendée oder in der Bourgogne, wohin sie durch Zufall infolge testamentarischer Verfügungen oder Erbausgleichs durch Möbel geraten waren. Mein Großvater erinnerte sich, daß sein Großvater zum Zeitpunkt der Aufteilung unter früheren Generationen – er hatte neun Brüder und Schwestern, zu schweigen von den Priestern, den Nonnen und den beiden im Säuglingsalter gestorbenen Kindern – dem einen zwei Gainsborough überlassen hatte, dem anderen drei Sessel mit der Signatur Jacob oder Riesener, eine Reihe flandrischer Teppiche einem dritten. Im Lauf der Jahre war Plessis-lez-Vaudreuil, um weiterleben zu können, unablässig ärmer geworden. Während des ganzen 19. Jahrhunderts und zu Beginn des 20. hatten wir nie etwas verkauft, aber wir hatten alles aufgeteilt. Jetzt waren die Gemälde, die Vasen, die Kelche, die Möbel über die ganze Welt verstreut. Nichts war mehr übrig von dem goldenen Tafelgeschirr, das Peter der Große uns zum Geschenk gemacht hatte, nichts von den sechsunddreißig Sesseln, deren Bezüge aus der Gobelin-Manufaktur stammten und auf denen Helden der Mythologie erfolgreich gegen Fabelwesen kämpften. Einer war in der Nähe von Niort gesichtet worden, ein anderer bei einer Enkeltochter von Onkel Adolphe, die in Mazamet wohnte, drei andere in Ferrières, bei den Rothschilds. Uns gingen die Augen auf: wir lebten unter Fälschungen. Der erlesene Geschmack, den man mit unserem Namen verband und den wir mit Stolz verkörperten, entfaltete sich unter unechten Dingen. Das rote Rundsofa mit den Quasten, aus dessen Mitte eine Palme aufstieg, der große spanische Schreibtisch, das Gemälde von Ludwig XIV. in seiner Rüstung mit den vielen Ordensbändern, das wir eigensinnig der Hand Rigauds zuschrieben, amüsierten unsere Besucher eher: sie empfahlen uns, das alles so schnell wie möglich auf einer Versteigerung in der Provinz loszuschlagen. Die abgehängten Bilder hinterließen auf den Wänden scheußliche, unheimliche Flächen, die, weil Staub oder Sonne nicht hingelangt waren, entweder blasser oder düsterer aussahen. Wir wußten nicht mehr, wohin und worauf wir uns setzen sollten. Aus der Gesindestube waren strohbezogene Stühle und Naturholztische heraufgebracht worden. Wir saßen in einer täglich bedrückender werdenden Leere, wir betraten eine Umgebung, die uns fremd war: wir, die wir unser Leben zwischen Lehnsesseln und Nippsachen verbracht hatten, sahen aus, als spielten wir ein modernes Theaterstück, bei dem es keine Dekorationen gab.

Wir lernten die Angst kennen. Nicht nur das Unglück und den Kummer, den wir, wie alle Welt, kannten. Die Angst, die wir nicht kannten. Wir fuhren plötzlich in der Nacht schweißgebadet auf, wir fühlten eine eiserne Hand auf dem Herzen: es war die moderne Welt, die ihr Spiel mit uns trieb. Mein Großvater fuhr nicht aus dem Schlaf auf: er hatte überhaupt nicht geschlafen. Wir hörten ihn vor Tagesanbruch durch die Flure des Schlosses wandern, unter Rascheln und dumpfen Geräuschen: er tastete sich durch die Dunkelheit, strich mit der Hand an den leeren Wänden entlang, von denen die Stiche und die Jagdtrophäen verschwunden waren.

Wir wußten, daß die Dinge sterben konnten, wie die Menschen. Das Schloß starb vor unseren Augen. Wir hatten es getötet. Die Geschichte hatte es getötet und die Bevölkerungszunahme und der Aufstieg der Massen und der Sozialismus und die wirtschaftliche Entwicklung und das Ende der Privilegien. Aber auch wir, wir hatten es getötet. Weil wir uns nicht an seine Ruinen hatten klammern und mit ihm hatten untergehen wollen. Die Zeitläufte fügten uns allen Schmerz zu. Gleichwohl waren wir vielleicht nie so groß gewesen wie in dem Unglück, das uns traf. Wenn ich mich des Abends aus dem Fenster meines Zimmers beugte, mit einem atembeklemmenden, nicht mehr nachlassenden Stich in der Brust, sah ich durch die Tränen hindurch, die mir in die Augen stiegen, meinen Großvater zwischen Philippe und Claude am steinernen Tisch sitzen. Unbeweglich. Schweigend. Worüber grübelten sie, die so verschieden voneinander und sich doch so nahe waren, vereint durch etwas, das tiefer in die Erde und die Herzen hinabreichte als die Wechselfälle des Schicksals und die politischen Meinungen? Ich sah meinen Großvater, er hielt sich noch immer sehr gerade, sein Haar war ganz weiß, das Kinn stützte er auf den Spazierstock, den er mit beiden Händen umfaßte, Philippe, noch immer sehr gut aussehend, mehr denn je versteift in seine inneren Kämpfe, die ihn nicht mehr losließen, Claude, erfüllt von einer Zukunft, die sich gegen ihn kehrte, und mehr als jeder von uns hin- und hergerissen zwischen einer zwiefachen Treue: seiner Treue einer Zukunft gegenüber, die er nicht verraten wollte, und seiner Treue einer Vergangenheit gegenüber, die er weder den Mut noch das Recht hatte zu verleugnen. Sie schwiegen. Sie sahen weder den Teich noch die alten Bäume, an denen sie jeden Zweig kannten, weder den so vertrauten Himmel noch die Parkwege, die sich in der Ferne unter den großen Eichen des Waldes verloren. Sie sahen in sich hinein. Von Zeit zu Zeit fuhr mein Großvater sich mit der Hand über die Augen, Claude zündete seine Pfeife an. Sie standen auf. Es war an der Zeit, sich in dem ausgeräumten Haus schlafen zu legen, am Morgen wieder zu erwachen, zwischen den Koffern, die für einen Weggang ohne Wiederkehr bereitstanden.

Nacheinander erschienen die Bewohner der Umgebung und statteten uns Beileidsbesuche ab, die stets in Tränen endeten. Selbst diejenigen, die uns feindlich gesinnt waren, der Lehrer, der Inhaber des Cafés, das Postfräulein, ein pensionierter Eisenbahner, das Haupt der kommunistischen Zelle und zugleich ein Freund von Claude, an dessen Seite er sich in den Maquis der heroischen Zeiten geschlagen hatte, beteuerten, wie leid es ihnen täte. In der Küche, wo noch ein paar Möbel standen, oder im leeren großen Salon tranken wir alle zusammen einen Schluck Porto oder Pernod. Claude drückte ihnen die Hand, und mein Großvater umarmte sie.

An einem Sonntagmorgen, als es draußen noch sehr schön war, gingen wir ein letztes Mal zur Messe in die Dorfkirche. Wir saßen immer in der ersten Reihe, auf rotbezogenen Sesseln, in die Namen geprägt waren, die die Jüngsten unter uns nicht einmal mehr kannten, die Namen von Urgroßeltern, Urgroßonkeln und Urgroßtanten. Die übrige Kirche war mit jenen strohgeflochtenen Stühlen ausgestattet, die Charles Péguy besungen hat. Jeder Stuhl trug übrigens ein kleines Schild mit dem Namen des Gläubigen, dem er gehörte: das Recht auf Eigentum und der Geschmack am Besitz kämpften, selbst im Schoß der Kirche, gegen die evangelische Forderung zur Armut und zum Verzicht. Und unsere scharlachroten, ein wenig abgewetzten Sessel unterstrichen noch die metaphysische und religiöse Hierarchie, der wir von jeher so stark verhaftet waren: sie bildeten eine Insel des Stolzes inmitten des Strohs und des von der Zeit dunkel gewordenen Holzes. Wenn der Priester auf die schöne, aus dem 18. Jahrhundert stammende Kanzel stieg, die sich ungefähr in der Mitte der Kirche, auf der rechten Seite des Schiffs befand, gehörte es zur Tradition, daß wir unsere roten Sessel schräg stellten, damit wir den Dechanten besser sehen konnten. Der Altar war weit entfernt von der Gemeinde, hinten in einem ziemlich geräumigen Chor, rings umgeben von Chorgestühl mit fast berühmten Schnitzereien, und der Offiziant stand natürlich noch mit dem Rücken zu den Gläubigen. In der Kirche zumindest hatten sich die Dinge seit der Kindheit meines Großvaters nicht sehr geändert. Erst nach unserem Fortgang trat die Umwälzung ein, wurde die entscheidende Veränderung vorgenommen: ein tragbarer Altar vorn am Chor, der Priester mit dem Gesicht zu den Gläubigen stehend, alle Gebete in französischer Sprache, die Hostie in der Hand der Kommunizierenden, der Friedenskuß zwischen Nachbarn, die sich hinsetzten, wo sie wollten. Am Ende unserer Herrschaft dagegen, kaum zwanzig Jahre sind es her, war die Kirche noch, zusammen mit dem Schloß, eine der beliebten Zufluchtsstätten für Dornröschen, das trotz der Technik, der Wissenschaft, des Fortschritts für uns mit der Geschichte verschmolz.

Vor kurzem bin ich in Plessis-lez-Vaudreuil gewesen und habe der Sonntagsmesse beigewohnt. Ich konnte die inzwischen verflossene Zeit ablesen wie auf dem Gesicht eines Freundes, den man seit dreißig Jahren nicht gesehen hat. Die roten Sessel waren nicht mehr da, der Priester, ein junger, stieg nicht mehr auf die Kanzel, sondern predigte stehend, lässig auf den nach vorn versetzten Altar gestützt, synkopische Rhythmen hatten den gregorianischen Gesang verdrängt, und der französische Nationalismus hatte gesiegt über das geheimnisvolle Latein. Doch um der Wahrheit die Ehre zu geben, muß ich sagen, daß die Kinder nicht mehr Murmeln spielten auf den Altarstufen und daß die drei bigotten alten Jungfern, die zu unserer Zeit die Kommunion empfingen, sich in zwei ziemlich lange Reihen verwandelt hatten, in denen die jungen Leute und die Kinder überwogen. »Ja, Monsieur«, sagte der junge Dechant zu mir, den ich nicht kannte und den die jungen Mädchen duzten, »sie kommunizieren. Aber sie beichten nicht mehr.« Bei diesen Worten mußte ich an mich selbst und an unsere Vergangenheit denken. Oh, wie schlecht habe ich von dieser entschwundenen

Zeit berichtet, denn ich habe, glaube ich, kaum davon gesprochen, welchen ungeheuren Raum in unserem Leben, und vor allem im Leben meiner Großmutter oder meiner Urgroßmutter, die Ängste und Schrecken der Beichte einnahmen, der Buße, der Reue, der Enthaltsamkeit vor der Kommunion und dem winzigsten Wassertropfen beim Zähneputzen oder bei Regen, der nach dem letzten Schlag der Mitternacht in unseren Mund hätte gelangen können.

An jenem Tag saßen wir auf unseren uralten Sesseln. Die ganze Kirche blickte auf uns. Alle wußten unterdessen, daß wir kurz vor dem Aufbruch waren, und viele Menschen waren gekommen, um uns ein letztes Mal zu sehen: statt der zwanzig oder dreißig Gläubigen wie an gewöhnlichen Sonntagen waren wir fünfzig oder vielleicht sechzig. In dem Rennen nach Ruhm und Beliebtheit schlug Anne-Marie uns allerdings um viele Längen. Schon bei den ersten Worten, die wie aus Ironie die Jugend und die Freude heraufbeschworen – *Introibo ad altare Dei. Ad Deum qui laetificat juventutem meam* –, wußten wir, daß die Messe für uns gelesen wurde. Es war eine Totenmesse, und wir waren die Hingeschiedenen. Unser Kopf war wie hohl, unser Blick ein bißchen verkrampft, wir preßten die Kinnladen aufeinander, wir waren den Tränen nahe. Nie hatten wir so viel geweint: wir brauchten nur einen alten Bauern zu treffen oder einen Hüter, es brauchte uns nur ein vergilbter Brief in die Hand zu fallen, der von einer Großtante zu Claudes Geburt oder Huberts Geburt gesandt worden war, wir brauchten nur die Dächer des Schlosses an der Biegung eines von Hecken gesäumten Weges zu erblicken, und die Tränen strömten meinem Großvater übers Gesicht. Er hatte sich auf seinen Gebetsschemel aus dunklem Holz und rotem Samt gekniet und den Kopf in die Hände gelegt. Wir umgaben ihn wie eine Ehren- oder Kummergarde, auch wie Krankenpfleger, die bei einem Schwächeanfall oder sonstigen Zwischenfall herbeistürzen. Er rührte sich nicht. Ich dachte bei mir, es wäre ein schöner Tod für den zweiundneunzig- oder dreiundneunzigjährigen Greis, sanft auf dem Gebetsschemel seiner Väter, mitten in seiner Kirche zusammenzusinken. Aber er starb nicht. Er war in Gedanken verloren, die vermutlich vage und düster waren. Ich fragte mich, worüber er wohl nachgrübelte. Sicherlich ließ er alles, was in dieser Kirche an Kummer und Glück geschehen war, an seinem inneren Auge vorüberziehen. Trauer, Hoffnung, Familiengeheimnisse, unerfüllte Leidenschaften, Siege und Niederlagen – bis hin zu dieser letzten Katastrophe, nach der nichts mehr sein würde. Alles bekam unter dem Weihrauch und der Erinnerung etwas Sanftes: die Schmerzen, selbst die Todesfälle waren im Lauf der Jahrhunderte gemildert worden und im Gedächtnis in den heiligen Lehm der Vergangenheit und der Tradition eingegangen. Es gab nur eine Grausamkeit, nur einen Frevel: diese Qual des Weggehens und Zurücklassens, die wir durchlitten. Wir zerrissen den Faden, wir setzten der Vergangenheit ein Ende, wir gaben uns in unserer geheimen Magie dem nichtswürdigen Akt hin, der alles, was an Heiligem im göttlichen Beschluß aufrechterhalten und gerettet werden muß, ins Negative, ins Verkehrte, ins Höhnische wendet: Bruch und Vergessen.

Credo in unum Deum, Patrem omnipotentem, factorem coeli et terrae, visibilium omnium et invisibilium. Der Gottesdienst ging weiter, unerbittlich, und, wie wir, eilte er dem Ende zu. Ich erinnerte mich an die endlosen Messen in der Kindheit, in eben dieser Kirche von Plessis-lez-Vaudreuil oder in der Schloßkapelle. Damals schien es mir, als wolle die Zeit gar nicht aufhören zu fließen und als müsse sie unablässig gedrängt werden, der Zukunft Platz zu machen. Jetzt hätte ich gewünscht, sie würde ein bißchen Atem schöpfen, ihren Gang verlangsamen, und daß diese Abendmesse niemals ein Ende nähme. Aber sie nahm ein Ende. Schon war der Dechant auf die Kanzel gestiegen, und wir hatten unsere Sessel schräg gestellt, um ihm bequemer zuhören zu können. Dann bemerkte ich, daß mein Großvater das Gesicht wie bei einem leichten Schmerz verzerrte. Alles, was er zum letztenmal tat, selbst unbedeutende Gesten, gaben ihm Anlaß, Schmerz zu empfinden. Tradition ist nicht nur Erinnerung, sie ist auch Gewohnheit und Wiederholung, fast an der Grenze von Routine. Deshalb ist sie eine Kraft und gleichzeitig eine Schwäche. Fast alle unsere Handlungen waren, in diesem schrecklichen Herbst, letzte Handlungen, Manien und zugleich eine Treue, stärker als der Tod. Mein Großvater wußte, als er in der Kirche von Plessis-lez-Vaudreuil seinen roten Sessel herumdrehte, daß er zum letztenmal an diesem kleinen, etwas spaßigen Ballett teilnahm, das seines unwandel-

baren Ritus wegen den in den Reihen hinter uns sitzenden
Schulmädchen ein Lächeln entlockte. Er war dieser rote Sessel,
so wie er sein Pferd war, sein Jagdhorn, sein schon ein wenig
abgegriffenes Kartenspiel, seine altmodischen Anzüge. Weil er
die Vergangenheit war, verschmolz er unentwegt mit den Dingen, mit den Gesten, mit den Gewohnheiten, mit den Gedanken,
die aus ihr kamen und die sie heraufbeschworen. Als er sich zum
letztenmal zum Dechanten hin wandte, der auf seine Kanzel
stieg, fand die Traurigkeit meines Großvaters noch einmal Anlaß, sich mit einem kleinen Stück Schmerz zu bereichern.

Nachdem wir Gott unsere Gebete für die Lebenden dargebracht haben, wollen wir auch für die Toten beten... Die
Stimme des Dechanten hatte sich nach der Predigt, dem Ritus
gemäß, zu einer unwandelbaren Tonhöhe erhoben. Aber an
jenem Tag betete sie für uns, die wir nicht mehr zu den Lebenden gerechnet wurden, sondern schon zu den Toten... *insonderheit für die ehemaligen Dechanten des Sprengels, für die
ehemaligen Vikare, für die auf dem Feld der Ehre gefallenen
Söhne, für alle Heimgegangenen, die in unserer Totenliste stehen, für alle Wohltäter unserer Kirche...* Große Stille war
eingetreten, und aller Augen hatten sich uns zugewandt. Mein
Großvater, seine vier Enkel, hinter uns Nathalie, Jean-Claude
auf der einen Seite, Véronique und Bernard auf der anderen,
wir waren alle aufgestanden... *und besonders für den Kanonikus Mouchoux, für den Kanonikus Potard, für den Doktor
Sauvagein, für die Familien...* Die unendlich lange Aufzählung ging weiter, unaufhörlich. Die vertrauten Namen zogen
vorüber, wir kannten sie auswendig und hatten oft über sie
lachen müssen... *Onésime Coquerillat, Ophélie Botté, Ernest
Malatrat Vater und Sohn und die Familie Thoumas-Lachassagne, die heute das geweihte Brot spendet...* Mein Großvater
saß regungslos da, die ganze Kirche hielt den Atem an, man
wartete auf die letzte Ankündigung, die unbedingt kommen
mußte... *wir beten vor allem, meine Brüder, für die, welche
uns in wenigen Tagen verlassen und die das sehr teure Angedenken an eine christliche und gläubige Familie hinterlassen...*
Mein Großvater hatte sich nicht gerührt, aber er versuchte nicht
einmal mehr, seine Tränen zu verbergen. Sie flossen über sein
Gesicht und fielen auf sein altes Jackett.

Vere dignum et justum est, aequum et salutare... Praeceptis salutaribus moniti... Domine, non sum dignus... Benedicat vos... Die Messe ging zu Ende. Alles war richtig und gerecht, und die Verkündigungen des Herrn hatten uns nicht verfehlt. Ich suchte ein letztesmal diese kühle, dumpfe, weihrauchgeschwängerte Luft einzuatmen, unter der Statue der Jeanne d'Arc die Namen der siebenundfünfzig auf dem Felde der Ehre gefallenen Söhne des Sprengels zu entziffern, dazu die nachträglich hinzugefügten acht Opfer von 1940–45, die sich ein wenig neu und armselig ausnahmen neben dem Bataillon ihrer älteren Brüder aus dem Krieg 14–18. Ich suchte ein letztesmal den Stimmen von Estelle, von Madame Naud, von Madame Tissier zu lauschen, die gerade, vom Harmonium begleitet, viel zu laut sangen: *Ja, wir wollen es!*... oder: *Bei uns, bei uns!*... dazu das Piepsen der Schulkinder. Ich schloß die Augen. *Ja, wir wollen es!... Bei uns, bei uns!*... Die ganze Kirche besang dieses Gefallen Gottes, das uns von diesem Boden riß, auf dem wir geboren waren, auf dem wir gelebt hatten, auf dem wir – die ersten unseres Namens – nicht sterben würden. Und auch wir besangen es. Doch schon entstand um uns der Lärm der achtlos über die Fliesen zurückgeschobenen Stühle, der kleine Wirbel, der sich einen Weg zum Ausgang hin bahnte, und dann, nach dem Halbdunkel der Kerzen, den Chorälen und dem Weihrauch, erhaschte uns, am Kirchenportal auf uns lauernd, die Sonne.

Wir haben auch unsere letzte Mahlzeit gehabt. Es war fast nichts mehr da: kein Geschirr, keine Bestecke, keine Gläser, keine Schüsseln. Nur die Glocke im Ehrenhof war noch da: pünktlich um halb eins läutete sie zum letztenmal. Verstört, aber zur gewohnten Stunde haben wir im großen Speisesaal eilig und unzeremoniell, umgeben von ungleichen Bechern und angeschlagenen Tellern zu Mittag gegessen. Wir waren dreizehn bei Tisch, aber wir liefen kaum Gefahr, noch Unheil heraufzubeschwören. Mein Großvater war da, seine vier Enkel, Tante Gabrielle, die um dreißig Jahre gealtert schien und älter aussah als ihr neunzigjähriger Schwiegervater, Nathalie, Véronique und ihr Mann, Bernard, unser Dechant und unser Arzt, entfernte Nachkommen des Kanonikus Mouchoux und des Doktors Sauvagein, und, zur Rechten meines Großvaters, Jules, in der etwas abgewetzten Galauniform eines Jagdhüters der Familie, der, genau wie wir, den Stamm verkörperte. Jean-Claude und seine Frau waren in Amerika bei Anne-Marie. Anne hatte mit Michel zu tun. Hélène war nach Paris vorausgegangen, wo sie die Auffangstellung für uns vorbereitete. Wir haben ein bißchen Champagner getrunken, der von unseren Festen übriggeblieben war. Mein Großvater saß an seinem traditionellen Platz, von dem aus er viele Jagden, viele Bälle, viele Turneraufmärsche organisiert hatte. Er aß Thunfisch und Obst, weil das praktisch war. Wir aßen keine gesunden oder wohlschmeckenden Sachen mehr: durch die moderne Zeit, die uns endlich erwischt hatte, waren wir dahin gekommen, praktische Sachen zu essen. Es fiel uns bereits einigermaßen schwer, so schnell kommt das Vergessen, uns genau an die Stiche und Gemälde zu erinnern, die auf den Wänden quadratische, runde, rechteckige oder ovale Flecken hinterlassen hatten. »Was hing eigentlich dort?« fragte Claude und zeigte auf eine längliche Stelle zwischen den beiden Fenstern. Und wir wußten nicht mehr, ob es eine Jagdszene oder die Photographie meiner Großmutter war. »Ihr werdet sehen«, hatte Bernard geflüstert, als wir uns zu Tisch setzten, »es wird so ähnlich sein wie in der ›Letzten Unterrichtsstunde‹ von Daudet.« Es gab jedoch keine Wandtafel, an die wir *Es lebe die Familie!* hätten schreiben können, auch keine preußischen Trompeten, die vor unseren Fenstern hätten schmettern können, doch der Sturz war tatsächlich der gleiche: »Es ist zu Ende ... geht hinaus.« Bei dieser letzten Mahlzeit im Familienkreis, im großen Speisesaal von Plessis-lez-Vaudreuil, beugten sich alle Schatten der Vergangenheit über unsere Schultern, so wie die alte Estelle, die uns die Schüsseln zureichte. Sie tat es nicht ganz richtig, sie irrte sich in der Seite, sie bot von rechts an, statt von links, weil sie schrecklich weinen mußte. Und wir haben alle, wie bei einer hohnvollen und bitteren Kommunion, einige Tränen von Estelle mit dem Kopfsalat gegessen. Als wir beim Käse waren und mein Großvater mit vor Alter und innerer Bewegung zitternder Hand Jules ein Glas Wein eingoß, dachte ich bei mir, daß diese letzte Mahlzeit in Plessis-lez-Vaudreuil nicht nur der »Letzten Unterrichtsstunde« von Daudet gliche. Außer den Schatten der Herzöge und Pairs und der Marschälle, die über unseren Weggang verwundert waren, schwebte ein weiterer Schatten um den Tisch. Ein Schatten, der mehr Barmherzigkeit für unseren Schmerz hatte als Verachtung für unsere Feigheit. Unsere letzte Mahlzeit war nichts anderes als ein weltliches Gegenstück zu einer anderen Abschiedsmahlzeit. Auch wir verließen die Reiche dieser Welt. Aber an unserem Tisch saß kein anderer Judas als die Geschichte, die nach vielen, vielen Küssen nicht mehr aufhören wollte, uns zu verraten.

Wir sagten nichts. Man hörte das Klappern der Gabeln und das Klirren der Gläser, das wir zu unterdrücken suchten. Von Zeit zu Zeit blickte mein Großvater zu den Fenstern hinaus auf seine Bäume, seinen Teich und seinen steinernen Tisch unter den Linden. Er hob beide Hände hoch. Ein paarmal hatte er versucht, mit einer Erzählung zu beginnen, von einer Jagd vielleicht oder einem Besuch seiner Pächter oder der Herzogin von Uzès oder von einem Aufenthalt der Wittlensteins in Plessis-lez-Vaudreuil. Aber er vermochte nicht weiterzureden. Dann übernahm Pierre die Fortsetzung, und er erzählte irgend etwas, ehe Schweigen über unseren Kummer und unsere Verstörtheit fiel.

Wir hatten keinen Hunger. Das bißchen, was wir zu essen hatten, konnten wir kaum hinunterbringen. Die Geschichte läuft gemeinhin mit tückischer Langsamkeit ab, wo sich unentwirrbar Wirkungen und Ursachen, Ursprünge und Untergänge verweben. Dort und an jenem Tag erlebten wir ganz ungeschminkt ein Ende der Geschichte. Die Abenteuer Éléazars, der mit den Sarazenen kämpfte, endeten in der Quarkspeise, in der einige Erdbeeren schwammen. Die Marschälle, die Botschafter, die Minister Heinrichs II., Ludwigs XV. und Karls X., die Erzbischöfe und die Kardinäle, die Reiterangriffe, die Plünderungen, die Bälle, die Grausamkeiten, die wahrscheinlich begangen worden waren, der Egoismus, die Ahnungslosigkeit, alle Wirbel eines hochgespannten und bezaubernden Lebens, viele Triumphe und viel Ritterlichkeit, viel Eleganz und viel Verblendung, viel Frömmigkeit und viel Stolz fanden endlich ihren Abschluß mit dem Ende dieser letzten Mahlzeit. Der Dechant stand auf, um das Dankgebet zu sprechen.

Wir standen alle auf. Wochen- und monatelang hatten wir uns vor dem Augenblick gefürchtet, da wir für immer diesen

Tisch drinnen würden verlassen müssen, der mit dem anderen Tisch, dem draußen, dem steinernen Tisch, ein Mittelpunkt des Lebens der Familie gewesen war. Wie oft hatten wir an diesem Tisch gelacht! Über den Kanonikus Mouchoux, über die Verrücktheit der Wittlensteins, über die Krawatten von Jean-Christophe Comte, über die Regierung, über die Remy-Michault, über den Snobismus der V., über uns selbst, über die Zeitläufte, die über uns obsiegten. Wir lachten. Wir waren bei aller Strenge, bei allem Ernst, bei aller Tradition und Frömmigkeit eine erstaunlich fröhliche Familie. Es gab nichts Lebensprühenderes als diese Welt, die die unsere gewesen war und die jetzt starb. Wir standen alle auf. Das Gemurmel des Dechanten konnte die drückende Stille, die in dem riesigen Raum herrschte, nicht brechen. Estelle stand reglos hinter Jules, und sie zerknitterte ihre Schürze, um sie dann an die Augen zu führen. Der Name Hubert kam über die Lippen des Dechanten. Mein Großvater stützte sich mit beiden Händen auf die gewaltige Platte des Eichentisches. Wir haben an diesem alten Tisch auch viel Bitternis und Leid und Schmerz erlebt. Den Tod derer, die wir liebten, das Versinken in die Vergangenheit alles dessen, was wir bewunderten, die schlechten Wahlergebnisse, die Einquartierung des Feindes, in einem Wort gesagt, die Veränderung, die wir so verabscheuten, und die dahinfließende Zeit hatten uns viel Leid gebracht. Nun aber versöhnten sich Schmerz und Fröhlichkeit, Kummer und Lachen in der Erinnerung und näherten sich einander an, so daß sie fast verschmolzen mit jenem Schatz, dessen Hüter wir sein sollten und dessen vielleicht ungetreue Verwalter wir gewesen waren: der Vergangenheit. Sie bekam eine erschütternde Sanftheit, diese Vergangenheit, wo Gut und Böse gleichermaßen eine Art liebenswerter und göttlicher Würde erreichten, allein aus dem Grund, weil sie vergangen waren. Sogar unsere verschiedenen Schlappen, sogar Huberts Tod, sogar unser Verfall und unsere Erniedrigung, die uns teuer wurden und die uns an die entschwundenen Tage banden, da uns Enttäuschung und Trauer nicht verschont hatten. Da wir dem Gefallen Gottes unterworfen waren, trafen wir in Ansehung seiner Unvergänglichkeit eine Wahl: wir entschieden uns für das, was er geschaffen hatte, gegenüber dem, was er noch schaffen würde. Mein Gott, mein Gott, warum hast

Du eine Zeit entstehen lassen, welche die Vergangenheit auslöscht und sie dem vergeßlichen Gedächtnis der Menschen anheimgibt? Das war das eigentliche Gebet, das während des Tischsegens des Dechanten aus unseren Herzen aufstieg. Wir hätten indes begreifen müssen – wozu wir einer Klarsichtigkeit bedurft hätten, die uns abging –, daß dieses Gebet keinen Sinn hatte: denn wir liebten die Vergangenheit eben nur deshalb, weil sie vergangen war. Wir liebten Huberts Tod, weil er unsere Vergangenheit war. Wir liebten unseren Todeskampf, weil er unsere Vergangenheit war. Im Gegenteil, wir hätten Gott danken müssen auch für die Zeit, die dahinfloß: weil die Vergangenheit aus ihr entstand und weil wir in unserer geminderten Lebenskraft, in unserer Schwäche der Welt gegenüber die Vergangenheit liebten. Und unser gegenwärtiges Drama war nichts anderes als dies: nachdem wir auf die Zukunft und auf die Gegenwart verzichtet hatten, verzichteten wir jetzt, da wir uns von der Wiege und vom Alterssitz entfernten, auf die Vergangenheit.

Da wir der Vergangenheit entsagten, blickten wir zum erstenmal wieder zur Zukunft hin. Nachdem der Dechant sein Dankgebet beendet hatte, blieb mein Großvater einen Augenblick unschlüssig stehen. Wir glaubten alle, er würde, einmal noch, die Freuden und Leiden von Plessis-lez-Vaudreuil heraufbeschwören. Aber er hob nur sein Glas mit schlechtem Champagner – denn es war uns gelungen, aus diesem kummervollen Tag noch einen festlichen Tag zu machen –, er sah Véronique an und sagte: »Ich trinke auf dein Wohl, mein liebes Kind, weil du die Jüngste bist.«

Wir traten vom Tisch zurück.

Wir verließen den Speisesaal. Mein Großvater blieb ein bißchen zurück, er betrachtete die kahlen Wände, die hohe Decke, die Fenster, die auf die Bäume hinaus gingen. Auch Véronique blieb zurück und ging auf ihn zu. Sie beugte sich zu dem Greis hin, und während wir in den anderen Raum traten, sagte sie einige Worte zu ihm. Wir sahen sie beide in den Salon kommen, der alte Mann, gestützt auf die junge Frau. Und in diesen traurigen Stunden lag zu unserer größten Verwunderung über ihren Gesichtern ein Hauch von innerer Ruhe, fast von Glück. Erst zwei oder drei Wochen später erfuhren wir das Geheimnis, das sie ihm am letzten Tag in Plessis-lez-Vaudreuil anvertraut hatte. Die sechste Generation der Unseren, die in diesem Buch aufgetreten sind, nahm unseren Zusammenbruch zum Anlaß, sich anzukündigen: Véronique erwartete ein Kind.

Schließlich haben wir auch dem steinernen Tisch einen letzten Besuch abgestattet und unseren letzten Rundgang um den Teich gemacht. Mein Großvater hatte sich nach dem Kaffee, der offen gesagt scheußlich schmeckte, der aber noch in dem blauen Porzellanservice aus Gien serviert wurde – ich kann die Blumenmuster nicht mehr sehen, ohne sofort an Plessis-lez-Vaudreuil zu denken –, drei Viertelstunden zur Ruhe niedergelegt. Danach hatte er mich, während Pierre, Claude und Philippe die Vorbereitungen zur Abreise in die Wege leiteten, gebeten, mit ihm zusammen den Rundgang des Gutsherrn zu machen, aus dem nun ein Fremder werden sollte. Er stützte sich auf meinen Arm, und wir entfernten uns vom Schloß. Wir gingen unter den Linden hin, am steinernen Tisch vorbei. Wir betrachteten die Stämme, in welche die Kinder zu allen Zeiten ihre Namen geritzt hatten, die Zweige, die Blätter, die Grashalme: alles war voller Erinnerung, alles erzählte von uns. So schweigsam das Mittagessen gewesen war, so angeregt, fast fröhlich war dieser allerletzte Spaziergang, vor dem ich mich ebenso gefürchtet hatte wie vor der letzten Mahlzeit. Wir nahmen uns wahrscheinlich zusammen. Aber wir schöpften ein bißchen Kraft unter den Bäumen, unter der strahlenden Sonne. Mein Großvater redete. Er erzählte mir sein Leben. Ich wunderte mich: mir kam es plötzlich vor, als kennte ich ihn nicht. Mußte erst die Minute kommen, da das Fallbeil über unserem Nacken hing, daß ich endlich etwas von diesem Greis begriff, der – vielleicht nur, weil er sehr lange gelebt hatte – einen so einzigartigen Platz in einem Dutzend von Existenzen eingenommen hatte? Mir wurde plötzlich klar, daß er alles, was wir für ganz vertraulich und für geheim gehalten hatten, geahnt, gesehen und sich seine Gedanken darüber gemacht hatte. Sei es Onkel Pauls Heirat, seien es Anne-Maries tolle Streiche, die berechnenden Überlegungen der Remy-Michault, Pierres Abenteuer oder Claudes Konflikte, ihm war fast nichts entgangen. Er war nicht nur der Chef, er war der Mittelpunkt der Familie gewesen, und er hatte sich trotz aller Stürme und aller Verlockungen wunderbar gehalten, wie eine der alten Eichen, unter denen er gelebt hatte, vom Blitz getroffen, aber nicht gefällt, nahezu hundert Jahre lang.

Wir waren bis ans Ende des Teichs gelangt. Als wir uns umwandten, lag plötzlich das Schloß im Licht des sich ankündigenden Abends vor uns. Mit seinem rosa Stein und seinem schwarzen Schieferdach war es unbeschreiblich schön. Die sinkende Sonne tauchte es in ein Licht des Untergangs, bezaubernd und ans Herz greifend. Meinen Großvater befiel eine leichte Schwäche. Das Opfer war zu grausam. Ich spürte, wie er immer schwerer wurde an meinem Arm. Sein Leben, das Leben der Seinen, all der Unseren stand, mit allen dahingegangenen Generationen, vor uns. Und wir waren im Begriff, uns zu verlassen. Schweigen breitete sich zwischen uns aus. Wir schritten langsam, ganz langsam voran. Denn wir wußten, daß, je näher wir dem Schloß kommen würden, es für immer unseren Augen entschwinden würde; es war wie in den Märchen, wo die Luftspiegelungen in dem Augenblick vergehen, da man in sie eintreten will. Die Fatamorgana war unsere Vergangenheit, unsere Familie, unser Name, die einzige Kostbarkeit, die noch Bestand hatte, auf der alles ruhte, was wir in dieser kleinen Welt verehrt und geliebt hatten. Ich habe während der zwanzig Minuten, die unser Rückweg dauerte, erfahren, was für einen zum Tode Verurteilten, durch die zerbröckelnde Zeit, der Gang zum Schafott bedeuten mag, das am Ende des Weges steht. Unser Schafott war unser Leben, das uns verließ oder das wir verließen.

Während der letzten Minuten unseres endlosen und zu kurzen Weges trug ich meinen Großvater mehr, als daß ich ihn stützte. Man weiß, daß die Erschütterungen des Gemüts Antworten des Menschen sind auf Gegebenheiten der Existenz, wenn sie zu schwierig werden. Und der Körper ist ein Regler der Emotionen. Er kommt ihnen zu Hilfe, indem er, wenn sie sich als zu stark erweisen, schwach oder ohnmächtig wird, wie sie ihrerseits dem übermäßig belasteten Verstand Hilfe leisten. Mein Großvater war so erschöpft, daß er nicht mehr zu leiden vermochte. Wir waren noch ziemlich weit von den Bänken am steinernen Tisch entfernt, da hatten sie, gottlob, ihre sentimentale Bedeutung schon verloren. Für einen Greis, der am Ende seiner Kräfte war, stellten sie einen Not- und Ruhehafen dar. Der Körper meines Großvaters hatte Erbarmen mit ihm.

Die Reihe unserer Prüfungen war noch nicht zu Ende. Es war für uns unmöglich, Plessis-lez-Vaudreuil zu verlassen, wie man ein Hotel verläßt. Wir mußten noch eine weitere Station des Kreuzweges hinter uns bringen: wir mußten Abschied nehmen von all denen, die das Ende unseres Ruhms und unsere Agonie miterlebt hatten. Während ich mit meinem Großvater den Gang um den Teich machte, hatten Pierre, Claude und Philippe im großen Salon, der genauso leer war wie der Speisesaal, alle jene Menschen versammelt, die eng oder weniger eng mit unserem Leben verbunden gewesen waren. Dort standen sie, die noch übriggeblieben waren aus der Schar der Gärtner, Kutscher, Feldhüter und Straßenwärter: sie hatten in den Zeiten des Glanzes die private Truppe unserer feudalen Familie gebildet. Dort standen auch der Bürgermeister und der Dechant, der Sattler und der Maler, die Nonnen vom Hospiz, der kommunistische Lehrer, das Postfräulein, sie alle – oder ihre Kinder –, die einst an unseren Hochzeiten und unseren Festen teilgenommen hatten. Philippe und Claude hatten die, die weit entfernt wohnten, mit dem Wagen abgeholt, die Bauern, die Wald- und Feldhüter der entlegenen Bezirke unserer weitverstreuten Wälder. Die meisten waren bereits von sich aus, einzeln, gekommen, als sie betroffen von unserem Weggang erfahren hatten. Jetzt waren sie versammelt, und sie erwarteten uns.

Als mein Großvater und ich den Salon betraten, hatten sie einen Kreis gebildet, sie hielten ein Glas in der Hand, und sie sprachen ganz leise, wie bei einer Beerdigung. Das Erscheinen meines Großvaters rief zunächst eine gewisse Bewegung hervor, dann trat Stille ein. Mit kurzen Schritten näherte sich mein Großvater. Er setzte sich in einen Sessel, der aus dem Schiffbruch gerettet worden war. Véronique stellte sich neben ihn. Meine Vettern und ich sprachen mit unseren Freunden. Wir sprachen über die Bäume, die Ernte, die Jagd, über alles, was sie interessierte und was uns interessierte. Aber wir alle – sie und wir – dachten nur an eines. Weder sie noch wir wußten, wie wir es ausdrücken sollten. Sie sagten nur: »Ach, Monsieur Pierre ... Ach, Monsieur Claude ...« Und wir schüttelten uns die Hände. Wieder tranken wir Champagner und nahmen dazu jene länglichen mürben, auf der einen Seite mit Zucker bestreuten Biskuits, die, glaube ich, Boudoirs genannt werden und vor denen ich seit jenem Tag einen Abscheu habe. Pierre redete mit dem und jenem über die Leute, die nach uns einziehen sollten, und er fand lobende Worte für sie. Doch die Bauern und die Feldhüter schüttelten den Kopf, sie wollten davon nichts wissen. Zu einem von ihnen war ein Vertreter der Gesellschaft, die unseren Platz einnehmen sollte, gekommen und hatte mit ihm gesprochen. Der Vorstoß war nicht sehr erfolgreich gewesen. »Er wollte den Charmeur machen, aber er war nur ein Schwindler... Aber, aber, Monsieur Pierre... Sie wollen mir doch nicht ausreden, daß diese Leute Angeber sind!« Um uns eine Freude zu machen, aus einer von Herzen kommenden Freundlichkeit, redeten sie schlecht über die anderen, die Neuen. Claude sprach mit seinen Kameraden aus dem Maquis über den Krieg, er empfand die feudale Rolle, in die ihn das Unglück gestürzt hatte, als eine Qual. Véronique und Nathalie gingen an der Reihe entlang, füllten die Gläser und boten Gauloises an. Die Zeit verging. Die Sonne sank. Nun stand mein Großvater auf und sagte mit kaum vernehmbarer Stimme ein paar Worte, die ich völlig vergessen oder die ich nicht verstanden habe. Und dann ging er zu jedem einzelnen dieser Männer, die ihn oft verwünscht hatten, die ihn bekämpft hatten, weil er das Schloß, die Reaktion, den Klerikalismus, Vichy verkörperte, weil er wahrlich kaum republikanisch und nur wenig demokratisch gesinnt war, die jetzt aber, das sah ich, völlig fassungslos waren, da er nun endlich gebeugt war. Später, als ich mit Claude über diese Szene sprach, sagte er, und er hatte nicht unrecht, es sei eine unwahrscheinliche Kundgebung patriarchalischer Gefühle gewesen. Und er konnte sich kaum vorstellen, daß seit jenem Tag kaum mehr als zwanzig Jahre vergangen waren. Wir hatten offenkundig eine Begabung für zeitliche Verschiebungen, für gelebte Anachronismen. Sind die Speisefolgen der Diners noch erinnerlich, die Pierre und Ursula um 1926 oder 1928 gaben und bei denen, im fortgeschrittenen 20. Jahrhundert, die Zeit um 1900 und die Belle Époque wieder auflebten? Die Abschiedsszene war nicht weniger ungewöhnlich. Wir hätten sie um 1880 spielen können oder vielleicht um 1820 oder vielleicht sogar um 1785, wenn unglückliche Spekulationen uns damals ruiniert hätten. Jetzt waren es nicht Spekulationen, die uns ruinierten: es war die Geschichte und die gegenwärtige Zeit, und das Schauspiel des Abschieds nahm den legendären Charakter nur an, weil wir, unbeweglich und unveränderlich in der Person unseres Großvaters, sie über jede Erwartung hinaus überlebt hatten.

Auf Pierre gestützt, ging mein Großvater von einem zum anderen. Der erste in der Reihe war ein alter Gärtner. Mein Großvater sprach mit ihm von seinem Vater und Großvater, die Gärtner gewesen waren, wie er selbst, von einer kleinen Tochter, die er verloren hatte, von einer Palme, die sie zusammen in der Haute-Sarthe hatten aufziehen wollen. Beim zweiten Satz brach der alte Mann in seinem Sonntagsstaat in Tränen aus. Auch mein Großvater weinte. Sie waren einander in die Arme gefallen und blieben eine Weile umschlungen stehen. Der Reihe nach, einen nach dem anderen, umarmte mein Großvater, alle, die gekommen waren, um uns zu erkennen zu geben, daß sie uns nicht verwünschten oder daß sie uns nicht mehr verwünschten, weil das Unglück uns endlich mit einer neuen Würde bekleidete, die Postbeamtin, die frommen Schwestern, den Feuerwehrhauptmann, den Lehrer. Die Szene bekam etwas Bestürzendes. Alle weinten. Mein Großvater war erschöpft und verstört, seine Augen standen voller Tränen, er wußte nicht mehr, was um ihn vorging. Als er vor mir stand – ich wechselte gerade einige Worte mit dem Rathaussekretär –, erkannte er mich nicht sofort und fragte, ob ich schon lange hier sei und ob ich seinen Vater gekannt habe. Ich gab zur Antwort, ich sei schon als ganz kleiner Junge hier gewesen, daß ich fast alle hier kennte und daß ich mir vorgenommen hätte, Erinnerungen über die entschwundenen Zeiten niederzuschreiben. Claude stieß ein Lachen aus, das etwas Erschreckendes an sich hatte. Einen Augenblick war es, als schwebten die Schatten des Wahnsinns über unserem Zusammenbruch.

Draußen vor den Fenstern wurde der Himmel dunkel. Der letzte Tag in Plessis-lez-Vaudreuil ging zu Ende. Schon wollte die Nacht hereinbrechen. Die Feldhüter, die Gärtner, alle, die jahrelang mit uns gelebt hatten und mit denen uns Bande vereinten, die die Lehren des Marxismus nicht zu lockern vermochten, unsere Diener und unsere Freunde, sie verließen uns einer nach dem anderen. Es gibt eine Symphonie von Haydn, bei der die Musiker nacheinander, indem sie die Kerze, die ihr Notenblatt beleuchtete, ausblasen, die belebte und heitere Bühne verlassen; sie versinkt nach und nach in Dunkelheit und Stille. Sie wurde 1772 zum erstenmal für unsere Verwandten Esterházy gespielt, sie heißt passenderweise *Abschiedssymphonie,* und sie war das Gleichnis unseres alten Schlosses. Wir wußten wohl, daß es uns überleben, daß es nach uns fortdauern, daß der steinerne Tisch nicht in Klüften versinken würde, die sich im Augenblick unseres Abschieds vielleicht öffneten. Aber die Steine, die Erde, die Bäume konnten ohne uns nur ein Leben bar jeden Sinns führen, so wie wir ohne unsere Bäume, ohne unsere Erde, ohne unsere Steine. Die Systeme brechen zusammen, eben weil sie Systeme waren. Doch weil sie Systeme waren, bleiben die Einzelteile, aus denen sie bestanden, noch lange nach dem Zerfall des Ganzen ohne Verwendung. Ihrer Bande und ihres Sinns beraubt, haben sie es schwer, sich neu zusammenzufügen. Das gelingt ihnen nur, wenn sie neue Systeme bilden, die ebenso genial und ebenso ungerecht sind wie die früheren – ein bißchen genialer vielleicht und ein bißchen weniger ungerecht, das ist die Frage –, die aber auf jeden Fall auch zerstört werden. Das ist es, was man Geschichte nennt, wo, wie bei physikalischen Theorien, deren Deutungen abwechselnd durch Welle oder Atom erfolgen, sich die Etappen des Bewußtseins zur Vollendung hin so oder so ablesen lassen oder die unbestimmte, mehr oder weniger sinnentblößte, auf jeden Fall eher an Illusionen als an Fortschritten reiche Aufeinanderfolge von Formeln, Entwicklungen und Zyklen.

Wir drehten uns jetzt im Leeren. Alles war vollbracht. Bernard erzählte, daß ein Kutscher im Dorf, an den Tischen im Bistro und im Café, unfreundliche Äußerungen über das Affentheater im Schloß von sich gebe. Claude war in etwa derselben Ansicht. Ob er wollte oder nicht, er gehörte zu unserer Ordnung, und gerade in dem Augenblick, da diese Ordnung ins Wanken geriet, war er mitverantwortlich für sie. Doch wenn er das Ganze von außen betrachtete, verursachten ihm dieser Aufwand an Gehabe und Tränen, dieses Verstecken, wenn nicht bestimmter Interessen, so zumindest der Situation, hinter sentimentalen Erscheinungsformen, Widerwillen und Ekel. Er umarmte weniger als mein Großvater. Er weinte weniger vor den anderen. Vielleicht weil er weniger alt war. Vielleicht auch, weil er meinte, daß unser Weggang letztlich für uns trauriger war als für die, welche blieben, für die Gärtner und die Waldhüter, für das Postfräulein und für den Lehrer. Der Kutscher von Bernard sagte noch, es wäre eine komische Idee, Dienstherren zu bemitleiden, bei denen auf gute Zeiten endlich Rückschläge folgten; er kenne eine Menge tüchtiger Leute, die viel mehr zu bedauern wären, und das schon seit langem. Wahrscheinlich um den Kummer meines Großvaters zu mildern, sagte Claude, dieser Kutscher, der uns nicht mochte, habe nicht völlig unrecht, wir befänden uns von jeher auf der Seite des Erfolgs, während andere noch immer, und in viel größerem Ausmaß als wir jetzt, in den Lagern des Unglücks eingeschlossen blieben. Mein Großvater blieb eine Weile still, er dachte vielleicht an die, welche immer nur Mißerfolge erlebt hatten. »Sie wollen keine Dienstherren mehr«, murmelte er. »Nun, sie werden Lehrherren bekommen!« Claude hob die Hände zum Zeichen, daß er nicht einverstanden sei, aber auch nichts machen könne. Er wollte an jenem Abend eine Diskussion nicht weiterführen, die ihm in jeder Hinsicht und aus vielen Gründen sehr unangenehm war und bei der er sich nicht nur ohnmächtig fühlte, sondern gebunden und eingeengt durch Empfindungen, Überlegungen, durch die Geschichte. Wie auch immer – wir brachen auf.

Die Wagen standen im großen Ehrenhof bereit, über den, von den Zeiten unserer Karossen und Kutschen an bis zu den deutschen Panzern, nacheinander viele Beförderungsmittel gerollt waren, zum Abfahren und zum Wiederkommen. Diesmal gingen wir fort, ohne Hoffnung auf Wiederkehr. Nach all den Mühen und Kämpfen wußten wir nicht, was wir mit der kurzen Zeit, die uns noch verblieb, anfangen sollten. Jeder benutzte nach seinem Gutdünken, in einer Art mechanischer Aktivität, die letzten Augenblicke des zerbrechenden Traums und offenbarte nun im allerletzten Moment in untätiger Panik seine geheimen Neigungen, seine wahren Vorlieben, das, was ihn in der Katastrophe am meisten schmerzte. Mein Großvater hatte sich ganz allein, zwischen seine Toten, an den steinernen Tisch gesetzt. Philippe war zu den Hundezwingern und den Ställen gegangen, sie waren schon lange von unseren Hunden und unseren Pferden verlassen. Auch Vengeur war tot. Das war ein Glück. Philippe wanderte durch Erinnerungen, die schon vor uns entschwunden waren. Pierre und Claude hatten einen Wagen genommen, um noch einmal, für zehn Minuten oder eine Viertelstunde, an die Teiche und zu den hohen Eichen im Wald zu fahren, wo Bilder von Badeszenen und Radtouren, von Schießereien und ersten Lieben vor ihren Augen erstanden. Sie kamen schon zurück, schweigsam, und sie gaben Anordnungen für den Aufbruch. Ich selber durchquerte ein letztesmal – wie oft hatten wir in den vergangenen drei oder vier Monaten die Worte *ein letztesmal* gesagt! – alle die Stätten, an denen sich unser Leben abgespielt hatte und die uns so vertraut geworden waren, das wir sie nicht einmal mehr beachteten: die Marmortreppe, das Billardzimmer, die düstere Flucht der Salons mit ihren Plafonds, die beiden Speisesäle, die Bibliothekszimmer, in denen ich so viele Stunden und Tage verbracht hatte, mit klopfendem Herzen inmitten all unserer Schätze, die um mich herum auf dem Boden ausgebreitet waren, den großen Raum, unten, in dem wir die Gewehre aufbewahrten, unter den Hirschköpfen mit ihren geheimnisvollen Inschriften:

Hundekoppel Tonnay-Charente
Aufgejagt bei La Paluche
Erlegt beim Croix des Quatre-Chemins
Hetzjagd von La Verdure
7. November 1902

oder:

Rallye Pique-Avant Nivernais
Aufgejagt bei den Arbres-Verts
Erlegt am Teich der Grands-Bois
Hetzjagd von La Rosée
19. Januar 1927

Ich atmete, wie in der Kirche, diese Luft ein, diesen unvergleichlichen Geruch, der die in alle Winde verstreuten Gemälde und die verkauften Möbel überdauert hatte: ein Geruch nach Vergangenheit, nach Holz, ein dumpfer Geruch, ein Geruch nach Liebe, der mich ganz schwindlig machte. Wie eine mechanische Puppe schritt ich durch vierzig Jahre Erinnerungen und acht Jahrhunderte Phantome. Die Farben, die Laute, die Fenster zum Park hin, das ferne Geräusch, der schwache Duft – ich mußte mich beeilen, das alles zu vergessen: ich versuchte, mich damit vollzusaugen, ich versuchte, mich dem aufzuschließen, was unser Leben gewesen war, um es nicht ins Nichts versinken und gänzlich verschwinden zu lassen. Ich schuf mir meinen Vorrat an Erinnerung. Ich dachte an die Zukunft, und deshalb stürzte ich mich in die Vergangenheit.

Aus dem Hof drangen Stimmen zu mir, man rief mich. Ich öffnete ein Fenster: Pierre, Claude, Philippe, Nathalie und Véronique standen schon bei meinem Großvater und Tante Gabrielle und gaben mir winkend zu verstehen, ich solle herunterkommen. Ich blickte um mich. Ich sah vor mir die Abendgesellschaften von einst, jene, die ich nicht miterlebt, von denen ich nur durch die Meinen gehört, sowie jene, die ich miterlebt hatte: Boris' plötzliches Erscheinen inmitten der Geiger und Tänzer eines anderen Jahrhunderts, die Patiencen meines Großvaters, die Besuche des Dechanten oder Monsieur Machavoines, Jean-Christophes Ankunft, Monsieur Desbois' Steifheit, die Hochzeiten und die Bälle, die Mittagessen, die Ausfälle meines Großvaters gegen die Regierung, die Stunden des Wartens auf Nachrichten in der qualvollen Zeit, das Eintreten des Obersten von Witzleben in den Salon, ich hörte Huberts Lachen und Claudes Schweigen, das Rattern der Panzer, die im Flüsterton geführten Unterhaltungen über die Tollheiten und Torheiten von Pierre oder Tante Gabrielle oder Michel Desbois. Hatte sich nicht in diesen weitläufigen Räumen, unter diesen maßlos hohen Plafonds das Geschick der Welt vollzogen – zumindest für mich, da ich hier gelebt hatte und es mir hieraus offenbar geworden war? In schnellem Schritt, umwirbelt von der Menge der Geschehnisse, ging ich durch die traurige Flucht der verlassenen Salons zurück. Ich schloß die Türen. Ich trat hinaus. Draußen standen, in ihrer mechanischen Gestalt, die Werkzeuge des Gefallen Gottes: ein Renault und zwei Peugeot. Die Motoren der Wagen liefen bereits.

Ein Gelächter klang auf: Bernard. Mein Gott, was mochte ihn nur zum Lachen bringen? Ich setzte mich neben meinen Großvater in den Peugeot, der, mit Philippe am Steuer, die

Spitze übernahm. Jetzt fuhren wir. Keiner wandte sich um. Es war alles vollbracht. Ein neues Leben tat sich vor uns auf: endlich das Leben aller anderen Menschen.

Etwa hundert Meter vom Schloß entfernt steigt die Straße ein wenig an. Von einer Biegung dieser Straße hat man den schönsten Blick auf Plessis-lez-Vaudreuil. Als der Wagen in die Biegung einfuhr, bat mein Großvater Philippe, er möge bitte anhalten. Philippe warf mir einen Blick zu: sollte das Drama beginnen? Mein Großvater stieg aus und betrachtete eine Weile das Bild, er sah nicht mehr das, was wir erblickten, wenn wir vom Schloß aus die Linden oder den steinernen Tisch anschauten, sondern was die Fremden sahen, wenn sie zu uns kamen oder wenn sie wieder abfuhren. Es war noch nicht völlig Nacht, aber die Dunkelheit bemächtigte sich, von Minute zu Minute mehr, des letzten Tageslichts. Das Schloß entfernte sich in die Zeit, in den Raum und auch in das Licht, von dem es nur noch schwach erhellt wurde. Mein Großvater schaute. Ich schaute das Schloß nicht an. Ich schaute meinen Großvater an und seinen Blick, den Blick eines Besiegten. Der zweite Peugeot, mit Claude am Steuer, kam heran. Er stieg nicht aus. Ich spürte, daß er verkrampft, fast feindselig war. Hatte das Theater nicht schon lange genug gedauert? Oh, er hatte ebenso gelitten wie wir, aber in der Hoffnung auf eine neue Welt wollte er nur noch voranschreiten und in die Zukunft blicken, ohne sich bei jedem Schritt umzuwenden. Nun erschien auch der Renault. Er hielt an. Pierre ging zu meinem Großvater und blieb einige Augenblicke reglos neben ihm stehen. Er sah zu, wie das Schloß in der Nacht versank. Ich war ein bißchen zurückgetreten. Meinen Augen bot sich eine erstaunliche Szene: in der schrecklichsten Krise seit dem Beginn ihres Laufs durch die Zeiten betrachtete sich die Familie, versinnbildlicht durch ihr Oberhaupt, ihren Namen aus Stein und ihre Vergangenheit. Pierre legte seinen Arm um den Greis, der wieder zu uns zurückkam. »Fahren wir«, sagte mein Großvater. Und er stieg in den Wagen.

Wir fuhren. Es war dunkel. Ich konnte meinen Großvater nicht mehr erkennen. Doch ich ahnte in der Finsternis, wie erschüttert sein Gesicht war. Ich hätte ihn gern in meine Arme genommen, hätte ihm sagen wollen, daß wir ihn liebten, daß in dieser Welt nichts wichtiger war als die Liebe, die uns einte.

Ich hätte auch über unseren Namen sprechen wollen, über seine Vergangenheit und seine Ehre. Ich selber wußte nicht mehr genau, was die Ehre des Namens noch bedeutete, aber ich wußte, daß für ihn alles auf diesem Wert und auf diesem Mythos ruhte. Doch kein Wort kam aus meiner zugeschnürten Kehle. Ich nahm nur seine Hand, und ich drückte sie. Ihm, der sich seit Monaten kein einziges Wort der Klage erlaubt hatte, entrang sich ein Schluchzer: »Ach, mein Junge, mein Junge, wenn du wüßtest...«

Im Verlauf meines Lebens, von dem ich – diese Gerechtigkeit wird man mir widerfahren lassen – nur wenig gesprochen habe, sind mir sehr viele Dinge nicht zu Bewußtsein gekommen. Wie Pierre, wie Claude, wie Philippe habe ich sehr viele Irrtümer begangen, sehr viele Fehler, sehr viele Torheiten. Im stillen Dunkel des Peugeot, der uns nach Paris brachte – es wurde von Zeit zu Zeit von entgegenkommenden Scheinwerfern durchbrochen oder, wenn wir durch ein Dorf fuhren, vom kreiselnden Lichtkegel der Straßenlaternen –, überlegte ich, daß ich vielleicht die in einer von Anfang bis zu Ende unnützen und mittelmäßigen Existenz angehäuften Schulden mit einem Schlag einlösen könnte: mir kam der Gedanke, das, was starb, zu neuem Leben zu erwecken. Wir waren nicht mehr sehr viele, die wußten, was mein Großvater dachte, was er gelitten hatte, die seinen Stolz kannten, seine absurden Ideen, das Bild, das er sich von der Geschichte machte, seinen Niedergang und seinen Sturz. In dem Wagen, der mich an seiner Seite in die Nacht fuhr und mich aus einer für immer dahingegangenen Welt riß, empfand ich die gleichen Gefühle wie zehn oder zwölf Jahre zuvor, als ich Claude und Philippe am steinernen Tisch von ihren Erfahrungen aus dem Spanienkrieg und ihren entgegengesetzten Standpunkten erzählen hörte. Damals schien mir, ich sähe am Bild der Familie, wie die Geschichte sich formte. Auch heute wieder, in dieser unerheblichen Apokalypse, versinnbildlichte die Familie die Geschichte: nicht die Geschichte der Schlachten und Ideologien, sondern eine mehr zögernde, verborgenere, allgemeinere Geschichte, vielleicht eine weniger tosende, sicherlich wichtigere, doch letztlich dieselbe Geschichte unter anderen Erscheinungsformen – die versteckte Geschichte der wirtschaftlichen Schwankungen und der sozialen Entwicklung. Sie war es, die uns nach vielen Anstrengungen und hartnäckigen Kämpfen schließlich aus Plessis-lez-Vaudreuil vertrieb. Der Peugeot fuhr noch immer durch die Nacht, in nordöstlicher Richtung, auf Paris zu. Mein Großvater war eingeschlafen. Oder er tat so, als schliefe er, um derart möglicherweise dem Schmerz und dem Leid ein wenig zu entgehen. Sein Kopf lehnte an meiner Schulter. Ich hielt noch immer seine Hand. Ich führte sie vorsichtig an meine Lippen, wie er Huberts Hand, als er im Sterben lag, an die seinen geführt hatte. Unwiederbringlich war dahin, was soeben im Dunkel der Vergangenheit versunken war. Aus Ehrfurcht vor meinem Großvater, vor den Toten, die wir am steinernen Tisch gelassen hatten, zum Wohlgefallen Gottes, dem wir uns unterwarfen, konnte ich indes noch etwas zu unternehmen versuchen: ich konnte den anderen, die nach uns kommen würden, helfen, sich dieser untergegangenen Welt, die wir hinter uns ließen, zu erinnern. Etwas festzuhalten von ihrer Allüre und ihren Schwächen, ihrer Herrlichkeit, ihren Lächerlichkeiten und Torheiten, dieser ganzen egoistischen und auf sich selbst beschränkten Strenge, die ihren Untergang und ihr Verschwinden herbeiführte. Ja, das konnte ich vielleicht unternehmen. Und damit würde ich, durch eine Art Wortspiel, dem schmerzlichen Schluchzer meines Großvaters, als er sich von Plessis-lez-Vaudreuil losriß: »Ach, mein Junge, wenn du wüßtest...«, eine Antwort geben. Irgendwo zwischen Plessis-lez-Vaudreuil und Paris, zwischen Vergangenheit und Zukunft, zwischen Traum und Wirklichkeit, zwischen Erinnerung und Hoffnung, nahm ich mir vor, einen Teil meines verfahrenen Lebens dazu zu benutzen, denen, die ich liebte, etwas von der unnachahmlichen Köstlichkeit ihrer dahingegangenen Träume zu vermitteln. Ich bitte meinen Großvater um Vergebung, daß es mir erst so viele Jahre nach seinem Tod gelungen ist, dieses klägliche Schloß aus Wörtern aufzuführen als Ersatz für sein ruhmvolles Schloß aus Stein, das er so geliebt hat.

Nach der Sintflut

Lange habe ich gemeint, ich sollte diese Erinnerungen an eine versunkene Zeit hier, mit dem Ende von Plessis-lez-Vaudreuil, abschließen. Mit den Wagen, die durch die Nacht fuhren, fand ein ganzes Zeitalter unseres gemeinschaftlichen Lebens seinen Abschluß. Das Abenteuer, das im Heiligen Land mit dem alten Éléazar begonnen hatte, ging acht oder neun Jahrhunderte danach mit dem Zusammenbruch jenes Teils unseres Namens, der in Stein und Holz verkörpert war, zu Ende. Jedem von uns war klar, daß die Familie diese Umwälzung, durch die wir entwurzelt wurden, nicht überstehen würde, sie entriß uns mit einem Schlag das Wesentliche unseres Lebensinhalts und warf uns in eine Welt, von der wir uns seit eh und je abzusetzen trachteten. Wir hatten mancherlei Unglück erfahren und hatten anderen Gefahren gegenübergestanden. Der Krieg, die Reformation, die Aufstände, die Revolution, die Guillotine und das Geld hatten es mehr als einmal fast fertiggebracht, unseren Zusammenhalt und unseren Stolz zu zerbrechen. Doch diese Krise war unbezweifelbar die schrecklichste in unserer Geschichte. Sie raubte uns die Hoffnung. Als wir aufs Schafott stiegen und die Opfer sich in Henker verwandelten, wußten wir natürlich, daß nach all der Gewalt, die zu unserem Nutzen ausgeübt worden war, mit einiger Gerechtigkeit wir, die wir so stark gewesen waren, nun die Schwächeren sein würden. Aber Gott, der König und die Kirche waren nicht verschwunden. Wir warteten auf ihre Rückkehr. Mehr noch: selbst wenn wir gewußt hätten, daß weder Gott noch der König, noch die Kirche je wiederkommen würden, hätten wir weiter an sie geglaubt, vor allem an uns geglaubt. Plessis-lez-Vaudreuil jedoch war für immer verloren. Und auf dem Weg nach Paris glaubten weder Pierre noch Claude, noch Philippe, noch ich weiter an uns.

Wie wir uns in Paris einrichteten, will ich nicht in allen Einzelheiten erzählen. Es gibt bereits Bücher genug, die mehr oder weniger anschaulich und gekonnt von alltäglichen Erfahrungen berichten: vom Leben in den großen Städten, dem Eintauchen in die Namenlosigkeit, der schrecklichen, ungegliederten, von ihren Ursprüngen abgeschnittenen, aufgeregten und gleichgültigen Menge. Wir waren Bauern, von ihrem Land vertrieben und im Begriff auszusterben, in die Stadt verschlagen und von den Ereignissen, die sie nicht mehr begriffen, hin und her geschüttelt. Pétain und de Gaulle waren beide nicht mehr da: Pétain war im Gefängnis und de Gaulle im Exil – dem Exil der Marken im Osten, nach dem Exil jenseits des Meeres. Ich beneidete Claude ein wenig, er hatte zumindest etwas bewahrt von den Verkörperungen des Heiligen, von dem wir uns nur schwer losmachen konnten: für ihn war das Heilige das Volk. Mit dem nicht vorhandenen General de Gaulle und der kommunistischen Partei, die noch immer da war, ersetzte er die im Absteigen begriffene Familie durch das Volk.

Wir brauchten Väter, Land, Führer, Dinge, die uns stützten, und Menschen, an die wir glauben konnten. Wir verloren alles auf einmal: das Schloß, den Wald, den Marschall, den General. Dann verloren wir das Kolonialreich, die orangefarbenen oder blauen Flecken in Afrika oder Asien, die uns soviel Freude gemacht hatten: Pondichéry, Yanaon, Karikal, Chandernagor und Mahé – stellvertretend in einer etwas breiteren Gemeinschaft für die Arbres-Verts und den steinernen Tisch. Wir verloren schließlich den letzten Schatz, der uns noch verblieb, eine nicht greifbare Realität, die auf den Karten nicht mehr verzeichnet war, eine Art abstrakter Form, die niemandem gehörte und dennoch allen zugehörig und in allen war, jedem gehörte und in jedem war, etwas nicht Wahrnehmbares, das sich mit dem Geist der Zeit vermischte und einen Bezug zur Ordnung hatte: die Sitten. Colombey-les-Deux-Églises, Dien Bien Phu und Saint-Tropez wurden die drei Zentren unserer zerrissenen Existenz, die drei Herde einer neuen und meistens schmerzlichen Sensibilität. Die Armee wackelte. Die Sitten ebenfalls. Die Kirche hielt noch stand. Aber auch ihre Prüfungen sollten kommen: ein wenig später.

Pierre, Philippe, Claude waren in die Avenue d'Eylau, Rue de Courty, Rue Bonaparte gezogen. Das Haus in der Rue de Varenne war schon seit langen, langen Jahren verkauft: ein

Ministerium hatte sich darin niedergelassen. Es spielte, so sahen wir es, die Rolle jener taktlosen und etwas gewöhnlichen Vögel, die sich in die Nester anderer setzen. Ich habe schon berichtet, wie die Aktenstöße und die Bürokratie an die Stelle der Abendkleider und der ästhetischen Kühnheiten der untergehenden Großbourgeoisie getreten waren. Ich war mit meinem Großvater in eine recht bescheidene Wohnung in der Rue de Courcelles gezogen, die uns aus unseren ebenfalls versprengten Lehen am Boulevard Haussmann geblieben war. Mein Großvater lebte noch ungefähr zwei Jahre in den fünf Räumen, in denen er zu ersticken vermeinte. Seitdem er in Paris wohnte, war er immer schwächer geworden und trotz seines Bedürfnisses nach frischer Luft und freiem Raum ging er kaum noch aus. Paris mit den vielen Wagen und der Menschenmenge erschreckte ihn. Herausgerissen aus dem natürlichen, ihm gemäßen Rahmen, erging es ihm wie jenen Briefträgern, die, sobald sie pensioniert sind, zusammenbrechen. Er starb an einem Wintermorgen, ohne große Schmerzen, in unseren Armen, im Alter von fünfundneunzig Jahren. Am letzten Tag fragte er im Delirium, ob Stroh auf der Straße liege. Wir wußten nicht, was die Frage bedeuten sollte. Aber wir bekamen bald heraus, daß bis zum Jahrhundertbeginn die Dienerschaft vor dem Haus, in dem ihr Herr im Todeskampf lag, Stroh ausbreitete, um das Räderrollen auf dem Steinpflaster zu dämpfen. Mein Großvater starb, wie er gelebt hatte: in der Erinnerung und in der Vergangenheit.

Er hinterließ fast nichts: zwei Anzüge, die er abwechselnd trug, ohne sich um das Wetter oder die Temperatur zu kümmern, einige Hüte, einen pelzgefütterten Mantel, ein Dutzend steifer Eckenkragen, ein Dutzend Paar Handschuhe, einige herrliche Seidenhemden, Dinge des täglichen Gebrauchs, bei denen sich Einfachheit und Pracht vermischten und wofür er eines der letzten Vorbilder war. Das Geld aus dem Verkauf von Plessis-lez-Vaudreuil war bereits unter den Kindern und Enkeln aufgeteilt, verstreut, verschwunden. Mir hatte er seinen einzigen Schatz vermacht: ein gewaltiges Meßbuch, vollgestopft mit Heiligenbildchen und Mementos all unserer Toten. Die letzte Photographie war die von Tante Gabrielle: sie war drei Monate zuvor gestorben, sie wurde zu Beginn des Herbstes auf der Esplanade des Invalides von einem Auto überfahren. Ein Rettungswagen konnte sie noch ins Krankenhaus Lariboisière bringen, wo sie ihren letzten Seufzer tat.

Ich hatte mich nahe ans Fenster der winzigen Wohnung gesetzt. Das unablässig surrende Geräusch der Autos auf dem Boulevard drang zu mir herauf. Meine Gedanken waren verschwommen bei Plessis-lez-Vaudreuil und bei der langen Herrschaft meines Großvaters unter seinen Bäumen und seinen Erinnerungen. Er war der Letzte der Dynastie gewesen, ihn warf die Geschichte um, ihn fällte sie, er hatte die Frucht der Mühen aller Ahnen, die Zeiten hindurch, geerntet, aber er mußte für ihre Missetaten und ihre Irrtümer zahlen. Denn die Geschichte gibt oft und lange Kredit. Doch am Ende muß stets bezahlt werden. Alle Schulden der Geschichte, welche die Revolution nicht hatte tilgen können, waren auf meinen Großvater zurückgefallen. Sein Vater und sein Großvater hatten noch im Abglanz einer alten Welt gelebt. Und die Nachkommenden sollten sich ziemlich rasch an die Wirbel der neuen Welt gewöhnen. Er war zwischen der Vergangenheit und der Zukunft hin- und hergerissen worden. Ich dachte bei mir, mit einiger Bitternis, daß wir noch zwei Jahre lang hätten aushalten müssen, sicherlich unter Schwierigkeiten und vielleicht – gleichviel – in beginnendem Elend, damit mein Großvater, wie alle die Seinen, in Plessis-lez-Vaudreuil hätte sterben können. Reue, Gewissensbisse, ein wenig Scham überkamen mich. Oh, ich wußte wohl: im Vergleich zum Leben eines Grubenarbeiters, eines polnischen Juden, eines Bauern in den Anden, eines jener damals noch geheimnisumwitterten Chinesen, die nach langer dunkler Pause wieder in der Geschichte erschienen, war die Existenz meines Großvaters ein westliches und aristokratisches, in Feuern und Stürmen wunderbarerweise erhalten gebliebenes Märchen. Doch wir hatten nicht dafür gesorgt, daß diese privilegierte Existenz bis zu ihrem natürlichen, durch Gepflogenheit und Tradition geprägten Ende ablaufen konnte. Wer kann schon das Leid eines Menschen ermessen? Ich will niemanden verletzen, der körperlich oder geistig andere, noch schmerzlichere Prüfungen erlitten hat, aber vielleicht hatte mein Großvater in seiner Art die tiefste Tiefe des Schmerzes und der Angst erreicht, wovon mir aus jeder Seite seines dicken, vom Alter und vom Gebrauch abgenutzten Missale die Bilder jener sprachen, die nicht mehr waren, deren herzzerreißende Stimmen im Prediger Salomo und in der Weisheit Salomonis lagen und uns beschworen, der Erinnerung treu zu bleiben und ihrer zu gedenken. Ich blätterte zerstreut in ihnen, und die Schatten jener, zu denen er gegangen war, erhoben sich vor mir.

> *Ihr, die Ihr sie gekannt und geliebt habt,*
> *Gedenkt in Euren Gebeten*
> der
> Charlotte, Marie, Eugénie Marquise de . . . . .
> geborene Willamowitz-Ehrenfeld
> geboren in Graz am 7. April 1862
> zu Gott gerufen in Plessis-lez-Vaudreuil
> am 2. August 1918
>
> *Heilige Jungfrau, hab Erbarmen mit denen, die sich lieben*
> *und die getrennt worden sind. (Abbé Perreyve)*

oder

> *Gedenkt in Euren Gebeten*
> des
> Charles, Anatole, Marie, Pierre
> Colonel Comte de . . .
> geboren in Plessis-lez-Vaudreuil am 18. Dezember 1869
> für Frankreich gefallen am 8. September 1914
>
> *Heiliges Herz Jesu, ich vertraue Dir!*
> *(7 Jahre und 7 Quar. Ablaß)*
> *Notre-Dame von Lourdes, bitte für uns!*
> *(300 Tage Ablaß)*

Die Texte waren gekrönt von Photographien junger Frauen mit recht träumerischem Gesichtsausdruck oder alter, energischer Männer, meistens in Uniform. Auf der Rückseite des Bildes waren manchmal Auszüge von Briefen abgedruckt, die der Verstorbene oder Freunde geschrieben hatten – *Sie verkörperte das Bild der Christinnen von einst, für die die Welt kein Hindernis war und die sie nur durchquerten, denn ihre Augen waren auf ein anderes Leben gerichtet* ... –, Stellen aus den Homelien oder aus Tagebüchern, zuweilen Verse von Racine oder Péguy, allenfalls von Victor Hugo, besonders wenn es sich um junge Leute handelte, die im Krieg gefallen waren, fast immer kurze Sprüche von Lacordaire oder Monsignore Pie: *Bis zum Ende hat er das Erbe seines Glaubens und die Ehre seiner Väter bewahrt* oder: *Weinet nicht, ich werde Euch über das Leben hinaus lieben: die Liebe ist in der Seele, und die Seele stirbt nicht.* Auch Erwähnungen in Tagesbefehlen der Armee waren zu finden, Elogen von Bischöfen oder Generalen, Sätze aus dem Testament oder einige letzte Worte. Sehr häufig erscheint das *Gedenkt* oder *Gedenke* auf den Karten – *Gedenke, o allerbarmherzigste Jungfrau Maria, daß niemals vernommen wurde, daß einer, der Zuflucht nahm zu Deinem heiligen Schutz, Deinen Beistand erfleht oder Deine Hilfe erbeten hat, je verlassen worden ist* ... oder eine andere inständige Bitte an die Mutter Jesu: *Heilige Jungfrau, vergiß inmitten Deiner glorreichen Tage nicht die Trübsal der Erde* ... oder auch ein Gebet, das grausamen Umständen vorbehalten schien, das den Seelen im Fegefeuer einen vollständigen Ablaß einbrachte (unter der Bedingung, daß ein Gebet für den Heiligen Vater hinzugefügt wurde) und das folgendermaßen begann: *Hier liege ich, o gütiger und süßester Jesus, auf den Knien vor Deinem Angesicht; ich bete zu Dir und flehe Dich an mit der ganzen Glut meiner Seele* ... und mit einer sehr gewagten Redewendung unter dem Bild eines Kruzifix endete: ... *vor Augen habe ich die Worte, die der Prophet David auf Dich bereits anwendete und sie Dir in den Mund legte, o gütiger Jesus:* »*Sie haben meine Hände und Füße durchbohrt, sie haben alle meine Knochen gezählt.*« *Amen.*

Ich dachte wieder an meinen Großvater. Auch wir, mehr oder weniger unfreiwillige Henker, die Notare, die Geschäftsleute, die Verkäufer und die Käufer, die Geschichte und der Zeitgeist, wir hatten seine Hände und Füße durchbohrt, wir hatten alle seine Knochen gezählt. Und wir hatten seinen armen Körper aus seinem Erbgarten hinausgeworfen. Leblos und seelenlos brachten wir ihn dorthin zurück, aber zu spät. An einem Morgen, der sehr regnerisch war, begruben wir unseren Großvater in der Familiengruft auf dem Friedhof von Roussette.

Wieder bemerkte ich an jenem Tag, was ich schon vermutet hatte: die Jüngeren unter uns empfanden, als sie sich von ihren Ursprüngen lösten, den gleichen Kummer wie die Älteren – aber es war auch ein Gefühl der Erleichterung dabei. Jeder von uns war natürlich sehr traurig: jede zu Ende gehende Geschichte hat etwas Schwermütiges. Aber das Ende von Plessis-lez-Vaudreuil belastete die Erinnerungen der Älteren mit einem unerträglichen Gewicht; es entlastete dagegen die Hoffnungen der Jüngeren von dem gleichen Gewicht. Das Versinken der Linden und des steinernen Tischs, des Speisesaals und seiner Riten, jahrhundertealter Gepflogenheiten, unabänderlicher Zeitpläne und uralter Unbeweglichkeit öffnete für Jean-Claude, Bernard und Véronique – von Anne-Marie ganz zu schweigen – den Zugang in die Welt der Freiheit. Sie hatten keine Bindungen mehr. Sie gingen, wohin sie wollten. Sie schwammen ein bißchen – und sie liebten dieses Gefühl der Unabhängigkeit und Ungewißheit. Sogar die Unsicherheit vielleicht, die ihnen keineswegs mißfiel. Hubert war das letzte Kind, das auf immer dem treu geblieben war, was es in Plessis-lez-Vaudreuil an Ewigem gab: weil er hier gestorben war. Die anderen empfanden fast ein Glücksgefühl dabei, sich auf einmal von den Vorrechten und Pflichten, den Herrlichkeiten und Zwängen befreien zu können. Sie gingen fort, und manchmal sehr weit fort. Griechenland, Italien, Spanien waren für sie noch zu nahe. Sie blickten nach und nach hinüber zur Sahara, zum Amazonas, nach Afghanistan, nach Nepal, nach Ceylon. Die Liebe zu einer Freiheit, die sie mit der Welt teilen konnten, obsiegte bei ihnen über Erinnerungen und Bindungen, die sich nicht teilen ließen. Später traten breitere Gemeinschaften an die Stelle der Familie. Aber sieben oder acht Jahre nach dem Ende des Krieges, zu Beginn der fünfziger Jahre, befanden wir uns noch in der Zeit endlich wiedergefundener Freuden und der individuellen Befreiung.

Durch den Tod unseres Großvaters war Pierre ein neues Amt zugefallen: er war der Chef der Familie geworden. Das war eine Würde, die aus vielen Gründen manches von ihrem Glanz verloren hatte. Dadurch, daß Plessis-lez-Vaudreuil, der unvergleichliche Sammelpunkt, nicht mehr vorhanden war, wurden seine Autorität und sein Prestige beträchtlich gemindert. Die Rolle des Patriarchen, die mein Großvater bis zum Ende mit einer gewissen Feierlichkeit gespielt hatte, vermochte er nicht mehr auszufüllen. Mit zunehmendem Alter hatte Pierre nun doch ein Verhalten an den Tag gelegt, das nach und nach die früheren Etappen seines Lebens in eine nicht mehr zugängliche Vergangenheit verbannte, aus der sie indes irgendwie herausragten. Wer erinnerte sich noch an seine Träume vom Glück, an seine politischen Ambitionen, an den Skandal, in den er verwickelt war? Wenn ihn junge Leute, etwa zehn Jahre nach dem Hinscheiden meines Großvaters, aus der Mittagsmesse in der Kirche Saint-Honoré-d'Eylau kommen sahen oder an den Sonntagen, da er zu seinem Bruder Philippe zum Mittagessen ging, aus Sainte-Clotilde, war nicht mehr viel zu bemerken von der vergangenen Herrlichkeit der Masurischen Seen, nichts von dieser Mischung aus Bedrängnis und Stolz, die Ursula verkörpert hatte, nichts von den Abenteuern mit Mirette und dem Vizekonsul aus Hamburg, nichts von dem durch die Zeit erstickten Nachhall seines Widerstands gegen die Deutschen und seiner Aktivität bei der Untergrundpresse. Übrig blieb ein alter, etwa sechzigjähriger Herr von altmodischer Eleganz und mit völlig weißem Haar, der am Stock ging, wiederverheiratet mit einer mit den V. weitläufig verwandten Amerikanerin.

Nach dem Tod unseres Großvaters war es eine Gewohnheit geworden, daß Philippe ungefähr jeden zweiten oder dritten Sonntag seine beiden Brüder, seine Schwägerin und seinen Vetter zu sich lud. Die beiden Brüder kamen mit Ethel und Nathalie, ihren Frauen. Die Schwägerin war Hélène. Sie war Großmutter. Der Vetter kam allein: das war ich. Ich denke, daß auch ich, wie die anderen, gealtert war. Aber ich war der einzige, der es nicht sah, es nicht sehen konnte. Philippe litt an Frankreich. Angefangen zu leiden hatte er an Maurras und Léon Blum, an Bainville und Daudet, an Mussolini, an Franco und Hitler. Sehr gelitten hatte er an Pétain. Jetzt litt er an de Gaulle. Er hatte sich an de Gaulle mit der Gewalt eines Ertrinkenden geklammert. De Gaulle hatte ihn gerettet und dann seinem Schicksal überlassen. Jetzt jammerte Philippe, der von uns allen der Jüngste und Bestaussehende geblieben war, oder, anders gesagt, der vom Alter und den Schlägen, die es austeilt, am wenigsten Gezeichnete, ständig über das Schicksal des Vaterlands, das er, in Treue und Verzweiflung, an die Stelle der zerrissenen Familie gesetzt hatte. Die verstreute, bedrohte, fast zerstörte Familie hatte Claude durch das Volk ersetzt. Und Philippe durch das Vaterland. Dem Vaterland ging es nicht viel besser als der Familie: gleich nach dem Sieg herrschte überall große Verwirrung. Philippe empfand in dieser Zeit der Mißgeschicke eine Art schmerzlichen Vergnügens. Die Auswüchse bei der Befreiung hatten ihn, der auf der Seite der Freien Franzosen gekämpft hatte, empört und angewidert. Beinahe wäre er zu der ziemlich seltenen Kategorie der nachträglichen Vichy-Anhänger gestoßen. Viele Collaborateure entdeckten im nachhinein, daß sie eigentlich Widerständler gewesen waren. Philippe ging den umgekehrten Weg: er war ein treuer, aber kritischer Gaullist, immer weniger war er einverstanden mit der Strafe, die Pétain zudiktiert wurde und denen, die ihm ins Unglück und in die Resignation gefolgt waren. Über den Bruch zwischen Amerika und Rußland, den Eisernen Vorhang, den kalten Krieg, die Greuel des Stalinismus, den Aufstieg der Dritten Welt empfand er bittere Freude und Schrecken zugleich. An manchen Abenden, wenn das alles zu sehr auf ihm lastete und er in Wut geriet, ging er soweit, den Abzug der deutschen Armee zu bedauern, obwohl er dazu beigetragen hatte, sie zu vernichten. Als die Dinge in Indochina sich zuspitzten und sich schließlich in einen offenen Krieg verwandelten, war Philippe nicht mehr zu halten. Er erwirkte bei General de Lattre de Tassigny seine Zulassung als Kriegsberichterstatter einer großen Pariser Zeitung und hielt sich ständig bei der Legion oder den Fallschirmjägern mit dem roten Barett auf. Im Alter von mehr als fünfzig Jahren und als Zivilist stand er während der Schlacht von Dien Bien Phu an der Seite des Generals de Castries. Die Viets nahmen ihn gefangen. Die Ironie der Geschichte wollte es, daß Mendès France, den er nicht mochte, ihm die Freiheit zurückgab.

Es hatte den Anschein, als überflutete die Politik, die aus Plessis-lez-Vaudreuil, durch die Rückzugsgefechte und das verzögernde Genie meines Großvaters in eine Zitadelle verwandelt, ausgeschlossen war, nun unser ganzes Leben. Sie war überall. War sie nicht stets überall gewesen? Angefangen von den Drei Glorreichen bis zu den Junitagen, vom Staatsstreich bis zur Commune, von der Dreyfus-Affäre bis Vichy, eingerechnet Erster Weltkrieg und Volksfront, war es nicht abwegig zu behaupten, daß sie stets alles bestimmt hatte. Aber sie verbarg sich – oder wir verbargen sie. Hinter Vergnügungen, gutem Benehmen, Religion, Tradition. Mit dem Sieg der Demokratie, mit dem unaufhaltsamen Aufstieg des Sozialismus, mit den Russen an der Donau und an der Elbe, wenige Stunden vom Rhein entfernt, und auch mit der Atombombe drang die Politik mehr und mehr und immer stärker in unser tägliches Leben. Es war nicht mehr möglich, sie hinter einer Mischung von Wichtigkeit und Nichtigkeit zu verschleiern. Unser Fortleben hing von ihr ab. Und ihr Gewicht lastete jeden Tag mit spürbar wachsender Feindseligkeit auf uns. Die fortschreitende Freizügigkeit in den Sitten – oft waren wir froh, daß unser Großvater nicht mehr da war und Errungenschaften und Erfolge, die ihn erschüttert hätten, nicht mehr mitzuerleben brauchte – hatte merkwürdigerweise ein gewisses Absinken der Rolle der Liebe in unserer westlichen Zivilisation zur Folge: das von der Liebe aufgegebene Terrain besetzte die Politik.

Wahrscheinlich weil die Liebe, wie die Kunst oder wie die Philosophie, ein zerstörender Faktor war, hatte sie bei uns nie im Vordergrund gestanden. Doch die Umwelt war ganz von ihr durchdrungen. Seit Jahrhunderten spielten die Liebe, das Gefühlsleben und die Herzenseroberungen eine wesentliche Rolle in der Literatur, auf dem Theater, sie waren vorherrschend in den Gedanken eines jeden Tages. In dem Maße, wie die vom Sittenkodex aufgestellten Hindernisse zerbröckelten und nachgaben, feierten Schriftsteller, Dichter, Soziologen und Moralisten um die Wette den Triumph der Liebe. Aber es kam bald der Moment, da die Aufhebung aller Hindernisse der Sache jeglichen Sinn nahm. Niemand braucht stärkere Widerstände als ein Lovelace oder ein Don Juan und selbst ein Tristan oder ein Romeo. Die Freizügigkeit der Sitten erweiterte die Rolle der Liebe nicht, denn sie braucht als Nahrung zunächst Mißgeschick, Schwierigkeiten, Hindernisse. Die Toleranzgesellschaft, zu der wir nach und nach wurden, war in puncto Gefühl das Äquivalent der Strategie der verbrannten Erde: sie tilgte jedes Nahrungsmittel aus. Infolgedessen wandten sich die Energien von im voraus gewonnenen Kämpfen ab. Nur die Romanschriftsteller – und vielleicht nicht die besten – erfanden eigensinnig noch Liebesgeschichten, die nicht vorankamen und niemanden mehr interessierten. Der Cid, Adolphe, Fabrice del Dongo hatten noch einen Sinn. Schon bei Julien Sorel trat die Liebe hinter dem Klassenkampf zurück. Porto-Riche, Octave Feuillet, Paul Bourget kamen viel zu spät, um in der Liebesgeschichte noch den Platz zu erringen, den sie sich erhofften. Marx siegte über Racine. Und die Revolution über die Analyse der Gefühle.

Claude hatte als erster von uns diesen Gang der Dinge begriffen: sein Leben war zuvörderst politisch und nicht traditionell oder gefühlsbetont. Er ging zu Karl Marx wie mein Vater einst, zum Entsetzen der Familie, in die Romantik gegangen war. Doch während des ganzen Krieges hatte er Marx zugunsten von de Gaulle hintangestellt. Nach de Gaulles Abgang kam er für ungefähr zehn Jahre zu Karl Marx zurück: sein großer Mann war Stalin. Ich gehe wohl nicht zu weit, wenn ich behaupte, daß er in Stalin so etwas wie das Bild des Vaters oder wenn nicht das, so zumindest das des Großvaters entdeckte. Pétain, Churchill, de Gaulle und natürlich mein Großvater hatten im Lauf der letztvergangenen Jahre für die Welt oder für uns nacheinander die Gestalt des Moses an der Spitze der Hebräer verkörpert. Jetzt war Stalin an der Reihe. Er verkleidete sich halb als Karl der Große, halb als Knecht Ruprecht, die Schlechten zu seiner Linken, wo man lieber nicht Platz nahm, und die Guten zu seiner Rechten, wo es kaum besser war. Gleichviel. Claude bewunderte ihn. Und er liebte ihn. Es mochten Gerüchte umgehen über die eigentlichen Beziehungen zwischen Lenin und dem späteren Marschall, über die Lager in Sibirien, über die unglaubliche Brutalität der stalinistischen Diktatur, Claude fegte die polemischen Argumente mit einer Handbewegung fort, er sah in ihnen das Kennzeichen des Faschismus: an Stalin zweifeln hieß, sich für Hitler entscheiden. Da de Gaulle ins Dunkel zurückgetreten war, zweifelte Claude nicht. Er fuhr nach Prag, nach Warschau, nach Budapest, nach Moskau. Er spielte die Rolle der Leute, die damals »fellow-travellers« genannt wurden, ganz gut. Er war kein eingeschriebenes Mitglied der Partei, aber er machte, wie in den Vorkriegsjahren, die Sache der Partei zu der seinen. Das Jahr 1956 brachte eine Reihe von Ereignissen, die für ihn noch düsterer waren, als für uns alle das Ende von Plessis-lez-Vaudreuil gewesen war.

Noch war der Winter nicht zu Ende, da kamen ihm zu seiner Bestürzung die Offenbarungen Chruschtschows auf dem XX. Kongreß der Kommunistischen Partei der UdSSR zu Ohren. Und im Herbst Budapest. Der Kommunismus zerstörte sich selbst. Diese Schläge hätten ihm von außen her nicht versetzt werden können. Es schien, daß nur jemand, der durch den Kommunismus gegangen war, eine Wirkung auf den Kommunismus auszuüben in der Lage war. Niemand hätte über Stalin das zu sagen gewagt, was die Seinen über ihn sagten. Niemand hätte gewagt, Panzer in ein kommunistisches Land zu schicken, nur ein kommunistisches Land – ein anderes und das mächtigste. Philippe frohlockte. Zum zweitenmal sah Claude eine Welt zusammenbrechen: die erste war ihm zugeteilt worden, und er hatte sie verlassen, weil er sie als ungerecht empfunden hatte. Die zweite hatte er sich erwählt. Und sie war schlimmer als die erste.

Zu jener Zeit traf ich oft mit Claude zusammen. Er war wieder sehr unglücklich. Gegen Ende der fünfziger Jahre schien es, als sei überall die Hoffnung verweht, wie eine Fatamorgana, die erlischt. In weniger als zwanzig Jahren war die Welt durch die Abgründe des Jahres 1940 gegangen und zu den überschwenglichen Hoffnungen der Jahre 1944 und 1945 aufgestiegen, um dann wieder in die Gefahren eines Krieges zu stürzen, in eine Unmenge von Ruinen, in ein Durcheinander und in Skepsis. Weder die Übel noch die Heilmittel ließen viel bestehen. Man flüsterte sich zu, Hitler habe zwar den Krieg verloren, aber er würde den Frieden gewinnen. Nicht nur die Russen und die Amerikaner, auch die Juden und die Kommunisten, die er eine Zeitlang in einen Topf geworfen hatte, begannen sich zu hassen und möglicherweise zu vernichten. Überall brachen hinter der erkünstelten Toleranz und hinter der Proklamation der Menschenrechte Gewalt und Terror wieder auf. Aus größeren Höhen als die anderen fiel Claude herab, weil er mehr als irgend jemand sonst seinen Glauben in einen Fortschritt der Menschen gesetzt hatte. Sogar die Wissenschaft ließ ihn im Stich. Zehn oder fünfzehn Jahre nach dem Krieg wurde sie wieder in Frage gestellt und manchmal angeklagt. Aus dem Grab heraus, natürlich in ganz anderer Hinsicht, als er es sich hätte vorstellen können, rächte sich mein Großvater an der modernen Welt, die er nicht hatte akzeptieren wollen und die er im vorhinein an den Pranger gestellt hatte.

Zu jener Zeit sagte Claude oft zu mir, er habe sein Leben vergeudet, er habe sich in allem getäuscht, er könne an nichts mehr glauben: unsere Vergangenheit sei nach tausendjähriger Nutzung zusammengebrochen, und seine eigene Zukunft fiele in sich zusammen, ehe sie überhaupt begonnen habe. Man kann sich vorstellen, mit welcher Genugtuung Philippe diese Katastrophenmeldung aufnahm. Aber mehr, als sich über das Unglück der anderen freuen, konnte er auch nicht. Auch seine Welt, die unsrige, versank immer mehr in den Wogen der Geschichte.

Man erinnert sich vielleicht noch unserer ein wenig schwankenden Beziehungen zur Idee des Vaterlands, zum Kaiserreich, zur nationalen Obrigkeit, wie sie nacheinander verkörpert wurde durch Robespierres Jakobiner, durch einen korsischen General, durch den Sohn eines Königsmörders, der zu der jüngeren Linie der Orléans gehörte, denen gegenüber Mißtrauen stets angebracht war, durch die Republikaner der Großindustrie oder der Volksfront. Wir standen eher – in zwei verschiedenen Richtungen – mit einem Bein in den Traditionen, auch wenn sie nur Schein waren, und mit dem anderen jenseits der Grenzpfähle. Spanien, Österreich-Ungarn, der Kirchenstaat, alle deutschen Länder waren uns zumindest ebenso nahe wie das Marseille der Gangster und Sozialisten, wie Lyon mit seiner Seide und seinen Würsten, wie Lille mit seinen Webereien. In Wirklichkeit waren wir Europäer vor der Zeit. Welche Mühen hatte es uns gekostet, endlich Republikaner, Patrioten und Franzosen zu werden! Wir hatten uns auf den Schlachtfeldern töten lassen, wir hatten uns der Marseillaise und der Trikolore angeschlossen, wir waren gleichzeitig in die Demokratie und die Geschäfte eingestiegen, wir hatten uns peinvoll von der Vergangenheit abgewendet, um in die Zukunft zu blicken: und nun verwandelte sich die Zukunft – sicherlich ist das ihr Geschick, aber wir waren so langsam, daß sie schneller voranschritt als wir – in Vergangenheit. Wir waren stets um eine Generation, ein System, eine Revolution im Rückstand, eine Revolution, die sich eiligst daranmachte zu zerstören, was wir aufgeholt hatten, und zwar in dem Augenblick, da wir uns damit abgefunden hatten. Kaum hatten wir Plessis-lez-Vaudreuil aufgegeben und unseren Großvater getötet, um mit der Gemeinschaft und mit der einen und unteilbaren Republik zu verschmelzen, da löste sich die Gemeinschaft auf, die Republik zerbrach.

Stalin und Budapest waren Qualen für Claude. Indochina und Algerien wurden Philippes Kreuz. Gott ließ uns nicht völlig im Stich: ganz gerecht verteilte er die Prüfungen, die Schmerzen und auch die Ungerechtigkeiten zwischen Ost und West, zwischen der Tradition und dem Sozialismus, zwischen der Vergangenheit und der Zukunft. Wenn nach Hegels Ausspruch die Geschichte ein Gottesurteil ist – Weltgeschichte ist Weltgericht –, ist es dem Allmächtigen sicher schwergefallen, zwischen Philippe und Claude zu entscheiden: er hat sie beide niedergeworfen. Claude schien mir genauso verzweifelt zu sein wie zur Zeit des Pakts zwischen Ribbentrop und Molotow. Er versuchte dahinterzukommen, wieso *Das Kapital* zu den Lagern in Sibirien geführt hatte und das *Kommunistische Manifest* zu den Panzern in Budapest. Bei Philippe war es einfacher: er starb.

Er starb. Ohne besonderen Grund. Man begreift allmählich: im Lauf der Jahrhunderte waren wir oft gestorben. Nicht immer als Sieger. Aber zumindest war unser Tod, auf den unbedeutendsten Schlachtfeldern, in den grauenvollsten Gefängnissen und sogar auf dem Schafott, für uns stets ein Vorbild der Größe, das die Nachkommen kultivierten. Wir brachten es fertig, immer wieder Größe zu erlangen. Sie ging niemals ganz verloren. Philippe hingegen wußte nicht recht, warum er die Wahl getroffen hatte zu sterben. Eigentlich war es eine Art Selbstmord aus Widerspruch.

Im Grunde müßte ich hier, um unsere verschiedenen Abenteuer in jenen Zeiten ohne Gefüge, jedoch nicht ohne Gefühle, einigermaßen deutlich wiederzugeben, ganze Seiten mit politischer, geistiger und moralischer Geschichte füllen. Einstmals spielte bei den Bällen oder den Diners in Plessis-lez-Vaudreuil oder in der Rue de Presbourg, weil wir in geschlossenen Welten lebten, in denen das Individuum regierte, die Psychologie eine wesentliche Rolle. Von Racine bis zu Benjamin Constant, zu Proust, zu Gide, zu Mauriac nahm das langsame Wandeln der Gefühle in den Seelen der Prinzessinnen, der Jugendlichen, der reifen Frauen, der Homosexuellen und der Bordelaiser viel Raum und viel von unserer Zeit in Anspruch. Nach den Erschütterungen, die von der Rue de Varenne ausgegangen waren, hatte die Schnelligkeit, die bildliche Darstellung, das Fernsehen, eine Mischung von Sozialismus und Geld, das Erbe von Morand und von Malraux, in einem Wort: die moderne Zeit das alles vertrieben. Es ist schon davon gesprochen worden, daß wirtschaftliche und soziale Überlegungen allmählich die Oberhand gewannen über gefühlvolle Betrachtungen. Es muß ergänzt werden, daß die Aktion, die Verhaltensweise, die Politik nun die Oberhand über die Psychologie gewannen.

Alles wurde rasch, kraß, häufig stark, manchmal ein wenig scharf – und alles hielt stand. Plessis-lez-Vaudreuil war eine von der Zeit umgebene Insel. Als die Insel überflutet und versunken war, traten wir in die moderne Welt, in ihre grenzenlosen Perspektiven, in ihre schwindelerregenden Wirbel. Niemand hatte mehr die Muße noch den Wunsch, vielleicht nicht einmal die Möglichkeit, den Nachbarn oder den Feind zu verstehen – so wie wir meinen Großvater oder Tante Gabrielle verstanden, Racines Phädra, die mütterlichen Gefühle Madame de Sévignés –, ihnen listiges oder ehrgeiziges Streben, Großzügigkeit, Absichten oder Zwecke zu unterstellen. Die Welt war eine Aneinanderreihung oder Durchdringung undurchsichtiger Mechanismen und Verhaltensweisen, die meistens miteinander in Streit lagen und sich so gut wie möglich einigten. Sie wurden durch Zufall oder durch Notwendigkeit hervorgerufen, durch die Erziehung, durch soziale Klassen, durch wirtschaftliche Realitäten, durch Erbanlage oder durch das Milieu. Es konnte sich ereignen, was wollte, schließlich wurde immer alles von der Psychoanalyse und dem Marxismus interpretiert. Man hörte auf zu verstehen: man erklärte.

Es war die Zeit, als Anne-Marie sich in einen Star verwandelte und ihr Name auf den Filmleinwänden der ganzen Welt glänzte. Es erschienen Bücher mit Fotos von ihr – auf manchen war sie nur leicht bekleidet. Sie führte ein ziemlich verrücktes Leben, was ihr selber nicht bewußt wurde. Von Fröhlichkeit fiel sie in Mutlosigkeit, von Begeisterung in Depression. Sie gab viel Geld aus, sie war nicht sehr glücklich, sie hatte alles, und sie weinte. Wenn wir sie in Paris trafen oder manchmal in Rom, wo sie einen Film drehte, in der Provence bei Freunden, auf einer riesigen griechischen Yacht, die unter der Flagge Panamas segelte und auf die wir von ihr eingeladen wurden, staunten wir über den Kontrast zwischen der Erinnerung, die wir von ihr hatten, auf dem Fahrrad auf den Parkwegen von Plessis-lez-Vaudreuil, mit ihren langen, offenen Haaren, die ihr über den Rücken hingen, und ihrem weißen Faltenrock, und dem Bild, das sie uns jetzt bot mit der Menge alkoholischer Getränke, ihren stürmischen Liebschaften, ihren märchenhaften und vergänglichen Gagen, ihren Aufmachungen und ihren Schmuckstücken, ihren italienischen Matrosen, mit denen sie schlief, ihren amerikanischen Liebhabern, die sie durch Drogen und Demütigungen zugrunde richtete. An manchen Abenden, nach einer heftigen Szene oder ehe sie wieder fortging, um in den Armen eines Erdölmagnaten oder eines Rennfahrers alles zu vergessen – bei dem ich an einen Torero denken mußte und mich sogleich um dreißig Jahre zurückversetzt fühlte, in die Erinnerung an Ursula, meine Kusine und ihre Mutter –, erzählte sie mir wieder von ihrer Kindheit. Und ich erzählte ihr von der meinen: da sie sich in dem unveränderten Rahmen von Plessis-lez-Vaudreuil abspielten, unter den Augen meines Großvaters, flossen sie beide ineinander, trotz der etwa zwanzig Jahre, die sie voneinander trennten. Der Himmel über uns war ungefähr derselbe wie in Plessis-lez-Vaudreuil, mit denselben Sternen, die dieselben Bilder darstellten. Welche Ruhe! Welche Heiterkeit! Mit einem Glas in der Hand, in der Ferne verschwommene Musik, suchten wir vergeblich unser Geschick aus ihnen herauszulesen. Eine Art Benommenheit, gepaart mit Sanftmut und Traurigkeit, überkam uns. Es schien uns, als zählten allein dieses grenzenlose All und die Minuten, die Monate, die Jahre, die nur vorüberzogen, um zu vergehen. Sie war betrunken. Ich auch. Wir schwiegen. In diesem Raum und in dieser Zeit waren wir Staubkörner, die ihr Glück nur in der Wirrnis und in der Vernichtung finden. Wie fern waren wir von der Großartigkeit des alten Wohnsitzes, den steten Regeln, der unwandelbaren Ordnung auf der Erde und am Himmel, deren Untergang wir erlebt hatten! Eine mystische Übereinstimmung führte uns, Anne-Marie, Pierre und mich oder Anne-Marie, Nathalie, Claude und mich, an den steinernen Tisch zurück. Der Tisch war noch da, irgendwo in der Ferne, doch alles, worauf er sich gründete, war ins Nichts gesunken. Wir waren gar nichts mehr, und wir durchlebten noch einmal unsere Jugend. Wir tranken. Ich sah meinen Großvater und Tante Gabrielle neben einem italienischen Starlet und einer früheren Bordellinhaberin, die den Besitzer der drei größten Zeitungen in den Vereinigten Staaten geheiratet hatte. Ich mußte lachen. Anne-Marie sah mich an. Auch sie war nicht glücklich. Sie warf sich in meine Arme, und sie weinte. Eine halbe Stunde später, unaufhaltbar, unerbittlich, entfesselte sie in einem bekannten Nachtlokal einen Skandal.

Es wäre nicht sehr schwer, ein dickes Buch über Anne-Marie zu schreiben. Außer den Aufsätzen und Fotoalben, die ihr namentlich gewidmet waren, kenne ich zwei oder drei Bücher, in denen die fiktive Heldin ganz augenscheinlich ein Abbild Anne-Maries, ihrer Schönheit und Torheiten ist. Wenn ich heute an sie denke, steht eine bunt zusammengesetzte Gestalt vor meinen Augen. Übrigens halte ich mich bei allen den Meinen, die ich wieder lebendig zu machen versuche – vielleicht hat man es schon bemerkt? –, weniger an diese oder jene flüchtige anekdotische Einzelheit als an ihr Bild in der Erinnerung. Aber eben diese Bilder möchte ich natürlich so echt, so genau, so minuziös wie möglich sehen. Doch so starr sie auch sind, man denke an die stereotypen Bilder des alten Victor Hugo oder Rimbauds als jungen Mann, mit der Zeit entwickeln sie sich. Anne-Marie war nicht mehr das kleine Mädchen, das neben uns im Kinderspeisesaal von Plessis-lez-Vaudreuil zu Mittag aß, sie war nicht mehr das in Robert V. verliebte junge Mädchen, auch nicht die Fastverlobte und schon Witwe Gewordene, um die der Major von Wittlenstein kreiste, oder die Geliebte des lockigen Burschen zur Zeit der Widerstandsbewegung. Sie war ein Star geworden, die Nachfolgerin von Ava Gardner oder Marilyn Monroe, genau der Typus des internationalen Stars wie Brigitte Bardot oder Jeanne Moreau. Und wir sahen sie abgebildet an der Seite von Onassis, des sympathischen Kennedy, des Fürsten Orsini, auf der ersten Seite von *France-Dimanche* und auf dem Titelblatt von *Paris-Match*. Aber innerhalb ihres Künstlerlebens zeichneten sich Etappen ab. In den fünfziger Jahren erklomm sie weiterhin die unsichtbaren Stufen der Beliebtheit und des Erfolgs. Und dann plötzlich – eine Migräne, eine andere Frisur, eine anstrengende Reise, ein Freund, der sie seit ein paar Jahren nicht mehr gesehen hatte – begann sie zu altern. Zu Beginn der sechziger Jahre war sie noch bewunderungswürdig, umschmeichelt und umjubelt. Aber der Abstieg war schon spürbar. Sie ließ nicht ab, sich zu betäuben, sich Abwechslung zu verschaffen, doch sie merkte, daß das Leben, dem sie so nachgelaufen war, ihr unter den Fingern zerrann. Es konnte vorkommen, daß sie in Panik geriet. Dann war sie schlimmer als in den Jahren ihres Aufstiegs. Selbst ihr Vater konnte nicht viel ausrichten. Nur Claude oder ich vermochten sie ein bißchen zu besänftigen. Wenn wir nicht zugegen waren, kam es zu fürchterlichen Szenen, bei denen ihre Liebhaber das Weite suchten, zu Wutanfällen und Angstträumen, von denen wir nichts ahnten, zu Alpträumen, in denen die hohen vergoldeten Plafonds von Plessis-lez-Vaudreuil und die Teiche im Wald eine Rolle spielten.

Alle diese so verschiedenartigen Profile tauchten da und dort in mondänen Unterhaltungen auf, in Memoiren von Schauspielern, in Romanen von Norman Mailer oder Truman Capote, in Erzählungen – vor einem alten Kamin in Schottland oder in einem Salon der Avenue Montaigne – eines zur Moorhuhnjagd gekommenen betagten Onkels vom Rhein oder einer römischen Prinzessin, die sich in Paris aufhielt, um einige Kleider zu kaufen. Jemand, der Anne-Marie nicht kennengelernt hat und der von ihr durch den oder jenen hat sprechen hören, hätte annehmen können, es handele sich vielleicht gar nicht um ein und dieselbe Person. Da sie hintereinander die Möglichkeiten, die sich ihr boten, zurückgewiesen hatte, führte sie schließlich fünf oder sechs verschiedene Leben. Noch im vergangenen Jahr habe ich zwei ältere Herren getroffen, die sicherlich einmal sehr gut aussahen und jeder in seinem Bereich – himmelweit auseinander – beachtliche Stellungen innehatten: beide hatten mehrere Jahre lang davon geträumt, Anne-Marie heiraten zu können. Wie die Zeit vergeht! Sie ging auf die Vierzig zu. Jetzt versuchte sie, die Scharen von Verführern und gescheiten Männern verrückt gemacht und abgewiesen hatte, einen dicklichen, sehr reichen Libanesen, der im Erdölgeschäft tätig war, zur Heirat zu bewegen. Es war zur Zeit der algerischen Auseinandersetzungen. Der Libanese besaß nicht nur ein Vermögen, das ihm alle Türen öffnete, er war auch sehr intelligent. Eher als mancher andere hatte er begriffen, welcher Seite die Zukunft gehören würde, und er verhandelte, mitten im Algerienkrieg, über den Kopf der französischen Regierung hinweg, mit den großen Erdölgesellschaften, mit Enrico Mattei und mit der Nationalen Befreiungsfront oder der Provisorischen Republikanischen Algerischen Regierung.

Ich erinnere mich an einen Abend in Rom – viele Jahre nach jenen Nächten unserer Jugend, in denen wir, Claude und ich, Marina zwischen uns beiden, am Tiberufer oder am Colosseum entlangschlenderten –, als Anne-Marie uns in einen der prächtigen Palazzi einlud, die ihr Liebhaber gemietet hatte. Anwesend waren Claude und Nathalie, Philippe, Pierre und Ethel, ein paar Schauspieler und Schauspielerinnen, ein paar damals bekannte Prinzen und Prinzessinnen, ein paar Geschäftsleute und ich. Das war ein oder anderthalb Jahre nach dem großen Erfolg von *La Dolce Vita*. Lange Zeit hatten wir unseren *Leopard* in Plessis-lez-Vaudreuil gespielt, jetzt spielten wir ihr *Dolce Vita* in gemieteten Palazzi. Wir tranken. Alle hatten wir wohl etwas zu vergessen. Wir vergaßen es im Alkohol, im Drogenrausch, im Spiel, mit Mädchen oder jungen Männern, die uns unter die Finger kamen und von denen die meisten, Männer oder Frauen, so oder so gebraucht werden konnten. War diese Lebensart, ein Ableger der verrückten Jahre um 1925, die fünfunddreißig oder vierzig Jahre später ihre zweite Auflage erfuhren, zwischen London und Saint-Tropez, zwischen Rom und Sankt Moritz, wirklich neu? Sie stach natürlich kraß ab von dem Ernst des 19. Jahrhunderts, dem Puritanismus der Königin Victoria, von den äußerst strengen Gepflogenheiten von Plessis-lez-Vaudreuil. Indes, vielleicht knüpfte sie nur an viel ältere Traditionen an, an den leichten Schatten der Régence oder des ausgehenden 18. Jahrhunderts, an die Gelüste der Renaissance, an die Genüsse des Römischen Reichs zur Zeit seines Niedergangs. Neben Menschen, die aus Glauben oder Hoffnung dazu neigen, in der Geschichte einen unbegrenzten, natürlich mit fehlerhaften Stellen durchsetzten Fortschritt zu sehen, gibt es andere, die in ihr nur eine ewige Rückkehr zu ähnlichen, unbegrenzt sich wiederholenden Situationen erkennen. Wir hatten eine lange Prüfung hinter uns, viele unserer Triebfedern waren zerbrochen, die Zukunft ungewiß und unsere Werte wankend: zweifellos bedurfte es nicht viel mehr, um uns in eine Gier nach Vergnügen zu stürzen, in denen der moralistische Historiker ohne große Mühe das Gewimmel und die Quälereien aller Ungeheuer der Angst, der Inflation, des Vatermangels und der Verlassenheit ausmachen könnte. Ich glaube, das Nichtmehrvorhandensein von Plessis-lez-Vaudreuil fing an, sehr schwer auf uns zu lasten: Claude, Philippe, Pierre, Anne-Marie und ich, alle waren wir seiner Natur und seiner Kunst zugleich verhaftet, seiner Ursprünglichkeit und seinem Raffinement, worin unser Name sich verkörpert hatte – und dem Fehlen all dieser Gegebenheiten. Es wurde uns schwer, diesen Bruch mit unserer Vergangenheit und unseren Gepflogenheiten zu überwinden. Ich erkannte plötzlich, wie bürgerlich unser Hirtenleben gewesen war. Wir bildeten uns ein, wir setzten die Existenz unserer Ahnen fort: vielleicht führten wir in Plessis-lez-Vaudreuil nur das Leben der besitzenden Klasse im ausgehenden 19. Jahrhundert. Vermag man seiner Zeit zu entgehen? Man kann ihr überlegen oder unterlegen sein, man kann gegen sie kämpfen, wie wir es unablässig getan hatten: sie packt einen schließlich doch und prägt einem ihren Stempel auf. Ich begriff allmählich, wie recht Claude mit seinem Urteil hatte: trotz unseres langwährenden Hasses auf das Geld und auf die Großindustrie, auf Louis-Philippe und auf die Republik, trotz unserer Jagdhörner und unserer Vorliebe für Saint-Simon waren wir Bürger geworden. Großbürger. Aber Bürger. Und wir waren überdies Bürger, vielleicht mehr denn je, als uns endlich zu Bewußtsein kam, daß wir Bürger waren, und wir uns gegen diese Erkenntnis auflehnten. In Plessis-lez-Vaudreuil wären wir nie auf die Idee gekommen, Bourgeois in uns zu sehen. Kaum hatten wir begriffen, daß auch wir in diese verhaßte Klasse geraten waren, da empörten wir uns gegen sie mit Hilfe von Drogen und Baccara, mit arabischen Revolutionären und italienischen Schauspielerinnen. Und nichts war bürgerlicher als dieses ganze Verhalten und unsere Ablehnung dieses neuen Standes.

An jenem Abend, im Palazzo am Quirinal oder an der Piazza Ognisanti, den Anne-Marie und ihr libanesischer Liebhaber gemietet hatten, waren die Anwesenden eher links eingestellt. Aber ich war noch nicht am Ende meiner naiven Erkenntnisse: jetzt erschien mir die Linke grundverschieden von Claudes Revolte und seinen Erwartungen. Von Plessis-lez-Vaudreuil aus gesehen, war die Linke ein gleichförmiger Alpdruck, ein monolithisches Monstrum. Nun sah ich, daß sie viele Nuancen und Unterschiede hatte. Vielleicht gab auch die Rechte, von einem sozialistischen oder kommunistischen Beobachtungspunkt aus betrachtet, das Bild einer Einheit ab. Gab es überhaupt etwas Gemeinsames zwischen dem Faschismus und uns, zwischen der Schwerindustrie und uns, fast würde ich fragen: zwischen dem Grafen von Paris und uns? Jedenfalls sah ich, daß innerhalb dieser Linken, die wir mit Bausch und Bogen in denselben Sack voller Schrecken und Ablehnung steckten, sich Klüfte auftaten. Ich blickte Claude an: er erschien mir plötzlich wie ein Abbild meines Großvaters. Ein modernes Abbild natürlich, ein verwandeltes, umgekehrtes, umgedrehtes, wenn man so will. Gleichwohl ein Abbild. Das war mein wiederauferstandener Großvater. Er selbst, glaube ich, war sich dieser Umkehrung und der ewigen Wiederkehr der Dinge in dieser unausschöpflichen und doch begrenzten Welt durchaus bewußt. Ich hatte schon lange bemerkt, daß Stalin und mein Großvater, so entfernt sie voneinander waren, so entgegengesetzt, so furchtbar feindlich, doch zur selben Welt der Archetypen und ewigen Bilder gehörten: dem Bild des Vaters und des Vorbilds. Claude hatte sich, für immer, wie er glaubte, von unserem System der Tradition und der Dekadenz losgemacht. Er hatte sich auf die Seite der unversöhnlichsten Feinde unserer Vergangenheit, die er haßte, gestellt. Ich sah, daß die Dinge, die Ereignisse, die Menschen sich vor meinen Augen in ganz anderer Weise aufteilten. Claude war es, der die Moral meines Großvaters mit seinem Sinn für Ordnung und Gerechtigkeit, seiner Liebe zur Geschichte und zu den Prinzipien verkörperte. Nur war die Zeit darüber hingegangen mit ihrem Gefolge von Neuheiten und Umwandlungen, und sie warf eine Art dunklen Schleier über die augenfällige Tatsache.

Oder vielleicht träumte ich. Die Zukunft würde es uns beweisen. Philippe jedenfalls sah die Dinge keineswegs wie ich. Seiner Auffassung nach verbargen sich die Greuel hinter den verschiedensten Masken. Claude, der Libanese, die linken Geschäftsleute, die lesbischen Prinzessinnen waren nichts weiter als die vielgestaltigen Gesichter dessen, was er von jeher gehaßt hatte. Er konnte nicht umhin, Claude nach wie vor eine paradoxe Zuneigung entgegenzubringen, und dennoch verabscheute er ihn. Den ganzen Abend über, der nichts anderes war als eine etwas prononciertere Wiederholung vieler ähnlicher Erlebnisse, befand er sich in einem Zustand der Empörung. In einem Roman, falls mir die Begabung dafür nicht abginge, wäre es mir durchaus nicht unmöglich, eine packende Darstellung dieser paar Stunden zu geben, etwa nach Art der großen Angelsachsen wie Styron, Malcolm Lowry, Norman Mailer. Was soll ich sagen? In Plessis-lez-Vaudreuil waren wir eins mit unserem Leben. An jenem Abend in Rom umgaben uns Abgründe, Klüfte taten sich bei jedem unserer Worte unter uns auf. Wir fühlten uns alle unglücklich, alle schuldbewußt, alle geplagt. Jede Äußerung von uns war unterhöhlt, beruhte auf Wahnvorstellungen, Dramen, Geheimnissen, entschwundenen Träumen. Inzest, Wahnsinn, Verbrechen waren unter uns. Alles war doppelt oder dreifach verfälscht, alles war voller Fehler und unterdrückter Gewissensbisse, und der Tod war überall. Ohne Alkohol und Spiel, ohne Droge, ohne Erotik hätten die meisten nicht weiterleben können, sie wären zusammengebrochen. Bitterkeit lag auch im geringsten unserer Worte, und, oft unwissentlich, trachtete jeder dem anderen nach dem Leben oder nach seinem eigenen. Inmitten solcher Trümmer staunten wir darüber, daß wir noch aufrecht standen, und wir waren uns nicht ganz sicher, ob uns noch viel an diesem Fortleben lag. Nicht nur die Welt rollte in Abgründe, auch wir selbst. Alles wankte – und auch wir. Wir waren die Seiltänzer der neuen Zeit, so etwas wie Possenreißer einer Abenddämmerung, die vergeblich versuchte, eine Morgendämmerung zu sein.

Philippe erkannte undeutlich das Zerstörerische in unserem ganzen Verhalten. Und er verabscheute es. Er hatte bereits eine ziemlich heftige Auseinandersetzung mit dem Libanesen über die abstrakte Malerei und die moderne Kunst gehabt. Er hatte nicht viel Intelligentes gesagt, und der andere hatte ihn aufs

Glatteis geführt und ihn fast lächerlich gemacht. Ich sehe sie wieder vor mir in dem riesigen, fast unmöblierten Raum, mit Kissen auf dem Boden und bei verschwommener Musik, die von irgendwoher kam, ihr Whiskyglas in der Hand, Wut im Herzen. Sie kannten sich kaum. Sie haßten sich vom ersten Augenblick an. Nichts stand zwischen ihnen: sie liebten nicht dieselbe Frau, sie schuldeten sich kein Geld, ihre Länder lagen nicht im Krieg miteinander, sie kamen sich in ihren Geschäften nicht ins Gehege, auch nicht in ihrem Sinnen und Trachten. Und dennoch war alles gegensätzlich bei ihnen. Ich konnte mir ungefähr vorstellen, was Philippe an diesem Araber irritierte, der hochgebildet war, sich des Französischen besser bediente als wir und sich ungemein zu Hause fühlte in dieser neuen Welt, die er spielend beherrschte. Er war Anne-Maries Liebhaber. Wir gewöhnten uns allmählich an Anne-Maries Liebhaber. Es war selbstverständlich, daß Anne-Marie alle Herzen brach, denn sie war schön, und da sie mit uns verbunden war, hatte sie natürlicherweise teil an dem berühmten Zauber der Familie. Es war auch selbstverständlich, daß sie eigentlich nur zu uns gehörte und das übrige, der Film, ihre Liebschaften, ihr Triumph in der ganzen Welt, nur ein bangloses Spiel war, über das sie herablassend lächelte und über das wir, die Jüngeren – das soll heißen, jünger als unser Großvater, dem es nie in den Sinn gekommen wäre, solche Abenteuerlichkeiten lustig zu finden –, nachsichtig lächelten. Doch an jenem Abend war es der Libanese, der lächelte. Er wußte, und wir alle wußten, daß in diesem Kampf um Anerkennung, der sich in der Liebe ausdrücken kann, er den Sieg davontrug. Wie viele junge Leute hatte ich im Schlepptau von Anne-Marie gesehen, die von ihrem Nimbus beeindruckt waren und bei dem Gedanken zitterten, sie zu verlieren und sie nie wiederzusehen! Hier wie anderswo war die Zeit über die Körper und die Herzen sowie über die Ideen und die Sitten hinweggegangen. Ich sah Anne-Marie an. Ja, auch sie, die wir für unveränderbar gehalten hatten, war gealtert. Wie traurig! Zwei Falten beiderseits des Mundes, die Haut schon weniger glatt, die Augen ein wenig geschwollen, gewiß – aber sie war noch schön. Doch sie hatte Angst. Angst vor der Zeit, die verging, Angst vor dem Mißerfolg, Angst, nicht mehr zu gefallen. Angst, diesen Liebhaber zu verlieren, der weniger gut aussah als viele andere – die indes seit langem verachtet, hinweggefegt, vergessen waren – und den sie vielleicht weniger liebte, der aber einen kolossalen Trumpf in der Hand hatte: er war in einem Augenblick aufgetaucht, der sich für ihn als sehr günstig erwies – im Augenblick der Beklemmung und des Absinkens nach dem Triumph. Ob Philippe das alles begriff? Ich weiß es nicht. Aber er fühlte es, dessen bin ich sicher. Eine Form der Eifersucht, nicht die eines Liebhabers, sondern eine soziale, eine Gruppen- oder Clan-Eifersucht, überkam ihn allmählich bei der Idee, diese Nichte, auf die er so stolz war und die uns gehörte, könne einen Araber, einen Geschäftsmann, ein ganz deutliches Produkt dieser neuen Welt dem Andenken an die Familie vorziehen. Der andere genoß natürlich bereits diesen zweifelhaften Erfolg. Und er trieb Philippe in die Enge. Pierre war schon fortgegangen. Claude hüllte sich in Schweigen. Wie einst mein Großvater stimmte er mit niemandem überein. Seine Welt und seine Erwartungen gingen schon in eine andere Richtung: die Vergangenheit bemächtigte sich ihrer.

Philippe konnte den Kampf nicht auf dem Boden der Gefühle austragen. Er schlug sich auf dem Boden der Ideen, der Sitten, der Ästhetik, der Politik – vielleicht dem wahren, nebenbei gesagt. Ich könnte schwerlich sagen, ob es eine politische und soziale Feindseligkeit oder eine gefühlsmäßige und eine mehr oder weniger erotische Feindseligkeit war, die den anderen beherrschte. Jedenfalls entstand eine aus der anderen, und sie steigerten sich gegenseitig. Die Lautstärke nahm zu. Die beiden Männer waren in den Blickpunkt aller anderen geraten, und sie konnten nicht mehr zurück. Philippe hatte es nie verstanden, richtig zu diskutieren. Er geriet schnell in Harnisch, und es war für uns, die wir ihn liebten, fast unerträglich zu sehen, wie er in die Fallen lief, die sein Gegner aufstellte. Der Libanese mokierte sich über ihn, zwang ihn zu Widersprüchen, trieb ihn in Sackgassen, worüber die Anwesenden verstohlen kicherten. Philippe verlor nach und nach den Boden unter den Füßen und stürzte sich blindlings in Gemeinplätze über Moral und Tradition, die anderen quittierten es mit Jubel. Wortfetzen – »...Ehre... Vaterland...« – waren durch das Gelächter hindurch zu vernehmen. Er mußte sich gefallen lassen, als

Faschist bezeichnet zu werden, und ich merkte, daß er unschlüssig wurde und beinahe in Panik geriet: sollte er, der gegen die Deutschen gekämpft hatte (»Und Sie? Was haben Sie während des Krieges getan?...« Wieder lachte die ganze Gesellschaft), auf die Beleidigung antworten, oder sollte er sie hinnehmen wie eine Herausforderung, da er, gerade aus Haß und Verachtung für diese Leute, zehn Jahre lang Faschist gewesen war? Aber schon bald wechselte die Diskussion mit ihren Verkettungen von Ideen und Worten, mit ihrem unmerklichen Auf und Ab und ihren krassen Sprüngen auf ein anderes Thema über, was aber die Sache nicht verbesserte: das Thema war Algerien.

Ich wußte sehr wohl, und zwar vom Beginn dieser Erinnerungen an, die ich hier niederschreibe, daß das leiseste Wort von uns und das geringste Tun zurückwies auf eine ganze Welt von Gewohnheiten und Erlebnissen. Es gibt keinen Seufzer auf Erden, bei dem nicht die himmlische Ordnung mit im Spiel ist. Alles hängt zusammen, alles ist miteinander verknüpft. Es gibt keine Liebe, die unabhängig von Politik oder Kunst ist, keine menschlichen oder gesellschaftlichen Beziehungen, so unbedeutend sie sein mögen, die nicht den Zustand der Sitten widerspiegeln, die Fortentwicklung der Religionen, alles, was den Zeitgeist und das Klima einer Epoche ausmacht. Was ging bei uns um 1960 vor? Es spielte sich das Drama ab, das Philippes Hoffnungen und Erwartungen einen letzten Schlag, den schlimmsten, versetzte und sie in Illusionen verwandelte: der Algerienkrieg. Ich hätte ein Buch über Anne-Marie und ihre tollen Abenteuer schreiben können. Ich könnte auch eines schreiben über Philippes Rolle bei den Vorgängen in Algerien. Und unter fast entgegengesetzten Aspekten wäre es in gewissem Sinn dasselbe, da sowohl Anne-Marie als auch Philippe, jeder in seiner Art und mit ganz verschiedenen Reaktionen, dieselbe Epoche und eine vergleichbare Konstellation ausdrückten.

Philippe hatte sich mit Leib und Seele der Sache des Französischen Algerien verschrieben. Es ist schon bekannt, daß er nicht genügend achtgab auf die Geschichte und ihre Rückschläge: er gehörte unbestritten zu denen, die dazu beigetragen hatten, daß General de Gaulle wieder an die Macht gekommen war. Nach kurzer Begeisterung war von da an sein Leben eine einzige Schicksalsprüfung. Jeder hat in seiner Umgebung Anhänger des Französischen Algerien gekannt und Anhänger de Gaulles. Jeder hat auch, glaube ich, miterlebt, daß manche Leute das Lager wechselten; sie verließen de Gaulle, dem sie am 13. Mai zugejubelt hatten, oder schlugen, umgekehrt, mit dem General, den sie als Faschisten beargwöhnt oder dessen Rückkehr sie gefordert hatten, um die Integration zu gewährleisten, den Weg ein, der zur Unabhängigkeit führte. Philippes Tragödie, die ihm letztlich den Tod brachte, bestand darin, daß er bis zum Schluß ein fanatischer Anhänger des Französischen Algerien und des Generals zugleich zu bleiben versuchte. Von uns allen war Philippe vielleicht der Unkomplizierteste: Nationalist, Patriot, Konservativer, ohne jene Umschweife und Winkelzüge, die er in der modernen Welt so verabscheute. Dennoch hat ihn die Geschichte dreimal in Widersprüche verwickelt, aus denen er sich nicht zu befreien vermochte. Als Bewunderer des Nationalismus hatte er den der anderen bewundert, der sich gegen uns gekehrt hatte, und einige Jahre lang, bis zur Rettung durch de Gaulle, hatte er sich in der ungewöhnlichen Situation eines Nationalisten befunden, der, in Ungewißheit und Zerrissenheit, den Sieg des fremden Nationalismus über die nationale Demokratie unterstützte. Durch de Gaulle, allein durch de Gaulle, war es ihm gelungen, aus der Sackgasse herauszukommen: das vergaß er nie. Bei der Befreiung indes – und nach Art der bretonischen oder arabischen Märchen war dies die zweite Prüfung – widersetzte sich dieser Gaullist der Säuberung und der Jagd auf Pétain-Anhänger. Er stand wieder im Lager derjenigen, die er bekämpft hatte und die er sogar mit ihren Irrtümern und Illusionen verstand, weil er ihnen einst selbst angehangen hatte. Jetzt fühlte er sich zum drittenmal von der Geschichte in die Falle gelockt.

Wie wir alle war Philippe kein junger Mann mehr. Er war weit über die Fünfzig hinaus. Auch er näherte sich den Sechzig, in die Pierre bereits eingetreten war. Doch weil er nie geheiratet hatte, weil er ebenso viele Frauen hinter sich herschleppte wie Anne-Marie Männer, hatte er sich einen Zug von Jugendlichkeit bewahrt, eine Frische, eine Begeisterungsfähigkeit, fast eine kindliche Naivität. Er liebte die Frauen mit großer Ernsthaftigkeit. Genauso streng wie mein Großvater beurteilte er die Homosexuellen, die Erotik, jegliche Art von Skandal, die moderne Malerei oder Musik, worin er gern eine Äußerung der Päderastie sah, alles, was er nicht verstand, und mit dem Alter wurde er zum Typus, zu einem etwas verbrauchten Typus überholter Artigkeit. In der nationalen Vergangenheit suchte er gern nach Heilmitteln gegen eine Dekadenz, die er häufig mit grimmigem Humor, der die Kinder zum Lachen brachte, anprangerte. Dem Volksempfinden fühlte er sich verbunden durch eine Vorliebe für die Militärmusik, für die Parade am 14. Juli, die er im Unterschied zu unserem Großvater um nichts in der Welt versäumt hätte, für die Gesinnung der Frontkämpfer, die er als Ersatz für den Faschismus seiner jungen Jahre pflegte, vielleicht, um ihn zu beschwören. Die Vorbereitung der Rückkehr de Gaulles am 13. Mai 1958 hatte ihn in eine Atmosphäre, die er über alles liebte, zurückversetzt: militärische Komplotte und vaterländische Verschwörungen. Zwei oder drei Wochen lang hatte er, wie man damals mit einer berühmt gewordenen Redewendung sagte, an einem von de Gaulle in Gang gesetzten Prozeß teilgenommen. Er hatte eine Art vaterländischer und klandestiner Aktivität wiederaufgenommen, und zwar in der Weise eines Schauerromans oder eines dieser leicht ironischen Abenteurerfilme, in denen der Held zwischen sentimentalen oder mondänen Szenen und Gewalttätigkeiten hin und her pendelt. Und als der General wieder an der Macht war, hatte Philippe das Gefühl, an der Wiederaufrichtung Frankreichs mitgewirkt zu haben.

Vielleicht – und aus Gründen, auf die ich schon mehrfach hingewiesen habe – sind in diesen Erinnerungen schon zu viele Anmerkungen ausgesprochen historischer und sozialer Art enthalten. Ich habe keineswegs die Absicht, hier meinerseits, wie es viele Oberstellen, Diplomaten und Journalisten getan haben, die Algerienpolitik General de Gaulles und deren Weiterentwicklung nachzuzeichnen und zu kommentieren. Einmal, weil ich nicht viel darüber weiß, zum anderen und vor allem, weil es nicht in meiner Absicht liegt, noch einmal die Geschichte der letztvergangenen Jahre aufzurollen, sondern schlicht zu zeigen, wie sie das Verhalten der einzelnen beeinflußte und veränderte, in gleicher Weise und vielleicht mehr als die Liebeserfahrungen oder die sakrosankten Säuglingsjahre. Hat General de Gaulle zwischen 1958 und 1960 seine Ansicht über Algerien geändert, oder waren für jemanden, der zu hören vermochte, alle künftigen Entwicklungen bereits im Keim in den Ansprachen enthalten, die in Algier die Begeisterung der Menschenmenge auf dem Forum oder in der Rue d'Isly entfesselten? Offen gesagt, ich weiß es nicht. Ich weiß nur, daß Philippe – vielleicht weil er nicht sehr intelligent war – sich eisern einbildete, daß, säße der General wieder im Élysée-Palast, der Sieg des Französischen Algerien sicher sei. Allenfalls begriff er, daß eine andere Politik möglich wäre. Nicht begreifen konnte er, daß de Gaulle diese Politik machte. Es war de Gaulles Stärke und sein Ingenium, daß viele, und zwar sowohl im Lager der Anhänger der Integration als auch in dem der Befürworter der Unabhängigkeit, dem gleichen Irrtum wie Philippe unterlagen. Der General unternahm Schwenkungen, verfolgte mit unvergleichlichem Geschick einen Zickzackkurs, stützte sich bald auf die einen und bald auf die anderen, manchmal zur gleichen Zeit auf beide und manövrierte sie alle zugleich. Viele, die hinter dem Mythos von de Gaulle standen, stimmten seiner Politik nicht zu, und die meisten von denen, die seiner Politik zustimmten, wollten vor allem nicht, daß sie von diesem General, den sie haßten, durchgeführt würde. Diese Unsicherheiten und diese Wendungen boten die Gelegenheit zu unglaublichen Abenteuern, die aber bei weitem Philippes Vorstellungskraft und Umstellungsvermögen überschritten: er hatte weder die notwendigen Qualitäten noch die Fehler, um seine Zeit meistern zu können.

Er besaß Redlichkeit – eine rückständige Redlichkeit, die nur auf das Gestern blickte: das war wenig. Redlichkeit allein hat nie genügt, in der Geschichte den Platz einzunehmen, den List, Ehrgeiz, Vorausschau, Intelligenz und Genie gewährleisten.

Philippe war sämtlichen Illusionen der französisch-muselmanischen Verbrüderung verfallen. Er hatte in Italien und in Deutschland in algerischen Einheiten gekämpft, hatte sich Achtung erworben und viele Freunde gewonnen. Ich kann mir nicht vorstellen, daß er in irgendwelche Mord- oder Folterungsaffären verwickelt war. Er hatte sich, wie er sagte, bemüht, die Gutwilligen zu sammeln und alle Energien zu mobilisieren. Ohne irgendeine offizielle Verantwortung zu haben, war er unter den Stammgästen zu sehen, die den ganzen Tag in den Bars der Hotels *Aletti* oder *Saint-Georges* verbrachten und in einer höchst sonderbaren und oft beschriebenen Atmosphäre von Untergrundabenteuern und Unternehmungen zum Wohl des Staats Intrigen und Staatsstreiche aushecken. Allerdings mußte Philippe im Lauf der Tage, Wochen und Monate schließlich erkennen, daß die Absichten und Ziele des Generals nicht oder nicht mehr übereinstimmten mit dem, was er sich eigensinnig vorstellte. Das Ende von Plessis-lez-Vaudreuil war für Philippe ein gewaltiger Schlag gewesen, die Erkenntnis, welche Politik der General in Algerien wirklich verfolgte, war vielleicht ein noch härterer Schlag für ihn. Die Welt um ihn herum fuhr fort zu sterben, und die Geschichte fuhr fort, Verrat zu üben.

In diesem Zustand war Philippe, als wir mit ihm bei Anne-Marie zusammentrafen. Er war nervös und empfindlich. Alles verletzte ihn. Und Anne-Marie ebenso wie die anderen. Gern brachte sie Onkel Philippe, dessen Abenteuer sie ergötzten, mit ihrem Liebesleben in Zusammenhang. Diese Angleichung ärgerte Philippe. Und im Fall des Libanesen war sie ihm unerträglich. Der Libanese, Anne-Maries Lebensweise und ihr Ruf, das Verschwinden von Plessis-lez-Vaudreuil, das im Hintergrund stets gegenwärtig war, die Auflösung der Familie, schließlich die unverständliche Haltung des Generals in der Todesstunde des Französischen Algerien, das alles bewies Philippe, daß die Welt, die er geliebt hatte, von Tag zu Tag mehr in die Vergangenheit sank. Anne-Maries Liebhaber hatte die Situation bald durchschaut und versuchte sie zu seinem Vorteil auszunutzen: er griff an allen wunden Punkten an, er brachte Philippe in Widerspruch zu sich selbst und zum General. Das Schauspiel wurde unheimlich. Die Auseinandersetzung nahm die Form eines tragisch ungleichen Zweikampfs an. Verstört, schweißüberströmt und mit zitternder Hand trank Philippe hastig jedes Glas aus, das ihm zugereicht wurde. Einige Male hatte ich versucht, mich ins Mittel zu legen, ihn zu beschwichtigen, ihn zum Weggehen zu bewegen. Aber er konnte einfach nicht aufbrechen. Er war fasziniert von dem, was er haßte. Von der Verschlagenheit, von der Ironie, von der Ablehnung der Vergangenheit, von einem Gedankenspiel, bei dem alles auf die Zukunft gesetzt wurde, von Anne-Maries Verhalten, die gegen ihn Stellung nahm. Im Kreise seiner dänischen Starlets und seiner römischen Fürsten sah der Libanese lächelnd dem Zusammenbruch seines Gegners zu. Er erlaubte sich den Luxus, de Gaulle zu bewundern, in ihm das Instrument der Geschichte zu sehen. In allem und jedem widersprach er dem aus der Fassung gebrachten Gaullisten. Er vollendete sein Werk durch kleine unmerkliche Stiche, indem er Anne-Marie um den Hals faßte, die Demütigung des Onkels durch Zärtlichkeiten, die er der Nichte zuteil werden ließ, vergrößerte und laut darüber lachte, wie er Philippe an den Rand des Abgrunds brachte. Der Morgen dämmerte über Rom, als ich mit Philippe auf der Piazza Venezia stand, wo ich vor vielen Jahren, zusammen mit Claude, die Entstehung des Faschismus miterlebt hatte. Mein Vetter torkelte vor Trunkenheit, Erschöpfung, Erniedrigung und Verzweiflung. Ungereimte Worte kamen aus seinem Mund, ohnmächtige Wut. Er weinte. Ich stützte ihn. Er machte mir Vorwürfe, ich hätte ihm nicht beigestanden gegen die Koalition der Starlets, der degenerierten Aristokratie und des revolutionären Kapitalismus. Ich gab mir alle Mühe, ihn mit kurzen Worten zu trösten, ich tat so, als lachte ich über das Ganze. Doch er war zu Tode getroffen. Er sagte nur immerfort: »Und de Gaulle!... Und de Gaulle!...« Mir war klar, daß er mit diesem Namen, an den er lange Zeit seine ganzen enttäuschten Hoffnungen geheftet hatte, eine ungeheure Erschlaffung, die ganze Bitterkeit, die daher stammte, daß er die Zukunft nicht zu packen vermochte, zum Ausdruck brachte. Es war nichts mehr zu machen. Er war zu alt: nicht in bezug auf die Jahre, sondern in bezug auf die Geschichte. Wir gingen langsam weiter, er stützte sich auf mich. Alle Augenblicke blieben wir stehen, um seine Schwächeanfälle zu überwinden, seine Tränenergüsse und ein paarmal seine Übelkeit. Es war wie eine Szene aus einer Komödie. Aber sie reizte nicht zum Lachen. An jenem Tag in Rom war Philippe bereits tot. Von Worten vergiftet. Von Ideen erwürgt, die er nicht mehr meisterte. Füsiliert von der Geschichte.

Ich war nicht übermäßig erstaunt, als ich, fünf oder sechs Monate später, im Abstand einiger Wochen, von Philippes Tod und Anne-Maries Ende erfuhr. Mein Vetter war in einer Sackgasse in Algier mit einer Kugel im Kopf aufgefunden worden, neben ihm lag ein Revolver. Ich wußte nur eins: er hatte den Tod gesucht. Das übrige... Die gegensätzlichsten Meinungen wurden geäußert. Es wurde von Selbstmord gesprochen, von einer Hinrichtung durch die FLN, die Nationale Befreiungsfront, von einer Abrechnung durch die OAS, die Organisation der Geheimen Armee, die ihm seine Kontakte zu den Gaullisten angekreidet hätte, von einer Liquidation durch die Gaullistischen Geheimdienste, die der Auffassung gewesen seien, er habe sich zu stark mit Aktionen der OAS befaßt... Alle hatten Motive, ihm den Tod zu wünschen – und er sich selber auch oder vielleicht mehr als die anderen. Es wurde viel gemutmaßt. In Paris bekam ich den Besuch von zwei jungen Italienern, Freunden von Giorgio Almirante, die irgendwie in neofaschistische Aktivitäten verwickelt waren. Es wirkte wie eine Ironie der Geschichte, daß sie mir von einem Politiker der äußersten Rechten geschickt wurden, dem Sohn eines Mannes, an den man sich sicherlich erinnert, dem sozialistischen Lehrer aus Plessis-lez-Vaudreuil, zu dem, kurz vor dem Krieg, mein Großvater gegangen war, um ihm die Hand zu schütteln. Sie behaupteten, der libanesische Liebhaber meiner Nichte habe enge Beziehungen zu den Führern der Nationalen Befreiungsfront gehabt und habe ihnen meinen Vetter als einen scharfen Gegner der Unabhängigkeit Algeriens geschildert. Sie machten mir das Angebot, mir gegen eine recht beträchtliche Summe Fotokopien von Unterlagen und dazu unanfechtbare Beweisstücke zu liefern. Ungefähr zum gleichen Zeitpunkt aber übergab mir der Notar der Familie einen Brief jüngeren Datums, den Philippe ihm anvertraut hatte. Er enthielt heftige Worte gegen einige unserer Landsleute und stimmte mit den Eröffnungen meiner beiden Italiener nicht überein. Letztlich schienen verschiedene Aussagen von Verwandten und Freunden die These zu bestätigen, er habe an starken Depressionen gelitten. Ich fuhr mit Pierre nach Algier. Wir hielten uns dort acht oder neun Tage auf, ohne etwas Entscheidendes zu erfahren. Im Flugzeug auf dem Rückflug sagte Pierre, das traurigste sei, daß Philippe ständig davon geträumt habe, für Frankreich zu sterben. Eine sonderbare Idee vielleicht, die nicht mehr viel Sinn hatte. Er war gestorben. Aber wofür? Durften wir auf seinen Grabstein die überholten Worte einmeißeln lassen, die noch auf denen seines Bruders, meines Vaters, vieler Onkel und Großonkel standen und die er so geliebt hatte: »Gefallen auf dem

Felde der Ehre« oder »Für Frankreich gefallen«? Fiel überhaupt noch jemand auf dem Felde der Ehre zur Zeit von Dien Bien Phu, der Schlacht von Algier und der OAS, im bald ausbrechenden Vietnamkrieg, zur Zeit, da junge Leute sich auf die Eisenbahnschienen legten, um zu verhindern, daß militärisches Material zu den kämpfenden Truppen gelangte? Wir lebten alle in der Vergangenheit. Philippe hatte ihr das entnommen, was in unserer Maschinenwelt unwiederbringlich veraltet war: Soldatengeist, Ritterlichkeit, die Mythen des mittelalterlichen Heldentums, Liebe zu Disziplin und Autorität. Das war heute alles nicht bloß vergessen, sondern verachtet und gehaßt. »Weißt du«, sagte Pierre zu mir, »es ist vielleicht besser, wir sagen uns, er hat mit Plessis-lez-Vaudreuil sterben wollen.« Ja, das war besser. Und es war sicherlich richtig. Und außerdem lohnte es sich nicht, in einer Welt, die zusammenbrach, weiter ins Detail zu gehen.

Es dauerte nicht lange, und der Libanese ließ Anne-Marie sitzen. Dieser Mann, den ich nur flüchtig gekannt habe und dessen Namen ich nicht mehr genau weiß, hatte in der Geschichte der Familie doch eine gewisse Rolle gespielt. Philippe war tot. Anne-Marie nahm Drogen: sie mußte eiligst in ein New Yorker Krankenhaus eingeliefert werden. Erinnert man sich noch an die Reise einer berühmten jungen Schauspielerin, die den Atlantik überquerte, um ihren sterbenden Vetter noch einmal zu sehen? Habe ich genügend deutlich gemacht, daß wir einen starken Familiensinn besaßen? Ich unternahm den Flug in der entgegengesetzten Richtung, um meine sterbende Nichte noch einmal zu sehen. Schließlich waren alle, die das Glück hatten, sie kennenzulernen, irgendwann einmal verliebt in sie – ihre Onkel genauso wie alle anderen. Sie starb nicht. Nicht sofort. Doch als ich in das Zimmer einer der kostspieligsten Kliniken von New York trat, gab es mir einen Stich ins Herz: in dem Bett lag eine alte Frau. Wenn man heute jungen Leuten sagen würde, daß sie schön gewesen ist, und mehr als schön: bezaubernd im wahrsten Sinne des Worts, daß sie die Herzen der Gutsnachbarn brach, der Offiziere der Wehrmacht und der Luftwaffe, der Widerstandskämpfer und der Kavaliere, der italienischen Schauspieler und der griechischen Ölmagnaten, würden sie in Lachen ausbrechen. Sie sind töricht, sie wissen nicht, was ich an meinem eigenen Leib erlebt habe: daß es nur eine Macht in der Welt gibt, und diese Macht heißt Zeit. Oh, ich habe es erlebt, wie die Zeit um mich herum gewütet hat: sie hat die Greise und die Kinder getroffen, die Steine, die Ideen, die Sitten, die Erinnerungen und die Götter. Es ist nicht genug, wenn man sagt, die Zeit beherrsche die Welt: die Welt war die Zeit. Es war die Zeit der Freuden und die Zeit der Leiden, die Zeit der Jugend, die sich um die Zeit nicht kümmert und sich vorstellt, sie könne nicht vergehen, die Zeit des Regens und der Sonne, der Gewitter, des klaren Wassers bei den griechischen Inseln, die Zeit der Katastrophen und die Zeit der Liebe, die Zeit des Gedenkens und die Zeit des Vergessens. Alles, was vor den Augen der aufeinanderfolgenden Generationen vorbeizog, war nichts anderes als Zeit. Sie verkörperte sich in den Museen, in den Kirchen, auf den Friedhöfen, in den Häusern, die aufgebaut wurden und Sprünge bekamen, in den Reisen, in dem Geld, das umlief, bis es angehäuft wurde und von neuem umlief, bis es dahinschmolz und verging. In der Gesundheit, die schwächer wird, in den Wolken, die zerreißen oder sich zusammenballen, in der Erde und in den Bäumen, in den Gefühlen, im Ehrgeiz, in den Kunstwerken und im Krieg, in den Leidenschaften und in der Geschichte. Sie hatte sich verkörpert in Plessis-lez-Vaudreuil und in jedem von uns. Und mein Großvater war tot, und mein Vater war tot und Onkel Paul auch, und Tante Gabrielle war tot, und Jacques und Hubert und Philippe waren tot. Und Anne-Marie war nicht mehr schön.

Als ich vor Anne-Maries Bett in der New Yorker Klinik stand, begriff ich den tiefen Sinn, der in meiner Familie, die auseinanderfiel, gelegen hatte: sie hatte gegen den Tod gekämpft, sie hatte gegen die Zeit gekämpft und in der Geschichte und in einer Erinnerung, die von Generation zu Generation und von Sterblichen zu Sterblichen weitergetragen wurde, etwas Stärkeres und Dauerhafteres gesucht als das Einzelwesen, das verging. Wir traten in das Zeitalter des Siegs des Individuums. Und das war eine große und herrliche Sache. Freiheit, Glück, alle Freuden dieser Welt, hatten wir kaum gekannt. Jetzt sollten viele sie kennenlernen. Ich konnte all denen, die sich darüber freuten und die sich entweder über uns mokierten oder uns haßten, nicht unrecht geben: wäre ich außerhalb der Familie geboren worden, hätte auch ich sie vielleicht nicht geliebt. Aber ich war in ihr geboren worden. Und ich verleugnete sie nicht. Und ich bewunderte ihre Bemühungen um Fortbestand und Dauer. An Anne-Maries Bett empfand ich wieder dieses schmerzliche Gefühl: da war eine Welt, die barst, da war eine Welt, die entstand. Anne-Marie war wie Claude, zwar in anderer Weise, aber genau wie er, ein Bindeglied zwischen den beiden Welten. Sie hatte mehr als irgend jemand die Freuden der neuen Welt genossen. Sie erfuhr auch, daß diese Freuden bezahlt werden müssen: sie war die erste unseres Namens, die, trotz ihrer Erfolge und ihres Ruhms, Angst hatte, allein sterben zu müssen.

Weder Anne-Marie noch ich hatten Kinder. Auch Philippe nicht. Und Hubert war so jung gestorben, daß er noch keine haben konnte. Die abgestorbenen Zweige am Baum der Familie mehrten sich. Das war nicht das schlimmste: es hatte immer Äste gegeben, die nicht weiterlebten, und Pierre, Claude, Jacques hatten Söhne und Töchter. Nein, das schlimmste war, daß selbst mit Söhnen und Töchtern das Urteil über die Familie gesprochen war. Und nicht nur über die unsere: über alle anderen, über alle Familien, über die Familie an sich, über die Form und die Idee der Familie. Und mit der Familie – war es eine Wirkung oder eine Ursache? – waren die Geschichte, die Vergangenheit, die Erinnerung, die Tradition, ein gewisser Hang zum Unwandelbaren, ein Sehnen nach der Ewigkeit zu Tode getroffen.

Wir waren nicht sehr viele in Plessis-lez-Vaudreuil, von Jules gerechnet bis zu meinem Großvater. Trotz Teich und Wald war die Bühne ziemlich klein und das Publikum nicht sehr zahlreich. Aber wenn wir geboren wurden, waren viele da, und es waren viele da, wenn wir starben. Der König ist nur einmal gestorben. Im Jahre 1793. Viele Jahrhunderte lang, bis der Henker Sanson ausholte und die Trommeln schlugen am 21. Januar, war der König nicht gestorben. Auch wir starben nicht: wir schliefen ein, umgeben von den Unseren, im Schoß der katholischen, apostolischen und römischen Kirche, im Frieden des Herrn. Der Geist der Familie, ohne den wir nichts waren, bewirkte, daß wir durch den Namen und die Erinnerung in den folgenden Generationen weiterlebten.

Anne-Marie schlief nicht im Frieden des Herrn ein. Und die Unseren waren nicht zugegen: sie war zu weit entfernt, und sie hatten zu viel zu tun. Sie schien große Schmerzen zu leiden. Sie hatte das kleine, verstaubte und altertümliche Theater von Plessis-lez-Vaudreuil verlassen, sie hatte sich von Millionen Händen Beifall klatschen lassen, Millionen Herzen hatten für sie geschlagen, und sie war ganz allein in dieser New Yorker Klinik. Der kostspieligsten vielleicht. Aber ganz allein. Sie war froh, mich zu sehen. Sie streckte mir ihre berühmten Arme entgegen, die in wenigen Monaten sehr mager geworden waren, und sie flüsterte mir in einem Atemzug zu, sie wolle in San Francisco sterben – sie sagte Frisco, wie in schlechten Romanen – oder in Los Angeles oder in Santa Barbara, wo Michel und Anne ein Haus hatten. Sie weinte, sie auch. Sie verlangte noch immer nach Sonne, nach Champagner, nach Getümmel, nach Beifall. Ich glaube, sie hatte dieses Leben, von dem sie alles bekommen hatte, geliebt. Das war nicht wenig. Aber es fiel ihr schwer, es zu verlassen. Als ich aus ihrem Zimmer trat, stieß ich auf einen Arzt und zwei Krankenschwestern. Sie bewunderten Anne-Marie sehr. Sie waren sehr betrübt, sie in diesem Zustand zu wissen. Ich fragte, ob sie durchkommen würde. Sie hatten nicht viel Hoffnung. Und sie waren nicht sehr sicher, ob es wirklich wünschenswert wäre. Ich sagte, sie würde gern nach Kalifornien gebracht werden. Sie meinten, das sei eine gute Idee. Dann stand ich auf der Straße, und es regnete in Strömen. Mir war nicht sehr wohl zumute.

Anne-Marie schleppte sich noch ziemlich lange hin. Sie konnte die Klinik verlassen. Ihr wurde sogar eine Rolle in einem zweitklassigen Film angeboten. Es war die Rolle einer verrückten Alten. Sie zögerte noch, ob sie annehmen sollte oder nicht, da wurden alle ihre Probleme mit einem Schlag gelöst: sie starb eines Abends in Hollywood, auf einer Party in der Villa von Frank Sinatra, an einem Herzversagen. Da man nicht wußte, was man mit ihr inmitten des Champagners und Kaviars machen sollte, wurde sie, bereits tot, in ihr Zimmer im Hotel *Beverly Hills* gebracht. Fünf oder sechs Personen – unter ihnen Michel und Anne – erwiesen ihr die letzte Ehre. Sie ist in Kalifornien beerdigt, unter ihrem strahlenden Pseudonym, und unser Name steht nicht auf ihrem Grabstein.

Am Allerseelentag jenes Jahres fanden sich auf dem Friedhof von Roussette, wohin mein Großvater und Philippe überführt worden waren, einige Überlebende ein. Eine Seelenmesse wurde für die Dahingeschiedenen der Familie gelesen, und namentlich – um es wie der Dechant auszudrücken – für meinen Großvater, Tante Gabrielle, Hubert, Philippe und Anne-Marie. Es gab allmählich viele Tote unter denen, die wir gekannt hatten. Onkel Paul, Ursula, mein Vetter Jacques waren sozusagen schon in die Prähistorie eingegangen. Véronique hatte das Kind bekommen, dessen baldige Geburt sie ihrem Urgroßvater am Tag, als wir Plessis-lez-Vaudreuil verließen, angekündigt hatte. Sie hatte ihm den Namen Paul gegeben, zum Gedenken an Jacques' Vater. An jenem noch herrlich milden 2. November vor zehn oder vielleicht auch elf Jahren sagten diesem Kind der Börsenkrach von 1929, die Extravaganzen der Rue de Varenne und selbst der Tod von Jacques, seinem Großvater, nicht mehr viel. Wie alt ist das alles! Sogar Claudes und Nathalies Sohn, der drei Jahre älter ist, wird es schwer, sich unter all den Namen, deren Gesichter er nicht gekannt hat, zurechtzufinden. Mein Großvater erwähnte oft die Namen seiner beiden Großmütter, seiner vier Urgroßmütter, seiner acht und so weiter, bis ins siebte und achte Glied. Zwischen zwei Patiencen und zwei Besuchen von Monsieur Machavoine oder dem Dechanten Mouchoux war das ein Genuß, eine beliebte Zerstreuung in den trüben und glorreichen Tagen von Plessis-lez-Vaudreuil. Der kleine Paul und selbst Alain, Claudes Sohn – zwischen den beiden ungefähr gleichaltrigen Jungen besteht der feine genealogische Unterschied, den mein Großvater mit Wonne einen Generationsabstand zu nennen pflegte –, haben bereits große Mühe, sich an den Namen Ursula von Wittlenstein zu Wittlenstein zu erinnern, ihre Tante oder Großtante, oder an den ihrer Großmutter oder Urgroßmutter, Gabrielle Remy-Michault. Zu ihrer Entlastung muß gesagt werden, daß alle Neben- und Begleitumstände immer schwieriger zu meistern sind. Die Familie verliert im Lauf der Zeit nicht nur ihre Toten. Von der letzten Doppelhochzeit in Plessis-lez-Vaudreuil bleibt nicht viel. Vom Winde verweht: Jean-Claude ist geschieden, und Véronique steht kurz vor der Scheidung. Ich habe an jenem Tag den Eindruck, daß beide sich bald wiederverheiraten werden. Die Scheidung ist eine Komponente des gesellschaftlichen Lebens geworden, wie es in unserer Welt von einst die Treibjagden oder die Besuche von Kusinen aus der Provinz gewesen sind. Der Baum der Familie verwirrt sich nach Belieben durch Äste, die verschwinden, und Zweige, die hinzukommen. An der Kirchenpforte beugt sich Claude zu mir her, und ich höre zu meinem Erstaunen, wie er mir sagt, daß dies Dinge sind, die wir zur Zeit meines Großvaters und von Plessis-lez-Vaudreuil nie erlebt hätten. Ich blicke ihn an: der kommunistenfreundliche Revolutionär, auch er, hat sich nach und nach in einen alten konservativen Herrn verwandelt. Die Zeit, die über alles hingeht, wälzt sogar die Umwälzungen um, zerstört sogar die Zerstörung. Alles bewegt sich, selbst die Bewegung. So daß letztlich in diesem unruhigen und reglosen Universum alles sich stets verwandelt und nichts sich je ändert.

Alles vergeht, alles stirbt. Nur eines entgeht der Zeit und stirbt nie: der Tod. Daher bestehen, so meine ich, Bande zwischen dem Tod und der Ewigkeit. Anfang Juli 1963 beschlossen Jean-Claude und Bernard – die beiden Vettern hatten, vielleicht weil ihnen ein bißchen Familientradition verblieben war, immer ziemlich enge Beziehungen zueinander unterhalten –, gemeinsam eine Seefahrt zwischen Saint-Tropez und Sardinien, vielleicht sogar bis nach Sizilien, zu machen. Das Gefallen Gottes hatte es anders beschlossen. Auf dem Weg nach Süden, zwischen Montargis und Nevers, an einer äußerst gefährlichen Kreuzung der Nationalstraße 7, wo sich schon ein gutes Dutzend Unfälle ereignet hatte, kamen beide in ihrem Wagen um. Die Autobahn existierte damals in jenem Abschnitt noch nicht. Ein junges Mädchen, das ein Kind erwartete, befand sich in ihrer Begleitung. Es war Jean-Claudes neue Verlobte. Sie starb nach drei Tagen im Krankenhaus von Briare, wohin sie gebracht worden war. Ein Jahr später wurde Pierre unerwartet schnell vom Krebs hinweggerafft. Sein einziger Sohn war tot. Und Jacques' Söhne ebenfalls. Philippe hatte keine Kinder. Claude, der letzte der Brüder des älteren Zweigs, der letzte Nachkomme des Clans Remy-Michault, wurde nun – der König ist tot, es lebe der König – der Chef der Familie. Aber das alles, so grausam es für die einzelnen war, hatte für das Schicksal der Familie keine große Bedeutung mehr. Schon seit längerer Zeit gab es keinen König mehr, gab es keinen Chef der Familie mehr und gab es keine Familie mehr.

Ich hatte erlebt, wie diese Familie, die die meine war und die ich liebte, sich auflöste und dahinschwand. Das Gefallen Gottes, auf das sie sich berief, hatte sich gegen sie gekehrt und sie zu Tode getroffen. Bei jedem dieser erschütternd alltäglichen Dramen, die über sie hereinbrachen, erfaßte mich von neuem der Wunsch, den ich bereits seit einigen Jahren mehrfach verspürt hatte: nicht ihre Geschichte zu erzählen, in Anekdoten abzusinken, mich auch nicht auf die Ebene der Moral, der Metaphysik oder Volkswirtschaft zu stellen, sondern Ereignisse und Menschen, die uns jeden Tag ein bißchen mehr entgleiten und sich entfernen und an die sich bald niemand mehr wird erinnern können, in Bildern festzuhalten, die sich nicht mehr bewegten. Sitten, Angewohnheiten, Ideen, Meinungen, Lebensweisen. Wagen und Uhren. Förmlichkeiten und Kleidung. Tugenden und Laster. Auf verschiedenen Stufen der wirtschaftlichen und gesellschaftlichen Struktur hätte, so glaube ich, irgendeine andere Gruppe eine ähnliche Kurve beschrieben wie die meiner Familie. Vielleicht einfach ihres Zusammenhangs und ihres rückständigen und gestrigen, primitiven Gefüges wegen bot mir die meine ein hervorragendes Beispiel. Wie der Stifter oder der Künstler, den Augen aller entzogen, versteckt in der Menge der Gläubigen am Bett der Heiligen oder hinter dem Henker, der seines Amtes walten wird, wollte ich die Szenen aufzeichnen, an denen ich als stiller, kaum vorhandener Zeuge, fast reglos in einem Winkel und dennoch stets gegenwärtig, selber teilgenommen hatte.

Diesen starken Wunsch, etwas von unseren Widersprüchen und unseren verwehten Hoffnungen festzuhalten, hatte ich bereits in jenem Augenblick verspürt, als Philippe und Claude sich, am Ende des Spanienkriegs, wiederbegegneten. Ich hatte ihn in noch stärkerem Maße erneut an jenem Tag empfunden, an dem mein Großvater einen letzten Blick auf Plessis-lez-Vaudreuil warf. Er überkam mich schließlich in Rom, auf der Piazza Venezia, neben Philippe, in der New Yorker Klinik bei Anne-Marie, auf dem Friedhof von Roussette neben Claude, am Allerseelentag, an dem er, meiner Ansicht nach, den Stumpf der mehr als halb erloschenen Fackel, die den Händen meines

Großvaters entfallen war, schon ergriffen hatte. Lange Zeit hatte der in den Steinen von Plessis-lez-Vaudreuil verkörperte Name der Familie deren Mitglieder überdauert. Jetzt, und von Tag zu Tag mehr, fiel das Haus, die Familie Gott und seinem Gefallen erbarmungslos anheim. Ich wollte nichts anderes tun, als ihr Bild wiederaufleben lassen und etwas von ihrem Angedenken, das im Dunkel versank, bewahren – ach, nicht mehr wie einst, Jahrhunderte und Jahrhunderte hindurch, sondern für einige Jahre dieser wirren Zeiten.

Der Verbannte

Im Herbst 1969 war die Welt ziemlich ruhig. Schon seit zehn oder fünfzehn Jahren rückte das Gespenst eines neuen Weltkriegs allmählich in die Ferne. Die Menschen starteten auf den Mond. Vietnam stand noch in Flammen, aber die tschechoslowakische Affäre geriet langsam in Vergessenheit. Am Freitagabend, zu Beginn des Wochenendes, Sonntagabend, bei der Rückkehr, bildeten sich an allen Toren von Paris lange Wagenschlangen. Die äußeren Plattformen der Autobusse gehörten der Erinnerung an, und Georges Pompidou war seit einigen Monaten Präsident der Republik. Die kommunistische Partei blieb die Lanzenspitze der Revolution, aber zugleich manifestierte sie ein Gesicht fast bürgerlicher Ordnung, das die einen beruhigte und die anderen aufregte. Überall wurden die jungen Leute, vielleicht ermüdet von mehr als zwanzig Jahren fast allgemeinen Friedens, unruhig. Kurz vor Weihnachten berichteten Presse und Rundfunk von einer ganzen Serie von Handstreichen, bei denen nicht klar war, ob sie einfachen Verbrechen oder politischen Aktionen zuzurechnen seien. Banken, Geschäfte, Privatwohnungen wurden mit einer Präzision und Phantasie überfallen, die einem Arsène Lupin ebenbürtig waren. Bemerkenswert daran war, daß die mit großer Sorgfalt ausgewählten Betroffenen in den seltensten Fällen Sympathie erweckten. Mehrfach ging die etwas brutale Aktion dieser aufrührerischen Elemente, denen zumindest ein Teil der Öffentlichkeit keineswegs feindlich gesinnt war, dem Eingreifen der Ordnungskräfte voraus oder zog sie auch nach sich: oft wurde ziemlich rasch entdeckt, daß die Opfer zugleich Schuldige waren. Aber das erstaunlichste war, daß die mysteriöse Organisation die Beute aus diesen Plünderungen zur Gänze unter die Unbemittelten weiterverteilte. Diese zweite Phase der Aktionen war häufig viel riskanter als die erste, weil sie sich, wie es nicht anders sein konnte, vor den Augen der Bevölkerung abspielte.

Fünf oder sechs Tage nach dem Überfall auf eine ziemlich faule Grundstücksgesellschaft oder auf einen Bilderhändler, der ungeniert das Vertrauen der Käufer ausnutzte und in einer afrikanischen Republik eine einzigartige Sammlung von Statuen und Masken billig zusammengerafft hatte, sprach sich überall herum, daß irgendwo eine Art großer Jahrmarkt mit Verteilung von Lebensmitteln und Geld abgehalten werden sollte. Es galt nur herauszubekommen, wo. Die Polizei postierte sich mehr oder weniger unauffällig an den Toren der Krankenhäuser Lariboisière und La Pitié, an verschiedenen Plätzen in Aubervilliers, da, wo noch Reste von Barackenvierteln standen, in denen Algerier, Portugiesen oder jene Senegalesen, die den Übergang über die Pyrenäen überlebt hatten, zusammengepfercht waren. Indes war es für die Nachkommen von Mandrin und dem heiligen Franz von Assisi kein großes Problem, Arme ausfindig zu machen, die nicht überwacht wurden. Den mit Handgranaten und Maschinenpistolen ausgerüsteten Wohltätern schienen übrigens die Nutznießer ihrer Freigebigkeit ziemlich gleichgültig zu sein: wichtig war, wenn auch auf bescheidener Ebene, eine Neuverteilung der Reichtümer vorzunehmen, die nach außen hin den Nimbus von Gerechtigkeit und Abenteuer hatte und später vielleicht, durch Ansteckungsphänomene, noch unvorhersehbare Dimensionen annehmen könnte.

Was mich bei dieser Geschichte, die auf eine ziemlich banale Weise die Neuorientierung der Geister deutlich machte, verblüffte, waren die Flugblätter, die die Veranstalter dieser Feste am Schauplatz ihrer Heldentaten hinterließen. Mehrere scharf und geschickt abgefaßte trugen die Überschrift: *Wie es dem Volk gefällt*. Man kann sich vorstellen, daß ich darüber nachgrübelte und auch über den Schritt, den die Geschichte vollzog: sie unterwarf sich dem Volk, nachdem sie sich so lange nur Gott unterworfen hatte.

Ich bemerkte nicht sofort, ich gebe es zu, die unmittelbaren Bande, die zwischen diesem untergeordneten Aspekt der zeitgenössischen Geschichte und der Familie und der Erinnerung an Plessis-lez-Vaudreuil bestanden. Claude und ich kamen jetzt in das Alter, in dem unser Großvater war, so wie ich ihn zwischen dem Krieg von 14 und dem von 40 geschildert habe: nur die Fortschritte der Wissenschaft und der Medizin bewirkten, daß wir nicht schon Greise waren. Törichterweise hatten wir uns zum Altwerden gerade den Zeitpunkt ausgesucht, wo die Welt sich plötzlich an das Alter von Alexander dem Großen oder Mozart erinnerte, von Masaccio oder Giorgione, vom Großen Condé und der Schlacht von Rocroi, von den Generalen der Revolution und wo die Welt immer jünger wurde. Lange hatte es uns die Geschichte verwehrt, die moderne Welt zu begreifen. Jetzt kam das Alter zur Geschichte hinzu. Die einzigen Beziehungen, die wir mit Ereignissen und Vorgängen unterhielten, die uns überforderten, wie der Aufstieg der Industrie unseren Urgroßvater überfordert hatte und der Spanienkrieg unseren Großvater, liefen über Alain, den Sohn von Claude und Nathalie. Von der ganzen großen Familie, die in diesem Buch am Leser vorübergezogen ist, war er in seiner Generation, zusammen mit einem kleinen fünf- oder sechsjährigen Bruder, der einzige Nachkomme, der noch unseren Namen trug. Der Krieg, die Droge, der Zufall, das Auto, der Revolver, der Krebs und natürlich die Zeit waren darüber hingegangen.

In diesen Erinnerungen gibt es viele Längen, viel Unbeholfenes, viele Unzulänglichkeiten. Aber es gibt keine Beschreibungen folgender Art: *Das Haus war ein hohes Gebäude aus Stein, mit einem Schieferdach, flankiert von zwei riesigen Türmen, mit einer Vielzahl kleiner Türmchen; bei untergehender Sonne bekam es einen rötlichen Schein...* oder: *Pierre war der einzige unter uns, der ein annähernd rundes Gesicht hatte, mit fast blauen Augen, die er von seiner Mutter geerbt hatte...* Nein. Ich habe weder Claude beschrieben noch Tante Gabrielle, noch auch meinen Großvater, der jedoch keineswegs unbeachtet geblieben ist. Der Leser weiß vielleicht, daß mein Großvater ziemlich hochgewachsen war, daß Tante Gabrielle sehr schön gewesen ist und daß Claude am linken Arm eine kleine Mißbildung hatte. Das ist alles. Gern hätte ich mich darauf beschränkt, statt Personen zu beschreiben, nur szenische Anweisungen zu geben, wie sie früher bei Theaterstücken üblich waren: der eine geht zum Hof hin ab, und der andere tritt vom Garten her auf. Wirtschaftliche und gesellschaftliche Höfe natürlich und Gärten der Meinungen. Ich hätte dem Leser gern so etwas wie eine Gebrauchsanweisung geboten, Schnittpunkte der

Vererbung, des Milieus, der Sitten und Gebräuche, fast abstrakte Gestalten, die ihre Farbigkeit und ihr Gewicht nur durch die Situationen bekommen hätten, in die sie gestellt worden wären. Keine Ideen, wohlverstanden, sondern Situationen. In dieser zurückhaltenden Beschreibung hätte es eine Art echten Realismus gegeben, da nun doch jeder weiß, daß wir zwischen Zufall und Notwendigkeit nichts anderes sind als das Ergebnis von Umständen, mit denen wir uns herumstreiten und die uns zu dem machen, was wir sind. Und in einer Sichtbarmachung der Vergangenheit, die sich diesen Gesetzen unterworfen hätte, wäre vielleicht – und das wäre enorm gewesen – etwas Modernes zustande gekommen.

Ich denke, wir sollten nicht versuchen, Alain zu beschreiben. Natürlich trug er lange Haare, einen Bart, im Winter eine pelzgefütterte Windjacke, im Sommer eine Lederjoppe und, als Herausforderung an jahrhundertealte Kleidervorschriften, keine Krawatte. Er war groß, etwas kurzsichtig, etwas gebeugt, recht gutaussehend. Wir warfen ihm vor, er sei verwahrlost und schmutzig, er sei, um einen Ausdruck zu benutzen, dessen wir uns gern bedienten, weniger gepflegt, als wir es waren. Der Kernpunkt war, daß alles, was wir taten, sagten, dachten, alles, was wir getan hatten, alles, was wir gesagt hatten, alles, was wir gedacht hatten – und, weiß Gott, wir hatten nie etwas anderes gedacht als Belanglosigkeiten –, ihm ungeheuerlich erschien. Ich glaube, und es ist mir schwergefallen, zu dieser Erkenntnis zu kommen, er haßte die Familie.

In gewisser Hinsicht war er diesem Erbe gegenüber, das er bespie und das so schwer auf ihm lastete, nicht untreu. Auch Claude, sein Vater, hatte einst die Familie angeprangert, und er hatte sie verleugnet. Die Auflehnung des Sohnes warf den Vater in die Vergangenheit zurück. Claude war die Familie geworden, und er hatte Alain die Aufgabe vermacht, sie in Frage zu stellen. Es ist noch nicht lange her, daß ich über Anne-Maries Schicksal nachgegrübelt habe. Ich dachte jetzt manchmal wie ein weitläufiger Verwandter an die Zukunft meines Neffen. Ich sagte mir natürlich, daß die Zeit auch ihn schließlich, in der Art, wie man untergehende Schwimmer, um sie retten zu können, bewußtlos schlägt, zugleich vernichten und wieder zum Bewußtsein bringen würde. Im Augenblick allerdings hatte er sich ziemlich weit von unseren Gestaden fortbewegt. Jeder Glaube lehnt die Zeit ab, den künftigen und vergangenen Verschleiß, die Erfahrung, die Lehren der Geschichte. Alain glaubte. Woran? An nichts anderes als an die Ablehnung der Vergangenheit, die wir so geliebt hatten, der Erfahrung, der Geschichte. Er hatte keine positiven Anschauungen, er hatte nur negative Anschauungen. Er verwarf, er verleugnete, er riß herunter. Über den Aufbau würde man später reden. Zu meinem Bedauern muß ich es aussprechen: er glaubte vor allem, daß wir immer Dummköpfe gewesen seien und vielleicht Spitzbuben. Das war ein bißchen übertrieben. Aber ich wußte, was er damit meinte.

Paradoxerweise, was aber durchaus erklärlich ist, verstand ich ihn vielleicht besser, als Claude ihn verstand. Natürlich gab es viele Dinge, die Vater und Sohn gemein hatten. Aber es gab auch viele Gegensätzlichkeiten. In den beiden voraufgegangenen Generationen hatte sich, nach langer Unbeweglichkeit, die Gegenwart an die Stelle der Vergangenheit zu setzen versucht, ehe sie ihrerseits in eine überholte Geschichte zurücksank. Mein Vater und dann Claude stellten die aufeinanderfolgenden Etappen dieser Anpassungen dar, in denen Alain nichts anderes sah als unbewußte oder bewußte Verschleierung, was vielleicht verdammenswerter war als die Systeme, die sie verschleierten. Claude hatte übermenschliche Anstrengungen unternommen, um sich, trotz der Familie und gegen sie, an die äußerste Spitze der Demokratie und der Republik zu setzen: Alain verachtete die Demokratie und die Republik. Er verachtete sie, wie einst mein Großvater und mein Urgroßvater sie verachtet hatten – wie sie, aber anders. Marx und Freud waren inzwischen aufgetreten.

Über Marx und über Freud führten Vater und Sohn endlose Diskussionen. Manchmal nahm ich sonntags als Außenstehender daran teil. Ich wußte überhaupt nichts vom *Kapital* und vom Unbewußten, und oft fühlte ich mich Claude und sogar Alain näher, als die beiden einander waren. Der Marxismus oder die Psychoanalyse trennten die beiden, die sich auf sie beriefen, immer mehr voneinander, mit der gleichen Unversöhnlichkeit, wie der Monarchiegedanke einst die Legitimisten und die Orléanisten getrennt hatte. Alain – soweit ich seinen etwas verworrenen Gedankengängen zu folgen vermochte – bezichtigte Claude der Schwärmerei und des Moralismus, und etwas Wahres lag auch in dieser Vorstellung, die er sich von der Welt meines Vetters machte. Claude dagegen verurteilte bei seinem Sohn den Kult, den dieser mit zwei oder drei neuen Göttern trieb, die ihm, Claude, fremd waren: die sprachliche Ausdrucksweise, der Sex, der Gebrauch von Gewalt in gewissen Fällen; in dem allem kannte Claude sich, vielleicht des Alters wegen oder der Zeit, die verstrich, nicht mehr aus.

Vermutlich wird man sich nicht mehr daran erinnern, welche Verehrung wir der Sprache von Racine und Chateaubriand in Plessis-lez-Vaudreuil entgegenbrachten. Selbst das Englische, dessen sich die V. gern bedienten, konnte daran nicht tasten. Den angelsächsischen Snobismus und gewisse sprachliche Besonderheiten – etwa die wohlbekannte Weglassung der Bindung beim *t* in der Fragestellung *Comment allez-vous?* – hielten wir nur für komische Angewohnheiten der Oberschicht der Bourgeoisie. Wir in Plessis-lez-Vaudreuil sprachen mit den Worten und in dem Tonfall von Bossuet, von Saint-Simon, unserer Kutscher und von Jules – der gleichfalls genau wie wir sprach, mit der gleichen Saftigkeit und der gleichen Eleganz. So wie die Religion, wie der Wald, wie der Name, wie ganz Plessis-lez-Vaudreuil trug die Sprache auf magische Art und Weise zu unserer Würde und unserem Glück bei. Solcherart waren die Gedanken, die Alain bewegten, nicht. Seiner Meinung nach war die Sprache – er trieb übrigens durchaus ernsthafte linguistische Studien – nicht dazu da, irgend etwas zu erzählen oder jemanden zu überzeugen. Ihr Charme bestand nicht darin, amüsant zu sein, wie bei meinem Vater, oder ein bißchen steif, wie bei meinem Großvater. Bei Alain gab es nie etwas Drolliges oder Gepflegtes: er war, wenigstens in unseren Augen, zugleich sehr lax und seriös bis zum Trübsinnigen. Meistens war er auch ein bißchen schwer zu verstehen, denn er benutzte keineswegs die Ausdrücke der Fräser und Dreher, mit denen er sich solidarisch erklärte. Ebenso verabscheute er die Wortspiele, die Ironie, die Leichtigkeit und jene Vorliebe, die wir von alters her für die Formen, für die Klarheit und für die Strenge hegten. Für ihn war die Sprache, wie alles übrige, in erster Linie und vor allem ein Element der Revolution. Beileibe nicht durch ihren Glanz, sondern durch das ihr innewohnende Vermögen der Zerstörung, welches Verschwommenheit und Analyse zugleich umfaßt. Derartige Ansichten, die aus Anatole France, dem Verteidiger von Dreyfus, oder aus Jules Renard, dem Mitarbeiter der *Humanité,* Erzreaktionäre und aus Rimbaud oder Lautréamont, aus James Joyce oder Ezra Pound unbezweifelbar Revolutionäre machten, brachten meinen Vetter in Harnisch. Die Erinnerung an Jaurès war noch sehr lebendig zur Zeit, als er den Sozialismus entdeckte, und mehr als alles andere bewunderte er dessen Rednergabe, die ihm vertraut und zugleich sehr neu war. Ich glaube, Alain hielt Jaurès für einen alten Trottel, der gescheitert war, für einen umgekehrten Mac-Mahon oder Fallières, für eine Art sozialistischen Boucicaut, dem es nicht gelungen war, sein Kaufhaus Bon Marché aufzubauen. Seiner Meinung nach gehörte Jaurès ins Panthéon der unbekannten und sterbenslangweiligen, oft fast fragwürdigen Phrasendrescher, in dem er, neben de Gaulle und Pasteur, neben Clemenceau und Bossuet, neben Chateaubriand und Pater de Foucauld, die meisten unserer toten Götter antreffen würde. Die Rolle, die der Sex in Alains Theater spielte, erstaunte Claude ebenfalls sehr; er selber hatte viel, vielleicht übertrieben viel vom Puritanismus der Familie bewahrt. Für ihn war diese Rolle das Gegenteil dessen, was er für den Schlüssel und Sinn der sozialistischen Revolution hielt: die Menschenwürde. Wenn Alain merkte, daß sein Vater dieses Pferd bestieg, den müden Gaul des Humanismus und der Menschenwürde, blickte er ihn mitleidig an. Dann bezeichnete Claude seinen Sohn als Faschisten. Philippe fehlte uns.

Ein oder anderthalb Jahre zuvor hatten sich im Abstand einiger Wochen in zwei erinnerungsträchtigen Städten des alten Europa Ereignisse abgespielt, die uns damals bedeutend erschienen und die es vielleicht vor der Geschichte bleiben werden. In einer Hinsicht waren sie völlig gegensätzlich; in einer anderen beruhten sie vielleicht auf einer gleichen Gärung der Geister, der das Prisma der Gegebenheiten und Ideologien verschiedene Farben gab: die Maitage in Paris, die Niederschlagung des Prager Frühlings. Ich habe auch hier wieder keineswegs die Absicht, eine geschichtliche Vorlesung zu halten, noch mich hinreißen zu lassen, Ereignisse nachzuerzählen, die jedem im Gedächtnis haften. Ich berichte nur weiterhin, was in der Familie vor sich ging oder in dem, was von ihr noch übrig war während der Epoche, die mein Großvater seit mehr als fünfzig Jahren die Unglückszeit nannte. Im Februar zum Beispiel, vielleicht im März 68, hatte ich bei Claude und Nathalie zusammen mit Véronique und ihrem zweiten Mann zu Mittag gegessen. Alain hatte drei Freunde mitgebracht, die mir unbekannt waren: einen fast vornehm aussehenden jungen Mann, einen etwas aufgeblasenen Dicken und vor allem einen recht bemerkenswerten Rotschopf, der heiterer und amüsanter zu sein schien als die meisten jungen Leute seiner Generation. Ich erinnerte mich nicht mehr an sie, bis ich sie zwei oder drei Monate später im Fernsehen wiedererkannte: es waren Sauvageot, Geismar und Cohn-Bendit. Ich erwähne die drei nur, weil sie, ähnlich wie Dreyfus oder Hitler – aber in bescheidenerem Ausmaß –, zu denen gehören, die mehr als alle anderen in die Familienchronik hineingreifen, die ich hier zu Ende bringen will. Trotz ihrer Unbedeutendheit, ihrer drei Wochen dauernden Berühmtheit wegen, inmitten von Knallereien und umgestürzten Wagen, im Schwefeldampf einer nicht mehr politischen, sozialen oder wirtschaftlichen Revolution, sondern einer eigentlich moralischen – ich meine das auf die Sitten bezogen – figurieren diese jungen Leute in unserem Fotoalbum, neben meiner Großmutter und ihrem Augenschleier, neben Pierre mit seinem flachen, runden Strohhut auf dem Kopf, neben Pétain in Vichy zwischen zwei kleinen Mädchen in Elsässer Tracht, die ihm Blumen reichen, neben General de Gaulle, der gerade die Arme hebt und von einem Balkon herab in seinem unverwechselbaren Tonfall ein paar Worte in englisch, deutsch, spanisch oder russisch zum Ruhm des Französischen von sich gibt.

Die Mai-Ereignisse, wie man sagte, und die russischen Panzer in Prag, deren Vorhandensein die Führer der kommunistischen Partei übrigens leugneten, hatten nach Alains wie nach Claudes Ansicht den sowjetischen Kommunismus endgültig ins Lager der Unterdrücker zurückgeworfen. Doch die Folgerungen, die mein Vetter und sein Sohn daraus zogen, waren sehr unterschiedlich. Claude gestand mir, daß seine Illusionen wieder einmal, und jetzt für immer – nach den Moskauer Prozessen, nach dem deutsch-russischen Pakt, nach dem Umsturz der

Statue Stalins, nach Budapest und den Lagern in Sibirien –, zusammenbrachen. Stalin war nicht mehr da, und Prag war besetzt. Er entsagte der Revolution. Er kam nach und nach zwar nicht auf die Ideen meines Großvaters zurück, doch auf den Liberalismus meines Vaters, der, nachdem er sich dem damaligen Fanatismus widersetzt hatte, seinerseits zur modernen Form des rückständigen, von Alain angeprangerten Konservativismus geworden war. Für Alain hingegen, der auf keinen Fall einen Schritt zurück machen wollte, galt es jetzt, einen Sprung nach vorn zu tun. In welche Richtung? In Richtung auf eine befreiende Minderheit, die für die Massen arbeitete, auf eine Gegengewalt, die endlich die maskierte Gewalt der unterdrückerischen Klassen und der verhohlenen Herrschsucht entlarvte. Die russischen Panzer in Prag sah Claude auf derselben Seite stehen wie die Pariser Gauchisten, da Panzer und Gauchisten sich auf den Marxismus beriefen; und Alain sah sie auf derselben Seite stehen wie die repressiven Polizeitruppen – die in charmanter Naivität mit der SS verglichen wurden –, da Panzer und Polizeitruppen gegen das in den jungen Leuten und in den Studenten verkörperte Volk vorgingen. Beide lehnten sie das Vorgehen in Prag ab. Der eine hatte antimarxistische, der andere ultramarxistische Erfahrungen hinter sich. Es herrschte Verwirrung in den Geistern. Irgendwo in der Vendée oder in der Nähe von Niort saß sogar eine unglaublich reaktionäre Urgroßtante, die, möglicherweise weil sie die Schemen von Philippe übernommen hatte, der sowjetischen Armee Beifall zollte, weil sie das aufrechthielt, was in der Welt noch an Ordnungsmacht und militärischem Geist vorhanden war. Und natürlich war die beträchtliche Masse derer, die auch weiterhin in Moskau die Hoffnung der Revolution sahen, nicht zu erschüttern. Eines stand fest: alle bezeichneten diejenigen, die nicht dachten wie sie selbst, als Faschisten.

Wie es Alain in seinem Leben mit der Liebe hielt, war uns ein Rätsel. Manchmal schien es uns, er habe kein Liebesleben. Selbst in unserer so strengen Familie waren die meisten von uns keine Frauenverächter; um es in einer Redewendung, die bereits untergegangenen Zivilisationen anzugehören schien, zu sagen: sie liebten die Frauen sehr. Alain, der, wenn ich es so kühn ausdrücken darf, dauernd den Sex im Mund hatte, liebte die

Frauen nicht eigentlich. Seine Mutter, die in Dingen der Erziehung gern avantgardistische Ideen an den Tag legte, hatte sich nicht enthalten können, mich zu fragen, ob ich Alain für homosexuell hielte. Nein. Alain hatte zwar nichts von einem Frauenverführer, wie er zu ihrer Zeit von dem berühmten argentinischen Onkel oder von meinem Vetter Philippe verkörpert wurde oder vielleicht auch durch Onkel Paul in der weit zurückliegenden Epoche, da Tante Gabrielle ihm in die Arme fiel, aber er wies auch nicht die klassischen Züge des Homosexuellen auf, wie die Bücher von Proust oder Gide ihn vor unsere entsetzten Augen hinstellten und von dem wir Spuren in dem oder jenem fernen Mitglied unserer unermeßlichen Familie entdeckten. Man könnte eher sagen, daß bei Alain alles, sogar die Liebe und das Begehren, theoretische Formen annahm. Merkwürdigerweise war bei ihm, wie bei vielen jungen Leuten seines Alters, trotz seines Barts und seines langen Haars – zweifellos Zeichen des Protestes –, die Idee von der Natur sehr verkümmert, wie auch die Idee von der Kultur. War das auf den Einfluß der Maschinen und den technischen Fortschritt zurückzuführen? Ich weiß es nicht. Aber obwohl wir unser Leben inmitten von Konventionen und viel Gekünsteltem verbracht hatten, waren wir in vielen Dingen der Natur bestimmt näher als er. Es gab nichts mehr, was er als unwiderlegbare, greifbare Gegebenheit anerkannte. Alles wurde zum Objekt von Untersuchungen, Diskussionen, alles war zwar nicht der Ungewißheit unterworfen, denn er war ziemlich kategorisch und oft fast scharf, doch zumindest der Unvorhersehbarkeit. Lange Zeit hindurch waren unsere Ideen und unsere Reaktionen voraussehbar gewesen, bis zum Überdruß. Die seinen waren es nicht mehr. Alles war für uns in dem geschlossenen Universum, in dem wir lebten, stets mit Schranken und Zäunen umgeben gewesen. Nichts mehr war für ihn unmöglich, weder verboten noch heilig.

Vielleicht war es eben die Vorstellung vom Heiligen, die uns von Alain trennte. Wir waren ins Heilige getaucht wie in unvergängliches und geweihtes Öl, wie in die einzig atembare Luft. Das Heilige bezog sich auf alles, angefangen von den Stunden der Mahlzeiten und den Neujahrsbriefen an nie gesehene Tanten, bis zum Mysterium der Unbefleckten Empfängnis und der Ehrerbietung vor den Toten. Es war nicht ganz unmöglich, daß es sich weiterentwickelte. Von der Treue zum König war es durch unmerkliche Übergänge hinübergewechselt zur blauen Linie der Vogesen und zur Trikolore. Aber unter irgendeiner Form, vom unwandelbaren Heiligen Vater bis zur sich stets wandelnden Mode, beherrschte die Gegenwart des Heiligen unser ganzes Leben. Das Brot war heilig. Und dann, ein bißchen später, die Ideen und die Bücher. Die Armen waren heilig, wahrscheinlich in einem zweifachen Sinn: einmal mußte es welche geben, und dann mußte man sie lieben. Und vielleicht mußte es nur welche geben, damit man sie lieben konnte. Ich bitte noch um eine kleine Anstrengung des Gedächtnisses. Ist der Satz – mein Gott, liegt das weit, weit zurück! – von den Dingen, die sind, was sie sind, noch erinnerlich? Die Dinge waren nicht mehr, was sie waren. Sie waren von innen ausgehöhlt, sie trennten sich von sich selbst, sie zerrissen die Trossen, die sie an die Ordnung banden, und sie trieben im offenen Meer, hin und her geworfen von den Wogen des Zweifels und des Protests, angefressen von einem Salz, das das Heilige zerstörte. Es gab noch einen anderen Spruch, den wir den Kindern von ihrer zartesten Jugend an eintrichterten, einen Spruch, der unsere Unterwerfung unter das Heilige gut zum Ausdruck brachte: *Das sind Dinge, die man tut.* Unser Leben war voller Dinge, die man tat. Für seinen Glauben oder für das Vaterland zu sterben war ein Ding, das man tat. Den Damen die Hand zu küssen auch, und den Ring der Bischöfe. Mut, Eleganz, Rechtschaffenheit, eine Art Blindheit und vielleicht Scheinheiligkeit waren Dinge, die man tat. Alain jedoch fand, daß man diese Dinge nicht mehr tat: man änderte sie.

Wer uns freundlichst gefolgt ist bis zum Anbruch der neuen Zeiten, die uns als glückliche Zukunft verheißen wurden, weiß es bereits: beschränkt, dumm, in der Vergangenheit steckend wie in einer schützenden Leimschicht, haßten wir die Veränderung. Alain lebte nur, um zu sehen, wie das Leben sich änderte. Um zu sehen, wie die Menschen sich änderten, die Geschichte, die Musik der Dinge, die Atmosphäre der Zeit. Für ihn war die Zukunft nicht mehr, was sie war, was sie immer gewesen war. Sie war nicht mehr die Folge und die Spiegelung der Vergangenheit, etwas stets Gefährdetes und unendlich Belastetes. Sie war etwas von Grund auf Neues.

Nichts war überraschender als dieser Einbruch der Veränderung in die Beständigkeit, zu sehen nämlich, wie diese Familie, die starrsinnig in die Vergangenheit blickte, sich auf einmal mit dem Letzten ihres Namens in die Zukunft stürzte. Diesen allgemeinen Lauf der Zeit, der die Zukunft und die Revolution auf Kosten der Vergangenheit privilegierte, empfanden wir mit aller Stärke, weil mein Großvater noch lebte, als Alain geboren wurde. Im Zeitraum weniger Jahre waren wir vom Hof Ludwigs XVI. oder Karls X. hinübergewechselt in die Toleranzgesellschaft und in die Erwartung einer Welt ohne Klassen, ohne Armee und Polizei, ohne Kirche und ohne Staat.

Wenn ich mit Alain sprach, den ich sehr gern hatte und der mich, glaube ich, trotz meiner liberal-reaktionären Haltung ganz gut ertrug, und wenn ich an unseren Großvater dachte, überraschte mich die Gleichartigkeit von Greis und Urenkel. Sie waren so völlige Gegensätze, daß sie sich schließlich und endlich ähnelten. Der gleiche Starrsinn, die gleiche Überzeugung, im Recht zu sein, der gleiche Glaube an den Glauben oder an die Glaubenslosigkeit, die gleiche Verachtung für Skeptiker, Liberale und Agnostiker. Mein Großvater kam von Bossuet her, doch Alain kam von Hegel her. Selbstverständlich gab es Nuancen, aber keiner von beiden bekannte sich zu Montaigne, zu Voltaire, zu Renan, zu Anatole France, zu André Gide. Wenn ein Unvorsichtiger in ihrer Gegenwart sich auf die typisch französische Verschiedenheit der geistigen Familien und der Freiheit berief, lachten sie und zuckten die Schultern. Viele Züge meines Großvaters amüsierten Alain. Ich hatte ihm den berühmt gewordenen Ausspruch: »Toleranz, dafür gibt es Häuser« weitergegeben, und er hatte darüber gelacht. Natürlich mißbilligte er den Satz – aber nicht der Verachtung der Toleranz wegen, die sich in ihm ausdrückte, sondern der Verachtung der Frauen wegen, die in ihm lag. Was hätten sie, einer wie der andere, mit der Gedankenfreiheit und der Toleranz anfangen sollen? Denn sie waren, einer wie der andere, im Besitz der Wahrheit. Der eine hatte Gott und den König auf seiner Seite, der andere Marx und Engels, daher war in ihren Gedankengebäuden kein Platz für die Verbrecher und die Dummköpfe, die eigensinnig den Irrtum, die Häresie, das Schisma oder die Lebenslust verteidigten.

Sie liebten die Gegenwart nicht sehr. Sie lehnten sie ab. Sie waren wie jene Janusköpfe, wo der Gott sich spaltet und sich selber den Rücken zukehrt: der eine blickte in die Vergangenheit, der andere blickte in die Zukunft. Beide sträubten sich gegen die Kontinuität und den Fluß der Zeit. Mein Großvater verlegte die Gegenwart in die Vergangenheit und negierte die Zukunft. Alain schob die Gegenwart in die Zukunft und löschte die Vergangenheit aus. Die Zukunft meines Neffen zweiten Grades war genauso unbeweglich wie die Vergangenheit meines Großvaters. Starr, glücklich, vor Veränderungen und Stürmen geschützt, von Verbrechen und Ungerechtigkeit verschont, glänzten sie beide an einem zeitlosen Himmel.

Ich sagte Alain, daß wir unlängst vor Blindheit gestorben waren. Ging nicht auch er, auf entgegengesetztem Weg, einem vergleichbaren Schicksal entgegen? Mir kam der Gedanke, daß es zwischen der Vergangenheit und der Zukunft eine kurze Spanne gegeben hatte, wo die Zeit nach ihren Gesetzen abgelaufen war, wo die Erinnerung behütet war und wo die Hoffnung aufkeimte: ich nannte das die Zeit meines Vaters. Alain getraute sich nicht, etwas Schlechtes über meinen Vater zu sagen. Aber seine Ansicht stand fest. Der bürgerliche Liberalismus war für ihn nichts anderes als ein vorläufiges und unsicheres Werkzeug der Zerstörung, wo sich das schlechte Gewissen hinter der Toleranz verschanzte, hinter Zynismus oder Schwärmerei, hinter feinen Umgangsformen oder ihrer Verderbtheit, hinter Possen und Vergnügungen. Genau das behauptete mein Großvater. Vermutlich aus zu familiärer Sicht, die die Dinge verformte, sah ich im Prisma der Erinnerung und des Alterns diese Spanne der Lebenszeit meines Vaters, umgeben von seinen Malern und Schriftstellern, seinen Musikern und seinen Gelehrten, als einen Höhepunkt – vergleichbar der Renaissance vielleicht oder dem 18. Jahrhundert – der Zivilisation der Freuden und Genüsse. Mein Großvater und Alain erblickten in ihr nur eine Etappe – der Dekadenz, wie der eine, der Revolution, wie der andere meinte –, die von Schwäche und Scheinheiligkeit geprägt war und den Untergang des Königtums oder seine Heraufkunft, das Ende des Goldenen Zeitalters oder seine Ankündigung bezeichnete.

»Und das Proletariat?« fragte Alain. Die achtjährigen Kinder, die Loren durch die Stollen der Bergwerke in Wales schoben, lasteten schwer auf Alains Weltgebäude. Was sollte ich antworten? Daß ich die Sklaverei guthieße, die Ausbeutung, das Elend der einen, die damit das Wohlleben und den Wohlstand der anderen gewährleisteten? Oft, wenn ich mit meinem Neffen sprach, was recht häufig vorkam, gelang es ihm – für ihn war es wirklich ein Erfolg und für mich ein Mißerfolg –, mich von der Vergeblichkeit von Gesprächen zu überzeugen. Wir gingen jeder unseren Weg, begegneten uns hie und da und grüßten uns im Vorübergehen. Er sagte, die Vergangenheit sei ungerecht gewesen, und ich sagte ihm, Stalin sei es ebenfalls gewesen. Er sagte, Stalin sei wirklich noch einer der Unseren, und die aufzubauende Welt würde gerechter und schöner sein. Ich sagte, es wäre eine komische Idee, eine gerechte und schöne Welt mit Hilfe von Drogen und Geiseln, Gewalt und Bomben aufbauen zu wollen. Er sagte, diese Art von Gewalt, die wir dauernd im Munde führten, sei nur eine Gegengewalt, und die eigentliche Gewalt sei unsere willkürliche Ordnung, die hinter Polizei und Justiz getarnte Repression, die Schmach der Gefängnisse, Kasernen, Fabriken, Schulen, der Polizeireviere und der Gerichtshöfe. Ich sagte, seine Zukunft sei nur ein Traum mit einem etwas bitteren Vorgeschmack. Er antwortete, meine Vergangenheit habe, leider!, nichts von einem Traum gehabt, und die Zukunft habe noch nicht begonnen.

Er redete vom Leben in den Fabriken zur Zeit Zolas, der Bauern des Malers Le Nain oder im Dreißigjährigen Krieg, von den Sklaven Aristoteles'. Ich redete hüstelnd und mich hinter meinem Alter versteckend von der Akropolis und von Mozart. Aussichtslos! Das war ganz offensichtlich die Kehrseite der Ausbeutung. Er lehnte Griechenland ab. Er lehnte auch, im gleichen Maße wie den Humanismus, die Vernunft und die Kultur ab: in dieser Verachtung entdeckte ich meinen Großvater und zugleich sein Gegenteil. Alain redete von uns. Auch ich redete von uns. Ich erzählte ihm von einigen unbedeutenden und beispielhaften Ereignissen, die in diesen Erinnerungen hier berichtet werden. Er fand sie lächerlich, oft sogar widerwärtig. Ich kam auf das Buch zu sprechen – dieses vorliegende Buch –, mit dessen Entwurf ich mich damals beschäftigte. Er sah nicht ein, wozu es nützlich sein sollte, und machte es im voraus herunter. Ich verlor ein bißchen den Grund unter den Füßen. Ich versuchte, mich zu rechtfertigen: die Vergangenheit hatte uns geformt, wir waren ihre Kinder; wäre es auch nur, um sie zu verändern, müßte man sie kennen... Alain wies das mit einer Heftigkeit zurück, die mich erstaunte. Ist Claude einst, vor nahezu einem halben Jahrhundert, ebenso schroff gewesen? Die Dinge, die Ereignisse, die Menschen waren äußerst verschieden. Damals war in Claude eine Art Haß gewesen. Bei Alain war vielmehr eine unerbittliche Sanftmut vorhanden. Wenn er von Liebe redete, hantierte er mit Bomben. Er entfachte Gluten, wollte aber nur Licht sehen.

Uns allen, meinem Großvater, allen jenen, die in diesen Seiten aufgetreten sind, wollte er als Einzelpersonen die Tugenden des Muts und der Güte nicht abstreiten und auch die Gabe der Intelligenz nicht, deren Grenzen ich besser als jeder andere kannte. Doch er wertete sie in Bausch und Bogen ab als getarnte Gewalt, als Heuchelei, als kriminelle Belanglosigkeit, als Verachtung der Menschlichkeit. »Kasperlefiguren«, sagte er, »die, um das Unglück vollzumachen, gleichzeitig Gendarmen sind.« Ich sah meinen Großvater wirklich nicht als Gendarm, auch nicht als Kasper. »Mein lieber Alain«, sagte ich zu ihm, »bist du dir ganz sicher, daß du selbst denen, die nach dir kommen, nicht auch als Kasper erscheinen wirst? Bist du dir ganz sicher, daß du denen gegenüber, die nicht so denken wie du, die Gendarmenrolle nicht viel deutlicher spielst als dein Urgroßvater, dein Großvater und selbst als Onkel Philippe? Ich fürchte, daß die Menschen, deren Mythen noch in der Zukunft schweben, letztlich viel weniger tolerant sind als die, deren Mythen schon in der Vergangenheit liegen.« Er sah mich an. Ich glaube, er hielt mich für einen Trottel. Ich bestritt das nicht. Ich gestand es ihm gern zu.

Mir kam die Idee, ob ich, ein Gefangener meiner Schemen, meiner Manien, meiner Erinnerungen, nicht vielleicht wirklich zu tief in dieser Vergangenheit steckte, von der ich so viel gesprochen habe, um das zu begreifen, was an Neuem heraufkam. Ist man überhaupt fähig, das zu verstehen, was man nicht ist? Alain gab sich, wie auch mein Großvater, keine große Mühe, aus seinem Denkgefüge herauszukommen. Meine Schwäche und meine Stärke bestanden darin, daß ich versuchte hineinzukommen. An einem Herbstabend, es ist einige Jahre her, las ich also in meiner Wohnung in der Rue de Courcelles, mitten in einem der bürgerlichsten Stadtviertel von Paris, mit einer Mischung aus etwas forcierter Sympathie und unterdrückter Betroffenheit die Flugblätter mit der Überschrift *Wie es dem Volk gefällt*, die mir in die Hände gekommen waren. Der Titel machte mich nachdenklich. Ich mußte erst bis zum Ende lesen, ehe mir ein Licht aufging: ... *Die Ordnung, die Moral, das Gesetz, die Notwendigkeit, der Zwang der Dinge, die Würde der Arbeit, der gesunde Menschenverstand und die Ehre, der Wille Gottes sind nie etwas anderes gewesen als der Wille der Feudalherren, des Großkapitals, der hohen Geistlichkeit, der Armee und der Polizei. Wir ersetzen ihn durch den Willen des Volks. Gottes Gefallen ist tot. Es lebe das Gefallen des Volks!* Nur ein Mensch auf der Welt konnte diesen Text geschrieben haben: Alain.

Natürlich war er es. Nur aus Bescheidenheit hielt er es geheim. Aus schätzenswerter Schlichtheit betonte er den kollektiven Charakter seines Aufrufs und seiner Pläne. Aber er legte sich keine Zurückhaltung auf, mit mir darüber in einer Art trunkener Begeisterung zu sprechen. Er schlug mir sogar vor, ich solle ihm helfen. Eine merkwürdige Idee: ich hatte nichts von dem Organisationstalent, das er besaß. Als einziges mußte ich ihm Geheimhaltung über wenigstens drei Jahre hinweg versprechen: es sind inzwischen vier oder fünf vergangen. Ich hörte ihm zu, und so verbrachte ich die absonderlichste Nacht meines Lebens. Mir war ganz schwindlig im Kopf. Es kostete mich Mühe, mir klarzumachen, daß der junge Mann mir gegenüber der Enkel und Urenkel von Generationen von Männern der Ordnung und der Tradition sein sollte. Nacheinander sah ich ihn in den widersprüchlichsten Masken: Monstrum, Heiliger, Verrückter, Zyniker, Aufwiegler, ganz so wie jene Helden, die er zutiefst verachtete. Er redete mit eiskalter Begeisterung, die mir Angst einjagte. Dieser zwanzigjährige Junge ging mit den Staatsoberhäuptern wie mit seinesgleichen um, er brachte ihnen ungefähr ähnliche Gefühle entgegen, wie sie mein Großvater, mit etwas mehr Zurückhaltung und Höflichkeit, unter den Türmen von Plessis-lez-Vaudreuil bekundete. Die Operationen der Verteilung von Lebensmitteln, Waren und Geld, die er seit einigen Wochen unternahm, waren nur ein winziger Auftakt zu einem unendlich viel ehrgeizigeren Plan, der, sehr intelligent gemacht, auf der Nutzung der neuen, aus dem Liberalismus und der Demokratie hergeleiteten Werte beruhte: der Solidarität, der Ablehnung von Gewalt und Grausamkeit, der kollektiven Sensibilität, die durch die Entwicklung der Kommunikationsmittel unendlich verstärkt wurde. Die geniale Idee war folgende: nach zweitausend Jahren Humanismus, Buddhismus, Christentum, nach einem Jahrhundert sozialistischer Ideale waren die Bande zwischen den Menschen derart eng verknüpft, daß es nicht mehr nötig war, jene zu treffen, auf die man es abgesehen hatte: es genügte, den ersten besten zu attackieren. Die Ritter trachteten einst danach, den König in ihre Gewalt zu bringen, Richard Löwenherz oder Johann den Guten. Später entführten Banditen mit kleinbürgerlicher Mentalität die Kinder von Lindbergh oder einem Großindustriellen, die Frau eines Millionärs. Da die Familie und das Vaterland hinter einer größeren Gemeinschaft zurücktraten, waren solche Handstreiche aus der Mode gekommen. Man konnte den Rahmen weiter spannen: in dieser famosen vereinheitlichten und enger gewordenen Welt genügte es, irgend jemanden zu bedrohen, um etwas X-Beliebiges zu erhalten. Die Zeitungen, der Rundfunk, das Fernsehen, Einrichtungen, auf die keine Regierung, zumindest in der westlichen Welt, noch irgendeinen Einfluß hatte, würden sich schon von selbst darauf stürzen und – äußerst günstig – die lächerlichen Erpresserbriefe überflüssig machen, die aus Abenteuerromanen einer früheren Zeit zu stammen schienen und häufig aus Buchstaben zusammengestückelt waren, die aus Zeitungen ausgeschnitten wurden. Es war natürlich keine Rede mehr davon, die Forderungen auf Lösegelder zu beschränken. Es war möglich, alles zu erlangen und auf allen Gebieten, wenn man ein halbes Dutzend armer Waisenmädchen, die mühelos an einem Schultor abgefangen wurden, oder einen Schlagersänger mit zehn Millionen fanatischer Anhänger mit dem Tod oder mit Folterungen bedrohte. Wichtig allein war, daß alles bekannt wurde. Und selbstverständlich würde alles bekannt werden.

Ich hörte mir diese Hirngespinste, wie sich denken läßt, mit Entsetzen an. Ich sagte mir, mein Neffe müsse verrückt sein. Er redete so gelassen, mit solcher Ruhe und mit solchem Nachdruck, daß ich noch unschlüssig war, ob ich mich dazu äußern sollte: man hätte meinen können, er hielte eine Vorlesung über politische Ökonomie oder zeitgenössische Soziologie. Er ging mit großen Schritten im Zimmer auf und ab und sprach pausenlos. Die Surrealisten redeten dumm daher, wenn sie eine Revolution ausposaunten, die sie nie unternahmen, und wenn sie, ohne je daran zu denken es auszuführen, verkündeten, der einfachste surrealistische Akt bestünde darin, auf die Straße zu gehen und in die Menschenmenge zu schießen. Alle Welt fand das großartig. Es gab nichts Einfacheres, als diese beiden Anregungen zusammenzufassen und vom Stadium der Worte, das der Literatur keine Ehre machte, zum Stadium der Ausführung überzugehen: man müßte ein Dutzend oder vielleicht hundert Menschen töten, höchstens eintausend oder zweitausend, um die Regierungen zum Nachgeben zu bewegen. Wäre das, im Vergleich zu den unzähligen Opfern des Kapitalismus und der Reaktion, nicht eine verschwindend geringe Zahl? Viel weniger als jährlich die Autobahnen der Bourgeoisie an unnützen Toten fordern. Außerdem, wenn man hobelt, fallen Späne, und auf jeden Fall wird eine Revolution nicht mit Glacéhandschuhen gemacht.

Man könnte blind drauflosschlagen. Man könnte sich aber auch den Spaß machen und bekannte Persönlichkeiten aussuchen. Es war nicht verboten, die Opfer unter den Klassenfeinden zu wählen. Nichts einfacher, als einigermaßen berühmte Leute zu finden, um die öffentliche Meinung aufzustacheln, völlig ungeschützte Leute: einen Kardinal, zum Beispiel, einen angesehenen Schriftsteller – die Franzosen bewundern ihre Schriftsteller –, eine erfolgreiche Schauspielerin, einen reaktionären Journalisten.

»Und der Papst?« sagte Alain. »Nicht wahr, das wäre ein hübscher Streich, den Papst zu entführen! Damit würde man alles erreichen, was man wollte: die Abschaffung der Wehrpflicht, die Öffnung sämtlicher Gefängnisse...«

»Aber, mein guter Alain«, murmelte ich (mir fiel keine andere Anrede ein), »mein guter Alain, die Polizei, die Armee, die öffentliche Meinung...«

»Ist das dein Ernst?« fragte Alain. »Nie wieder wird es bei

solchen Fragen eine einhellige öffentliche Meinung geben. Entweder gibt die Regierung nach, dann haben wir gewonnen. Oder sie gibt nicht nach, dann wird man auf jeden Fall im Wald von Fontainebleau – du weißt, an Wochentagen ist er ziemlich menschenleer – die mit Drogen vollgestopften und vergewaltigten Leichen von acht Schülerinnen, die aufs Geratewohl aus den Schulen des 16. Arrondissements geholt wurden, oder den gekreuzigten Leichnam des Präsidenten der Nationalversammlung finden, glaub mir, das erregt Aufsehen, und das System wird dadurch nicht gestärkt. Ich möchte nicht Innenminister oder Polizeipräfekt sein... Und Feuer, hast du daran gedacht?... Und die Staudämme, die gesprengt werden könnten? Und Eisenbahnzüge, die entgleisen? Und Flugzeuge, die abstürzen? Von Bomben spreche ich nur der Form halber: haftet ihnen nicht schon etwas Überholtes an, so ein Hauch von Folklore?« Er lachte. »Wenn ein Waldbrand entsteht, brauchen wir es nicht immer gewesen zu sein. Wenn eine Schule in Asche sinkt oder ein Krankenhaus oder ein Kaufhaus, wird man stets glauben, wir hätten die Hand im Spiel. Wir werden unsere Drohungen nicht einmal mehr auszuführen brauchen. Wir werden nur: Vorsicht!... sagen und dabei den kleinen Finger bewegen. Dann wird diese ganze verrottete Gesellschaft, die schon erledigt ist, sich von selbst auflösen. Wohlgemerkt, wir gewinnen auf allen Ebenen. Stell dir vor, es wird wirklich eine großangelegte Offensive gegen uns unternommen: überall Polizei, dauernde Überwachung, hinter jedem Baum ein Bulle, vor jeder Schule, an allen Schaltern der Flughäfen, in allen Gebüschen des Waldes, die Armee kriegsmäßig ausgerüstet und Lastwagen mit Truppen in den Städten... Du kannst dir jetzt schon die Stimmung, die Wut der Leute, die Hetze in den Zeitungen vorstellen. Und das tollste ist, im Kampf gegen die Schmach der liberalen Demokratie wird uns der Sieg nicht nur durch die Schwächung des Gegners zuteil, sondern durch seine Verhärtung. Wir wollen ihn zwingen, sein Gewaltgesicht zu enthüllen. Wie? Durch die Gewalt. Die Gewalt ist höchst ansteckend. Man steckt sich an wie beim Typhus, und sie versteift sich, wenn sie auf Hindernisse stößt. Wir werden Gewalt und Hindernis zugleich sein und uns gleichfalls versteifen, wenn sich uns etwas in den Weg stellt. Wir werden die Banken plündern, wir werden die Theater in die Luft sprengen, wir werden unser Leben hingeben gegen Luxushotels und elegante Wohnviertel, wir werden den Terror zur Herrschaft bringen. Wenn dann der Staat zusammenbricht oder eine Militärdiktatur errichtet ist, wird das Dasein unmöglich werden. Was erstreben wir anderes? Wir wollen kein Geld, keine Reformen und auch keinen Wechsel bei den Hampelmännern: wir wollen niederreißen, was vorhanden ist. Unnütz, sich aufzuregen über Werte, die nur Lappalien sind, über Ideale, die nur Fassade sind. Im Augenblick gibt es nur eins: zerstören. Das ist nicht einmal so schwierig.«

»Aber, Alain«, stotterte ich, »ihr werdet gehaßt, gejagt werden...«

»Keineswegs«, sagte Alain. »Du wirst sehen, daß die Opfer selbst, ihre Verwandten, ihre Freunde uns schließlich begreifen und uns vielleicht helfen werden. Ich sage nicht, daß wir selbst keine Federn lassen werden. Na und? Wir sind bereit dazu. Und außerdem... Wenn drei oder vier von uns festgenommen werden, entführen wir aufs Geratewohl zehn Kinder aus den Stadtvierteln der Reichen. Ach, ich sehe schon jetzt *Le Figaro, Le Monde, France-Soir* mit ihren knalligen Überschriften und ihren wohlausgewogenen, gedrechselten, etwas feigen Leitartikeln, ihrer liberalen Empörung, ihrer humanistischen Impotenz. Mobilmachung vielleicht? Aufruf zum nationalen Widerstand?... Zwölf Schülerinnen gegen drei Anhänger unserer Bewegung! Wetten?«

In der Familie hatte es schon Verrückte gegeben. Eine Schwester meines Großvaters war in einer Klinik für besondere Fälle in der Umgebung von Paris gestorben. Sie hatte Visionen gehabt und meinte, an die Präsidenten Fallières oder Loubet gerichtete Botschaften der Heiligen Jungfrau vernommen zu haben. Wir alle waren irgendwie schrullige Leute, Originale, die mein Großvater mit einem Wort, das ihm sehr teuer war, »sonderbare Käuze« nannte. Der Letzte unseres Namens war ein sonderbarer Kauz. Ich kämpfte noch hinhaltend:

»Und warum das alles? Warum so viel Blut, so viel Schmerz, so viel unschuldiges Leid?...«

Er warf mir einen mitleidigen Blick zu: Gab es noch einen Unterschied zwischen Schuldigen und Unschuldigen? Alle waren schuldig, alle waren unschuldig. Die Schuldigen waren unschuldig, und die Unschuldigen waren schuldig. Sind wir in Plessis-lez-Vaudreuil schuldig gewesen? Und Hauptmann Dreyfus und die Kinder in den Bergwerken und die Millionen durch die Jahrhunderte hindurch zum Nutzen der Familie und der Remy-Michault geopferter Existenzen? Man müßte Nietzsche und Marx und Freud zusammentun und die Verbannung der Gewalt nach Hitler und Stalin nutzen, um endlich, unter dem Schein von Gewalt, der Gerechtigkeit und der Wahrheit zum Sieg zu verhelfen.

»Und deine Freunde«, fragte ich, »wie denken sie über das alles?«

»Welche Freunde?« fragte er zurück.

»Ich weiß nicht... Geismar... Cohn-Bendit...«

»Ach was«, antwortete er. »Reaktionäre Spießbürger...«

Seit über fünfzig Jahren hörte ich immer wieder vom Ende der Lebensfreude und der Zivilisation reden. Und im Lauf der hundert Jahre, die mir voraufgegangen waren, oder der hundertfünfzig Jahre war derselbe Schrei aus den Trümmern der Privilegien und Traditionen erschollen. Wir hörten ihn, diesen Schrei, weil wir es waren, die ihn ausstießen. Aber jahrhundertelang hatten andere unablässig gestöhnt über die Ruinen ihrer Häuser, ihrer Tempel, ihrer Sitten und über das Ende der Zeiten. In Babylon, in Jerusalem, in Rom zu Beginn des 5. Jahrhunderts mit dem Einfall der Barbaren, in Samarkand, in Konstantinopel 1453, bei den Azteken und bei den Inkas wie in St. Petersburg oder in Wien – stets war alles zerfallen. Ich sah in Alains Hirngespinsten nicht das Ende der Welt. In den Annalen der Geschichte war sehr viel Schlimmeres zu finden: Wahnsinns-Epidemien oder kollektive Selbstmorde, Massaker von ganzen Völkern, unheimliche Religionen oder blutgierige Ungeheuer an der Spitze des Staates. Was sich jedoch in Alain ausprägte, mit einer Ersichtlichkeit, die mir weh tat, war das Ende dessen, was mir, trotz aller Irrtümer und aller Lächerlichkeit, sehr teuer war: das Ende der Familie. Wir hatten uns stets – vielleicht lag der Sinn der Familie eben in diesen Rückwärtswendungen und diesen Widerrufen – einer an den anderen geklammert. Wir hatten Katholiken und Protestanten unter uns, Generale des Kaisers und Emigranten und sogar Freunde von La Fayette, viele Antidreyfusards und einige Dreyfusards

– in der Rückschau vor allem –, Anhänger Francos und spanische Republikaner, Bewunderer des Marschalls und Widerstand leistende Gaullisten, Puritaner und Lebemänner, Gläubige und Skeptiker. Aber wenn der Sturm vorüber war, schlossen wir die Reihen wieder, wir halfen uns, auch wenn wir Gegner waren, wir achteten uns auch im Streit, wir bekannten uns, bevor wir starben, zum Glauben, und immer war die Einheit der Familie gewahrt. Mir war nicht klar, wie Alain eines Tages seinen Platz im Schoß der heiligen Familie einnehmen sollte.

Es gab größeres Unheil als dieses Ende einer Epoche. Es gab Katastrophen. Es gab die Bombe. Ich vermochte mir nicht einmal vorzustellen, daß diese Mischung aus Ravachol, Lenin, Jarry und Onkel Donatien, von der Alain schwärmte, irgendwo hinführen und als Ereignis Gestalt annehmen könnte. Etwas Lächerliches mischte sich in das Entsetzen. Doch ob Entsetzen oder Lächerlichkeit, die Familie würde dem nicht widerstehen. Die Vergangenheit, die so lange Bestand gehabt hatte, war unterbrochen. Die Zukunft begann wieder bei Null. Es war durchaus möglich, daß die Bestimmung der Zukunft zunächst darin bestand, die Änderung herbeizuführen. Der Widersinn lag vielleicht eher auf seiten der Familie, deren Bestreben es gewesen war, die Zukunft der Vergangenheit unterzuordnen und sie, durch die Ausschaltung der Zeit, ebenso ununterscheidbar zu machen wie Zwillinge. Auf jeden Fall setzte die Verrücktheit eines der Ihrigen diesem Widersinn ein Ende. War das wirklich ein Fortschritt? Die Welt obsiegte über den Clan. Und die Schwankungen der Zeit, ihre Reize und ihre Träume, ihre grenzenlosen Reichtümer, aber auch ihre Schrecken über die erstarrte Pracht der Unbeweglichkeit.

Wie man weiß, ist von Alains phantastischen Vorstellungen und seiner programmlosen Revolution nichts verwirklicht worden. Oder fast nichts. Palästinenser vom Schwarzen September, Japaner von der Roten Armee, eine kleine Schar von Außenseitern, die ihre Frau wiederhaben oder vom Papst empfangen werden wollten, haben einige Flugzeuge entführt. Die Baader-Meinhof-Gruppe in Deutschland hat es etwas besser gemacht. Ich habe mich manchmal gefragt, ob zwischen der Baader-Meinhof-Gruppe, der japanischen Roten Armee, die ihre Verräter kreuzigte, und Alains Erleuchtungen nicht Verbindungen bestanden. Aber zu diesem Fest der Zukunft und des von meinem Neffen angekündigten Bluts ist es nie gekommen. Jedesmal, wenn ich von einer Geiselnahme oder dem Brand einer Schule erfuhr, suchte ich – doch stets vergebens – nach einer Spur von Alain. Er war verschwunden. Ich indes hatte ihn nicht vergessen. Ich hatte unser seltsames nächtliches Gespräch nicht vergessen. Allerdings fragte ich mich manchmal, ob ich nicht geträumt und ob es wirklich stattgefunden hatte. Ich fragte mich ein andermal auch, ob das, was er mir in jener Nacht gesagt hatte, so viel gräßlicher war als die gewaltigen Blutbäder der Geschichte, die verherrlicht werden durch Legenden, Bücher, Feiertage, von unseren Feinden und von uns. Die Inquisition, die Ausrottung der Protestanten und der Juden, die September-Massaker oder die Unterdrückung der Commune, Jahrhunderte voller Folterungen und Verbrechen und die Kriege, für die wir von jeher so große Nachsicht bezeigten – war das alles nicht viel realer und grauenhafter als diese Hirngespinste? Schon seit langer Zeit wurden die Unschuldigen mit Vorrang hingemetzelt. An Alains Plänen war nichts wirklich Neues. Das Glück, der Friede, die Gerechtigkeit waren sehr fragil. Mein Großvater hatte es immer und immer wieder gesagt. Gewiß, das war kein hinreichender Grund, nicht an die Ordnung zu rühren, aus Angst, sie ins Wanken zu bringen. Es war sogar eher das Gegenteil. Der Boden schwankte unter meinen Füßen: die Worte Recht und Billigkeit oder Wahrheit verloren allmählich ihren Sinn und gaben allen Umkehrungen und allen Greueln das Feld frei. Wie auch immer, der Familienkult war in mir so stark, daß mein Neffe mir fehlte: gern hätte ich weitergesprochen mit ihm über Geiselmorde, über Wälder und Schulen, die in Rauch aufgingen, und über das große Familienthema der Schändlichkeit aller Regierungen. Aber er war nicht mehr da.

Es kann zu den üblichen Widersprüchen gerechnet werden, daß Alain, der sein ganzes Streben dareinsetzte, sich von dem zu befreien, was uns heilig war, mit vieler Mühe etwas neues Heiliges aufbaute. Mit einer Gruppe von meistens sehr jungen Burschen und Mädchen veranstaltete er heimliche Feiern, die etwas von einer Schwarzen Messe an sich hatten und von Schulungslagern; es waren Spuren der Lehren von Gurdieff und Georges Bataille darin zu entdecken, eine vage Hindu-Esoterik und ein wahnwitziger Nationalsozialismus. Das Ganze stand natürlich unter dem dreifachen Zeichen von Lenin, Nietzsche und Onkel Donatien. Er nannte das die Handhabung geistiger Bomben. Infolge von Vorgängen, auf die ich kurz zu sprechen kommen werde, beschäftigten sich Polizei und Presse mit diesen etwas obskuren Geschichten. Was sich eigentlich ereignete, ist nie recht klar geworden, Geheimnistuerei, Furcht und Konfusion haben es verhindert. Die Versammlungen wurden manchmal in einer Scheune oder in einem Keller abgehalten, meistens jedoch unter freiem Himmel, auf einer Waldlichtung, wo eine Fledermaus oder eine Eule gekreuzigt wurden. Sie schlugen sich ein bißchen mit Ruten, sie liebten sich und schossen mit richtigen Kugeln, als Übung für den Straßenkampf, auf Desperados in amerikanischen Blousons. Alain las laut einen Text von Sade oder eine Zen-Lehrfabel, manchmal eine Rede von Trotzki oder Goebbels, eine Seite aus dem Evangelium, eine Seite aus Lautréamont oder Jarry. Dann schritt man zum gemeinsamen Mahl, Abendmahl oder Festmahl genannt, das hauptsächlich aus einem Austausch von Drogen bestand, von Haschisch, was gegenüber dem Heroin und dem LSD ein Kinderspiel war. Etwas unklar bleibt mir, welche Rolle Alain spielte: für manche war er der Anführer, für andere ein Träumer, über den man sich eher lustig machte. Die Verbindung zwischen der Gruppe und der Organisation *Plaisir du peuple* war ebenfalls nicht sehr klar: bald schienen sie zusammenzugehören, und bald wichen sie voneinander ab. Es geschah sogar, daß sie den Augen der untersuchenden Behörden und Journalisten entschwanden und dann wieder auftauchten, wie Erscheinungen bei Hirngespinsten oder Halluzinationen. Gleichwohl blieben ein paar Spuren: gequälte Eulen, unheilbar Drogensüchtige, die in ihrem Rausch nach Alain verlangten, die Flugblätter, die mich so erstaunt hatten, die dramatischen Vorgänge, von denen ich berichten werde, und das Verschwinden meines Neffen.

Damals – es war im Jahr 1970 – schrieben die Zeitungen ausführlich über die schaurigen Erlebnisse eines jungen Mädchens, das kaum sechzehn Jahre alt war und dessen Name aufgrund eines Gesetzes nicht bekanntgegeben werden durfte. Sie hieß Gisèle D., und auch sie sollte eine merkwürdige und unheilvolle Rolle in der Geschichte der Familie spielen. Nach der aufregenden Nacht, die ich mit Alain verbrachte, hatte ich lange darüber nachgedacht, was ich jetzt tun sollte. Als echtem Reaktionär, auf der Seite der Repression stehend, war mir, um Tragödien zu verhindern, die Idee gekommen, die Polizei zu benachrichtigen. Aber ich hatte versprochen, Geheimhaltung zu wahren. Außerdem war Alain mein Neffe, und ich hatte ein gut Teil der Zuneigung und fast Bewunderung, die ich für seinen Vater empfand, auf ihn übertragen. Was hätte ich übrigens dem Polizeikommissar, zu dem ich gegangen wäre, auch sagen sollen? Daß mein Neffe mir erzählt hatte..., daß er schädliche Bücher las..., daß er sonderbare Ideen und beunruhigende Pläne hatte...? Ich wäre ausgelacht worden. Ich hatte nichts unternommen. In den darauffolgenden Monaten hatte ich Alain nur selten gesehen, seine hohe, durch Kurzsichtigkeit auffallende Gestalt; man hätte ihn als Luxus-Clochard bezeichnen können. Doch ich war weiterhin beunruhigt, besorgt, mein Geisteszustand glich etwa dem des Inspektors Ganimard, der auf eine neue Untat von Arsène Lupin wartet, oder dem des Doktors Watson, der keine Nachricht von einem Sherlock Holmes bekam, der wiederum seltsamerweise mit Professor Moriarty verschmolz. Als ich eines Morgens von einem Polizeiinspektor angerufen wurde, der mich »in einer Angelegenheit, die Ihre Familie betrifft«, sprechen wollte, empfand ich Angst und zugleich fast ein Gefühl der Erleichterung: es war also geschehen, Alain war gefaßt worden, und sie wußten etwas. Nein, sie wußten nicht übermäßig viel. Einige Augenblicke später rief mich auch Claude an. Unter vielen anderen war auch Alains Name genannt worden, und da man seiner nicht habhaft werden konnte, wollte man auf jeden Fall seine Angehörigen vernehmen. Sein Vater wurde vorgeladen, und Claude rief mich zu Hilfe.

Es handelte sich um eine entsetzliche Geschichte. In der Heidelandschaft an der Sarthe – etwa vierzig Kilometer von Plessis-lez-Vaudreuil – war die junge Gisèle D. aufgefunden worden. Beide Augen ausgestochen. Sie lebte noch. Sie hatte verhört werden können. Sie gab an, sie habe sich selbst einen glühenden Pfahl in die Augen gebohrt. Warum? Um sich zu strafen. Strafen wofür? Ihre Aussagen waren ziemlich verworren. Drogen spielten eine Rolle dabei, Inzest, mystische Schwärmerei, Entsetzen darüber, einen unerhörten Frevel begangen zu haben. Die untersuchenden Beamten blieben skeptisch: sie hielten es nicht für möglich, daß ein sechzehnjähriges Mädchen fähig wäre, sich selbst mit einem angespitzten Pfahl zu blenden. Die Idee einer Bestrafung leuchtete ihnen dagegen ein. Aber der Urheber der Bestrafung blieb ihnen noch verborgen. Die Kleine hatte in halber Bewußtlosigkeit, aus der sie allmählich erwachte, von ihrem Bruder geredet, dessen Geliebte sie anscheinend war, von Alain, in den sie vielleicht verliebt war, von fünf oder sechs jungen Leuten, Jungen oder Mädchen, die sich in der fast menschenleeren Heide, doch ganz nahe der allerfranzösischsten Landschaft, die sich denken läßt, der berühmten ausgeglichenen und anmutigen, von vielen Dichtern besungenen Landschaft, zu Greuelszenen zusammengefunden hatten, die sogar die Polizisten erschütterten, die eher an ein mehr klassisches Szenario mit durchaus schicklichen Erpressungen oder drei Kugeln im Bauch gewöhnt waren.

Zwei noch sehr junge Kinder waren in der dortigen Gegend verschwunden. Die Leichen waren nicht gefunden worden, aber man verdächtigte die Bande, sie entführt und sie zu mysteriösen Praktiken mißbraucht zu haben. Die Kleine wollte oder konnte nichts sagen. Sie stieß Schreie aus und wand sich in Anfällen, die vor einigen Jahrhunderten als untrügliche Zeichen von Besessenheit gegolten hätten. Die Ärzte hatten sich schließlich gegen die Fortsetzung der Vernehmung ausgesprochen. Daher blieb das Bild der Affäre, wie es die Kommissare zusammenstellten, reichlich verschwommen. Der Verdacht, der auf Alain lastete, war schwer, aber vage. Es war die Rede von Verleitung Minderjähriger zur Ausschweifung, von Inzest, von Entführung, möglicherweise von Mord, und von Gewalttätigkeiten mit Todesfolge. Zudem war alles in eine unheimliche und trübe Atmosphäre getaucht, mit Begriffen wie Herrschaft über Körper und Geist, umgekehrte Mystik, von Drogen und Maschinenpistolen durchsetzte Schwarze Magie und schließlich und endlich Besessenheit. Der Teufel strich da umher. Sein Auftreten war sehr zeitgemäß und sein Wortschatz modern. Er verschleierte die aus grauer Vorzeit stammenden Praktiken hinter Allüren eines jungen Mannes.

Natürlich nahm die Polizei bei der jungen Gisèle D. und bei ihren Eltern eine Haussuchung vor. Sie bewohnten ein mehr als komfortables, fast luxuriöses Appartement in der Nähe der Rue de la Pompe, zwischen der Rue de La Tour und der Rue Desbordes-Valmore. Die intimsten Angelegenheiten der Familie wurden in allen Zeitungen breitgetreten. Er hatte Mätressen, sie hatte Freundinnen. Eine Freundin der Mutter hatte auch mit dem Vater geschlafen, und sie hatte sich außerdem noch auf die Tochter gestürzt. Das alles war fürchterlich banal, und man wird von mir, denke ich, nicht erwarten, daß ich diese halbverschleierten, durch die Presse gegangenen Einzelheiten hier bringe. Eric, Gisèles Bruder, war ein äußerst seltsamer Mensch. Er gab sich gern als Alains besten Freund aus, dessen Anschauungen er jedoch nicht teilte; ich selber hatte ihn ein paarmal gesehen. Doch ich hätte schwören können, daß die beiden sich zuwider waren. Eric sammelte Stahlhelme der Wehrmacht und SS-Koppel, er trug weite Capes in unwahrscheinlichen Farben. Er trat in strammer Haltung auf, er liebte Geld und Festivitäten, etwas hochgestochene, esoterische Dichtungen und bekämpfte hinter dem Anschein betonter Männlichkeit offensichtliche homosexuelle Neigungen.

Gisèle führte ein Tagebuch. Die Polizei nahm es an sich. Ein großes, in schwarzem Samt eingebundenes Heft, in das sie schon seit drei oder vier Jahren alles hineinschrieb, was ihr am Herzen lag. Von heute auf morgen bekam dieses Tagebuch eines jungen Mädchens, das keineswegs literarische Qualitäten aufwies und das sonst kein Verleger zur Veröffentlichung angenommen hätte, einen Wert, der sich in astronomischen Summen ausdrückte. Zeitungsherausgeber und Verlagsdirektoren, alle möglichen Krämer auf der Suche nach einem sensationellen Geschäft rissen sich jetzt darum. Das Schwarze Heft, um ihm die Bezeichnung zu geben, den die Presse lanciert hatte, stand im Prinzip unter gerichtlichem Verschluß. Durch ziemlich schäbige Machenschaften – Eric hatte eine Fotokopie angefertigt – und ohne Rücksicht auf das Gesetz, das wieder einmal verletzt wurde, druckte eine große Wochenzeitschrift – sie hatte einen ungeheuren Betrag dafür bezahlt – mit riesigem Spektakel ellenlange Auszüge, die sofort durchschlagenden Erfolg hatten. Recht besehen war es eine jammervolle Mischung von Jungmädchen-Betrachtungen und ganz naiven Streichen. Sie schrieb natürlich über ihren Bruder, über ihre Eltern, über ihre Freunde und über Alain. In der veröffentlichten Fassung erschien kein Nachname. Aber alle Vornamen waren abgedruckt. Ich wußte genau, um wen es sich handelte. Und ich entdeckte zu meinem Staunen in Bemerkungen, die für die Masse der Leser unverständlich bleiben mußten, Spuren der Familie. Das hätte ich in einem Sensationsblatt unter der Signatur des sonderbaren Opfers einer Straftat, das vielleicht in ein Ritual- oder mystisches Verbrechen verwickelt war, nicht erwartet: *Alain. Au plaisir de Dieu.* (Der Ausdruck, gab die Zeitung an, sei rot unterstrichen gewesen.) *Das Gefallen Gottes. Ich glaube nicht mehr an Gott. Aber der Gedanke seines Gefallens ist mir noch immer teuer. Alain spricht mit mir über das Volk. Mir ist Gott lieber, unser Gott, der abwesende Gott.* Dann folgten Anmerkungen über die Beatles und die Schwarzen Panther.

Wieder einmal schien meine Familie am Ende ihrer Bahn angelangt zu sein: sie hatte eine vollständige Umdrehung, eine Revolution, vollbracht – das Wort muß nicht so sehr in seinem politischen Sinn denn als astronomischer Begriff genommen werden. Ihr Schatten war sichtbar, umgeben vom ganzen Prunk der Kirche und der Tradition, in den Chroniken von Joinville und Villehardouin, in den *Grabreden* von Bossuet, in den *Memoiren* von Saint-Simon und Chateaubriand, in den Briefen von Marcel Proust. Jetzt geisterte sie unter der Rubrik Vermischte Nachrichten, in Wirklichkeit aber Skandalnachrichten, durch die Spalten eines auf Sensationen spezialisierten Wochenblatts. Aber war das noch die Familie? Umgekehrt, ungleich, der Schatten ihrer selbst, unkenntlich und dennoch identisch war es ihr Negativ. Ihre Verschollenheit, wie bei Gott, und ihre Negation. Zwei oder drei Wochen später stürzte sich Gisèle D., blind tastend, aus dem Fenster. Ein zweites Mal entging sie ihrem Schicksal nicht. Sie war nicht auf der Stelle tot, sondern starb nach neuen großen Schmerzen vier Tage darauf. Ich habe wenige Männer oder Frauen gekannt, deren Los grausamer gewesen ist.

Gegen Eric und Alain war ein Vorführungsbefehl ergangen.

Gleich am ersten Tag waren sie über die Grenze geflohen. Man wollte sie – aber waren es wirklich die beiden? – in Mazedonien, im Irak, in Afghanistan gesehen haben. Ein Filmmann behauptete, er habe sie in Nepal getroffen. Mir erschien das durchaus einleuchtend. Vor sechs oder acht Monaten starb ein junger Mann an Typhus im Krankenhaus von Numea. Er hatte einen falschen Namen angegeben, und in seinen Ausweispapieren war grob radiert und herumgestrichen worden. Es dauerte nicht lange, bis man seine wahre Identität herausgefunden hatte: es war Eric. Die Nachricht, die vor zwei oder drei Jahren noch ein Riesenaufsehen erregt hätte, wurde als zweizeilige Zwischenmeldung im Lokalblatt gebracht. Die Pariser Zeitungen, die Wochenschriften, die sich um Fotografien von Gisèle und ihrem Bruder gerissen hatten, das Blatt, das seinerzeit die Auszüge aus dem Schwarzen Heft veröffentlichte, nahmen mit keinem Wort davon Kenntnis. Es standen Wahlen bevor, glaube ich, oder ein neuer Skandal schob frühere beiseite, vielleicht war es aber auch zur Zeit des Autosalons oder einer Tour de France, die meinen Großvater faszinierte, damals, als unser Abstieg noch glanzvoll war. Ich glaube, es war Merckx, der das Rennen machte, oder vielleicht Ocaña. Da aber Tante Gabrielle und mein Großvater nicht mehr am Leben sind, gibt es niemanden mehr bei uns – ich bin im übrigen der einzige, der noch vorhanden ist –, der sich mit der Tour de France befaßt. Zuweilen frage ich mich, ob nach so langen Jahren des Triumphs und Ruhms die Tour de France, wie die Familie, nicht auch gealtert ist.

Von Zeit zu Zeit bekomme ich noch eine Postkarte von Alain. Er ist nicht tot. Seine Botschaften sind sehr kurz. Sie sind nie unterschrieben. Aber ich sehe, daß es seine Schrift ist, und weiß, daß sie von ihm stammen. Sie kommen hintereinander und manchmal gleichzeitig aus allen Ecken der Welt, aus Manaus oder Kigali, aus Skutari oder Kobe, aus New Orleans oder den Wüsten des Jemen. Ich habe meinen Neffen im Verdacht, er will mit mir spielen und versuchen, die Legende von seiner Allgegenwart zu untermauern. Er markiert den Geist des Bösen. Keine große Katastrophe ereignet sich, kein Opernhaus brennt, kein Zug entgleist, kein kalifornisches Gemetzel findet statt, und kein Landstreckenflugzeug stürzt ab, ohne daß ich von ihm ein sibyllinisches, aber durchsichtiges Wort erhalte. Es sieht so aus, als erstreckte sich sein Zerstörungswerk über das ganze Universum. Zufall natürlich oder allenfalls vielleicht überraschendes Zusammentreffen krimineller Vorhaben ohne Zusammenhang. In seinem Wahn und gegen jede Wahrscheinlichkeit soll es so aussehen, als wäre er der Mittelpunkt und Beherrscher des Ganzen. Er denkt möglicherweise – und ich weiß nicht einmal, ob er unrecht hat –, daß die Unseren im Lauf der Jahrhunderte zu denen gehörten, die gemeinsam mit ihresgleichen die Unterjochung walten ließen, und deshalb identifiziert er sich nun nicht nur mit dem Schicksal einer gegen die Ordnung revoltierenden Welt, sondern mit allem, was sich unter der Hand des Menschen verschleißt, mit allem, was in der Natur zerfällt. Ich sehe ihn ein bißchen als einen Vidocq der Verweigerung, als einen ultramodernen Robin Hood, als einen Monsieur Arkadin oder einen schaurigen Vautrin, als Haupt einer revolutionären und erträumten Mafia von planetarischen Ausmaßen, als einen Che Guevara eines »Gefallen des Volks«, der in seinem Wahn, in Flammen und Stürmen mit dem unheimlichen Gefallen eines irrsinnigen Gottes der Rache und Gerechtigkeit verschmilzt.

Dahin sind wir also zwanzig Jahre nach dem Ende von Plessis-lez-Vaudreuil gekommen. Ich habe in siebzig Lebensjahren alles um mich herum sterben sehen, alles sich verändern, alles sich anders wieder erneuern, und ich begreife nicht mehr viel – die jungen Leute mögen mir vergeben – von dieser Welt, die ich verlassen werde. Von der recht zahlreichen Familie, die ich dem Leser vorzustellen versucht habe, ohne sie unter Geringschätzung zu erdrücken und ohne sie in den Himmel zu heben, bleibt in meiner Generation nur eine Schwester übrig, aus der die Geschichte eine Amerikanerin gemacht hat, und Ihr gehorsamer Diener, lieber Leser, der diese Erinnerungen niederschreibt. Bis hinauf zu uns sind alle schließlich in den Frieden des Herrn eingegangen. Claude ist vor ungefähr einem Jahr vor Kummer gestorben. Er ist, wie es auf den Friedhofsbildern heißt, zum Glauben seiner Väter zurückgekehrt. Mit Eifer ist er dahin zurückgekehrt, ich kann es bezeugen, aber auch mit einer gewissen Resignation, die etwas Herzzerreißendes hatte. Er sagte zu mir: »Es gibt nichts anderes als Christus«, und mir scheint, das war nicht mehr der sieghafte und begeisterte Schrei, den die Jugend ausstößt, es war eher ein Eingeständnis der Ohnmacht der Menschen in ihren Träumen vom Glück.

Kurz zuvor hatte sich etwas ereignet, das meinen Vetter schwer traf. Wir hatten Verwandte in Böhmen, die infolge eines höchst merkwürdigen Zusammentreffens einen dem unseren vergleichbaren Weg gegangen waren. In einer Familie mit ultrakonservativer Tradition hatten sich zwei der Jüngeren, vor allem aufgrund des Widerstands gegen Hitler, nach links orientiert und sogar zur extremen Linken hin. Die Vorgänge in Prag, dann in Budapest hatten sie ins Wanken gebracht, ohne sie von der Linie abzulenken, die sie sich vorgezeichnet hatten. Aber sie waren zu begeisterten Mitarbeitern des Frühlings ihres Landes geworden, sie hatten bei der Abfassung des berühmten Manifests der Zweitausend Worte mitgewirkt. Und der eine, Jan, der jüngere, war 1969 zum Tode verurteilt worden. Der andere, der ältere, Pawel, war ein oder zwei Jahre später festgenommen worden. Wir kannten ihn gut, Claude und ich. Er bekannte sich zu einem rigorosen Atheismus, der bis zu einer Aversion gegen die Kirche und ihre Riten ging; sein Radikalismus war für uns, und selbst für Claude, immer von neuem Anlaß zu Scherz und Spott. Nach seiner Verhaftung war es uns mehrfach gelungen, etwas über sein Geschick zu erfahren. Zu unserer Verblüffung wurde er in allen Informationen als ein militanter Christ geschildert.

Sechs oder sieben Monate vor Claudes Tod hörten wir einige Einzelheiten von Tschechen, die aus dem Gefängnis entlassen worden waren und die ihr Land hatten verlassen können. Pawels Bekehrung war kein Wunder, sie war eher – wie soll ich es sagen? – die fast willkürliche, aber zugleich fast unvermeidbare Entscheidung zugunsten der einzigen Gegendoktrin, die nicht allzu starken Gefährdungen ausgesetzt war. Er konnte sich nicht mehr als Kommunist bezeichnen, nicht als Monarchist, nicht als Kapitalist, auch nicht als Sozialist oder Liberaler. Er bezeichnete sich als Christ. Er war etwas sehr Merkwürdiges geworden – ein gottloser Christ, vielleicht sogar mehr: eine Art nicht nur nicht praktizierender Katholik, sondern tatsächlich ein kaum gläubiger Katholik. Er habe nur noch eine Hoffnung, sagte uns einer seiner Genossen, der fast genauso verblüfft und verwundert war wie wir: für einen Glauben zu sterben, dem er vielleicht nicht anhing, den er zumindest aber noch bewundern, achten und lieben konnte. In der Geschichte hatte es schon, während der Inquisition und bei den Moskauer Prozessen, Opfer gegeben, die sterbend diejenigen segneten, durch die sie umkamen. Jetzt bot sie uns, in der Verwirrung der Geister und in der berühmten Krise der Umwertung der Werte, Alibis für den Protest, Glaubensersatz, einen Glauben, den man annahm allein in dem Gedanken, endlich, selbst in der Doppelsinnigkeit, etwas zu finden, für das man sich töten lassen kann. Großer Gott! In was für einer Zeit lebten wir, in der es vor allem darauf ankam, seine Feinde auszuwählen, und in der viele, um ihren Tod zu rechtfertigen, in ausgeborgten oder angenäherten Glaubensvorstellungen starben. Aber letztlich waren, um zu sterben und um zu beweisen, welchen Sinn man diesem Leben gab, das vielleicht keinen hatte, die Lehren der Seligpreisungen der Bergpredigt noch immer von unersetzlichem Wert.

Ich habe große Bedenken, hier von Claudes Ende zu sprechen. Wie kann ich sicher sein, es richtig gedeutet zu haben? Und außerdem gehört es ihm ganz allein. Indes glaube ich, daß nach all den Dramen und Enttäuschungen, nach den Torheiten seines Sohnes, die ihn dem Grab näher brachten, das Beispiel unserer böhmischen Vettern ihn sehr nachdenklich gemacht hat. Letztlich war er, wie wir alle, dem Christentum nahegeblieben. Kann man, im Schönen wie im Schlechten, im Lebendigen wie im Toten, je das erdrückende Gewicht der Vergangenheit ganz und gar tilgen? Hatte er hinter den gegensätzlichsten Masken je etwas anderes gesucht als den Geist des Evangeliums? Nun erstanden aufs neue die Worte Christi, denen er einst entsagt hatte, aber in einem etwas unerwarteten Licht, wie der Glaube bei denen, die aus den Illusionen dieser Welt und vielleicht auch der anderen alles herausgeschöpft hatten, wie die Zuversicht bei denen, die keine Hoffnung mehr hatten. Es war, als habe der Genius der Familie das Mittel gefunden, Claude auf den verschlungensten Umwegen endlich zur Tradition seiner Väter zurückzuführen. Unseren überlieferten Bildern getreu, befand ich mich an seinem Sterbebett. Er glaubte nicht mehr an viel, meine ich. Doch wie mein Vater und mein

Großvater und mein Urgroßvater bekannte er in der Stunde des Hinscheidens einen starren und vielleicht verzweifelten Glauben an etwas Höheres – hienieden oder anderswo, weiß ich es, wußte er es? –, wovon Christus ihm gesprochen hatte und was mit der Liebe verschmolz. Ich fragte ihn, ob er sich noch an den Gewitterabend erinnere, als wir von Rom abgefahren waren und er seine Hoffnung in die Menschen und in Gott setzte. Er antwortete mir mit einem Gemurmel, in dem allein ich ein Lächeln erahnen konnte: »Wenn ich Papst wäre...« Doch das andere konnte ich, obwohl ich mich über ihn beugte, nicht mehr verstehen, denn er starb und kehrte in der Erinnerung zu allen denen unseres Namens zurück, von denen er sich, lange vor seinem Sohn, getrennt hatte.

Gern hätte ich Alain geschrieben, daß sein Vater gestorben sei. Aber ich wußte nicht, wo ich ihn erreichen sollte. Ich bekam weiterhin von Zeit zu Zeit von überall her seine Postkarten, auf denen er nie etwas anderes heraufbeschwor als die Segnung schwerer Unglücke oder die gespannte Erwartung ersehnter Sintfluten. Ich hatte, ich habe noch immer keine Möglichkeit, ihm zu antworten und ihm von seinem Vater zu sprechen. Weil ich mit seinem Sohn nicht über Claude sprechen kann, spreche ich zu Ihnen, den Lesern, darüber. Was könnte ich anderes tun, um die Familie davor zu bewahren, ins Nichts zu versinken? Es gibt Tage, an denen ich mir sage, daß das Gefallen Gottes vielleicht nicht sehr heiter ist.

Der Ostersonntag

> Gott hat der Hoffnung einen Bruder gegeben:
> er heißt Erinnerung. *Michelangelo*

Es wird Abend, aber es ist Frühling. Um mich herum ist alles voller Leben, voller Freude und Hoffnung. Die Welt ist neu. Für viele, viele junge Männer und junge Frauen ist es Frühling. Da wir in der Familie ziemlich alt werden, werde ich vielleicht noch fünf oder sechs erleben, allenfalls etwa zehn, bevor ich zu den Meinen zurückkehre, außerhalb dieser Zeit, die alles zerstört. Noch einmal wende ich mich um nach den entschwundenen Dingen, die ich im Rahmen meiner Mittel und Möglichkeiten lebendig zu machen versucht habe. Auf mich kommt es nicht an, ich wollte die Schatten der Meinen wiederauferstehen lassen, in meinem Gedächtnis und im Geiste des Lesers. Man möge daher dem Verfasser manche Unbeholfenheit nachsehen, die kein zu großes Gewicht bei der Beurteilung darstellen möge. Die Vergangenheit, von der ich spreche, verdiente, das weiß ich, nicht nur mehr Achtung und Liebe, sondern auch mehr Begabung und Kraft, als ich sie in mir habe.

Wir waren keine Heiligen. Wir waren keine Genies. Ich bin nicht einmal sicher, daß wir, die wir fast alles hatten, so gut gelebt haben, wie wir hätten leben können und sollen. Wir hätten freier sein können, vergnüglicher, glücklicher. Wir hätten mehr Großmut haben sollen, mehr Herz und Intelligenz, mehr Phantasie, mehr Talent. Wir waren, ich hoffe, es ersichtlich gemacht zu haben, Gefangene zu vieler Schemen. Andere haben in diesem Jahrhundert und in dem voraufgehenden Jahrhundert in die Zukunft gewiesen. Wir wiesen nur in die Vergangenheit. Andere haben für die Welt brilliert. Wir brillierten nur für uns selbst, für unsere deutschen und böhmischen Vettern, für die Leute von Villeneuve und Roussette, die unsere Freunde waren, für einige Snobs, die wir verachteten, und für Jules, den wir liebten. Es ist natürlich durchaus möglich, sehr streng mit uns zu verfahren – so streng zum Beispiel, wie Alain es gewesen ist, der doch zu uns gehörte, oder auch Claude, vor ihm.

Ich selber bin nicht immer sehr duldsam gewesen. Jean-Christophe Comte, Marina, der Seemann von Skyros, viele von denen, und manchmal die bescheidensten, die mir auf meinem Weg begegnet sind, taugten sehr viel mehr als wir. Es gab im übrigen unter uns und in uns viele verschiedene Strömungen, entgegengesetzte Temperamente, eine Fülle von Gegebenheiten und Möglichkeiten. Es gab indes, bis in die allerletzten Jahre hinein, einen Familiengeist, der die Einheit in dieser Verschiedenartigkeit gewährleistete. Diesen Familiengeist habe ich über die Veränderung der Geister und Sitten und über die Zeit hinaus verewigen wollen. Alles, überall und immer, ist stets nur Zeit. Aber zweifellos hat in keiner Epoche die Zeit, die vergeht, so schnell und mit solchem Eklat gesiegt über die Zeit, die währt. Unsere ganze Geschichte läßt sich in wenigen Worten zusammenfassen: wir sind an einem bestimmten Ort geboren – und das war Plessis-lez-Vaudreuil mit seinem Hauch von Ewigkeit. Aber zu einem bestimmten Zeitpunkt – und das ist die Geschichte dieses Jahrhunderts, die sich auf uns stürzt. Was ich mir zu tun vorgenommen habe, ist im Grunde sehr einfach: ich habe versucht, den Kampf dessen, was sich hartnäckig bemühte, beständig zu bleiben gegen die Schwankungen der Mode, des Fortschritts und der Zeit, zu beschreiben und den Triumph der Zeit über unsere Ewigkeit.

Ich würde nicht auf den Gedanken kommen, mich über unsere Niederlage zu beklagen. Wie sollte ich leugnen, daß wir in gewisser Hinsicht den Tod verkörperten, da es unser eingestandenes Ziel war, die Zeit zum Stillstand zu bringen. Die Bewegung und das Leben obsiegen schließlich immer über die Unbeweglichkeit. Die Bewegung hat gesiegt. Und das Leben. Was vermochten wir, wenn auch gestützt auf Bossuet und auf Saint-Simon, auf Chateaubriand und auf Barrès, auf Barbey d'Aurevilly und auf Maurras, gegen Voltaire und Rousseau, gegen Victor Hugo und Rimbaud, gegen Breton und Gide? Unser Tod war in unser Leben eingetragen, und wir lebten nur, um zu sterben. Aber wir waren weder niedrig noch feige, noch auch völlig blind. Möglicherweise werden wir in den Augen der ferneren Geschichte weniger unrecht haben und weniger lächerlich sein, als wir es in den Augen der näheren Geschichte sind. Wir kamen, ganz einfach, an das Ende eines langen Kreislaufs. Wir stammten aus einem verfluchten Geschlecht, aus einem elenden und erhabenen Geschlecht: dem gefallener Herren, die sehen, wie ihr Zeitalter erlischt. Jetzt ist die Zeit der Sklaven – unsere Sklaven? –, jetzt ist die Zeit der Opfer – unsere Opfer? –, die Zeit ihrer Auflehnung und ihres Siegs, was beides auch sehr schön ist: den Ersten die Ehre! Wir waren nicht unschuldig. Wer ist es? Wir waren in unserer Zeit nicht viel schuldiger als manche unserer Kritiker von heute, die, im Gegensatz zu uns, die Gerechtigkeit nur im Munde führen und die Gleichheit, aber nicht so leben, wie sie denken. Wir hingegen lebten, wie wir dachten, und wir dachten, wie wir lebten: mit einem Rückstand von einem Jahrhundert oder von zweien.

In unserer Zeit wollen viele, vielleicht fast alle, irgend etwas beginnen, Neues erfinden, unbegangene und manchmal ungewöhnliche Wege öffnen. Mein Streben und Trachten ist bescheidener: es besteht darin, zu vollenden und abzuschließen. Ich möchte nicht jemand sein, der den Weg weist. In Treue zu den Meinen und ihrer Blindheit schütte ich ein wenig Erde und Tränen, wie eine Weihgabe, auf ihre vergessenen Gräber. Ich bin nicht dafür geschaffen, der Erste eines Stammes zu sein. So werde ich wenigstens der Letzte sein. Lange Jahre waren wir die Letzten. Ich werde auch der Letzte sein. Der Letzte! Nach mir wird niemand mehr von einem Leben erzählen können, das er nicht gekannt hat. Man könnte es erdenken. Man könnte es, anhand von Briefen und Büchern, anhand von Monumenten der Geschichte, neu schaffen. Man wird sich nicht mehr daran erinnern. Ich erinnerte mich an Claude, an Philippe, an Michel Desbois, an meinen Vater, an Tante Gabrielle und Onkel Paul, an die Wittlenstein zu Wittlenstein und die Remy-Michault, an Mirette, die Schwester des Vizekonsuls in Hamburg, an Jules und meinen Großvater. Das ist es. Ich habe versucht, sie wieder lebendig werden zu lassen. Durch ein Buch habe ich das Angedenken an die Familie, das im Nichts aufging, ersetzen wollen. Wenn es mir geglückt sein sollte, mit Gerechtigkeit und Genauigkeit nur ein wenig dazu beizutragen, das System auseinanderzunehmen und sichtbar zu machen, das nicht nur in der Literatur und in der Kunst, sondern auch im täglichen Leben viele Meisterwerke von Eleganz und Kraft neben vielen Irrtümern und Fehlern gegen den Geist und den Geschmack geschaffen hat, dann habe ich mein Ziel erreicht. Ist es nicht ersichtlich, daß wir am Ende, nicht der Welt, aber einer Epoche sind, zu der ich gehöre und zu der ich mich rechne? Nicht mehr lange, und uns wird das, was zu diesem Zeitalter gehört, fremder vorkommen als die weltabgeschiedensten Sitten und Gebräuche Neuguineas oder des wilden Amazoniens, das von breiten Straßen durchschnitten, von Bulldozern zerhackt, von der westlichen Welt durchdrungen wird, fremder als das Gestein vom Mond. Vielleicht werde ich etwas gerettet haben – eine Attitüde, drei Worte, einen Jagdhüter, einen Uhrmacher – aus einem versunkenen Reich.

Nein, ich bilde mir keineswegs ein, daß meine Familie allein die Weltgeschichte verkörperte, noch daß sie die Vergangenheit versinnbildlicht. Sie glaubte es vielleicht. Sie verdient so viel Ehre nicht, auch so viel Unwürdigkeit nicht. Sie hatte ziemlich starken Anteil an dieser Vergangenheit, in die sie sich einschloß, so daß sie für mich fast nicht wahrnehmbar bleibt. Aber ich lege natürlich kein Zeugnis ab für den unerschöpflichen Reichtum der entschwundenen Zeiten. Nur sehr wenige Gestalten und besondere Verhältnisse habe ich sichtbar machen können. Die Älteren unter den Lesern haben jeder ihren Schatz, der für sie mit den Tagen ihrer Kindheit verschmilzt: der Garten eines alten Hauses in einer kleinen Provinzstadt, ein Vater oder ein Großvater, der in den Krieg zog oder aus ihm heimkehrte, stille Abende ohne jedes Ereignis, nur überstrahlt vom Glück, in der Bretagne oder der Auvergne, die Nachrichten, die bis zu uns gelangten, aus einer staunenswerten Welt: die Atlantiküberquerung durch Nungesser und Coli, die Boxkämpfe von Carpentier, die Ermordung des Königs von Jugoslawien in Marseille, der Selbstmord von Stavisky in einer Berghütte... Wenn ich hier die Erinnerungen an die Meinen niederschreibe, so geschieht es, um noch einmal von ihnen zu sprechen und damit sie nicht ganz und gar sterben. Aber es geschieht auch, um Ihnen von Ihnen zu sprechen und damit Sie sich ebenfalls Ihrer selbst und der Ihren erinnern.

Sollte ich vielleicht nicht wissen, daß ich unter Privilegien gelebt habe und daß die Welt, die ich heraufbeschwöre, nicht auf der Schattenseite, sondern auf der Sonnenseite lag? Sollte ich nicht wissen, daß viele andere aus der Vergangenheit geflohen sind wie aus einem verhaßten Alptraum? Es möge Gott gefallen, den Alpträumen ein Ende zu machen und die Sonne strahlen zu lassen! Ich habe es schon gesagt, ich wiederhole es, ich werde es immer wieder sagen: ich sehe in der Vergangenheit kein Vorbild für die Zukunft. Weil sie nach rückwärts schaute, wurde Lots Frau in eine Salzsäule verwandelt. Aber ich sehe in der Vergangenheit auch nicht den Greuel der Greuel, den man ausmerzen und vergessen muß, um an seiner Stelle Stätten des Glücks zu errichten. Wir haben seitdem Schlimmeres als Sodom und Gomorrha erlebt. Ich könnte mir vorstellen, daß viele ebenfalls, doch vergeblich versuchen werden, aus der Zukunft auszubrechen. Wenn diese Zukunft einmal Vergangenheit geworden ist, wird man erkennen, ob sie besser aussieht als unsere entschwundenen Tage.

Wäre es nicht absurd, Aristoteles vorzuwerfen, Sklaven gehabt zu haben, und meinem Großvater, so gelebt zu haben, wie er gelebt hat? Wäre es nicht schrecklich, in unseren Tagen die Sklaverei wieder einführen zu wollen, nicht töricht, heute noch so leben zu wollen wie mein Großvater? Jedes Zeitalter kann nur gemäß seiner technischen Kenntnisse und seiner Sitten leben. Vermochten die weisesten unter den Griechen, die noch keine Maschinen hatten, sich die Abschaffung der Sklaverei überhaupt vorzustellen? Wenn man nur von Kraft und Stärke spricht, mögen die Schwächeren sich damit abfinden: ich sage es ganz einfach so, da alles, was das Leben von einst vorstellen mochte, seit langem schon mit Sack und Pack auf die Seite der Schwächeren übergegangen ist. Aber wenn man von Moral sprechen will, muß man da nicht zuerst alle Verhältnisse und Lebewesen in ihren historischen Rahmen zurückversetzen? Zu seiner Zeit – ach, man könnte lachen, nicht wahr? –, zu seiner Zeit und für sie war mein Großvater richtig und gerecht. Er gehörte zu jenen gerechten Menschen und jenen redlichen Leuten, die den Stoff abgeben für gutgesinnte Romane und für Konformisten von einst – und die ihn, aber im umgekehrten Sinn, für die Konformisten von heute abgeben. Um unter den Sitten des Tages und den Hoffnungen der Zukunft allmählich die Moral von morgen heraufkommen zu sehen, ist eine gewisse Genialität vonnöten. Diese Genialität besaßen wir offenkundig nicht. Daher hinterlassen wir am Ende unserer Geschichte nur diese ziemlich schmale Spur, die aufzuzeigen ich versucht habe. Ich habe nichts dagegen, wenn man uns, meinen Großvater und meinen Vater und Plessis-lez-Vaudreuil und alle, die wir da waren, wegen Nichtanpassung an die modernen Zeiten verurteilt oder, wenn es absolut sein soll, wegen Schwachsinnigkeit. Ich habe aber etwas dagegen, wenn man uns wegen Ungerechtigkeit verurteilt. Und Dreyfus, wird man mir vorhalten, ist Dreyfus nicht ein Splitter in unserem Fleisch? Was soll ich antworten? Doch nur dies: in jener Vergangenheit hat es um den Namen Dreyfus zumindest eine Affäre gegeben. Wie viele Dreyfus haben seit Dreyfus nicht einmal ihre Affäre gehabt?

Morgen ist ein neuer Tag. Er wird seine glücklichen Augenblicke haben. Das Gestern hatte auch seine glücklichen Augenblicke. Das Morgen wird seine Ehre haben, und das Gestern hatte die seine. Haben wir heute noch den blinden magischen Zukunftsglauben vom Ende des vorigen Jahrhunderts? Sind wir noch ganz sicher, daß es siegreiche Morgen und eine verheißungsvolle Zukunft geben wird? Aber es ist keine billige Skepsis, die der Lauf der Zeit und ihre Kontinuität lehren. Das Morgen muß aus dem Gestern entstehen und muß es in die Vergangenheit verweisen. Was wäre das Gefallen Gottes, wenn es nicht diese Zeit gäbe, die wir so lange verachtet haben? Mein Großvater, der sie nicht liebte, möge mir verzeihen: diese Geschichte der Vergangenheit endet schließlich mit einem Triumph der Zeit. Nichts ist natürlicher. Es gibt nur eine Möglichkeit, der Zeit zu entrinnen, eine einzige: die Entscheidung treffen zu sterben. Und das haben wir getan.

Ich überlege mir, ob nicht auch Alain in seiner paradoxen Art teilhatte an diesem Wunsch, aus einer Welt zu verschwinden, die weiterging. Auch er wollte ein Ende der Zeit und der Geschichte. Ein erträumtes Reich, eine Utopie, wie mein Großvater. Er siedelte sie nur nach der Revolution an und mein Großvater davor. Ich stehe der Auffassung meines Vaters näher: er setzte seine Hoffnung auf die Veränderung, gestützt auf die Erinnerung. Ich stelle mich wie er zwischen die beiden entgegengesetzten Welten, die voller Glanz und Macht sind: die Veränderung und die Erinnerung. Und ich lehne es ab, mich für das eine oder das andere zu entscheiden.

So bin ich also meinem Großvater ähnlich, der sich immer

noch einmal nach dem Haus seiner Väter umdrehte in der Stunde, als er es verlassen mußte. Auch mir wird es schwer, mich von meinen Schatten loszureißen. Und wenn ich einen letzten Blick auf den steinernen Tisch im Schatten der Linden von Plessis-lez-Vaudreuil werfe und auf die Schemen der Meinen, die auf ewig in der Unbeweglichkeit des Todes erstarrt sind, wie sollte ich nicht mit Staunen und Schrecken alles das erkennen, was sich in dieser Welt verändert hat? Zum Schlechten natürlich: es gab Wälder zur Zeit meines Großvaters, die Dörfer waren hübscher, und die Städte waren bewohnbarer. Es gab weniger Autos, und es gab die Bombe nicht. Und dann auch zum Guten. Ich bleibe mit Leib und Seele ein Schüler von Jean-Christophe: ich glaube – und das ist ein Glaube wie jeder andere, und da Glück und Unglück sich nicht vergleichen lassen, brauche ich keine Beweise zu erbringen –, daß das Gute der Verbündete der Zeit ist und daß es nach und nach, unmerklich, in Zickzack-Linie vielleicht, mit schroffen Bremsungen und Rückwärtsgängen, über das Schlechte siegt. Weder mein Großvater noch Alain hatten etwas übrig für den ein bißchen lachhaften Mythos, der Fortschritt heißt. Mein Großvater wollte ihn nicht, und Alain glaubte nicht mehr an ihn. Sie befaßten sich vielmehr beide mit dem Gedanken der Katastrophe – eine von dem einen gewünschte, von dem anderen gefürchtete Katastrophe. Der Fortschritt und die Wissenschaft, die von ihm nicht zu trennen ist, haben heute keine gute Presse. Nachdem man sie in den Himmel gehoben hatte, zieht man sie heute in den Schmutz. Ich hüte mich, in den Streit unserer Denker einzugreifen und Stellung zu nehmen. Ich hoffe nur, wie mein Vater, daß nie etwas verlorengehen möge, und ich betrachte diese Welt mit Neugier und Sympathie.

Die Welt von gestern und die Welt von heute. Und die von morgen. Wenn der Abend kam, am Ende des vorigen Jahrhunderts, gingen die livrierten Diener – sieht man sie vor sich? – in die Schlafzimmer, in die Korridore, ins Billardzimmer, in die Speisesäle, in die Salons, in die Damenzimmer und zündeten nacheinander, wie auf einer Märchenbühne, die Petroleumlampen aus der Kindheit meines Großvaters an. Dann begann in der Nacht ein Silhouetten-Theater, das weder Sie noch ich erlebt haben. Ein Greis war vorhanden, aber es war nicht mein

Großvater: es war der Vater meines Großvaters. Mein Großvater war ein noch junger Mann zwischen dreißig und vierzig Jahren. Er küßte seiner Mutter die Hand. Es gab Onkel, Großonkel, Großtanten und Tanten. Es konnte der Bischof zugegen sein, der Dorfgeistliche, ein General, wie ihn Prévert hätte besingen können, zwei Oberstein, Fremde, die fünf oder sechs Monate blieben, Vettern aus der Bretagne oder der Provence. Der Präfekt war nicht da und auch keine Bankiers. Und, flankiert von Lakaien im blauen französischen Frack, die die Leuchter trugen, begab sich die ganze bunte entschwundene Gesellschaft in feierlichem Zug in den Speisesaal. Ich weiß nicht einmal mehr, zu welcher Uhrzeit. War es vielleicht Viertel nach sieben? Oder halb acht. Oder vielleicht auch sieben Uhr. Ich weiß es nicht. Meine einzige Entschuldigung ist, daß ich nicht dabei war: ich gehörte noch nicht, eine halbe Stunde vor den Erwachsenen, umgeben von englischen Nurses und haubentragenden Ammen, in den Speisesaal der Kinder. Und, bitte, versuchen wir nicht zu erraten, was am Tisch meiner Urgroßmutter geredet wurde. Nichts Geniales, nehme ich an, und nichts Intelligentes. Aber der Ton ist unnachahmlich. Die Geschichte hat Rätsel und Geheimnisse, die uns durch Bücher und Filme nur schwer vermittelt werden können. Es gibt Dinge, die unwiederbringlicher sind als der Name des Mannes mit der eisernen Maske oder das Rätsel des Templerordens: die Worte meines Großvaters, die Haltung meiner Großmutter, der Duft der Epoche, der Zeitgeist, all das Banale und Unvergleichliche im alltäglichen Leben. Wir wissen, wie die Kleidung war, die Ausstattung, auch einige Worte: was uns fehlt, ist die Melodie. Wie die Pasta oder die Malibran sangen, wie die Camargo, die Grisi, die Pawlowa tanzten, wie die Berma oder die Champmeslé deklamierten, werden wir nie wissen. Alles, was nicht erlebt worden ist, kann nur nach Art jener kretischen Paläste rekonstruiert werden oder nach Art jener Kolossalfilme, die eine Vergangenheit neu erfinden. Hat das nicht eine Romanfigur von Malraux – Garin in *Die Eroberer* – sagen wollen, als er die Frage aufwarf, welche Bücher, außer Memoiren, es wert wären, geschrieben zu werden? Um mir den Klang der Stimme meines Großvaters, den unvergleichlichen Geruch, den er ausströmte, seine kleinen Gesten, seinen Gang möglichst deutlich ins Gedächtnis zu rufen, habe ich diese Erinnerungen geschrieben. Aber ich erwarte mir – vielleicht ein bißchen unvorsichtig – ebenso viele Freuden, andere Freuden, aber ebenso viele, von der Welt, in die wir eintreten und in der mein Großvater, dessen bin ich sicher, nur Schreckliches gesehen hätte.

Anstatt an meinen Großvater und meinen Urgroßvater nur zu denken, bemühe ich mich manchmal, mich in ihre Lage zu versetzen, und ich frage mich, was sie an den Vergnügungen und Unruhen unserer Lebenstage wohl am meisten in Erstaunen gesetzt hätte. Ich bin der festen Meinung, daß die Fortschritte der Wissenschaft sie nicht fasziniert hätten. Ich kann mir vorstellen – aber sicher bin ich nicht –, daß sie sich mit Entzücken in einer Boeing 727 aufgemacht hätten, um sich dem Heiligen Vater zu Füßen zu werfen, und daß sie sich mit den modernsten Methoden an der Prostata hätten operieren lassen. Warum nicht? Und ich sage nicht, daß die Eroberung des Monds sie nicht verblüfft hätte. Auch wenn der Aspekt: Entdeckung Amerikas sie beunruhigt hätte – war denn das Ereignis von vor fünfhundert Jahren so glücklich gewesen? –, der Aspekt: neuer Kreuzzug hätte ihnen nicht mißfallen. Ich bin aber ein bißchen im Zweifel, ob der Autoverkehr und das Farbfernsehen ihnen reizvoll erschienen wären. Was sie von der Wissenschaft, der Technik, dem Fortschritt hielten – und das sage ich nicht zu ihrem Lobe –, ist bereits bekannt: die Wißbegier, was die Zukunft bringen würde, war bei ihnen – leider! – nicht sehr ausgeprägt. Ich kann förmlich sehen, welche Empfindung sich in ihren Mienen ausgedrückt hätte angesichts der Geschwindigkeit, der Werbung, der neuen Erfindungen, der Sensationssucht, unserer ganzen Flucht nach vorn: eine gelangweilte Gleichgültigkeit. Von anderen Dingen wären sie allerdings erschüttert gewesen: den Sitten, der Geisteshaltung. Ich habe, als ich über die Beziehungen zwischen Claude und Alain sprach, die Rolle des Sex und der Umgangssprache erwähnt. Man könnte noch stundenlang über die Ideen sprechen, die sich mein Urgroßvater und sein Ururenkel, jeder für sich, über die Liebe und die Sprache machten. Unterlassen wir es lieber. Sicher könnte man auch daran denken, nacheinander die winzigen und zahllosen Einzelheiten aufzuzeigen, die bewirken, daß die Gegenwart und die Zukunft jeden Tag die Vergangenheit in die Fernen der Fabel verweisen. Eine gewaltige Aufgabe, der ich mich nicht gewachsen fühle. Indes, es gibt eine Institution, die sich sehr verändert hat und über die ich ein Wort sagen muß, denn in dem gleichen Maß, wie mein Großvater sie verehrte, hätte sie ihn schwer bedrückt: die Kirche.

Die Kirche hat sich – da alles sich veränderte, warum sollte sie sich nicht verändern? – erst nach dem Tod meines Großvaters gewandelt. Ich danke dem Herrn und seinen Priestern für diese Gnadenfrist. Die Kirche seiner Kindheit und von immerdar war der letzte Pfeiler, auf dem sein Universum ruhte. Diese Kirche hat lange standgehalten – länger als alles übrige. Welcher Art meine persönlichen Ansichten auch sein mögen – ich nehme wiederum davon Abstand, irgendein Urteil zu fällen –, bin ich dem Schicksal dankbar, daß es meinem Großvater erspart blieb, mit ansehen zu müssen, wie dieses Abbild der Tradition und der Ewigkeit zerfiel oder sich trübte.

Mein Großvater erkannte sehr wohl, welche Stürme und Gewitter sich da zusammenbrauten. Aber er hat die Gefahr nicht richtig gesehen: er meinte, die Kirche, die letzte Bastei der Vergangenheit, würde von dem Orkan hinweggefegt werden. Er ersehnte natürlich ihren Endsieg, der, seiner Meinung nach, zugleich der Sieg der Ordnung und des Guten sein würde. Aber er schloß nicht aus, daß sie zusammenbrechen, ihre Bischöfe gemartert, ihre Tempel entweiht werden könnten. Ich glaube, er sah sich manchmal auf dem Weg zum Schafott oder zum Hinrichtungskommando neben dem Dechanten, mit dem er noch ein paar Worte über die Glorie der Auserwählten und die Unsterblichkeit der Seele wechselte. Nicht vorstellen können hätte er sich eine Kirche, die, in welcher Art und Weise auch immer, sich von der Vergangenheit und der Tradition abkehren und die, anstatt von der Revolution vernichtet zu werden, in gewissem Maß und hinsichtlich einiger Aspekte nicht nur eine Helfershelferin der Revolution werden würde, sondern eine der Hilfskräfte, im gleichen Rang wie der dialektische oder historische Materialismus, dessen Ablösung sie da und dort schließlich vornehmen könnte, nicht um der Wissenschaft, sondern um der Gerechtigkeit willen.

Wollte man mit einiger Pedanterie die Dinge unbedingt weiterverfolgen, wäre es durchaus möglich, glaube ich, die Grenzen aufzuzeigen, die hinsichtlich einiger Probleme, von denen die Rede war, die aufeinanderfolgenden Generationen meiner Familie trennten. Claude, der vom Kommunismus angezogen worden war und sich in Spanien auf seiten der Republikaner geschlagen hatte, war in allem, was Sprache und Sitten anging, meinem Großvater sehr nahe geblieben: die Schranke fiel zwischen Alain und ihm herunter. Was die Kirche anging, vollzog sich dagegen, weil mein Vetter links stand, der Einschnitt zwischen Claude und seinem Großvater. Alain stand in diesem Bereich, wie in allen anderen, offensichtlich jenseits jeglicher Entwicklung: für ihn, der alles, was wir liebten, in Bausch und Bogen verwarf, war die Liberalisierung stets nur eine Verschleierung der Vergangenheit und eine Verstärkung der Unterdrückung. Bei Claude hingegen stimmten die Dinge, die sich während seiner letzten Lebenszeit in der Kirche geändert hatten, einigermaßen überein mit dem, was sich in ihm verändert hatte. Ich male mir aus, welche spannenden Gespräche zwischen Großvater und Enkel ich hier wiedergeben könnte, wenn sich die Entwicklung der Kirche zwanzig Jahre zuvor vollzogen hätte. Es brauchte aber noch einige Zeit, bevor die heilige Allianz zwischen Kirche und Vergangenheit zerbrach. Vielleicht war Claude, ungeachtet dessen, was er dachte, und aufgrund dessen, was er dachte, wie die Seinen vor ihm im Schatten eines Kreuzes eingeschlafen, das das Kreuz der Sklaven gewesen war, ehe es das Kreuz eines Gottes wurde, der wahrscheinlich nur zu seinen bescheidenen und bestürzenden Ursprüngen zurückkehrte – vielleicht war Claude so heimgegangen, weil die Kirche zur Zeit seines Todes schon nicht mehr die Kirche seines Großvaters war. Man darf dem Schemen meines Großvaters nicht zu viel abverlangen: der Aufstand der Sklaven vertrug sich nicht sehr gut mit dem Bild – durch den Prunk der Geschichte und der Stadt Rom war es vermutlich entstellt worden –, das er sich vom Frieden des Herrn und dem Thron des heiligen Petrus machte.

Die Welt hatte sich zu Lebzeiten meines Großvaters, zwischen dem Ersten Weltkrieg und dem Fall von Berlin im Jahr 1945, sehr verändert. Sie hat sich vielleicht im Lauf der zwanzig oder fünfundzwanzig Jahre nach seinem Tod noch mehr verändert. Nicht nur Gott, die Kunst, die Liebe, sondern auch die

Erziehung, die Politik, die Geschäfte, der Krieg, die Champs-Élysées und die Côte d'Azur zeigen ein neues Gesicht, das er nicht erkennen würde. Sogar die Revolution und die Zukunft haben sich gewandelt. Es ist besser, daß er nicht mehr da ist, weil er Entrüstung und Kummer empfunden hätte. Sein Schatten, und das ist in der Ordnung, hat sich den Schatten all der Unseren am steinernen Tisch zugesellt. Aber der Gang der Dinge verfolgt ihn bis ins Grab: vor allem hat sich eines verändert, wir sind nicht mehr da, um den Ahnenkult unter den Linden von Plessis-lez-Vaudreuil zu pflegen. Um gegen den Tod und die Generationenfolge anzukämpfen, siedelte sich einst die Stetigkeit innerhalb der Unstetigkeit selbst an. Alain wird sich unserer nicht mehr erinnern. Bis ins Nichts und ins Jenseits hat die Veränderung über die Beständigkeit gesiegt, und die Familie stellt nicht mehr das dar, was sie durch alle Stürme hindurch jahrhundertelang darstellen wollte: ein Sinnbild der Ewigkeit.

Von Zeit zu Zeit entdecke ich – ich kann es nicht lassen – für die Unvergänglichkeit unserer Familie Gründe zur Hoffnung, die vage in der Zukunft schimmern. Ich habe mehrmals gesagt, daß nach dem Tod von Hubert, von Jean-Claude, von Bernard, von Pierre, von Philippe, von Claude neben den Mädchen, die unseren Namen nicht mehr tragen, ein Verschollener und ein Greis – das heißt, Alain und ich – die Letzten unseres alten Stammes sind. Ich muß einen kleinen Jungen um Verzeihung bitten, der gerade zehn Jahre alt geworden ist; er ist mein Neffe und mein Patenkind, fast mein Sohn, und er heißt François-Marie-Sosthène, Sosthène wie sein Urgroßvater. Wir nennen ihn François, weil man Sosthène nicht mehr heißt. Es ist der Sohn, den Claude und Nathalie sechzehn Jahre nach Alain bekommen haben. Er ist ein guter Schüler. Er ist der Primus seiner Klasse in den Fächern Französisch und Geschichte, oder was davon noch übrig ist, und in der modernen Mathematik, die unser Rechnen abgelöst hat. Er wird das Geschlecht fortsetzen. Aber er ist noch zu klein, als daß ich ihm von Plessis-lez-Vaudreuil und von unseren Familienporträts erzählen könnte.

Er wird das Geschlecht fortsetzen ... Bedeutet dieser beruhigende Satz noch etwas? Wir werden uns wahrscheinlich lieben, wie man sich in der Familie liebt, und vielleicht zärtlich, und dann wird er allein in eine neue Welt hineingehen. Wie es Gott gefällt, wenn man so will – so wie man sagt: wie es dem Zufall oder dem Meereswind gefällt. Plessis-lez-Vaudreuil ist entschwunden. Die Ehre des Namens besteht nicht mehr. Bedeutet die Familie noch etwas anderes als das Auf-die-Welt-Kommen und Brüderschaft, allenfalls eine letzte Zuflucht bei Katastrophen? Ich weiß es nicht. François ist sehr kräftig. Und seine Gesundheit ist gut. Ich fürchte fast, ich gestehe es, daß diesem Letzten der Mohikaner nichts anderes zu wünschen ist als Gesundheit, Geld, vielleicht ein bißchen Glück – bestenfalls: Erfolg. In unserer Glanzzeit erhofften wir ein wenig mehr.

Es gibt keine Fackel mehr, die weitergereicht werden könnte beim letzten Atemzug. Kein Erbe, keine Stammeslinie. Wir sind nun alle so etwas wie ein Rastignac oder ein Julien Sorel, allenfalls ein Jacques Thibault und vielleicht ein Meursault. Es ist etwas Großes und Schönes an dieser neuen Lebensbedingung. Aber es liegt jetzt an jedem selbst, sein Schicksal und sein Leben zu bestimmen. Jeder von uns ist allein in der Welt. Jeder wählt sich aufgrund zufälliger Begegnungen seine Freunde und seinen Clan. Man spricht heute in komplizierten Worten von der Einsamkeit des Menschen. Ich glaube, sie beruht vor allem darauf, daß die Familie sich aufgelöst hat.

Ich will die guten Eigenschaften der Ordnungen, die sich anbahnen, nicht in Abrede stellen. Das Individuum wird freier sein und die Gruppe weitläufiger. So oder so – ich vermeine aus meinem Mund einen Ausspruch meines Großvaters und seine etwas hochmütige Stimme zu vernehmen – gehen wir auf den Sozialismus zu. Ich sage nicht, daß der Sozialismus nicht das gerechteste Regime sei. Er wird vielleicht zugleich, wenn er seine Versprechungen hält und wenn er seine Schwierigkeiten überwindet, wenn etwas von den sozialistischen Träumen in der sozialistischen Gesellschaft übrigbleibt, eine Liberalisierung und Kollektivierung sein. Ich werde mich hüten zu behaupten, die Familie habe nie auf der Seite der Unterdrückung und der Heuchelei gestanden. Ein großes Gebiet – und unbestritten das beste – der Literatur dieses Jahrhunderts, von Martin du Gard bis zu Gide, bis zu Mauriac und darüber hinaus, ist nichts als eine Anklage gegen die Familie. Die meine hatte ihre Grenzen, viele Mängel, ihre Blindheit, ihren Gruppenegoismus, eine

Menge von Lächerlichkeiten. Ich möchte nur sagen, daß sie auch ihre Größe hatte, ihre Ehre, viele gute Eigenschaften, die man ihr bestreitet und die zum Lachen Anlaß geben und die nie zu ersetzen sein werden. Sie ist tot. Sprechen wir nicht mehr von ihr. Auf den Waagschalen einer Zukunft, die jetzt allein zählt, wiegt meine Familie nicht schwer. Doch schließlich und endlich, es ist meine Familie. Ich verleugne sie nicht. Und wenn ich, so gut ich es vermag, davon berichte, was sie war, verewige und besinge ich sie.

Da Anne-Marie tot ist, da Alain, wenn nicht ein Wunder geschieht, für immer verschollen bleibt, denke ich jetzt manchmal an die Zukunft von François. Da er zu uns gehört, bricht er mit größeren Vorteilen und Privilegien in das Leben auf als viele andere. Vielleicht vollbringt er in dieser neuen Welt, die ich mir nicht mehr vorzustellen vermag, die großen Dinge, die wir seit vielen Jahrhunderten nicht mehr vollbracht haben? Denn wir lebten in Legenden und brachten nichts Bedeutendes mehr hervor: selbst im Schoß der Familie stellten sich die Legenden eher gegen uns. Meine Aufgabe ist es, die Erinnerung wachzuhalten. Die seine wird es sein, Neues zu erfinden. Was ich jetzt sage, sage ich aus Liebe sowohl für ihn wie für uns: er soll nicht auf unseren Spuren wandeln! Er soll einen anderen Weg gehen. Und weiter gehen. Er soll ohne die Familie leben und denken. Und in gewissem Sinn gegen sie. Er soll uns vergessen – und dennoch soll er manchmal, nachsichtig lächelnd, der Vergangenheit gedenken.

Lange war es unser Wahn, nicht zu sehen, daß die Vergangenheit keinen anderen Sinn hatte, als der Zukunft zu dienen. Alains Wahn war es, sich vorzustellen, daß die Zukunft die Vergangenheit verleugnen könne. Die Kinder sind naturgemäß der Tod der Eltern. Aber sie stammen auch von ihnen ab. Sie töten sie, aber sie setzen sie auch fort. Ich wünsche meinem Neffen viele Dinge, aber vielleicht vor allem dies: er möge es verstehen, die Vergangenheit und die Zukunft in sich miteinander auszusöhnen. Nie standen sich Vergangenheit und Zukunft so feindlich gegenüber wie heute. Ich habe eine Vergangenheit aus den Tiefen heraufgeholt, die jeden Tag blasser wird. Die Zukunft braucht mich nicht mehr: sie gestaltet sich ganz allein, mit Hilfe vieler Leute. Das Morgen jedenfalls –

und weil es eine Geschichte gibt – ist an das Gestern gebunden. Die Vergangenheit und die Zukunft sollten sich gegenseitig kennen. Sie sollten daran denken, daß die Zukunft eines Tages ebenfalls Vergangenheit sein wird. Sie sollten nicht zulassen, daß die Zeit die Ewigkeit zerstört.

Indem ich versuche, den Meinen die Huldigungen, wie es einst üblich war, darzubringen, versuche ich auch, meinen Anteil an der Ewigkeit zu retten, durch diese Zeit hindurch, die ich anerkenne. In dieser Welt, in der alles gleitet und verweht, klammere ich mich an meine Toten, ich klammere mich an François wie ein Mensch, der vom wilden Strom der Tage, der Monate, der Jahreszeiten und der Jahre, die so schnell zu Jahrhunderten werden, hinweggetragen wird. Ich ertrinke darin, denn ich werde sterben. Ach, unser Name, mein Name, möge nicht gänzlich untergehen! Ich weiß wohl, was in dieser Sehnsucht nach Ewigkeit alles an Reaktionärem und Zurückgebliebenem steckt und daß viele ein Heil sehen in der Aufgabe des Namens und des egoistischen Traums von einer kollektiven Persönlichkeit. Aber auch ich kann mich nicht völlig ändern, kann den alten Mann der Familie nicht völlig abstreifen. Ich habe gegen mich selbst ankämpfen müssen, um nicht der Versuchung zu erliegen, Alains Namen, in seinem blutigen Wahn, mit rotem und schwarzem Glanz leuchten zu sehen, woraus wir, etwa nach Art von Gilles de Rais oder von Onkel Donatien, noch einigen Stolz hätten ziehen können. Ich setze heute die langwährenden Hoffnungen, die nicht sterben wollen, auf den zehnjährigen François. Was er tun wird, weiß ich nicht. Wenn er sich an irgend etwas erinnert, sollte er sich vielleicht lieber an Tante Gabrielle und ihre glänzenden Talente erinnern. Er sollte sich von der Vergangenheit losreißen, um ihr besser treu bleiben zu können. Er möge zu Wohlstand gelangen, wenn er es kann und wenn es unbedingt nötig ist. Er möge in der namenlosen Menge ganz allein und stark bleiben. Er möge seine Zeit durch seinen Namen prägen, um der Vergangenheit alle Farben der Zukunft zu verleihen, er möge auf den Mond reisen, um zu versuchen, endlich am Beginn der Dinge zu sein, anstatt am Ende. Er möge solche Bilder malen, die meinen Großvater zum Lachen brachten, er möge solche Häuser bauen, in denen Jules nicht hätte leben wollen. Er möge Musik mit Elefantenrüsseln und dem Geklapper von Mülleimern machen. Er möge solche Bücher schreiben, von denen Claude sagte, es geschehe überhaupt nichts in ihnen. Der Höhepunkt wäre vielleicht, daß er sich an die Spitze einer politischen Partei hinaufrangelt, einer gemäßigten Partei, einer Rechtspartei natürlich: der sozialistischen Partei, zum Beispiel. Oder aber, er möge rundweg die Tour de France gewinnen.

Jetzt möchte ich noch diejenigen um Nachsicht bitten, die so gütig waren, sich über diese Gräber und diese Vergangenheit zu neigen. Nein, ich erröte nicht über diese Vergangenheit voller Wunder und Zauber: es ist meine Vergangenheit, ich akzeptiere sie, und ich bin auf sie ebenso stolz, wie, ganz zu Recht, irgendein jüdischer Kaufmann oder irgendein arabischer Bauer oder ein Angehöriger der Roten Garde stolz ist auf das, was ihre Väter und sie selbst in der vergangenen Zeit gemacht haben und worüber sie abends in ihren Häusern und in ihren Zelten sprechen und was Tradition genannt wird. Aber meine Vergangenheit ist vergangen, mehr vergangen vielleicht als andere Vergangenheiten, und sie versinkt im Dunkel. Ich berufe mich auf sie, wie unsere böhmischen Vettern sich, um zu sterben, auf einen Glauben beriefen, den sie nicht mehr hatten. Ich glaube nicht mehr viel von dem, woran mein Großvater glaubte: weder an die Rückkehr des Königs noch an die Natur der Dinge, noch an die Reglosigkeit der Zeit. Aber was er glaubte und was er war in diesem Zeitalter, wo alle darüber lachen, ich grüße es und ich bewundere es.

Ich grüße auch meinen Vater, den ich kaum gekannt habe. Ich sehe ihn wieder vor mir, und ich höre ihn, wie er mir Verse des alten Victor Hugo hersagt und sich belustigt über diese Welt, in der er sich, abseits der Wirbel der Zeit und der Widersprüche der Geschichte, froh und heiter, so wunderbar wohl fühlte. Vor der Zukunft hatte er keine Furcht, weil bei ihm Wißbegier und Toleranz sich mit Treue verbanden. Ich hoffe, daß auch ich, wie er, eine Treue hege, die stets der Zukunft zugewandt ist, und eine stillvergnügte Toleranz.

Ich grüße meine Mutter, die das Unglück liebte, und Jules und Jean-Christophe und Monsieur Machavoine, der unsere Uhren aufzog, und den Dechanten Mouchoux, der Kerzen verzehrte und ganze Nüsse knackte, sie alle, und Tante Gabrielle, die für uns zuviel Talent hatte, und die schöne Ursula und Hubert, der mit fünfzehn Jahren starb, vielleicht ein bißchen durch unsere Schuld, und Claude und Pierre und Jacques und Philippe und Anne-Marie, die den Männern so gefiel, und Monsieur Desbois und Michel und Anne und den Seemann von Skyros und die Prostituierte von Capri und die Zirkusreiterin Pauline, die ihren Namen so liebte, und die kleine verirrte Schwester des Vizekonsuls aus Hamburg und alle die Meinen, die mir lieb und teuer waren, weil sie, Alain eingeschlossen, unwiderstehliche Frauen waren, die nicht zu vergessen sind, Männer von Überzeugung und mit Lebenswillen, für die, selbst wenn sie es mit Großzügigkeit und Gleichgültigkeit handhabten, das Geld nicht zählte, Männer, die wußten, was sie wollten, und die sich irgendwie, sehr häufig im Irrtum befindlich, aber stets mit Eleganz oder fester Gesinnung gegen diese Welt schlugen und an die man sich erinnern darf. Weit fort vom steinernen Tisch erinnere ich mich.

Ich grüße François, weil er unsere Zukunft ist. Es regnete ziemlich stark, neulich, als ich ihn im Peugeot 204 mit nach Plessis-lez-Vaudreuil nahm. Es war Ostersonntag. Wir sind um das Haus herumgegangen, das er noch nie gesehen hatte. Ich kannte den Wärter. Und der Leser kennt ihn auch. Errät man, wer es war? Es war der Sohn von Jacqueline, die am Vorabend des Münchener Abkommens von einem schamlosen Burschen geschwängert worden war, zur Zeit von Ciano und von Goebbels, von Litwinow und von Daladier, zur Zeit, als Anne-Marie auf Vengeur durch die Schneisen des Waldes ritt. Der Enkel von Marthe, der Köchin im Schloß aus versunkenen Zeiten, und von Monsieur Machavoine. Er gestattete uns gern, in die große Halle einzutreten, deren heute leere Wände einst mit Gewehren und Hirschgeweihen bestückt waren. Als die Tür aufging, stieg mir der ganze Duft der Vergangenheit in den Kopf, und ich schloß die Augen, um ihn besser einatmen zu können und in mir selbst alles, was entschwunden war, deutlich zu sehen. Aber den Jungen langweilte es. Dann gingen wir wieder, und auf dem Platz draußen, an der Marktbude, die mit bereits etwas verblaßten Plakaten von Marilyn Monroe, von Johnny Halliday und von Che Guevara beklebt war und in der Ecke mit einem kleineren Bild, das die Tochter – erinnert man sich noch? – von Ursulas Torero darstellte, habe ich ihm eine Flinte und eine Coca-Cola gekauft.

Ich selber zähle nicht sehr in dieser Geschichte der Welt und der Meinen. Wißbegierig auf die Zukunft, treu der Vergangenheit, bleibe ich der Zeuge, so etwas wie ein Wachtposten, der beobachtet, was vor sich geht. Das Schauspiel ist oft wirklich nicht zum Lachen. Aber es belustigt mich, und ich liebe es. Inmitten der Dinge und der Menschen bin ich, versuche ich zu sein, mit Liebe und mit Ironie, im Sturmwind der Geschichte, der Späher des Gefallens Gottes.

Plessis-lez-Vaudreuil – Rom – New York – Paris
1938–1974

Bibliographische Anmerkungen
über die Hauptpersonen

ALAIN: Ältester Sohn von Claude und Nathalie. Geist des Bösen und des Guten. Spricht nur von Liebe, indem er mit Bomben hantiert. Organisiert Massenkundgebungen und geheime Zeremonien. Führt ziemlich freie Gespräche mit dem Erzähler. Erschreckt ihn durch seine vertraulichen Mitteilungen. Ist in eine etwas obskure Angelegenheit verwickelt. Ein Vorführungsbefehl wird gegen ihn erlassen. Verschwindet. Soll im Irak, in Afghanistan, in Nepal gesehen worden sein. Schickt dem Erzähler vieldeutige und gefährlich wirkende Nachrichten.

ALBERT: Maître d'hôtel von Pierre und Ursula. Nennt mit Respekt die illustren Namen der edlen Gewächse. Bedient in der Rue de Presbourg bei Tisch an dem Abend, als Mirette stirbt, und meldet Ursula das Unglück.

ANATOLE (Onkel): Bruder des Urgroßvaters. Ehemann von Tante Valentine, die traditionsgemäß die Familie zum Nachmittagstee empfängt, wenn sie in Paris ist. Erscheint in den Familienberichten als Symbol des Lebensgenusses und der entschwundenen Zeiten.

ANNE: Schwester des Erzählers. Empfindet Zuneigung zu Jean-Christophe Comte. Heiratet Michel Desbois. Teilt seine Auffassungen nicht, will aber sein Schicksal teilen. Folgt ihm nach Amerika. Mutter von Antoine, Großmutter von Elisabeth.

ANNE-MARIE: Tochter von Pierre und Ursula. Wird oft ihren Onkeln anvertraut. Geht mit ihnen ins Kino. Wird eine Schönheit. Der Erzähler fragt sich, was aus ihr werden wird. Reitet mit Robert V. aus. Verliebt sich in ihn. Möchte, daß er sich scheiden läßt, damit sie ihn heiraten kann. Ihr Verhalten bei Roberts Tod. Unternimmt Ausritte in den Wald mit Major von Wittlenstein. Küßt ihn am Croix des Quatre-Chemins. Schließt sich mit Claude der Widerstandsbewegung an. Hat viele Liebhaber. Nimmt teil am Komplott gegen Michel Desbois. Ist mit Claude an der Hinrichtung von Philippe Henriot beteiligt. Verliebt sich in einen Lockenkopf. Lehnt jede Vernunftheirat ab. Hat unzählige Abenteuer. Geht zum Film. Wird ein Star. Ihre Legende. Ist bei Huberts Tod anwesend. Führt ein etwas verrücktes Luxusleben. Unterhält sich mit dem Erzähler über die Vergangenheit. Wird die Mätresse eines Libanesen, den sie heiraten möchte. Mietet einen Palazzo in Rom. Liegt in New York im Krankenhaus. Der Erzähler besucht sie. Stirbt in Hollywood.

ARMAND (Onkel): Großonkel des Großvaters. Bekennt sich zum Kaiserreich. Gardeoberst. Fällt bei Waterloo.

BARRÈS (Maurice): Wird vom Großvater bewundert.
BERNARD: Sohn von Jacques und Hélène. Bruder von Véronique und Hubert. Sitzt bei den Mahlzeiten mit ihnen im Kinderspeisesaal in Plessis-lez-Vaudreuil. Kommt, zusammen mit seinem Vetter Jean-Claude, bei einem Autounfall im Juli 1963 auf dem Weg an die Côte d'Azur ums Leben.
BLAUBART (Gilles de Rais, genannt): Ziemlich entfernter Ururgroßonkel.
BLUM (Léon): Linker Aristokrat. Der Großvater des Erzählers bedauert, daß er Jude, Sozialist, Atheist ist und daß er das Buch *Über die Ehe* geschrieben hat.
CAILLAUX (Joseph): Führt die Einkommensteuer ein. Feind der Familie.
CARLOS: Unehelicher Sohn von Onkel Édouard. Vater von Pauline.
CHARLES (der kleine): Totgeborener Sohn von Onkel Paul und Tante Gabrielle.
CHATEAUBRIAND (Vicomte de): Pair von Frankreich. Minister Ludwigs XVIII., Botschafter Karls X., Verfasser von *Memoiren*. Freund der Familie. Claude und der Erzähler lesen ihn auf der Piazza San Marco in Venedig, zugleich mit Barrès und dem Präsidenten de Brosses, etwa 1924 oder 1925. Wird von Alain abgelehnt.
CHRUSCHTSCHOW (Nikita): Erster Sekretär der Kommunistischen Partei der UdSSR. Empfängt in Moskau den Sohn von Taras Bulba und trinkt mit ihm auf das Wohl des alten Rußland.
CLAUDE: Vierter Sohn von Onkel Paul und Tante Gabrielle, geboren 1905. Leidet an einer Atrophie des linken Arms. Schüler von Jean-Christophe Comte. Reist mit dem Erzähler durch Italien, Spanien, Griechenland. Verliebt sich in Marina. Steht dem Geld feindlich gegenüber. Will Priester werden. Wandelt sich mehrfach. Verläßt das Seminar und entsagt der Kirche. Fährt 1934 nach Moskau. Gibt sich als Marxist aus. Tritt der kommunistischen Partei bei (?). Nimmt auf republikanischer Seite am Spanienkrieg teil. Geht im Juni 1940 nach England. Stellt sich in London General de Gaulle zur Verfügung. Nimmt teil an der Unternehmung gegen Dakar. Pendelt mehrmals zwischen England und Frankreich hin und her. Übernimmt wichtige Funktionen in der Widerstandsbewegung. Will Pétain erschießen. Wird 1943 festgenommen. Ihm gelingt die Flucht. Organisiert die Hinrichtung von Philippe Henriot. Setzt sich, zusammen mit seinen Brüdern, aber etwas widerwillig, zugunsten von Michel Desbois ein. Heiratet Nathalie. Nach dem Rücktritt General de Gaulles im Jahr 1946 nähert er sich den Kommunisten an. Entfernt sich wieder von ihnen, und jetzt endgültig. Stirbt als Christ 1971. Vater von Alain und François-Marie-Sosthène.
COMTE (Jean-Christophe): 1897 in Pau geboren. Jesuitenschüler. Examen in Geisteswissenschaften. Wird 1919 oder 1920 Hauslehrer in Plessis-lez-Vaudreuil. Trägt lächerliche Krawatten. Glaubt an die Wissenschaft, den Fortschritt, die Brüderlichkeit unter den Menschen. Bekommt Lehraufträge in Deutschland, dann in Amerika. Kehrt um 1930 nach Frankreich zurück. Begegnet Onkel Paul anläßlich eines

radikalsozialistischen Banketts. Gesteht, Anne gern zu haben. Stirbt als Verschleppter in Auschwitz 1944.

D. (Eric): Bruder von Gisèle, Freund von Alain. Nimmt mit ihnen an geheimnisvollen Zeremonien und an Orgien teil. Verkleidet sich als SS-Mann. Gilt als Homosexueller. Wird gesucht wegen Verführung Minderjähriger, wegen Inzests und wegen Ritual- oder mystischen Mords. Verschwindet. Wird im Irak, in Afghanistan, in Nepal gesehen. Stirbt an Typhus in Numea.

D. (Gisèle): Mitglied des von Alain inspirierten Geheimbunds. Geliebte ihres Bruders Eric. Freundin und wahrscheinlich Geliebte Alains. Führt ein Tagebuch, das von der Polizei beschlagnahmt und von einer weitverbreiteten Wochenschrift veröffentlicht wird. Auf beiden Augen geblendet, macht sie ihrem Leben ein Ende, indem sie sich aus dem Fenster stürzt.

DARWIN (Charles): Genialer Atheist. Feind der Familie, weil er sie von einem Affen abstammen läßt.

DAUDET (Léon): Führer der *Action française*. Wird vom Großvater bewundert.

DESBOIS (Anne): siehe ANNE.

DESBOIS (Antoine): Sohn von Michel Desbois und Anne. Befaßt sich mit Atomphysik. Naturalisierter Amerikaner. Professor an der University of California. Vater von Elisabeth.

DESBOIS (Elisabeth): Tochter von Antoine Desbois, Enkelin von Michel und Anne. Amerikanischer Nationalität. Verliebt sich in einen muselmanischen Ethnologen, militantes Mitglied der Schwarzen Panther.

DESBOIS (Michel): Sohn von Robert Desbois. Geboren 1903. Schüler von Jean-Christophe Comte. An Soziologie und Volkswirtschaft interessiert. Besteht das Examen als Inspecteur des finances. Tritt in die Unternehmen Remy-Michault ein. Heiratet Anne, die Schwester des Erzählers. Unterhält Beziehungen zu Finanzkreisen und zugleich zur Gewerkschaftsbewegung. Übernimmt wichtige Funktionen in der Vichy-Regierung. Kollaboriert mit den Deutschen. Ihm ist bewußt, daß sie den Krieg verlieren, er bleibt aber hartnäckig in ihrem Lager. Geht in die Schweiz, dann nach Spanien. Kommt nach Frankreich zurück. Wird bei der Befreiung zum Tode verurteilt. Wird von General de Gaulle begnadigt. Seine Strafe wird in zehn Jahre Gefängnis umgewandelt. 1952 wird er freigelassen. Geht in die Vereinigten Staaten.

DESBOIS (Robert): Verwalter von Plessis-lez-Vaudreuil. Sohn und Enkel der Verwalter von Plessis-lez-Vaudreuil. Vater von Michel Desbois. Mißbilligt die Heirat seines Sohns mit Anne. Stirbt am Ende des Zweiten Weltkriegs.

DREYFUS (Alfred): Hauptmann im Generalstab. Sein Blick und seine Stimme mißfallen Major Esterházy. Der Großvater befindet, er kümmere sich nicht genügend um das Schicksal der Armee.

DUPLESSIS (Marie): Die Kameliendame. Mätresse des Prinzen Ludwig von Wittlenstein. Vermacht ihm testamentarisch Schloß Cabrinhac, das sie von ihm geschenkt bekommen hatte.

ÉDOUARD (Onkel): Bruder des Urgroßvaters. Wird von der Polizei gesucht. Flieht nach Argentinien. Kommt zurück, um in Plessis-lez-Vaudreuil 1858 zu sterben. Unehelicher Vater von Carlos. Großvater von Pauline.

EINSTEIN (Albert): Genialer Jude. Feind der Familie, weil er die Relativität in ein festgefügtes Universum eingeführt hat.

ÉLÉAZAR: Stammvater der Familie. Um 1073 oder 1075 geboren. Nimmt am ersten Kreuzzug teil. Waffengefährte Gottfrieds von Bouillon und seines Bruders Baudouin, Graf von Flandern. Zieht in Antiochia, dann in Jerusalem ein. Marschall des Glaubens und des Gottesheers. Nimmt teil an der Gründung des Lateinischen Königreichs von Jerusalem. Wird Herzog von Edessa, dann Fürst von Antiochia und Galilea. Komtur der Tempelritter, Großmeister der Ritter des Johanniter-Ordens. Gestorben 1160.

ERZÄHLER (der): Geboren 1904. Bruder von Anne. Vetter von Pierre, Philippe, Jacques und Claude. Halbwaise, Vater fällt, als er vierzehn Jahre alt ist. Schüler von Jean-Christophe Comte. Entdeckt in sich eine Berufung zum Beobachter und Zeugen. Reist mit Claude durch Italien, Spanien und Griechenland. Schwache Gesundheit. 1944 nach Auschwitz deportiert. Schließt sich seinen Vettern an, um von General de Gaulle die Begnadigung Michel Desbois' zu erbitten. Kümmert sich schlecht und recht um den Wald von Plessis-lez-Vaudreuil. Setzt sich zum Ziel, seinem Großvater zum Gedächtnis ein Denkmal aus Worten zu errichten. Verfasser von Erinnerungen, die Geschichte der Seinen betreffend.

ESTELLE: Frau von Jules V. Verteilt die Post. Bedient bei der letzten Mahlzeit in Plessis-lez-Vaudreuil.

ESTERHÁZY (Major): Verbringt ein paar Tage in Plessis-lez-Vaudreuil. Der Großvater des Erzählers entdeckt erleichtert, daß er illegitimer Herkunft ist.

FRANÇOIS (Onkel): Bruder des Urgroßvaters des Großvaters. Freund des Herzogs von Richelieu. Nach Rußland emigriert. Dient unter Suwarow und Kutusow und in der österreichischen Armee unter Mack. Begründer des russischen Zweigs der Familie.

FRANÇOIS-MARIE-SOSTHÈNE: Zweiter Sohn von Claude und Nathalie. Der Erzähler malt sich seine Zukunft aus und nimmt ihn an einem Ostersonntag mit nach Plessis-lez-Vaudreuil.

FREUD (Dr. Sigmund): Steht der Familie ferner als selbst Karl Marx. Von Alain verehrt.

GABRIELLE (Tante): Tochter von Albert Remy-Michault. Fährt nach New York. Heiratet 1899 Onkel Paul. Verwendet ihr Vermögen, um das Schloß von Plessis-lez-Vaudreuil zu restaurieren und zu modernisieren. Unterhält zwanzig oder fünfundzwanzig Jahre lang, vor und nach dem Ersten Weltkrieg, einen avantgardistischen literarischen und mondänen Salon. Stellt die Verbindung her zwischen dem *Bœuf sur le toit* und dem Surrealismus. In der Gesellschaft Rivalin von Étienne de Beaumont, Marie-Laure de Noailles und Misia Sert. Führt ein Doppelleben als Patronatsdame und intellektuelle Agitatorin zwischen Tradition und Avantgarde. 1936 beginnt für sie eine lange, sorgenvolle Zeit. Ist als erste beunruhigt über die Gesundheit ihres Enkels Hubert. Erweist sich als eine der bemerkenswertesten Frauen ihrer Zeit. Wird auf der Esplanade des Invalides von einem Auto überfahren, stirbt im Krankenhaus Lariboisière.

GALILEO GALILEI: Astronom aus der Toskana. Zögert, nach Kopernikus, die Sonne sich um uns drehen zu lassen. Feind der Familie.

GARIN: Radfahrer. Erster einer langen Reihe von Freunden der Familie.

GAULLE (General de): Claude hört ihn im Rundfunk. Stellt sich gegen Pétain. Nimmt Claude in London in seinen Stab auf. Überzeugt nach und nach den Großvater, aber nur bis zu einem gewissen Punkt. Empfängt im Kriegsministerium in der Rue Saint-Dominique den Erzähler und seine Vettern. Begnadigt Michel Desbois. Von Alain abgelehnt.

GIDE (André): Bewundert von Claude und dem Erzähler, gehaßt von Philippe und Tante Gabrielle. Bringt Verwirrung in die Familie.

GOTT: Alter Freund der Familie. Später lockern sich die Beziehungen etwas.

GROSSMUTTER (die): Stirbt vor Kummer einige Wochen nach der Hochzeit ihres Sohnes mit der Nachkommin eines Königsmörders.

GROSSVATER (der): Geboren 1856. Zu jung für den Krieg 1870, zu betagt für den Ersten Weltkrieg. Bewunderer von Maurras und Léon Daudet. Feindlich eingestellt gegen die Republik, Dreyfus und die Remy-Michault. Läßt sich nach und nach von seiner Schwiegertochter Gabrielle betören, von deren Pariser Aktivitäten er nichts weiß. Verliert einen Bruder, zwei Neffen und drei Söhne im Krieg. Schüttelt Clemenceau und Poincaré die Hand. Empfängt Jean-Christophe Comte mit einem bissigen Scherz. Hat ein sträfliches Faible für Léon Blum. Bedauert, ihn nicht nach Plessis-lez-Vaudreuil einladen zu können, um mit ihm über die christliche Familie zu diskutieren. Steckt Sozialismus und Kapitalismus in denselben Sack. Ist einmal Abgeordneter der äußersten Rechten gewesen. Verhält sich unparteiisch gegenüber seinen beiden im Spanienkrieg in entgegengesetzten Lagern stehenden Enkeln. Sagt Hitlers Machenschaften voraus. Nimmt die Deutschen in Plessis-lez-Vaudreuil auf. Während einer Art Kriegsgericht gibt er seine Meinung kund. Verteidigt die These einer doppelten Anhängerschaft an den Marschall und den General. Rettet Juden. Bleibt Pétain treu. Nimmt am Vorbeimarsch zur Feier der Befreiung teil. Steht am Sterbebett seines Urenkels. Sein Name erfüllt ihn nicht mehr mit Freude. Es wird ihm schwer, die modernen Zeiten zu begreifen. Stellt fest, daß die Zeit sich ändert. Entschließt sich, das Schloß zu verkaufen. Eine letzte Messe. Nimmt eine letzte Mahlzeit unter den Porträts der Marschälle ein. Geht ein letztesmal mit dem Erzähler durch den Park. Verabschiedet sich von den Bediensteten und hält den Erzähler für einen von ihnen. Betrachtet sein Haus. Flößt seinem Enkel die Sehnsucht nach Ewigkeit ein. Stirbt 1951 in Paris.

GUTENBERG: Bringt die Stille zum Sprechen. Agent der Wissenschaft und des Fortschritts. Feind der Familie. Steht auf der vom Großvater erstellten schwarz-grünen Liste.

HEGEL (G. W. F.): Natur-, Geschichts- und Geistes-Philosoph. Freund der Familie – und ihr Feind.

HENRY (Onkel): Neffe von Admiral de Coligny. Entgeht, im Alter von drei Monaten, der Bartholomäusnacht (24. August 1572). Sein Enkel Louis emigriert, bei der Aufhebung des Edikts von Nantes (1685), nach Deutschland. Begründer des deutschen Zweigs der Familie.

HERAKLIT: Philosoph der Zeit, die fließt, Feind der Familie.

HITLER (Adolf): Zehn oder zwölf Jahre lang vorderste Figur der Weltgeschichte. Fasziniert Philippe auf dem Parteitag in Nürnberg. Von Claude gehaßt. Vom Großvater verachtet. Tritt den vordersten Platz an den Genossen Stalin ab.

HUBERT: Sohn von Jacques und Hélène. Wird krank in Plessis-lez-Vaudreuil. Erbittet das Kommen seiner Kusine Anne-Marie. Stirbt mit fünfzehn Jahren.

JACQUELINE: Tochter von Marthe, der Köchin von Plessis-lez-Vaudreuil. Läßt sich von Monsieur Machavoines Sohn ein Kind machen.

JACQUES: Dritter Sohn von Onkel Paul und Tante Gabrielle. Geboren 1903. Schüler von Jean-Christophe Comte. Studiert Rechtswissenschaft und Volkswirtschaft. Besteht das Examen als Inspecteur des finances nicht. Arbeitet an der Seite seines Vaters in den Unternehmen Remy-Michault. Heiratet Hélène. Vater von Bernard, Véronique und Hubert. Fällt im Mai 1940 zwischen Sedan und Namur.

JAN: Vetter des böhmischen Zweigs. Tschechoslowakischer Nationalität. Jüngerer Bruder von Pawel. Teilt die Ansichten seines Bruders. Steht auf der Seite des Prager Frühlings. Unterzeichnet das Manifest der Zweitausend Worte. 1969 festgenommen, zum Tode verurteilt und hingerichtet.

JAURÈS (Jean): Sozialistischer Führer. Der Großvater ignoriert ihn. Alain hält ihn für einen Tattergreis, für einen Monsieur Boucicaut, dem es nie gelungen ist, sein Kaufhaus Bon Marché aufzubauen.

JEAN-CLAUDE: Sohn von Pierre und Ursula. Bruder von Anne-Marie. Als Fünfzehnjähriger vom Faschismus begeistert. Nimmt mit seinem Onkel Claude am Widerstand teil. Heiratet Pascale. Kinderlos. Läßt sich scheiden. Kommt im Juli 1963 bei einem Autounfall auf der Nationalstraße 7 um, zusammen mit seiner Verlobten, die ein Kind erwartet, und mit seinem Vetter Bernard.

JULES: Seit fünf oder sechs Generationen, vom Vater auf den Sohn, Jagdhüter in Plessis-lez-Vaudreuil. Von Albert Remy-Michault frei erfundene Geschichte eines Gesprächs zwischen Jules und dem Urgroßvater auf einem der Türme von Plessis-lez-Vaudreuil. Der Jüngste der Jules, schon der alte Jules geworden, nimmt als Mitglied der Familie an der letzten Mahlzeit in Plessis-lez-Vaudreuil teil.

JULIUS OTTO: Sohn von Onkel Ruprecht. Kämpft im Nachkriegsdeutschland auf seiten der Nationalisten. Waffengefährte von Kapp, General von Lüttwitz, Ernst von Salomon, General Ludendorff. Freund der Wittlensteins. Nimmt mit seinem Vetter, dem Obersten Graf von Stauffenberg, an der Verschwörung gegen Hitler teil. Enthauptet und an einem Fleischerhaken aufgehängt am 24. Juli 1944.

KÖNIG (der): Nach Gott der zweite Herrscher über die Familie.

KONSTANTIN SERGEJEWITSCH (Onkel): Entfernter Onkel, Sohn des Fürsten Sergej Alexandrowitsch, Enkel des Fürsten Alexander Petrowitsch. 1864 in Moskau geboren. Groß-Hofmarschall, Präsident des *Zemstvo* der Krim. Ein Liberaler. Hält sich in Nizza auf. Wird von den Bolschewiken mit seiner ganzen Familie 1917 umgebracht.

LIBANESE (der): Libanesischer Geliebter von Anne-Marie. Trotz seiner ziemlich wichtigen Rolle in der Geschichte der Familie vergißt der Erzähler seinen Namen. Diskutiert in Rom mit Philippe über die abstrakte Kunst und über Algerien. Läßt Anne-Marie sitzen.

LOUIS (Onkel): Bruder des Großvaters. Schilt einen Droschkenkutscher, der in *La Pensée* liest. Trifft im November 1918 Onkel Ruprecht in Compiègne.

MACHAVOINE (Monsieur): Uhrmacher in Roussette, betreut die Uhren in Plessis-lez-Vaudreuil. Verliert einen kleinen Sohn. Wird von seiner Frau verlassen. Stirbt während der Radfahrt auf der Straße zwischen Roussette und Plessis-lez-Vaudreuil.

MACHAVOINE (René): Nachfolger von Monsieur Machavoine, seinem Vater. Macht Jacqueline, der Tochter von Marthe, der Köchin, ein Kind.

MARGUERITE (Tante): Frau von Onkel Odon. Lehnt es ab, sich scheiden zu lassen. 1916 Witwe.

MARINA: Um 1899 in Kalabrien geboren. Als Fünfzehnjährige von ihrem Vater vergewaltigt. Friseuse und Maniküre in Mailand. Ausgehalten. Witwe. Ein Vetter des englischen Zweigs der Familie macht ihr den Hof. Fährt mit dem Erzähler und mit Claude, der sich in sie verliebt, nach Griechenland. Heiratet nacheinander einen römischen Fürsten während des Krieges und 1952 oder 1954 einen schottischen Herzog. Stirbt 1969.

MARIO: Italienischer Vetter. Faschist.

MARTHE: Köchin im Schloß von Plessis-lez-Vaudreuil. Mutter von Jacqueline.

MARX (Karl): Unterhält mit der Familie, die ihm natürlich feindlich gesinnt ist, Beziehungen verschiedener Art. Hat mit dem Großvater, der ihn völlig ignoriert, Gemeinsamkeiten. Sein Verhältnis zu Claude und Alain.

MAURRAS (Charles): Lenker der *Action française*. Vom Großvater anerkannt. Philippes Idol. Im Mittelpunkt der Situation des Jahres 1940.

MÉLANIE (Tante): Schwester des Urgroßvaters. Legendäre Schönheit. Bringt mehrere Vettern zur Verzweiflung. Heiratet einen spanischen Bourbon.

MICHAULT (Remy), genannt MICHAULT DE LA SOMME: Sohn eines Gastwirts und einer Bauernmagd. Abgeordneter im Nationalkonvent. Stimmt am 20. Januar 1793 für den Tod des Königs. Nimmt am

Thermidor teil. Schließt sich dem Kaiserreich an. Adjutant von Daru. Präfekt der Marne, dann der Somme. Heiratet eine Roquencourt. Baron des Kaiserreichs. Schließt sich den Bourbonen an. Schließt sich den Orléans an. Handelsminister, dann Minister der Öffentlichen Arbeiten unter Louis-Philippe. Schließt sich kurz vor seinem Tod der Republik an. Vater von Lazare Remy-Michault (siehe Remy-Michault).

MIRETTE: Geboren in Finnland oder einem der baltischen Staaten. Geliebte von Pierre und Ursula. Stirbt bei einem Autounfall in der Nähe von Biarritz; im Wagen war ihr Bruder, der finnische Vizekonsul in Hamburg.

MORNET (Staatsanwalt): Fordert und erlangt den Kopf von Michel Desbois.

MOUCHOUX (Dechant): Pfarrer von Plessis-lez-Vaudreuil. Verzehrt Kerzen und knackt ganze Nüsse, lieber ißt er jedoch Windbeutel mit Himbeersauce. Empfiehlt dem Erzähler die Lektüre von Plutarch und Thomas von Aquin.

MUTTER (die): Nachkommin einer alten verarmten bretonischen Familie. Spanisches und irisches Blut. Liebesheirat mit dem jüngeren Bruder von Onkel Paul. Verliert ihren Mann am Chemin des Dames. Gibt sich einer quasi atheistischen Mystik hin. Am Rande des Wahnsinns, als sie stirbt. Mutter des Erzählers und Annes.

NATHALIE: Junge Psychoanalytikerin, Kommunistin und rothaarig. Heiratet Claude. Mutter von Alain und François-Marie-Sosthène.

ODON (Onkel): Ist lieber mit seinen Klassen- und Regimentskameraden zusammen als mit Tante Marguerite, seiner Frau. Fällt wunschgemäß 1916. Geehrt von der Familie, die ihn in den Tod geschickt hatte.

PARMENIDES: Philosoph des Seins. Freund der Familie.

PAUL (Onkel): Geboren 1877. Heiratet Gabrielle Remy-Michault. Nimmt teil am Aufstieg seiner Frau. Unintelligent? Wird zum Abgeordneten der rechten Mitte gewählt. Empfindet sich als Republikaner. Begegnet Jean-Christophe Comte bei einem radikalsozialistischen Bankett. Befaßt sich mit der Börse. Nachfolger seines Schwiegervaters an der Spitze der Unternehmen Remy-Michault. Spekuliert in Wall Street. Ist vom Börsenkrach 1929 betroffen. Begeht 1933 Selbstmord.

PAULINE: Tochter von Carlos, Enkelin von Onkel Édouard. Zirkusreiterin. Singt in Music-halls. Bekommt den Besuch vom Großvater und von Onkel Anatole. Geht, da sie an ihrem Namen festhält, in die Familienlegende ein.

PAWEL: Vetter des böhmischen Zweigs. Tschechoslowakischer Nationalität. Älterer Bruder von Jan. Nimmt teil am Widerstand gegen die deutsche Besetzung und tritt der kommunistischen Partei bei. Ist beteiligt an der Abfassung des Manifests der Zweitausend Worte. 1970 festgenommen. Stirbt 1971 im Gefängnis.

PÉTAIN (Marschall): Der Großvater hört ihm zu, lehnt es ab, ihn als Verräter anzusehen, und verteidigt ihn gegen Claude.

PHILIPPE: Zweiter Sohn von Onkel Paul und Tante Gabrielle, geboren

1901. Hat Frauen lieber als Bücher. Anhänger der *Action française. Camelot du roi.* Geht 1934, zusammen mit zwei jungen Wittlensteins, zum Parteitag nach Nürnberg. Geht 1937 noch einmal hin und trifft dort Robert Brasillach. Nimmt am Spanienkrieg auf der nationalistischen Seite teil. Kämpft gegen die Deutschen. Anhänger des Marschalls Pétain und der Vichy-Regierung. Setzt 1942 nach Nordafrika über. Italienfeldzug unter Marschall Juin. Der Division Leclerc zugeteilt. Einzug in Paris. Protestiert gegen die Hinrichtung von Brasillach. Mitbegründer des Rassemblement du Peuple Français. Kriegsberichterstatter in Indochina. Wird in Dien Bien Phu von den Viets gefangengenommen. Setzt sich ein für die Rückkehr des Generals de Gaulle an die Macht. Anhänger des Französischen Algerien. Diskutiert in Rom mit Anne-Maries libanesischem Geliebten. Stirbt 1960 in Algier, umgebracht (?).

PIERRE: Ältester Sohn von Onkel Paul und Tante Gabrielle. Geboren 1900. Meldet sich 1918 freiwillig zu den Spahis. Kriegskreuz, Rugbyspieler. Diplomat. Gibt seine Stellung im Quai d'Orsay auf, um Ursula von Wittlenstein zu heiraten. Kauft Schloß Cabrinhac zurück. Hochzeitsreise nach Rom, Florenz, Ravenna und Venedig. Liebhaber von Mirette. Entfernt sich immer mehr von Ursula. Sagt den Krieg voraus. Arbeitet mit an Widerstandszeitungen. Setzt sich, zusammen mit seinen Brüdern, zugunsten von Michel Desbois bei General de Gaulle ein. Heiratet in zweiter Ehe eine Amerikanerin, eine entfernte Kusine der V. Stirbt 1964 an Krebs.

PLESSIS-LEZ-VAUDREUIL: Mittelalterliches Schloß, im 15. und 17. Jahrhundert umgebaut, Anfang des 20. Jahrhunderts von Tante Gabrielle restauriert. Der verkörperte und steingewordene Name. Zentrale Figur der Familiensaga.

POMPIDOU (Georges): Der Erzähler und seine Vettern treffen ihn in den Gängen des Kriegsministeriums in der Rue Saint-Dominique. Von 1969 bis 1974 Präsident der Republik.

PRÄFEKT DER HAUTE-SARTHE (der): Zur Jagd eingeladen, nimmt 1938 oder 1939 an der Messe in der Kirche von Plessis-lez-Vaudreuil teil.

PRASLIN (Charles de Choiseul-Praslin, Herzog von): Pair von Frankreich, vermeintlicher Mörder seiner Frau. Entfernter Vetter des Urgroßvaters.

PROUST (Marcel): Mieter der Familie im Haus Boulevard Haussmann Nr. 102.

REMY-MICHAULT (Albert): Industrieller und Geschäftsmann. Komtur der Ehrenlegion. Vater von Tante Gabrielle. Trotz einer Spur von Snobismus ist er gegen ihre Heirat mit Onkel Paul.

REMY-MICHAULT (Lazare): Sohn des Konventsmitglieds. Kommt nach der Eroberung von Algerien in Nordafrika zu Vermögen.

REMY-MICHAULT (Lucien): Enkel des Konventsmitglieds, Sohn von Lazare Remy-Michault. Französischer Gesandter in Bayern. Empfängt Bismarck 1870 in Ferrières. Tritt in die Bank Rothschild ein. Generaldirektor der Bergwerke von Anzin und Maubeuge, der Gießereien von

Riquewiller, der Stahlwerke von Longwy. Hat Anteil an der Schaffung der Compagnie Internationale des Wagons-lits et des Grands Express Européens. Erringt das Quasimonopol des Agrumenhandels zwischen Nordafrika und dem Mutterland. Großvater von Albert Remy-Michault.

RUPRECHT (Onkel): Angehöriger des deutschen Zweigs. Vizeadmiral der Ostseeflotte. Teilnehmer an den Waffenstillstandsverhandlungen 1918. Vater von Julius Otto.

SADE (Donatien, Marquis de): Entfernter Onkel der Familie, von den zeitgenössischen Intellektuellen sehr geschätzt. Alain beruft sich auf ihn.

SARAH (Tante): Geborene Strauss. Schwester der Prinzessin von Bourbon-Vendôme, Schwägerin des Marquis de Châtillon-Saint-Pol. Heiratet 1890 Onkel Joseph.

SAUVAGEIN (Dr.): Arzt in Plessis-lez-Vaudreuil. Diagnostiziert Tod der Großmutter aus Kummer über die Hochzeit ihres Sohnes.

SKYROS (der Seemann von): Geboren in Griechenland oder an der türkischen Küste. Mit sieben Jahren Schiffsjunge. Bringt mit vierzehn Jahren zwei Türken um. Haßt alle Büros, die Industrie, die Armee. Öffnet Claude und dem Erzähler unbekannte Welten.

STAUFFENBERG (Graf von): Geboren 1907. Entfernter Vetter der Familie. Als Oberst Stabschef des Befehlshabers des Ersatzheeres 1944. Nimmt teil am Attentat gegen Hitler am 20. Juli 1944 in Rastenburg. Am gleichen Abend in Berlin erschossen.

TARAS BULBA (Boris Kirilow, genannt der Sohn von): 1909 in Yalta geboren. Sohn eines Kutschers. Entkommt den Bolschewiken. Taucht im Frühling 1919 im Ballsaal von Plessis-lez-Vaudreuil auf. Professor am Collège de France. Mitglied der Akademie der Wissenschaften. Trinkt in Moskau mit Nikita Chruschtschow auf das Wohl des ewigen Rußland.

TORERO-ANWÄRTER (der): Ursulas Geliebter. Verläßt sie wegen der Tochter eines Hoteliers in Marseille. Vater eines Schlager- und Fernseh-Stars.

UMBERTO: Italienischer Vetter. Faschist.

URGROSSMUTTER (die): Hat die Berber lieber als die Araber. Kümmert sich um kleine Chinesen. Nimmt die Kommunion nur aus der Hand des Papstes. War möglicherweise dem Herzog von Aumale zugetan.

URGROSSMUTTER (eine andere): Fällt vom Pferd und kommt am Carrefour des Arbres-Verts um.

URGROSSMUTTER DES GROSSVATERS (die): Hat unveröffentlichte Memoiren über das Ancien Régime hinterlassen.

URGROSSVATER (der): Geboren 1821. Von 1841 bis 1846 Offizier in der österreichischen Armee. Während der Einquartierung in Venedig wird er der Geliebte einer österreichischen Gräfin. Hat möglicherweise ein Duell mit dem Herzog von Aumale ausgetragen. Zusammen mit Jules Held einer von Albert Remy-Michault völlig erfundenen Geschichte.

URSULA: Pierres Frau. Siehe WITTLENSTEIN.

V. (die): Gutsnachbarn. Nachkommen eines bretonischen Weinhändlers. Durch Kurzwarenhandel vermögend geworden. Amerikafreundlich. Nicht ganz comme il faut. Verunstalten die französische Sprache. Ihre Sprachschnitzer ärgern die Familie. Snobs.

V. (Robert): Urenkel eines Weinhändlers aus Quimper oder Vannes. Ehemann der Tochter eines Abgeordneten der äußersten Rechten. In Anne-Marie verliebt. Plant, sich scheiden zu lassen, um sie zu heiraten. Stirbt den Heldentod an der Maas im Mai 1940.

VÉRONIQUE: Tochter von Jacques und Hélène. Schwester von Bernard und Hubert. Nimmt die Mahlzeiten mit ihnen im Kinderspeisesaal in Plessis-lez-Vaudreuil ein. Heiratet Charles-Louis. Am letzten Tag in Plessis-lez-Vaudreuil verkündet sie ihrem Urgroßvater, daß sie ein Kind erwartet. Paul wird geboren. Sie läßt sich scheiden. Verheiratet sich wieder.

WALDENFELS (General von): Militärbefehlshaber in Frankreich. Stellt bei einem Aufenthalt in Plessis-lez-Vaudreuil den Großvater, der ihn nicht gegrüßt hat, vor eine Art Kriegsgericht.

WITTLENSTEIN (Prinz Egon von Wittlenstein zu): Heiratet Renate Krupp. Vater von Ursula und zwei Söhnen, die, zusammen mit dem Vetter Julius Otto, gegen den Kommunismus kämpfen und möglicherweise als Angehörige rechtsextremistischer Gruppen am Rathenau-Mord beteiligt sind. Verkauft, vor dem Ersten Weltkrieg, Schloß Cabrinhac.

WITTLENSTEIN (Karl Friedrich von): Vetter von Ursula. Erst Major, dann Oberst der Luftwaffe. Empfindet Zuneigung zu Anne-Marie, mit der er durch den Wald reitet. Will der Familie einen Brief von Karl V. schenken. Vor Stalingrad gefallen.

WITTLENSTEIN (Prinz Leopold von Wittlenstein zu): Berühmter Dandy, Freund von Brummell und vom Fürsten Metternich. Ururgroßonkel von Ursula.

WITTLENSTEIN (Prinz Ludwig von Wittlenstein zu): Attaché an der Preußischen Botschaft in Frankreich unter der Juli-Monarchie. Geliebter der Kameliendame. Schenkt ihr Schloß Cabrinhac im Département Lot. Ururgroßvater von Ursula.

WITTLENSTEIN (Ursula von Wittlenstein zu): Nachfahrin einer alten Familie von Deutschordensrittern. Geboren 1902 (oder 1903?). Ihre Jugend ist vom Kampf gegen die Bolschewiken und die Inflation geprägt. Heiratet Pierre. Wacht nach ihrer Hochzeitsnacht in ihrem Zimmer in Cabrinhac auf. Herrscht über Paris auf ihre Art. Erträgt Mirette mit Würde. Die Wahrheit über ihr Verhältnis zu Mirette. Liebt Mechaniker und Maniküren. Zieht sich nach Cabrinhac zurück. Wird von einem Torero-Anwärter im Stich gelassen. Nimmt sich am 9. Mai 1940 das Leben.

WITZLEBEN (Oberst von): Erscheint am 18. Juni 1940 im Großen Salon von Plessis-lez-Vaudreuil.

YVONNE (Tante): Schwester des Großvaters. Begegnet auf der Kolonialausstellung einem Neger, der ihr gefällt. Erscheint in den Erzählungen des Großvaters als Zeugin der entschwundenen Zeit.

ZAHAROFF (Basil): Geldmann, Waffenhändler. Sein Neffe bemerkt beim Rennen Gabrielle Remy-Michault. Dreißig Jahre später plant er, Plessis-lez-Vaudreuil zu kaufen.

ZENON DER ELEAT: Philosoph der Unbeweglichkeit. Freund der Familie.

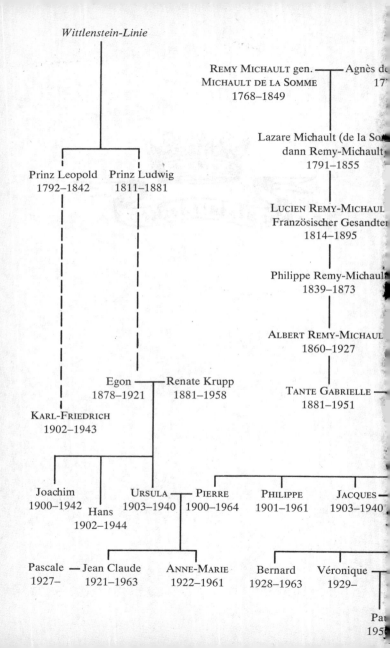

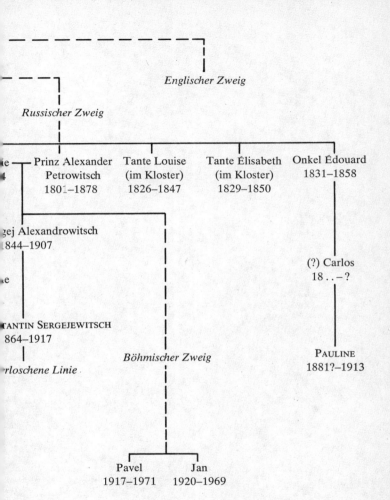

Die Hauptpersonen sind in Kapitälchen gesetzt